序

中央研究院院士　丁邦新教授

在這個功利的社會，有人肯用四五年的時間，不為營利，編一本不賺錢的書；在大眾講求英語水平的風氣之下，有人肯編一本介紹中國文學古典精華的書。主編者有這樣的眼光和毅力，令人不得不向他們致敬。

營利已經是現代社會眾人追求的目標，基本上並沒有什麼錯誤。但是並不能一切都以營利為目的，例如教育的投資就不能計較成本與收益。為了培養具有氣質具有胸襟的下一代，教育投資總是看不到立竿見影的成果。尤其辦大學教育的人更不能短視，更不能惟利是圖。孔子說：「士志於道，而恥惡衣惡食者，未足與議也。」。一個專心一志追求真理的人，對於飲食無須講究。進一步說營利不會是人生惟一的目標，我們所要探究的是「道」。現在的社會中有多少人「志於道」呢？中國魏晉時代的讀書人嚮往一個無憂無爭、自由安樂的理想世界——桃花源，今天我們的桃花源在哪裡？

講求英語水平是現代中國人尤其香港人的生活所需，要追求國際地位、保持經濟繁榮，英語是必須工具。香港所以能有別於大陸和台灣的頂尖城市，就在於社會上能說英語的人多，讓外國人到了香港沒有溝通上的困難。但是這一種需求不能以犧牲自己的中國語文為代價，如果國人對自己的語言文字沒有信心、沒有足夠的掌握能力，而英語卻有一定水平的話，我覺得是「捨本逐末」。值得注意的是本書的兩位執行主編都是學貫中西的人，杜祖貽教授任香港中文大學的講座教授，同時還在美國密西根大學任教；劉殿爵教授返港任中文大學講座教授之前，曾在英國倫敦大學任教。這兩位英語有極高水平的教授為什麼要主編中國文學古典精華的書呢？他們沒有寫序加以說明，我猜他們所以編這樣一本書，正是基於對中國語文的信心，正是基於對中國古典文學的愛好，而古典文學又正是中國文化的瑰寶。要這一代的中國人，下一代的中國人，以及下一代的下一代，有一套可以參考、可以日夕誦讀的《中國文學古典精華》，不至於在追求英語水平的同時對自己的文學傳統卻有陌生之感。

這套書裡，詩歌戲劇小說的選輯佔篇幅的一半，這代表編者的眼光。我也是古典詩歌的愛好者，這些都是經過千百年淘汰之後凝鍊的精華。試問我們這一代人有誰沒有讀過王之渙的「黃河遠上白雲間，一片孤城萬仞山，羌笛何須怨楊柳，春風不度玉門關。」李白的「棄我去者昨日之日不可留，亂我心者今日之日多煩憂，長風萬里送秋雁，對此可以酣高樓。」杜甫的「叢菊兩開他日淚，孤舟一繫故園心。寒衣處處催刀尺，白帝城高急暮砧。」在憂患實多的人生遭際中，古典詩歌在某一時刻撫平了心底的創傷。能與古人神交，多了一份灑脫。

現在這套書要發行臺灣版，我覺得臺灣更是需要這樣的一套書。聽說中學國文課程一再改編，有些名篇已經不在課本裡了。作為愛臺灣愛中國的人，我希望國人能夠讀到范仲淹的〈岳陽樓記〉，李密的〈陳情表〉，和諸葛亮的〈前出師表〉。從讀書中培養愛國愛人的情操，找到自己安身立命的道路。

大概因為我是在臺灣工作多年的人，承主編的好意要我寫序，我想說幾句老實話大概是最恰當的罷！

序

香港中文大學中文講座教授　吳宏一博士

杜祖貽教授一向關心中國古代人文的發展。尤其是對於中國古代文學的名家佳作，他更是情有獨鍾，認為那是中國文化中最寶貴的遺產，不但要繼承保存，而且要發揚光大。於是，在香港圓玄學院的資助之下，他結合了各地的專家學者，編成了目前我們所看到的皇皇三大册的《中國文學古典精華》。

這三大册的《中國文學古典精華》，固然是在杜教授的策劃推動之下，逐步完成，但在選材、編注的過程中，香港中文大學中文系的師生，卻有不少人貢獻了心力。特別是總其成的劉殿爵教授，他虛心認真的態度和奉獻犧牲的精神，無疑的，是這套書能夠順利完成的最主要的動力。

說來慚愧，我雖然忝為主編之一，事實上卻只參與了開頭的選材的工作。記得在羅慷烈教授的寓所書房裡，我曾跟劉、羅、杜三位前輩學者，就擬選的篇目展開熱烈的討論。討論的時間雖然很長，大家雖然都覺得累，但是，卻又覺得甚有意義。據我所知，劉教授和羅教授既有博覽群書的學識，又有實事求是的精神，他們對所擬選用的篇目，無不一一仔細斟酌。我所提供的意見，是相當有限的。杜教授具有宏觀的教育理念，善於協調的組織能力，很多人都樂意參與其事，因此，這套書是在不謀個人名利和「廣結善緣」的情況下，順利完成的。

這套書所選的文章，上自先秦，下迄晚清，真的都是「百代之典範，不朽之偉作」，相信誦讀之餘，不但能提高語文程度，而且也能增進文化素養。體例的完善、注解的簡明，對於初學者的幫助，更是不在話下。在同類的選本書籍中，這實在是值得鄭重推薦的好書。不過，站在精益求精的立場，在略讀一過之後，我仍然覺得有些地方值得商榷。例如：介紹蘇軾生平時，說東坡生於宋仁宗景祐三年，卒於宋徽宗建中靖國元年，亦即西元一〇三六～一一〇一年。看似正確，仔細推算，卻不能無疑。蓋東坡生於宋仁宗景祐三年十二月十九日，核對西曆，當時應是西元一〇三七年才對。又例如：杜甫〈聞官軍收河南河北〉注⑦注解「即從巴峽穿巫峽」詩句時，說「巴峽，在湖北巴東西」，這是指今人所稱「三峽」的「巴峽」，實則詩中所說的巴峽，是古人所說的巴中之峽，仍在四川境內，而且還在巫峽（今四川巫山東）的西面，否則就不能「即從巴峽穿巫峽」了。至於像《史記・魏公子列傳》注㉑的「如姬資之三年」，說「資，蓄。蓄意。」意思是說如姬懷欲報父仇之心有三年之久。這樣的解釋，是否比顧炎武所云「謂以資財求客報仇」，意即「懸賞」的解釋好，那真的是有待高明的判斷了。其他像歸有光〈項脊軒志〉的末段，原是補記附錄的文字，觀「余既為此志，後五年……」數語可知，如果在版面上，能夠另行低格排印，以醒眉目，似乎更為理想。凡此種種，將來修訂的時候能夠從頭再仔細檢查改正，應該可以使這套書更臻於完美。

日前，杜祖貽教授說，這套書即將發行臺灣版，要我寫篇序文。寫序文我不敢當，只是在慶幸好書不寂寞之餘，聊就所知所感，略誌數語而已。

序

新加坡南洋理工大學中文教授　梁榮基博士

《中國文學古典精華》是一本文學選集。內容豐富，體裁多樣化。從古到今，詩詞歌賦，各種文體，無所不包。

這書的編排，除了正文外，每篇文章都有作者介紹、題解和注釋。作者的介紹都能做到簡而不略，詳而不繁的概述；題解也能把文章的出處，主題內容，作了概括性的介紹，扼要的說明；而注解也編排得非常整齊，易於翻檢。同時，注解都以淺白的白話作注，使人易於了解，難讀的字，則有三種不同的注音：即漢語拼音、注音符號及直音。這對讀者來說，都非常方便。

這套選文，從「教」與「學」兩個角度來看，都有積極意義。對語文教師來說，它是一套很有參考價值的補充教材，因為它收集了多種類型的文章，可供選擇；對自學者來說，它可以作為一套完整而有用的文學參考資料，可以當作自修的讀本。只要瀏覽一番，從中選出自己喜歡的文章，用功修讀，一定可以事半功倍，獲益不淺。

將步入二十一世紀的新時代，這套《中國文學古典精華》的編寫，在傳遞中國文化的精華，和推廣中國古典文學的任務上，一定有它特殊的意義。

序

香港中文大學校長　李國章

「言之無文，行之不遠」。孔子這句話不但說明了語文的重要，還確定了語文教育的目的，影響中國文學發展的方向。

香港中文大學教授諸君子有見及此，從豐富的中華文學寶藏中，選取歷代佳作三百餘則，編製成書，作為語文教育的基礎，定名《中國文學古典精華》，廣為發行，以供各地學子誦習。

《中國文學古典精華》是一部不尋常的製作。首先，它是海內外學者們合作的成果。其次，它是一項配合時代發展的長遠計劃：為了精益求精，每三年或五年修訂一次，務求與時俱進，日月常新。

當《中國文學古典精華》臺灣版即將付梓之際，我謹向所有參與此項編纂工作之全體人員衷心祝賀，並對香港圓玄學院資助研究經費，表示由衷的謝意。

序

香港圓玄學院董事會會長 湯國華

國華生當世紀之初，備經家國之憂患，深知百年來中國在列強壓逼下，政治經濟皆陷於崩潰，傳統文化幾蕩然無存，時人又昧於遠見，惟洋是崇，致歧趨日甚，識者憂之，幸天運循環，無往不復。今者，掌實業者知以科技建國，主文教者亦知以承先啟後。國華與圓玄學院同人乃欣然應中文大學劉殿爵教授杜祖貽教授諸君子之議，出資重整國粹，為中國傳統文化之興滅繼絕，盡其微力。

《中國文學古典精華》凡三册，文辭優美，意義深遠，為進德修業所必需，宜夫廣為傳誦。圓玄屬下各校員生，自當首為響應，善為研習。此書之成，香港中文大學李國章校長、高錕教授及參與編纂之海內外學者，厥功至偉，感佩之餘，略陳所見，並表祝賀之意。

編製計畫顧問及編輯人員名表

主編 杜祖貽 執行主編 劉殿爵 執行主編 馮鍾芸 曾志朗 趙 毅 吳宏一

顧問 李國章 高 錕 馬 臨 湯國華 趙鎮東 湯偉奇

榮譽顧問 王叔岷 朱光亞 任繼愈 吳大猷 呂叔湘 李 棪 李遠哲 林 庚
季羨林 周策縱 柳存仁 馬 臨 陳 原 陳 槃 張岱年 勞 榦
楊向奎 盧嘉錫 羅慷烈 兼編纂顧問 蘇文擢 顧廷龍 饒宗頤

編審委員 丁邦新 王邦雄 王晉江 王書輝 兼執行編輯 王榮順 王壽南 吳秀方
佘汝豐 何文匯 何沛雄 李海績 宋衍申 谷雲義 周敬思 林業強
馬國權 倫熾標 陳方正 陳天機 陳 特 張以仁 陳萬雄 梁榮基
常宗豪 曾永義 黃坤堯 黃啟方 黃啟昌 游銘鈞 詹子慶 鄧仕樑

鄭良樹　黎民頌　賴恬昌　劉逑先　劉乾先　戴連璋　魏維賢　嚴瑞源

編纂委員　王德忠　王　濤　李　立　何宛英　李德山　呂娜莉　岑練英（兼技術顧問）
沈鑫添　周奇文　侯占虎　胡從經（兼技術顧問）　孫　晶　張玉春　張在義
陳向春　陳偉樂　曹書傑　景有泉　董蓮池　董鐵松　廖建強　劉莉萱
劉素絢　謝　孟　關志雄　韓格平　羅鳴謙　蘇廷弼（兼技術顧問）

校　　核　招祥麒　凌友詩　龔因心

資料助理　于宗麒　伍文彥　伍詠慈　朱國輝　何世昌　何君雅　吳嘉儀　吳曉琳
李伴培　周松亞　林小燕　唐潔珊　徐曼慧　殷小芸　梁醒標　許彬彬
郭展明　郭詩詠　陳天賜　曾慧絲　黃景星　黃嘉雯　黃錦佳　雷浩妍
劉　梅　歐美儀　蔡文軒　蔡潔然　鄭美恩　鄧穎雯　謝瑞芸　鍾潔愉
關詠賢　嚴志恆　蘇家輝

臨時助理　江力麗　徐敏玲　許一芹　陳燕琼　麥奐南　萬敏莉　鄔嫣妮　趙詠琴

潘偉珊　潘燕妮　蔡雪華　鄧淑儀　蕭苑慈　羅　婷　譚廣鴻

助理編輯　李詩琳　文覺謙　司徒國健　李國良　杜詩穎　郭劍鋒　劉禧鳳　吳玉蘭

凡例

宗旨 本書之編纂，為加強中國語文教育之成效，並提供雅好中國古典文學者之參考，精選歷代文學佳構，以為各級學子及社會人士誦習之基本材料。

取材 所選篇章，上自先秦，下迄清代，莫非百代之典範，不朽之偉作，而率以善本為據。往昔童蒙所用範本之雅正者，亦多採入。

編次 各體文章，分為文選、詩詞散曲選、戲劇選及小說選四部分，每部分均依作者生年先後編排。其生年不詳者，則據其生活之大約時代編次。

格式 每篇均按正文、作者、題解及注釋四類編次。作者則著其字號、生卒、爵里、生平、志趣、思想、成就及著述。生卒之年以中華紀元先引，輔以西元，以姜亮夫《歷代人物年里碑傳綜表》為準，間有缺漏不詳者，則據史傳補入或注以待考。題解則著其原文出處，文章旨要、時代背景與文學價值，而力求明確扼要。注釋則凡難解之字句，皆予詮釋，所附注音則漢語拼音、國語注音及直音三種皆備。

參考 本書引用文獻之目錄，依時代先後次序排列，附於卷末。

修訂 本書編纂，範圍廣大而時間短促，疏漏固所難免，深望大雅君子，惠予教正，俾能於重修再版時補闕正誤。

目錄

序……i
編製計畫顧問及編輯人員名表……xv
凡例……xvii

文選

尚書・無逸……001
左傳二篇……010
鄭伯克段于鄢
曹劌論戰
論語十七則……021

學而第一
學而第一又
為政第二
為政第二又
為政第二又
八佾第三
里仁第四
里仁第四又
雍也第六
述而第七
述而第七又
述而第七又
子罕第九
子罕第九又

先進第十一
憲問第十四
憲問第十四又
老子九章……036
第一章
第七章
第十八章
第二十二章
第三十三章
第三十六章
第七十四章
第八十章
第八十一章
孫子二則……048

謀攻篇 節錄
地形篇 節錄
墨子・兼愛上 節錄……054
孟子三則……059
論知言養氣
論四端
學奕
莊子・逍遙遊 節錄……072
莊子・養生主 節錄……080
莊子・秋水 節錄……086
荀子・勸學……092
列子・小兒辯日……108
山海經二則……111
精衛填海

鯀禹治水
呂氏春秋 刻舟求劍……115
韓非子・五蠹 節錄……118
諫逐客書 李斯……126
過秦論上 賈誼……135
淮南子三則……147
女媧補天
后羿射日
神農氏
史記・項羽本紀 節錄 司馬遷……154
史記・魏公子列傳 司馬遷……166
史記・刺客列傳・荊軻傳 司馬遷……183
戰國策・鄒忌諷齊王納諫……209
戰國策・馮諼客孟嘗君……214

禮記四則 …… 223
檀弓・孔子過泰山側
學記 節錄二則
大學・明德章 節錄
漢書・藝文志 節錄 班固 …… 231
前出師表 諸葛亮 …… 242
洛神賦 并序 曹植 …… 249
陳情表 李密 …… 261
蘭亭集序 王羲之 …… 267
桃花源記 陶潛 …… 273
後漢書・張衡傳 節錄 范曄 …… 278
世說新語四則 劉義慶 …… 287
管寧割席
華王優劣

王子猷雪夜訪戴
王藍田性急
蕪城賦 鮑照……294
與陳伯之書 丘遲……302
千字文 周興嗣……311
水經注注文二則 酈道元……333
龍門
三峽 節錄
哀江南賦序 庾信……347
顏氏家訓七則 顏之推……358
教子
兄弟
兄弟又
風操

風操又
勉學
勉學又
南史・祖沖之傳 李延壽……368
滕王閣餞別序 王勃……374
弔古戰場文 李華……387
雜説・世有伯樂 韓愈……395
送孟東野序 韓愈……398
陋室銘 劉禹錫……407
三戒・黔之驢 柳宗元……410
捕蛇者説 柳宗元……415
至小丘西小石潭記 柳宗元……421
阿房宮賦 杜牧……425
岳陽樓記 范仲淹……432
賣油翁 歐陽修……438

醉翁亭記　歐陽修……442
瀧岡阡表……447
秋聲賦　歐陽修……458
愛蓮說　周敦頤……463
墨池記　曾鞏……467
資治通鑑　赤壁之戰　司馬光……471
傷仲永……486
答司馬諫議書　王安石……491
夢溪筆談三則　沈括……497
活字印刷術
指南針
隕星
日喻　蘇軾……504
前赤壁賦　後赤壁賦　蘇軾……509

三字經 節錄……520
文獻通考序 馬端臨……538
送東陽馬生序 宋濂……549
賣柑者言 劉基……556
項脊軒志 歸有光……561
滿井遊記 袁宏道……568
五人墓碑記 張溥……573
口技 林嗣環……581
梅花嶺記 全祖望……586
河中石獸 紀昀……595
登泰山記 姚鼐……599
古文十弊 章學誠……605
病梅館記 龔自珍……622
中國文學古典精華參考書目……627

尚書・無逸

周公①曰：「嗚呼！君子所其無逸②。先知稼穡③之艱難，乃④逸；則知小人之依⑤。相⑥小人，厥⑦父母勤勞稼穡，厥子乃⑧不知稼穡之艱難，乃逸。乃諺⑨。既誕⑩。否則侮⑪厥父母，曰：『昔之人⑫無聞知。』」周公曰：「嗚呼！我聞曰：昔在殷王中宗⑬，嚴恭寅畏天命自度⑭，治民祗懼⑮，不敢荒寧⑯。肆中宗之享國七十有五年⑰。其在高宗⑱，時舊勞于外⑲，爰暨小人⑳，作㉑其即位，乃或亮陰㉒，三年不言㉓。其惟不言，言乃雍㉔。不敢荒寧，嘉靖㉕殷邦。至于小大㉖，無時或怨㉗。肆高宗之享國五十有九年。其在祖甲㉘，不義惟王㉙，舊為小人。作其即位，爰知小人之依，能保惠㉚于庶民，不敢侮鰥寡㉛。肆祖甲之享國三十有三年。自時厥後立王㉜，生則逸！生則逸！不知稼穡之艱難，不聞小人之勞，惟耽樂之從㉝。自時厥後，亦罔或克壽㉞，或十年，或七八年，或五六年，或四三年。」周公曰：「嗚呼！厥亦惟我周太王、王季[35]，克自抑畏[36]。文王卑服[37]，即康功田功[38]。徽柔懿恭[39]，懷保[40]小民，惠鮮鰥寡[41]。自朝至于日中昃[42]，不遑暇食[43]，用咸和萬民[44]。文王不敢盤于遊田[45]，以庶邦惟正之共[46]。文王受命惟中身[47]，厥享國五十年。」周公曰：「嗚呼！繼自今嗣王[48]，則其無淫于觀[49]、于逸、于遊、于田，以萬民惟正之供。無皇[50]曰：『今日耽樂[51]。』乃非民攸訓[52]，非天攸若[53]，時人丕則有愆[54]。無若殷王受[55]之迷亂，酗于酒德[56]哉。」周公曰：「嗚呼！我聞曰：『古之人猶胥[57]訓告，胥保惠[58]，胥教誨；民無或胥譸張為幻[59]。』此厥[60]不聽，人乃訓之[61]；乃變亂先王之正刑[62]，至于小大[63]。民否則[64]厥心違怨[65]；否則厥口詛祝[66]。」周公曰：「嗚呼！自殷王中宗及高宗及祖甲，及我周文王，茲四人迪哲[67]。厥或[68]告之曰：『小人怨汝詈汝[69]！』則皇自敬德[70]。厥愆[71]，曰：『朕[72]之愆，允若時[73]。』不啻[74]不敢含怒。此厥不聽，人乃或譸張為幻。曰：『小人怨汝詈汝！』則信之。則若時，不永念厥辟[75]。不寬綽[76]厥心，亂罰無罪，殺無辜，怨有同[77]，是叢于厥身[78]。」周公曰：「嗚呼！嗣王其監[79]于茲！」

作者

《尚書》原名《書》，是古代最早的文書匯編。尚通上，《尚書》即上古帝王之書，自漢武帝定為儒家五經之一後，又稱《書經》。

《尚書》約成於春秋戰國年間，並非一時一人所編定。全書分為《虞書》、《夏書》、《商書》和《周書》四部分，上自虞舜、下訖秦穆公，以記言為主，相當於後世的詔令和奏議。由於所記都是當時口語，所以文字佶屈聱牙，不易誦讀。

據《漢書·藝文志》所載，《尚書》原有百篇。秦始皇焚書後，流傳下來的，有漢惠帝年間濟南伏生口述的《今文尚書》及武帝末年魯恭王壞孔子故宅所發現的《古文尚書》；前者以西漢文字寫成，後者以蝌蚪文寫成，故有今、古文之稱。東晉元帝時，梅賾上奏自稱有傳自孔安國的《古文尚書》五十八篇，是一部今、古文的合編本。至清人閻若璩著《古文尚書疏證》，才證明梅賾的《古文尚書》多出伏生的二十五篇及書序，係魏晉人所偽造。今所見通行本《尚書》，剔除二十五篇偽作，加上書序，共是二十六篇。尚餘三十三篇，其中

《舜典》合於《堯典》，《益稷》合於《皋陶謨》，《盤庚》合成一編，《康王之誥》合於《顧命》，凡二十八篇，是學術界公認的可靠材料。

題解

〈無逸〉選自《尚書·周書》，版本據《先秦兩漢古籍逐字索引》。「無」字用作「毋」，「無逸」即不要安享逸樂。它是史官記錄周公對成王的訓誥之詞。周公還政於成王後，恐怕成王貪圖逸樂，荒廢政事，故以「無逸」教之，告誡他不可耽於逸樂，應效法歷代賢王之勤政愛民。史官將周公的話記錄下來，是為〈無逸〉。

文章首言無逸為治國之本，而以勤勞稼穡及先知稼穡的艱難為具體做法，示意成王施政應立之為大端，然後縷述歷代明君的政績與德行，要成王汲取眾長，借鑑前賢，以成偉業。每節均用「嗚呼」起意，具見周公情辭之懇切，為古史留下了殷實的治道紀錄。

注釋

①周公：姬姓，名旦。周文王子，武王弟。輔佐武王滅商。武王崩，成王年幼，周公攝政。管叔、蔡叔挾殷後代武庚作亂，周公東征，平定武庚、管叔、蔡叔之叛。他又釐定典章、制度，及營建洛邑以為東都，作為統治中原的中心，由是天下臻於大治。儒家將他看作聖賢的典範。

②君子所其無逸：君子，指統治者。所，清代王引之云「語助也」，表示勸告語氣。無通毋，禁止之詞。逸，逸樂。

③稼穡：稼，種植穀物。穡，收穫穀物。泛指農業生產勞動。

④乃：然後。

⑤則知小人之依：小人，指普通百姓。依，通隱，痛苦。

⑥相：看。

⑦厥：其。

⑧乃：竟然。

⑨乃諺：乃，就。諺，同喭，粗魯。

⑩誕：荒唐。

⑪否則侮：否則，王引之《經傳釋詞》：「漢石經『否』作『不』，『不則』猶於是也。」下「否則」、「丕則」義同。侮，輕慢。

⑫昔之人：指上了年紀的人。

⑬中宗：即太戊，太庚之子，商代第五世君主。《晏子春秋》稱他為「天下之盛君」。

⑭ 嚴恭寅畏天命自度：嚴，外貌壯重。寅，內心恭敬。畏，內心敬服。度，衡量。度漢 duó 國ㄉㄨㄛˊ音鐸。

⑮ 祗懼：敬懼。指恭敬小心。祗漢 zhī 國ㄓ音支。

⑯ 荒寧：怠惰自安。

⑰ 肆中宗之享國七十有五年：肆，故、所以。享國，指在帝位。有，通又，用於整數與零數之間。

⑱ 高宗：商王武丁，為商第十一世賢主，商王小乙之子。

⑲ 時舊勞于外：時，指未即王位之時。舊，久。

⑳ 爰暨小人：爰，於是。暨，與。指與普通百姓一同工作。

㉑ 作：及、等到。

㉒ 乃或亮陰：或，有。亮陰，天子居喪之稱。陰漢 ān 國ㄢ音庵。

㉓ 不言：指不輕言。

㉔ 其惟不言，言乃雍：雍，和諧順理。他不說則已，一說就和諧順理。

㉕ 嘉靖：嘉，善。靖，安。很好地安定。

㉖ 小大：小，指年輕。大，指年老。

㉗ 無時或怨：時，是。没有誰對他稍稍有怨言。

㉘ 祖甲：殷高宗武丁之子帝甲，祖庚之弟。祖庚死，即位為王。

㉙ 不義惟王：認為他父親讓他代兄為王不義。

㉚ 保惠：保，安。惠，愛。

㉛ 鰥寡：鰥，老而無妻者。寡，老而無夫者。鰥寡在這裡泛指孤苦無依之人。鰥漢 guān 國ㄍㄨㄢ音關。

㉜ 自時厥後立王：厥，其。謂從此以後所立君王。

㉝ 惟耽樂之從：即「惟從耽樂」，因為「耽樂」是提前賓語，所以用「之」字為複指詞。惟，副詞，表示

對行為範圍的限定，意同「只」。耽樂，沈湎於享樂。從，追求。

㉞亦罔或克壽：罔，無。或，有。克，能。壽，長壽。

㉟太王、王季：周文王祖父為太王，父為王季。

㊱克自抑畏：抑，指謙虛謹慎。畏，敬畏天命。

㊲卑服：賤服，即平民之服。一說指卑賤的工作。

㊳即康功田功：即，從事。康，四通八達之路。功，指所從事的工作。康功，指平整道路的工作。舊注認為康功是安民之功。田功，耕種田地的工作。

㊴徽柔懿恭：徽，善。柔，仁。懿，美。恭，敬。懿 漢 yì 國 ㄧˋ 音意。

㊵懷保：指安撫。

㊶惠鮮鰥寡：惠，愛。鮮，同斯，《漢石經》作「于」。句謂愛護孤苦無依之人。

㊷自朝至于日中昃：日中，中午。昃，太陽西斜之時。昃 漢 zè 國 ㄗㄜˋ 音仄。

㊸不遑暇食：遑、暇同義，均指空閒。謂沒有空閒時間吃飯。

㊹用咸和萬民：用，以。咸，通諴，和睦。指以此種辛勞態度治理國家，使萬民和睦。

㊺文王不敢盤于遊田：盤，樂，指沈湎。遊，遊樂。田，打獵，這一意義後來寫作「畋」。

㊻以庶邦惟正之共：《國語・楚語》引「正」作「政」，「共」作「恭」。謂各國進獻的賦稅，只是用來恭謹地辦理政事。

㊼中身：中年。

㊽繼自今嗣王：意為繼此今後即位的君王。

㊾則其無淫于觀：無，用作毋，不要。淫，過度。觀，臺榭。觀 漢 guàn 國 ㄍㄨㄢˋ 音灌。

㊿無皇：皇，通況，《漢石經》作兄。一說此處之「皇」通遑。意為不要自我寬暇。

(51)今日耽樂：意為姑且今天快快樂樂。

(52) 乃非民攸訓：乃，就。攸，所。訓，通順。意為就不是萬民所順從。
(53) 若：順。
(54) 時人丕則有愆：時，通是，這。丕則，於是。愆，過錯。
(55) 殷王受：即殷王紂，也就是殷紂王。受，後來作「紂」。
(56) 酗于酒德：有嗜酒無度的稟性。酗(漢) xù (國) ㄒㄩˋ 音續。
(57) 胥：互相。胥(漢) xū (國) ㄒㄩ 音須。
(58) 保惠：保，安。惠，愛。指愛護。
(59) 譸張為幻：譸張，欺誑。幻，詐惑。譸(漢) zhōu (國) ㄓㄡ 音周。
(60) 此厥不聽：此厥，此其。兩個指示代詞連用，有強調作用。就是說要是不聽從上面訓誥的話，臣下都會順從上意去做。
(61) 人乃訓之：指人只順從自己的意願行事。
(62) 正刑：正，政，政治。刑，法令。
(63) 小大：指大大小小各方面。
(64) 否則：於是。
(65) 違怨：反抗怨恨，清代王念孫云：「違亦怨也。」
(66) 詛祝：祝，通咒。詛咒。詛(漢) zǔ (國) ㄗㄨˇ 音阻。
(67) 茲四人迪哲：茲，此。迪，蹈行、實行。哲，指聖明。迪哲，蹈行聖明之道。
(68) 厥或：厥，其，用作連詞，表示假設，意為如果。或，有的人。
(69) 小人怨汝詈汝：汝，你。詈，罵。詈(漢) lì (國) ㄌㄧˋ 音吏。
(70) 皇自敬德：皇，《漢石經》作「兄」，即況字。況，有益義。皇自敬德，謂謹慎自己的德行。
(71) 厥愆：若果是他們的過錯。

(72) 朕：我。

(73) 允若時：允，確實。時，通是，這樣。

(74) 不啻：不但。啻(漢) chì (國) ㄔˋ 音斥。

(75) 不永念厥辟：永，長。辟，法。

(76) 綽：寬。

(77) 怨有同：民心同怨。

(78) 是叢于厥身：叢，聚集。厥身，其身，即你的身。

(79) 監：鑑誡。

左傳 二篇

鄭伯克段于鄢①

初②，鄭武公娶于申③，曰武姜④，生莊公及共叔段⑤。莊公寤生⑥，驚姜氏，故名曰寤生，遂惡之⑦。愛共叔段，欲立之。亟請於武公⑧，公弗許。及莊公即位⑨，為之請制⑩。公曰：「制，巖邑⑪也，虢叔死焉⑫。佗邑唯命⑬。」請京⑭，使居之，謂之京城大叔⑮。祭仲⑯曰：「都，城過百雉⑰，國之害也。先王之制⑱：大都，不過參國之一⑲；中，五之一；小，九之一。今京不度⑳，非制㉑也，君將不堪。」公曰：「姜氏欲之，焉辟害㉒？」對曰：「姜氏何厭之有㉓？不如早為之所㉔，無使滋蔓㉕！蔓，難圖㉖也。蔓草猶不可除，況君之寵弟乎？」公曰：「多行不義必自斃㉗，子姑㉘

待之。」

既而大叔命西鄙、北鄙貳於己㉙。公子呂㉚曰：「國不堪貳，君將若之何？欲與大叔㉛，臣請事之㉜；若弗與，則請除之，無生民心㉝。」公曰：「無庸㉞，將自及㉟。」大叔之收貳以為己邑㊱，至于廩延㊲。子封曰：「可矣。厚將得眾㊳。」公曰：「不義，不暱㊴。厚將崩。」

大叔完、聚㊵，繕甲、兵㊶，具卒、乘㊷，將襲鄭，夫人將啟之㊸。公聞其期㊹，曰：「可矣。」命子封帥車二百乘以伐京㊺。京叛大叔段。段入于鄢。公伐諸鄢。五月辛丑㊻，大叔出奔共。

書曰：「鄭伯克段于鄢。」段不弟，故不言弟；如二君，故曰克；稱鄭伯，譏失教也；謂之鄭志。不言出奔，難之也。

遂寘姜氏于城潁㊼，而誓之㊽曰：「不及黃泉㊾，無相見也！」既而悔之。

潁考叔為潁谷封人㊿，聞之(51)，有獻於公(52)。公賜之食。食舍肉(53)。公問之。對曰：「小人有母，皆嘗小人之食矣(54)，未嘗君之羹(55)，請以遺(56)

之。」公曰：「爾有母遺，繄⑰我獨無！」潁考叔曰：「敢問何謂也⑱？」公語之故⑲，且告之悔⑳。對曰：「君何患焉㉑？若闕㉒地及泉，隧而相見㉓，其誰曰不然？」公從之。公入而賦㉔：「大隧之中，其樂也融融㉕。」姜出而賦：「大隧之外，其樂也洩洩㉖。」遂為母子如初。君子曰：「潁考叔，純孝也，愛其母，施及莊公㉗。《詩》曰：『孝子不匱，永錫爾類』㉘，其是之謂乎㉙！」

曹劌論戰

十年春㉚，齊師伐我㉛。公㉜將戰。曹劌㉝請見。其鄉人曰：「肉食者謀之㉞，又何間㉟焉？」劌曰：「肉食者鄙㊱，未能遠謀。」乃入見，問何以戰㊲。公曰：「衣食所安㊳，弗敢專㊴也，必以分人。」對曰：「小惠未徧㊵，民弗從也。」公曰：「犧牲、玉帛㊶，弗敢加㊷也，必以信。」對曰：「小信未孚㊸，神弗福㊹也。」公曰：「小大之獄，雖不能察，必以情

(85)。」對曰：「忠之屬也(86)，可以一戰。戰，則請從。」公與之乘(87)。戰于長勺(88)。公將鼓之(89)。劌曰：「未可。」齊人三鼓(90)。劌曰：「可矣！」齊師敗績。公將馳之(91)。劌曰：「未可。」下，視其轍(92)，登軾(93)而望之，曰：「可矣！」遂逐齊師。既克(94)，公問其故。對曰：「夫戰，勇氣也(95)。一鼓作氣(96)，再而衰(97)，三而竭(98)。彼竭我盈(99)，故克之。夫大國，難測也，懼有伏焉(100)。吾視其轍亂，望其旗靡(101)，故逐之。」

作者

《左傳》是一部記事詳實的編年體史書，原名《左氏春秋》，西漢以後稱《春秋左氏傳》，簡稱《左傳》，相傳為春秋末期魯國史官左丘明所作，與《公羊傳》、《穀梁傳》合稱《春秋》三傳。左丘明生平不詳。《左傳》一書，記述了春秋時代各國的政治、經濟和軍事情況，是研究中國古代社會的重要文獻。《左傳》既是史學名著，同時也是優秀的文學作品，無論記言或記事，都很精簡，文中善用簡約的語句去表達人物的辭令和行為。即使記敘大戰役和複雜的情節，亦層次分明，結構縝密，是敘事散文中的傑作。

題解

〈鄭伯克段于鄢〉選自《左傳・隱公元年》，版本據《先秦兩漢古籍逐字索引》，題目為後人所加。本文記述鄭莊公母子、兄弟之間的勾心鬥角、爭權奪利與骨肉相殘的悲劇。作者憑具體事例去描寫人物性格：如姜氏的偏私狹隘，莊公的老謀深算和共叔段的恃寵生驕，俱刻畫入微、生動傳神，比空言褒貶，更能說服讀者。

〈曹劌論戰〉選自《左傳・莊公十年》，版本據《先秦兩漢古籍逐字索引》，題目為後人所加。文中敘述春秋時代齊魯兩國於魯莊公十年（西元前六八四年）在長勺的一次戰爭。當時齊強魯弱，齊違背盟約，侵犯魯國。魯國人曹劌為了保衛國家，遂挺身而出，求見魯莊公，提出抗敵的方案。

注釋

① 鄭伯克段于鄢：鄭，春秋時姬姓國名，初都棫林（今陝西華縣西北），鄭武公（莊公父）時始遷新鄭（今河南新鄭）。鄭伯，指鄭莊公。伯，爵位名稱，春秋時有五等爵：公、侯、伯、子、男。鄭是伯一級的諸侯國。段，即共叔段，鄭莊公之弟。鄭莊公在鄢地打敗了共叔段。

② 初：當初。《左傳》追述以前的事情常用這個詞。這裡是指鄭伯克段于鄢一事醞釀的初期。

③ 娶于申：申，春秋時姜姓侯爵之國，在今河南南陽。娶于申，指鄭武公從申國娶妻。

④ 曰武姜：武姜，鄭武公妻姜氏，姜是父姓，武是她丈夫武公的諡號。諡號是君主時代帝王、貴族、大臣死後，根據他生前的功過給予的稱號。

⑤ 共叔段：共，國名，在今河南輝縣。叔，排行在末的、年少的。段是莊公的弟弟，故用叔來表示。段後來出奔共，所以又稱為共叔段。共（漢）gōng（國）ㄍㄨㄥ 音工。

⑥ 寤生：寤，通牾，牾逆之意。寤生，產兒腳先生下，即難產。寤（漢）wù（國）ㄨˋ 音悟。

⑦ 遂惡之：因而厭惡他。

⑧ 亟請於武公：亟，屢。屢次向武公請求。亟（漢）qì（國）ㄑㄧˋ 音氣。

⑨ 及莊公即位：及，到。即位，君主就職，登上君位。

⑩ 制：地名，又名虎牢，在今河南汜水西。

⑪ 巖邑：巖，險要。邑，人聚居的地方。

⑫ 虢叔死焉：虢，諸侯國名。虢國的國君死在那裡。虢（漢）guó（國）ㄍㄨㄛˊ 音國。

⑬ 佗邑唯命：佗邑，即其他城邑。如果要別的城市，我唯命是聽。佗（漢）tuó（國）ㄊㄨㄛˊ 音陀。

⑭京：地名，今河南滎陽東南，距鄭都新鄭很近。

⑮大叔：對段的尊稱。大㊅tài㊄ㄊㄞˋ音太。

⑯祭仲：鄭國大夫，字足，也稱祭足或祭仲足。祭㊅zhài㊄ㄓㄞˋ音債。

⑰雉：古代城牆長三丈、高一丈為一雉。按當時制度規定，侯、伯的城方五里，每面城牆為三百雉；侯、伯下面所屬的都城，大的不能超過國都的三分之一，中等的不能超過它的五分之一，小的不能超過它的九分之一。下文即言此事。雉㊅zhì㊄ㄓˋ音至。

⑱先王之制：先王，指諸侯國始封之君。先王的制度。

⑲參國之一：參，同三。國，這裡指國都。國都的三分之一。

⑳不度：不合乎法度規定。

㉑非制：不是先王的制度。

㉒焉辟害：焉，哪裡、怎麼。辟，通避。怎能避開這禍害呢？

㉓何厭之有：厭，通饜，滿足。饜字作「滿足」解，有平去二讀，此文陸德明《經典釋文》讀平聲。哪會有所謂滿足。

㉔早為之所：及早做好安排。

㉕滋蔓：滋長蔓延，這裡指發展勢力。

㉖難圖：圖，圖謀。難於對付。

㉗自斃：斃，一解跌跤，代指失敗。自取滅亡。

㉘子姑：子，你，對祭仲的尊稱。姑，姑且。

㉙既而大叔命西鄙、北鄙貳於己：既而，不久。鄙，邊邑，邊界的地方。貳，有貳，屬二主。不久，段命令西部和北部的邊邑，一方面聽命於莊公，一方面也聽命於自己。

㉚公子呂：字子封，鄭國大夫。

㉛ 欲與大叔：與，給予。打算把鄭國送給大叔。

㉜ 臣請事之：事，侍奉。讓我去侍奉他。

㉝ 無生民心：不要使民眾生二心。

㉞ 無庸：庸，用。不用這樣做。

㉟ 將自及：及，連累、關連。謂將會自作自受，自遭其禍。

㊱ 收貳以為己邑：收取兩屬的西鄙和北鄙作為自己的領土。

㊲ 至于廩延：廩延，鄭國北部邊邑名，在今河南延津北。擴展到廩延。廩(漢)lǐn(國)ㄌㄧㄣˇ音凜。

㊳ 厚將得眾：厚，指所佔的土地擴大了。土地擴大了，將要得到民眾的支持。

㊴ 不義，不暱：暱，親近。不行仁義，眾民就不會親近他。暱(漢)nì(國)ㄋㄧˋ音匿。

㊵ 完、聚：完，修葺、修治。修治城郭，積聚糧食。

㊶ 繕甲、兵：繕，修整。修整鎧甲和兵器。繕(漢)shàn(國)ㄕㄢˋ音善。

㊷ 具卒、乘：具，準備齊全。卒，步兵。乘，車乘，四匹馬拉的戰車。步兵和兵車都準備齊全。乘(漢)shèng(國)ㄕㄥˋ音盛。

㊸ 夫人將啟之：姜氏將打開城門，為段作內應。

㊹ 期：段襲擊鄭國的日期。

㊺ 帥車二百乘以伐京：帥車二百乘，率領二百輛戰車。古時一車四馬謂一乘，上站三人，車後跟著步卒七十二人。京，這裡指京人。

㊻ 五月辛丑：五月二十三日。古時用天干地支記日。魯隱公元年五月辛丑，即西元前七二二年五月二十三日。

㊼ 寘姜氏于城潁：寘，與置同義，這裡有放逐的意思。城潁，地名，在今河南襄城東北。把姜氏安置在城潁。寘(漢)zhì(國)ㄓˋ音至。潁(漢)yǐng(國)ㄧㄥˇ音影。

㊽ 誓之：向她發誓。

㊾ 黄泉：這裡指墓穴。

㊿ 潁考叔為潁谷封人：潁考叔，人名，鄭國大夫。為，擔任。潁谷，鄭國邊境地名，約在今河南登封西南。封，邊疆。封人，管理邊界的官。潁考叔擔任潁谷管理疆界的官吏。

51 聞之：言考叔過去已聞知鄭伯母子不和之事。

52 有獻於公：對莊公曾有貢獻。

53 食舍肉：舍，通捨。吃的時候把肉放在一旁。舍 漢 shě 國 ㄕㄜˇ 音捨。

54 皆嘗小人之食矣：潁考叔謂自己的食物，母親全都嘗過。

55 羹：有汁的肉。羹 漢 gēng 國 ㄍㄥ 音庚。

56 遺：贈、送給。遺 漢 wèi 國 ㄨㄟˋ 音位。

57 繄：惟，語助詞，用在句首。繄 漢 yī 國 ㄧ 音衣。

58 敢問何謂也：故作不知莊公話裡之意，而追問他這話究有何指。

59 語之故：語，告訴。之，指潁考叔。把原因告訴他。語 漢 yù 國 ㄩˋ 音預。

60 告之悔：把心裡後悔的事告訴他。

61 君何患焉：患，為難。那有甚麼是可以使你為難的地方。

62 闕：掘。

63 隧而相見：挖個地道，在那裡相見。

64 入而賦：走進隧道，口中吟詠。

65 融融：和樂自得的樣子。

66 洩洩：舒暢的樣子。洩 漢 yì 國 ㄧˋ 音曳。

67 施及莊公：擴展到莊公。施 漢 yì 國 ㄧˋ 音義。

⑥⑧《詩》曰：『孝子不匱，永錫爾類』：《詩》，即《詩經・大雅・既醉》。匱，竭盡。錫，賜予。爾類，你的同類。詩句說的是孝子的孝心是無窮無盡的，對同他一樣有孝心的人永遠會帶來好處。匱漢kuì國ㄎㄨㄟˋ音潰。

⑥⑨其是之謂乎：這句詩指的大概就是像潁考叔那樣純孝的人吧！

⑦⓪十年春：魯莊公十年春（西元前六八四年）。

⑦①齊師伐我：齊，在今山東中部和北部。齊師，齊國軍隊。我，指魯國，在今山東西南部。因左丘明是魯國史官，所以稱魯為我。

⑦②公：魯莊公。

⑦③曹劌：魯國人，生平不詳。可能是一個沒有當權的貴族。劌漢guì國ㄍㄨㄟˋ音貴。

⑦④肉食者謀之：肉食者，吃肉的人，指高位厚祿的大官。那些做大官的人會謀劃這件事，指「齊師伐我」。

⑦⑤間：參與。間漢jiàn國ㄐㄧㄢˋ音諫。

⑦⑥鄙：鄙陋、目光短淺。

⑦⑦何以戰：憑甚麼與齊人戰。

⑦⑧衣食所安：令人有舒適感覺的衣食。

⑦⑨專：獨自享用。

⑧⓪小惠未徧：小恩小惠未能徧及百姓。

⑧①犧牲、玉帛：祭神用的牛羊、玉石、絲綢之類的祭品。

⑧②加：虛報。

⑧③小信未孚：小信，指祭神時不虛報之事。孚，取信、為人所信服。意謂從這樣小事所表現的誠信，並未能取得神靈的信任。

⑧④ 福：賜福，作動詞用。

⑧⑤ 必以情：情，人情，與理、法相對。指法外施仁。

⑧⑥ 忠之屬也：這是屬於對人民盡心的表現。

⑧⑦ 公與之乘：魯莊公與曹劌同乘一輛戰車。

⑧⑧ 長勺：魯國地名，今山東曲阜東。

⑧⑨ 鼓之：擊鼓進兵。

⑨⓪ 三鼓：三次擊鼓命令軍隊出擊。

⑨① 馳之：驅車追趕敵人。

⑨② 轍：車輪碾出的痕跡。轍 漢 zhé 國 ㄓㄜˊ 音折。

⑨③ 登軾：登上車前的橫木。軾 漢 shì 國 ㄕˋ 音式。

⑨④ 既克：已經戰勝敵人。

⑨⑤ 夫戰，勇氣也：打仗全在乎勇氣。

⑨⑥ 一鼓作氣：第一次擊鼓時，戰士們奮發勇氣。

⑨⑦ 再而衰：第二次擊鼓時，勇氣已衰落，大不如前。

⑨⑧ 三而竭：竭，衰竭。此言第三次擊鼓，則勇氣已消竭。

⑨⑨ 彼竭我盈：敵人勇氣已衰竭，我軍士氣正充沛。

⑩⓪ 懼有伏焉：怕有伏兵。

⑩① 旗靡：旗幟倒下去。靡 漢 mí 國 ㄇㄧˊ 音米。

論語十七則

學而第一

子①曰：「學而時習之②，不亦說③乎？有朋④自遠方來，不亦樂乎？人不知而不慍⑤，不亦君子⑥乎？」

學而第一又

曾子⑦曰：「吾日三省吾身⑧：為人謀而不忠乎⑨？與朋友交而不信⑩乎？傳不習乎⑪？」

爲政第二

子曰：「溫故而知新⑫，可以為師矣。」

爲政第二又

子曰：「學而不思則罔⑬，思而不學則殆⑭。」

爲政第二又

子曰：「由⑮。誨女知之乎⑯？知之為知之，不知為不知，是知也。」

八佾第三

定公⑰問：「君使臣，臣事君⑱，如之何？」孔子對曰：「君使臣以禮，臣事君以忠。」

里仁第四

子曰：「士志於道⑲，而恥惡衣惡食⑳者，未足與議也㉑。」

里仁第四 又

子曰：「參㉒乎！吾道一以貫㉓之。」曾子曰：「唯㉔。」子出，門人問曰：「何謂也？」曾子曰：「夫子之道，忠恕㉕而已矣。」

雍也第六

子貢㉖曰：「如有博施於民而能濟眾，何如？可謂仁乎？」子曰：「何事於仁㉗！必也聖乎㉘！堯、舜其猶病諸㉙！夫仁者，己欲立而立人，己欲達而達人。能近取譬㉚，可謂仁之方㉛也已。」

述而第七

子曰：「德之不脩㉜，學之不講㉝，聞義不能徙㉞，不善不能改，是吾憂也。」

述而第七 又

子曰：「我非生而知之者，好古㉟，敏以求之者也㊱。」

述而第七 又

子曰：「三人行㊲，必有我師焉㊳。擇其善者而從之㊴；其不善者而改之㊵。」

子罕第九

子在川上，曰：「逝者如斯㊶夫！不舍晝夜㊷。」

子罕第九 ㄡ

子曰：「歲寒㊸，然後知松柏之後彫㊹也。」

先進第十一

子路、曾皙、冉有、公西華侍坐。

子曰：「以吾一日長乎爾，毋吾以也㊺。居㊻則曰：『不吾知也㊼！』如或知爾㊽，則何以哉㊾？」

子路率爾而對㊿曰：「千乘之國51，攝52乎大國之間，加之以師旅53，因之以饑饉54；由也為之55，比及56三年，可使有勇，且知方57也。」

夫子哂[58]之。

「求！爾何如？」

對曰：「方六七十，如五六十[59]，求也為之，比及三年，可使足民[60]。如其[61]禮樂，以俟[62]君子。」

「赤！爾何如？」

對曰：「非曰能之[63]，願學焉。宗廟之事[64]，如會同[65]，端章甫[66]，願為小相[67]焉。」

「點！爾何如？」

鼓瑟希[68]，鏗爾[69]，舍瑟而作[70]，對曰：「異乎三子者之撰[71]。」

子曰：「何傷乎[72]？亦各言其志也。」

曰：「莫春[73]者，春服既成[74]，冠者[75]五六人，童子六七人，浴乎沂[76]，風乎舞雩[77]，詠而歸。」

夫子喟然[78]歎曰：「吾與[79]點也！」三子者出，曾晳後。曾晳曰：「夫三子者之言何如？」

子曰：「亦各言其志也已矣。」
曰：「夫子何哂由也？」
曰：「為國以禮，其言不讓⑧⓪，是故哂之。」
「唯求則非邦也與⑧①？」
「安見方六七十如五六十而非邦也者？」
「唯赤則非邦也與？」
「宗廟會向，非諸侯而何？赤也為之小，孰能為之大⑧②？」

憲問第十四

子曰：「愛之，能勿勞乎？忠焉，能勿誨乎⑧③？」

憲問第十四 又

或曰：「『以德報怨⑧④』，何如？」子曰：「何以報德？『以直報怨，以德報德。』」

作者

《論語》一書，相傳為孔子弟子及其後學所輯錄，內容大抵是「孔子應答弟子時人及弟子相與言而接聞於夫子之語也。」（《漢書．藝文志》）這本書雖不是孔子自著，但他的言行學說都收在其中。

孔子生於周靈王二十一年，卒於周敬王四十一年（西元前五五一——前四七九）。名丘，字仲尼，魯國陬邑（今山東曲阜）人，儒家學派的創始者。曾做過魯國司寇，其後周遊列國，宣揚「仁政」。晚年編訂《春秋》，整理《詩》、《書》、《易》、《禮》等古代文獻。是春秋時代的偉大教育家、思想家和政治家，在中國歷史上被尊為萬世師表。

《論語》共二十篇，內容包括政治主張、教育原則、倫理觀念和品德修養等各方面。文字簡明易曉，為語錄體典範。其中很多名句，成為後世的格言和成語，對中國的思想、文學和語言有重大的影響。《論語》通行本有魏何晏《論語集解》、宋邢昺《論語注疏》、朱熹

《論語集注》和清劉寶楠《論語正義》等。

題解

本篇各則選自《論語》，版本據《先秦兩漢古籍逐字索引》，每則在原書裡稱一章。

第一、三、四、五、十一、十三則，分別選自〈學而〉第一章、〈為政〉第十一章、第十五章、第十七章、〈述而〉第二十章及〈子罕〉第十七章，都是孔子教學時的言論和主張。

第二、七、十、十二、十四則，分別選自〈學而〉第四章、〈里仁〉第九章、〈述而〉第三章、第二十二章及〈子罕〉第二十八章，其主旨都是教人如何進德修業，其中包括自我反省、謙虛學習和樹立學習理想等道理。這些言論雖出自二千多年前聖賢之口，我們今日倘能細意體會，認真實踐，當會發覺所言道理歷久彌新，使人受用無窮。

第六則選自〈八佾〉第十九章，言君臣相處之道。第八則選自〈里仁〉第十五章，言孔子忠恕之道。第九則選自〈雍也〉第三十章，言朋友相處之道。第十六則選自〈憲問〉第七章，言上下交往之道。第十七則選自〈憲問〉第三十四章，論報怨與報德之道。

第十五則選自〈先進〉第二十六章，內容記述孔子與子路、曾皙、冉有及公西華討論志趣問題。四人的志趣不同，可見孔子弟子中，既有好高騖遠的，亦有誠樸務實的，而孔子則兼容並蓄，因才施教，依學生不同的能力和興趣，給他們適當的啟迪。

注釋

① 子：《論語》中「子曰」的「子」皆為弟子門人對孔子的尊稱。

② 學而時習之：時，每隔相當時間。習，實習、複習。

③ 說：同悅。

④ 朋：朋友。

⑤ 慍：不高興。慍 漢 yùn 國 ㄩㄣˋ 音蘊。

⑥ 君子：此處指有道德、有修養，用作形容詞。

⑦ 曾子：名參，字子輿，孔子弟子。參 漢 shēn 國 ㄕㄣ 音伸。

⑧ 吾日三省吾身：日，每天。三省，三次檢討自己。

⑨ 為人謀而不忠乎：謀，策劃、思慮。忠，盡心盡力。這裡說為人謀劃事情有沒有盡心盡力？

⑩ 信：守信實。

⑪傳不習乎：傳，傳授，這裡指老師傳授的知識。習，實習、練習。

⑫溫故而知新：故，已學的知識。新，新知識、新啟悟。

⑬罔：同惘，迷惑。罔漢wǎng國ㄨㄤˇ音網。

⑭殆：危險。殆漢dài國ㄉㄞˋ音代。

⑮由：孔子的學生，姓仲名由，字子路。

⑯誨女知之乎：誨，教導。女，同汝，你。知，知道。

⑰定公：名宋，昭公弟，繼昭公為魯君，在位十五年。定是諡號。

⑱君使臣，臣事君：使，差遣。事，服事。使、事是同一關係的兩面，君差遣臣叫做「使」，臣服事君叫做「事」。

⑲士志於道：道，真理。讀書人專心一志去追求真理。

⑳惡衣惡食：惡，惡劣、不好。粗飯舊衣。

㉑未足與議也：不值得和他討論。

㉒參：與驂通，曾子名。

㉓貫：貫串。

㉔唯：應答聲。

㉕忠恕：忠，替人辦事盡全力。恕，以己度人，《尸子》：「恕者，以身為度者也。」

㉖子貢：孔子學生，姓端木，名賜，字子貢，衛人，小孔子三十一歲。

㉗何事於仁：不再是仁不仁的問題。

㉘必也聖乎：（一定要我說的話，）他算得上是個聖人了。

㉙堯、舜其猶病諸：堯、舜，傳說中的兩位上古聖王，也是孔子所崇拜的人。句謂連堯舜恐怕也要自愧未能完全做到。

㉚能近取譬：能夠近取諸身，拿自己作譬喻去了解他人。

㉛方：方法。

㉜德之不脩：脩，同修。是說不去修養好品德。

㉝學之不講：學問不勤於講習。

㉞聞義不能徙：聽到義在那裡，自己卻不能夠遷移到那裡去。

㉟好古：好，喜好、感興趣。古，古代的事物和經驗。

㊱敏以求之者也：敏，敏捷，亦可解作勉力。敏捷或勉力地去追求知識，此指孔子「不知即學」的勤奮態度。

㊲三人行：三個人同在路上行走的意思，形容與朋友共處的時候。「三」在這裡指最小數。

㊳必有我師焉：其中必定有值得我取法的人。師，指自己所值得效法的人。

㊴擇其善者而從之：擇取那正確的言行作取法的榜樣。從之，意思是學習他的優點，效法他的長處。之，指稱詞，指「善者」，即優點。

㊵其不善者而改之：承接上文而省略了「擇」字，意思是擇取那不正確的言行作改過的借鏡。改之，意思是依據他的缺點，以改正自己類似的過失。之，也是指稱詞，指「不善者」，即缺點。

㊶斯：此，指物、指事、指人均可。此處指河水。

㊷不舍晝夜：舍，同捨。早晚都不鬆懈下來，謂河水晝夜不停地流，暗喻時光的無情流逝。

㊸歲寒：指歲暮天寒的時候。

㊹松柏之後彫：彫，通凋。凋謝、零落的意思。松樹、柏樹性耐寒冷，雖逢冬日，天氣嚴寒，眾木零落，松、柏仍不凋傷，到春天才換生新葉，所謂「後彫」，即指此一現象。

㊺以吾一日長乎爾，毋吾以也：孔子的意思是說，我雖年紀比你們稍為大些，但你們不要因為這樣不敢暢談自己之志願。

㊻居：指平日。
㊼不吾知也：知，認識。句謂別人對我没有認識。
㊽如或知爾：如，假如。或，有人。爾，你。
㊾則何以哉：那麼你們用甚麼辦法去治理國家呢？
㊿率爾而對：爾，助詞。率爾，輕率不假思索的樣子。對，回答尊者問話。
51千乘之國：乘，指配有一定數量兵士的兵車。千乘之國，指擁有一千輛兵車的國家。有這樣兵力的國家在孔子的時代只算中等國家。
52攝：夾。
53加之以師旅：師旅，軍隊。句謂受到他國軍隊的侵略。
54因之以饑饉：因之，等於說「繼之」。饑，穀不熟。饉，菜不熟。二者連用泛指荒年。本句說接著又讓它遭受饑荒。饉㊉jǐn㊊ㄐㄧㄣˇ音謹。
55由也為之：也，句中語氣詞，表示前面的「由」字是人名。為之，治理它。
56比及：等到了。
57方：向義，即遵守禮義。
58哂：笑。哂㊉shěn㊊ㄕㄣˇ音審。
59方六七十，如五六十：方六七十，見方六七十里。如，與。
60足民：使國家人口充足。
61如其：如，若、至於。其，它（國家）的。
62俟：等待。俟㊉sì㊊ㄙˋ音四。
63非曰能之：不敢說能夠做到。
64宗廟之事：諸侯祭祀祖先之事。

⑥⑤ 如會同：如，與。會，指諸侯盟會。同，指諸侯共同朝見天子。

⑥⑥ 端章甫：端，古人以整幅布做的禮服，又叫玄端，這裡指穿上這種禮服。章甫，一種禮帽。這裡指戴這種禮帽。

⑥⑦ 相：在祭祀或會盟時，主持贊禮和司儀的人。

⑥⑧ 鼓瑟希：鼓，彈奏。希，稀。句謂彈奏瑟的聲音逐漸放慢、疏落。

⑥⑨ 鏗爾：鏗，象聲詞。鏗的一聲。鏗(漢)kēng(國)ㄎㄥ音坑。

⑦⓪ 舍瑟而作：舍，捨的古字，這裡指放下。作，起來。

⑦① 異乎三子者之撰：撰，借作選。句謂我與他們三個人所選擇的不一樣。

⑦② 何傷乎：又有甚麼關係呢？

⑦③ 莫春：莫，暮的古字。莫春，指三月。

⑦④ 春服既成：意思是說春天的衣服已經穿上了。

⑦⑤ 冠者：成年人。古時男子長到二十歲舉行加冠禮，表示已經成人。

⑦⑥ 沂：水名，在今山東曲阜南。沂(漢)yí(國)ㄧˊ音夷。

⑦⑦ 風乎舞雩：風，吹風，即乘涼。舞雩，古時求雨的祭臺。風乎舞雩，謂於舞雩之處乘涼。雩(漢)yú(國)ㄩˊ音魚。

⑦⑧ 喟然：長歎的樣子。

⑦⑨ 與：贊成。

⑧⓪ 讓：謙讓。

⑧① 唯求則非邦也與：唯，句首語氣詞。與，表示疑問的句末語氣詞。意思是說，難道冉有說的就不是治國的大事了嗎？

⑧② 赤也為之小，孰能為之大：如在規模上赤做得小，那麼又有誰做得大呢？

⑧③ 愛之，能勿勞乎？忠焉，能勿誨乎：此章說，你如果愛一個人，能夠不讓他勞作麼？你如果盡力替一個人設想，能夠不訓誨他麼？「誨」字在《論語》中指師長對學生、子弟的個別教誨。由此可見，「忠」的對象可能是下位的人或晚輩，並不如後世所指的只限於下位對上位、晚輩對長輩的德性。

⑧④ 以德報怨：怨，怨懟。用恩惠來報答別人對你的怨懟。《老子．六十三章》也有「報怨以德」的言論。

老子 九章

第一章

道可道①，非恒道②。名可名③，非恒名。無名、天地之始④，有名、萬物之母⑤。故恒無欲，以觀其妙⑥。恒有欲，以觀其徼⑦。此兩者同出而異名⑧。同謂之玄⑨。玄之又玄⑩，眾妙之門⑪。

第七章

天長地久，天地所以能長且久者，以其不自生⑫，故能長生。是以聖人後其身而身先，外其身而身存⑬。非以其無私耶？故能成其私⑭。

第十八章

大道廢[15]，安[16]有仁義。智慧出[17]，安有大偽[18]。六親不和，安有孝慈[19]。邦[20]家昏亂，安有忠臣。

第二十二章

曲則全[21]，枉[22]則直；窪則盈[23]，弊[24]則新。少則得[25]，多則惑[26]。是以聖人抱一以為天下式[27]。不自見，故明[28]。不自是，故彰[29]。不自伐，故有功[30]。不自矜，故長[31]。夫唯不爭[32]，故天下莫[33]能與之爭。古之所謂曲則全者，豈虛言哉？誠全而歸之[34]。

第三十三章

知人者智[35]，自知者明[36]。勝人者有力[37]，自勝者強[38]。知足者富，強行者有志㊴；不失其所者久㊵，死而不亡者壽㊶。

第三十六章

將欲歙之㊷，必固張之㊸；將欲弱㊹之，必固強之；將欲廢㊺之，必固興㊻之。將欲奪之，必固與㊼之；是謂微明㊽。柔弱勝剛強。魚不可脫於淵㊾，邦之利器，不可以示人㊿。

第七十四章

若民恒且不畏死，奈何以死懼之51？若使民恒畏死，而為奇者，吾將得執而殺之，夫孰敢矣52？若民恒且必畏死，則恒有司殺者殺53，夫代司殺者殺，是謂代大匠斲54也。夫代之大匠斲者，則希55有不傷其手矣。

第八十章

小邦寡民⑯，使有什伯之器而不用⑰。使民重死，而不遠徙⑱，雖有舟輿⑲，無所乘之⑳。雖有甲兵㉑，無所陳之。使民復結繩而用之㉒。甘其食㉓，美其服㉔，安其居㉕，樂其俗㉖。鄰邦相望，雞犬之聲相聞，民至老死不相往來。

第八十一章

信言不美㉗，美言不信。善者不辯㉘，辯者不善，知者不博㉙，博者不知。聖人不積㉚，既以為人㉛己愈有，既以與人己愈多。故天之道、利而不害㉜，聖人之道、為而弗爭㉝。

作者

老子，既是作者名，也是書名。《老子》一書又名《道德經》，是先秦道家的主要典籍。關於《老子》的作者與成書年代，眾說紛紜，有以為是老子遺說，或係周太史儋作，至今仍無定論。從文章的思想和風格看，《老子》約成於春秋後期至戰國末年之間。

關於老子，據《史記・老子韓非列傳》，是楚國苦縣厲鄉曲仁里（今河南鹿邑東）人，姓李，名耳，字聃，曾當過周守藏室史。孔子適周，曾問禮於老子。其學以自隱無名為務，著書上下篇五千餘言，其後莫知其所終。據先秦典籍《莊子》、《韓非子》、《呂氏春秋》等書關於老子的描述，在春秋末期，比孔子稍早或同時，可能有老子其人。

《老子》一書共八十一章。據近年出土的馬王堆帛書手寫卷，上卷《德經》在先，下卷《道經》在後，與漢人流傳本子不同。漢人認為該書為修養德性之作，其主要思想是清靜無為、復返自然，這種哲學對漢初黃老思想和六朝玄學都有深遠的影響。重要的注本有魏王弼的《老子注》及漢河上公的《老子章句》。近人據馬王堆帛書本排列及其內容重新考究，疑為專言戰略哲學一類著述，可與孫吳兵法等同。惟此說仍有疑議之處，未可謬然信用。

題解

本篇選錄《老子》書中九章，版本據《先秦兩漢古籍逐字索引》。此九章分別為第一章、第七章、第十八章、第二十二章、第三十三章、第三十六章、第七十四章、第八十章及第八十一章。

根據古本，《老子》第一章提出了老子哲學的幾個基本範疇：道、恒道、名、恒名、無名、有名、萬物等，並以簡括的語言對其內容作了規定，闡明它們之間的邏輯關係，勾勒出老子世界觀的一個輪廓。歷來研究老子的學者大都認為此章是全書的綱領。

《老子》第七章藉對天地聖人的歌頌說明無為、不爭之德的好處。

《老子》第十八章對仁義、孝慈等道德規範的產生以及欺詐現象和忠臣的出現作了言簡意賅的析述，指出這都是社會發展到某一階段才產生出來的。

《老子》第二十二章闡述了事物對立的雙方互相依存、互相轉化的關係，說明要使事業終能成全，有時須使自己處於曲枉之處。全章語言簡練，則、故、夫、唯等關聯詞語的運用，大大增強了本文的表現力。

《老子》第三十三章對與人生有關的幾個概念作了規定，言語簡約，含義深遠。如「自知者明」、「自勝者強」等語，今天仍常為人所引用。

《老子》第三十六章闡述了「柔弱勝剛強」的哲理。

《老子》第七十四章對統治者以暴力鎮壓百姓提出批評，這在當時固然有其積極的社會意義，即使在今天，仍然可以作為當政者的借鑑。其中「民不畏死，奈何以死懼之」這句話，更具深意。

《老子》第八十章闡述了「小國寡民」的政治思想。

第八十一章是《老子》一書的末章。

注釋

① 道可道：道，第一個「道」是名詞，一種哲學範疇。第二個「道」是動詞，意為言說、稱道。

② 恒道：永恒之道。恒，「恆」之異體字。今本「恒」作「常」者，蓋避漢文帝（劉恒）諱改。今據馬王堆帛書本《老子》改正。

③ 名可名：名，第一個「名」是名詞，即名稱。第二個「名」是動詞，呼叫其名。

④ 無名、天地之始：無名，指道。道是天地的開始。

⑤ 有名、萬物之母：有名，也指道。道是萬物的母親。奚侗《老子集解》云：「無名有名皆謂道，天地之始，未立道名，……既有名矣，則道生一，一生二，二生三，三生萬物，道固萬物之母也。」

⑥ 故恒無欲，以觀其妙：故，所以。妙，微妙。此句帛書《老子》甲、乙本「欲」後均有「也」字。意思是說經常從無欲的角度出發，來觀察道始萬物的微妙。

⑦ 恒有欲，以觀其徼：徼，通邀，謂要求、求取。此句帛書《老子》甲、乙本「欲」後亦均有「也」字。意思是說經常從有欲的角度出發，來觀察道成萬物的要求。徼㊥漢 yāo ㊥國 ㄧㄠ音邀。

⑧ 此兩者同出而異名：此兩者，指「無名」和「有名」。同出而異名，同所自出而名不同。

⑨ 同謂之玄：指「無欲」和「有欲」同稱之曰玄妙。

⑩ 玄之又玄：玄妙而又玄妙。

⑪ 眾妙之門：是眾玄所從出的門户。

⑫ 以其不自生：以，因為。其，指天地。因為天地的生命不是自己賦予的。

⑬ 是以聖人後其身而身先，外其身而身存：後，使退。外，使外。是說聖人把自己退居後面，反而能超

越在眾人前面；把自身置之度外，反而令自身得以保存。

⑭ 非以其無私耶？故能成其私：這難道不是因為他無私嗎？所以最後能成全他的私心。

⑮ 大道廢：在《老子》中，「大道」是宇宙的最高原則。廢，廢置一旁。

⑯ 安：於是，下同。通行本無「安」字。

⑰ 出：產生。

⑱ 偽：欺騙、詐誑。

⑲ 六親不和，安有孝慈：六親，指父子、兄弟、夫婦。孝慈，在這裡指孝。

⑳ 邦：今本「邦」作「國」者，是避漢高祖（劉邦）諱改。今據馬王堆帛書本《老子》改正，下同。

㉑ 曲則全：曲，委曲。則，才、就。委曲反而能自全。

㉒ 枉：彎曲。

㉓ 窪則盈：盈，平滿。窪 漢 wā 國 ㄨㄚ 音蛙。

㉔ 弊：破舊。

㉕ 少則得：少求反而有所得。

㉖ 多則惑：惑，不知孰是孰非。多求反而不知何所適從。

㉗ 是以聖人抱一以為天下式：是以，因此。抱，抱緊。一，即「道」，指事物最基本的原理。為，作為。式，法式、模範。因此聖人緊緊抱著「一」（即「道」），把它用作天下的模範。

㉘ 不自見，故明：見，同現，不自見，不顯示自己。故，所以。明，昭然可見。見 漢 xiàn 國 ㄒㄧㄢˋ 音現。

㉙ 不自是，故彰：不自是，不自以為是。彰，彰明、顯著。

㉚ 不自伐，故有功：伐，誇耀。功，功績、功勞。

㉛ 不自矜，故長：矜，誇大。長，長久。

㉜ 夫唯不爭：夫，發語詞。唯，就是。就是因為不爭。

㉝ 莫：否定性不定指代詞，謂沒有誰。
㉞ 誠全而歸之：誠，確實。之，代指能曲者。確實能至死保全自己。
㉟ 知人者智：能徹底了解別人的叫作智。
㊱ 自知者明：能徹底了解自己的叫作明。
㊲ 勝人者有力：能克服別人的叫作有力。
㊳ 自勝者強：能克服自己的叫作強。
㊴ 強行者有志：強，勉強。勉強力行的叫作有志。強 ㊥漢 qiǎng ㊥國 ㄑㄧㄤˇ 音襁。
㊵ 不失其所者久：不失去自己所安的處所叫作久。
㊶ 死而不亡者壽：死了仍不為人所遺忘的叫作長壽。
㊷ 歙之：使之收斂。歙 ㊥漢 xì ㊥國 ㄒㄧˋ 音夕。
㊸ 必固張之：必固，就得。下「固」字同。張，擴張。
㊹ 弱：使變弱。
㊺ 廢：使廢敗。帛書《老子》甲、乙本均作「去」。
㊻ 興：興盛。帛書《老子》甲、乙本均作「與」。
㊼ 與：給予。帛書《老子》甲、乙本均作「予」。
㊽ 微明：謂能見微。
㊾ 魚不可脫於淵：魚不可使脫離深淵。
㊿ 邦之利器，不可以示人：「利器」一詞，研究老子的學者歷來解釋不一，或釋為賞罰，或釋為權柄，或釋為柔弱。是說治國的利器不可洩露。
(51) 奈何以死懼之：奈何，有甚麼用。懼之，用死來威嚇他們。
(52) 若使民恒畏死，而為奇者，吾將得執而殺之，夫孰敢矣：若使，假使，兩個假設連詞連用。帛書《老子》甲本只用「若」，而乙本只用「使」。奇，指詭異亂群，犯上作亂。執，捉住。孰，誰。這句話意思是說，假使老百姓經常怕死，對犯上作亂的人，我們只須抓住他把他殺掉，誰還敢犯上作亂呢？

(53) 恒有司殺者殺：恒，指依照常例。司，主掌。照例要由掌殺者主宰殺。

(54) 大匠斲：匠，木匠。斲，砍削。斲 漢 zhuó 國 ㄓㄨㄛˊ 音琢。

(55) 希：少。

(56) 小邦寡民：小，使小。寡，使少。今本「邦」作「國」，蓋避漢諱改。

(57) 使有什伯之器而不用：什伯之器，馬王堆帛書甲、乙本「什伯」並作「十百人」，則「什伯」亦應作「十百人」解。不用，不被使用。

(58) 使民重死，而不遠徙：重死，把死看得重。遠徙，遷移到遠方去。

(59) 輿：車子。

(60) 無所乘之：沒有乘坐的用處。下「無所陳之」，亦謂無陳列的用處。

(61) 甲兵：鎧甲、兵器。

(62) 使民復結繩而用之：結繩，相傳在文字產生之前用來記事的方法。之，指結繩。是說使人回復打繩結來記事。

(63) 甘其食：以其食為甘。使他們認為自己的飲食香甜。

(64) 美其服：以其服為美。使他們認為自己的衣服美好。

(65) 安其居：以其居為安。使他們認為自己的住所安適。

(66) 樂其俗：以其俗為樂。使他們認為自己的風俗習慣。

(67) 信言不美：信，信實。美，好聽。

(68) 善者不辯：善者，品德好的人。辯，巧妙辯說。

⑲ 知者不博：知，通智。知者，有智慧的人。博，廣博。
⑳ 聖人不積：聖人，指道家的聖人。不積，不積聚財物。
㉑ 既以為人：既，盡。以，用。為，施。即把財物盡數送給別人。
㉒ 故天之道、利而不害：利，利於萬物。句謂天道利物而不害物。
㉓ 聖人之道、為而弗爭：為，施、施於人，即幫助人。弗爭，猶不爭。此句謂聖人之道施惠於人而不與人相爭。

孫子 二則

謀攻篇 節錄

故用兵之法，十則圍之①，五則攻之②，倍則分之③，敵則能戰之④，少則能逃之⑤，不若則能避之⑥。故小敵之堅，大敵之擒也⑦。

夫將者，國之輔⑧也；輔周⑨則國必強，輔隙⑩則國必弱。

故君之所以患於軍者三⑪：不知軍之不可以進而謂之進⑫，不知軍之不可以退而謂之退，是謂縻軍⑬。不知三軍之事，而同三軍之政者，則軍士惑矣⑭；不知三軍之權，而同三軍之任，則軍士疑矣⑮。三軍既惑且疑，則諸侯之難至矣⑯。是謂亂軍引勝⑰。

故知勝⑱有五：知可以戰與不可以戰者勝，識眾寡之用者勝⑲，上下同欲⑳者勝，以虞待不虞者㉑勝，將能而君不御者㉒勝。此五者，知勝之道也。故曰：知彼知己者，百戰不殆㉓；不知彼而知己，一勝一負；不知彼，不知己，每戰必殆。

地形篇 節錄

視卒如嬰兒，故可與之赴深谿；視卒如愛子，故可與之俱死。厚而不能使㉔，愛而不能令㉕，亂而不能治㉖，譬若驕子，不可用也。

知吾卒之可以擊，而不知敵之不可擊，勝之半㉗也；知敵之可擊，而不知吾卒之不可以擊，勝之半也；知敵之可擊，知吾卒之可以擊，而不知地形之不可以戰，勝之半也。故知兵㉘者，動而不迷㉙，舉而不窮㉚。故曰：知彼知己，勝乃不殆；知天知地，勝乃不窮。

作者

《孫子》一書相傳是春秋末期齊（今山東北部）人孫武所著。孫武，生卒年不詳，約與孔子同時。周敬王八年（西元前五一二年），孫武晉見吳王闔閭，任為將軍。《史記・孫子吳起列傳》論其功業說：「西破強楚，北威齊晉，顯名諸侯。」可見其在軍事上的成就。

《孫子》是中國古代一部重要的軍事著作，世譽為「兵經」。全書分〈計〉、〈作戰〉、〈謀攻〉、〈形〉、〈勢〉、〈虛實〉、〈軍爭〉、〈九變〉、〈行軍〉、〈地形〉、〈九地〉、〈火攻〉和〈用間〉十三篇。作者綜合了春秋以來各國交戰的經驗，歸納出戰略和戰術的規律，在中國以至全世界的軍事學中產生極廣泛的影響。後人並將其理論應用於政治、經濟和外交等領域。

《孫子》一書的文學價值很高，它的章法簡約，文字平實，為後世說理散文的模範。由於此書產生年代極早，且流傳久遠，所以衍生出不同的版本。一九七二年銀雀山漢墓出土簡兵書中有殘本，《孫子兵法》只二百餘簡，約等於傳世本三分之一強。

題解

本篇第一則節錄自《孫子・謀攻》，第二則節錄自《孫子・地形》，版本據《先秦兩漢古籍逐字索引》。

〈謀攻〉是《孫子》第三篇，內容論述運用計謀獲取勝利的方法，並提出了「知彼知己者，百戰不殆」的戰略。

〈地形〉是《孫子》第十篇，內容論述地形在戰爭中的重要，以及在不同地理條件下進行軍事活動的基本原則。此外，也解釋軍事管理的策略，強調將領既要愛惜士兵，又須執行嚴明的紀律。

注釋

① 十則圍之：兵力十倍於敵軍就包圍他們。

② 五則攻之：兵力五倍於敵軍就主動向他們發動攻擊。

③倍則分之：有一倍於敵軍的兵力，就設法分散敵人。
④敵則能戰之：敵，指兵力相等，勢均力敵。能，能夠，亦「可」字意。兵力相等，就能夠抗衡而一戰。
⑤少則能逃之：逃，擺脫、脫離。逃字一作守。兵力比敵人少，就要能夠及時逃脫。
⑥不若則能避之：力量不如敵人時，就要能夠避免與敵人交戰。
⑦故小敵之堅，大敵之擒也：小敵、大敵，指實力懸殊的交戰雙方。堅，堅持，這裡指勉強堅持作戰。二句謂兵力弱小的一方如果堅持作戰而不知退避，必被強大的敵軍所擒。此即曹操所謂「小不能當大也」。

⑧國之輔：國君的輔佐。
⑨輔周：輔助周全。
⑩輔隙：隙，縫隙、裂痕。輔助有缺陷。
⑪故君之所以患於軍者三：患，作動詞用，貽害。此句意謂「為君者有三種軍事上的大忌而必須引以為憂的」。

⑫謂之進：使之進、命令他們前進。
⑬是謂縻軍：縻，束縛。這叫做束縛軍隊。縻㊈mí㊋ㄇㄧˊ音靡。
⑭不知三軍之事，而同三軍之政者，則軍士惑矣：三軍，泛指軍隊。不曉軍務的人卻一同參預軍政，軍隊就會感到迷惑。

⑮不知三軍之權，而同三軍之任，則軍士疑矣：由不曉軍事權變的人去負責軍中任務，軍隊會感到迷惑。
⑯諸侯之難至矣：難，禍患。諸侯列國乘機進攻的災難就臨頭了。
⑰亂軍引勝：擾亂自己的軍隊而導致敵人的勝利。
⑱知勝：知，預見。預知戰爭的勝利。下句的知，是識的意思。
⑲識眾寡之用者勝：懂得根據兵力多少而採取不同戰術的人，會得到勝利。

⑳ 上下同欲：欲，欲望、需求。上下都有共同目標。
㉑ 以虞待不虞者：虞，準備、戒備。此句意謂「以有備對待沒有準備」。
㉒ 將能而君不御者：御，駕御，同「駕馭」，控制、驅使，這裡是牽制、制約的意思。將帥有才能而國君不加以牽制的。
㉓ 殆：危險。
㉔ 厚而不能使：厚，厚養、厚待。厚待士卒，然而不能使用。
㉕ 愛而不能令：令，命令、驅使，這裡還有教育的意思。溺愛士卒然而不能驅使。
㉖ 亂而不能治：指士卒的行為放縱卻不能加以約束懲治。
㉗ 勝之半：勝利或失敗的可能性各佔一半，指沒有必勝的把握。
㉘ 知兵：通曉用兵打仗的方法。
㉙ 動而不迷：指軍事行動靈活而不迷惑。
㉚ 舉而不窮：舉，措施。所採取的戰略變化無窮，敵人難以捉摸。

墨子・兼愛上 節錄

聖人以治天下為事者也，必知亂之所自起，焉①能治之；不知亂之所自起，則不能治。譬之如醫之攻②人之疾者然，必知疾之所自起，焉能攻之；不知疾之所自起，則弗③能攻。治亂者何獨不然，必知亂之所自起，焉能治之；不知亂之所自起，則弗能治。

聖人以治天下為事者也，不可不察亂之所自起。當④察亂何自起？起不相愛。臣子之不孝君父，所謂亂也。子自愛不愛父，故虧⑤父而自利；弟自愛不愛兄，故虧兄而自利；臣自愛不愛君，故虧君而自利。此所謂亂也。雖父之不慈子⑥，兄之不慈弟，君之不慈臣，此亦天下之所謂亂也。父自愛也，不愛子，故虧子而自利；兄自愛也，不愛弟，故虧弟而自利；君自愛也，不愛臣，故虧臣而自利。是何也？皆起不相愛。雖至⑦天下之為盜賊者，亦然。盜愛其室⑧，不愛異室，故竊異室以利其室；賊愛其身，不愛人，故賊人以利其身⑨。此何也？皆起不相愛。雖至大夫之相亂家、諸侯之相攻⑩國者，亦然。大夫各愛其家，不愛異家，故亂異家以利其家；諸侯各愛其國，不愛異國，故攻異國以利其國。天下之亂物⑪，具此而已矣⑫。

察此何自起？皆起不相愛。若使天下兼相愛，愛人若愛其身，猶有不孝者乎？視父兄與君若其身，惡施不孝⑬？猶有不慈者乎？視子弟與臣若其身，惡施不慈？故不慈不孝亡⑭。猶有盜賊乎？視人之室若其室，誰竊？視人身若其身，誰賊⑮？故盜賊有亡⑯。猶有大夫之相亂家、諸侯之相攻國者乎？視人家若其家，誰亂？視人國若其國，誰攻？故大夫之相亂家、諸侯之相攻國者有亡。若使天下兼相愛，國與國不相攻，家與家不相亂，盜賊無有，君臣父子皆能孝慈，若此則天下治。

故聖人以治天下為事者，惡得不禁惡⑰而勸愛。故天下兼相愛則治，交相惡⑱則亂。故子墨子曰不可以不勸愛人者，此也。

作者

《墨子》是記錄思想家墨翟及其弟子言行的一部著作。題為「宋墨翟撰」，估計乃墨家弟子及後人所輯述，並非自著。

墨翟生於周貞定王元年，卒於周安王二十六年（西元前四六八年——前三七六年）。戰國宋人，墨家學派的創始人。據《漢書．藝文志》載，原書共七十一篇，今存五十三篇，分十五卷。其中〈尚賢〉、〈尚同〉、〈兼愛〉、〈非攻〉、〈節用〉、〈節葬〉、〈天志〉、〈明鬼〉、〈非樂〉、〈非命〉諸篇為墨家思想的主要文字，使墨家之言成為一重要學派，與儒家並稱顯學。

在先秦諸子的散文中，《墨子》文章的理論性最強，具說服力。其文雖不重文采，卻開論辯文的先河。通行本有清孫詒讓的《墨子閒詁》。

題解

本篇選自《墨子校注》卷四，內容探討天下相亂之源與治亂之方。墨子認為，天下之亂，「起不相愛」，因而提出治亂之方，「故聖人以治天下為事者，惡得不禁惡而勸愛」。最後歸結於「天下兼相愛則治，交相惡則亂」。

注釋

① 焉：乃、才。
② 攻：治。
③ 弗：作不字用時省賓語「之」。
④ 當：讀若嘗，同聲假借字，「試」的意思。孫詒讓《閒詁》：「當讀為嘗，同聲叚借字。」又謂「當，吳鈔本作嘗，古字通用。」
⑤ 虧：損害。
⑥ 雖父之不慈子：雖，即使。慈，愛（專指長輩或在上位者對晚輩或下屬而言）。句謂即使父不愛護其子。

⑦雖至：至字原闕。
⑧室：家。
⑨賊愛其身，不愛人，故賊人以利其身：賊，前者用作名詞，謂盜賊；後者用作動詞，謂殘害。一說兩「人」字後疑當補「身」字。
⑩攻：攻伐。
⑪亂物：亂事。
⑫具此而已矣：謂全數盡在此。
⑬惡施不孝：惡，在甚麼地方。施，行。對君父手足在甚麼地方會作出不孝的行為呢？惡㊥wū㊬ㄨ音烏。
⑭亡：通無。
⑮誰賊：誰殘害人？
⑯有亡：音義同「又無」。
⑰惡：惡事，指互相仇恨攻伐之事。
⑱惡：憎惡。惡㊥wù㊬ㄨˋ音戊。

孟子　三則

論知言養氣

公孫丑①問曰：「夫子加齊之卿相②，得行道③焉，雖由此、霸王不異矣④。如此，則動心⑤否乎？」

孟子曰：「否；我四十不動心⑥。」

曰：「若是，則夫子過孟賁遠矣⑦。」

曰：「是不難，告子先我不動心⑧。」

曰：「不動心有道⑨乎？」

曰：「有。北宮黝之養勇也⑩；不膚橈⑪，不目逃⑫，思以一豪挫於人⑬，若撻之於市朝⑭；不受於褐寬博⑮，亦不受於萬乘之君；視刺萬乘之君，若刺褐夫；無嚴諸侯[16]，惡聲[17]至，必反[18]之。孟施舍之所養勇也[19]，曰：『視不勝猶勝也[20]；量敵而後進[21]，慮勝而後會[22]，是畏三軍者[23]也。舍豈能為必勝哉？能無懼而已矣。』孟施舍似曾子[24]，北宮黝似子夏[25]。夫二子之勇，未知其孰賢[26]，然而孟施舍守約[27]也。昔者曾子謂子襄[28]曰：『子[29]好勇乎？吾嘗聞大勇於夫子[30]矣：自反而不縮[31]，雖褐寬博，吾必惴[32]焉；自反而縮，雖千萬人，吾往矣。』孟施舍之守氣，又不如曾子之守約也。」

曰：「敢問夫子之不動心與告子之不動心，可得聞與[33]？」

「告子曰：『不得於言，勿求於心[34]；不得於心，勿求於氣[35]。』不得於心，勿求於氣，可；不得於言，勿求於心，不可。夫志、氣之帥也[36]，氣、體之充[37]也。夫志至焉，氣次焉[38]；故曰：『持其志，無暴[39]其氣。』」

「既曰：『志至焉，氣次焉。』又曰：『持其志、無暴其氣』者何也？」

曰：「志壹[40]則動氣，氣壹則動志也，今夫蹶者趨者，是氣也，而反動其心㊶。」

「敢問夫子惡乎長㊷？」

曰：「我知言㊸，我善養吾浩然㊹之氣。」

「敢問何謂浩然之氣？」

曰：「難言也。其為氣也，至大至剛，以直養而無害㊺，則塞㊻于天地之間。其為氣也，配義與道㊼；無是㊽，餒㊾也。是集義所生者，非義襲而取之也㊿。行有不慊於心(51)，則餒矣。我故曰：告子未嘗知義，以其外之也(52)。必有事焉(53)，而勿正心(54)，勿忘，勿助長也(55)。無若宋人然(56)：宋人有閔其苗之不長而揠之者(57)，芒芒然(58)歸，謂其人(59)曰：『今日病(60)矣！予助苗長矣！』其子趨(61)而往視之，苗則槁矣(62)。天下之不助苗長者寡(63)矣。以為無益而舍之者，不耘苗者也(64)；助之長者，揠苗者也，非徒(65)無益，而又害之。」

「何謂知言？」

曰：「詖辭知其所蔽(66)，淫辭知其所陷(67)，邪辭知其所離(68)，遁辭知其所窮⑲。生於其心，害於其政⑳；發㉑於其政，害於其事㉒。聖人復起㉓，必從㉔吾言矣。」

論四端

孟子曰：「人皆有不忍人之心㉕。先王有不忍人之心，斯有不忍人之政矣㉖。以不忍人之心，行不忍人之政，治天下可運之掌上㉗。所以謂人皆有不忍人之心者，今人乍見孺子將入於井㉘，皆有怵惕惻隱之心㉙，非所以內交於孺子之父母也㉚，非所以要譽於鄉黨朋友也㉛，非惡其聲而然也㉜。由是觀之，無惻隱之心，非人也；無羞惡之心，非人也；無辭讓之心，非人也；無是非之心，非人也。惻隱之心，仁之端㉝也；羞惡之心，義之端也；辭讓之心，禮之端也；是非之心，智之端也。人之有是㉞四端也，猶其有四體㉟也。有是四端而自謂不能㊱者，自賊㊲者也；謂其君不能者，賊其君㊳者也。凡有四端於我者，知皆擴而充之矣㊴，若火之始然㊵，泉之始達⑼。苟能⑽充之，足以保四海⑾；苟不充之，不足以事⑿父母。」

學弈

今夫弈之為數⒃，小數也；不專心致志⒄，則不得也⒅。弈秋、通國之善弈者也⒆。使弈秋誨⒇二人弈，其一人專心致志，惟弈秋之為聽⒆。一人雖聽之，一心以為有鴻鵠⒇將至，思援弓繳而射之⒇，雖與之俱⒇學，弗若⒇之矣。為是其智弗若與⒇？曰：非然也⒇。

作者

孟子，生於周烈王四年，卒於周赧王二十六年（西元前三七二年——前二八九年）。名軻，字子輿，鄒（今山東鄒縣）人，戰國時代大思想家。孟子受業於子思之門人，是繼孔子後儒家學派之代表人物。孟子身處列國混戰的時代，提倡「民貴君輕」之說，主張推行「王道」，可是不被當時諸侯所採納，於是退而與弟子講學著書。

《孟子》一書，有以為孟子自作者，有以為孟子門人所記。宋以後列於經部，朱熹將它與《論語》、《大學》及《中庸》合成《四書》，為之作注，從此成為儒家思想的重要典籍。孟子長於辯論，善用譬喻。文章氣勢磅礴，感情奔放，對後世散文有很大影響。《孟子》全書共七篇，通行注本有東漢趙岐《孟子章句》、宋孫奭《孟子注疏》、朱熹《四書集注》和清焦循《孟子正義》。

題解

本篇三則本無題目，現題為編者所加，版本據《先秦兩漢古籍逐字索引》。〈論知言養氣〉選自《孟子．公孫丑上》第二章，寫志與氣的關係，並論述「養勇」、「養氣」的方法。篇中孟子回答公孫丑的幾個問題，關鍵在於「動心與否」這回事。孟子先表示自己四十歲後便能做到不動心，雖然孔子已有「四十而不惑」的講法，但並沒有具體說明不惑的理據，而孟子則能詳述其要點。他先把勇者不動心的表現作為事例，分析他們不動心的程度和優劣，再談到自己在這方面的經驗。最後以「我知言，我善養吾浩然之氣」作結。〈論四端〉選自《孟子・公孫丑上》第六章，其中的四端，指惻隱、羞惡、辭讓、是非四種人類向善的本能。孟子以此四端作為「性善說」的基礎。由此發展，可體現仁、義、禮、智四種德性。儒家所謂「仁政」，便是以四端為基本。

〈學弈〉選自《孟子・告子上》第九章，故事內容說明學習必須有誠意，必須專心致志，否則不會成功。本文舉例貼切，對比鮮明，是學習寫作的典範。

注釋

①公孫丑：孟子弟子。
②夫子加齊之卿相：夫子，對男子或老師的敬稱，在此指孟子。句謂孟子如果地位凌駕齊國卿相之上。
③得行道：道，指學說、主張。意謂得以推行自己的主張。
④霸王不異矣：霸王，成就霸業或王業。不異，不足為怪。
⑤動心：謂內心興奮。
⑥我四十不動心：孟子說自己到了四十歲便已經常無動於衷。
⑦則夫子過孟賁遠矣：過，勝過。孟賁，戰國時勇士。《史記・范雎蔡澤列傳》裴駰《集解》引許慎

說：「孟賁，衛人。」一說為齊人。賁㊥bēn㊥ㄅㄣ音奔。

⑧告子先我不動心：告子，姓告，名不害，戰國人。先我，在我之前，即比我早。此句為孟子語。

⑨有道：有方法。

⑩北宮黝之養勇也：北宮黝，人名，姓北宮，名黝，事跡不可考。養勇，培養勇氣。黝㊥yǒu㊥ㄧㄡˇ音有。

⑪膚橈：膚，顏色，臉上表情。橈，屈服，臉上出現屈服的表情。《韓非子・顯學》篇漆雕之議，不色撓，不目逃。本文的「不膚撓」就是「不色撓」。恐懼現於顏色。橈㊥náo㊥ㄋㄠˊ音撓。

⑫不目逃：不迴避別人的對視。

⑬思以一豪挫於人：豪，同毫。一豪，一根毫毛，比喻一點點。挫，指受折辱。

⑭若撻之於市朝：撻，鞭打。市朝，市場或朝廷，這裡指市場，即公開場合。連上句指北宮黝認為受別人一點點屈辱，就好像在大庭廣眾挨了鞭打一樣。撻㊥tà㊥ㄊㄚˋ音躂。

⑮不受於褐寬博：不受，指不接受屈辱。褐，粗布衣服。寬博，指衣服寬大。褐寬博，指穿著寬大粗布衣服，地位低微的人。褐㊥hé㊥ㄏㄜˋ音賀。

⑯無嚴諸侯：無，不。嚴，畏懼。

⑰惡聲：指罵人的粗俗話，或不禮貌的說話。

⑱反：報復。趙岐注曰：「以惡聲加己，己必惡聲報之。」

⑲孟施舍之所養勇也：孟施舍，人名，趙岐注云：「孟姓，舍名，施發音也。」閻若璩則以為孟施乃複姓。所養勇，用以修養勇氣的方法。這句話和今日所說的「在養勇上」差不多。

⑳視不勝猶勝也：把戰敗看作和戰勝一樣。這是一種勇敢的表現。

㉑量敵而後進：意即估量敵軍少於己方後才前進。

㉒會：交鋒。

㉓畏三軍者：三軍，周代大國設有三軍，這裡泛指大國的軍隊。畏三軍者，即指害怕強大敵人的人。

㉔孟施舍似曾子：曾子，姓曾，名參，字子輿，孔子弟子。孟施舍養勇的方法類似曾子。曾子重「反求諸己」。孟子認為孟施舍培養勇氣的方法重反求諸己。

㉕北宮黝似子夏：子夏，姓卜，名商，字子夏，孔子弟子，篤信孔子主張，能擇善固執。句謂北宮黝養勇的方法類似子夏。

㉖夫二子之勇，未知其孰賢：夫二子，這兩個人，指孟施舍和北宮黝二人。子，古代男子的通稱。孰，誰。賢，勝、強。

㉗守約：守，保守、保持。約，猶言原則。能按原則處事，謂之守約。

㉘子襄：曾子的弟子。襄㊉ xiāng ㊒ ㄒㄧㄤ 音香。

㉙子：你，禮貌的稱呼。

㉚夫子：指孔子。

㉛自反而不縮：自反，反躬自問。縮，指理直。

㉜惴：恐懼也。惴㊉ zhuì ㊒ ㄓㄨㄟˋ 音綴。

㉝可得聞與：可以聽你的解說嗎？

㉞不得於言，勿求於心：在語言上得不到領會，就不向心裡尋找。

㉟不得於心，勿求於氣：在心上得不到領會，就不向氣尋找。

㊱夫志、氣之帥也：志，意志、志向。帥，統帥、主導。

㊲體之充：所以充滿體內的。

㊳志至焉，氣次焉：志到達一個地方，氣就在那裡駐紮。

㊴暴：濫用。

㊵壹：專一。

㊶ 今夫蹶者趨者，是氣也，而反動其心：蹶，跌撞而行。趨，快走。人走得急而跌跌撞撞，這是氣但反而動其心。蹶㊉jué㊀ㄐㄩㄝˊ音決。

㊷ 惡乎長：惡，何。長處在哪一方面？

㊸ 知言：指了解別人的話為甚麼這樣說。

㊹ 浩然：盛大的樣子。

㊺ 以直養而無害：直，正直。用正直來培養而又不加以妨礙。

㊻ 塞：充滿。

㊼ 配義與道：用義與道配合起來。

㊽ 無是：缺乏這些（指義與道）。

㊾ 餒：餓，就是說缺乏營養。

㊿ 是集義所生者，非義襲而取之也：集，集合。襲，趁敵不備而突然攻擊。這種氣是由於集合義而產生的，不是義由襲擊得來的。

51 行有不慊於心：慊，滿足、快意。所作所為有虧於心。慊㊉qiè㊀ㄑㄧㄝˋ音妾。

52 以其外之也：以，因為。外之，把義看成是外在的。《孟子・告子上》第四章告子曾說：「義，外也，非內也。」告子認為義不是人內心所固有的。

53 事焉：從事於此，指從事於養氣。

54 勿正心：勿止其養氣之心，「正」與「止」古通假。一說「勿正心」句，「正心」乃「忘」字誤分為二。

55 勿助長也：指不要以違背規律的方式強行助它生長。

56 無若宋人然：宋人，宋國人，宋國在今河南商邱。不要像宋人那樣。文中以揠苗助長的宋人，比喻像告子那樣不行仁義而急求事功之人。

㊾57 宋人有閔其苗之不長而揠之者：閔，亦作憫，憐憫、擔憂。揠，拔。閔(漢) mǐn (國) ㄇㄧㄣˇ 音敏。揠(漢) yà (國) ㄧㄚˋ 音訝。

58 芒芒然：芒，通茫。疲勞的樣子。

59 謂其人：謂，告訴。其人，指他家裡的人。

60 病：疲倦。

61 趨：快步走。

62 苗則槁矣：槁，乾枯。苗已經枯槁了。槁(漢) gǎo (國) ㄍㄠˇ 音稿。

63 寡：少。

64 以為無益而舍之者，不耘苗者也：耘，除草。認為田間工作沒有益處而放置一邊的，是懶於為禾苗除草的人。

65 非徒：不但。

66 詖辭知其所蔽：詖，言辭偏頗。詖辭，偏頗的言論。蔽，指受遮蔽，不能通觀全體。所蔽，受遮蔽的地方。詖(漢) bì (國) ㄅㄧˋ 音必。

67 淫辭知其所陷：淫辭，過分的言論。所陷，失誤之處。

68 邪辭知其所離：邪辭，偏離正道的言論。所離，在哪兒背離了正道。

69 遁辭知其所窮：遁辭，遮遮掩掩的言論。所窮，理屈之所在。遁(漢) dùn (國) ㄉㄨㄣˋ 音頓。

70 生於其心，害於其政：這些言辭如果是從心底產生出來，就會危害政治。

71 發：指言論得以實施。

72 事：指國家大事。

73 復起：再度出現。

74 從：贊同。

⑮ 不忍人之心：忍，看見別人受苦而無動於衷。不忍人之心，即不忍別人受苦之心，亦即後面所說的「惻隱之心」。
⑯ 斯有不忍人之政矣：斯，這。不忍人之政，不忍別人受苦的政治。
⑰ 治天下可運之掌上：治理天下就像把天下放在手掌上玩弄一樣容易。
⑱ 乍見孺子將入於井：乍，驟然。孺子，小孩兒。入於井，掉進井裡。
⑲ 怵惕惻隱之心：怵惕，哀憐。惻隱，傷痛、憐憫。怵惕 漢 chù tì 國 ㄔㄨˋ ㄊㄧˋ 音觸剔。
⑳ 非所以內交於孺子之父母也：內，同納，結。內交，結交。句謂這並不是要借此跟孩子父母攀交情。內 漢 nà 國 ㄋㄚˋ 音納。
㉑ 非所以要譽於鄉黨朋友也：要，邀、博取。鄉黨，周制以五百家為黨，一萬二千五百家為鄉，後用「鄉黨」泛指鄉里。此句謂並不是要借此在鄉里朋友中博取名聲。要 漢 yāo 國 ㄧㄠ 音腰。
㉒ 非惡其聲而然也：不是因為討厭小孩的哭聲才這樣做。
㉓ 仁之端：端，開端、發端。這裡謂仁的發端。
㉔ 是：此、這。
㉕ 四體：指四肢。
㉖ 自謂不能：認為自己不行。
㉗ 自賊：賊，害也。自賊，謂自暴自棄。
㉘ 賊其君：賊，害、貶抑。意謂暴棄其君的人。
㉙ 凡有四端於我者，知皆擴而充之矣：句謂凡是自己擁有的仁、義、禮、智四種善端都已經能夠擴充。「之」指四善端。
㉚ 若火之始然：然，燃的古字。句謂就像火剛剛燃燒起來，將會燒得越來越猛烈。
㉛ 泉之始達：就像泉水剛剛噴湧出來，將變得越來越充沛。

(92) 苟能：假如能夠。
(93) 足以保四海：保，安定。四海，指天下。意謂足以治理天下，安定天下。
(94) 事：侍奉、贍養。
(95) 今夫弈之為數：今夫，用在句子開頭，表示下面要提出一個問題，加以論述。弈，古代的圍棋。數，技術、技藝。弈(漢)yì(國)ㄧˋ音亦。
(96) 專心致志：一心一意。致志，把自己的意念灌注到上面。
(97) 則不得也：就沒有收穫，學不到手。
(98) 弈秋，通國之善弈者也：弈秋，這個人名秋，文中連同他擅長的技藝稱他為弈秋。通國，全國。弈秋是全國最善於下棋的人。
(99) 誨：教導。
(100) 惟弈秋之為聽：一心只聽弈秋的話。
(101) 鴻鵠：天鵝。鵠(漢)hú(國)ㄏㄨˊ音胡。
(102) 思援弓繳而射之：援，拉、引。繳，生絲做的繩子。古人把繳繫在弓箭上射飛禽，射中後便於擒捉。繳(漢)zhuó(國)ㄓㄨㄛˊ音酌。
(103) 俱：一起。
(104) 弗若：不如。
(105) 為是其智弗若與：為，同謂，認為。是，這個人。與，同歟，是表示疑問的語氣詞，用於句末以成疑問句。
(106) 非然也：不是這樣。

莊子・逍遙遊 節錄

北冥①有魚，其名為鯤②。鯤之大，不知其幾千里也；化而為鳥，其名為鵬③。鵬之背，不知其幾千里也；怒④而飛，其翼若垂天之雲⑤。是鳥也，海運⑥則將徙於南冥；南冥者，天池⑦也。《齊諧》⑧者，志怪⑨者也。《諧》之言曰：「鵬之徙於南冥也，水擊三千里⑩，摶扶搖而上者九萬里⑪，去以六月息者也⑫。」野馬也，塵埃也，生物之以息相吹也⑬。天之蒼蒼，其正色邪？其遠而無所至極邪⑭？其視下也，亦若是則已矣⑮。且夫水之積也不厚，則負⑯大舟也無力。覆杯水於坳堂之上，則芥為之舟⑰，置杯焉則膠，水淺而舟大也⑱。風之積也不厚，則其負大翼也無力。故九萬里則風斯在下矣，而後乃今培風⑲；背負青天而莫之夭閼者，而後乃今將圖南⑳。蜩與學鳩笑之㉑曰：「我決㉒起而飛，搶榆枋㉓，時則不至，而控於地而已矣㉔；奚以之九萬里而南為㉕！」適莽蒼者，三湌而反，腹猶果然

㉖；適百里者，宿舂糧㉗；適千里者，三月聚糧。之二蟲㉘，又何知！小知不及大知㉙，小年㉚不及大年。奚以知其然也？朝菌不知晦朔㉛，蟪蛄㉜不知春秋，此小年也。楚之南有冥靈㉝者，以五百歲為春，五百歲為秋㉞；上古有大椿者，以八千歲為春，八千歲為秋㉟，而彭祖乃今以久特聞㊱，眾人匹之㊲，不亦悲乎？

湯之問棘㊳也是已：「窮髮之北㊴有冥海者，天池也。有魚焉，其廣數千里，未有知其脩㊵者，其名為鯤。有鳥焉，其名為鵬，背若泰山㊶，翼若垂天之雲；摶扶搖羊角㊷而上者九萬里，絕雲氣㊸，負青天，然後圖南，且適南冥也。斥鴳㊹笑之曰：『彼且奚適也㊺？我騰躍而上，不過數仞㊻而下，翱翔蓬蒿之間，此亦飛之至㊼也。而彼且奚適也？』」此小大之辯㊽也。

故夫知效一官，行比一鄉，德合一君，而徵一國者，其自視也亦若此矣㊾。而宋榮子猶然笑之㊿。且舉世而譽之而不加勸，舉世而非之而不加沮(51)，定乎內外之分，辯乎榮辱之竟(52)，斯已矣；彼其於世，未數數然也(53)。雖然，猶有未樹也(54)。夫列子御風而行(55)，泠然善也(56)，旬有五日而後反(57)；

彼於致福者㊿，未數數然也。此雖免乎行，猶有所待㊾者也。若夫乘天地之正，而御六氣之辯，以遊無窮者㊿，彼且惡乎待哉㊀！故曰：至人無己，神人無功，聖人無名㊁。

作者

莊子，姓莊，名周。生於周烈王七年，約卒於周赧王二十九年（西元前三六九年——前二八六？年）。戰國時代宋國蒙（今山東曹縣，一說今河南商丘）人。莊周曾任蒙漆園吏。楚威王曾以厚幣請他為相，不就，從此隱居著述。其學術思想主張齊萬物、一死生、絕聖棄智、養生盡年之道。

《莊子》一書，今存三十三篇，計內篇七，外篇十五，雜篇十一。內七篇為莊子所作，外篇和雜篇或出自門人及後學之手。莊子為文汪洋恣肆，想像豐富，機趣橫生。又擅用寓言和譬喻，引出玄妙的哲理，對後世文學語言及思想皆有深遠影響。莊子與老子並稱老莊，為道家哲學的宗師。注本今有晉郭象《莊子注》、唐成玄英《南華真經注疏》、清王先謙《莊子集解》和郭慶藩《莊子集釋》等。

題解

本文節選自《莊子・逍遙遊》，版本據《南華真經》卷第一。〈逍遙遊〉一作〈消遙游〉。逍遙，是放達不拘、怡適自得之意；遊，指行事處世。無論在思想或風格上，〈逍遙遊〉都是《莊子》一書的代表作。文中運用了大量的寓言與譬喻，對「有待」與「無待」作解釋和比較。有待，指世間萬物之活動皆有所依賴和憑藉；無待，則是能順應自然，而不受外在因素所局限。莊子認為只有做到「無待」，才能達致「無己」、「無功」、「無名」的逍遙自在境界。

注釋

① 北冥：冥，通溟，即海。北冥，即北海。下文之南冥即南海。

② 鯤：傳說中的大魚。鯤(漢) kūn (國)ㄎㄨㄣ 音昆。

③ 鵬：古鳳字，大鳥名。

④ 怒：奮力。

⑤ 其翼若垂天之雲：唐陸德明《經典釋文》引晉代司馬彪云：「若雲垂天旁。」形容鳥翼之大。

⑥ 海運：王叔岷云：「大風海動。」

⑦ 天池：自然形成，非人所作的池，故曰天池。

⑧ 《齊諧》：書名。

⑨ 志怪：記載怪異之事。

⑩ 鵬之徙於南冥也，水擊三千里：大鵬向南海遷徙之時，海水激起三千里。

⑪ 摶扶搖而上者九萬里：摶，旋也。扶搖，旋風，一名飆。句謂迴旋上飛，纏繞著旋風，一直達到九萬里高空。摶(漢) tuán (國)ㄊㄨㄢˊ 音團。

⑫ 去以六月息者也：大鵬自此飛去，經過六個月才暫時歇息下來。

⑬ 野馬也，塵埃也，生物之以息相吹也：野馬，游氣蒸騰如野馬，故名。息，氣息。意謂蒸騰的雲氣，飄動的塵埃，是生物用氣息相吹拂的結果。

⑭ 天之蒼蒼，其正色邪？其遠而無所至極邪：從下向上看，天色蒼蒼，是它本身的顏色呢？還是由於高遠而無窮盡所致呢？

⑮ 其視下也，亦若是則已矣：其，大鵬。大鵬向下看，也不過如此而已。意即看不清下界的面貌。

⑯ 負：背起。

⑰ 覆杯水於坳堂之上，則芥為之舟：坳，凹陷、低窪。芥，小草。如果將一杯水倒在堂上低窪處，那麼一根小草便可作為那水上的船。坳(漢) ào 或 āo(國)ㄠˋ 或ㄠ 音傲或拗。

⑱ 置杯焉則膠，水淺而舟大也：膠，黏住，指不能動。舟，這裡比喻杯子。承接上文謂如果放上一隻杯

於堂上低窪處，就會黏在地上，此乃水淺而船大的緣故。

⑲ 而後乃今培風：乃今，即如今。而後乃今，即今日而後。培，憑、乘。

⑳ 背負青天而莫之夭閼者，而後乃今將圖南：夭閼，阻隘。莫之夭閼，即沒有甚麼阻礙它。圖南，計劃往南飛。鵬鳥體大，只有上至九萬里高空，其下才有厚實的風可憑藉，然後超越阻礙向南飛。閼(漢) è (國) ㄜˋ 音鄂。

㉑ 蜩與學鳩笑之：蜩，蟬。學鳩，小鳥名。之，指鵬。蜩(漢) tiáo (國) ㄊㄧㄠˊ 音條。鳩(漢) jiū (國) ㄐㄧㄡ 音糾。

㉒ 決：迅速的樣子。

㉓ 搶榆枋：搶，突過。榆，榆樹。枋，檀樹。

㉔ 時則不至，而控於地而已矣：時，有時。不至，達不到那樣的高度。控，投、落。

㉕ 奚以之九萬里而南為：哪裡用得著飛到九萬里高空再向南方飛呢？

㉖ 適莽蒼者，三飡而反，腹猶果然：適，往。莽蒼，郊野之色，這裡指近郊。飡，同餐。三飡，三餐飯，指一日。反，古返字。果然，飽足的樣子。

㉗ 適百里者，宿舂糧：舂，用杵在臼中搗米，除去米殼。糧，旅途中用的乾糧。句謂去百里以外的人，前一晚就舂米準備乾糧。舂(漢) chōng (國) ㄔㄨㄥ 音沖。

㉘ 之二蟲：之，此。二蟲，指蜩和學鳩。

㉙ 小知不及大知：知，通智，智慧。及，如、追得上。

㉚ 年：壽命。

㉛ 朝菌不知晦朔：晦，一個月的最後一日。朔，一個月的頭一日。一種稱朝菌的蟲，只活一天便死，所以晦日生的朝菌沒有機會見到朔日。

㉜ 蟪蛄：寒蟬，春生而夏死，或夏生而秋死。蟪蛄(漢) huì gū (國) ㄏㄨㄟˋ ㄍㄨ 音惠姑。

㉝ 冥靈：大樹名。一說為靈龜，皆可通。

㉞ 以五百歲為春，五百歲為秋：此言冥靈壽長，以五百年當作春，五百年當作秋。即人間一千年始相當於冥靈的一年。

㉟ 上古有大椿者，以八千歲為春，八千歲為秋：椿樹，一種喬木。一本「八千歲為秋」句後有「此大年也」四字。椿㊉chūn ㊀ㄔㄨㄣ音春。

㊱ 而彭祖乃今以久特聞：彭祖，傳說中長壽的人。乃今，到今天。竟然以壽長而特別聞名於世。

㊲ 眾人匹之：眾人，一般人。匹，匹敵、比較。

㊳ 湯之問棘：湯，商湯。棘，湯時的賢大夫。棘㊉jí ㊀ㄐㄧˊ音及。

㊴ 窮髮之北：髮，指草木。窮髮，猶沒有草木。窮髮之北，傳說中北方是不毛之地。

㊵ 脩：長。

㊶ 泰山：大山。一說即今山東泰山。

㊷ 羊角：形容旋風猶如羊角，曲而上行。

㊸ 絕雲氣：雲氣絕跡。

㊹ 斥鴳：小雀。鴳㊉yàn ㊀ㄧㄢˋ音晏。

㊺ 彼且奚適也：彼，它，指鵬鳥。且奚適，要往哪裡去。

㊻ 仞：八尺為一仞。一說七尺為一仞。

㊼ 飛之至：飛翔的最高境界。

㊽ 辯：通辨，區別。

㊾ 故夫知效一官，行比一鄉，德合一君，而徵一國者，其自視也亦若此矣：效，功效，這裡作勝任解。比，清代吳汝綸云：「比，猶庇也。」君，通郡。而，通能，指才具。徵，信。句謂那些智慧可以勝任一官之職，品行能夠蔭庇一鄉，道德能統一一郡，才具能見信於一國的人，他們自鳴得意，其實也不過像只能在蓬蒿中周旋的小雀一樣。這四種人，莊子認為皆屬淺薄之人。

(50) 宋榮子猶然笑之：宋榮子，即戰國思想家宋鈃，宋國人，其學說近於墨家。猶然，微笑自得的樣子。

(51) 舉世而譽之而不加勸，舉世而非之而不加沮：舉世，整個社會。之，指宋榮子。加勸，更加勉勵。非，非難。加沮，加倍沮喪。

(52) 定乎內外之分，辯乎榮辱之竟：定，確定。內，指內心修養。外，外物，指稱譽和非難之類。分，分際。辯，通辨，分辨。竟，界限。承上兩句，謂宋榮子不被稱譽和非難所左右，對榮譽是非都有自己的分寸。

(53) 彼其於世，未數數然也：彼，指宋榮子。數數，猶汲汲，急切的樣子。句謂宋榮子對於社會，沒有急切地追求甚麼。數 漢 shuò 國 ㄕㄨㄛˋ 音朔。

(54) 猶有未樹也：猶，尚且。有未樹，有甚麼未建樹的。指修養還沒有達到逍遙的境地。

(55) 列子御風而行：列子，名御寇，鄭國人。御，乘。相傳列子曾遇風仙，習法術，能乘風而行。

(56) 泠然善也：泠然，輕盈的樣子。善，巧妙。泠 漢 líng 國 ㄌㄧㄥˊ 音零。

(57) 旬有五日而後反：旬，十日為旬。有，又。旬有五日，即十五天。反，古返字。

(58) 致福者：致，求。求福的事情。

(59) 有所待：待，依賴、借助。有所借助，指列子還需借助風。

(60) 乘天地之正，而御六氣之辯，以遊無窮者：乘、御，駕馭、順應。天地，指天下萬物。正，指自然之性。六氣，指陰、陽、風、雨、晦、明。辯，通變，變化。無窮，指無限的時間與空間。

(61) 彼且惡乎待哉：惡，何，甚麼。他還借助甚麼呢？意即無待，不用借助甚麼。這一反詰句是對大鵬培風而飛、列子御風而行的否定。無待而遊於無窮，是莊子追求的最高境界。惡 漢 wū 國 ㄨ 音烏。

(62) 至人無己，神人無功，聖人無名：至人、神人、聖人，均指修養最高的人。無己，意即忘我，物我不分。無功，無意於事功。無名，無意於稱譽。能做到無己、無功、無名，便是無待的境地。

莊子・養生主 節錄

吾生也有涯①，而知②也無涯；以有涯隨③無涯，殆④已！已⑤而為知者，殆而已矣。為善無近⑥名，為惡無近刑；緣督以為經⑦，可以保身，可以全生⑧，可以養親⑨，可以盡年⑩。

庖丁為文惠君解牛⑪，手之所觸⑫，肩之所倚⑬，足之所履⑭，膝之所踦⑮，砉然，嚮然⑯，奏刀騞然⑰，莫不中音⑱；合於桑林之舞⑲，乃中經首之會⑳。文惠君曰：「譆㉑，善哉！技蓋㉒至此乎？」庖丁釋刀㉓對曰：「臣之所好者，道㉔也，進乎技㉕矣。始臣之解牛之時，所見無非牛者；三年之後，未嘗見全牛㉖也。方今之時，臣以神遇㉗而不以目視，官知止而神欲行㉘。依乎天理㉙，批大郤㉚，導大窾㉛，因其固然㉜；技經肯綮㉝之未嘗，而況大軱㉞乎！良庖歲更刀㉟，割也；族庖㊱月更刀，折㊲也。今臣之刀十九年矣，所解數千牛矣，而刀刃若新發於硎㊳。彼節者有間㊴，而刀刃者無厚;以無厚入有間,恢恢乎,其於遊刃,必有餘地㊵矣!是以十九年而刀刃若新發於硎。雖然,每至於族㊶,吾見其難為;怵然為戒㊷,視為止,行為遲㊸,動刀甚微。謋然已解㊹,如土委地㊺。提刀而立,為之四顧,為之躊躇滿志㊻。善刀而藏之㊼。」文惠君曰:「善哉!吾聞庖丁之言,得養生焉㊽。」

作者

莊子見《莊子・逍遙遊》作者。

題解

本文節選自《莊子》內七篇之一的〈養生主〉,版本據《南華真經》卷第二,是認識莊子哲學思想的重要篇章。莊子在這篇文章中借庖丁解牛的故事,說明養生之道。他認為世事萬物錯綜複雜，知識則無窮無盡，而人的生命卻是有限的，求知的結果必會勞形傷神。因此養生之道，在於順應自然之理。譬如庖丁解牛，最初「所見無非牛者」，三年之後，才到了「目無全牛」的境界。這時候他解牛的技巧也達到「遊刃有餘」的地步。由此推論，人處萬物之中，如能順應自然、超越物象，便能像庖丁解牛一樣，進入化境，而立身行事，也就無往而不利了。

注釋

①涯：邊際、極限。
②知：智力。
③隨：追隨。
④殆：危險，此指疲於奔命的狀況。殆㊌dài㊎ㄉㄞˋ音代。
⑤已：如此。這裡指前句所言的用有限的生命去追求無盡的知識。
⑥近：接近，這裡含有追求、貪圖的意思。
⑦緣督以為經：緣，順著、遵循。督，身後之中脈曰督，引伸為中、正道。緣督，就是順從自然之中道。經，常。遵循自然的中道，並把它當作常理。
⑧全生：生，生命。意即保全生命。「全生」與下句「盡年」相呼應。

⑨養親：先要全生，就是說能保全性命，然後才能奉養父母。
⑩盡年：終享天年，不使夭折。
⑪庖丁為文惠君解牛：庖丁，一說即廚師；一說庖指廚師，丁是他的名，今從前者。文惠君，舊說指戰國時魏國的魏惠王魏罃，在位年為周烈王七年至周慎靚王二年（西元前三六九年——前三一九年）。解，剖開、分解，包含宰殺之意。廚師為文惠君宰割牲牛。
⑫觸：接觸。
⑬倚：靠。
⑭履：踏、踩。
⑮踦：用膝抵住。踦㊈ yǐ ㊇ ㄧˇ 音倚。
⑯砉然，嚮然：砉然，骨肉分離的聲音。嚮，通響，聲響。嚮然，即多種聲音相互響應的樣子。皮肉分離時產生的諸種聲響相互應和。砉㊈ xū ㊇ ㄒㄩ 音虛。
⑰奏刀騞然：奏，進。騞然，以刀快速割牛的聲音。快速進刀時發出刷刷的聲音。騞㊈ huō ㊇ ㄏㄨㄛ 音或陰平聲。
⑱中音：中，合乎。意即合乎音樂的節奏。
⑲合於桑林之舞：桑林，傳說中殷商時代的樂曲名。桑林之舞，意即用桑林樂曲伴奏的舞蹈。與用桑林樂曲伴奏的舞蹈相合。
⑳乃中經首之會：經首，傳說中堯帝時代的樂曲名。會，樂律、節奏。合於經首樂曲的節奏。
㉑譆：同嘻，讚歎聲。
㉒蓋：竟然。一說蓋，表示用推理揣測實在情況。
㉓釋刀：釋，放下。放下刀。
㉔道：事物的規律。

㉕進乎技：進，超過、勝過的意思。超過了技巧。

㉖全牛：全，整體、完整。完整的牛。

㉗以神遇：遇，接觸。用心神去接觸。

㉘官知止而神欲行：官，器官，這裡指眼。知，知覺，此指心。神，精神。欲，意念、欲念。眼睛和心的官能似乎停止而精神還在運行。

㉙依乎天理：天理，天然的紋理，此指牛體的自然結構。依照牛體自然的生理結構。

㉚批大郤：批，擊。郤，通隙，此指牛體筋腱骨骼間的空隙。劈擊筋肉骨節間大的縫隙。郤(漢)xì(國)ㄒㄧˋ音隙。

㉛導大窾：導，引導、導向。窾，空，此指牛體骨節間的空處。意即將刀導向牛體骨節間大的空處。窾(漢)kuǎn(國)ㄎㄨㄢˇ音款。

㉜因其固然：固，依、順著。固然，原有的樣子或狀態，此指牛體的自然結構。意即順著牛體的本來結構解剖。

㉝技經肯綮：技，通枝，指支脈。經，經脈。技經，指經絡結聚之處。肯，附在骨頭上的肉。綮，骨肉緊接的地方。意指經絡結聚和骨肉緊密連接的部位。綮(漢)qìng(國)ㄑㄧㄥˋ音慶。

㉞軱：大骨頭。軱(漢)gū(國)ㄍㄨ音孤。

㉟良庖歲更刀：更，更換。好的廚師一年更換一把刀。

㊱族庖：族，眾。指普通的廚師。

㊲折：斷，此指用刀砍斷骨頭。

㊳新發於硎：發，出，此指刀剛磨過。硎，磨刀石。剛剛從磨刀石上磨過。硎(漢)xíng(國)ㄒㄧㄥˊ音形。

㊴間：縫、間隙。

㊵恢恢乎，其於遊刃，必有餘地：恢恢，寬廣的樣子。遊刃，運轉的刀刃。意即刀刃運轉和迴旋很有餘

地。

㊶ 族：指骨結、筋腱交錯聚結的部位。

㊷ 怵然為戒：怵然，小心謹慎的樣子。小心謹慎不敢大意。怵 漢 chù 國 ㄔㄨˋ 音觸。

㊸ 視為止，行為遲：止，停，此指目光集中一處。遲，遲緩、緩慢。目光專注，行為放緩。

㊹ 謋然已解：謋然，牛體分解的聲音，意即伴著霍霍的聲音將牛體分解開來。謋 漢 huò 國 ㄏㄨㄛˋ 音或。

㊺ 如土委地：委，落在。委地，落在地上。

㊻ 躊躇滿志：躊躇，悠然自得的樣子。滿志，心滿意足。悠然自得，心滿意足。躊躇 漢 chóu chú 國 ㄔㄡˊ ㄔㄨˊ 音酬廚。

㊼ 善刀而藏之：指重視該刀。句謂珍而重之地把刀收藏起來。

㊽ 得養生焉：養生，即養生之道。焉，於此、在這上面。意指在與廚師的談論中，獲得了養生之道。

莊子・秋水 節錄

秋水時①至，百川灌河②。涇流之大，兩涘渚崖之間，不辯牛馬③。於是焉，河伯④欣然自喜，以天下之美為盡在己⑤。順流而東行，至於北海；東面而視，不見水端⑥。於是焉，河伯始旋其面目⑦，望洋向若而歎曰⑧：「野語⑨有之曰：『聞道百，以為莫己若⑩者』，我之謂也⑪。且夫我嘗聞，少仲尼之聞，而輕伯夷之義者⑫，始吾弗信。今我睹子之難窮也⑬，吾非至於子之門，則殆⑭矣。吾長見笑於大方之家⑮。」北海若曰：「井鼃不可以語於海者，拘於虛也⑯；夏蟲不可以語於冰者，篤於時也⑰；曲士不可以語於道者，束於教也⑱。今爾出於崖涘，觀於大海，乃知爾醜⑲，爾將可與語大理⑳矣。天下之水，莫大於海，萬川歸之，不知何時止而不盈㉑；尾閭泄之，不知何時已而不虛㉒；春秋不變，水旱不知㉓。此其過江河之流，不可為量數㉔。而吾未嘗以此自多㉕者，自以比形於天地而受氣於陰陽㉖，吾在於天地之間，猶小石小木之在大山也，方存乎見少㉗，又奚㉘以自多！計四海之在天地之間也，不似礨空㉙之在大澤乎？計中國之在海內，不似稊米之在太倉乎㉚？號物之數謂之萬，人處一焉㉛；人卒九州，穀食之所生㉜，舟車之所通，人處一焉㉝；此其比萬物也，不似豪末㉞之在於馬體乎？五帝之所連，三王之所爭，仁人之所憂，任士之所勞，盡此矣㉟。伯夷辭之以為名㊱，仲尼語之以為博㊲，此其自多也，不似爾向之自多於水乎㊳？」

作者

莊子見《莊子・逍遙遊》作者。

題解

本文節選自《莊子・秋水》，版本據《南華真經》卷第六。

〈秋水〉一篇，就事物的相對性而立言，說明萬物是齊一的，因此人們不應刻意比較高下，如能謹守自己的「天性」，便可得到最大的快樂和自由。莊子認為萬物無所謂彼，也無所謂此；無所謂大，無所謂小；無所謂貴，無所謂賤；甚至人們的認識也無所謂是，無所謂非。從此觀點看，一切執著和爭端均變得毫無意義。文中以北海若譏議河伯「向之自多」一言，表示了作者「清虛自守」和「樂天知命」的曠達胸懷。

注釋

① 時：按時令。

② 灌河：灌，流入。河，指黃河。

③ 涇流之大，兩涘渚崖之間，不辯牛馬：涇，有直之意。涇流，向下貫通的水流。涘、崖，同指岸。渚，水中小塊陸地。兩涘渚崖之間，即兩岸與水中小島之間。辯，通辨，辨別。不辯牛馬，是說因水面寬闊，故分辨不清對岸的是牛是馬。涘(漢) sì (國) ㄙˋ 音四。

④ 河伯：河神，傳說姓馮名夷。

⑤ 以天下之美為盡在己：以為天下之美匯集於己身。

⑥ 端：盡頭。

⑦ 旋其面目：旋，旋轉。轉過頭來。

⑧望洋向若而歎曰：晉朝崔譔曰：「望洋，猶望羊，仰視貌。」若，海神名，即下文的北海若。

⑨野語：俗語。

⑩聞道百，以為莫己若：道百，道理眾多。莫己若，即莫若己，沒有誰比得上自己。

⑪我之謂也：即謂我也，指的就是我。

⑫少仲尼之聞，而輕伯夷之義者：少，小看；輕，輕視。仲尼，即孔子，名丘，字仲尼。聞，指學識淵博。伯夷，殷代孤竹國國君之長子。伯夷與其弟叔齊以武王伐紂為不義，於是不食周粟而餓死於首陽山，後人都推崇他們的節義操守。

⑬今我睹子之難窮也：子，指海神。難窮，難以走到盡頭。

⑭殆：危。

⑮吾長見笑於大方之家：長，久。見笑，被譏笑。大方之家，指明曉大道之人。

⑯井鼃不可以語於海者，拘於虛也：鼃，同蛙。語於海，談及大海。拘，拘束、局限。虛，指井口無物之處。

⑰夏蟲不可以語於冰者，篤於時也：夏蟲，只生存在夏天的昆蟲，遇天寒則死去。篤，固、局限。

⑱曲士不可以語於道者，束於教也：曲士，〈天下〉篇謂之「一曲之士」，指見聞局限於一隅的人。束，拘束。教，指所受教化。

⑲今爾出於崖涘，觀於大海，乃知爾醜：爾，你，指河伯。崖涘，河岸，這裡指河岸的束縛。醜，固陋。句謂河伯見過大海之後自知固陋。

⑳大理：大道理。

㉑不知何時止而不盈：止，指川水停止歸往。不盈，永不盈滿。

㉒尾閭泄之，不知何時已而不虛：尾閭，傳說中大海的排泄口。已，止。虛，空。閭(漢)lǘ(國)ㄌㄩˊ音驢。

㉓ 春秋不變，水旱不知：不知，不覺，意即不受影響。二句謂春秋代序，海未嘗為之變化；水旱出現，海亦不受影響。

㉔ 此其過江河之流，不可為量數：過，超出。量數，即量計、計算。句謂這是因為海水超出江河的水量，是無可計算的。

㉕ 自多：自以為了不起。

㉖ 自以比形於天地而受氣於陰陽：以，認為。比形，猶「寄形」，謂寄托形體。受，稟承。

㉗ 方存乎見少：方，正在。存，存察。見少，顯得渺小。

㉘ 奚：怎麼。

㉙ 礨空：礨，通磊，眾石。空，孔。眾石間的小孔，一說蟻穴。礨 漢 lěi 國 ㄌㄟˇ 音壘。

㉚ 計中國之在海內，不似稊米之在太倉乎：中國，指古代我國中原地域。稊米，小的米粒。太倉，古代京師儲谷的大倉。此喻極渺小。稊 漢 tí 國 ㄊㄧˊ 音題。

㉛ 號物之數謂之萬，人處一焉：號，稱。稱物類的數量多時說成萬物，而人類只佔其一。人處一焉，是以人類對萬物而言。

㉜ 人卒九州，穀食之所生：卒，司馬彪云：「卒，眾也。」人卒，是《莊子》書中習用語，泛指人眾。人卒九州，言人聚處於九州。所生，所生長的地方。

㉝ 舟車之所通，人處一焉：所通，所通行的地方。人處一焉，是以一人對眾人而言。

㉞ 豪末：豪，通毫，動物身上細毛。毫毛之末，喻其極細微。

㉟ 五帝之所連，三王之所爭，仁人之所憂，任士之所勞，盡此矣：五帝，相傳為黃帝、顓頊、帝嚳、帝堯、帝舜。所連，所繼承的。三王，夏禹之子啟、商湯及周武王。所爭，所爭奪的。任士，以治理天下為己任的人。勞，操勞。盡此，不超出這個範圍。

㊱ 伯夷辭之以為名：辭，辭讓、推卻。伯夷與其弟曾互相推讓國君之位，並因此而相攜逃跑。之，代天

下。以為名，取得名聲。
㊲ 仲尼語之以為博：語，談論。博，顯得博學。
㊳ 不似爾向之自多於水乎：爾，你。向，先前、剛才。意謂不就像你剛才河水漲滿時洋洋得意，自以為了不起的樣子嗎？

荀子・勸學

君子①曰：學不可以已。青②、取之於藍③而青於藍；冰、水為之而寒於水。木直中繩④，輮⑤以為輪，其曲中規⑥，雖有槁暴，不復挺者⑦，輮使之然也。故木受繩則直⑧，金就礪則利⑨，君子博學而日參省乎己⑩，則智⑪明而行無過矣。

故不登高山，不知天之高也；不臨深谿⑫，不知地之厚也；不聞先王之遺言，不知學問之大也。干、越、夷、貉之子⑬，生而同聲，長而異俗，教使之然也。《詩》⑭曰：「嗟爾君子，無恆安息⑮。靖共爾位⑯，好是正直。神之聽之，介爾景福⑰。」神莫大於化道，福莫長於無禍⑱。

吾嘗終日而思矣，不如須臾⑲之所學也，吾嘗跂⑳而望矣，不如登高之博見也。登高而招，臂非加長也，而見者遠；順風而呼，聲非加疾㉑也，而聞者彰㉒。假輿馬㉓者，非利足㉔也，而致千里；假舟楫㉕者，非能水㉖

也，而絕㉗江河。君子生非異也㉘，善假於物也㉙。

南方有鳥焉，名曰蒙鳩㉚，以羽為巢，而編之以髮㉛，繫之葦苕㉜，風至苕折，卵破子死。巢非不完也，所繫者然也。西方有木焉，名曰射干㉝，莖長四寸，生於高山之上而臨百仞㉞之淵。木莖非能長也，所立者然也。蓬生麻中，不扶而直㉟；白沙在涅，與之俱黑㊱。蘭槐之根是為芷㊲，其漸之滫㊳，君子不近，庶人不服。其質非不美也，所漸者然也。故君子居必擇鄉，遊必就士㊴，所以防邪僻而近中正也㊵。

物類之起，必有所始。榮辱之來，必象其德㊶。肉腐生蟲，魚枯生蠹㊷。怠慢㊸忘身，禍災乃作㊹。強自取柱，柔自取束㊺。邪穢在身，怨之所構。施薪若一，火就燥也；平地若一，水就溼也㊻。草木疇生㊼，禽獸群居，物各從其類也。是故質的㊽張而弓矢至焉，林木茂而斧斤至焉，樹成蔭而眾鳥息焉，醯酸而蜹聚焉㊾。故言有召禍也，行有招辱也，君子慎其所立㊿乎！

積土成山，風雨興焉；積水成淵，蛟龍生焉；積善成德，而神明(51)自得，聖心備焉㉜。故不積蹞步㉝，無以至千里；不積小流，無以成江海。騏驥㉞一躍，不能十步；駑馬十駕㉟，功在不舍。鍥而舍之，朽木不折；鍥而不舍，金石可鏤㊱。蚯螾㊲無爪牙之利、筋骨之強，上食埃土，下飲黃泉，用心一也。蟹六跪而二螯㊳，非蛇蟺㊴之穴無可寄託者，用心躁也。是故無冥冥㊵之志者，無昭昭㊶之明；無惛惛之事者，無赫赫之功㊷。行衢道㊸者不至，事兩君者不容㊹。目不能兩視而明，耳不能兩聽而聰㊺。螣蛇㊻無足而飛，梧鼠㊼五技而窮。《詩》曰：「尸鳩㊽在桑，其子七兮。淑㊾人君子，其儀㊿一兮。其儀一兮，心如結⑪兮。」故君子結於一也。

昔者，瓠巴鼓瑟而沈魚出聽⑫，伯牙鼓琴而六馬仰秣⑬。故聲⑭無小而不聞，行無隱而不形；玉在山而木潤，淵生珠而崖不枯。為善不積邪？安有不聞者乎？

學惡乎⑮始？惡乎終？曰：其數⑯則始乎誦經，終乎讀禮；其義則始乎為士，終乎為聖人⑰。真積力久則入，學至乎沒⑱而後止也，故學數有終，若其義則不可須臾舍也。為之，人也；舍之，禽獸也。故《書》者、政事之紀也[79]，《詩》者、中聲之所止也[80]，《禮》者、法之大分[81]，類之綱紀[82]也，故學至乎《禮》而止矣。夫是之謂道德之極。《禮》之敬文[83]也，《樂》之中和[84]也，《詩》、《書》之博也，《春秋》之微[85]也，在天地之閒者畢矣。

君子之學也：入乎耳，箸乎心[86]，布乎四體[87]，形乎動靜。端而言，蝡[88]而動，一[89]可以為法則。小人[90]之學也：入乎耳，出乎口。口耳之閒則[91]四寸耳，曷足以美七尺之軀哉！

古之學者為己，今之學者為人。君子之學也，以美其身；小人之學也，以為禽犢。故不問而告謂之傲[92]，問一而告二謂之囋[93]。傲、囋，非也；君子如嚮[94]矣。

學莫便乎近其人。《禮》、《樂》法而不說[95]，《詩》、《書》故而不切[96]，《春秋》約而不速[97]。方其人之習、君子之說[98]，則尊以徧矣，周於世矣。故曰：學莫便乎近其人。

學之經[99]莫速乎好其人，隆禮[100]次之。上不能好其人，下不能隆禮，安特將學雜志[101]、順[102]《詩》、《書》而已爾，則沒世窮年，不免為陋儒[103]而已。將原[104]先王、本[105]仁義，則禮正其經緯蹊徑也[106]。若挈裘領[107]，詘五指而頓之[108]，順者不可勝數也。不道禮憲[109]，以《詩》、《書》為之，譬之猶以指測河也，以戈舂黍[110]也，以錐飡壺[111]也，不可以得之矣。故隆禮，雖未明，法士[112]也；不隆禮，雖察辯[113]，散儒[114]也。

問楛[115]者勿告也，告楛者勿問也，說楛者勿聽也，有爭氣者勿與辨也。故必由其道[117]至，然後接之，非其道則避之。故禮恭而後可與言道之方[116]，辭順而後可與言道之理[119]，色從而後可與言道之致[120]。故未可與言而言[118]謂之傲，可與言而不言謂之隱[121]，不觀氣色而言謂之瞽[122]。故君子不傲、不隱、不瞽，謹慎其身[123]。《詩》[124]曰：「匪交匪舒[125]，天子所予。」此之謂也。

百發失一，不足謂善射；千里蹞步不至，不足謂善御；倫類不通[126]，仁義不一，不足謂善學。學也者，固學一之也。一出焉，一入焉[127]，涂巷之人也[128]。其善者少，不善者多，桀、紂、盜跖也[129]。全之盡之，然後學者也。

君子知夫不全不粹[130]之不足以為美也，故誦數[131]以貫之，思索以通之，為其人以處之[132]，除其害者以持養之[133]，使目非是[134]無欲見也，使耳非是無欲聞也，使口非是無欲言也，使心非是無欲慮也。乃至其致[135]好之也，目好之五色[136]，耳好之五聲，口好之五味，心利之有天下。是故權利不能傾也，群眾不能移也，天下不能蕩[137]也。生乎由是，死乎由是，夫是之謂德操[138]。德操然後能定[139]，能定然後能應[140]；能定能應，夫是之謂成人。天見其明，地見其光，君子貴其全也[141]。

作者

荀子，姓荀，名況，戰國末期人，約生於周顯王二十八年，卒於秦王政二年（西元前三四〇？年——前二四五年），趙（今山西一帶）人。時人尊稱荀卿，一說西漢時，因避宣帝劉詢諱，故稱孫卿，為戰國時代思想家，儒家學派大師。初仕齊，被讒，乃適楚，為蘭陵令。其後廢居蘭陵，著書終老。荀子是先秦諸子中一位集大成者。他主張「人定勝天」，認為人性本惡，主張以禮法治理社會，對後來法家思想的發展有重大影響。

《荀子》一書，現存三十二篇。除小部分出於門人之手外，大多為自著。荀子的文章，謹嚴綿密，析理透闢。如〈勸學〉、〈解蔽〉、〈正名〉、〈天論〉、〈非十二子〉諸篇，都是當中傑作。《荀子》一書有唐楊倞注、清王先謙《荀子集解》及今人梁啟雄《荀子柬釋》等。

題解

本篇為《荀子》的第一篇，版本據《先秦兩漢古籍逐字索引》。文章旨在勸勉世人學習，並詳細論述為學的原則和方法，是荀子知識論和教育論的重要篇章。文中的論點，以今日的教學原理看，仍是十分正確的。

注釋

① 君子：指懂禮義、有才智及德高望重的人。《荀子·性惡》曰：「化師法，積文學，道禮義者為君子。」

② 青：靛青，一種藍色的染料。

③ 藍：蓼藍，草名。

④ 中繩：中，讀去聲，解作符合。繩，指墨線，木工用以衡量木材直度的標準。符合墨線的直度。

⑤ 輮：用火烤灼新砍伐的竹木，使之彎曲或挺直。輮 漢 róu 國 ㄖㄡˊ 音揉。

⑥ 規：圓規。

⑦ 雖有槁暴，不復挺者：槁，枯。暴，曬乾。挺，直。謂即使枯乾了，也不會回復挺直。槁 漢 gǎo 國 ㄍㄠˇ 音稿。

⑧ 木受繩則直：受繩，被墨線矯正。木材經過墨線的矯正就會變直。

⑨ 金就礪則利：金，金屬，此指金屬製的兵器。就，接近。礪，磨刀石。利，鋒利。刀劍經過了磨刀石的磨刮就會變得鋒利。礪 漢 lì 國 ㄌㄧˋ 音厲。

⑩ 參省乎己：參，參驗。按全書文例，「省」字疑後人所增。參乎，對自己多次審察。

⑪ 智：名詞，智慧。

⑫ 谿：兩山之間的深谷。

⑬ 干、越、夷、貉之子：干、越，春秋時期的兩個小國，在今江蘇、浙江一帶。干，本字作邗。夷、貉，中國古代東方及北方民族的泛稱。貉，同貊。貉 漢 mò 國 ㄇㄛˋ 音陌。

⑭《詩》：此指《詩經・小雅・小明》。

⑮無恆安息：安息，安逸。不要總是貪圖安逸。

⑯靖共爾位：靖，安、善。共，通供，供職。要安守你們的職位。

⑰神之聽之，介爾景福：神，神靈。介，助。景，大。神靈聽到這一切後，便會幫助你們得到大的福蔭。

⑱神莫大於化道，福莫長於無禍：神，這裡指最高的精神境界。道，指聖賢之道。化道，即為道所化。長，綿長的意思。二句指人生最高的精神境界，在於求學中受到聖賢之道的陶冶；而最長遠的幸福，則是知道立身處世之道，避免陷於禍患。

⑲須臾：一會兒、片刻。

⑳跂：踮起腳跟。跂㊌ qì ㊋ ㄑㄧˋ 音企。

㉑疾：速、快。

㉒彰：明顯，此指聽得清楚。

㉓假輿馬：假，借、借助、利用。輿，車。利用車馬。

㉔利足：使得步伐加快。

㉕舟楫：楫，船槳。舟楫，船隻。

㉖能水：能，通耐。能水，即耐水，指識水性，能夠長時期停留在水中。

㉗絶：渡過。

㉘生非異也：不是生出來便與眾不同。

㉙善假於物也：善於利用外物。

㉚蒙鳩：即鷦鷯，一種體長約三寸、毛色赤褐的小鳥。

㉛髮：毛髮。

㉜ 葦苕：蘆葦的嫩條。苕(漢)tiáo(國)ㄊㄧㄠˊ音條。

㉝ 射干：草藥名。多年生草本植物，葉子劍形，互生，花黃褐色，帶紅色斑點，果實為蒴果，種子黑色。根莖入藥，有解熱、解毒的作用。射(漢)yè(國)ㄧㄝˋ音夜。

㉞ 仞：古代計量長度的單位。據陶文琦的《說文仞字八尺考》謂周制為八尺，漢制為七尺，東漢末為五尺六寸。仞(漢)rèn(國)ㄖㄣˋ音刃。

㉟ 蓬生麻中，不扶而直：蓬，飛蓬，多年生草本植物，葉子像柳葉，邊緣有鋸齒。秋天開花，花外圍白色，中間白色。句意是蓬草高尺餘，枝條散亂，麻莖挺直，故蓬被麻叢所圍，不扶自直。

㊱ 白沙在涅，與之俱黑：涅，黑泥。說白沙在黑泥中，亦會變黑。以上四句比喻近朱者赤，近墨者黑的道理。涅(漢)niè(國)ㄋㄧㄝˋ音聶。

㊲ 蘭槐之根是為芷：蘭槐，香草名，即白芷，多年生草本植物。蘭槐的根就是芷。

㊳ 其漸之滫：其，接動詞句式，可以表示假設。漸，浸漬。滫，人尿。如果將之浸入人尿中。漸(漢)jiān(國)ㄐㄧㄢ音尖。滫(漢)xiǔ(國)ㄒㄧㄡˇ音朽。

㊴ 居必擇鄉，遊必就士：鄉，鄉里。遊，交遊、交往。就，親近、接觸。定居就一定要選擇好地方，交往就一定要親近有道德有學問的人。

㊵ 所以防邪僻而近中正也：邪僻，偏邪不正，此指邪惡之人。中正，符合法度，指正確的東西。防止受邪惡之人的影響，而接近中正之道。

㊶ 必象其德：象，隨、應、象徵。一定與人的品格相應。

㊷ 蠹：蛀蟲。蠹(漢)dù(國)ㄉㄨˋ音杜。

㊸ 怠慢：指行為輕慢不敬。

㊹ 作：發生。

㊺ 強自取柱，柔自取束：「柱」，疑本作「拄」，謂為人用來支拄。束，捆紮東西。質地堅硬的東西自

會被用來支拄，質地柔軟的東西自會被用來捆紮東西。

㊻ 施薪若一，火就燥也；平地若一，水就溼也：把柴鋪得像「一」字一樣平，火就往乾的柴燒；把地弄到像「一」字一樣平，水就向溼的地方流。

㊼ 草木疇生：疇，同儔，類。草木類聚而生。疇 漢 chóu 國 ㄔㄡˊ 音酬。

㊽ 質的：質，古代一種箭靶。的，箭靶中心的目標。

㊾ 醯酸而蜹聚焉：醯，酸醋。蜹，一種小蚊蟲，幼蟲生活在水中。此句指醋發酸時，蜹蠓就會聚集在此。醯 漢 xī 國 ㄒㄧ 音希。蜹 漢 ruì 國 ㄖㄨㄟˋ 音銳。

㊿ 所立：為人處世所站的立場，即所學立身處世之道。

51 神明：指最高智慧。

52 聖心備焉：聖心，聖人的思想。備，具備，一作循。

53 蹞步：蹞，同跬。半步。蹞 漢 kuǐ 國 ㄎㄨㄟˇ 音傀。

54 騏驥：好馬、駿馬。騏驥 漢 qí jì 國 ㄑㄧˊ ㄐㄧˋ 音其冀。

55 駑馬十駕：駑馬，劣馬。駕，早晨駕馬，傍晚卸駕，故以馬一日之行程為一駕。駑馬十駕，劣馬跑十天。駑 漢 nú 國 ㄋㄨˊ 音奴。

56 鏤：雕刻、雕琢。鏤 漢 lòu 國 ㄌㄡˋ 音漏。

57 蚯螾：螾，同蚓。蚯蚓。螾 漢 yǐn 國 ㄧㄣˇ 音引。

58 蟹六跪而二螯：跪，足。螯，指蟹的兩隻鉗形爪子。蟹有六足和兩隻鉗形爪子。螯 漢 áo 國 ㄠˊ 音遨。

59 蟺：借為鱔。蟺 漢 shàn 國 ㄕㄢˋ 音善。

60 冥冥：精誠專一之意。

61 昭昭：明顯、顯著。

62 無惛惛之事者，無赫赫之功：惛惛，即冥冥，解作專志、沉默而精誠之意。赫赫，顯著。

63 衢道：十字路，此指歧路。衢(漢) qú (國) ㄑㄩˊ 音渠。

64 容：容納、接受。

65 聽：聽得清楚。

66 螣蛇：古代傳說中一種能飛的蛇。螣(漢) téng (國) ㄊㄥˊ 音騰。

67 梧鼠：即鼫鼠。有五種技能，能飛，不能上屋；能爬，不能至樹頂；能游，過不了澗溪；能打洞，洞不能藏身；能走，走不過別的動物。

68 尸鳩：即布穀鳥。

69 淑：美、善。

70 儀：儀表、舉止。

71 結：凝結，此為堅定的意思。

72 瓠巴鼓瑟而沈魚出聽：瓠巴，傳說為古代善於彈瑟的人。沈，本作流，據《大戴禮記》改。瓠(漢) hù 或 hú(國) ㄏㄨˋ 或 ㄏㄨˊ 音户或胡。

73 伯牙鼓琴而六馬仰秣：伯牙，傳說為古代善於彈琴的人。秣，草料。仰秣，抬頭停食草料。秣(漢) mò (國) ㄇㄛˋ 音末。

74 聲：名。

75 惡乎：猶「在何處」。惡(漢) wū (國) ㄨ 音烏。疑問詞。

76 數：術，此指為學之法。

77 聖人：荀子理想中具有最高智慧與德行的人，其言行可以作天下準則。

78 没：通歿，去世。

79 《書》者、政事之紀也：《書》，《尚書》。紀，通記，記載。《尚書》是當時政事的記錄。

⑧⓪《詩》者，中聲之所止也：《詩》，《詩經》。《詩經》是中和之聲所能達到的最高峰。
⑧①《禮》者，法之大分：大分，總綱。《禮記》是法的總綱。
⑧②類之綱紀：類，類例。各種條例的綱要。
⑧③敬文：敬，恭敬。文，禮儀。表示恭敬的禮儀。
⑧④中和：和諧、協調。
⑧⑤《春秋》之微：《春秋》，春秋時魯國官方編年體史書。《春秋》的微言大義。
⑧⑥箸乎心：箸，通著，作附著、銘記解。銘記在心的意思。
⑧⑦布乎四體：布，分布，此為體現之意。四體，四肢、全身。體現在身心全部。
⑧⑧蝡：緩慢行動的樣子。蝡 漢 rŭan 國 ㄖㄨㄢˇ 音軟。
⑧⑨一：概、都。
⑨⓪小人：指道德低下的人。《荀子·性惡》云：「縱情性，安恣睢，違禮義者為小人。」。
⑨①則：疑當為財。財，通才。
⑨②傲：急躁。
⑨③囋：嘮叨，多嘴多舌。囋 漢 zàn 國 ㄗㄢˋ 音贊。
⑨④嚮：同嚮，回聲。
⑨⑤法而不說：有法度，但只重類例，而不著重詳細解說。
⑨⑥故而不切：著重古代而不切近現代。
⑨⑦約而不速：約，簡要、扼要。簡要而不能速成。
⑨⑧方其人之習、君子之說：仿效那個人之習慣，和君子的議論。
⑨⑨經：通徑，途徑，與下文「蹊徑」同義。
⑩⓪隆禮：隆，尊崇、推崇、崇尚禮儀。

⑽安特將學雜志：安，於是。特，只有。將，有退一步言的設辭。雜志，內容龐雜之書。全句說，如不能做到以上各點，那只好退而學百家之書。

⑽順：通訓，解釋。

⑽陋儒：指鄙陋的讀書人。

⑽原：推原、推究。

⑽本：尋找根本。

⑽則禮正其經緯蹊徑也：經緯，猶言組織、體系。蹊徑，道路。學禮是正確的道路。

⑽若挈裘領：挈，提。裘，皮衣。像提起皮袍的領子。挈 漢 qiè 國 ㄑㄧㄝˋ 音妾。

⑽詘五指而頓之：詘，同屈。頓，引、順理、抖動。屈著五指整理皮毛。

⑽不道禮憲：道，經由，此指遵循。禮憲，禮法。不遵循禮法。

⑾以戈舂黍：戈，古時一種兵器。舂，搗米。黍，粘黃米。意為用戈搗米，純屬徒勞。舂 漢 chōng 國 ㄔㄨㄥ 音沖。

⑾以錐飡壺：飡，同餐。壺，盛食器。意為用錐子代替筷子進餐。

⑾法士：守禮遵法之士。

⑾察辯：辯，通辨，辨別、區別。明察善辯。

⑾散儒：散，不自檢束。不拘禮法的書生。

⑾問楛：楛，同苦，惡之意。所問非禮義。

⑾有爭氣者勿與辨也：爭氣，意氣用事，無理而爭。辨，亦作辯。謂如果有人意氣用事，無理而爭，不必與他爭辯。

⑾由其道：合乎禮義之道。

⑾方：方向。

⑲理：此指道的內容。
⑳致：極致。
㉑隱：秘密，秘而不告人。
㉒瞽：盲目。瞽㊅gǔ㊂ㄍㄨˇ音古。
㉓謹慎其身：謹慎地對待問者。
㉔《詩》：指《詩經．小雅．采菽》。
㉕匪交匪舒：匪，同非。交，同絞，急切。舒，迂緩、怠慢。不急切，也不迂緩。
㉖倫類不通：不能觸類旁通。
㉗一出焉，一入焉：指有時不合規矩，有時合規矩。
㉘涂巷之人也：涂，同途。普通人。
㉙桀、紂、盜跖也：桀，指夏朝末王桀。紂，指商朝末王紂，二者皆為昏暴之君。盜跖，是傳說中古代的「大盜」。跖㊅zhí㊂ㄓˊ音直。
㉚不全不粹：不全面不精純。
㉛誦數：就是上文「其數則始乎誦經」。數，指《詩》、《書》、《禮》、《樂》、《春秋》各經的數目。
㉜為其人以處之：為，效法。處，置身。設身處地效法賢者。
㉝除其害者以持養之：害，阻礙，指妨礙全、粹之事物。持養，培養、養護。排除那些有害的東西來培養保護它。
㉞是：指全、粹之學。下同。
㉟致：極。
㊱目好之五色：就是說「目好之甚於五色」，下四句同。

⑬⑦ 蕩：動蕩。

⑬⑧ 德操：有德而能操持。

⑬⑨ 定：定見。

⑭⓪ 應：應對事物。

⑭① 天見其明，地見其光，君子貴其全也：見，讀如字，不讀現。上文三「其」字皆指文內「成人」而言。此段論君子貴全，故天見其明，地見其光。意即君子的修養倘達到「全」的境界，則天自會見到他的明，地亦會見到他的光。

列子・小兒辯日

孔子東遊，見兩小兒辯鬬①。問其故②。一兒曰：「我以日始出時去人近③，而日中④時遠也。」一兒曰：「我以日初出遠，而日中時近也。」一兒曰：「日初出大如車蓋⑤，及日中，則如盤盂⑥，此不為遠者小而近者大乎？」一兒曰：「日初出滄滄涼涼⑦，及其中如探湯⑧，此不為近者熱而遠者涼乎？」孔子不能決⑨也。兩小兒笑曰：「孰為汝多知乎⑩？」

作者

《列子》的作者，舊題列子。列子，相傳名禦寇，亦作圄寇、圉寇。戰國時鄭人。生卒年無可考。其學說近於莊周的虛無。《列子》最早見於漢劉歆《七略別錄》，但原本已經散失。今本《列子》八篇，可能為晉人重新搜集編成。書中多記民間故事、寓言和神話傳說。

東晉張湛最早作《列子注》，近人注本有楊伯峻《列子集釋》。

題解

〈小兒辯日〉選自《列子・湯問》，本無題目，現題為編者所加，版本據《先秦兩漢古籍逐字索引》。這是一篇寓言，故事說孔子到列國遊說時，遇到兩個小孩在爭論早晨和中午時分，甚麼時候太陽離人較遠較近的問題。孔子對這一爭論不能做出判決，於是兩個孩子嘲笑孔子並非博學之人。這個寓言說明即使博學如孔子，亦不能事事皆知。當我們對問題還未有充分了解時，不應妄下結論。

注釋

① 辯鬬：爭辯。
② 故：緣故。
③ 我以日始出時去人近：以，以為。去，距離。

④ 日中：中午。

⑤ 車蓋：古時車子上遮日防雨的傘蓋。

⑥ 及日中，則如盤盂：及，到。盤盂，盛放食品的一種容器。盂㊥yú㊥ㄩˊ音余。

⑦ 滄滄涼涼：清涼的狀況。

⑧ 探湯：把手伸進熱水裡。

⑨ 決：判斷。這裡有解答的意思。

⑩ 孰為汝多知乎：孰，誰。為，此處解作謂、說。汝，你。知，同智，這裡指智慧和學識。

山海經 二則

精衛填海

發鳩①之山，其上多柘木②。有鳥焉③，其狀如烏④，文首⑤、白喙⑥、赤足，名曰精衛，其鳴自詨⑦。是炎帝之少女⑧，名曰女娃，女娃遊于東海，溺⑨而不返，故為精衛，常銜西山之木石⑩，以堙⑪于東海。漳水出焉，東流注于河。

鯀禹治水

洪水滔天⑫。鯀竊帝之息壤以堙洪水⑬，不待帝命⑭。帝令祝融殺鯀于羽郊⑮。鯀復生禹⑯。帝乃命禹卒布土以定九州⑰。

作者

《山海經》自來號稱奇書，學者多以為非一時一人之作，大約成書於戰國初至西漢初年。共十八卷，由《山經》五卷和《海經》十三卷組成。《漢書・藝文志》將《山海經》列入形法家之首，《隋書・經籍志》以後多列入地理書，《四庫全書總目提要》稱之為「小說之最古者爾」。全書只有三萬一千多字，卻包含著我國古代地理、歷史、神話、民俗、動物、植物、礦產、醫藥、宗教等多方面的資料，是研究上古社會的重要文獻。後人箋注頗多，較著者有晉郭璞的注本，清郝懿行《山海經箋疏》和今人袁珂《山海經校注》等。

題解

《山海經》二則本無題目，現題為編者所加，版本據《先秦兩漢古籍逐字索引》。

〈精衛填海〉選自《山海經・北山經》。精衛，鳥名，又名誓鳥、冤禽、志鳥，俗稱帝女雀。當時大海氾濫成災，對沿海居民的生存構成威脅，於是人們產生了填平大海的願望。小小的精衛寄託著遠古人類的理想，堅毅地與自然搏鬥去改變環境。

〈鯀禹治水〉選自《山海經・海內經》。鯀，又稱伯鯀，是我國古代神話中禹的父親，鯀努力築隄防洪，可惜未能成功而被殺於羽山之下。禹，又稱大禹、夏禹或戎禹，是鯀的兒子，繼承鯀的事業，用疏通河道的方法治水，終獲成功，其後並受舜禪讓為部落聯盟首領。

注釋

① 發鳩：山名，舊說在山西境內。
② 柘木：柘樹，桑樹中的一種。柘㊅ zhè ㊄ ㄓㄜˋ 音蔗。
③ 焉：助語詞，意指在那兒。
④ 烏：烏鴉。
⑤ 文首：頭上有花紋。
⑥ 喙：鳥嘴。喙㊅ huì ㊄ ㄏㄨㄟˋ 音會。
⑦ 其鳴自詨：詨，叫。它鳴叫時像呼喚自己的名字。詨㊅ xiào ㊄ ㄒㄧㄠˋ 音效。
⑧ 是炎帝之少女：炎帝，傳說中的神農氏。少女，小女兒。
⑨ 溺：淹死。

⑩ 木石：樹枝、石子。

⑪ 堙：填塞。堙㊥yīn㊐ㄧㄣ音因。

⑫ 滔天：漫天，形容水勢浩大。

⑬ 鯀竊帝之息壤以堙洪水：竊，偷盜。帝，天帝。息壤，神話中的神土，以之作隄，可隨水勢而上漲。鯀㊥gǔn㊐ㄍㄨㄣˇ音滾。壤㊥rǎng㊐ㄖㄤˇ音嚷。

⑭ 不待帝命：不等待天帝的允許。

⑮ 帝令祝融殺鯀于羽郊：祝融，神話中的火神，古代典籍中亦有祝融神話的諸多記載，祝融將鯀殺於羽山。

⑯ 鯀復生禹：復，又、再。一作腹，言鯀的肚子裡生出禹。傳說鯀被殺後，屍體三年不腐。天帝派一天神剖開鯀的肚子，跳出一條虬龍，那就是禹。

⑰ 帝乃命禹卒布土以定九州：卒，終於，最後。布土，指掘土開溝，平治洪水。布，同敷，鋪填。定，平定。

呂氏春秋・刻舟求劍

楚人有涉①江者，其劍自舟中墜②於水，遽契其舟③曰：「是吾劍之所從墜也④。」舟止，從其所契者入水求之⑤。舟已行矣，而劍不行，求劍若此，不亦惑⑥乎？以故法為其國⑦與此同。時已徙⑧矣，而法不徙，以此為治，豈不難哉？

作者

《呂氏春秋》是戰國末期呂不韋集門客共編的著作。呂不韋，生年不詳，卒於秦王政十二年（西元前？年——前二三五年）。濮陽（今河南禹縣）人，曾為秦相國，有門客三千。呂氏命門客著其所聞，成《呂氏春秋》，分十二紀、八覽、六論，共一百六十篇，二十餘萬言。《漢書・藝文志》列為雜家之作。內容以闡釋儒道思想為主，兼及陰陽、兵、農、法、墨諸家之言。文章多用故事說理，富文學色彩，為戰國末期諸子散文的代表作。通行的注本有漢高誘注、清畢沅《呂氏春秋校注》和近人許維遹《呂氏春秋集釋》。

題解

〈刻舟求劍〉選自《呂氏春秋・察今》，本無題目，現題為編者所加，版本據《先秦兩漢古籍逐字索引》，這是書中有名的寓言。故事說有一個楚人，他的佩劍從船上掉落水中，他急忙在船邊刻上標誌，以記認劍掉下去的位置。到船靠岸，他立刻從刻了標誌的地方下水尋劍，因舟行劍滯，最後當然是毫無結果。作者以此說明當政者必須因應時勢的變化而採取適當的措施，才是治國之道。

注釋

① 涉：渡。

②墜：下墜，這裡指掉落。
③遽契其舟：遽，急遽。契，同鍥，同利器刻劃。遽㊥jù㊄ㄐㄩˋ音巨。
④是吾劍之所從墜也：我的劍是從這裡掉下去的。
⑤從其所契者入水求之：求，尋求，尋找。從他刻著記號的地方下水尋找。
⑥惑：迷惑、糊塗。
⑦以故法為其國：故法，過時的法。為其國，治理國家。
⑧徙：遷徙、變化之意。

韓非子・五蠹①節錄

上古之世②，人民少而禽獸眾，人民不勝③禽獸蟲蛇，有聖人作④，搆木為巢⑤以避群害，而民悅之，使王天下⑥，號曰有巢氏。民食果蓏蜯蛤⑦，腥臊惡臭⑧而傷害腹胃，民多疾病，有聖人作，鑽燧取火以化⑨腥臊，而民說⑩之，使王天下，號之曰燧人氏。中古之世⑪，天下大水，而鯀、禹決瀆⑫。近古之世⑬，桀、紂暴亂，而湯、武征伐。今有搆木鑽燧於夏后氏⑭之世者，必為鯀、禹笑矣。有決瀆於殷、周之世者，必為湯、武笑矣。然則今有美⑮堯、舜、湯、武、禹之道於當今之世者，必為新聖⑯笑矣。是以聖人不期脩古⑰，不法常可⑱，論⑲世之事，因為之備⑳。宋人有耕田者，田中有株㉑，兔走，觸株折頸而死，因釋其耒㉒而守株，冀復得兔，兔不可復得，而身為宋國笑。今欲以先王之政，治當世之民，皆守株之類也。

古者丈夫㉓不耕，草木之實足食也；婦人不織，禽獸之皮足衣也。不事力而養足㉔，人民少而財有餘，故民不爭。是以厚賞不行，重罰不用而民自治㉕。今人有五子不為多，子又有五子，大父㉖未死而有二十五孫，是以人民眾而貨財寡，事力勞而供養薄，故民爭，雖倍賞累罰㉗而不免於亂。

堯之王天下也，茅茨不翦㉘，采椽不斲㉙，糲粢之食㉚，藜藿之羹㉛，冬日麑裘㉜，夏日葛衣㉝，雖監門之服養㉞，不虧於此矣。禹之王天下也，身執耒臿以為民先㉟，股無胈㊱，脛不生毛㊲，雖臣虜㊳之勞不苦於此矣。以是言之，夫古之讓天子者，是去監門之養而離臣虜之勞也，古傳天下而不足多㊴也。今之縣令，一日身死，子孫累世絜駕㊵，故人重之；是以人之於讓也，輕辭古之天子，難去㊶今之縣令者，薄厚之實異也㊷。夫山居而谷汲者㊸，膢臘㊹而相遺以水；澤居苦水者，買庸而決竇㊺。故饑歲㊻之春，幼弟不饟㊼；穰歲㊽之秋，疏客必食㊾；非疏骨肉愛過客也，多少㊿之實異也。是以古之易(51)財，非仁也，財多也；今之爭奪，非鄙(52)也，財寡也；輕辭天子，非高也，勢薄(53)也；爭士橐(54)，非下也，權重也。故聖人議多少、論薄厚為之政(55)，故罰薄不為慈，誅嚴不為戾(56)，稱俗(57)而行也。故事因於世⑮，而備適於事⑯。

作者

韓非，約生於秦昭襄王二十七年，卒於秦王政十四年（西元前二八〇？年——前二三三年）。先秦法家學說集大成者。出身韓國貴族，多次建議韓王變法圖強。著書十餘萬言，書傳至秦，受到秦王嬴政的賞識。後韓非至秦，卻未得信用，更為李斯誣害，死於獄中。著有《韓非子》。《漢書・藝文志》著錄五十五篇，留傳至今，但今本也多有後人加入的文字。《韓非子》的文章邏輯嚴密，議論透闢，善用寓言故事和歷史知識表意明理，風格嚴峭峻刻，多長篇巨製，成為戰國末期諸子理論文章的代表。

題解

本文節選自《韓非子集釋》卷十九，是韓非論帝王治術的代表作之一。蠹，即蛀蟲。五蠹，比喻危害社會的五類人：儒家的學者、縱橫家的言談者、墨家支派遊俠的帶劍者、患御者和商工之民。作者對這些人分別給予強烈的批評。

本篇主旨是從時代的變遷，說明法治的重要。韓非先從歷史進化觀立論，反對儒家法先王、講仁義，指出治國方法應隨社會的發展而改變。他並批評「五蠹之民」敗壞法治，遺害家國，指出只有清除「五蠹之民」，培養耕戰之士，才是推行法治的先決條件。全文反復申說，條理分明，設喻精到。

注釋

① 五蠹：蠹，即蛀蟲。五蠹，比喻危害國家的五類人。蠹 漢 dù 國 ㄉㄨˋ 音度。
② 上古之世：本文中的「上古」、「中古」、「近古」是韓非對古代歷史的劃分。「上古」相當於原始社會的原始群居時期。
③ 不勝：勝，應付。不勝，受不了。勝 漢 shēng 國 ㄕㄥ 音升。
④ 有聖人作：作，興起、出現的意思。有位聖人出現了。
⑤ 搆木為巢：搆，同構，交錯架起。用樹枝搭成像鳥巢一樣的住處。
⑥ 使王天下：使，讓，指推舉。王，此處作動詞用，指統治。推舉他做天下的共主。王 漢 wàng 國 ㄨㄤˋ

音旺。

⑦ 果蓏蜯蛤：果蓏，木本植物的果實叫果，草木植物的果實叫蓏。這裡泛指野生果實。蜯，通蚌。蛤，蛤蜊，一種軟體有殼動物，似蚌而較圓。蜯和蛤蜊，都是水中貝殼動物。蓏 漢 luǒ 國 ㄌㄨㄛˇ 音裸。蜯 漢 bàng 國 ㄅㄤˋ 音棒。蛤 漢 gé 國 ㄍㄜˊ 音隔。

⑧ 惡臭：難聞的氣味。

⑨ 鑽燧取火以化：燧，取火木器，以鑽子鑽之即生火。鑽燧，遠古時代的一種取火方法，用鑽子鑽木，因摩擦生熱而爆出火星。化，消除。

⑩ 說：通悅，喜歡。

⑪ 中古之世：相當於原始社會的氏族公社時期。

⑫ 鯀、禹決瀆：鯀，傳說是禹的父親，夏后氏的部落首領。曾奉堯的命令治水，九年未成，被舜殺死。禹繼父業，疏通河道，導流入海，終於治水成功。決，開掘，疏通水道。瀆，入海的河流。古代以長江、黃河、淮河、濟水為「四瀆」。鯀 漢 gǔn 國 ㄍㄨㄣˇ 音滾。瀆 漢 dú 國 ㄉㄨˊ 音讀。

⑬ 近古之世：相當於奴隸制社會時期。

⑭ 夏后氏：夏朝。后，君主。禹建立夏朝後，人們稱他為夏后氏。

⑮ 美：讚美。

⑯ 新聖：新興起的聖人。韓非子心目中的聖人，是通達時務的智者。

⑰ 不期脩古：期，期望、要求。脩古，修行先王的古道。

⑱ 不法常可：法，效法。常，經常。可，適宜、適用。常可，永久適用的辦法。

⑲ 論：衡量。

⑳ 因為之備：因，依據，按照實際情況。為，這裡作動詞用。之，代「世之事」，指社會上的政事。備，名詞，應備的措施。句謂依據實際情況給社會制定應備的措施。

㉑ 株：樹樁。

㉒ 耒：古代翻土農具。耒漢lěi國ㄌㄟˇ音壘。

㉓ 丈夫：指男子。

㉔ 不事力而養足：事力，從事勞力工作，指農耕。養，供養。

㉕ 自治：自自然然太平，安定而有秩序。

㉖ 大父：祖父。

㉗ 累罰：累，重迭、積累。屢次懲罰。

㉘ 茅茨不翦：茅茨，用來遮蓋屋頂的茅草或葦子。翦，通剪，修剪整齊。茨漢cí國ㄘˊ音慈。

㉙ 采椽不斲：采，通棌，柞木。采椽，柞木做的椽子。斲，砍削。椽漢chuán國ㄔㄨㄢˊ音船。斲漢zhuó國ㄓㄨㄛˊ音琢。

㉚ 糲粢之食：糲，粗米。粢，稷的別名，次於黍的糧食。泛指粗糙的糧食。糲漢lì國ㄌㄧˋ音麗。粢漢zī國ㄗ音姿。

㉛ 藜藿之羹：藜，草名，嫩葉可吃。藿，豆葉。羹，帶汁的肉食或蔬菜。指煮熟的帶汁野菜。藜漢lí國ㄌㄧˊ音黎。藿漢huò國ㄏㄨㄛˋ音霍。

㉜ 麑裘：麑，小鹿。裘，皮衣。麑裘，指鹿皮衣。這裡泛指素質差的獸皮衣服。麑漢ní或mí國ㄋㄧˊ或ㄇㄧˊ音泥或彌。裘漢qiú國ㄑㄧㄡˊ音求。

㉝ 葛衣：葛，一種蔓草，纖維可織布。葛衣，指用葛的纖維做的粗布衣。葛漢gé國ㄍㄜˊ音隔。

㉞ 監門之服養：監門，看門的人。服，服用。養，食用。

㉟ 身執耒臿以為民先：身，親自。臿，即鍬，掘土的工具。以為民先，做百姓的先導，即率先帶領百姓幹活。臿漢chā國ㄔㄚ音插。

㊱ 股無胈：股，大腿。胈，大腿上的肌肉。胈漢bá國ㄅㄚˊ音拔。

㊲ 脛不生毛：脛，小腿。小腿上不長汗毛。是說疲於勞作，小腿上的汗毛也被磨光。

㊳ 臣虜：男姓奴隸叫臣，俘虜被用作奴隸叫虜。臣虜，即奴隸。

㊴ 多：讚揚。

㊵ 絜駕：絜，圍束，這裡指套車。套馬駕車，表示不失富貴。絜 漢 xié 國 ㄒㄧㄝˊ 音協。

㊶ 去：捨棄。

㊷ 薄厚之實異也：薄厚，指利益的大小。實，實質。

㊸ 山居而谷汲者：山居，在山上居住。谷汲，到溪谷打水。

㊹ 膢臘：膢，楚人二月祭祀飲食之神的節日。臘，古代冬至後第三個戌日祭祀百神的節目。膢臘，這裡泛指節日。膢 漢 lǘ 國 ㄌㄩˊ 音驢。

㊺ 買庸而決竇：買庸，僱請工人。竇，孔洞，這裡指所挖的溝渠。決竇，挖渠。

㊻ 饑歲：五穀不收叫饑。饑歲，謂荒年。

㊼ 饟：同餉，以食物相饋贈。饟 漢 xiǎng 國 ㄒㄧㄤˇ 音享。

㊽ 穰歲：豐年。穰 漢 ráng 國 ㄖㄤˊ 音讓陽平聲。

㊾ 食：拿食物奉客。食 漢 sì 國 ㄙˋ 音四。

㊿ 多少：指糧食的多少。

(51) 易：不看重。

(52) 鄙：貪吝。

(53) 勢薄：權勢輕微。

(54) 爭土橐：土，士之誤字，通仕，做官。橐，通託，請託，指依附權貴。此謂爭奪做官和爭相請託。橐 漢 tuó 國 ㄊㄨㄛˊ 音駝。

(55) 為之政：給社會實際情況制定政治措施。

56 戾：暴虐。戾㊉ li ㊋ ㄌㄧˋ音力。
57 稱俗：稱，適合。俗，習俗。
58 故事因於世：因，依據、因應。所以政事須隨時代的變化而因應施行。
59 而備適於事：應變的準備必須適合於可以發生的事情。

諫逐客書

李斯

臣聞吏①議逐客，竊②以為過矣。昔繆公③求士，西取由余於戎④，東得百里奚⑤於宛，迎蹇叔⑥於宋，來丕豹、公孫支於晉⑦。此五子者，不產⑧於秦，而繆公用之，并國二十，遂霸西戎。孝公用商鞅之法⑨，移風易俗，民以殷盛⑩，國以富彊，百姓樂用，諸侯親服，獲楚、魏之師⑪，舉地千里，至今治⑫彊。惠王用張儀之計⑬，拔三川之地⑭，西并巴、蜀⑮，北收上郡⑯，南取漢中⑰，包九夷⑱，制鄢、郢⑲，東據成皋⑳之險，割膏腴㉑之壤，遂散六國之從㉒，使之西面事秦，功施㉓到今。昭王得范睢㉔，廢穰侯㉕，逐華陽㉖，彊公室，杜私門㉗，蠶食諸侯，使秦成帝業。此四君者，皆以客之功。由此觀之，客何負於秦哉！向使四君卻客而不內㉘，疏士而不用，是使國無富利之實而秦無彊大之名也。

今陛下致昆山之玉㉙，有隨、和之寶㉚，垂明月之珠㉛，服太阿之劍㉜，乘纖離[33]之馬，建翠鳳之旗[34]，樹靈鼉之鼓[35]。此數寶者，秦不生一焉[36]，而陛下說[37]之，何也？必秦國之所生然後可，則是夜光之璧[38]不飾朝廷，犀象之器[39]不為玩好，鄭、衛之女[40]不充後宮，而駿良駃騠不實外廄[41]，江南金錫不為用，西蜀丹青不為采[42]。所以飾後宮充下陳[43]娛心意說耳目者，必出於秦然後可，則是宛珠之簪[44]，傅璣之珥[45]，阿縞[46]之衣，錦繡之飾不進於前，而隨俗雅化佳冶窈窕趙女不立於側也[47]。夫擊甕叩缶[48]彈箏搏髀[49]而歌呼嗚嗚[50]快耳者，真秦之聲也；〈鄭〉、〈衛〉、〈桑閒〉[51]、〈昭〉、〈虞〉、〈武〉、〈象〉[52]者，異國之樂也。今弃擊甕叩缶而就〈鄭〉〈衛〉，退彈箏而取〈昭〉〈虞〉，若是者何也？快意當前，適觀[53]而已矣。今取人則不然，不問可否，不論曲直，非秦者去，為客者逐。然則是所重者在乎色樂珠玉，而所輕者在乎人民也，此非所以跨海內制諸侯之術也。

臣聞地廣者粟多，國大者人眾，兵彊則士勇。是以太山不讓[54]土壤，故能成其大；河海不擇細流，故能就[55]其深；王者不卻眾庶[56]，故能明其德

㊼。是以地無㊽四方，民無異國，四時充美㊾，鬼神降福，此五帝、三王㊿之所以無敵也。今乃弃黔首以資敵國㉑，卻賓客以業諸侯㉒，使天下之士退而不敢西向，裹足不入秦，此所謂「藉寇兵而齎盜糧㉓」者也。

夫物不產於秦，可寶者多；士不產於秦，而願忠者眾。今逐客以資敵國，損民以益讎㉔，內自虛而外樹怨於諸侯㉕，求國無危，不可得也。

作者

李斯，生於秦昭襄王二十三年，卒於秦二世二年（西元前二八四年——前二〇八年）。楚國上蔡（今河南上蔡）人，幼受業於荀卿。因見楚王不能成大事，乃西入秦，秦王政拜為客卿。秦滅六國後任丞相。始皇崩，與趙高矯詔立胡亥，是為二世。二世二年（西元前二〇八），為趙高誣陷，腰斬於咸陽，夷三族。

李斯實踐法家學說，主張廢諸侯，行郡縣。他協助秦始皇統一六國文字和度量衡。他的文章，氣勢磅礴，說理透闢。在文學發展史上，上承縱橫之勢，下啟漢賦之漸，為秦一代散文的代表。所作刻石銘文如〈泰山〉、〈之罘〉、〈東觀〉、〈碣石〉、〈會稽〉諸篇，三句一韻，文采壯麗。雖為歌功頌德之作，但不失傳世價值，對後代碑銘文有深遠影響。

題解

本文選自《史記・李斯列傳》，版本據中華書局排印本，題目為後人所加。

秦王政即位不久，韓國為了分化秦國對諸侯的威脅，派了一個名叫鄭國的人去助秦國修渠，以消耗秦國的力量。此事被秦國識破，秦國的貴族認為外來的人都心懷不軌，建議秦王將外人驅逐，秦王便下令逐客。李斯本為楚國人，當時在秦任客卿，遂上〈諫逐客書〉，力陳逐客之非。秦王讀後，深服李斯高見，遂收回成命。

注釋

① 吏：在先秦和西漢，大小官員都可以稱吏，這裡指宗室（與國君同祖的貴族）和大臣。

② 竊：私下。

③ 繆公：即秦穆公（西元前六五九年——前六二一年在位），名任好，春秋時五霸之一。繆(漢)mù(國)ㄇㄨˋ音木。

④ 西取由余於戎：由余，春秋時秦大夫。原為晉國人，後逃亡到西戎。西戎王派他出使秦國，秦穆公用計使他歸秦，並採用他的計謀，統一了西戎各部落。戎，古代對西部少數民族的泛稱。

⑤ 百里奚：原為楚國宛（今河南南陽）人，曾為虞國大夫。晉滅虞後，百里奚被晉國俘去，作為晉獻公女兒的陪嫁奴僕入秦。百里奚逃到楚國宛地，又被楚國邊兵俘獲。穆公知他有才幹，以五張黑色公羊皮把他贖回，並任他為相，所以又稱五羖大夫。奚(漢)xī(國)ㄒㄧ音兮。

⑥ 蹇叔：岐（今陝西岐山東北）人，寓居宋國，是百里奚的好友。經百里奚推薦，穆公用厚禮把他從宋國聘來，任為上大夫。蹇(漢)jiǎn(國)ㄐㄧㄢˇ音剪。

⑦ 來丕豹、公孫支於晉：來，召來。丕豹，晉大夫丕鄭之子。晉惠公（夷吾）殺了他的父親，丕豹逃到秦國。穆公任他為大將攻晉，攻下八城，並生俘夷吾。公孫支，字子桑，岐人，寓居晉國。穆公收為謀臣，任大夫。丕(漢)pī(國)ㄆㄧ音披。

⑧ 產：生、出生。

⑨ 孝公用商鞅之法：孝公，即秦孝公（西元前三六一年——前三三八年在位），名渠梁。商鞅（？——西元前三三八年），戰國時衛國人，姓公孫，名鞅，又稱衛鞅。因孝公以商於之地封鞅，故稱商鞅。商鞅任秦相十年，先後兩次變法，使秦國富兵強。

⑩ 民以殷盛：以，因此。殷盛，盛大富裕。

⑪ 獲楚、魏之師：獲，俘獲。秦孝公二十二年（西元前三四〇年），商鞅用計大敗魏軍，俘獲魏公子卬，魏割河西之地予秦，同年又攻打楚國。

⑫ 治：太平，治理得好。

⑬惠王用張儀之計：惠王，即秦惠王，也稱惠文王（西元前三三七年——前三一一年在位），孝公之子，名駟。他於周顯王四十四年（西元前三二五）稱王，此後秦國國君都稱王。張儀，魏國人，惠文王時任秦相，用連橫之計破壞六國的合縱，以便使秦對六國個別擊破，對秦最後兼併六國起重大作用。

⑭拔三川之地：拔，攻取。三川之地，指今河南洛陽一帶，因境內有黃河、伊水、洛水，故稱「三川」，屬韓國土地。

⑮巴、蜀：都是古國名。巴在今四川重慶北，蜀在今四川成都一帶。

⑯上郡：戰國魏地，郡城在今陝西榆林東南。周顯王四十一年（西元前三二八年），惠文王派公子華與張儀攻魏，魏國以上郡十五縣獻秦求和。

⑰南取漢中：漢中，戰國楚地，在今陝西漢中一帶。周赧王二年（西元前三一三年），張儀誘騙楚國與齊絕交，次年大破楚軍於丹陽，斬首八萬；接著攻佔楚漢中六百里土地，置漢中郡。

⑱包九夷：包，囊括。「九」是虛指，表示多數。九夷，原指中國東部各少數民族，這裡指楚國境內各少數民族。

⑲制鄢、郢：制，控制。鄢、郢，是楚國先後建都的地方。鄢在今湖北宜城東南，郢在今湖北江陵北之紀南城。這裡以鄢、郢代表楚國。鄢(漢)yān(國)ㄧㄢ音煙。郢(漢)yǐng(國)ㄧㄥˇ音影。

⑳成皋：又名虎牢，當時周朝都邑以東的軍事要塞，在今河南滎陽汜水。皋(漢)gāo(國)ㄍㄠ音高。

㉑膏腴：肥沃。腴(漢)yú(國)ㄩˊ音魚。

㉒散六國之從：散，解散、瓦解。從，合縱，六國聯合抗秦的結盟。句謂瓦解了韓、魏、燕、趙、齊、楚六國的合縱。

㉓施：延續。

㉔昭王得范雎：昭王，即秦昭襄王（西元前三〇六年——前二五一年在位），名則，又名稷，惠文王

子，武王異母弟。范雎，魏國人，字叔游。魏相魏齊懷疑他私通外國，加以逼害。他逃往秦國，後被秦昭王任為相。

㉕穰侯：即魏冉，秦昭襄王養母宣太后的異父弟，曾為秦相，封於穰，專朝政三十餘年，秦昭襄王五十一年（西元前二五六年）被廢黜。穰㊅ ráng 或 rǎng ㊄ ㄖㄤˊ 或 ㄖㄤˇ 音攘或壤。

㉖華陽：即華陽君，宣太后的同父弟芈戎，封於華陽，也因宣太后的關係，在朝專政，使秦昭襄王大權旁落。後被遣回封地華陽。

㉗杜私門：杜，杜絕。私門，對公室而言，指貴族豪門。這裡指穰侯、華陽君等家族的勢力。

㉘向使四君卻客而不內：向，原先、當時。使，假使。卻，使退卻。內，容納。內㊅ nà ㊄ ㄋㄚˋ 音納。

㉙致昆山之玉：致，使至。昆山，即崑崙山，古代傳説崑崙山北麓和田產美玉。

㉚隨、和之寶：指隨侯珠、和氏璧，皆是珍貴之物。

㉛垂明月之珠：垂，垂掛。明月之珠，一種大而亮的珍珠。

㉜服太阿之劍：服，佩帶。太阿，寶劍名，相傳是春秋時名匠干將和歐冶子合鑄。

㉝纖離：古駿馬名。

㉞建翠鳳之旗：建，豎起。翠鳳之旗，用翠羽造成鳳鳥形狀作裝飾的旗幟。

㉟樹靈鼉之鼓：樹，設置。鼉，鱷魚一類動物，俗名「豬婆龍」，古代把它視為神物，所以稱靈鼉。靈鼉之鼓，用鼉皮蒙的鼓。鼉㊅ tuó ㊄ ㄊㄨㄛˊ 音駝。

㊱秦不生一焉：焉，指以上所言數寶。一焉，其中之一。句謂秦國本身並沒有出產以上所說的寶物。

㊲說：通悅。說㊅ yuè ㊄ ㄩㄝˋ 音月。

㊳夜光之璧：璧，一種中間有孔的圓形玉器。夜光璧是一種玉名。《戰國策・楚策》載張儀為秦游説楚王，楚王乃遣使獻夜光之璧等物於秦王。

㊴ 犀象之器：用犀牛角和象牙製成的器物。

㊵ 鄭、衛之女：鄭國和衛國的女子，以能歌善舞著稱。

㊶ 駿良駃騠不實外廄：駃騠，古代北方駿馬名。外廄，宮外的養馬棚。駃騠（漢）jué tí（國）ㄐㄩㄝˊ ㄊㄧˊ 音決提。

㊷ 丹青不為采：丹青，丹砂和青雘，古代用作顏料。不為采，不被採用。

㊸ 下陳：《爾雅・釋宮》：「堂途謂之陳。」孫炎《注》云：「堂下至門之徑也。」郝懿行以為「陳在堂下，因有下陳之名。」

㊹ 宛珠之簪：用宛地出產的明珠裝飾的髮簪。

㊺ 傅璣之珥：傅，附著。璣，非圓形的珠子。珥，耳環。此謂鑲著珠子的耳環。

㊻ 阿縞：縞，白色絲織品。齊國東阿（今山東陽谷東北阿城）出產的縞。縞（漢）gǎo（國）ㄍㄠˇ 音稿。

㊼ 隨俗雅化佳冶窈窕趙女不立於側也：隨俗雅化，隨著時尚的變化而打扮得雅致漂亮。佳冶，美好妖冶。窈窕，美好貌。趙女，趙國女子，傳說古代燕趙一帶多美女。

㊽ 擊甕叩缶：甕，一種樂器，形似陶製的盛水器。缶，一種樂器，形似瓦罐。秦國用敲擊甕缶來表示音樂的節奏。甕（漢）wèng（國）ㄨㄥˋ 音瓮。缶（漢）fǒu（國）ㄈㄡˇ 音否。

㊾ 彈箏搏髀：箏，古代秦地的一種弦樂器。搏，拍擊。髀，大腿。髀（漢）bì（國）ㄅㄧˋ 音必。

㊿ 嗚嗚：形容秦人唱歌的聲音。

(51) 〈鄭〉、〈衛〉、〈桑閒〉：鄭、衛，指鄭、衛之音，是春秋末年流行於鄭國、衛國的民間音樂，以悅耳著稱。桑閒，即桑間，衛國地名，在今河南濮陽一帶。當時青年男女常在這裡歡聚歌唱。這裡的〈桑閒〉指桑閒之音，即鄭衛的民歌。

(52) 〈昭〉、〈虞〉、〈武〉、〈象〉：〈昭〉、〈虞〉，即〈韶〉、〈虞〉，昭與韶音義並同。〈武〉、〈象〉，周武王時的一種樂舞，其樂曲稱武，舞蹈稱象。〈昭〉、〈虞〉、〈武〉、〈象〉指虞舜、周武王所立之樂，其音富麗典雅。

53 適觀：看起來舒適。

54 讓：辭讓、拒絕。

55 就：與「成」義，指形成、造成。

56 不卻眾庶：卻，推辭、不接納。眾庶，百姓。

57 明其德：使自己的德望昭著。

58 無：無所謂。

59 四時充美：四時，四季。充美，指生活富庶美好。

60 五帝、三王：五帝，指黃帝、顓頊、帝嚳、堯、舜。三王，指夏、商、周開國之王，即夏禹、商湯和周文王、周武王。

61 弃黔首以資敵國：弃，同棄。黔，黑色。人以黑巾裹頭，故稱黔首。黔首，指秦時對百姓的稱呼。資，資助。

62 業諸侯：使諸侯成就功業。

63 藉寇兵而齎盜糧：藉，借給。寇，殺人搶劫的暴徒。兵，兵器。齎，給人財物。糧，乾糧，路上吃的食物。句謂借武器給暴徒，送乾糧給盜賊。齎 漢 jī 國 ㄐㄧ 音基。

64 損民以益讎：損民，減少百姓。益，增加。讎，讎敵。益讎，使敵國增加人口。讎 漢 chóu 國 ㄔㄡˊ 音酬。

65 內自虛而外樹怨於諸侯：內自虛，對內削弱國家的實力。樹怨，樹立怨恨。外樹怨於諸侯，謂被驅逐逃往其他諸侯國的人，將會拼死輔佐別國攻秦，這等於秦國對外樹立了眾多的讎敵。

過秦論上

賈誼

秦孝公據崤函之固①，擁雍州②之地，君臣固守，以窺③周室。有席卷天下，包舉宇內，囊括四海之意④，并吞八荒⑤之心。當是時也，商君⑥佐之，內立法度，務⑦耕織，脩守戰之具；外連衡而鬭諸侯⑧。於是秦人拱手而取西河之外⑨。

孝公既沒⑩，惠文、武、昭襄蒙故業⑪，因⑫遺策，南取漢中⑬，西舉巴蜀⑭，東割膏腴⑮之地，北⑯收要害之郡。諸侯恐懼，會盟而謀弱秦⑰。不愛珍器重寶肥饒之地，以致⑱天下之士。合從⑲締交，相與為一⑳。當此之時，齊有孟嘗㉑，趙有平原㉒，楚有春申㉓，魏有信陵㉔：此四君者，皆明智而忠信，寬厚而愛人，尊賢而重士。約從離衡㉕，兼韓、魏、燕、趙、宋、衛、中山之眾㉖。於是六國之士有甯越、徐尚、蘇秦、杜赫之屬為之謀㉗，齊明、周最、陳軫、召滑、樓緩、翟景、蘇厲、樂毅之徒㉘通其意，吳起、孫臏、帶佗、倪良、王廖、田忌、廉頗、趙奢之屬制其兵㉙。嘗以十倍之地，百萬之師，仰關而攻秦㉚。秦人開關延敵㉛，九國之師逡巡㉜遁逃而不敢進。秦無亡矢遺鏃㉝之費，而天下諸侯固已困㉞矣。於是從散約敗，爭割地而賂㉟秦。秦有餘力而制其弊㊱，追亡逐北㊲，伏尸百萬，流血漂櫓㊳，因利㊴乘便，宰割天下，分裂山河，彊國請服㊵，弱國入朝㊶。

施及孝文王、莊襄王㊷，享國之日淺㊸，國家無事。

及至始皇㊹，奮六世之餘烈㊺，振長策而御寓內㊻，吞二周而亡諸侯㊼，履至尊而制六合㊽，執敲朴而鞭笞天下㊾，威振四海。南取百越㊿之地，以為桂林、象郡(51)，百越之君俛首係頸(52)，委命下吏(53)。乃使蒙恬北築長城而守藩籬(54)，卻匈奴七百餘里，故人不敢南下而牧馬，士(55)不敢彎弓而報怨。於是廢先王之道，焚百家之言(56)，以愚黔首(57)。隳名城，殺豪傑，收天下之兵聚之咸陽(58)，銷鋒鏑(59)，鑄以為金(60)人十二，以弱天下之民。然後踐華為城(61)，因河為池(62)，據億丈之高(63)，臨不測之淵以為固(64)。良將勁弩(65)而守要害之處，信臣精卒，陳利兵而誰何(66)。天下已定，始皇之心，自以為關中之固，金城[67]千里，子孫帝王萬世之業也。

始皇既沒，餘威震於殊俗[68]。然陳涉甕牖繩樞之子[69]，甿隸[70]之人，而遷徙之徒[71]也，才能不及中人[72]，非有仲尼、墨翟之賢[73]，陶朱、猗頓之富[74]。躡足行伍[75]之間，而俛起阡陌[76]之中，率疲弊之卒，將數百之眾，轉而攻秦。斬木為兵，揭[77]竿為旗，天下雲合響應[78]，贏糧而景從[79]，山東豪俊並起而亡秦族矣[80]。且夫天下非小弱也[81]；雍州之地、崤函之固，自若也[82]。陳涉之位，非尊於齊、楚、燕、趙、韓、魏、宋、衛、中山之君也；鉏櫌棘矜[83]，非銛於鉤戟長鎩也[84]；適戍之眾[85]，非亢於九國之師也；深謀遠慮、行軍用兵之道，非及鄉[86]時之士也。然而成敗異變，功業相反，何也？試使山東之國與陳涉度長挈大[87]，比權量力，則不可同年而語矣。然秦以區區之地，致萬乘之勢[88]，序八州而朝同列[89]，百有餘年矣。然後以六合為家，殽函為宮。一夫作難而七廟墮[90]，身死人手[91]，為天下笑者，何也？仁義不施，而攻守[92]之勢異也。

作者

賈誼，生於漢高祖六年，卒於漢文帝十一年（西元前二〇一年——前一六九年）。雒陽（今河南洛陽）人，西漢著名政論家及辭賦家。幼好學，博通諸子百家，二十二歲召為博士。後因遭讒謗貶為長沙王太傅，再遷梁懷王（文帝少子）太傅。梁懷王墮馬喪命，誼自傷未盡太傅之責，抑鬱而死，年三十三。

賈誼於社會、政治均具卓識。但屢遭權臣周勃、灌嬰等等排斥，其懷才不遇與屈原相似。所著〈弔屈原賦〉、〈鵩鳥賦〉諸篇，藉寫屈原與鵩鳥之遭遇，排遣失意之情。政論文如〈過秦論〉、〈陳政事疏〉、〈論積貯疏〉等，命題精確，氣勢縱橫，為漢代文章傑作。後人將賈誼所著輯為《新書》傳世。

題解

〈過秦論〉，《史記》及《昭明文選》均有轉載，然而次第不同，詞句亦有出入。本文版本則據《先秦兩漢古籍逐字索引．賈誼新書逐字索引》，全文分上、下二篇，今錄其上篇。

本篇總論秦之統一天下與衰亡經過，指出秦始皇能夠統一中國，是善用權術及軍事力量的結果，而它的覆滅則因施行暴政所致。文中所述，雖有誇張失實之處，可是正氣凜然，辭鋒銳利，遂成中國政治文學的名篇。

注釋

① 秦孝公據崤函之固：秦孝公，秦國國君。姓嬴，名渠梁（西元前三六一年——前三三八年在位）。他任用商鞅實行變法，使秦富強。崤，又寫作殽，山名，在函谷關之東，今河南西部。函，指函谷關，在今河南靈寶東北。當時崤山、函谷關是秦國的東部邊境。崤 漢 yáo 國 ㄧㄠˊ 音肴。

② 雍州：古九州之一，相當於今陝西東部、北部及甘肅部分地區。秦國原是封於這裡。

③ 窺：偷看。這裡有伺機圖謀的意思。

④有席卷天下，包舉宇內，囊括四海之意：席卷、包舉、囊括，都有并吞的意思。席卷，用席子把東西全部卷走。包舉，用布包把東西全部拿走。舉，收取。囊括，用口袋把東西全部裝走。天下、宇內、四海，都是天下的意思。

⑤八荒：四方和四隅叫做八荒，亦泛指全中國。

⑥商君：即商鞅（約西元前三九〇年——前三三八年），姓公孫，名鞅，衛國人，助孝公變法，有功於秦，封於商，故稱商君。又名衛鞅。

⑦務：致力從事。

⑧外連衡而鬭諸侯：連衡，也寫作連橫，指西方的秦國和東方的魏、韓、趙、燕、齊、楚等國訂立盟約，以期利用六國的矛盾作個別擊破的策略。句謂對外實行連衡策略，使各國諸侯自相爭鬥。

⑨拱手而取西河之外：拱手，兩手合抱，比喻輕而易舉。西河，指當時秦魏交界的黃河西岸地區，原屬魏國。周赧王十一年（西元前三〇四年）商鞅攻魏，魏割西河地區與秦。隨後，秦又向東擴張，所以這裡說「取西河之外」。

⑩沒：通歿，死亡。

⑪惠文、武、昭襄蒙故業：惠文，秦惠文王，又稱惠王，秦孝公之子，名駟，周顯王三十二年（西元前三三七年）即位，始稱王。武，秦武王，秦惠文王之子，名蕩，周赧王五年（西元前三一〇年）即位。昭襄，秦昭襄王，又稱昭王，秦武王的異母弟，名則，一名稷，周赧王九年（西元前三〇六年）即位。蒙，蒙受、繼承。

⑫因：因襲、遵循。

⑬漢中：今陝西南部漢水流域一帶。

⑭西舉巴蜀：舉，攻取。巴蜀，皆古國名，在今四川，巴在東部一帶，蜀在西部一帶。

⑮膏腴：肥沃。腴㊥yú㊟ㄩˊ音魚。

⑯北：一本無北字。
⑰弱秦：使秦國削弱。
⑱致：招致、收羅。
⑲合從：也寫作合縱，指東方六國南北聯合，共同抗秦的策略。從㊥zòng㊧ㄗㄨㄥˋ音粽。
⑳相與為一：相與，互相交結。為一，成為一體。
㉑孟嘗：即孟嘗君田文，齊國貴族田嬰的兒子。
㉒平原：即平原君趙勝，趙惠文王之弟。
㉓春申：即春申君黃歇，曾任楚國令尹。
㉔信陵：即信陵君魏無忌，魏安釐王的異母弟。以上四人皆以養士聞名。
㉕約從離衡：約從，相約合從。離衡，離散連橫。
㉖兼韓、魏、燕、趙、宋、衛、中山之眾：兼，聚合。宋、衛、中山，戰國時三個較小的國家，當時分別附屬於齊、魏、趙。
㉗甯越、徐尚、蘇秦、杜赫之屬為之謀：甯越，趙國人。徐尚，宋國人。蘇秦，東周洛陽人，主張合從抗秦的代表人物，當時曾任從約長。杜赫，周人。之屬，指這一類人。甯㊥níng㊧ㄋㄧㄥˊ音寧。
㉘齊明、周最、陳軫、召滑、樓緩、翟景、蘇厲、樂毅之徒：齊明，東周的臣子。周最，東周君的兒子。陳軫，楚國人。召滑，楚國人。樓緩，趙國人，曾任魏相。翟景，魏國人。蘇厲，蘇秦之弟。樂毅，中山國人，曾任燕昭王亞卿。軫㊥zhěn㊧ㄓㄣˇ音診。召㊥shào㊧ㄕㄠˋ音紹。
㉙吳起、孫臏、帶佗、倪良、王廖、田忌、廉頗、趙奢之屬制其兵：吳起，衛國人，戰國前期著名軍事家，先為魏將，後為楚國的相。孫臏，戰國中期著名軍事家，孫武的後代。帶佗，楚國的將軍。倪良、王廖，當時著名的將領。田忌，齊國大將。廉頗、趙奢，趙國名將。制，控制、統帥。
㉚仰關而攻秦：仰，《史記》作叩。仰關，攻打函谷關。齊、燕、韓、趙、魏等國曾於周慎王三年（西

元前三一八年）攻秦，楚、趙、韓、燕、魏等國曾於秦王政六年（西元前二四一年）攻秦，兩次聯合攻秦均遭失敗。

㉛ 延敵：延，延納、引進。這裡指迎敵。

㉜ 逡巡：徘徊不前。逡 漢 qūn 國 ㄑㄩㄣ 音踆。

㉝ 亡矢遺鏃：亡，與遺同義，丟失。鏃，箭頭。鏃 漢 zú 國 ㄗㄨˊ 音族。

㉞ 困：困頓。

㉟ 賂：以財物送人。

㊱ 制其弊：弊，困弊。猶承其弊。

㊲ 追亡逐北：亡，逃跑的人。北，敗北的人。

㊳ 漂櫓：櫓，大盾牌。漂浮起盾牌。漂櫓 漢 piāo lǔ 國 ㄆㄧㄠ ㄌㄨˇ 音飄魯。

㊴ 因利：因，憑藉。利，指有利的形勢。

㊵ 請服：自動請求臣服。

㊶ 朝：朝拜。

㊷ 孝文王、莊襄王：孝文王，秦昭襄王之子，名柱（西元前二五〇年即位），即位後三天就死了。莊襄王，秦孝文王之子，名子楚（西元前二四九年即位），在位三年。

㊸ 享國之日淺：享受國君之位的日子很短。

㊹ 始皇：秦始皇，莊襄王的兒子，名政，西元前二四六年即位。在位二十六年（西元前二二一年）而統一天下，自以為德兼三皇，功過五帝，故號皇帝，又欲傳世一至萬世，乃除謚法，號始皇帝。在位共三十七年。

㊺ 奮六世之餘烈：奮，奮起、振作。六世，六代。指孝公、惠文王、武王、昭襄王、孝文王、莊襄王。烈，功業。餘烈，留傳下來的功業。

㊻ 振長策而御寓內：振，舉起。策，鞭子。御，駕馭、統治。寓內，即宇內。句謂像舉起長鞭趕馬那樣統治各國。

㊼ 吞二周而亡諸侯：二周，東周和西周，是周朝沒落後演化成的兩個小國。亡諸侯，使諸侯滅亡。

㊽ 履至尊而制六合：履，踏、登上。至尊，指帝位。六合，天地和東、南、西、北四方，這裡泛指天下。

㊾ 執敲朴而鞭笞天下：敲朴，刑具，短的叫敲，長的叫朴。鞭笞，鞭打。朴㊥pū㊀ㄆㄨ音撲。笞㊥chī㊀ㄔ音吃。

㊿ 百越：古時越人部落分布很廣，除越國外，還有甌越、閩越、南越、駱越等，居住在今浙江、福建、廣東、廣西一帶，種族不一，統稱百越。

(51) 以為桂林、象郡：以為，把它作為。桂林，郡名，在今廣西北部。象郡，郡名，在今廣西南部及其以南、以西部分地區。

(52) 俛首係頸：俛，俯的異體字。係，同繫，指投降請罪。

(53) 委命下吏：委，交付。把生命交給秦的下級官吏。

(54) 乃使蒙恬北築長城而守藩籬：蒙恬，秦將。秦始皇八年（西元前二一四年），秦始皇派他率三十萬人修長城。藩籬，籬笆，這裡指屏障。

(55) 士：指東方六國之人。

(56) 百家之言：指各種學派的著作。

(57) 黔首：黔，黑色。人以黑巾裹頭，故稱黔首。此乃秦朝對平民百姓的稱呼。黔㊥qián㊀ㄑㄧㄢˊ音鉗。

(58) 收天下之兵聚之咸陽：兵，兵器。咸陽，秦朝都城，在今陝西咸陽東北。

(59) 銷鋒鏑：銷，熔燬。鋒，兵刀。鏑，箭頭。鏑㊥dí㊀ㄉㄧˊ音笛。

(60) 金：指金屬。

⑥① 踐華為城：踐，踩，指登上。華，華山，在今陝西華陰西南。此句指倚華山之勢而為城。

⑥② 因河為池：因，憑藉。河，黃河。池，護城河。

⑥③ 億丈之高：指華山。

⑥④ 臨不測之淵以為固：臨，下臨，從高處往下看。淵，深水。不測之淵，指黃河。固，險要。

⑥⑤ 勁弩：弩，一種用機栝發箭的弓。勁弩，強弓，這裡指弓弩手。弩（漢）nǔ（國）ㄋㄨˇ 音努。

⑥⑥ 陳利兵而誰何：陳利兵，布置精銳的軍隊。何，通呵。誰何，呵問是誰，即嚴行緝查盤問之意。

⑥⑦ 金城：比喻城郭堅固。

⑥⑧ 殊俗：不同風俗的地方，這裡指邊遠地區。

⑥⑨ 然陳涉甕牖繩樞之子：陳涉，名勝，字涉，陽城（今河南登封）人。中國歷史上第一次大規模平民起義的領袖，建號大楚，自稱張楚王。牖，窗户，此作動詞用。甕牖，用破缸做窗户。樞，門樞，此作動詞用。繩樞，用繩子拴門軸。此句形容陳涉出身寒微。甕（漢）wèng（國）ㄨㄥˋ 音瓮。牖（漢）yǒu（國）ㄧㄡˇ 音友。樞（漢）shū（國）ㄕㄨ 音書。

⑦⓪ 氓隸：指自己沒有土地，靠出賣勞力從事農業的人。氓（漢）méng（國）ㄇㄥˊ 音盟。

⑦① 遷徙之徒：被征發服役的人。遷徙，指秦二世元年（西元前二〇九年）陳涉等被征發到漁陽（今北京密云西南）守邊之事。

⑦② 中人：一般人、普通人。

⑦③ 仲尼、墨翟之賢：仲尼，即孔子，名丘，字仲尼，春秋末年魯國人，儒家學派創始人。墨翟，即墨子，春秋後期思想家，墨家學派創始人。翟（漢）dí（國）ㄉㄧˊ 音敵。

⑦④ 陶朱、猗頓之富：陶朱，即春秋時越國的范蠡。他幫助越王勾踐滅吳後，即棄官到陶（今山東定陶西北）地，經商成為巨富，自稱陶朱公。猗頓，春秋時魯國人。他向陶朱學習致富方法，在猗氏（今山西臨猗南）經商而致富。猗（漢）yǐ（國）ㄧˇ 音倚。

(75) 躡足行伍：躡足，插足，有置身的意思。行伍，軍隊。躡㊅niè㊎ㄋㄧㄝˋ音聶。

(76) 阡陌：田間小路，這裡指田野。

(77) 揭：高舉。

(78) 雲合響應：雲合，像雲彩一樣匯合，《史記·秦始皇本紀》作「雲集」。響，回聲。響應，像回聲一樣應和。

(79) 贏糧而景從：贏，肩挑、背負。糧，路上吃的乾糧。景，古影字。景從，像影子那樣隨從。贏㊅yíng㊎ㄧㄥˊ音贏。景㊅yǐng㊎ㄧㄥˇ音影。

(80) 山東豪俊並起而亡秦族矣：山東，崤山以東，指東方六國。秦族，秦朝的宗族，指秦政權。

(81) 且夫天下非小弱也：且夫，發語詞。天下，指秦王朝。意謂秦朝天下並無削弱。

(82) 自若：依然如故。

(83) 鉏耰棘矜：鉏，鋤頭。耰，平整土地的工具，形如榔頭。棘矜，棗木棍。鉏㊅chú㊎ㄔㄨˊ音鋤。耰㊅yōu㊎ㄧㄡ音攸。

(84) 非銛於鉤戟長鎩也：銛，鋒利。鉤戟，帶鉤的戟。長鎩，長矛。銛㊅xiān㊎ㄒㄧㄢ音先。戟㊅jǐ㊎ㄐㄧˇ音擠。鎩㊅shā㊎ㄕㄚ音殺。

(85) 適戍之眾：適，通謫，因有罪而被貶調去守邊塞，這裡指被征發去守邊。指陳涉所率領屯聚在大澤鄉的九百戍卒。

(86) 鄉：同嚮，從前。

(87) 度長挈大：度長，指量長短。挈大，衡量大小。挈㊅qiè㊎ㄑㄧㄝˋ音妾。

(88) 致萬乘之勢：致，取得。乘，量詞，一輛兵車。萬乘之勢，指帝王的權勢。周制，天子地方千里，有兵車萬乘；諸侯地方百里，有兵車千乘。

(89) 序八州而朝同列：序，安排、擺布。八州，古時天下分為九州，秦居雍州，其餘八州是冀州、豫州、揚州、兗州、徐州、梁州、青州、荊州，是其他諸侯所屬的地方。朝，朝拜。同列，地位等級相同，指原先與秦平等的六國。

⑨⓪ 一夫作難而七廟墮：一夫，指陳涉。作難，發難。七廟，天子祖廟。周制，天子祖廟奉祀七代祖先，因稱七廟。墮，通隳，毀滅。

⑨① 身死人手：指秦二世被趙高殺死，子嬰被項羽殺死。

⑨② 攻守：指攻取天下和守衛天下。

淮南子 三則

女媧補天

往古①之時，四極廢②，九州裂③，天不兼覆④，墜不周載⑤，火爁焱⑥而不滅，水浩洋⑦而不息，猛獸食顓民⑧，鷙鳥攫老弱⑨。於是女媧鍊五色石以補蒼天，斷鼇⑩足以立四極，殺黑龍以濟冀州⑪，積蘆灰以止淫水⑫。蒼天補，四極正，淫水涸⑬，冀州平，狡蟲⑭死，顓民生⑮。

后羿射日

逮至堯之時⑯，十日並⑰出，焦⑱禾稼，殺⑲草木，而民无所食⑳。猰貐㉑、九嬰㉒、大風㉓、封豨㉔、鑿齒㉕、修蛇㉖，皆為民害。堯乃使羿誅鑿齒於疇華之澤㉗，殺九嬰於凶水㉘之上，繳大風於青丘之野㉙，上射十日㉚而下殺猰貐，斷脩蛇於洞庭㉛，禽封狶於桑林㉜。萬民皆喜，置堯以為天子㉝。

神農氏

古者，民茹㉞草飲水，采樹木之實㉟，食蠃蚘之肉㊱，時多疹病毒傷之害㊲。於是神農乃始教民播種五穀㊳，相土地之宜㊴，燥濕、肥墝㊵、高下㊶，嘗㊷百草之滋味、水泉之甘苦，令民知所避就㊸。當此之時，一日而七十毒㊹。

作者

《淮南子》是西漢初年淮南王劉安及其門客集體編著。劉安，生於漢文帝元年，卒於漢武帝元狩元年（西元前一七九年——前一二二年），沛（今江蘇沛縣）人，漢高祖孫，淮南厲王劉長之子，襲封淮南王。本書雖雜有儒、法、陰陽諸家的思想，卻以漢初黃老無為思想作主導，集合了哲學、政治學、史學、倫理學、科學、經濟學、軍事學等多門學問，表現出漢人治學宏闊的氣魄。書中保留了不少古代神話傳說和史料。《淮南子》本名《鴻烈》，《隋書·經籍志》始稱《淮南子》。共二十一篇，除〈要略〉外，篇名都稱為〈訓〉，大約是訓釋的意思。

題解

本篇三則本無題目，現題為編者所加，版本據《先秦兩漢古籍逐字索引》。〈女媧補天〉選自《淮南子·覽冥訓》。女媧，是原始時代母系氏族社會神話中一個人面蛇身的女神。女媧的故事，是我國古代著名的創世神話。其內容主要有造人和補天兩方面，本則即為後者。

〈后羿射日〉選自《淮南子·本經訓》。后羿，又稱羿、夷羿、仁羿，是原始神話中射日除害的英雄。后羿射日，見於《楚辭·天問》、《淮南子·本經訓》、《山海經·海外南經》等典籍。故事說遠古唐堯時代，天上出現十個太陽，禾稼不生，禽獸逼人。堯帝為利民生，乃使后羿為民除害。

〈神農氏〉選自《淮南子．修務訓》。神農氏，又稱烈山氏、連山氏、白耆氏、大庭氏、魁隗氏，號炎帝。他是傳說中最早發明農具，教民務農的共主。有典籍認為他是古代三皇之一，事蹟見於《易．繫辭下》、《淮南子》、《史記》、《搜神記》和《通志》等。本篇記述神農氏的事蹟，以見其對中國文明發展的貢獻。

注釋

① 往古：很遠的古代。
② 四極廢：四極，天的四邊。上古的人認為天的四方盡頭有支撐的柱子。廢，廢壞，倒塌下來，指柱折天傾。
③ 九州裂：九州，古時稱中國為赤縣神州，赤縣神州之內分為九州，其外又有九州，稱為大九州。這裡泛指大地。裂，崩裂。
④ 天不兼覆：兼，同時。天不能同時全部覆蓋萬物。
⑤ 墜不周載：墜，地的古體字。周，沒有遺漏。地不能沒有遺漏地全部容載。

⑥ 爁焱：爁，焚燒。焱，火花。大火蔓延的樣子。爁焱(漢) lǎn yàn (國) ㄌㄢˇ ㄧㄢˋ 音覽驗。

⑦ 浩溔：水無際貌。溔(漢) yǎo (國) ㄧㄠˇ 音舀。

⑧ 顓民：蒙昧無知的百姓。顓(漢) zhuān (國) ㄓㄨㄢ 音專。

⑨ 鷙鳥攫老弱：鷙鳥，兇猛的鳥。攫，用爪子抓取。鷙(漢) zhì (國) ㄓˋ 音至。攫(漢) jué (國) ㄐㄩㄝˊ 音決。

⑩ 鼇：傳說中海裡的大龜。鼇(漢) áo (國) ㄠˊ 音遨。

⑪ 濟冀州：濟，拯救。冀州，今河北、山西、河南黃河以北、以及遼寧遼河以西的地方，古稱冀州，位於九州之中。這裡泛指中國的中原地帶。

⑫ 淫水：淫，過度，超過常度。氾濫橫流的水。

⑬ 涸：乾涸。涸(漢) hé (國) ㄏㄜˊ 音合。

⑭ 狡蟲：狡，猛。蟲，古代包括禽獸，泛指動物。狡蟲，兇猛的害蟲，指上文的「猛獸」、「鷙鳥」等。狡(漢) jiǎo (國) ㄐㄧㄠˇ 音絞。

⑮ 生：生存。

⑯ 逮至堯之時：逮至，到了。堯，傳說中遠古時代的五帝之一。

⑰ 並：一並。

⑱ 焦：枯焦。

⑲ 殺：這裡指曬死。

⑳ 无所食：无，同無。沒有吃的東西。

㉑ 猰貐：亦作猰貐，古代神話中吃人的怪獸。猰貐(漢) yà yǔ (國) ㄧㄚˋ ㄩˇ 音訝雨。

㉒ 九嬰：神話中有九個頭，能噴火吐水的怪獸。

㉓ 大風：神話中特大而兇悍的鳥，時有大風伴隨能毀人房舍。

㉔ 封豨：封，大。豨，大野豬。豨(漢) xī (國) ㄒㄧ 音希。

㉕鑿齒：神話中的怪獸。
㉖修蛇：即長蛇。劉安父名劉長，因避諱而改用修字。修同脩。
㉗堯乃使羿誅鑿齒於疇華之澤：誅，誅殺。疇華，神話中南方水澤名。澤，湖，這裡指水邊。
㉘凶水：神話中北方河名。
㉙繳大風於青丘之野：繳，繫在箭上的絲繩。這裡作動詞用，即用這樣的箭去射殺。青丘，神話中東方丘名。野，郊外。繳㊥ zhuó ㊐ ㄓㄨㄛˊ 音酌。
㉚上射十日：射天上的十個太陽。
㉛斷脩蛇於洞庭：斷，斬斷。洞庭，洞庭湖。
㉜禽封豨於桑林：禽，通擒，捉住。豨，同豨。桑林，神話中的桑山之林。
㉝置堯以為天子：置，設置，這裡指推舉。推舉堯做天子。
㉞茹：吃。茹㊥ rú ㊐ ㄖㄨˊ 音如。
㉟實：果實。
㊱食蠃蛖之肉：蠃，通螺。一種有硬殼的軟體動物，如田螺、海螺。蛖，一種生活於淡水之中的軟體動物，有長圓形黑褐色的貝殼。蠃㊥ luó ㊐ ㄌㄨㄛˊ 音羅。蛖㊥ máng ㊐ ㄇㄤˊ 音茫。
㊲害：災害。
㊳五穀：五種穀物。《周禮・天官・疾醫》東漢鄭玄注：「五穀，麻、黍（粘穀）、稷（穀子）、麥、豆也。」
㊴相土地之宜：相，察看。宜，合適，適宜。
㊵肥墝：指土地的肥沃貧瘠。墝，土地堅硬而瘠薄。墝㊥ qiāo ㊐ ㄑㄧㄠ 音敲。
㊶高下：指丘陵和低濕之地。
㊷嘗：品嘗，有辨別的意思。

㊸ 令民知所避就：避就，趨避，即使人們知道避害趨利。

㊹ 一日而七十毒：七十，言次數之多。一天之內中毒七十次。

史記・項羽本紀 節錄

司馬遷

沛公軍霸上①，未得與項羽相見。沛公左司馬②曹無傷使人言於項羽曰：「沛公欲王關中③，使子嬰④為相，珍寶盡有之。」項羽大怒，曰：「旦日饗士卒，為擊破沛公軍⑤！」當是時，項羽兵四十萬，在新豐鴻門⑥，沛公兵十萬，在霸上。范增⑦說項羽曰：「沛公居山東⑧時，貪於財貨，好美姬⑨。今入關，財物無所取，婦女無所幸⑩，此其志不在小。吾令人望其氣⑪，皆為龍虎，成五采，此天子氣也。急擊勿失⑫。」

楚左尹⑬項伯者，項羽季父⑭也，素善留侯張良⑮。張良是時從沛公，項伯乃夜馳之沛公軍⑯，私見張良，具告以事⑰，欲呼張良與俱⑱去。曰：「毋從俱死也。」張良曰：「臣為韓王送沛公⑲，沛公今事有急，亡去不義，不可不語。」良乃入，具告沛公。沛公大驚，曰：「為之柰何⑳？」張良曰：「誰為大王為此計㉑者？」曰：「鯫生㉒說我曰：『距㉓關，毋內諸侯㉔，秦地可盡王也。』故聽之。」良曰：「料大王士卒足以當項王乎？」沛公默然，曰：「固不如也，且為之奈何？」張良曰：「請往謂項伯，言沛公不敢背項王也。」沛公曰：「君安與項伯有故㉕？」張良曰：「秦時與臣游，項伯殺人，臣活之㉖。今事有急，故幸來告良。」沛公曰：「孰與君少長㉗？」良曰：「長於臣。」沛公曰：「君為我呼入，吾得兄事之㉘。」張良出，要㉙項伯。項伯即入見沛公。沛公奉卮酒為壽㉚，約為婚姻，曰：「吾入關，秋毫不敢有所近㉛，籍吏民㉜，封府庫，而待將軍㉝。所以遣將守關者，備他盜之出入與非常也㉞。日夜望將軍至，豈敢反乎！願伯具言臣之不敢倍德㉟也。」項伯許諾。謂沛公曰：「旦日不可不蚤自來謝項王㊱。」沛公曰：「諾。」於是項伯復夜去，至軍中，具以沛公言報項王。因㊲言曰：「沛公不先破關中，公豈敢入乎？今人有大功而擊之，不義也，不如因善遇之。」項王許諾。

沛公旦日從百餘騎㊳來見項王，至鴻門，謝曰：「臣與將軍戮力㊴而攻秦，將軍戰河北㊵，臣戰河南，然不自意㊶能先入關破秦，得復見將軍於此。今者有小人之言，令將軍與臣有郤㊷。」項王曰：「此沛公左司馬曹無傷言之；不然，籍何以至此。」項王即日因留沛公與飲。項王、項伯東嚮坐，亞父南嚮坐。亞父㊸者，范增也。沛公北嚮坐，張良西嚮侍㊹。范增數目項王，舉所佩玉玦以示之者三㊺，項王默然不應。范增起，出召項莊㊻，謂曰：「君王為人不忍，若入前為壽，壽畢，請以劍舞，因擊沛公於坐，殺之。不者㊼，若屬㊽皆且為所虜。」莊則入為壽。壽畢，曰：「君王與沛公飲，軍中無以為樂，請以劍舞。」項王曰：「諾。」項莊拔劍起舞，項伯亦拔劍起舞，常以身翼蔽㊾沛公，莊不得擊。於是張良至軍門，見樊噲㊿。樊噲曰：「今日之事何如？」良曰：「甚急。今者項莊拔劍舞，其意常在沛公也。」噲曰：「此迫矣，臣請入，與之同命51。」噲即帶劍擁盾入。軍門交戟之衛士欲止不內52，樊噲側其盾以撞，衛士仆地，噲遂入，披帷53西嚮立，瞋目54視項王，頭髮上指，目眥盡裂55。項王按劍而跽56曰：「客何為者57？」張良曰：「沛公之參乘樊噲者也58。」項王曰：「壯士，賜之卮酒。」則與斗59卮酒。噲拜謝，起，立而飲之。項王曰：

「賜之彘肩[60]。」則與一生彘肩。樊噲覆其盾於地，加彘肩上[61]，拔劍切而啗[62]之。項王曰：「壯士，能復飲乎？」樊噲曰：「臣死且不避，卮酒安足辭！夫秦王有虎狼之心，殺人如不能舉，刑人如恐不勝[63]，天下皆叛之。懷王與諸將約曰：『先破秦入咸陽者王之[64]』。今沛公先破秦入咸陽，毫毛不敢有所近，封閉宮室，還軍霸上，以待大王來。故遣將守關者，備他盜出入與非常也。勞苦而功高如此，未有封侯之賞，而聽細說[65]，欲誅有功之人。此亡秦之續[66]耳，竊為大王不取也[67]。」項王未有以應，曰：「坐。」樊噲從良坐。坐須臾[68]，沛公起如廁，因招樊噲出。

沛公已出，項王使都尉陳平召沛公。沛公曰：「今者出，未辭也，為之柰何？」樊噲曰：「大行不顧細謹，大禮不辭小讓[69]。如今人方為刀俎[70]，我為魚肉，何辭為[71]。」於是遂去。乃令張良留謝。良問曰：「大王來何操[72]？」曰：「我持白璧一雙，欲獻項王，玉斗一雙，欲與亞父，會其怒，不敢獻。公為我獻之。」張良曰：「謹諾[73]。」當是時，項王軍在鴻門下，沛公軍在霸上，相去四十里。沛公則置車騎[74]，脫身獨騎，與樊噲、夏侯嬰、靳彊、紀信⑮等四人持劍盾步走，從酈山⑯下，道芷陽閒行⑰。沛公謂張良曰：「從此道至吾軍，不過二十里耳。度⑱我至軍中，公乃入。」沛公已去，閒至軍中，張良入謝，曰：「沛公不勝桮杓⑲，不能辭。謹使臣良奉白璧一雙，再拜獻大王足下；玉斗一雙，再拜奉大將軍⑳足下。」項王曰：「沛公安在？」良曰：「聞大王有意督過之㉑，脫身獨去，已至軍矣。」項王則受璧，置之坐上。亞父受玉斗，置之地，拔劍撞而破之，曰：「唉！豎子㉒不足與謀。奪項王天下者，必沛公也，吾屬今為之虜矣。」沛公至軍，立誅殺曹無傷。

作者

司馬遷，生於漢景帝中元五年，卒於漢昭帝始元元年（西元前一四五年——前八六年）。字子長，左馮翊夏陽（今陝西韓城縣南）人，西漢史學大家。其父司馬談為太史令，臨終時，命遷承其志撰述史記。遷三十八歲時繼任太史令，發憤著述。漢武帝天漢三年（西元前九八年），因李陵案獲罪下獄，受宮刑。出獄後任中書令，仍自著史。至武帝征和二年（西元前九一年），始大略就緒。

《史記》為我國首部紀傳體通史，全書分〈本紀〉十二篇、〈世家〉三十篇、〈列傳〉七十篇、〈表〉十篇、〈書〉八篇，始於黃帝，迄於武帝獲麟，約五十餘萬言。取材之精博，記述之詳審，體系之完整，為歷代正史之楷模。在文學方面，《史記》體勢雄渾，氣象宏大，人物刻劃鮮明生動，行文用語簡鍊流暢。《史記》集先秦散文之大成，對後世影響深遠，從班固至唐宋以來的古文大家，無人不讀，即使唐以後的傳奇文章以至戲劇題材，都直接或間接地受其影響。歷來為《史記》作注的很多，其中劉宋裴駰《史記集解》、唐張守節《史記正義》、司馬貞《史記索隱》，合稱「史記三家注」。

題解

本篇節選自《史記・項羽本紀》，版本據中華書局排印本。描寫的是歷史上著名的「鴻門宴」。項羽，名籍，字羽，生於秦王政十五年，卒於漢高祖五年（西元前二三二年——前二〇二年），下相（今江蘇宿遷西北）人。秦二世皇帝三年（西元前二〇七年），項羽在河北消滅了秦軍主力後，率兵進駐鴻門，得知劉邦欲在關中稱王，便厲兵秣馬，揚言要與劉邦一決雌雄。劉邦自知軍力薄弱，遂納張良之計，自霸上前往鴻門，卑辭言好。項羽設宴款待，宴會上，謀士范增屢次示意項羽殺掉劉邦，免除後患，項羽猶豫不決。最後劉邦在樊噲的保護下乘機逃脫，項羽失卻消滅強敵的良機，種下日後禍根。

注釋

① 沛公軍霸上：沛公，即劉邦，起兵於沛（今江蘇沛縣），故號稱「沛公」。軍，動詞，駐軍。霸上，地名，在今陝西西安東。

② 左司馬：官名，掌管軍政和軍賦。

③ 王關中：王，動詞，稱王。關，函谷關（今河南靈寶西南）以西。關中，今陝西一帶。王 (漢) wàng (國) ㄨㄤˋ 音旺。

④ 子嬰：趙高弒秦二世胡亥，立子嬰為秦王，在位四十六天，當時已投降劉邦。

⑤ 旦日饗士卒，為擊破沛公軍：明日清早要犒勞士卒，慶祝擊破沛公的軍隊。饗 (漢) xiǎng (國) ㄒㄧㄤˇ 音

亨。

⑥新豐鴻門：新豐，地名，在今陝西臨潼東。鴻門，地名，在新豐東十七里，今名項王營。

⑦范增：生於周赧王四十年，卒於漢高祖三年（西元前二七五年——前二〇四年）。居鄛人，項羽的主要謀士。

⑧山東：指崤山以東，也就是函谷關以東地區。

⑨美姬：美女。

⑩幸：君主對姬妾的寵愛稱幸。

⑪氣：古人以為「真命天子」所在之處，天空中有一種祥瑞的雲氣，會望氣的人能看出來。

⑫急擊勿失：趕緊攻打他，勿失機會。

⑬左尹：官名。

⑭季父：叔父。

⑮素善留侯張良：素，素來、向來。善，與友善。意思是向來與張良友善。張良，生年不詳，卒於漢惠帝六年（？——西元前一八九年），字子房，劉邦的主要謀士。劉邦得天下後，封他為「留侯」。留，地名，在今江蘇沛縣東南。

⑯之沛公軍：之，作動詞用，前往的意思。前往沛公的駐軍地。

⑰具告以事：把事情原原本本告訴他。

⑱俱：一起。

⑲臣為韓王送沛公：張良曾游說項梁立韓公子成為韓王，自任司徒（相當於相國）。沛公從洛陽南行，張良率兵隨之。沛公讓韓王成留守，自與張良西入武關。這裡張良託辭說「為韓王送沛公」，是向項伯表示他和沛公的關係。

⑳為之柰何：怎麼辦？

㉑此計：指下文「距關，毋內諸侯」的計策。
㉒鯫生：鯫，短小、淺陋。罵人的話，意思是淺陋無知的小人。鯫㊥zōu㊀ㄗㄡ音鄒。
㉓距：通拒，把守的意思。
㉔毋內諸侯：內，讓進去。諸侯，指其他率兵攻秦的人。此句指不要讓諸侯進來。
㉕有故：有老交情。
㉖臣活之：活，救活，作動詞用。臣，自稱語。全句的意思是我救了他。
㉗孰與君少長：就是「與君孰少孰長」，即和你相比，年歲誰大誰小？
㉘兄事之：對兄長那樣地侍奉他。
㉙要：通邀。
㉚奉卮酒為壽：卮，酒器。奉上一杯酒來祝壽。卮㊥zhī㊀ㄓ音支。
㉛秋毫不敢有所近：秋毫，鳥獸在秋天初生的細毛，比喻細小的東西。近，接近、接觸。意思是財物絲毫不敢據為己有。
㉜籍吏民：籍，作動詞用，即記入册籍，此處指登記吏民的户籍，即造官吏名册和户籍册。
㉝將軍：此處指項羽。
㉞備他盜之出入與非常也：備，防備。他盜，別的強盜。非常，指意外的變故。
㉟倍德：倍，通背。忘恩。
㊱旦日不可不蚤自來謝項王：蚤，通早。謝，謝罪、道歉。
㊲因：趁這機會。
㊳從百餘騎：騎，作名詞用，一人一馬。帶領一百多人馬。騎㊥jì㊀ㄐㄧˋ音冀。
㊴戮力：合力、盡力。戮㊥lù㊀ㄌㄨˋ音錄。
㊵河北：黃河之北。

㊶ 然不自意：意，料想。然而自己也料想不到。

㊷ 令將軍與臣有郤：郤，同隙。今有郤，挑撥離間。郤 漢 xì 國 ㄒㄧˋ 音隙。

㊸ 亞父：亞，次。項羽對范增的尊稱，意思是尊敬他僅次於尊敬父親。

㊹ 侍：這裡是陪坐的意思。

㊺ 舉所佩玉玦以示之者三：范增舉起所佩帶的玉玦，向項王示意三次，暗示要他殺劉邦。玦 漢 jué 國 ㄐㄩㄝˊ 音決。

㊻ 項莊：項羽堂弟。

㊼ 不者：不然的話、不如此的話。

㊽ 若屬：你們。此指項羽自己及其部眾。

㊾ 翼蔽：像鳥用翅膀掩護。

㊿ 樊噲：劉邦部下的勇士。噲 漢 kuài 國 ㄎㄨㄞˋ 音快。

(51) 與之同命：與沛公同生死。

(52) 軍門交戟之衛士欲止不內：戟，一種長柄兵器。內，同納，讓進去。拿著戟交叉守衛軍門的兵士要阻止樊噲，不讓他進去。戟 漢 jǐ 國 ㄐㄧˇ 音己。

(53) 披帷：揭開帷幕。

(54) 瞋目：瞪著眼。瞋 漢 chēn 國 ㄔㄣ 音琛。

(55) 目眥盡裂：目眥，眼眶。眼眶都要裂開了，形容憤怒之極。眥 漢 zì 國 ㄗˋ 音字。

(56) 按劍而跽：跽，跪在地上而上身挺直。全句是指握著劍，跪直身子。這是一種戒備的姿勢。古人席地跪坐，要起來就需要採取這種跽的動作。跽 漢 jì 國 ㄐㄧˋ 音忌。

(57) 客何為者：客是甚麼人？問的是姓名、身分。

(58) 沛公之參乘樊噲者也：乘，四匹馬拉的車。參乘，亦作驂乘，古時乘車，坐在車右擔任警衛的人。樊噲者也，一個名叫樊噲的人。這樣說因為張良知道項羽不會認得樊噲。乘㊥ shèng ㊀ㄕㄥˋ 音盛。

㊾ 斗：大的酒器。

⑥⓪ 彘肩：豬的前腿。彘㊥ zhì ㊀ㄓˋ 音至。

⑥① 加彘肩上：把豬腿放在盾上。

⑥② 啗：同啖，吃。啗㊥ dàn ㊀ㄉㄢˋ 音氮。

⑥③ 殺人如不能舉，刑人如恐不勝：刑，指施加肉刑。舉，盡、全。勝，能夠承擔的意思。殺人唯恐不盡，罰人唯恐力不勝任。兩句形容秦王的殘暴。勝㊥ shēng ㊀ㄕㄥ 音升。

⑥④ 王之：以他為王。王㊥ wàng ㊀ㄨㄤˋ 音旺。

⑥⑤ 細說：讒言、閒話。

⑥⑥ 亡秦之續：已亡秦朝的後繼者，意指將重蹈秦朝滅亡的覆轍。

⑥⑦ 竊為大王不取也：私意認為大王這樣做不足取。

⑥⑧ 須臾：一會兒。

⑥⑨ 大行不顧細謹，大禮不辭小讓：行，行為、作為。細謹，細微末節的小心謹慎。辭，推辭。讓，禮讓。意思是行大事不必顧慮細微的末節，講大禮不必拘泥細微的禮讓。

⑦⓪ 刀俎：切肉用的刀和砧板。俎㊥ zǔ ㊀ㄗㄨˇ 音阻。

⑦① 何辭為：告辭甚麼呢？

⑦② 操：拿，這裡是攜帶的意思。

⑦③ 謹諾：謹，表恭敬的語氣副詞。遵命。

⑦④ 置車騎：放棄了隨從的車騎。

⑦⑤ 夏侯嬰、靳彊、紀信：都是劉邦的部下。

⑦⑥ 酈山：即驪山，在今陝西臨潼東南。

⑦⑦ 道芷陽閒行：芷陽，秦代縣名，在今陝西西安東。閒，同間。取道芷陽的小徑走。閒(漢) jiàn (國) ㄐㄧㄢˋ 音諫。

⑦⑧ 度：估量、揣測。度(漢) duó (國) ㄉㄨㄛˊ 音鐸。

⑦⑨ 不勝桮杓：桮，同杯。桮、杓都是酒器，這裡作為酒的代稱。禁不起多喝酒，意思是喝醉了。桮(漢) bēi (國) ㄅㄟ 音杯。杓(漢) sháo (國) ㄕㄠˊ 音韶。

⑧⓪ 大將軍：這裡指范增。

⑧① 督過之：責備他。

⑧② 豎子：本作童子之謂，此則為對人的鄙稱。極言項羽之幼稚如小兒也。

史記・魏公子列傳

司馬遷

魏公子無忌者，魏昭王①少子而魏安釐王②異母弟也。昭王薨③，安釐王即位，封公子為信陵君④。是時范雎⑤亡魏相秦，以怨魏齊故⑥，秦兵圍大梁⑦，破魏華陽下軍⑧，走芒卯⑨。魏王及公子患之。

公子為人仁而下士⑩，士無賢不肖⑪皆謙而禮交之，不敢以其富貴驕士。士以此方數千里爭往歸之，致食客三千人。當是時，諸侯以公子賢，多客，不敢加兵謀魏十餘年。

公子與魏王博⑫，而北境傳舉烽⑬，言「趙寇至，且入界」。魏王釋博，欲召大臣謀。公子止王曰：「趙王田獵耳，非為寇也。」復博如故。王恐，心不在博。居頃⑭，復從北方來傳言曰：「趙王獵耳，非為寇也。」魏王大驚，曰：「公子何以知之？」公子曰：「臣之客有能深得趙王陰事⑮者，趙王所為，客輒以報臣，臣以此知之。」是後魏王畏公子之賢能，不敢任公子以國政。

魏有隱士曰侯嬴，年七十，家貧，為大梁夷門監者⑯。公子聞之，往請，欲厚遺⑰之。不肯受，曰：「臣脩身絜行數十年，終不以監門困故而受公子財。」公子於是乃置酒大會賓客。坐定，公子從車騎⑱，虛左⑲，自迎夷門侯生。侯生攝敝⑳衣冠，直上載公子上坐㉑，不讓㉒，欲以觀公子。公子執轡㉓愈恭。侯生又謂公子曰：「臣有客在市屠中，願枉車騎過之㉔。」公子引車入市，侯生下見其客朱亥，俾倪㉕，故久立與其客語，微㉖察公子。公子顏色愈和。當是時，魏將相宗室賓客滿堂，待公子舉酒。市人皆觀公子執轡。從騎皆竊罵侯生。侯生視公子色終不變，乃謝客就車㉗。至家，公子引侯生坐上坐，徧贊賓客㉘，賓客皆驚。酒酣，公子起，為壽㉙侯生前。侯生因謂公子曰：「今日嬴之為公子㉚亦足矣。嬴乃夷門抱關者㉛也，而公子親枉車騎，自迎嬴於眾人廣坐之中，不宜有所過㉜，今公子故㉝過之。然嬴欲就㉞公子之名，故久立公子車騎市中，過客以觀公子，公子愈恭。市人皆以嬴為小人，而以公子為長者能下士也。」於是罷酒，侯生遂為上客。

侯生謂公子曰：「臣所過屠者朱亥，此子賢者[35]，世莫能知，故隱屠閒耳。」公子往數請之，朱亥故不復謝，公子怪之。

魏安釐王二十年，秦昭王已破趙長平軍[36]，又進兵圍邯鄲[37]。公子姊為趙惠文王弟平原君[38]夫人，數遺魏王及公子書，請救於魏。魏王使將軍晉鄙將十萬眾救趙。秦王使使者告魏王曰：「吾攻趙旦暮且[39]下，而[40]諸侯敢救者，已拔趙，必移兵先擊之。」魏王恐，使人止晉鄙，留軍壁鄴[41]，名為救趙，實持兩端以觀望。平原君使者冠蓋相屬於魏[42]，讓[43]魏公子曰：「勝所以自附為婚姻者，以公子之高義[44]，為能急人之困。今邯鄲旦暮降秦而魏救不至，安在公子能急人之困也[45]！且公子縱[46]輕勝，棄之降秦，獨不憐公子姊邪？」公子患之，數請魏王，及賓客辯士說王萬端。魏王畏秦，終不聽公子。公子自度終不能得之於王[47]，計不獨生而令趙亡，乃請賓客，約[48]車騎百餘乘，欲以客往赴秦軍[49]，與趙俱死。

行過夷門，見侯生，具告所以欲死秦軍狀。辭決[50]而行，侯生曰：「公子勉之矣，老臣不能從。」公子行數里，心不快，曰：「吾所以待侯生者備[51]矣，天下莫不聞，今吾且死而侯生曾[52]無一言半辭送我，我豈有所失哉？」復引車還，問侯生。侯生笑曰：「臣固知公子之還也。」曰：「公子喜士，名聞天下。今有難，無他端[53]而欲赴秦軍，譬若以肉投餒[54]虎，何功之有哉？尚安事客[55]？然公子遇[56]臣厚，公子往而臣不送，以是知公子恨[57]之復返也。」公子再拜，因問。侯生乃屏人閒語[58]，曰：「嬴聞晉鄙之兵符常在王臥內[59]，而如姬最幸[60]，出入王臥內，力能竊之。嬴聞如姬父為人所殺，如姬資之[61]三年，自王以下欲求報其父仇，莫能得。如姬為公子泣[62]，公子使客斬其仇頭，敬進[63]如姬。如姬之欲為公子死，無所辭，顧[64]未有路耳。公子誠一開口請如姬，如姬必許諾，則得虎符奪晉鄙軍，北救趙而西卻[65]秦，此五霸之伐[66]也。」公子從其計，請如姬。如姬果盜晉鄙兵符與公子。

公子行，侯生曰：「將在外，主令有所不受，以便國家。公子即[67]合符，而晉鄙不授公子兵而復請之，事必危矣。臣客屠者朱亥可與俱[68]，此人力士。晉鄙聽，大善；不聽，可使擊之。」於是公子泣。侯生曰：「公子畏死邪？何泣也？」公子曰：「晉鄙嚄唶宿將⑥⑨，往恐不聽，必當殺之，是以泣耳，豈畏死哉？」於是公子請朱亥。朱亥笑曰：「臣迺市井鼓刀⑦⓪屠者，而公子親數存⑦①之，所以不報謝者，以為小禮無所用。今公子有急，此乃臣效命之秋⑦②也。」遂與公子俱。公子過謝侯生。侯生曰：「臣宜從，老不能。請數⑦③公子行日，以至晉鄙軍之日，北鄉自剄⑦④，以送公子。」公子遂行。

至鄴，矯⑦⑤魏王令代晉鄙。晉鄙合符，疑之，舉手視公子曰：「今吾擁十萬之眾，屯⑦⑥於境上，國之重任，今單車⑦⑦來代之，何如哉？」欲無聽。朱亥袖⑦⑧四十斤鐵椎，椎殺⑦⑨晉鄙，公子遂將晉鄙軍。勒⑧⓪兵下令軍中曰：「父子俱在軍中，父歸；兄弟俱在軍中，兄歸；獨子無兄弟，歸養⑧①。」得選兵八萬人，進兵擊秦軍。秦軍解去⑧②，遂救邯鄲，存趙。趙王及平原君自迎公子於界，平原君負韊矢為公子先引⑧③。趙王再拜曰：「自古賢人未有及公子者也。」當此之時，平原君不敢自比於人。公子與侯生決，至軍，侯生果北鄉自剄。

魏王怒公子之盜其兵符，矯殺晉鄙，公子亦自知也。已卻秦存趙，使將將其軍歸魏，而公子獨與客留趙。趙孝成王德[84]公子之矯奪晉鄙兵而存趙，乃與平原君計，以五城封公子。公子聞之，意驕矜而有自功[85]之色。客有說公子曰：「物[86]有不可忘，或有不可不忘。夫人有德於公子，公子不可忘也；公子有德於人，願公子忘之也。且矯魏王令，奪晉鄙兵以救趙，於趙則有功矣，於魏則未為忠臣也。公子乃自驕而功之，竊[87]為公子不取也。」於是公子立自責，似若無所容者。趙王埽除自迎[88]，執主人之禮，引公子就西階[89]。公子側行辭讓，從東階上。自言罪過，以負於魏，無功於趙。趙王侍酒至暮，口不忍獻五城，以公子退讓也。公子竟[90]留趙。趙王以鄗為公子湯沐邑[91]，魏亦復以信陵奉公子。公子留趙。

公子聞趙有處士毛公藏於博徒[92]，薛公藏於賣漿[93]家，公子欲見兩人，兩人自匿不肯見公子。公子聞所在，乃閒步往從此兩人游[94]，甚歡。平原君聞之，謂其夫人曰：「始吾聞夫人弟公子天下無雙，今吾聞之，乃妄從

⑮博徒賣漿者游，公子妄人⑯耳。」夫人以告公子。公子乃謝⑰夫人去，曰：「始吾聞平原君賢，故負魏王而救趙，以稱⑱平原君。平原君之游，徒豪舉耳⑲，不求士也。無忌自在大梁時，常聞此兩人賢，至趙，恐不得見。以無忌從之游，尚恐其不我欲⑳也，今平原君乃以為羞，其不足從游。」乃裝為去⑩。夫人具以語平原君。平原君乃免冠謝⑩，固⑩留公子。平原君門下聞之，半去平原君歸公子，天下士復⑩往歸公子，公子傾平原君客⑩。

公子留趙十年不歸。秦聞公子在趙，日夜出兵東伐魏。魏王患之，使使往請公子。公子恐其怒之，乃誡門下⑩：「有敢為魏王使通⑩者，死。」賓客皆背魏之⑩趙，莫敢勸公子歸。毛公、薛公兩人往見公子曰：「公子所以重於趙，名聞諸侯者，徒以⑩有魏也。今秦攻魏，魏急而公子不恤⑩，使秦破大梁而夷⑪先王之宗廟，公子當何面目立天下乎？」語未及卒⑫，公子立變色，告車趣駕⑬歸救魏。

魏王見公子，相與泣，而以上將軍印授公子，公子遂將。魏安釐王三十年，公子使使遍告諸侯。諸侯聞公子將，各遣將將兵救魏。公子率五國

⑭之兵破秦軍於河外⑮，走蒙驁⑯。遂乘勝逐秦軍至函谷關⑰，抑秦兵，秦兵不敢出。當是時，公子威振天下，諸侯之客進兵法，公子皆名之⑱，故世俗稱《魏公子兵法》⑲。

秦王患之，乃行金萬斤⑳於魏，求晉鄙客，令毀㉑公子於魏王曰：「公子亡在外十年矣，今為魏將，諸侯將皆屬㉒，諸侯徒聞魏公子，不聞魏王。公子亦欲因此時定南面而王，諸侯畏公子之威，方欲共立之。」秦數使反閒㉓，偽賀公子得立為魏王未也。魏王日聞其毀，不能不信，後果使人代公子將。公子自知再以毀廢，乃謝病不朝，與賓客為長夜飲，飲醇酒，多近婦女。日夜為樂飲者四歲，竟病酒而卒。其歲，魏安釐王亦薨。

秦聞公子死，使蒙驁攻魏，拔二十城，初置東郡㉔。其後秦稍蠶食魏，十八歲而虜魏王㉕，屠大梁。

高祖始微少時㉖，數聞公子賢。及即天子位，每過大梁，常祠㉗公子。高祖十二年，從擊黥布㉘還，為公子置守冢五家㉙，世世歲以四時奉祠公子。

太史公曰：吾過大梁之墟，求問其所謂夷門。夷門者，城之東門也。天下諸公子亦有喜士者矣，然信陵君之接巖穴隱者，不恥下交，有以也。名冠諸侯，不虛耳。高祖每過之而令民奉祠不絕也。

作者

司馬遷見《史記・項羽本紀》作者部分。

題解

本文選自《史記・魏公子列傳》第十七，版本據中華書局排印本。按司馬遷為戰國四公子（魏信陵君、趙平原君、齊孟嘗君、楚春申君）立傳，特詳述魏公子事，不僅以其事多可記，亦以其人尤可述，寄意深遠。本篇著意描寫信陵君的禮賢下士、厚待隱士侯嬴和屠夫朱亥及竊符救趙等事蹟，表現出信陵君寬容謙遜的品格和有識見、有器量的政治家風範。

注釋

① 魏昭王：名遬（西元前二九五年——前二七七年在位）。

② 魏安釐王：名圉（西元前二七六年——前二四三年在位）。釐，也寫作僖。釐 漢 xī 國 ㄒㄧ 音希。

③ 薨：春秋戰國時，諸侯死叫薨。薨 漢 hōng 國 ㄏㄨㄥ 音轟。

④ 信陵君：信陵，魏地名，在今河南寧陵西。以封地為號，是當時的習慣，故稱信陵君。

⑤ 范雎：魏人，事奉魏中大夫須賈。曾同須賈出使齊國，因有辯才，齊襄王賞賜他黃金和酒肉。回國後，須賈在相國魏齊面前，誣范雎把魏國秘密洩露給齊國。魏齊下令痛打范雎，斷其肋骨。范雎裝死，脫身逃跑，後逃至秦國，做了宰相。

⑥ 以怨魏齊故：因為怨恨魏齊的緣故。

⑦ 大梁：魏國都城，在今河南開封。

⑧ 華陽下軍：華陽，魏地名，在今陝西南鄭。下軍，三軍中的一軍。

⑨ 走芒卯：走，使敗走。使魏將芒卯戰敗逃跑。據史載，秦國客卿胡傷攻魏，大敗芒卯於華陽，此次戰役應在范雎相秦之前，史記記述有誤。卯 漢 mǎo 國 ㄇㄠˇ 音鉚。

⑩ 下士：對士謙抑。

⑪ 無賢不肖：無，不論。不肖，不賢。

⑫ 博：古代的一種棋戲，此作動詞用，指以棋賭博。

⑬ 舉烽：點燃烽火。古代戍守邊境，築高土臺，遇有敵情，就燃起烽火報警。

⑭ 居頃：一會兒。

⑮ 陰事：秘密事情。

⑯ 夷門監者：夷門，魏國都城大梁的東門。監者，看守城門的小吏。

⑰ 遺：贈送。遺(漢) wèi (國) ㄨㄟˋ 音位。

⑱ 從車騎：騎，一人一馬。使車馬隨從，即帶著車馬。騎(漢) jì (國) ㄐㄧˋ 音冀。

⑲ 虛左：空出車上左邊的上位。古代乘車，一般以左邊為尊貴。虛左以待客人，表示尊敬。

⑳ 攝敝衣冠：攝，整頓。敝，破舊。

㉑ 直上載公子上坐：載，乘坐。坐，座位。句謂逕自上車，坐上公子的上首座位。

㉒ 讓：謙讓。

㉓ 轡：馬繮繩。轡(漢) pèi (國) ㄆㄟˋ 音佩。

㉔ 願枉車騎過之：枉，屈就、勞煩。過，順道前往。意思是勞煩你的車馬前去一趟。

㉕ 俾倪：同睥睨，斜視，這裡是表示旁若無人的樣子。俾倪(漢) bǐ nì (國) ㄅㄧˇ ㄋㄧˋ 音比逆。

㉖ 微：暗中。

㉗ 謝客就車：謝，告辭。就車，上車。

㉘ 徧贊賓客：徧，同遍，普遍。贊，引見、介紹。句謂逐一向客人介紹侯生。

㉙ 為壽：舉酒祝壽。

㉚ 為公子：為，助，幫助公子。指故意當眾傲慢地對待公子，以反襯公子謙恭的事。

㉛ 抱關者：關，門閂。指守門人。

㉜ 不宜有所過：宜，應當。本來不應該途中拜訪甚麼人。

㉝ 故：特意。

㉞ 就：成就，作動詞用。

㉟ 此子賢者：這個人是個賢能的人。

㊱秦昭王已破趙長平軍：秦昭王，即秦昭襄王（西元前三〇六年——前二五一年在位），名則，又名稷。長平，趙地名，在今山西晉城。破趙長平軍，指秦將白起打敗趙國的長平軍，活埋四十萬降兵的事。

㊲邯鄲：趙國都城，在今河北邯鄲。

㊳平原君：平原，地名，在今山東德縣南。平原君，趙武靈王之子，名勝，封平原君，是戰國著名四公子之一。

㊴且：將要、快要。

㊵而：如。

㊶留軍壁鄴：壁，本為營壘，這裡作動詞用，駐紮。鄴，魏地名，在今河北臨漳。謂把軍隊留住，在鄴地駐紮。

㊷冠蓋相屬於魏：冠，指官吏的冠冕。蓋，指車上遮日擋雨的頂蓋。相屬，連接不斷。穿戴著禮服禮帽，乘著車子，接連地到魏國來。

㊸讓：責備。

㊹以公子之高義：「公子之高義」為「以」字賓語。古代「以為」兩字之間可夾以賓語。

㊺安在公子能急人之困也：即「公子能急人之困也安在」的倒裝。安，疑問代詞，即哪裡。安在，在哪裡。公子能救人於危急中的表現到哪裡去了？

㊻縱：即使。

㊼公子自度終不能得之於王：度，估計。不能得之於王，不能夠勸服魏王聽自己的話。

㊽約：約束、捆紮。

㊾欲以客往赴秦軍：欲以客，想帶著賓客向秦軍進發。

㊿辭決：決，通訣，訣別、辭別。

51 備：遇到。
52 曾：竟然。
53 無他端：端，緣由。意思是沒有別的緣由。
54 餒：餓。餒 漢 něi 國 ㄋㄟˇ 音内上聲。
55 尚安事客：事，任用。還哪裡用得著賓客？
56 遇：對待。
57 恨：心中感到遺憾。
58 屏人閒語：屏人，把左右的人支開，即叫別人走開。閒，私下。閒語，私下言談。屏 漢 bǐng 國 ㄅㄧㄥˇ 音丙。閒 漢 jiàn 國 ㄐㄧㄢˋ 音諫。
59 兵符常在王卧内：兵符，調動軍隊用的符節，以竹木或金玉製成，上面刻字，剖成兩半，國君和統兵的主將各執一半，調遣軍隊時，合之以證。卧，卧室。
60 而如姬最幸：如姬，魏王的寵姬。幸，受到君王寵愛。
61 資之：資，蓄。蓄意。
62 為公子泣：當著公子，哭給他看。
63 進：獻給。
64 顧：但是、只是。
65 卻：打退。
66 伐：功、功業。
67 即：如果。
68 與俱：跟你一同去。
69 嚄唶宿將：嚄唶，大笑大叫，指呼喝有威勢。宿將，老將。嚄唶 漢 huò zè 國 ㄏㄨㄛˋ ㄗㄜˋ 音獲仄。

(70) 鼓刀：敲擊屠刀作聲。

(71) 存：慰問。

(72) 效命之秋：效，貢獻。效命，獻出生命。秋，指某一時間或時刻，此處與上句「急」同義。

(73) 請數：請，請允許我。數，計算。

(74) 北鄉自剄：北鄉，即北向，面朝北。鄴在魏的北部邊境，所以侯嬴這樣說。剄，以刀割頸。鄉(漢) xiàng (國) ㄒㄧㄤˋ 音向。剄(漢) jǐng (國) ㄐㄧㄥˇ 音井。

(75) 矯：假託。

(76) 屯：駐紮。

(77) 單車：一輛車。這是說信陵君沒有帶兵卒前來。

(78) 袖：此作動詞用，指袖裡籠著。

(79) 椎殺：椎，作動詞用。指用椎擊殺。

(80) 勒：約束、控制。

(81) 歸養：回家奉養雙親。

(82) 解去：去，解開。解圍而去。

(83) 負韊矢為公子先引：韊，革製的箭筒。負矢先引，是把自己比作兵卒，表示對信陵君的尊敬。此謂背著箭筒替公子在前面引路。韊(漢) lán (國) ㄌㄢˊ 音蘭。

(84) 德：感恩。

(85) 自功：以之為功，把奪兵救趙當作己功。

(86) 物：事情。

(87) 竊：私下。

(88) 埽除自迎：埽，同掃。除，宮殿的臺階。

⑧⑨就西階：就，走向。走向西階。古代升堂禮儀，主人走東階，客人走西階，如果客人謙讓，表示降低自己身分，便從東階上。

⑨⓪竟：終、最終。

⑨①趙王以鄗為公子湯沐邑：鄗，趙地，在今河北高邑。湯，熱水，用以浴身。沐，洗頭。湯沐連在一起，等同沐浴。湯沐邑，春秋時代諸侯朝見天子，天子在其王畿內選一塊地方給諸侯，供他們住宿和齋戒沐浴，這種封邑叫湯沐邑。戰國以後貴族收取賦稅的私邑也稱湯沐邑，表示用其賦稅供湯沐之用。鄗㊅hào㊄ㄏㄠˋ音浩。

⑨②有處士毛公藏於博徒：處，居，即不出仕。處士，有才德而不肯作官的隱居之士。藏於博徒，混在賭徒行列之中。

⑨③漿：飲料，這裡指酒。

⑨④閒步往從此兩人游：閒，獨自。步，徒步。閒步，不設隨從，徒步前往。從，跟從，意同追隨。游，交游。

⑨⑤乃妄從：乃竟然。妄，亂來。謂竟然胡亂跟低下階層的人來往。

⑨⑥妄人：無知亂來的人。

⑨⑦謝：辭別。

⑨⑧稱：以求配得上。稱㊅chèn㊄ㄔㄣˋ音趁。

⑨⑨徒豪舉耳：徒，只、僅僅。豪舉，向別人眩耀的行為。

⑩⓪不我欲：即不欲我，不願意和我交游。「我」作「欲」的賓語，前置。

⑩①乃裝為去：整理行裝，準備離去。

⑩②乃免冠謝：免冠，摘下冠。謝，謝罪、道歉。古時罪人不戴冠，一般向人道歉賠罪時便摘去帽子，表示自己有罪。

⑩³固：堅決地。

⑩⁴復：再次。戰國時養士的貴族一旦失勢，食客即另投新主。信陵君負魏歸趙，門客相繼離去，現在又再回到他門下來，所以說「復」。

⑩⁵公子傾平原君客：傾，傾盡，全部倒出。句謂平原君的賓客都流失到公子那裡。

⑩⁶乃誡門下：誡，預先告戒。門下，指門下的食客。

⑩⁷通：通報。

⑩⁸之：到。

⑩⁹以：因為。

⑪⁰不恤：不顧。

⑪¹夷：平，指毀掉。

⑪²語未及卒：等不到話說完。

⑪³告車趣駕：告車，吩咐準備車。趣，催促。駕，以馬駕車。

⑪⁴五國：指齊、楚、燕、趙、韓五國。

⑪⁵河外：黃河之南。

⑪⁶走蒙驁：蒙驁，秦國上卿，蒙恬的祖父。句謂使蒙驁敗走。驁㊥ áo 或 ào㊟ㄠˊ或ㄠˋ音遨或傲。

⑪⁷函谷關：關名，在今河南靈寶。

⑪⁸名之：加上自己的名字。

⑪⁹《魏公子兵法》：《漢書・藝文志》載有《魏公子》二十一篇，已亡佚。

⑫⁰行金萬斤：金，戰國時銅質貨幣。行金，用金作賄賂。近，通釿，銅質貨幣單位，重一兩多，與今之斤有別。

⑫¹毀：誹謗。

⑫屬：歸他指揮。
⑫反閒：即反間，作名詞用，指潛入敵方組織，進行擾亂敵人活動的人。
⑫東郡：今河北南部及山東西部一帶。
⑫十八歲而虜魏王：秦王政二十二年（西元前二二五年），秦滅魏，俘虜魏王假，其時在魏公子死後十八年。
⑫高祖始微少時：高祖，指漢高祖劉邦。微，地位卑微，指作皇帝以前。少，年輕。
⑫祠：祭祀。
⑫黥布：原名英布，漢將。曾幫助漢高祖定天下，封為淮南王。後背叛了漢高祖，被高祖統兵討平。黥㊥qíng㊀ㄑㄧㄥˊ音晴。
⑫墨守冢五家：守冢，守墓者。安置五戶人家看守墳墓。冢㊥zhǒng㊀ㄓㄨㄥˇ音腫。

史記・刺客列傳・荊軻傳

司馬遷

荊軻者，衛人也。其先乃齊人，徙於衛，衛人謂之慶卿①。而之燕②，燕人謂之荊卿。

荊卿好讀書擊劍③，以術說衛元君④，衛元君不用。其後秦伐魏，置東郡⑤，徙衛元君之支屬於野王⑥。

荊軻嘗游，過榆次⑦，與蓋聶論劍⑧，蓋聶怒而目之⑨。荊軻出，人或言復召荊卿⑩。蓋聶曰：「曩者吾與論劍有不稱者⑪，吾目之；試往，是宜去，不敢留⑫。」使使往之主人⑬，荊卿則已駕而去榆次矣⑭。使者還報，蓋聶曰：「固去也，吾曩者目攝之⑮！」

荊軻游於邯鄲，魯句踐與荊軻博⑯，爭道⑰，魯句踐怒而叱之，荊軻嘿⑱而逃去，遂不復會。

荊軻既至燕，愛燕之狗屠及善擊筑者高漸離⑲。荊軻嗜酒，日與狗屠及高漸離飲於燕市，酒酣以往⑳，高漸離擊筑，荊軻和而歌於市中，相樂也㉑，已而相泣，旁若無人者㉒。荊軻雖游於酒人乎，然其為人沈深好書㉓；其所游諸侯，盡與其賢豪長者相結㉔。其之燕，燕之處士㉕田光先生亦善待之，知其非庸人㉖也。

居頃之㉗，會燕太子丹質秦亡歸燕㉘。燕太子丹者，故嘗質於趙，而秦王政㉙生於趙，其少時與丹驩㉚。及政立為秦王，而丹質於秦。秦王之遇燕太子丹不善㉛，故丹怨而亡歸。歸而求為報秦王者㉜，國小，力不能。其後秦日出兵山東㉝以伐齊、楚、三晉㉞，稍蠶食諸侯㉟，且至於燕㊱，燕君臣皆恐禍之至。太子丹患之，問其傅鞠武㊲。武對曰：「秦地徧天下，威脅韓、魏、趙氏，北有甘泉、谷口之固㊳，南有涇、渭之沃㊴，擅巴、漢之饒㊵，右隴、蜀之山㊶，左關、殽㊷之險，民眾而士厲㊸，兵革有餘㊹。意有所出㊺，則長城之南，易水以北㊻，未有所定㊼也。柰何以見陵㊽之怨，欲批其逆鱗㊾哉！」丹曰：「然則何由㊿？」對曰：「請入圖之(51)。」

居有閒(52)，秦將樊於期(53)得罪於秦王，亡之燕(54)，太子受而舍之(55)。鞠武諫[56]曰：「不可。夫以秦王之暴而積怒於燕，足為寒心，又況聞樊將軍之所在乎？是謂『委肉當餓虎之蹊[57]』也，禍必不振[58]矣！雖有管、晏，不能為之謀也[59]。願太子疾遣樊將軍入匈奴以滅口[60]。請西約三晉，南連齊、楚，北購於單于[61]，其後迺可圖也[62]。」太子曰：「太傅之計，曠日彌久[63]，心惛然[64]，恐不能須臾[65]。且非獨於此也[66]，夫樊將軍窮困於天下，歸身於丹，丹終不以迫於彊秦而棄所哀憐之交，置之匈奴，是固丹命卒之時也[67]。願太傅更慮之[68]。」鞠武曰：「夫行危欲求安，造禍而求福，計淺而怨深，連結一人之後交[69]，不顧國家之大害，此所謂『資怨而助禍』矣[70]。夫以鴻毛燎於爐炭之上，必無事矣[71]。且以鵰鷙之秦[72]，行怨暴之怒，豈足道哉[73]！燕有田光先生，其為人智深而勇沈，可與謀。」太子曰：「願因太傅而得交於田先生，可乎？」鞠武曰：「敬諾[74]。」出見田先生，道：「太子願圖國事於先生也。」田光曰：「敬奉教[75]。」乃造焉[76]。

太子逢迎，卻行為導[77]，跪而蔽席[78]。田光坐定，左右無人，太子避席[79]而請曰：「燕秦不兩立[80]，願先生留意也。」田光曰：「臣聞騏驥[81]盛壯之時，一日而馳千里；至其衰老，駑馬先之[82]。今太子聞光盛壯之時，不知臣精[83]已消亡矣。雖然，光不敢以圖國事，所善荊卿可使也[84]。」太子曰：「願因先生得結交於荊卿，可乎？」田光曰：「敬諾。」即起，趨出[85]。太子送至門，戒[86]曰：「丹所報先生，所言者國之大事也[87]，願先生勿泄也！」田光俛[88]而笑曰：「諾。」僂行[89]見荊卿，曰：「光與子相善，燕國莫不知。今太子聞光壯盛之時，不知吾形已不逮也[90]，幸而教之曰：『燕秦不兩立，願先生留意也』。光竊不自外[91]，言足下於太子也[92]，願足下過太子於宮。」荊軻曰：「謹奉教。」田光曰：「吾聞之，長者為行，不使人疑之[93]。今太子告光曰：『所言者，國之大事也，願先生勿泄』，是太子疑光也。夫為行而使人疑之，非節俠[94]也。」欲自殺以激荊卿，曰：「願足下急過太子，言光已死，明不言也。」因遂自刎而死[95]。

荊軻遂見太子，言田光已死，致光之言[96]。太子再拜而跪，膝行流涕[97]，有頃而后言曰：「丹所以誠田先生毋[98]言者，欲以成大事之謀也。今田先生以死明不言，豈丹之心哉！」荊軻坐定，太子避席頓首曰：「田先生不知丹之不肖⑲，使得至前，敢有所道⑳，此天之所以哀燕而不棄其孤也⑩。今秦有貪利之心，而欲不可足也⑫。非盡天下之地，臣海內之王者，其意不厭⑬。今秦已虜韓王⑭，盡納其地⑮。又舉兵南伐楚，北臨⑯趙；王翦將數十萬之眾距漳、鄴⑰，而李信出太原、雲中⑱。趙不能支秦，必入臣⑲，入臣則禍至燕。燕小弱，數困於兵，今計舉國不足以當秦⑩。諸侯服秦，莫敢合從⑪。丹之私計⑫，愚以為誠得天下之勇士使於秦，闚以重利⑬；秦王貪，其勢必得所願矣⑭。誠得劫秦王，使悉反諸侯侵地，若曹沫之與齊桓公，則大善矣⑮；則不可⑯，因而刺殺之。彼秦大將擅兵於外而內有亂⑰，則君臣相疑，以其閒⑱諸侯得合從，其破秦必矣。此丹之上願⑲，而不知所委命⑳，唯㉑荊卿留意焉。」久之，荊軻曰：「此國之大事也，臣駑下㉒，恐不足任使㉓。」太子前頓首，固請毋讓㉔，然後許諾。於是尊荊卿為上卿，舍上舍㉕。太子日造門下㉖，供太牢㉗，具異物㉘，閒進車騎美女，恣荊軻所欲㉙，以順適其意。

久之，荊軻未有行意㉚。秦將王翦破趙，虜趙王㉛，盡收入其地，進兵北略地至燕南界。太子丹恐懼，乃請荊軻曰：「秦兵旦暮渡易水⑬²，則雖欲長侍足下⑬³，豈可得哉！」荊軻曰：「微太子言，臣願謁之⑬⁴。今行而毋信⑬⁵，則秦未可親也。夫樊將軍，秦王購之金千斤，邑萬家。誠得樊將軍首與燕督亢⑬⁶之地圖，奉獻秦王，秦王必說⑬⁷見臣，臣乃得有以報⑬⁸。」太子曰：「樊將軍窮困來歸丹，丹不忍以己之私而傷長者之意，願足下更慮之！」

荊軻知太子不忍，乃遂私見⑬⁹樊於期曰：「秦之遇將軍可謂深⑭⁰矣，父母宗族皆為戮沒⑭¹。今聞購將軍首金千斤，邑萬家，將柰何？」於期仰天太息⑭²流涕曰：「於期每念之⑭³，常痛於骨髓⑭⁴，顧計不知所出耳⑭⁵！」荊軻曰：「今有一言可以解燕國之患，報將軍之仇者，何如？」於期乃前⑭⁶曰：「為之柰何？」荊軻曰：「願得將軍之首以獻秦王，秦王必喜而見臣，臣左手把其袖，右手揕其匈⑭⁷，然則將軍之仇報而燕見陵之愧除⑭⁸矣。將軍豈有意乎⑭⁹？」樊於期偏袒搤捥⑮⁰而進曰：「此臣之日夜切齒腐心⑮¹也，乃今得聞教⑮²！」遂自剄。太子聞之，馳往，伏屍而哭，極哀。既已不可柰何，乃遂盛樊於期首，函封之(153)。

於是太子豫求天下之利匕首(154)，得趙人徐夫人匕首(155)，取之百金，使工以藥焠之(156)，以試人，血濡縷，人無不立死者(157)。乃裝為遣荊卿(158)。燕國有勇士秦舞陽，年十三，殺人，人不敢忤視(159)。乃令秦舞陽為副(160)。荊軻有所待，欲與俱(161)，其人居遠未來，而為治行。頃之，未發(162)，太子遲之(163)，疑其改悔，乃復請曰：「日已盡矣，荊卿豈有意哉(164)？丹請得先遣秦舞陽。」荊軻怒，叱太子曰：「何太子之遣？往而不返者，豎子也(165)！且提一匕首入不測之彊秦，僕(166)所以留者，待吾客與俱。今太子遲之，請辭決矣(167)！」遂發。

太子及賓客知其事者，皆白衣冠(168)以送之。至易水之上，既祖，取道(169)，高漸離擊筑，荊軻和而歌，為變徵之聲(170)，士皆垂淚涕泣。又前而為歌曰：「風蕭蕭(171)兮易水寒，壯士一去兮不復還！」復為羽聲忼慨，士皆瞋目(172)，髮盡上指冠，於是荊軻就車而去，終已不顧(173)。

遂至秦，持千金之資幣物，厚遺秦王寵臣中庶子蒙嘉(174)。嘉為先言於秦王曰：「燕王誠振怖[175]大王之威，不敢舉兵以逆軍吏[176]，願舉國為內臣，比諸侯之列[177]，給貢職如郡縣[178]，而得奉守先王之宗廟。恐懼不敢自陳[179]，謹斬樊於期之頭，及獻燕督亢之地圖，函封，燕王拜送于庭，使使以聞大王，唯大王命之[180]。」秦王聞之，大喜，乃朝服，設九賓[181]，見燕使者咸陽宮[182]。荊軻奉[183]樊於期頭函，而秦舞陽奉地圖柙，以次進[184]。至陛[185]，秦舞陽色變振恐，群臣怪之。荊軻顧笑舞陽[186]，前謝[187]曰：「北蕃蠻夷之鄙人[188]，未嘗見天子，故振慴[189]。願大王少假借之[190]，使得畢使於前[191]。」秦王謂軻曰：「取舞陽所持地圖。」軻既取圖奏[192]之，秦王發圖[193]，圖窮而匕首見[194]。因左手把秦王之袖，而右手持匕首揕之。未至身，秦王驚，自引而起，袖絕[195]。拔劍，劍長，操其室[196]。時惶急，劍堅，故不可立拔[197]。荊軻逐秦王，秦王環柱而走。群臣皆愕[198]，卒起不意，盡失其度[199]。而秦法，群臣侍殿上者不得持尺寸之兵[200]；諸郎中執兵皆陳殿下，非有詔召不得上[201]。方急時，不及召下兵，以故荊軻乃逐秦王。而卒惶急，無以擊軻，而以手共搏之[202]。是時侍醫夏無且以其所奉藥囊提荊軻也[203]。秦王方環柱走，卒惶急，不知所為，左右乃曰：「王負劍[204]！」負劍，遂拔以擊荊軻，斷其左股[205]。荊軻廢[206]，乃引其匕首以擿秦王[207]，不中[208]，中桐柱。秦王復擊軻，軻被八創[209]。軻自知事不就[210]，倚柱而笑，箕踞以罵[211]曰：「事所以不成者，以欲生劫之，必得約契以報太子也[212]。」於是左右既前殺軻[213]，秦王不怡者良久[214]。已而[215]論功賞，群臣及當坐者各有差[216]，而賜夏無且黃金二百溢[217]，曰：「無且愛我，乃以藥囊提荊軻也。」

於是秦王大怒，益發兵詣趙[218]，詔王翦軍以伐燕。十月而拔薊城[219]。燕王喜、太子丹等盡率其精兵東保於遼東[220]。秦將李信追擊燕王急，代王嘉[221]乃遺燕王喜書曰：「秦所以尤追燕急者，以太子丹故也。今王誠殺丹獻之秦王，秦王必解[222]，而社稷幸得血食[223]。」其後李信追丹，丹匿衍水中[224]，燕王乃使使斬太子丹，欲獻之秦。秦復進兵攻之。後五年[225]，秦卒滅燕，虜燕王喜。

其明年，秦并天下，立號為皇帝。於是秦逐太子丹、荊軻之客[226]，皆亡。高漸離變名姓為人庸保[227]，匿作於宋子[228]。久之，作苦[229]，聞其家堂上客擊筑，傍偟不能去(230)。每出言曰：「彼有善有不善(231)。」從者以告其主，(232)曰：「彼庸乃知音，竊言是非(233)。」家丈人(234)召使前擊筑，一坐稱善(235)，賜酒。而高漸離念久隱畏約無窮時(236)，乃退，出其裝匣中筑與其善衣(237)，更容貌(238)而前。舉坐客皆驚，下與抗禮(239)，以為上客。使擊筑而歌，客無不流涕而去者。宋子傳客之(240)，聞於秦始皇。秦始皇召見，人有識者，乃曰：「高漸離也。」秦皇帝惜(241)其善擊筑，重赦之(242)，乃矐其目(243)。使擊筑，未嘗不稱善。稍益近之(244)，高漸離乃以鉛置筑中(245)，復進得近，舉筑朴秦皇帝(246)，不中。於是遂誅高漸離，終身不復近諸侯之人。

魯句踐已聞荊軻之刺秦王，私曰：「嗟乎，惜哉其不講於刺劍之術也(247)！甚矣吾不知人也(248)！曩者吾叱之，彼乃以我為非人也(249)！」

太史公曰(250)：世言荊軻，其稱太子丹之命，「天雨粟，馬生角」也(251)，太過(252)。又言荊軻傷秦王，皆非也(253)。始公孫季功、董生與夏無且游(254)，具知其事，為余道之如是(255)。自曹沫至荊軻五人，此其義或成或不成(256)，然其立意較然，不欺其志(257)，名垂後世，豈妄也哉(258)！

作者

司馬遷見《史記・項羽本紀》作者部分。

題解

本篇節選自《史記・刺客列傳》，版本據中華書局排印本。原文記載春秋戰國時期曹沫、專諸、豫讓、聶政和荊軻五個刺客的事蹟。本文只選錄荊軻刺秦王一節，記述荊軻奉燕太子丹之命謀刺秦王的經過，對荊軻大智若愚、大勇若怯、視死如歸的俠義精神，有靈活深刻的描寫。

注釋

① 慶卿：齊有慶氏，荊軻的祖先是齊人，或本姓慶，所以衛人呼他為慶卿。卿，當時對男子的尊稱。

② 而之燕：之，前往。後又前往燕國。

③ 擊劍：講究擊刺的劍術。

④ 以術說衛元君：說，勸說、游說。衛元君，衛國第四十一代君主，在位二十二年（西元前二五一年—前二三〇年）。此時衛國早已淪為魏國的附庸。句謂以劍術向衛元君游說。說 漢 shuì 國 ㄕㄨㄟˋ 音稅。

⑤ 置東郡：東郡，約在今河北、河南、山東三省交界附近地區，主要部分是衛國故地。建立東郡。

⑥ 徙衛元君之支屬於野王：支屬，親屬。野王，衛地名，在今河南沁陽。

⑦ 榆次：趙地，在今山西榆次。

⑧ 與蓋聶論劍：蓋聶，戰國時代的一個勇士，通劍術。和蓋聶談論劍術。蓋 漢 gě 國 ㄍㄜˇ 音葛。

⑨ 怒而目之：之，指荊軻。發怒而瞪眼看他。

⑩ 人或言復召荊卿：有的人對蓋聶說，再把荊軻找來。

⑪ 曩者吾與論劍有不稱者：曩，往昔，不久以前。不稱者，不稱心的地方。曩 漢 nǎng 國 ㄋㄤˇ 音囊上聲。

⑫ 是宜去，不敢留：在這種情況下，荊軻應該走了，不敢留下來。

⑬ 使使往之主人：派人去到荊軻住房的主人（房東）那裡。

⑭ 荊軻則已駕而去榆次矣：駕，駕御車子。荊軻已經乘車離開榆次了。

⑮ 目攝之：攝，怒視。以目光向人怒視之狀。

⑯ 魯句踐與荊軻博：魯句踐，人名。句，同勾。博，賭博。

⑰ 爭道：在賭局上爭取贏路。
⑱ 嘿：同默。嘿 漢 mò 國 ㄇㄛˋ 音墨。
⑲ 愛燕之狗屠及善擊筑者高漸離：狗屠，以宰狗為業的人。筑，古樂器，像琴那樣的樂器，用竹子打擊琴弦發音。筑 漢 zhú 國 ㄓㄨˊ 音竹。
⑳ 酒酣以往：往，後。飲酒至半醉以後。
㉑ 荊軻和而歌於市中，相樂也：和而歌，用協諧的音調和他合唱。相樂，彼此相娛樂。
㉒ 已而相泣，旁若無人者：已而，片刻。過了一會兒，彼此相對哭泣，好像身旁沒有別人似的。
㉓ 荊軻雖游於酒人乎，然其為人沈深好書：游，交往。荊軻雖然與酒徒交往，但他的行為舉動卻是穩重沈實，喜歡讀書。
㉔ 其所游諸侯，盡與其賢豪長者相結：他到各諸侯國遊歷，所交結的都是當地賢人、豪傑和德高望重的人。
㉕ 處士：古代隱居不做官的知識分子。
㉖ 庸人：平常庸俗的人。
㉗ 居頃之：過了一些時間。
㉘ 會燕太子丹質秦亡歸燕：會，適逢。燕太子丹，燕王喜的兒子，名丹。質，人質。當時兩國交往，各派國君的兒子或宗室子弟留居於對方之地，作為友好的保證。亡，逃亡。適逢燕太子丹在秦國作人質逃回燕國。質 漢 zhì 國 ㄓˋ 音至。
㉙ 秦王政：秦王嬴政，莊襄王的兒子，西元前二四六年即位。西元前二二一年統一中國，自以為德兼三皇，功過五帝，故號皇帝，又欲傳世一至萬世，乃除謚法，號始皇帝。在位共三十七年。
㉚ 驩：同歡。驩 漢 huān 國 ㄏㄨㄢ 音歡。
㉛ 秦王之遇燕太子丹不善：遇，對待。秦王對待燕太子丹很不友好。

㉜歸而求為報秦王者：歸，返國。言太子丹返國後尋求向秦王報復的方法。

㉝山東，殽山以東。

㉞三晉：指韓、魏、趙三國。因這三國原來都是晉國的世卿，後來滅晉而瓜分其地，所以稱為三晉。

㉟稍蠶食諸侯：稍，逐漸、慢慢地。像蠶吃桑葉一樣逐漸侵蝕諸侯各國。

㊱且至於燕：且，將要。將要觸及燕國。

㊲傅鞠武：傅，老師。鞠武，太子丹老師的姓名。鞠(漢) jú (國) ㄐㄩˊ 音菊。

㊳北有甘泉、谷口之固：甘泉，山名，在今山西淳化西北。谷口，在今陝西涇陽西北。秦國北邊有甘泉、谷口那樣鞏固的要塞。

㊴涇、渭之沃：涇水、渭水流域的肥沃土地，在今甘肅、陝西一帶。

㊵擅巴、漢之饒：擅，據有。巴，巴蜀。漢，漢中。兩地在四川東北部和陝西南部。饒，富足。擅(漢) shàn (國) ㄕㄢˋ 音善。饒(漢) ráo (國) ㄖㄠˊ 音蟯。

㊶右隴、蜀之山：右，地理上以西為右。隴、蜀之山，指今甘肅南部和四川西北部一帶的山脈。

㊷關、殽：函谷關和殽山。殽(漢) yáo (國) ㄧㄠˊ 音肴。

㊸民眾而士厲：人口眾多而士兵勇猛。

㊹兵革有餘：兵，武器。革，用皮革製的甲冑。指軍備充裕。

㊺意有所出：一旦有向外發展的意圖。

㊻則長城之南，易水之北：長城，指戰國時燕國北邊築的長城。易水，古水名，其源在今河北易縣附近，為當時燕國的南界。指燕國的全部疆土。

㊼未有所定：指燕國國土一定不能得到安定。

㊽見陵：受凌辱。

㊾批其逆鱗：批，觸動。逆鱗，倒生的鱗甲。相傳龍頸下有逆鱗，觸著就會遭到殺害。這裡比喻觸怒秦

國，一定要遭到殺身滅國之禍。

㊿然則何由：那麼該怎麼辦？

(51)請入圖之：入，入朝。圖之，進一步考慮。

(52)居有閒：過了一些時候。

(53)樊於期：人名。秦國逃至燕國的將軍。於（漢）wū（國）ㄨ 音烏。

(54)亡之燕：之，到。逃亡到燕國來。

(55)受而舍之：受，接納。舍，館舍，此處作動詞用。接納並留他住下來。

(56)諫：規勸君主。

(57)委肉當餓虎之蹊：委，拋給。蹊，途徑、小路。拋肉在餓虎出入的路口。這裡引用當時的成語，比喻禍患不能幸免。蹊（漢）xī（國）ㄒㄧ 音兮。

(58)振：救。

(59)雖有管、晏，不能為之謀也：管、晏，管仲和晏嬰，都是齊國著名的宰相。雖有管仲、晏嬰那樣的賢人也不能替你出主意的。

(60)願太子疾遣樊將軍入匈奴以滅口：疾遣，趕快遣送。匈奴，當時遊牧於燕國西北，相當今內外蒙古的外族。滅口，消除樊於期曾被燕國收容的消息傳到秦國去的可能。

(61)請西約三晉，南連齊、楚，北購於單于：約，締結條約。連，聯合。購，同媾，講和。單于，匈奴對君主的稱呼。

(62)其後迺可圖也：迺，古乃字。然後才可能有辦法對付秦國。迺（漢）nǎi（國）ㄋㄞˇ 音乃。

(63)曠日彌久：曠，空、耽誤。彌，拖延。延擱的日子太久。

(64)惛然：憂悶煩亂的樣子。惛（漢）hūn（國）ㄏㄨㄣ 音昏。

(65)須臾：片刻，極短的時間。臾（漢）yú（國）ㄩˊ 音余。

⑥⑥且非獨於此也：況且我的想法還不止如此呢。
⑥⑦是固丹命卒之時也：這實在是我生命完結的時候了。
⑥⑧更慮之：重新考慮、另外想辦法。
⑥⑨後交：日後的交情。
⑦⓪此所謂『資怨而助禍』矣：資，助長。這正是所說的助長了怨恨，增加了禍患啊。
⑦①夫以鴻毛燎於爐炭之上，必無事矣：鴻毛，鴻雁的羽毛，比喻燕國力量的微弱。燎，燒。爐炭，比喻秦國兵力的強大。把鴻雁的羽毛放在爐炭上燒，必然甚麼也沒有了。燎㊥ liào ㊥ ㄌㄧㄠˋ 音瞭。
⑦②鵰鷙之秦：鵰，同雕，猛禽的一種。鷙，兇猛鳥類的通稱。像雕鷙一樣兇猛的秦國。鷙㊥ zhì ㊥ ㄓˋ 音至。
⑦③豈足道哉：還有甚麼可說的呢？
⑦④敬諾：應承之詞，表示有敬意的答允。
⑦⑤敬奉教：遵從您的指教。
⑦⑥乃造焉：造，拜訪。於是就到太子家來拜訪。
⑦⑦卻行為導：倒退著走，為田光領路。
⑦⑧跪而蔽席：蔽，通拂。跪下來去拂拭坐席，是一種表示尊敬的禮節。
⑦⑨避席：離開座位，表示敬意。
⑧⓪不兩立：不能並存。
⑧①騏驥：良馬。騏㊥ qí ㊥ ㄑㄧˊ 音其。驥㊥ jì ㊥ ㄐㄧˋ 音冀。
⑧②駑馬先之：劣馬超過了良馬。駑㊥ nú ㊥ ㄋㄨˊ 音奴。
⑧③臣精：我的精力。
⑧④所善荊卿可使也：我所熟識的荊軻可以擔任這個使命。

㊅ 趨出：快步走出。
㊆ 戒：告誡、叮囑。
㊇ 丹所報先生，所言者國之大事也：我向你報告，和你所說的，都是國家大事。
㊈ 俛：同俯，低頭。
㊉ 僂行：彎著腰走路。
⑨ 吾形已不逮也：不逮，應付不了。我的體力已不及從前了。
⑨ 竊不自外：竊，謙詞，私自。不自外，表示自己不是外人。
⑨ 言足下於太子也：將你介紹給太子。
⑨ 長者為行，不使人疑之：有高尚品德的人所作的行為，不讓別人懷疑。
⑨ 節俠：有節操、有義氣的人。
⑨ 因遂自刎而死：刎，以刀自割其頸。因此就自殺而死。刎㊉wěn㊀ㄨㄣˇ音吻。
⑨ 致光之言：傳達田光死前說的話。
⑨ 膝行流涕：跪著前行，流下眼淚。
⑨ 毋：表示禁止或勸阻，如「不要」。
⑨ 不肖：不賢，沒有才能。
⑩ 使得至前，敢有所道：讓我能在你面前有所表達。
⑩ 不棄其孤也：孤，太子丹的自稱。沒有遺棄燕國的後代。
⑩ 欲不可足也：指秦貪欲之心是不會滿足的。
⑩ 非盡天下之地，臣海內之王者，其意不厭：厭，通饜，滿足。不盡吞天下的土地，臣服海內諸侯，他的貪念是不會滿足的。
⑩ 今秦已虜韓王：今，指秦王政十七年（西元前二三〇年）。韓王，韓國末代國君，名安，在位九年

（西元前二二三八年——前二二三〇年），亡於秦。句謂現在秦國已經俘虜了韓王。

⑩⑤ 盡納其地：全部收取了韓國的土地。

⑩⑥ 臨：逼近。

⑩⑦ 距漳、鄴：漳、鄴，趙國的南境，在今河北臨漳和河南安陽之間的一帶地方。指到達漳、鄴。

⑩⑧ 而李信出太原、雲中：李信，秦將。太原，秦郡名，在今山西太原市西南。雲中，秦郡名，在今內蒙古自治區托克托縣。

⑩⑨ 趙不能支秦，必入臣：支，抵擋。趙國抵擋不了秦國，必然歸降，向秦稱臣。

⑪⑩ 今計舉國不足以當秦：現在計算一下，即使用整個燕國的兵力也不足以抵擋秦國。

⑪⑪ 諸侯服秦，莫敢合從：合從，戰國時蘇秦勸說燕、趙、韓、魏、齊、楚六國聯合而抵抗秦國，因六國地南北連貫，所以稱為合從。從，通縱。韓、趙諸國已被秦征服，其他諸國不敢再聯合起來抗秦了。從 漢 zòng 國 ㄗㄨㄥˋ 音粽。

⑪⑫ 私計：個人的想法。

⑪⑬ 闚以重利：闚，同窺，給人看，即利誘他。用豐厚的利益引誘秦王。闚 漢 kuī 國 ㄎㄨㄟ 音窺。

⑪⑭ 其勢必得所願矣：正因為秦王貪心，必然上鈎，這樣，就可成全心願了。

⑪⑮ 誠得劫秦王……則大善矣：曹沫，魯國的大將。當時齊強魯弱，齊國常來侵略魯國，曹沫率兵作戰，三戰三敗。後來齊魯會盟，曹沫隨魯莊公參加，在會上用短劍威脅齊桓公，齊桓公被迫退還魯國的割地。太子丹的意思，是說假如能脅迫秦王，命令他把侵佔的土地完全交還給諸侯，像曹沫當年對待齊桓公那樣，就太好了。

⑪⑯ 則不可：則，古時與「即」字通用。即使不答應。

⑪⑰ 彼秦大將擅兵於外而內有亂：擅，獨攬。內有亂，指被刺後的國內動亂。句謂那些秦國大將在國境以外獨攬兵權而國內動亂。

⑱以其閒：閒，同間，即間隙。趁著這動亂當兒。閒㊀jiàn㊁ㄐㄧㄢˋ音諫。
⑲上願：最高的願望。
⑳不知所委命：不知道把這個任務委託給誰。
㉑唯：願。
㉒駑下：謙詞，說自己才幹低劣，像駑馬那樣不中用。
㉓不足任使：不配擔當這委託的使命。
㉔固請毋讓：堅決請求不要推辭。
㉕舍上舍：讓他住上等的館舍。
㉖日造門下：造，拜訪。每天到荊軻的住處問候。
㉗供太牢：太牢，豬、牛、羊齊備的筵席。供給豐盛的筵席。
㉘具異物：指給以珍貴的東西賞玩。
㉙閒進車騎美女，恣荊軻所欲：閒，同間。間或、間中。恣，放縱、任憑。謂有時用車馬、美女滿足荊軻的欲望。
㉚未有行意：沒有動身的意思。
㉛秦將王翦破趙，虜趙王：事在秦王政十九年（西元前二二八年）。趙王名遷，趙國末代國君，在位八年（西元前二三五年——前二二八年）。
㉜旦暮渡易水：早晚間就要渡過易水了。
㉝長侍足下：長久地侍奉您。
㉞微太子言，臣願謁之：微，即使沒有。謁，請求。即使沒有太子你說話，我也會請求見你商議行動。
謁㊀yè㊁ㄧㄝˋ音咽。
㉟行而毋信：信，信物。前去秦國而沒有取信的物證。

⑬⑥督亢：古地名，是燕國南界的肥沃土地。今河北涿州東南有督亢陂，其附近定興、新城、固安諸縣一帶平衍之區，皆燕之督亢地。亢㊥gāng㊄ㄍㄤ音剛。

⑬⑦說：同悅，喜悅。說㊥yuè㊄ㄩㄝˋ音月。

⑬⑧臣乃得有以報：我便可以有所回報你了。

⑬⑨私見：私底下相見。

⑭⓪深：苛刻、殘酷。

⑭①皆為戮沒：戮，殺戮。沒，沒收為奴。都被殺戮和沒收為奴。戮㊥lù㊄ㄌㄨˋ音錄。

⑭②太息：長嘆。

⑭③每念之：每次想到這戮沒的慘劇。

⑭④痛於骨髓：如痛入骨髓，形容極端悲痛。髓㊥suǐ㊄ㄙㄨㄟˇ音隋上聲。

⑭⑤顧計不知所出耳：只是想不出甚麼法子罷了。

⑭⑥乃前：於是向前移動。

⑭⑦揕其匈：揕，擊。匈，古胸字。揕擊他的胸膛。揕㊥zhèn㊄ㄓㄣˋ音鎮。

⑭⑧愧除：愧，羞愧、恥辱。除，消除。

⑭⑨豈有意乎：是否有意這樣做呢？

⑮⓪偏袒搤捥：搤，同扼。捥，同腕。袒露著半面肩膊，並用一手緊扼著另一隻手腕。搤㊥è㊄ㄜˋ音餓。捥㊥wàn㊄ㄨㄢˋ音萬。

⑮①切齒腐心：牙齒相磨，心被煎熬得腐爛，形容憤怒激動的狀態。

⑮②乃今得聞教：到了今天才聽到你的教導。

⑮③乃遂盛樊於期首，函封之：盛，裝入。函，匣子。於是就把樊於期的首級裝在匣子裡封藏起來。盛㊥chéng㊄ㄔㄥˊ音成。

⑭於是太子豫求天下之利匕首：於是，那時。豫，通預，預先。太子於是預先到各處訪求鋒利的短劍。

⑮徐夫人匕首：徐夫人，姓徐，名夫人。匕首，短劍。由於徐夫人是收藏利匕首的人，因名氣大，便稱這匕首為「徐夫人匕首」。

⑯以藥焠之：焠，將燒紅了的鐵浸入水中，用毒藥染在匕首的鋒刃上。焠㊥cuì㊀ㄘㄨㄟˋ音翠。

⑰以試人，血濡縷，人無不立死者：以之試用在人身上，只要匕首把皮膚切開一個小口，滲出一絲血，人就會立即死去。

⑱乃裝為遣荊卿：因此為荊軻整治行裝，打發他上路。

⑲忤視：忤，逆、不順心，用抗拒的眼光看。忤㊥wǔ㊀ㄨˇ音午。

⑳為副：充當荊軻的助手。

㉑荊軻有所待，欲與俱：荊軻本想等待另外一個人，同他一塊兒去。

㉒其人居遠未來，而為治行。頃之，未發：這個人住在很遠的地方，還未來到，荊軻已經替所等的人整理好行裝，但荊軻仍然遲遲未動身。

㉓遲之：嫌他拖延。

㉔日已盡矣，荊卿豈有意哉：太陽要沒了，你可有動身的意思麼？

㉕何太子之遣？往而不返者，豎子也：豎子，童僕，猶小子。為甚麼太子你會派這樣的人呢！此去而不能好好地完成使命，那才是無知之輩。豎㊥shù㊀ㄕㄨˋ音樹。

㉖僕：謙稱，荊軻自稱。

㉗請辭決矣：決，同訣，訣別。請允許我向你辭行，就此告別了。

㉘白衣冠：本是喪服。知道他難以生還，所以像送喪那樣送他，同時也為激勵他。

㉙既祖，取道：給荊軻餞行後就上路了。古代遠行，必祭道路之神，將行，飲酒叫做「祖」。所以餞行稱祖餞。

⑰ 變徵之聲：古代音律分宮、商、角、徵、羽、變宮、變徵七聲，相當的西樂所用的C、D、E、F、G、A、B七調。變徵調音節蒼涼，適於悲歌。徵㊥zhǐ㊀ㄓˇ音止。

⑰ 蕭蕭：形容拂動的風聲。

⑰ 瞋目：目露憤怒之色。瞋㊥chēn㊀ㄔㄣ音琛。

⑰ 終已不顧：直到最後，還是頭也不回。

⑰ 厚遺秦王寵臣中庶子蒙嘉：厚遺，厚贈、重重地賄賂。中庶子，官名。蒙嘉，秦王寵臣。遺㊥wèi㊀ㄨㄟˋ音胃。

⑰ 振怖：恐懼。

⑰ 逆軍吏：逆，抗拒、拂逆。軍吏，指秦王派遣的將士。

⑰ 願舉國為內臣，比諸侯之列：燕王願意獻出整個國家作為你的臣下，地位只求相當於秦王屬下的諸侯。

⑰ 給貢職如郡縣：納貢應差像直屬的郡縣一樣。

⑰ 自陳：自己直接陳說。

⑱ 使使以聞大王，唯大王命之：特地派遣使者來報知大王，請大王示下。

⑱ 九賓：最隆重的禮儀，由九名儐相以次傳呼引領上殿。

⑱ 見燕使者咸陽宮：咸陽宮，秦孝公遷都咸陽時所建，故址在長安東渭城故城內。在宮廷中接見燕國的使臣。

⑱ 奉：捧的本字。

⑱ 以次進：按著次序前進。

⑱ 陛：殿前的高臺階。

⑱ 顧笑舞陽：回過頭來取笑舞陽。

⑱⑦前謝：走上前去謝罪。
⑱⑧北蕃蠻夷之鄙人：蠻夷，自貶之詞。北方藩屬的粗野之人。
⑱⑨振慴：慴，與懾同。恐懼而戰慄。慴㊥zhé㊟ㄓㄜˊ音折。
⑲⓪少假借之：稍稍寬容他一下。
⑲①使得畢使於前：給他機會在大王面前能夠完成使命。
⑲②奏：進獻。
⑲③發圖：把捲成一軸的地圖張開。
⑲④圖窮而匕首見。窮，盡。見，同現。地圖展開到盡頭時露出了匕首。
⑲⑤自引而起，袖絶：自己盡力抽身站起，把袖子掙斷了。
⑲⑥劍長，操其室：室，鞘子。因為劍長，拔不出來，僅拿著劍鞘作武器。
⑲⑦劍堅，故不可立拔：堅，挺直。劍插在鞘內，因為挺直不能立刻拔出來。
⑲⑧愕：因驚慌而發楞。愕㊥è㊟ㄜˋ音鄂。
⑲⑨卒起不意，盡失其度：卒，與猝同。事起倉猝，出乎眾人之意，都失去正常的反應。卒㊥cù㊟ㄘㄨˋ音促。
⑳⓪尺寸之兵：細小的武器。
⑳①諸郎中執兵皆陳殿下，非有詔召不得上：郎中，侍衛之官。許多帶兵器的侍衛人員都排列在殿下，沒有詔令的宣告，不許上殿。
⑳②而卒惶急，無以擊軻，而以手共搏之：群臣倉猝間，驚慌急迫，找不到甚麼武器去攻擊荊軻，只好徒手與荊軻搏鬥。
⑳③侍醫夏無且以其所奉藥囊提荊軻也：提，擲、投擊。御醫夏無且用他所捧的盛藥袋子投擊荊軻。
⑳④王負劍：大王，你將劍負於背上。

(205) 左股：左腿。

(206) 廢：殘廢。

(207) 乃引其匕首以擿秦王：引，舉起。擿，擲。

(208) 中：正對上。

(209) 軻被八創：被，受。創，創傷。荆軻身上有八處受了傷。

(210) 事不就：事情不能成功。

(211) 箕踞以罵：箕踞，古人席地而坐，隨意伸開兩腿，像個簸箕。此句是說蹲坐在地上破口大罵。箕(漢)jī(國)ㄐㄧ音基。

(212) 事所以不成者，以欲生劫之，必得約契以報太子也：事情所以不成功，只因想強劫活的秦王，好得到退還侵地的諾言，去回報太子。

(213) 既前殺軻：走上前去殺荆軻。

(214) 不怡者良久：許久也不愉快。

(215) 已而：後來。

(216) 群臣及當坐者各有差：當坐者，應當治罪的。差，等級、差別。按當賞當罰的情況，分別輕重來處分。

(217) 溢：同鎰，二十兩為一鎰。

(218) 益發兵詣趙：詣：往前。派更多兵力前往趙國。

(219) 薊城：燕國的都城，在今河北薊縣。薊(漢)jì(國)ㄐㄧˋ音計。

(220) 遼東：指今遼寧東南境一帶，因在遼水以東而得名。

(221) 代王嘉：即趙公子嘉，秦破邯鄲，虜趙王遷，公子嘉逃往代（今山西北部和河北蔚縣一帶），自立為王，所以稱為代王嘉。

(222) 必解：必然將攻勢和緩下來。

㉓ 社稷幸得血食：國家僥倖得以保存。社稷，本是土谷之神，古代以為國家的象徵。血食，宰殺牲口祭社稷之神叫血食。能舉行祭祀，表明國家還存在。

224 丹匿衍水中：匿，隱藏。衍水，在今遼寧省瀋陽市附近，俗名太子河，即由太子丹而得名。太子丹藏在衍水境內。

225 後五年：秦王政二十五年（西元前二二二年），上距破薊城之時頭尾共五年，所以說後五年。

226 逐太子丹、荆軻之客：追捕太子丹、荆軻的黨羽。

227 庸保：僕役。庸，同傭，傭工。保，酒保。

228 匿作於宋子：宋子，地名，在今河北趙縣北邊。在宋子地方隱姓埋名替人幫工。

229 作苦：工作得很辛苦。

230 傍徨不能去：在那裡轉來轉去捨不得走開。

231 每出言曰：「彼有善有不善」：往往脫口而出地說道：「那個人擊筑，有的地方好，有的地方不好。」

232 從者以告其主：左右的隨從把這些話告知主人。

233 彼庸乃知音，竊言是非：那個幫工倒是個知音的人，在背地裡品評擊筑的長短。

234 家丈人：家主人，丈人是尊稱。

235 一坐稱善：坐，同座。在座的人都誇讚他擊筑擊得好。

236 而高漸離念久隱畏約無窮時：高漸離心想，這樣長久地隱藏畏縮是沒有了結的時候。

237 善衣：好衣服。

238 更容貌：改易容貌。

239 下與抗禮：抗禮，即不分尊卑，行平等禮。走下座來，用平等的禮節去接待他。

240 宋子傳客之：客，動詞，款待。宋子那地方的人輪流款待他。

241 惜：愛。

㉔② 重赦之：再次赦免了他。赦㊥shè㊢ㄕㄜˋ音舍。

㉔③ 矐其目：弄瞎他的眼睛。矐㊥huò㊢ㄏㄨㄛˋ音或。

㉔④ 稍益近之：漸漸地越來越同他接近。

㉔⑤ 以鉛置筑中：把鉛放入筑中。用意是使筑增加重量，可以擊人。

㉔⑥ 復進得近，舉筑朴秦皇帝：朴，用力撞擊。又遇到進見秦始皇的機會，舉起筑向秦始皇打去。

㉔⑦ 惜哉其不講於刺劍之術也：可惜他不講究刺劍的技術。

㉔⑧ 甚矣吾不知人也：我實在是太缺乏知人之明。

㉔⑨ 曩者吾叱之，彼乃以我為非人也：從前我因為賭博爭勝而呵叱他，他當然不會把我當成同道。言外之意是深悔當初輕視了荊軻，沒有把擊刺技術教給他。叱㊥chì㊢ㄔˋ音斥。

㉕⓪ 太史公曰：以下都是司馬遷的評論。

㉕① 世言荊軻，其稱太子丹之命，「天雨粟，馬生角」也：當時流傳荊軻的故事中，稱太子丹的命運有上天幫助：「居然天上降下穀子，馬生出角來」。

㉕② 太過：指「天雨粟」之事過於神奇。

㉕③ 皆非也：都是不真實的。

㉕④ 始公孫季功、董生與夏無且游：從前公孫季功和董生都曾與夏無且交游。董生，即董仲舒。

㉕⑤ 為余道之如是：跟我談到的情況就是這樣的。

㉕⑥ 此其義或成或不成：他們行義的志願有的達到，有的沒達到。此處是綜合〈刺客列傳〉所記述的五位刺客之成敗而論。

㉕⑦ 然其立意較然，不欺其志：較，明白、鮮明。欺，對不起、有愧。但是他們所立的志向都很鮮明，無愧於自己的志向。

㉕⑧ 名垂後世，豈妄也哉：垂，流傳。妄，虛妄，欺騙。他們的名聲流傳後世，怎能說是沒有根據呢？

戰國策・鄒忌諷齊王納諫①

鄒忌脩八尺有餘②，身體昳麗③。朝服衣冠窺鏡④，謂其妻曰：「我孰與城北徐公美⑤？」其妻曰：「君美甚，徐公何能及公也！」城北徐公，齊國之美麗者也。忌不自信，而復問其妾曰：「吾孰與徐公美？」妾曰：「徐公何能及君也！」旦日⑥，客從外來，與坐談，問之客曰：「吾與徐公孰美？」客曰：「徐公不若君之美也！」

明日⑦，徐公來。孰⑧視之，自以為不如；窺鏡而自視，又弗如遠甚⑨。暮，寢而思之曰：「吾妻之美我⑩者，私⑪我也；妾之美我者，畏我也；客之美我者，欲有求於我也。」

於是入朝見威王曰：「臣誠知不如徐公美，臣之妻私臣，臣之妾畏臣，臣之客欲有求於臣，皆以美於徐公⑫。今齊地方千里⑬，百二十城，宮婦⑭左右，莫不私王；朝廷之臣，莫不畏王；四境之內⑮，莫不有求於王。

由此觀之，王之蔽⑯甚矣！」王曰：「善。」乃下令：「群臣吏民，能面刺⑰寡人之過者，受上賞；上書諫寡人者，受中賞；能謗議於市朝⑱，聞⑲寡人之耳者，受下賞。」

令初下，群臣進諫，門庭若市。數月之後，時時而間進⑳。期年㉑之後，雖欲言，無可進者。燕、趙、韓、魏聞之，皆朝於齊㉒。此所謂戰勝於朝廷㉓。

作者

《戰國策》又名《國策》、《短長》，傳為漢初蒯通所作。蒯通原名蒯徹，作「通」，蓋避武帝諱改。通長於時論。西漢劉向將原書編訂後定名《戰國策》。此書是戰國時代的史料彙編，其中記載縱橫策士論辯游說之辭尤多。

《戰國策》三十三篇，以國分類，各自成策，計有西周、東周、秦、齊、楚、趙、魏、韓、燕、宋、衛、中山十二國。所記自周貞定王十六年（西元前四五三年）三家分晉時起，迄於秦二世皇帝元年（西元前二〇九年）楚漢起事止，凡二百四十五年，所記列國政治、軍事和外交大事均可補正史之不足。

題解

本文選自《戰國策・齊策》，版本據《先秦兩漢古籍逐字索引》，原文無標題，題目為後人所加。本文記敘了鄒忌以自己的切身感受為喻，規勸齊王採納臣民忠諫，以遷善改過。齊王聽從他的意見，廣開言路，修明政治，使齊國強盛起來。文章深刻地表現了鄒忌不但敢於進諫，而且善於進諫。他以生活小事與國家大事相提並論，深得責善之道。

注釋

① 鄒忌諷齊王納諫：鄒忌，生卒年不詳。戰國時齊國人，善鼓琴，有辯才，曾為齊相。諷，用含蓄的話勸告或譏刺。齊王，即齊威王，周顯王十三年至周慎靚王元年（西元前三五六年——前三二〇年）在位。納，採納、接受。諫，對君主、尊長進行勸告。

②脩八尺有餘：脩，長，這裡指身長。按，古代的尺比現在的尺要短。
③昳麗：昳，通逸。昳麗，光艷美麗。昳㊅yì㊄ㄧˋ音逸。
④朝服衣冠窺鏡：身著上朝的禮服，戴了帽子去照鏡。
⑤我孰與城北徐公美：孰，誰。我與城北徐公比起來誰美？
⑥旦日：天亮。
⑦明日：即上文「旦日」的後一天。
⑧孰：通熟。
⑨弗如遠甚：遠遠地不如。
⑩美我：以我為美。
⑪私：偏愛。
⑫皆以美於徐公：都認為我比徐公美。
⑬方千里：縱橫各千里。
⑭宮婦：宮裡的妃子。
⑮四境之內：全國範圍內的人。
⑯蔽：蒙蔽。這裡的意思是因受蒙蔽而不明。
⑰面刺：當面指責。
⑱謗議於市朝：謗，說壞話。議，非議。謗議，在這裡沒有貶義，作議論、指責解。市朝，公共場所。在公眾場所議論君王的缺點。
⑲聞：這裡是「使……聽到」的意思。
⑳間進：間，機會。意指趁有機會便進諫。
㉑期年：周年、滿一年。

㉒ 朝於齊：朝，臣見君，這裡是尊敬地進見的意思。到齊國來朝見。

㉓ 戰勝於朝廷：在朝廷上戰勝別國。意思是內政修明，不需用兵，就能戰勝別國。

戰國策・馮諼客孟嘗君

齊人有馮諼者，貧乏不能自存①，使人屬②孟嘗君，願寄食門下③。孟嘗君曰：「客何好④？」曰：「客無好也。」曰：「客何能⑤？」曰：「客無能也。」孟嘗君笑而受之曰：「諾。」左右以君賤之⑥也，食以草具⑦。

居有頃⑧，倚柱彈其鋏⑨，歌曰：「長鋏歸來乎！食無魚。」左右以告⑩。孟嘗君曰：「食之，比門下之客⑪。」居有頃，復彈其鋏，歌曰：「長鋏歸來乎！出無車。」左右皆笑之，以告。孟嘗君曰：「為之駕⑫，比門下之車客。」於是乘其車，揭⑬其劍，過⑭其友曰：「孟嘗君客我⑮。」後有頃，復彈其劍鋏，歌曰：「長鋏歸來乎！無以為家⑯。」左右皆惡之，以為貪而不知足。孟嘗君問：「馮公有親乎？」對曰：「有老母。」孟嘗君使人給⑰其食用，無使乏。於是馮諼不復歌。

後孟嘗君出記⑱，問門下諸客：「誰習計會⑲，能為文收責於薛者乎

⑳？」馮諼署㉑曰：「能。」孟嘗君怪之，曰：「此誰也？」左右曰：「乃歌夫長鋏歸來者也。」孟嘗君笑曰：「客果有能也，吾負㉒之，未嘗見也㉓。」請而見之，謝㉔曰：「文倦於事㉕，憒於憂㉖，而性懧愚㉗，沈㉘於國家之事，開罪於先生。先生不羞㉙，乃有意欲為收責㉚於薛乎？」馮諼曰：「願之。」於是約車治裝㉛，載券契㉜而行，辭曰：「責畢收，以何市而反㉝？」孟嘗君曰：「視吾家所寡有者。」

驅而之薛㉞，使吏召諸民當償者，悉㉟來合券。券徧㊱合，起矯命㊲以責賜諸民，因㊳燒其券，民稱萬歲。

長驅到齊㊴，晨而求見。孟嘗君怪其疾㊵也，衣冠㊶而見之，曰：「責畢收乎？來何疾也！」曰：「收畢矣。」「以何市而反？」馮諼曰：「君云『視吾家所寡有者』。臣竊計㊷，君宮中積珍寶，狗馬實外廄㊸，美人充下陳㊹。君家所寡有者以義耳！竊以為君市義。」孟嘗君曰：「市義柰何？」曰：「今君有區區㊺之薛，不拊愛子其民㊻，因而賈利之㊼。臣竊矯君命，以責賜諸民，因燒其券，民稱萬歲。乃臣所以為君市義也。」孟嘗君不說[48]，曰：「諾，先生休矣[49]！」

後朞年[50]，齊王[51]謂孟嘗君曰：「寡人不敢以先王之臣為臣[52]。」孟嘗君就國[53]於薛，未至百里[54]，民扶老攜幼，迎君道中。孟嘗君顧謂馮諼：「先生所為文市義者，乃今日見之[55]。」馮諼曰：「狡兔有三窟，僅[56]得免其死耳。今君有一窟，未得高枕而臥也。請為君復鑿二窟。」孟嘗君予車五十乘，金五百斤，西遊於梁[57]，謂惠王曰：「齊放[58]其大臣孟嘗君於諸侯，諸侯先迎之者，富而兵強。」於是，梁王虛上位[59]，以故相為上將軍[60]，遣使者，黃金千斤，車百乘，往聘孟嘗君。馮諼先驅，誡孟嘗君曰：「千金，重幣[61]也；百乘，顯使[62]也。齊其[63]聞之矣。」梁使三反[64]，孟嘗君固[65]辭不往也。齊王聞之，君臣恐懼，遣太傅齎黃金千斤[66]，文車二駟[67]，服劍[68]一，封書[69]謝孟嘗君曰：「寡人不祥[70]，被於宗廟之祟[71]，沈於諂諛之臣，開罪於君，寡人不足為[72]也。願君顧先王之宗廟，姑反國統萬人乎？」馮諼誡孟嘗君曰：「願請先王之祭器[73]，立宗廟於薛[74]。」廟成，還報孟嘗君曰：「三窟已就，君姑高枕為樂矣。」

孟嘗君為相數十年，無纖介[75]之禍者，馮諼之計也。

作者

見《戰國策・鄒忌諷齊王納諫》作者部分。

題解

本文選自《戰國策・齊策四》，版本據《先秦兩漢古籍逐字索引》。《戰國策》原無篇名，這是後人根據其內容所加。馮諼，《史記・孟嘗君列傳》作馮驩，南宋鮑彪《戰國策》注本作馮煖。孟嘗君，姓田，名文，齊國貴族，為湣王相，襲父封於薛（今山東滕縣東南），孟嘗君乃其封號。他是戰國四公子之一，以養士聞名，門下雖有食客數千人，但真正有才能的並不多見。馮諼先是故意不露才能，以試孟嘗君有無養士之器量，及知孟嘗君能養士，遂為他竭忠盡智，使其脫困境於前，而獲聲名於後。此文詳記其人其事，取材敘事甚見工巧。

注釋

①齊人有馮諼者，貧乏不能自存：存，保存。自存，養活自己。此句敘述馮諼貧困之狀。諼㊥ xuān ㊟ ㄒㄩㄢ 音宣。

②屬：囑託、請託。屬㊥ zhǔ ㊟ ㄓㄨˇ 音主。

③寄食門下：在孟嘗君家作食客。

④何好：好，動詞。愛好甚麼。

⑤何能：擅長甚麼。

⑥以君賤之：以，因為。君，指孟嘗君。賤之，看不起他。

⑦食以草具：草具，盛飯的粗劣食具。謂用粗劣食具盛飯給他吃。

⑧居有頃：頃，不久。過了不久。

⑨鋏：劍把，亦指劍。鋏㊥ jiá ㊟ ㄐㄧㄚˊ 音夾。

⑩以告：意思是「以之告」，但此句式「以」後例省「之」字，省去的「之」字，指馮諼唱歌的事，但不用表出。

⑪比門下之客：比，準、等同、比照。謂待遇準照門下吃魚的客人。一本作「比門下之魚客」。據說，孟嘗君將食客分為三等：上客食肉，出入乘車；中客食魚；下客食菜。此言孟嘗君叫左右把馮諼作為中客款待。

⑫為之駕：之，代馮諼。為之，給他、替他。駕，動詞，套車，指安排車駕。此謂給他安排車馬。

⑬揭：舉。

⑭ 過：拜訪。
⑮ 客我：以我為客，即把我當上客看待。
⑯ 無以為家：沒有可以家居的地方。
⑰ 給：令豐足，不令有所缺乏。
⑱ 記：文告。
⑲ 誰習計會：誰懂得會計。會 漢 kuài 國 ㄎㄨㄞˋ 音快。
⑳ 能為文收責於薛者乎：文，孟嘗君的名。責，債的本字。薛，孟嘗君的封地。當時孟嘗君在齊國都城臨淄。薛 漢 xuē 國 ㄒㄩㄝ 音靴。
㉑ 署：簽署。
㉒ 負：辜負、對不起。
㉓ 未嘗見也：沒有接見他。
㉔ 謝：道歉。
㉕ 倦於事：被瑣碎的政事弄得筋疲力竭。
㉖ 憒於憂：憒，心亂。憂，憂慮，指有關國事的憂慮。憒 漢 kuì 國 ㄎㄨㄟˋ 音愧。
㉗ 性懧愚：懧，同懦。性情懦弱愚笨。懧 漢 nuò 國 ㄋㄨㄛˋ 音糯。
㉘ 沈：沈溺。
㉙ 不羞：不以替我做事為羞恥。
㉚ 責：債的古字。《管子・輕重乙》：「君直幣之輕重，以決其數，使無券契之責。」君知章注：「責，讀曰債。」
㉛ 約車治裝：約，約束、綑紮。約車，套車。套車時要將馬束於車前。治裝，整理行裝。
㉜ 券契：指關於債務的契約。券 漢 quàn 國 ㄑㄩㄢˋ 音勸。

㉝ 以何市而反：用收回的債買甚麼東西回來？

㉞ 驅而之薛：驅，趕馬駕車。之，前往，動詞。

㉟ 悉：全數。

㊱ 徧：同遍，全數。

㊲ 矯命：矯，假託。指假託孟嘗君的命令。

㊳ 因：順便。

㊴ 長驅到齊：長驅，指中途不停留，一直趕車前進。齊，此指齊國都城臨淄。

㊵ 疾：快。

㊶ 衣冠：穿好衣服，戴上帽子，表示恭敬。

㊷ 竊計：竊，私下。計，計算。

㊸ 狗馬實外廄：實，充實。外廄，宮外的牲口棚。廄㊇ jiù ㊋ ㄐㄧㄡˋ 音究。

㊹ 下陳：《爾雅・釋宮》：「堂途謂之陳。」孫炎《注》云：「堂下至門之徑也。」郝懿行以為「陳在堂下，因有下陳之名。」

㊺ 區區：小小的。

㊻ 不拊愛子其民：拊，通撫。不愛撫當地百姓，不把他們當子女看待。拊㊇ fǔ ㊋ ㄈㄨˇ 音府。

㊼ 賈利之：賈，藏貨待賣。利，謀利，作動詞用。之，代百姓。句謂用商賈之道向薛地百姓謀取利益。賈㊇ gǔ ㊋ ㄍㄨˇ 音古。

㊽ 說：同悅，高興。

㊾ 先生休矣：你歇息吧。此為不高興，表示送客的說話。

㊿ 朞年：一周年。朞㊇ jī ㊋ ㄐㄧ 音基。

(51) 齊王：指齊湣王（西元前三〇〇年——前二八四年在位）。齊宣王之子。

52 寡人不敢以先王之臣為臣：我不敢把先王的臣作為我的臣。這是罷免孟嘗君相位的委婉辭令。
53 就國：前往自己的封邑。
54 未至百里：指還差百里没到薛。
55 乃今日見之：今日才見到。
56 僅：僅僅。
57 梁：指魏國。魏原都安邑，惠王時遷都大梁（今河南開封），所以亦稱梁。
58 放：放逐。
59 虛上位：虛，空著。上位，最高的職位。指空出相位，以留待孟嘗君。
60 以故相為上將軍：把原來的相調去當上將軍。
61 幣：此指聘幣，是古代聘請人所送的禮物。
62 顯使：顯赫的使節。
63 其：句中語氣助詞，表示委婉語氣，可作「想必」解。
64 梁使三反：梁國的使臣往返三次。
65 固：堅決。
66 遣太傅齎黃金千斤：太傅，官名，輔佐國君的三公之一。齎，攜帶。齎(漢) jī (國) ㄐㄧ 音基。
67 文車二駟：文車，繪有文采的車。駟，四匹馬拉的車之計數單位。
68 服劍：佩劍。
69 封書：封好了書信。
70 不祥：不吉利。
71 被於宗廟之祟：被，遭受。宗廟，這裡借指宗廟神靈，即祖宗。祟，神禍。句謂遭受祖宗降下的神禍。祟(漢) suì (國) ㄙㄨㄟˋ 音遂。

⑫ 不足為：為，動詞，助。不值得你幫助。

⑬ 祭器：祭祀先王或神主用的器物。

⑭ 立宗廟於薛：在薛地建立齊國先王宗廟。古人重視宗廟，薛地有了宗廟，齊王就會派兵保護，孟嘗君的地位也就更鞏固。

⑮ 纖介：纖，細絲。介，通芥，小草。纖介連用，極言其細小。

禮記 四則

檀弓・孔子過泰山側

孔子過泰山側，有婦人哭於墓者而哀，夫子式而聽之①。使子路②問之曰：「子③之哭也，壹似重有憂者④。」而曰：「然⑤，昔者吾舅死於虎⑥，吾夫又死焉，今吾子又死焉⑦。」夫子曰：「為何不去也？」曰：「無苛政⑧。」夫子曰：「小子識之⑨，苛政猛於虎⑩也。」

學記 節錄

一

發慮憲⑪，求善良，足以謏聞⑫，不足以動眾⑬；就賢體遠⑭，足以動眾，未足以化民⑮。君子如欲化民成俗⑯，其必由學乎⑰！

玉不琢⑱，不成器；人不學，不知道⑲。是故古之王者建國君民⑳，教學為先㉑。〈兌命〉㉒曰：「念終始典于學㉓。」其此之謂乎！雖有嘉肴㉔，弗食㉕，不知其旨㉖也；雖有至道㉗，弗學，不知其善也。是故學然後知不足，教然後知困㉘。知不足，然後能自反㉙也；知困，然後能自強也。故曰：教學相長也㉚。〈兌命〉曰：「學學半㉛。」其此之謂乎。

二

學者有四失，教者必知之。人之學也，或失則多㉜，或失則寡㉝，或失則易㉞，或失則止㉟。此四者，心之莫同也。知其也，然後能救其失也。教也者，長善而救其失者也㊱。

大學‧明德章 節錄

大學之道在明明德[37]，在新民[38]，在止於至善[39]。知止而后有定，定而后能靜[40]，靜而后能安[41]，安而后能慮[42]，慮而后能得[43]。物有本末，事有終始，知所先後，則近道[44]矣。古之欲明明德於天下[45]者先治其國；欲治其國者先齊其家；欲齊其家者先脩其身；欲脩其身者先正其心；欲正其心者先誠其意；欲誠其意者先致其知[46]；致知在格物[47]。物格而后知至，知至而后意誠，意誠而后心正，心正而后身脩，身脩而后家齊，家齊而后國治，國治而后天下平。

作者

《禮記》是孔門後學所記和漢代學者輯錄關於禮節制度與理論的言論集。今本《禮記》，由西漢學官戴聖所輯，又名《小戴禮記》，與《周禮》、《儀禮》合稱「三禮」。戴聖，西漢中期人（生卒年不詳）。祖籍梁郡（今河南商丘），與叔父戴德（所輯錄本叫《大戴禮記》）同學禮於后蒼，漢宣帝時繼后蒼為博士，官至九江太守。《禮記》收有〈曲禮〉、〈檀弓〉、〈王制〉、〈月令〉、〈禮運〉、〈中庸〉和〈大學〉等四十九篇，內容博大。其中有解釋禮經（即《儀禮》）的，有考證和記述禮節制度的，有專門記錄孔子和七十子的言論以及孔門和時人之雜事的，是研究中國古代社會情況、儒家學說和文物制度的重要典籍。有東漢鄭玄注、唐孔穎達《禮記注疏》、元陳澔《禮記集說》和清孫希旦《禮記集解》。

題解

本篇各則版本據《先秦兩漢古籍逐字索引》。第一則節選自《禮記・檀弓》下篇。檀弓，人名。該篇開首時即記檀弓的事，因此以檀弓作篇名。〈孔子過泰山側〉從婦人口中記述了一家三代慘死於虎口的厄運，並說明她仍不願離開的原因，在於此地沒有苛政。其文字精煉，善用對比，突出了「苛政猛於虎」的主題。

第二、三則節選自《禮記・學記》。文中有系統地闡述了儒家的教育主張及教育原則。

第四則節選自《禮記・大學》。〈大學〉本是《禮記》篇名，唐以前沒有單行本，至北宋司馬光著〈中庸大學廣義〉一卷，才與〈中庸〉（亦《禮記》篇名）並稱。其後理學家程顥、程頤續加研討，至南宋朱熹，將〈大學〉、〈中庸〉配以《論語》和《孟子》二書，合成《四書》，而成為讀書人必讀的課文。

大學，古讀太學。古時學子十五歲入太學，學習修己成德、齊家治國的道理。據朱熹所說，本章是曾子記述孔子之言，屬於〈大學〉篇「經」的部分。文中先提出明明德、新民、止於至善三個治國綱領；接著舉出格物、致知、誠意、正心、脩身、齊家、治國、平天下八條目，說明要治理好國家，治國者必須具備崇高的道德修養。

注釋

① 夫子式而聽之：夫子，古代對老師的尊稱，這裡指孔子。式，同軾，古代車前的橫木。在這裡「式」

作動詞用，指靠著車前橫木，表示敬意。
② 子路：孔子的弟子，姓仲，名由。字子路。
③ 子：「你」的敬稱，這裡指文中的婦人。
④ 壹似重有憂者：壹似，簡直似。重有憂者，經歷過許多憂患。
⑤ 然：是的。
⑥ 昔者吾舅死於虎：昔者，從前。舅，古代指家翁，即丈夫的父親。
⑦ 死焉：死於此，指死於虎口。
⑧ 苛政：苛刻殘酷的政治。
⑨ 小子識之：小子，年輕人，長者對後輩的一般稱呼。識，同誌，即記住。識㊉ zhì ㊍ ㄓˋ 音志。
⑩ 猛於虎：比老虎更兇猛。
⑪ 發慮憲：慮、憲二字同義，都是思慮的意思。進行思慮。
⑫ 謏聞：謏，猶小。聞，聲聞。小有聲聞。謏㊉ xiǎo ㊍ ㄒㄧㄠˇ 音小。
⑬ 不足以動眾：動，打動、感動。眾，大眾。指不能影響大眾。
⑭ 就賢體遠：就，接近，俾能受其感染。體，體悉、體會。求教於有賢德的人，體悉深遠之道。
⑮ 化民：教化民眾。
⑯ 化民成俗：教育百姓使之善化，造成良好的社會風氣。
⑰ 其必由學乎：學，教育。只有通過教育才能達到。
⑱ 琢：琢磨、雕琢、雕刻。
⑲ 道：道理。
⑳ 建國君民：建立國家，治理百姓。
㉑ 教學為先：以立教興學為首要任務。

㉒〈兑命〉：兑命，即說命，《尚書》篇名。兑漢yuè國ㄩㄝˋ音越。
㉓念終始典于學：典，經常。言自始至終，經常思念著學習。
㉔雖有嘉肴：嘉，美好。肴，魚、肉等葷菜。肴漢yáo國ㄧㄠˊ音爻。
㉕弗食：不食。古代用「不」字時標出賓語「之」，用「弗」時則不標出。
㉖旨：甘美。
㉗至道：最高的道理。
㉘困：困惑不前。
㉙自反：反求諸己。
㉚教學相長也：教與學是互相促進成長的。
㉛學學半：上「學」字，《書經》作「斅」，是教導的意思。全句是說教導與學習各佔君子志業的一半。意謂教與學同等重要，但學習為先、敷教為後，此即前句「教學相長」的總論。
㉜或失則多：有的失誤在於貪多。
㉝寡：少。
㉞或失則易：有的失誤在於把學習看得輕易、簡單。
㉟止：畏難而預先畫定界限，不求超越。
㊱教也者，長善而救其失者也：教育是要助長學生的長處和優點，糾正他們的失誤和缺點。
㊲大學之道在明明德：大學，大人之學，指治理國家的學問。道，理。大學之道，謂從事「大學」教育的主要目的。明，彰明、弘揚。明德，指天賦靈明之德。
㊳新民：謂引導百姓革舊圖新。新，一作親。
㊴止於至善：止，此指當止之所，即「至善」之地。句謂達到而停止在極善的境地。
㊵定而后能靜：定，決定方向之點。「而后」猶「然後」。靜，謂不動。

㊶ 安：謂安定。
㊷ 慮：謂思慮。
㊸ 得：謂有所得。
㊹ 近道：接近於道。
㊺ 欲明明德於天下：謂想在社會弘揚大學教育所強調的「明德」。
㊻ 致其知：謂把知識應用在各種事物上。
㊼ 格物：一般接受朱熹的說法，解作窮究事物的道理，但朱子並未舉出「格」字此意義在古漢語中的根據。今案「格」字見《尚書・堯典》：「光被四表，格于上下。」《中庸》：「君子之道，造端乎夫婦，及其至也，察乎天地。」「察乎天地」結構與「格于上下」相同，「格」字意義，似與「察」字相彷彿。若然，則或可助成朱子「窮究」之說歟？

漢書・藝文志節錄

班固

《書》曰：「詩言志，歌詠言。」①故哀樂之心感，而歌詠之聲發②。誦③其言謂之詩，詠其聲④謂之歌。故古有采⑤詩之官，王者所以⑥觀風俗，知得失，自考正也。孔子純取周詩，上采殷⑦，下取魯⑧，凡⑨三百五篇，遭秦⑩而全者，以其諷誦⑪，不獨在竹帛⑫故也。漢興，魯申公為《詩》訓故⑬，而齊轅固、燕韓生皆為之傳⑭。或⑮取《春秋》，采雜說，咸⑯非其本義。與不得已，魯最為近之⑰。三家皆列於學官。又有毛公⑱之學，自謂子夏⑲所傳，而河間獻王⑳好之，未得立。

傳曰：「不歌而誦謂之賦，登高能賦可以為大夫。」㉑言感物造耑㉒，材知深美，可與圖事，故可以為列大夫也。古者諸侯卿大夫交接鄰國，以微言㉓相感，當揖讓之時㉔，必稱《詩》以諭㉕其志，蓋以別賢不肖㉖而觀盛衰焉。故孔子曰「不學《詩》，無以言」也。春秋之後，周道寖[27]壞，聘問歌詠不行於列國，學《詩》之士逸在布衣[28]，而賢人失志之賦作矣。大儒孫卿及楚臣屈原離讒憂國[29]，皆作賦以風[30]，咸有惻隱[31]古詩之義。其後宋玉、唐勒[32]，漢興枚乘、司馬相如[33]，下及揚子雲[34]，競為侈麗閎衍之詞[35]，沒其風諭之義[36]。是以揚子悔[37]之，曰：「詩人之賦麗以則[38]，辭人之賦麗以淫[39]。如孔氏之門人用賦也，則賈誼登堂[40]，相如入室矣[41]，如其不用何！」自孝武[42]立樂府而采歌謠，於是有代趙之謳[43]，秦楚之風[44]，皆感於哀樂，緣[45]事而發，亦可以觀風俗，知薄厚云[46]。序詩賦為五種。

《易》曰：「上古結繩以治，後世聖人易之以書契，百官以治，萬民以察，蓋取諸〈夬〉。」[47]「夬，揚於王庭」[48]，言其宣揚於王者朝廷，其用最大也。古者八歲入小學，故《周官》保氏掌養國子[49]，教之六書[50]，謂象形[51]、象事[52]、象意[53]、象聲[54]、轉注[55]、假借[56]，造字之本也。漢興，蕭何草律[57]，亦著其法，曰：「太史試學童，能諷書[58]九千字以上，乃得為史。又以六體試之，課最[59]者以為尚書御史史書令史。吏民上書，字或不正，輒舉劾[60]。」六體者[61]，古文、奇字、篆書、隸書、繆篆、蟲書[62]，皆所以通知古今文字，摹印章，書幡信[63]也。古制，書必同文，不知則闕[64]，問諸故老，至於衰世，是非無正，人用其私。故孔子曰：「吾猶及史之闕文也，今亡[65]矣夫！」蓋傷其寖不正[66]。《史籀篇》[67]者，周時史官教學童書也，與孔氏壁中古文異體。《蒼頡》[68]七章者，秦丞相李斯所作也；《爰歷》[69]六章者，車府令趙高所作也；《博學》[70]七章者，太史令胡母敬所作也：文字多取《史籀篇》，而篆體復頗異，所謂秦篆者也。是時始造隸書矣，起於官獄多事，苟趨省易[71]，施之於徒隸也。漢興，閭里書師合《蒼頡》、《爰歷》、《博學》三篇，斷六十字以為一章，凡五十五章，并為《蒼頡篇》。武帝時司馬相如作《凡將篇》，無復字[72]。元帝時黃門令史游作《急就篇》[73]，成帝時將作大匠[74]李長作《元尚篇》，皆《蒼頡》中正字也。《凡將》則頗有出矣。至元始中，徵天下通小學者以百數，各令記字於庭中。揚雄取其有用者以作《訓纂篇》，順續《蒼頡》，又易《蒼頡》中重復之字，凡八十九章。臣⑮復續揚雄作十三章，凡一百二章，無復字，六藝群書所載略備矣。《蒼頡》多古字，俗師失其讀，宣帝時徵齊人能正讀者，張敞從受之⑯，傳至外孫之子杜林⑰，為作訓故，并列焉。

作者

班固，生於漢光武帝建武八年，卒於漢和帝永元四年（西元三二年——九二年）。字孟堅，扶風安陵（今陝西咸陽東）人，東漢著名史學家及辭賦家，曾任蘭臺令史。漢和帝永元元年（西元八九年），隨竇憲征匈奴，任中護軍，刻石燕然山記功。後竇憲謀反事敗，班固受牽連，死於獄中。

《漢書》之編撰，始於班固的父親班彪。班彪繼司馬遷《史記》撰寫《後傳》，未竟而卒。班固繼父志，於明帝永平元年（西元五八年）在家私纂《漢書》。後以私著國史罪被捕下獄。弟班超上書力辯，才得釋放。後來明帝任為蘭臺令史，正式命令他續編《漢書》。班固死後，由其妹班昭及馬續完成編撰工作。

《漢書》為斷代史記傳體的史學名著，與《史記》、《後漢書》及《三國志》合稱「前四史」。其體例繼承《史記》，全書共一百篇：包括十二〈帝紀〉、八〈表〉、十〈志〉、七十〈列傳〉。記事起自漢高祖元年（西元前二〇六年），止於王莽地皇四年（西二三年）。

題解

本文節選自中華書局排印版《漢書·藝文志》，是班固著《漢書》新增的四志之一。它是我國現存最早的一部書目，分六藝、諸子、詩賦、兵書、數術、方技六項，定名為六略，共收書籍三十八種，作者五百九十六人，總計書籍共一萬三千二百六十九卷。每略有總序，每家之後又有小序，對先秦學術思想的源流正變有簡明的敘述。本文選錄了「六藝略·詩類」小序、「詩賦略」總序及「六藝略·小學類」小序三段序文。

前兩段序文，是後世詩家據以論詩的重要文獻，既闡述了詩賦的源流及得失，也談到中國民歌的創作是「感於哀樂，緣事而發，亦可以觀風俗，知薄厚」的觀點。第三段序文則闡述了文字的起源、功用、文字形體的結構類型、特殊形體的特殊用場，以及秦漢時期對文字的整理、隸書的產生、古文的學習和傳承等，是文字學史上一篇重要文獻。

注釋

①《書》曰：「詩言志，歌詠言。」：語出《尚書．舜典》。詩言志，謂詩是抒發心志的。詠，〈舜典〉作永。歌詠言，意謂歌是徐徐詠唱，以突出詩義。唐代顏師古《漢書》注：「在心為志，發言為詩。詠者永也，永，長也，歌所以長言之。」

②故哀樂之心感，而歌詠之聲發：這是說心中有感於哀樂，口中便發出相應的歌詠之聲。

③誦：指節奏分明的朗讀。

④詠其聲：《說文》：「詠，歌也。」徐灝箋曰：「詠之言永也。長聲而歌之，所謂聲依永也。永、詠古今字。」詠其聲，即把其聲音拉長。

⑤采：後作「採」。下同。

⑥所以：句中表示動作行為所憑藉。

⑦殷：指〈商頌〉。

⑧魯：指〈魯頌〉。

⑨凡：總共。

⑩秦：指秦始皇焚書。

⑪以其諷誦：以，因為。諷，指背誦。

⑫竹帛：古代紙未發明前使用的兩種書寫材料。寫於竹者以成簡冊，書於帛者以成帛書。

⑬ 魯申公為《詩》訓故：申公，即申培，西漢魯（今山東曲阜）人。魯詩學的開創者，人稱申公，又稱申培公。訓故，即訓詁，尋求字句原來之解釋。

⑭ 齊轅固、燕韓生皆為之傳：轅固，或以為當作轅固生，西漢齊人。齊詩學的開創者，景帝時為博士。韓生，即韓嬰，西漢燕人。韓詩學的開創者，世稱韓生，文帝時為博士。傳，注釋或闡述經義。

⑮ 或：有的。

⑯ 咸：皆。

⑰ 與不得已，魯最為近之：與，如。此謂一定要說的話，魯詩可以說是最近本義。

⑱ 毛公：指大毛公毛亨。毛亨是西漢魯（今山東曲阜）人，一說河間（今河北獻縣東南）人。毛詩學的開創者，世稱毛公，為區別其弟子毛萇，後人又稱他為大毛公，景帝時為河間獻王博士。

⑲ 子夏：子夏（西元前五〇七年——前四〇〇），春秋末衛（故都在今河南淇縣）人。本名卜商，字子夏，孔子弟子。孔子死後，居西河教授，魏文帝尊為師。相傳他序《詩》，傳《易》、《春秋》、《禮》等經。

⑳ 河間獻王：西漢景帝子劉德，栗姬所生。史載他修學好古，實事求是，喜先秦古書。

㉑ 傳曰：「不歌而誦謂之賦，登高能賦可以為大夫。」這兩句見《詩經・定之方中》第二章毛傳。不過今傳本與本文所引的文句並不全同。誦，指背誦。

㉒ 感物造耑：耑，古「端」字。因物動志，發端而成相應之詩。耑 (漢) duān (國) ㄉㄨㄢ 音端。

㉓ 微言：隱晦的語言，即今所謂含蓄的語言。

㉔ 揖讓之時：指外交官員應接、酬酢及舉行典禮儀式的時候。揖 (漢) yī (國) ㄧ 音衣。

㉕ 諭：今對方了解。

㉖ 不肖：「不肖」與賢相反，指無才德之人。

㉗ 寖：古「浸」字，作漸解。

㉘ 逸在布衣：逸，隱遁。布衣，平民。

㉙ 大儒孫卿及楚臣屈原離讒憂國：孫卿（西元前三一五？年——前二三五？年），即荀子，名況，字卿。戰國趙人。漢人因避宣帝劉詢之諱，改荀稱孫。屈原（西元前三四〇？年——前二七八？年），名平，字原。戰國楚人。初佐懷王，任左徒，三閭大夫。後遭讒去職，頃襄王時被放逐，長期流浪沅、湘。離，通罹，遭。

㉚ 風：通諷，用含蓄的話批評。

㉛ 咸有惻隱：咸，都、全。惻隱，傷痛。

㉜ 宋玉、唐勒：宋玉，戰國楚人，後於屈原，或稱他是屈原弟子，辭賦家，曾事頃襄王，作品有〈九辯〉等。唐勒，戰國楚人，後於屈原，與宋玉同時，辭賦家。

㉝ 枚乘、司馬相如：枚乘（？——西元前一四〇年），字叔，西漢淮陰（今屬江蘇）人，辭賦家。司馬相如（西元前一七九年——前一一七年），字長卿，西漢蜀郡成都（今屬四川）人。著名辭賦家，所作〈子虛賦〉、〈上林賦〉甚為武帝賞識。

㉞ 揚子雲：揚雄（西元前五三年——西元十八年），字子雲，西漢蜀郡成都（今屬四川）人，著名辭賦家，作有〈長楊賦〉、〈甘泉賦〉和〈羽獵賦〉等。

㉟ 競為侈麗閎衍之詞：閎，大。衍，廣。形容文辭華麗繁富。閎 漢 hóng 國 ㄏㄨㄥˊ 音宏。

㊱ 没其風諭之義：没，掩蓋。風，同諷。諭，使曉悟。

㊲ 悔：後悔。

㊳ 詩人之賦麗以則：此句出自揚雄《法言．吾子》篇。以，而、與。則，法度，這裡指合乎法度。

㊴ 淫：太過、超出法度。

㊵ 則賈誼登堂：賈誼（西元前二〇〇年——前一六八年），西漢洛陽（今河南洛陽東）人，著名政論家、文學家，世稱賈生。登堂，即升堂，比喻學得其要。

㊶ 相如入室矣：入室，比喻所學既精且深。與上句「登堂」均本《論語・先進》：「由也升堂矣，未入於室也。」。

㊷ 孝武：漢武帝劉徹。

㊸ 代趙之謳：代，古國名，戰國時其地在今河北蔚縣東北。漢初轄境擴及山西離石、靈石、昔陽、河北陽原、懷安等地。趙，古國名，戰國時轄境為山西北部、河北西北和南部。謳，歌。謳(漢) ōu (國)ㄡ音歐。

㊹ 風：民歌。

㊺ 緣：因緣。

㊻ 云：語末助詞。

㊼ 《易》曰：「上古結繩以治，後世聖人易之以書契，百官以治，萬民以察，蓋取諸〈夬〉。」：見《易・繫辭下》。結繩，文字發明以前採用的一種幫助記憶的方法。書契，指文字。諸，之於。〈夬〉，《易》六十四卦之一，此卦象徵決斷。蓋取諸〈夬〉，指文字的發明大概是受〈夬〉卦斷事明決的啟發。文字是為明於治事而創造的，故班固作此推斷。夬(漢) guài (國)ㄍㄨㄞˋ音怪。

㊽ 「夬、揚於王庭」：此為《易・夬》卦辭。是說〈夬〉卦象徵決斷，可以在王者的朝廷公佈小人罪惡。引文意在說明文字的功用，因公佈小人罪惡必須借助文字，方能莊嚴得體。

㊾ 《周官》保氏掌養國子：《周官》，書名，即《周禮》。保氏，周代教官名。國子，公卿大夫等貴族子弟。

㊿ 六書：漢代學者把漢字的構形和使用方式歸納成六種原則，總稱六書：象形、指事、會意、形聲、轉注、假借。

(51) 象形：為漢字造字方式之一。即根據所表示的對象的形狀，用線條描畫出來而成字。

(52) 象事：漢許慎《說文解字・敘》稱為「指事」，即選取一個與所表示意義相關的字形，加上一個指示性符號，以表示其具體意義。

(53) 象意：《說文解字・敘》稱作「會意」，即選取兩個或兩個以上與所表之意義有關的形體，比合在一起構成一個字，來表示這個詞的意義。

(54) 象聲：《說文解字・敘》作「形聲」，即依照所表示的詞的義類確定一個形旁，再找一個與這個詞讀音相同的字作為聲旁，形聲相合構成一個表示這個詞的字。

(55) 轉注：《說文解字・敘》云：「轉注者，建類一首，同意相受，考老是也。」轉注是互訓，在指事、象形、形聲、會意四種文字中，意義相同或相近之字可以互相解釋。如考老同義，老可注考，考可注老，故名為轉注。後人對轉注有不同的說法。

(56) 假借：今一般認為某個詞無法為其造作專字，借用一個已有的音同或音近的字來表示它。

(57) 蕭何草律：蕭何（？——西元前一九三年），漢初大臣。楚漢戰爭中，以丞相身分留守關中，為漢朝建立起重要作用，後封酇侯。定律令制度，協助劉邦滅韓信等異姓諸侯王。作有《九章律》，今佚。草律，起草制定法律。

(58) 諷書：諷，背誦。書，寫。

(59) 課最：課，考試。最，優異、最好。

(60) 輒舉劾：輒，就。舉，檢舉。劾，揭發罪狀。劾(漢) hé (國) ㄏㄜˊ 音核。

(61) 六體者：清李賡芸曰：「六乃八之誤。」除六體外，加上印章及幡信為二體。

(62) 古文、奇字、篆書、隸書、繆篆、蟲書：古文，指戰國文字形體。奇字，即古文異體，也屬戰國文字形體。篆書，指小篆。隸書，將篆書圓轉的筆畫，改寫為平直或有省簡的一種字體。隸書在戰國即已產生，此處指秦隸。繆篆，一種供刻印章的字體，顏師古稱其文屈曲纏繞。蟲書，即鳥蟲書，戰國時出現的一種加鳥形或蟲形為裝飾符號的字體。繆(漢) móu (國) ㄇㄡˊ 音謀。

(63) 幡信：幡，旗幟。信，指符節。幡(漢) fān (國) ㄈㄢ 音番。

(64) 闕：通缺。

(65) 亡：通無。

(66) 寖不正：漸漸不正確。

(67)《史籀篇》：字書。相傳為周宣王太史籀所作，十五篇。所收漢字形體稱為大篆，又稱籀文，今佚。

(68)《蒼頡》：教學童識字的字書，所收漢字形體為小篆。此書將所收字編為四字一句的韻語，以便學童誦習，今佚。

(69)《爰歷》：性質同《蒼頡》。

(70)《博學》：性質同《蒼頡》。

(71) 苟趨省易：苟，苟且。省易，指追求簡便。

(72)《凡將篇》，無復字：《凡將篇》，教學童識字的字書，今佚。無復字，沒有重複的字。

(73)《急就篇》：教學童識字的字書。全書為三言、四言、七言韻語。急就二字見於篇首，是很快可以學成之意，此書今存。下《元尚篇》、《訓纂篇》均屬同一性質字書，但已亡佚。

(74) 將作大匠：官名。掌修作宗廟、路寢、宮室、陵園土木工程，並種桐梓於路旁。

(75) 臣：作者自謂。

(76) 張敞從受之：張敞，字子高，西漢平陽人。宣帝時曾為京兆尹。從受之，把他所讀的記下來。

(77) 杜林：字伯山，東漢扶風茂陵（在今陝西咸陽西）人。建武（西元廿五年——西元五五年）間拜侍御史。治《古文尚書》，著有《蒼頡訓纂》及《蒼頡故》，但不傳。

前出師表

諸葛亮

臣亮言。先帝①創業未半，而中道崩殂②。今天下三分，益州疲弊③，此誠危急存亡之秋④也。然侍衛之臣不懈於內，忠志之士忘身於外者，蓋追先帝之殊遇⑤，欲報之於陛下也。誠宜開張聖聽⑥，以光⑦先帝遺德，恢弘⑧志士之氣。不宜妄自菲薄，引喻失義⑨，以塞忠諫之路也。宮中府中⑩，俱為一體，陟罰臧否，不宜異同⑪。若有作奸犯科⑫，及為忠善者，宜付有司⑬，論其刑賞，以昭陛下平明之理⑭，不宜偏私，使內外異法也⑮。

侍中、侍郎郭攸之、費禕、董允⑯等，此皆良實，志慮忠純⑰，是以先帝簡拔以遺陛下⑱。愚以為宮中之事，事無大小，悉以咨之⑲，然後施行，必能裨補闕漏⑳，有所廣益。將軍向寵，性行淑均㉑，曉暢軍事，試用於昔日，先帝稱之曰能，是以眾議舉寵為督㉒。愚以為營中之事，悉以咨之，必能使行陣㉓和睦，優劣得所㉔。親賢臣，遠小人，此先漢所以興隆也；親小人，遠賢臣，此後漢所以傾頹也。先帝在時，每與臣論此事，未嘗不歎息痛恨於桓、靈㉕也。侍中、尚書、長史、參軍㉖，此悉貞良死節㉗之臣，願陛下親之信之，則漢室之隆，可計日而待也。

臣本布衣㉘，躬耕於南陽㉙，苟全性命於亂世，不求聞達於諸侯。先帝不以臣卑鄙㉚，猥㉛自枉屈，三顧臣於草廬之中，諮臣以當世之事。由是感激，遂許先帝以驅馳㉜。後值傾覆㉝，受任於敗軍之際，奉命於危難之間，爾來㉞二十有一年矣。先帝知臣謹慎，故臨崩寄臣以大事也㉟。受命以來，夙夜㊱憂歎，恐託付不效㊲，以傷先帝之明。故五月渡瀘㊳，深入不毛㊴。今南方已定，兵甲已足，當獎率三軍，北定中原。庶竭駑鈍㊵，攘除㊶姦凶，興復漢室，還于舊都㊷。此臣之所以報先帝，而忠陛下之職分也。至於斟酌損益㊸，進盡忠言，則攸之、禕、允之任也。

願陛下託臣以討賊興復之效，不效則治臣之罪，以告先帝之靈。若無興德之言，則責攸之、禕、允等之慢㊹，以彰其咎㊺。陛下亦宜自謀，以咨諏善道㊻，察納雅言㊼，深追先帝遺詔㊽。臣不勝受恩感激。今當遠離，臨表涕零，不知所言。

作者

諸葛亮，生於漢靈帝光和四年，卒於蜀漢後主建興十二年（西元一八一年——西元二三四年）。字孔明，琅琊陽都（今山東沂南）人。三國時代著名政治家及軍事家。自幼刻苦研讀，以管仲、樂毅自比。時當亂世，隱居隆中（今湖北襄樊），劉備聞其才，遂三顧草廬，聘為軍師。諸葛亮出山後，助劉備東和孫權，北拒曹操，建立蜀國，與魏、吳成鼎足之勢。劉備死後，輔翼後主劉禪，鞠躬盡瘁。六次北伐曹魏，不果。卒於五丈原（今陝西湄縣），謚忠武。

諸葛亮為一代名相，任賢能，嚴賞罰，分兵屯田，興修水利，舉國上下，政治清明。他的著作多已散佚，僅存《諸葛武侯集》一種。

題解

本文選自《魏晉文舉要》，是諸葛亮出師伐魏前寫給蜀漢後主劉禪的奏章。諸葛亮受劉備臨終所託，忠心輔助劉禪，於平定西南少數民族地區之後，出師伐魏，時為後主建興五年（西元二二七年）。行前，他有感於後主劉禪昏弱不明，偏信宦官黃皓，因此上表後主，一方面指述當前形勢，應以攻取策略破危困之局；另一方面說明為君之道，必須親賢遠佞，發奮自強。同時舉薦可信任之賢臣，以輔國政，使自己出師在外而無後顧之憂，得以悉心於攻伐興復之事。忠耿之心，肺腑之言，懇切動人。論者以此與李密〈陳情表〉並許為名篇傑作。

注釋

① 先帝：先，表示已死的尊長，此指昭烈帝劉備。

② 崩殂：死。古時皇帝的死稱崩。殂 ㊀ cú ㊁ ㄘㄨˊ 音徂。

③ 益州疲弊：益州，蜀國所在地，今四川一帶。這裡指蜀漢。疲弊，困乏。指劉備於章武二年（西元二二二年）被東吳陸遜所敗之事。

④ 秋：這裡是時刻的意思。

⑤ 殊遇：特別的待遇。

⑥ 開張聖聽：廣開言路。意思是要後主廣泛聽取別人的意見。

⑦ 光：發揚光大。

⑧ 恢弘：這裡是動詞，發揚、擴大之意。

⑨ 妄自菲薄，引喻失義：菲，薄的意思。妄自菲薄，放任不知自重。引喻，稱引、譬喻。義，適宜、恰當。引喻失義，謂說話不恰當。

⑩ 宮中府中：宮中，指皇宮中。府中，指丞相府中。

⑪ 陟罰臧否，不宜異同：陟罰，升黜。臧否，善惡。獎善懲惡，不應因宮中或府中而異。陟（漢）zhì（國）ㄓˋ音至。臧（漢）zāng（國）ㄗㄤ音髒。否（漢）pǐ（國）ㄆㄧˇ音痞。

⑫ 作奸犯科：作奸邪事情，獨犯科條法令。

⑬ 有司：古代設官分職，各有專司，因稱官吏為有司。

⑭ 平明之理：理，本作治，因避唐高宗諱改。此謂公正清明的治理。

⑮ 內外異法：宮內和朝廷刑賞之法不同。

⑯ 侍中、侍郎郭攸之、費禕、董允：侍中、侍郎，都是官名。郭攸之、費禕是侍中，董允是侍郎。費（漢）bì（國）ㄅㄧˋ音必。禕（漢）yī（國）ㄧ音衣。

⑰ 此皆良實，志慮忠純：這些都是善良、誠實的人，他們心志純正、忠誠。

⑱ 是以先帝簡拔以遺陛下：簡，同揀。簡拔，選拔。遺，給予。

⑲ 悉以咨之：悉，全。咨，詢問。全都拿來問他們的意見。

⑳ 必能裨補闕漏：一定能夠彌補過失和疏漏之處。裨 (漢) bì (國) ㄅㄧˋ 音必。

㉑ 性行淑均：淑，善。均，平。此謂性情品德善良平正。

㉒ 督：武職，向寵曾為中部督。

㉓ 行陣：行列隊伍，指軍隊。

㉔ 優劣得所：好的差的各得其所。

㉕ 桓、靈：東漢末年的桓帝和靈帝。兩人都因信任宦官，致使朝政日益腐敗。

㉖ 侍中、尚書、長史、參軍：都是官名。這裡侍中指郭攸之、費禕，尚書指陳震，長史指張裔，參軍指蔣琬。

㉗ 貞良死節：堅貞可靠，能以死報國。

㉘ 布衣：平民。

㉙ 南陽：漢郡名，今湖北襄陽一帶。

㉚ 卑鄙：低微而鄙俗。

㉛ 猥：辱。這裡有降低身分、自謙的意思。猥 (漢) wěi (國) ㄨㄟˇ 音尾。

㉜ 驅馳：奔走效勞。

㉝ 後值傾覆：後來遇到兵敗。指漢獻帝建安十三年（西元二〇八年），劉備被曹操擊敗的事。

㉞ 爾來：爾，那。從那時以來。

㉟ 故臨崩寄臣以大事也：指劉備臨死時，把國家大事託付諸葛亮，並且對劉禪說：「汝與丞相從事，事之如父。」

㊱ 夙夜：早晚。夙 (漢) sù (國) ㄙㄨˋ 音粟。

㊲ 不效：沒有成效。

㊳ 瀘：水名，今長江上游金沙江。

㊴不毛：一般解作不生長草木五穀的地方，即極荒涼的地方。毛，又可解作苗，故不毛謂蠻邦不事種植。西南瀘水一帶叢林茂密，故以後說較合理。
㊵駑鈍：駑，劣馬。鈍，刀刃不鋒利。比喻才能平庸。
㊶攘除：排除、鏟除。
㊷舊都：指西漢首都長安，東漢首都洛陽。
㊸斟酌損益：損，減少。益，增加。指處理事情時斟情酌理，掌握分寸。
㊹慢：怠慢。
㊺以彰其咎：咎，過失。顯示他們的過失。
㊻咨諏善道：諏，詢問。道，這裡指途徑、方法。詢問治國的良策。諏㊥ zōu ㊟ㄗㄡ 音鄒。
㊼雅言：正言。
㊽先帝遺詔：指劉備給後主劉禪的遺詔，見《三國志‧先主傳》注引《諸葛亮集》，詔中說：「勿以惡小而為之，勿以善小而不為。惟賢惟德，能服於人。」

洛神賦 并序

曹植

黃初三年①，余朝京師②，還濟洛川③。古人有言，斯水之神，名曰宓妃④。感宋玉對楚王神女之事⑤，遂作斯賦。其辭曰：

余從京域，言歸東藩⑥。背伊闕⑦，越轘轅⑧。經通谷⑨，陵景山⑩。日既西傾，車殆馬煩⑪。爾迺稅駕乎蘅皐⑫，秣駟乎芝田⑬。容與乎陽林⑭，流眄⑮乎洛川。於是精移神駭⑯，忽焉思散⑰。俯則未察，仰以殊觀⑱。覩一麗人，于巖之畔⑲。迺援⑳御者而告之曰：爾有覿於彼者乎㉑？彼何人斯㉒，若此之豔也？御者對曰：臣聞河洛之神，名曰宓妃，然則㉓君王所見，無迺㉔是乎？其狀若何？臣願聞之。

余告之曰：其形也，翩若驚鴻，婉若遊龍㉕。榮曜秋菊，華茂春松㉖。髣髴兮若輕雲之蔽月，飄颻兮若流風之迴雪㉗。遠而望之，皎㉘若太陽升朝霞；迫㉙而察之，灼若芙蕖出淥波㉚。襛纖得衷㉛，脩短㉜合度。肩若削成

[33]，腰如約素[34]。延頸秀項[35]，皓質[36]呈露。芳澤[37]無加，鉛華弗御[38]。雲髻峨峨[39]，脩眉聯娟[40]。丹脣外朗[41]，皓齒內鮮。明眸善睞[42]，靨輔承權[43]。瓌姿豔逸[44]，儀靜體閑[45]。柔情綽態[46]，媚於語言[47]。奇服曠世[48]，骨像應圖[49]。披羅衣之璀粲兮[50]，珥瑤碧之華琚[51]。戴金翠之首飾，綴明珠以耀軀。踐遠遊之文履[52]，曳霧綃之輕裾[53]。微幽蘭之芳藹兮[54]，步踟躕於山隅[55]。

於是忽焉縱體，以遨以嬉[56]。左倚采旄[57]，右陰桂旗[58]。攘皓腕於神滸兮[59]，采湍瀨之玄芝[60]。余情悅[61]其淑美兮，心振蕩而不怡。無良媒以接懽[62]兮，託微波而通辭[63]。願誠素之先達兮[64]，解玉佩以要之[65]。嗟佳人之信脩[66]，羌[67]習禮而明詩。抗瓊珶以和予兮[68]，指潛淵而為期[69]。執眷眷之款實兮[70]，懼斯靈之我欺[71]。感交甫之棄言兮[72]，悵猶豫而狐疑。收和顏而靜志兮[73]，申禮防以自持[74]。

於是洛靈[75]感焉，徙倚徬徨[76]。神光離合，乍陰乍陽[77]。竦輕軀以鶴立[78]，若將飛而未翔。踐椒塗之郁烈[79]，步蘅薄而流芳[80]。超長吟以永慕兮[81]，聲哀厲而彌長[82]。

爾迺眾靈雜遝(83)，命儔嘯侶(84)。或戲清流，或翔神渚(85)。或采明珠，或拾翠羽(86)。從南湘之二妃，攜漢濱之游女(87)。歎匏瓜之無匹兮，詠牽牛之獨處(88)。揚輕袿之猗靡兮(89)，翳脩袖以延佇(90)。體迅飛鳧(91)，飄忽若神。陵波(92)微步，羅韈生塵(93)。動無常則(94)，若危若安。進步難期(95)，若往若還。轉眄流精(96)，光潤玉顏(97)。含辭未吐，氣若幽蘭。華容婀娜(98)，令我忘飡。

於是屏翳(99)收風，川后(100)靜波。馮夷(101)鳴鼓，女媧(102)清歌。騰文魚以警乘(103)，鳴玉鸞以偕逝(104)。六龍儼其齊首(105)，載雲車之容裔(106)。鯨鯢踊而夾轂(107)，水禽翔而為衛。

於是越北沚(108)，過南岡。紆素領(109)，迴清陽(110)。動朱脣以徐言，陳交接之大綱(111)。恨人神之道殊(112)兮，怨盛年之莫當(113)。抗羅袂以掩涕兮(114)，淚流襟之浪浪(115)。悼良會(116)之永絕兮，哀一逝而異鄉(117)。無微情以效愛兮(118)，獻江南之明璫(119)。雖潛處於太陰(120)，長寄心於君王(121)。忽不悟其所舍(122)，悵神宵而蔽光(123)。

於是背下陵高(124)，足往神留。遺情想像(125)，顧望懷愁。冀靈體之復形，御輕舟而上遡⑫⑹。浮長川而忘反⑫⑺，思緜緜⑫⑻而增慕。夜耿耿⑫⑼而不寐，霑繁霜而至曙。命僕夫而就駕⒀⓪，吾將歸乎東路。攬騑轡以抗策⒀①，悵盤桓⒀②而不能去。

作者

曹植，生於漢獻帝初平三年，卒於魏明帝太和六年（西元一九二年——西元二三二年）。字子建，沛國譙（今安徽亳縣）人，曹丕同母弟。幼聰穎，善屬文。十九歲作〈銅雀臺賦〉，其父曹操大為驚歎，寄望甚殷，有意立為太子。然植驕縱任性，終失操之歡心。曹丕稱帝後，見疑不用，鬱鬱而終。曾封陳王，謚思，世稱陳思王。

曹植工為文賦，尤善於詩。詞采華茂，骨氣奇高。鍾嶸《詩品》評為：「情兼雅怨，體被文質，粲溢今古。」他的作品，前期多為風花雪月、酬贈宴會之作；後期因飽遭厄困，多憫世俗之艱危，而篤於朋友兄弟之情，頗能樹立人倫之模式，有繼住開來的風範。今存《曹子建集》。

題解

本篇選自《文選》卷十九，版本據中華書局排印本。洛神即洛水女神，相傳宓羲氏有女宓妃，溺死洛水，化而為神。關於〈洛神賦〉之作，舊說謂曹植向父親曹操求袁譚遺妻甄逸女不遂，甄女旋被曹操賜給曹丕，是為甄后。曹植對甄后久久不能忘情，後知甄后已死，乃至洛水，追慕思憶。忽見江畔有一神女，疑此即甄后，遂作〈感甄賦〉。後來明帝曹叡將它改名為〈洛神賦〉。另一說黃初三年（西元二二二年）秋，曹植離京東歸藩地時有感而作，因是次進京，本欲晤其兄長文帝曹丕，一訴兄弟之情。可是曹丕行幸未返，植只好怏怏而回。途至洛水，感懷宋玉對楚襄王講述巫山神女之事，遂託辭宓妃以寄意，而成此宛曲動人的佳作。

注釋

① 黃初三年：黃初，魏文帝年號。三年，即西元二二二年。
② 京師：京城，此指魏都城洛陽。

③ 還濟洛川：濟，渡。洛川，洛水，源出陝西洛南，流經洛陽東南，匯入黃河。

④ 宓妃：洛水女神。宓㊅fú㊄ㄈㄨˊ音服。

⑤ 感宋玉對楚王神女之事：宋玉，戰國時楚國著名辭賦家。對楚王神女之事，指宋玉在〈高唐賦〉、〈神女賦〉中，與楚襄王對答夢遇巫山神女的事。

⑥ 余從京域言歸東藩：言，語助詞。東藩，東面的藩封之地。時曹植受封於鄄城（今山東鄄城），位於洛陽東面，故稱。

⑦ 背伊闕：背，一作過，背離。伊闕，山名，在洛陽南。

⑧ 轘轅：山名，在洛陽東面的偃師，因其山路險隘而聞名。轘㊅huán或huàn㊄ㄏㄨㄢˊ或ㄏㄨㄢˋ音環或患。

⑨ 通谷：地名，在洛陽東南，又稱大谷。

⑩ 陵景山：陵，登。景山，山名，在河南偃師南。

⑪ 車殆馬煩：殆，通怠，疲倦。煩，勞累。

⑫ 爾迺稅駕乎蘅皐：爾迺，於是。稅，通脫。稅駕，解馬卸車。蘅，杜蘅，香草名。皐，澤畔。蘅皐，長有香草的澤畔。迺㊅nǎi㊄ㄋㄞˇ音乃。蘅㊅héng㊄ㄏㄥˊ音衡。

⑬ 秣駟乎芝田：秣駟，餵馬。芝田，長有靈芝的田野。秣㊅mò㊄ㄇㄛˋ音末。

⑭ 容與乎陽林：容與，悠閑散步。陽林，一作楊林，地名，多楊樹，因得名。

⑮ 流眄：放眼眺望。眄㊅miǎn㊄ㄇㄧㄢˇ音免。

⑯ 精移神駭：駭，驚詫。謂神情恍惚若有所動。駭㊅hài㊄ㄏㄞˋ音害。

⑰ 忽焉思散：忽焉，急速貌。謂轉霎間思緒散亂。

⑱ 俯則未察，仰以殊觀：殊觀，即奇觀。低頭近看並沒有看到甚麼，抬頭遠望卻發現奇觀。

⑲ 覩一麗人，于巖之畔：看見一位美麗佳人，在那巖岸旁邊。

⑳ 迺援：迺，通乃，於是。援，引、牽拉。「乃」前原有「爾」字，據李善注本删。

㉑爾有覿於彼者乎：爾，你。覿，看見。彼者，指巖畔麗人，即洛神。覿㊥dí㊖ㄉㄧˊ音敵。

㉒斯：句尾語氣詞。

㉓然則：連詞，猶言「那麼」。原無「然」字，據李善注本補。

㉔無迺：莫非。

㉕翩若驚鴻，婉若遊龍：翩，鳥類輕捷飛翔之貌。翩若驚鴻，謂洛神體態輕盈如驚飛的鴻雁。婉，柔順貌。婉若遊龍，柔美如水中的遊龍。

㉖榮曜秋菊，華茂春松：榮，美好的氣色。謂洛神容顏生輝似秋菊，風華豐茂如春松。曜㊥yào㊖ㄧㄠˋ音耀。

㉗髣髴兮若輕雲之蔽月，飄颻兮若流風之迴雪：迴，旋轉。謂洛神身形若隱若現，猶如薄雲掩映中的明月。飄颻輕蕩，好像被流風吹得旋轉的白雪。

㉘皎：潔白明亮。

㉙迫：近。

㉚灼若芙蕖出淥波：灼，鮮明貌。芙蕖，荷花的別名。淥，一作綠。淥波，清波。

㉛襛纖得衷：襛，一作穠。襛纖，肥瘦。衷，一作中。襛㊥nóng㊖ㄋㄨㄥˊ音農。。

㉜脩短：高矮。

㉝肩若削成：謂雙肩下垂，如刀削而成。

㉞腰如約素：素，白色生絹。約，束。謂腰身如束上了白絹。

㉟延頸秀項：延、秀，均指長。謂洛神的頸項修長。

㊱皓質：潔白的膚色。

㊲芳澤：古代婦女潤髮用的香油。

㊳鉛華弗御：鉛華，婦女化妝用的鉛粉。御，使用。弗御，謂不必施用。

㊴ 雲髻峩峩：雲髻，如雲狀高聳蓬鬆的髮髻。峩峩，高聳貌。峩峩㊀漢 é 國 ㄜˊ 音娥。

㊵ 脩眉聯娟：脩，長。聯娟，細長微曲貌。

㊶ 朗：鮮明。

㊷ 明眸善睞：眸，眼珠。善睞，謂含情顧盼。睞漢 lài 國 ㄌㄞˋ 音賴。

㊸ 靨輔承權：靨輔，頰邊微窩，俗稱酒窩。權，通顴，面頰。靨漢 yè 國 ㄧㄝˋ 音頁。

㊹ 豔逸：豔美飄逸。

㊺ 儀靜體閑：儀容文靜，體態閑雅。

㊻ 綽態：優柔大方的形態。

㊼ 媚於語言：謂言語迷人。

㊽ 曠世：世上少有。

㊾ 骨像應圖：應，相應。謂洛神之風姿相貌如畫般美麗。

㊿ 披羅衣之璀粲兮：羅衣，輕軟絲織品製成的衣服。璀粲，明豔貌。

51 珥瑤碧之華琚：珥，佩戴。瑤碧，泛指美玉。琚，佩玉名。琚漢 jū 國 ㄐㄩ 音居。

52 踐遠遊之文履：踐，踏踩，此指穿鞋。遠遊，即遠遊履，古代的一種鞋名。文履，飾有花紋的鞋。

53 曳霧綃之輕裾：霧綃，薄如輕霧的細紗。裾，衣服的前後襟。綃漢 xiāo 國 ㄒㄧㄠ 音消。裾漢 jū 國 ㄐㄩ 音居。

54 微幽蘭之芳藹兮：微，通徽，徽又通揮，謂揮發、散發。幽蘭，指蘭花。芳藹，芳香繁盛。

55 步踟躕於山隅：踟躕，徘徊。山隅，山的彎曲處。

56 以遨以嬉：以，助詞，在句中的作用相當於一個音節，不表意。此謂遨遊嬉戲。

57 采旄：用旄牛尾裝飾的彩旗。旄漢 máo 國 ㄇㄠˊ 音毛。

58 右蔭桂旗：蔭，遮蔽。桂旗，指結紮桂枝製成的旌旗。

(59) 攘皓腕於神滸兮：攘，捋、揎。皓，潔白。滸，水邊。神滸，洛神遊玩的水邊，即洛水之濱。

(60) 采湍瀨之玄芝：湍瀨，水淺流急處。玄芝，黑色的靈芝。瀨 漢 lài 國 ㄌㄞˋ 音賴。

(61) 情悅：情，真正、真實。悅，喜愛、愛慕。

(62) 接懽：懽，同歡。傳達愛慕之情。

(63) 通辭：傳話。

(64) 願誠素之先達兮：素，通愫。誠素，真情實意。先達，謂首先表達。

(65) 要之：要，干求。之，代指洛神。

(66) 信脩：信，確實之意。脩，美好。

(67) 羌：句首助詞。

(68) 抗瓊珶以和予兮：抗，舉。瓊珶，美玉。和，應答。

(69) 指潛淵而為期：潛淵，此指洛水深處，即洛神的居所。期，約。

(70) 執眷眷之款實兮：眷眷，一作拳拳，誠摯專一貌。款實，真誠。

(71) 懼斯靈之我欺：斯靈，指洛神。我欺，即欺我。

(72) 感交甫之弃言兮：弃，同棄。弃言，背棄信言。有感於鄭交甫被神女戲耍的事。

(73) 收和顏而靜志兮：和顏，悅色。靜志，正定情志。

(74) 申禮防以自持：禮防，禮法。自持，以禮自守。

(75) 洛靈：洛神。

(76) 徙倚徬徨：謂逡巡徘徊。

(77) 神光離合，乍陰乍陽：乍陰乍陽，猶謂時而陰時而陽。二句謂洛神的光輝若隱若現，時暗時亮。

(78) 竦輕軀以鶴立：竦，挺身向上，一作擢，則解作引。鶴立，如仙鶴般企足站立。竦 漢 sǒng 國 ㄙㄨㄥˇ 音聳。

(79) 踐椒塗之郁烈：椒，花椒，古人多用作香料。塗，途、路。椒塗，以椒泥修飾的道路。郁烈，此謂香氣濃烈。椒(漢)jiāo(國)ㄐㄧㄠ音焦。

80 步蘅薄而流芳：薄，草木叢生處。流芳，謂洛神行經之處流佈著芳香。

81 超長吟以永慕兮：超，惆悵。永慕，一作慕遠，深深思慕。

82 聲哀厲而彌長：哀厲，猶淒厲。形容聲音淒苦而激急。彌長，遠長。

83 爾迺眾靈雜遝：爾迺，於是。眾靈，眾神。遝，及、到。雜遝，紛紛來到。遝(漢)tà(國)ㄊㄚˋ音踏。

84 命儔嘯侶：猶呼朋喚友。

85 渚：小洲。渚(漢)zhǔ(國)ㄓㄨˇ音主。

86 翠羽：翠鳥的羽毛，古人視為珍貴的飾物。

87 從南湘之二妃，攜漢濱之游女：南湘之二妃，指舜的夫人娥皇和女英。舜南巡，死於蒼梧，二妃往尋，死於江、湘之間，遂為湘水之神。漢濱之游女，指漢水女神。兩句言南湘二妃與漢水女神亦相從而來。

88 歎匏瓜之無匹兮，詠牽牛之獨處：匏瓜，星名。單獨在河鼓東，故云「無匹」。牽牛，星名。因其與織女星隔銀河相望，相傳每年七月七日方能一會，故云「獨處」。二句借助「匏瓜」、「牽牛」，詠歎曹植「無匹」、「獨處」。匏(漢)páo(國)ㄆㄠˊ音刨。

89 揚輕袿之猗靡兮：袿，婦女上衣。猗靡，隨風飄拂貌。袿(漢)guī(國)ㄍㄨㄟ音歸。

90 翳脩袖以延佇：翳，遮蔽。翳脩袖，用長袖遮光遠望。延佇，引頸企立，形容盼望之切。翳(漢)yì(國)ㄧˋ音縊。佇(漢)zhù(國)ㄓㄨˋ音柱。

91 鳧：野鴨。鳧(漢)fú(國)ㄈㄨˊ音符。

92 陵波：猶謂踏浪。

93 羅韈生塵：韈，同襪。羅韈，絲織之韈。生塵，謂步於水波之上如塵生。

94 常則：常規。

95 期：預料。

96 轉眄流精：精，光明。謂洛神轉睛顧盼流放異彩。

97 光潤玉顏：顏如美玉光澤和潤。

98 華容婀娜：華容，美好的儀容。婀娜，姿態柔美貌。

99 屏翳：風神。

100 川后：河神。

101 馮夷：即河伯，傳說中的黃河之神。馮 漢 píng 國 ㄆㄧㄥˊ 音平。

102 女媧：女神名，相傳她發明了笙簧。

103 騰文魚以警乘：文魚，相傳一種有翅能飛的魚。警乘，警戒車輿。

104 鳴玉鸞以偕逝：玉鸞，玉製的鸞鈴，裝在車衡上，行則有聲。偕逝，俱往。鸞 漢 luán 國 ㄌㄨㄢˊ 音巒。

105 六龍儼其齊首：六龍，為洛神駕車的六條飛龍。儼，矜持莊重貌。其，句中語氣詞。齊首，謂齊頭並進。儼 漢 yǎn 國 ㄧㄢˇ 音演。

106 載雲車之容裔：雲車，洛神以雲為車，故稱。容裔，徐行貌。裔 漢 yì 國 ㄧˋ 音亦。

107 鯨鯢踊而夾轂：鯨鯢，鯨魚，雄曰鯨，雌曰鯢。轂，車輪，此代指車。鯢 漢 ní 國 ㄋㄧˊ 音倪。轂 漢 gǔ 國 ㄍㄨˇ 音谷。

108 沚：水中小塊陸地。沚 漢 zhǐ 國 ㄓˇ 音止。

109 紆素領：紆，回轉。素領，白皙的頸項。紆 漢 yū 國 ㄩ 音淤。

110 清陽：指眉目之間。

111 陳交接之大綱：交接，交往、接觸。大綱，主要的禮防。

112 殊：不同。

113 怨盛年之莫當：盛年，壯年。莫當，没有配偶，指孤獨無偶。

⑭ 抗羅袂以掩涕兮：袂，衣袖。掩涕，掩面而泣。袂㊥ mèi ㊤ ㄇㄟˋ 音妹。

⑮ 浪浪：淚流貌。浪㊥ láng ㊤ ㄌㄤˊ 音郎。

⑯ 良會：謂此刻的美好相會。

⑰ 哀一逝而異鄉：一逝，一旦離別。異鄉，謂各在一方。

⑱ 無微情以效愛兮：微情，微妙的思想感情。效，顯示。效愛，表達愛意。

⑲ 璫：古時女子的耳飾。璫㊥ dāng ㊤ ㄉㄤ 音鐺。

⑳ 太陰：純陰幽冥之處，即洛神的居所。

㉑ 君王：指曹植。

㉒ 忽不悟其所舍：不悟，不見。所舍，所在。

㉓ 悵神宵而蔽光：宵，消之借字，解化。謂悵恨洛神消逝而隱蔽其輝光。

㉔ 背下陵高：下，指水濱所在。陵，升。謂背離水濱登上高岸。

㉕ 遺情想像：留下的情意令我想起她的形貌容顏。

㉖ 冀靈體之復形，御輕舟而上遡：冀，企盼。靈體，神靈之體，此指洛神。遡，同泝。上遡，逆水上行。此謂盼望洛神再次現身，便駕御輕舟逆流而上。

㉗ 浮長川而忘反：長川，長河，此指洛水。反，古返字。

㉘ 緜緜：連續不斷貌。

㉙ 耿耿：心神不安。

㉚ 就駕：整備車駕。

㉛ 攬騑轡以抗策：騑，駕在車轅兩旁的馬。轡，馬繮繩。策，古代的一種馬鞭，頭上有尖刺。抗策，高舉馬鞭。騑㊥ fēi ㊤ ㄈㄟ 音非。轡㊥ pèi ㊤ ㄆㄟˋ 音佩。

㉜ 盤桓：徘徊不前。

陳情表

李密

臣密言：臣以險釁①，夙遭閔凶②。生孩六月，慈父見背③。行年四歲，舅奪母志④。祖母劉，愍⑤臣孤弱，躬親撫養。臣少多疾病，九歲不行，零丁孤苦，至于成立⑥。既無叔伯，終鮮兄弟。門衰祚薄⑦，晚有兒息⑧。外無朞功強近之親⑨，內無應門五尺之童⑩。煢煢孑立⑪，形影相弔⑫。而劉夙嬰疾病⑬，常在床蓐⑭，臣侍湯藥，未嘗廢離⑮。

逮奉聖朝⑯，沐浴清化⑰。前太守臣逵⑱，察臣孝廉⑲。後刺史臣榮⑳，舉臣秀才㉑。臣以供養無主，辭不赴命。詔書特下，拜臣郎中㉒，尋㉓蒙國恩，除臣洗馬㉔。猥㉕以微賤，當侍東宮㉖，非臣隕首㉗所能上報，臣具以表聞，辭不就職。詔書切峻㉘，責臣逋慢㉙，郡縣逼迫，催臣上道，州司㉚臨門，急於星火。臣欲奉詔奔馳，則以劉病日篤㉛。欲苟順私情㉜，則告訴不許。臣之進退，實為狼狽㉝。

伏惟㉞聖朝以孝治天下，凡在故老㉟，猶蒙矜育㊱，況臣孤苦，特為尤甚。且臣少事偽朝㊲，歷職郎署㊳。本圖宦達，不矜㊴名節。今臣亡國賤俘，至微至陋。過蒙拔擢，寵命優渥，豈敢盤桓，有所希冀？但以劉日薄西山，氣息奄奄，人命危淺，朝不慮夕。臣無祖母，無以至今日；祖母無臣，無以終餘年。母孫二人，更相為命，是以區區㊵不能廢遠。

臣密今年四十有四，祖母劉今年九十有六，是臣盡節於陛下之日長，報劉之日短也。烏鳥私情㊶，願乞終養。臣之辛苦，非獨蜀之人士及二州㊷牧伯所見明知。皇天后土㊸，實所共鑒。願陛下矜愍愚誠㊹，聽臣微志㊺。庶劉僥倖，保卒餘年。臣生當隕首㊻，死當結草㊼。臣不勝犬馬㊽怖懼之情，謹拜表以聞。

作者

李密，生於魏文帝黃初五年，卒於晉武帝太康八年（西元二二四年——西元二八七年）。

一名虔，字令伯，武陽（今四川彭山縣東）人。為人正直，有才幹，仕蜀漢，官至尚書郎。蜀亡，入晉，官至漢中太守。後被讒免官，卒於家中。李密曾師事蜀漢名儒譙周，有辯才。今存作品雖不多，但〈陳情表〉一篇已使他名垂千古。

題解

〈陳情表〉選自《文選》卷三十七。陳是陳述、報告的意思。表是古代公文的一種，是臣下稟告君上之辭。李密上〈陳情表〉，婉謝晉武帝的徵召，極言作者與祖母相依為命，不能離家出仕。情詞懇切，孝義感人。

注釋

① 險釁：災難禍患。此指命運坎坷。釁 漢 xìn 國 ㄒㄧㄣˋ 音信。

② 夙遭閔凶：夙，早，此指幼年時。閔凶，憂患。早年經歷憂患。夙 漢 sù 國 ㄙㄨˋ 音素。

③ 見背：背，背棄。被背棄，此指父親死了，留下自已。

④ 舅奪母志：言舅父逞肆己意，奪去了母親守節的志向，迫使母親改嫁。
⑤ 愍：憐憫、哀憐。愍 漢 mǐn 國 ㄇㄧㄣˇ 音敏。
⑥ 成人：長大成人。
⑦ 門衰祚薄：祚，福澤、福祉。門庭衰敗，福份淺薄。祚 漢 zuò 國 ㄗㄨㄛˋ 音作。
⑧ 兒息：兒子。
⑨ 外無朞功強近之親：朞，期的異體字。古代喪禮制度以親屬的親疏來規定服喪時間的長短，服喪一年為「期」，九個月稱「大功」，五個月為「小功」。意謂在外無關係較密的親戚。
⑩ 內無應門五尺之童：在內則無照管客來開門的童僕。
⑪ 煢煢孑立：煢煢，孤單。孑，無依無靠。生活孤單無靠。煢 漢 qióng 國 ㄑㄩㄥˊ 音瓊。孑 漢 jié 國 ㄐㄧㄝˊ 音潔。
⑫ 形影相弔：弔，安慰。只有身體和影子互相安慰，形容孤單無依之狀。
⑬ 嬰疾病：纏綿於疾病，即患病。
⑭ 蓐：通褥，褥子。蓐 漢 rù 國 ㄖㄨˋ 音辱。
⑮ 廢離：廢養而離棄。
⑯ 聖朝：即晉朝，此為李密對朝廷的敬稱。
⑰ 清化：清明的政治和教化。
⑱ 太守臣逵：太守，郡的長官。逵，太守之名，姓不詳。逵 漢 kuí 國 ㄎㄨㄟˊ 音葵。
⑲ 察臣孝廉：察，察舉，在此為推舉的意思。臣，作者自稱。孝廉，當時選拔人才的一種貢舉。孝，指孝順父母。廉，指品行廉潔。
⑳ 刺史臣榮：刺史，州的長官。榮，刺史之名，姓不詳。
㉑ 秀才：漢、晉時地方推選優秀人才的一種貢舉，由州推舉，與後來科舉制度的秀才不同。

㉒拜臣郎中：拜，授官。郎中，官名。晉時各部有郎中。
㉓尋：不久。
㉔除臣洗馬：除，任命官職。洗馬，官名，太子屬官，在宮中任事，掌管圖書。洗㊇ xiǎn ㊃ ㄒㄧㄢˇ 音癬。
㉕猥：辱。自謙之詞。猥㊇ wěi ㊃ ㄨㄟˇ 音尾。
㉖東宮：太子居住的地方，此指太子。
㉗隕首：喪命。
㉘詔書切峻：詔書，皇帝所下的文書，即聖旨。切峻，急切而嚴厲。
㉙逋慢：回避、怠慢。逋㊇ bū ㊃ ㄅㄨ 音餔。
㉚州司：州官。
㉛日篤：日益沈重。
㉜苟順私情：一作苟徇私情。假如曲從私情。
㉝狼狽：《酉陽雜俎》記：「狽前足短，每行常駕於狼腿上。狽失狼則不能動。」故此喻為進退兩難。
㉞伏惟：舊時奏疏、書信中，下級對上級的敬語。
㉟故老：遺老。
㊱矜育：一作矜卹。憐憫撫卹。
㊲偽朝：指三國時劉備建立的蜀漢。
㊳歷職郎署：指曾在蜀漢時擔任過郎官職務。
㊴矜：貪求。
㊵區區：感情懇切之狀。
㊶烏鳥私情：相傳烏鴉有反哺之義，所以常用來比喻子女對父母的孝養之情。

㊷二州：指益州和梁州。益州，在今四川成都。梁州，在今陝西勉縣東。

㊸皇天后土：猶言天地神明。

㊹愚誠：謂臣子效忠君主的真心。

㊺聽臣微志：聽，聽許、同意。微志，小小的願望。

㊻生當隕首：言活著時不惜犧牲，為晉效勞。

㊼死當結草：死後亦要結草報恩。《左傳・宣公十五年》載，晉國大夫魏武子臨死時，囑其子魏顆將其遺妾殺死後殉葬。魏顆未如所囑而行。後來顆與秦將杜回作戰，看見一老人打草結將杜回絆倒，杜回因此被擒。到了晚上，魏顆夢見結草的老人，自稱是魏武子遺妾的父親，今特來報恩。後世遂以「結草」用作報恩的代語。

㊽犬馬：作者自比，以示歉意和謙卑之態。

蘭亭集序

王羲之

永和九年，歲在癸丑①，暮春②之初，會于會稽山陰之蘭亭③，修禊事④也。群賢畢至，少長咸集。此地有崇山峻嶺，茂林修行；又有清流激湍⑤，映帶⑥左右。引以為流觴曲水⑦，列坐其次⑧；雖無絲竹管絃之盛⑨，一觴一詠⑩，亦足以暢敘幽情。

是日也，天朗氣清，惠風⑪和暢；仰觀宇宙之大，俯察品類⑫之盛，所以⑬游目騁懷，足以極視聽之娛，信⑭可樂也！

夫人之相與⑮，俯仰⑯一世，或取諸懷抱⑰，悟言⑱一室之內；或因寄所託⑲，放浪形骸之外⑳。雖趨舍㉑萬殊，靜躁㉒不同；當其欣于所遇，暫得于己㉓，快然㉔自足，曾不知老之將至。及其所之既倦㉕，情隨事遷，感慨係之矣㉖。向㉗之所欣，俛仰之間㉘，以為陳跡，猶不能不以之㉙興懷；況修短隨化㉚，終期于盡㉛。古人云：「死生亦大矣」㉜，豈不痛哉！

每覽昔人興感之由㉝，若合一契㉞；未嘗不臨文嗟悼，不能喻㉟之于懷。固知一死生為虛誕，齊彭殤為妄作㊱。後之視今，亦猶今之視昔，悲夫！故列敘時人，錄其所述。雖世殊事異，所以興懷，其致一也㊲。後之覽者，亦將有感于斯文。

作者

王羲之，生於晉元帝太興四年，卒於晉孝武帝太元四年（西元三二一年——西元三七九年）。字逸少，瑯琊臨沂（今山東臨沂）人，大書法家，有「書聖」之稱。少聰慧，博學善書。初為秘書郎，歷任征西將軍庾亮的參軍、江州刺史，復拜右將軍、會稽內史。世稱王右軍。

王羲之性恬淡，自晉穆帝永和十一年（西元三五五年）辭官歸隱後，篤信道教，遊山玩水，採藥服食。書法初學衛夫人（汶陰太守李矩妻），後渡江訪尋名家，精研篆素，遂成一代「書聖」。文章直抒胸臆，具輕靈高逸之趣。有文集二卷。

題解

〈蘭亭集序〉選自《王右軍集》卷二，作於東晉穆帝永和九年（西元三五三年）。是年三月初三，謝安、孫綽及王羲之父子等四十二人，在會稽山陰的蘭亭修禊雅集，賦詩詠懷，王羲之受命為序，以記敘宴集的盛況，抒發與會文人雅士的觀感。本篇記敘部分詞句精簡，筆調明暢；而抒情部分亦淋漓痛快，意味深遠。後世李白作〈春夜宴桃李園序〉，雖託意高遠，亦不能勝。〈蘭亭集序〉的稿本墨跡，作行楷體，寫得雅澹遒勁，且因文詞典麗，遂為右軍書法代表，唐太宗題曰「禊帖」，後世稱為〈蘭亭帖〉。原跡陪葬於太宗陵寢，今存者為虞世南、褚遂良、馮承素等唐人臨本，皆藏台北故宮博物院。

注釋

① 永和九年，歲在癸丑：永和，東晉穆帝年號。永和九年，西元三五三年，時羲之年三十三。癸丑，干支紀年法的癸丑年。

②暮春：春末，指農曆三月。

③會于會稽山陰之蘭亭：會稽，郡國名，位於今江蘇東部及浙江西部，時司馬昱為會稽王，王羲之為會稽內史，主掌郡國民政。山陰，縣名，在今浙江紹興，時為會稽國的治所。蘭亭，古亭名，在今浙江紹興西南的蘭渚山上。

④修禊事：從事禊祭之事。古人稱三月初三臨水洗濯，祓除不祥的祭祀活動為禊祭。禊㊅xì㊍ㄒㄧˋ音系。

⑤激湍：水流激急而縈回。

⑥映帶：映，溪流在陽光照耀下波光閃爍貌。帶，環繞。

⑦引以為流觴曲水：觴，酒杯的一種。蘭亭有引來的彎曲流水，將注了酒的杯浮在水面，順流而下。雅集的人，在水旁隨意取杯而飲。觴㊅shāng㊍ㄕㄤ音商。

⑧次：近旁。

⑨雖無絲竹管絃之盛：絲竹管絃，代指各種樂器。盛，多、熱鬧之意。

⑩一觴一詠：謂或舉杯飲酒或賦詩詠懷。

⑪惠風：和風。

⑫品類：言物之不同類別，泛指萬物。

⑬所以：用以、用來。

⑭信：果真、確實。

⑮相與：相處、相交往。

⑯俯仰：低頭和抬頭，比喻時間短暫。

⑰懷抱：心胸、思想。

⑱悟言：悟，通晤。晤談、對談。

⑲因寄所託：因，依、隨著。寄，寄託。所託，指愛好的事物。意謂隨著自己所愛好的事物，寄託情懷。

⑳放浪形骸之外：形骸，指人的軀體。謂無拘束地放縱自身於天地間。

㉑趣舍：趣，通趨。謂取捨。

㉒靜躁：靜，指上文「取諸懷抱，悟言一室之內」者。躁，指上文「因寄所託，放浪形骸之外」者。

㉓暫得于己：謂一己之意暫得滿足。

㉔快然：喜悅貌。

㉕所之既倦：謂對所追求的事物已感厭倦。

㉖感慨係之矣：係，接續。謂感慨之情便會緊接而來。

㉗向：先前、剛才。

㉘俛仰之間：俛，同俯。喻時間短暫。

㉙以之：以，因。之，指先前之事。

㉚況修短隨化：修，長。修短，指人的壽命長短。化，造化，指天意。

㉛終期于盡：期，當、合。最終都會歸於一死。

㉜古人云：「死生亦大矣」：此為《莊子．德充符》引孔子之語，謂死與生是人生極為重要的事。

㉝昔人興感之由：言古人興發感慨的緣由，都與人生的哀樂、壽夭、生死有關。

㉞若合一契：彷若有同一契合，指對人生的哀樂、壽夭、生死感慨的共鳴。

㉟喻：知曉、明白。

㊱一死生為虛誕，齊彭殤為妄作：一死生，謂用同樣的態度看待死與生。彭，指古長壽者彭祖，相傳活到八百歲高齡。殤，指未成年而死的人。齊彭殤，謂用同樣的態度看待彭祖的長壽與殤子的短命。一死生與齊彭殤兩種觀點，均見於《莊子．齊物論》，在魏晉文士之中頗為流行。殤(漢) shāng (國) ㄕㄤ 音商。

㊲ 所以興懷，其致一也：興懷，與「興感」意義相同。謂眾人興懷之因是一致的。

桃花源記

陶潛

晉太元①中，武陵②人捕魚為業。緣③溪行，忘路之遠近。忽逢桃花林，夾岸數百步，中無雜樹，芳草鮮美，落英繽紛④。漁人甚異之⑤，復前行，欲窮其林⑥。林盡水源⑦，便得一山，山有小口，髣髴⑧若有光。便捨船從口入，初極狹，纔通人⑨。復行數十步，豁然⑩開朗，土地平曠，屋舍儼然⑪。有良田、美池、桑、竹之屬。阡陌交通⑫，雞犬相聞⑬。其中往來種作，男女衣著，悉如外人；黃髮垂髫⑭，並怡然⑮自樂。

見漁人乃大驚，問所從來⑯，具答之⑰。便要⑱還家，設酒殺雞作食。村中聞有此人，咸來問訊⑲。自云先世⑳避秦時亂，率妻子邑人來此絕境㉑，不復出焉，遂與外人間隔。問今是何世㉒，乃㉓不知有漢，無論㉔魏晉。此人一一為具言所聞㉕，皆歎惋㉖。餘人各復延㉗至其家，皆出酒食。停數日，辭去。此中人語云：「不足㉘為外人道也。」

既出，得其船，便扶向路㉙，處處誌㉚之。及郡下㉛，詣太守說如此㉜。太守即遣人隨其往，尋向所誌，遂迷不復得路。南陽劉子驥㉝，高尚士㉞也。聞之，欣然規往㉟，未果㊱，尋㊲病終，後遂無問津㊳者。

作者

陶潛，生於東晉哀帝興寧三年，卒於宋文帝元嘉四年（西元三六五年——西元四二七年）。字淵明，一說名淵明，字元亮，晉亡後更名潛，潯陽柴桑（今江西九江）人。他的先世原是官宦之家，曾祖陶侃是東晉大司馬。其後家道中落，父親早逝，家境貧困。淵明早年有濟世之志，曾任江州祭酒、鎮軍參軍等職。他個性孤高，不容於當時社會。任彭澤令時，因不願「為五斗米折腰」，決心辭官歸隱，終身不仕。

陶潛在中國文學史有很重要的地位。他的作品樸素自然、平淡超脫，一洗華而不實、雕飾堆砌的習氣。他寫山水景色，農事野趣，流露出恬靜閒適的情調，是後世田園詩的楷模。他的辭賦和散文也多感人之作，歐陽修說：「晉無文章，惟陶淵明〈歸去來辭〉一篇而已」，可謂推崇備至。死後友人私謚為靖節，有《靖節先生集》八卷傳世。

題解

本篇選自《靖節先生集》卷六，原是陶淵明的五言古詩〈桃花源詩〉前的一篇小記，相當於詩的序言，約作於晉末宋初，是作者晚年之作。陶淵明在文中描繪了一個沒有剝削，沒有壓迫，人人工作，人人自由的淳樸而愉快的理想世界——桃花源。它與當時的黑暗社會形成強烈對比。文中寄託了作者個人美好的理想，同時也反映了人民的願望和要求。沈德潛以「此即羲皇之想也」形容本文，甚為恰當。本文敘事摹物，寫景抒情，採用樸素的白描手法，毫無雕琢痕跡，讀之使人有清新自然之感。

注釋

① 太元：東晉孝武帝司馬曜的年號（西元三七六年——西元三九六年）。

② 武陵：晉朝郡名，在今湖南常德一帶。
③ 緣：沿著。
④ 落英繽紛：英，花。繽紛，繁多而紛亂的樣子。
⑤ 之：指桃花林。
⑥ 欲窮其林：窮，盡。漁人想走到這個桃花林的盡頭，看一個究竟。
⑦ 林盡水源：桃花林的盡頭，就是溪水的源頭。
⑧ 髣髴：同彷彿。疑幻疑真的情況。
⑨ 纔通人：纔，同才，只能容一個人通過。
⑩ 豁然：開闊的樣子。豁㊉huò㊋ㄏㄨㄛˋ音或。
⑪ 儼然：整齊的樣子。儼㊉yǎn㊋ㄧㄢˇ音演。
⑫ 阡陌交通：阡陌，田間小路，南北叫阡，東西叫陌。交通，互相通達。
⑬ 雞犬相聞：雞鳴狗吠的聲音，互相可以聽到。
⑭ 黃髮垂髫：黃髮，指老人，人老體衰，頭髮轉黃，繼而變白，故稱。垂髫，指兒童。髫，小孩垂下來的頭髮。髫㊉tiáo㊋ㄊㄧㄠˊ音條。
⑮ 怡然：快樂的樣子。
⑯ 問所從來：問漁人是從何處來的。
⑰ 具答之：具，全部。之，他們。漁人都一一回答了他們。
⑱ 要：邀請。要㊉yāo㊋ㄧㄠ音腰。
⑲ 咸來問訊：咸，都。問訊，探問消息。
⑳ 先世：先人、祖先。
㉑ 率妻子邑人來此絕境：妻子，妻和子女。邑人，同鄉的人。絕境，與世隔絕的地方。

㉒ 問今是何世：問：桃花源中人詢問。何世，甚麼朝代。

㉓ 乃：竟然。

㉔ 無論：不要說、更不必說。

㉕ 此人一一為具言所聞：此人，指漁人。具言，全部陳述、敘說。

㉖ 歎惋：驚訝、歎息。

㉗ 延：邀請。

㉘ 不足：不必、不值得。

㉙ 便扶向路：扶，按、沿著。向路，先前的路，指來時的路。

㉚ 誌：作標記。

㉛ 及郡下：及，到。郡，指武陵郡。

㉜ 詣太守說如此：詣，到、拜見。太守，郡的最高長官。詣(漢)yì(國)ㄧˋ音毅。

㉝ 南陽劉子驥：南陽，今河南南陽。劉子驥，名驎之，字子驥。東晉南陽人，隱居不仕，愛遊山水。

㉞ 高尚士：高雅的讀書人。

㉟ 規往：計劃前往。

㊱ 未果：沒有實現。

㊲ 尋：不久。

㊳ 問津：問路、尋訪。津，渡口。

後漢書・張衡傳 節錄

范曄

張衡字平子，南陽西鄂①人也。世為著姓。祖父堪，蜀郡太守。衡少善屬文②，游於三輔③，因入京師④，觀太學⑤，遂通五經⑥，貫六藝⑦。雖才高於世，而無驕尚⑧之情。常從容淡靜⑨，不好交接俗人。永元⑩中，舉孝廉不行⑪，連辟公府⑫不就。時天下承平日久，自王侯以下，莫不踰侈⑬。衡乃擬班固〈兩都〉⑭，作〈二京賦〉，因以諷諫。精思傅會⑮，十年乃成。文多故不載。大將軍鄧騭奇其才⑯，累召不應。

衡善機巧⑰，尤致思於天文、陰陽、歷筭⑱。常耽好〈玄經〉⑲，謂崔瑗曰：「吾觀太玄，方知子雲妙極道數⑳，乃與五經相擬㉑，非徒傳記之屬，使人難論陰陽之事，漢家得天下二百歲之書也。復二百歲，殆將終乎？所以作者之數，必顯一世，常然之符㉒也。漢四百歲，玄其興矣。」安帝雅聞衡善術學㉓，公車特徵拜郎中㉔，再遷為太史令㉕。遂乃研覈㉖陰陽，妙盡琁機之正㉗，作渾天儀㉘，著〈靈憲〉、〈筭罔論〉㉙，言甚詳明。

順帝㉚初，再轉，復為太史令。衡不慕當世㉛，所居之官，輒積年不徙。自去史職，五載復還。

陽嘉元年㉜，復造候風地動儀㉝。以精銅鑄成，員徑㉞八尺，合蓋隆起，形似酒尊㉟，飾以篆文山龜鳥獸之形。中有都柱㊱，傍行八道㊲，施關發機㊳。外有八龍，首銜銅丸，下有蟾蜍，張口承之。其牙機巧制㊴，皆隱在尊中，覆蓋周密無際㊵。如有地動，尊則振龍機發吐丸，而蟾蜍銜之。振聲激揚，伺者㊶因此覺知。雖一龍發機，而七首不動，尋其方面，乃知震之所在。驗之以事，合契若神㊷。自書典所記，未之有也。嘗一龍機發而地不覺動，京師學者咸怪其無徵㊸，後數日驛㊹至，果地震隴西㊺，於是皆服其妙。自此以後，乃令史官記地動所從方起㊻。

時政事漸損，權移於下，衡因上疏陳事。

後遷侍中㊼，帝引在帷幄㊽，諷議左右。嘗問衡天下所疾惡者。宦官懼其毀己㊾，皆共目之㊿，衡乃詭對㊿而出。閹豎㊿恐終為其患，遂共讒之。衡常思圖身之事㊿，以為吉凶倚伏㊿，幽微難明㊿，乃作〈思玄賦〉㊿，以宣寄情志㊿。

永和㊿初，出為河閒相㊿。時國王驕奢，不遵典憲㊿；又多豪右㊿，共為不軌。衡下車㊿，治威嚴㊿，整法度，陰知㊿姦黨名姓，一時收禽㊿，上下肅然，稱為政理㊿。視事㊿三年，上書乞骸骨㊿，徵拜尚書㊿。年六十二，永和四年卒。

作者

范曄，生於晉安帝隆安二年，卒於宋文帝元嘉二十二年（西元三九八年——西元四四五年）。字蔚宗，順陽（今河南內鄉）人。東晉末年，曾為彭城王劉義康參軍，易代以後，為劉宋重臣，官至吏部侍郎，後左遷為宣城太守，旋又遷任左衛將軍，太子詹事，掌管軍旅，參與機要。元嘉二十二年（西元四四五年），以謀反罪處死。范曄一生好學，博通經史，善為文章。世稱所撰《後漢書》堪與《漢書》相匹。

題解

本篇節錄自《後漢書》卷五十九〈張衡傳〉，版本據中華書局排印本。張衡，生於東漢章帝建初三年，卒於東漢順帝永和四年（西元七八年——西元一三九年），是中國古代著名文學家和科學家。他關心時政，究心學術，在文學和科學兩方面都有卓越成就。作為文學家，他的〈西京賦〉、〈東京賦〉、〈南都賦〉都寫得很出色。作為科學家，他製作的渾天儀和候風地動儀都是當時最具智慧的發明。他的地動機，比德國科學家發明的地震儀要早一千七百多年。像張衡這樣在文學、科學兩方面皆取得出色成就的人，在中外歷史上都很少見。

本文記述了張衡的思想性格和生平事蹟，包括他的品格、行為以及各方面的成就。還特別記述張衡候風地動儀發明的經過，對這件古代科學儀器的形狀、結構、作用及徵驗，都有詳細的說明。

注釋

①南陽西鄂：南陽郡的西鄂縣，即今河南南陽。鄂㊥è㊀ㄜˋ音餓。
②善屬文：屬，連綴。善於寫文章。屬㊥zhǔ㊀ㄓㄨˇ音主。
③游於三輔：游，游學。三輔，漢代以京兆尹、左馮翊郡、右扶風郡為三輔，在今陝西西安一帶。
④京師：京城，指東漢的國都洛陽。
⑤太學：朝廷所辦的學校稱太學，隋以後稱國子監。
⑥五經：即《易》、《書》、《詩》、《禮》、《春秋》五部書，漢代始稱此五書為五經。
⑦貫六蓺：貫，貫通、熟悉掌握。蓺，同藝。六藝，即禮、樂、射、御、書、數。
⑧驕尚：矜誇、驕傲自大。
⑨從容淡靜：舉止安詳。
⑩永元：東漢和帝劉肇年號（西元八九年——西元一〇五年）。
⑪舉孝廉不行：舉，被察舉。孝廉，漢代選拔官吏的科目之一，以能否遵守倫理綱常為標準，由各郡國從所屬吏民中推薦。不行，沒有去應薦。
⑫連辟公府：辟，徵召。連辟，屢次被徵召。公府，三公的公署。東漢時以太尉、司徒、司空為三公，是國家負責軍政的最高長官。
⑬踰侈：踰，過分、過度。過分及奢侈。侈㊥chǐ㊀ㄔˇ音恥。
⑭班固〈兩都〉：即班固所作的〈兩都賦〉。班固，生於東漢光武帝建武八年，卒於東漢和帝永元四年（西元三二年——西元九二年），字孟堅，東漢著名的史學家和文學家。兩都，西漢的國都長安和東

漢的國都洛陽，下文的二京，也指長安和洛陽。

⑮ 傅會：傅，同附，謂緝接群言。會，綜合，謂統合文義。附會有博采、綜合文理之意。

⑯ 大將軍鄧騭奇其才：鄧騭，生年不詳，卒於東漢安帝建光元年（？——西元一二一年），東漢開國功臣鄧禹之孫，安帝永初元年（西元一〇七年）位至大將軍。奇，動詞。奇其才，認為他的才能不尋常。騭 (漢) zhì (國) ㄓˋ 音至。

⑰ 機巧：巧，技藝。機械工藝。

⑱ 尤致思於天文、陰陽、歷筭：致思，極力鑽研。天文，日、月、星、辰、風雨雷霆等自然現象。陰陽，關於自然消長變化的規律。筭，同算。歷筭，即曆算，有關曆法的運算。

⑲ 《玄經》：即揚雄所著《太玄經》。

⑳ 方知子雲妙極道數：子雲，即揚雄，生於漢宣帝甘露元年，卒於新莽天鳳五年（西元前五三年——西元十八年），字子雲，西漢文學家。妙，精妙。極，窮盡。道數，探求自然之道的方法。

㉑ 乃與五經相擬：五經，此代替《周易》。擬，比擬。相擬，相彷彿、相類。

㉒ 符：徵驗。

㉓ 安帝雅聞衡善術學：安帝，東漢孝安帝劉祜（西元一〇七年——西元一二五年在位）。雅，也曾。雅聞，也曾聽說。術學，指天文、陰陽、曆算等學問。

㉔ 公車特徵拜郎中：公車，漢官署名，掌管上書及應徵方面的事。在應徵時，該官署用官車出送應徵的人。特徵，特意徵召。郎中，漢代官名，屬郎中令，管理車騎、門户，並充宮中侍衛等職。

㉕ 太史令：官名，記載史事，兼管天文、曆法等。

㉖ 研覈：研究驗證。覈 (漢) hé (國) ㄏㄜˊ 音合。

㉗ 妙盡琁機之正：琁機，測天儀中的一種機械部件。正，原理、道理。琁 (漢) xuán (國) ㄒㄩㄢˊ 音玄。

㉘ 渾天儀：一種表示天象的儀器。中國古代天文學家對宇宙結構的學說主要有蓋天說和渾天說兩派。張

衡是渾天說者，故所製天體儀稱渾天儀。

㉙ 著《靈憲》、《筭罔論》：《靈憲》，一部敘述天體現象的書籍。《筭罔論》，一部推算天體生滅及發展變化的書籍。

㉚ 順帝：東漢孝順帝劉保（西元一二六年——西元一四四年在位）。

㉛ 當世：當權得勢，即用世。

㉜ 陽嘉元年：陽嘉，漢順帝年號（西元一三二年——西元一三五年）。元年，指西元一三二年。

㉝ 候風地動儀：一種測量地震的儀器。

㉞ 員徑：員，同圓。圓的直徑。

㉟ 酒尊：尊，同樽，古代盛酒器具。

㊱ 都柱：都，主要的。主要的銅柱，實際上就是水平擺。

㊲ 傍行八道：傍，靠近。行，依次排列。八道，八個橫杆。靠近都柱橫伸出八根橫杆，連著東、南、西、北、東南、西南、東北、西北八個方向的器械，跟外面八個龍首銜接起來。

㊳ 施關發機：施，設置。關，樞紐。發，發動。設置樞紐用以發動機器。

㊴ 牙機巧制：牙，發動機械的樞紐。制，構造。樞紐和機器的巧妙構造。

㊵ 際：接縫。

㊶ 伺者：觀察機器的人。伺㊅ sì ㊂ ㄙˋ 音四。

㊷ 合契若神：合契，互相吻合。彼此相符，靈驗如神。

㊸ 徵：跡象。

㊹ 驛：古代傳遞信息的驛站，這裡指驛站的信使。驛㊅ yì ㊂ ㄧˋ 音亦。

㊺ 隴西：漢代郡名。現在甘肅蘭州、隴西、臨洮一帶。

㊻ 所從方起：從哪個方向開始。

㊼侍中：漢代官名。侍從皇帝出入宮廷，是皇帝的親信。
㊽帝引在帷幄：引，召致。帷幄，帳幕，此指宮中。幄㊉wò㊎ㄨㄛˋ音握。
㊾毀己：咎責自己，此指宦官懼張衡正義直言，不利於己。
㊿目之：怒目瞪著。
51詭對：詭，欺詐。用假話應答。此言避開正題的對答。
52閹豎：對宦官的鄙稱。閹㊉yān㊎ㄧㄢ音淹。
53圖身之事：謀劃自身安全的事。
54吉凶倚伏：吉凶相互倚存，指為皇帝親信而被宦豎厭惡一事。語出《老子》第五十八章：「禍兮福所倚，福兮禍所伏。」
55幽微難明：幽隱微妙之處，很難盡知。
56思玄賦：全文載於〈張衡傳〉中，此略。此賦表達了張衡想遠遊避世而不可得的矛盾心情。
57宣寄情志：宣泄情感，寄託志趣。
58永和：漢順帝劉保年號（西元一三六年——西元一四一年）
59河閒相：閒，同間。河間，劉政封地，今河北獻縣東。相，職類似太守，掌民政。即河間王劉政的相。
60典憲：法令。
61豪右：右，顯貴。豪門大族。
62下車：指剛到某地任職。
63治威嚴：治，治理。威嚴，樹立威信。意即按章辦事以樹立官府的威信。
64陰知：暗地裡察知。
65一時收禽：一時，同時。禽，同擒。收禽，逮捕、收捕。

⑥⑥ 政理：政得其理，亦即政治走上正軌。

⑥⑦ 視事：任職。

⑥⑧ 乞骸骨：請求退職。古時人臣事君，身體非己所有，一切當從國君處置，所以稱退職為乞骸骨，意思是請求皇帝賜還自己身體。

⑥⑨ 徵拜尚書：任命為尚書。漢制，尚書為宮中官名，是協助皇帝掌管文書奏章的官職。

世說新語 四則

劉義慶

管寧割席

管寧、華歆①共園中鋤菜，見地有片金，管揮鋤與瓦石不異，華捉而擲去之②。又嘗同席③讀書，有乘軒冕④過門者，寧讀如故，歆廢書⑤出看。寧割席分坐⑥曰：「子非吾友也。」

華王優劣

華歆、王朗⑦俱乘船避難，有一人欲依附⑧，歆輒難之⑨。朗曰：「幸尚寬⑩，何為不可？」後賊⑪追至，王欲舍⑫所攜人。歆曰：「本所以疑⑬，正為此耳。既已納其自託⑭，寧可以急相棄邪⑮？」遂攜拯⑯如初。世以此定華、王之優劣。

王子猷雪夜訪戴

王子猷居山陰⑰，夜大雪，眠覺⑱，開室⑲，命酌酒⑳。四望皎然㉑，因起彷徨㉒，詠左思〈招隱〉㉓，忽憶戴安道㉔，時戴在剡㉕，即便夜乘小船就之㉖。經宿㉗方至，造㉘門不前而返。人問其故，王曰：「吾本乘興而行，興盡而返，何必見戴㉙？」

王藍田性急

王藍田㉚性急。嘗食雞子㉛，以筯刺之㉜，不得，便大怒，舉以擲㉝地。雞子於地圓轉未止，仍下地以屐齒蹍之㉞，又不得，瞋㉟甚，復於地取內㊱口中，齧㊲破即吐之。王右軍㊳聞而大笑曰：「使安期㊴有此性，猶當無一豪可論㊵，況藍田邪？」

作者

劉義慶，生於晉安帝元興二年，卒於宋文帝元嘉二十一年（西元四〇三年——西元四四四年）。彭城（今江蘇徐州）人，南朝宋武帝劉裕侄兒，長沙景王劉道憐次子，後立為臨川王劉道規嗣子。宋武帝永初元年（西元四二〇年），襲封為臨川王。曾隨武帝北伐，歷任丹陽尹、荆州、江州刺史、開府儀同三司等職。年四十二，卒於建安（今南京）。

劉義慶為人好學，招聚文士，廣蒐資料，編成《世説新語》三十八篇。《世説新語》是我國最早的一部筆記小説，採錄後漢至東晉的高士言談和名流軼事，是研究魏、晉時期士族階層生活及社會一般狀況的重要文獻。《世説新語》文字清雋生動，對後世小説和戲劇影響深遠。

題解

本篇各節選自余嘉錫《世說新語箋疏》，篇題乃編者所加。

〈管寧割席〉選自《世說新語・德行篇》。管寧居遼東三十七年。他離開遼東時，把過去地方官所贈的財物全部封存完好，如數奉還。其後魏文帝、明帝徵召為官，堅持不仕，以布衣終生，史稱管寧為高士。華歆在江東時，也退還賓客所贈禮品。在曹魏為官，亦甚清貧，並曾舉管寧自代。二人的品行，似乎不相上下。但華歆在官場周旋，先後在何進、孫策、曹操等權貴手下任職，曹丕時更拜相封侯。他與管寧各有抱負，顯然不是同道中人。《世說新語》記載管、華早年的故事，正是從細微處描寫二人志趣相異之處。

〈華王優劣〉選自《世說新語・德行篇》。文中的王朗，樂於行善，但不能貫徹始終。華歆不肯輕言助人，但於危急之際卻不棄承諾。二人之間，自有識見與修養之不同。文章雖寥寥數語，但已盡意。

〈王子猷雪夜訪戴〉選自《世說新語・任誕篇》。〈任誕篇〉多寫怪誕之行，不受拘束之事。在當時稱之為曠達、任達。本文反映出王子猷率性放達的性格。文中以事寫人，以言寫人，文筆精簡傳神。

〈王藍田性急〉選自《世說新語・忿狷篇》。這則故事通過對動作和神情的細緻描寫，勾勒出一個性急易怒的人物，全文僅七、八十字，甚簡潔又極有趣味。

注釋

① 管寧、華歆：管寧，生於東漢桓帝延熹元年，卒於蜀漢後主延熙四年（西元一五八年——西元二四一年）。字幼安，北海朱虛（今山東臨朐東）人，以文才和志節高尚名於世。華歆，生於東漢桓帝永壽三年，卒於魏明帝太和五年（西元一五七年——西元二三一年），字子魚，高唐（今山東禹城西南）人。漢桓帝時為尚書令，入魏後，官至太尉，曾與管寧為同學。

② 捉而擲去之：拾起後再把它扔掉。

③ 席：蘆葦竹篾等編成的鋪墊用具。

④ 乘軒冕：軒，車。冕，冕冠。古制大夫以上的官，乘軒服冕，故軒冕為尊貴之代稱。

⑤ 廢書：放下書本。

⑥ 割席分坐：把席割開，分別而坐。後常以割席形容絕交。

⑦ 王朗：生卒年不詳，字景興，漢末東海郯（今山東郯城）人，漢獻帝時為會稽太守。孫策攻會稽，王

朗兵敗降孫策。後歸曹操，歷仕文帝、明帝，位至三公，封蘭陵侯。

⑧ 依附：依託。

⑨ 輒難之：輒，即。對提出的要求，立即加以非難。

⑩ 幸尚寬：幸好還有餘地可坐位。

⑪ 賊：壞人。

⑫ 舍：捨棄、離棄。

⑬ 本所以疑：我原來之所以懷疑。

⑭ 既已納其自託：納，接納。自託，把自己付託。

⑮ 寧可以急相棄邪：寧可，怎可以。以急，因為情勢危急。相棄，拋棄。

⑯ 拯：拯救。

⑰ 王子猷居山陰：王子猷，即王徽之，生卒年不詳。字子猷，王羲之子，祖籍山東臨沂。曾為東晉大司馬桓溫參軍，黃門侍郎，後棄官居山陰（今浙江紹興）。猷 ㊥ yóu 國 ㄧㄡˊ 音由。

⑱ 眠覺：覺，覺醒。睡眠醒來。

⑲ 開室：指打開內室的門。

⑳ 酌酒：斟酒。

㉑ 皎然：雪白茫茫。

㉒ 仿徨：同彷徨。

㉓ 詠左思〈招隱〉：左思，生卒年不詳，字太沖，臨淄（今山東淄博）人，西晉文學家。〈招隱〉共二首，寫入山招尋隱士，見山中景色而起歸隱之心。

㉔ 戴安道：即戴逵，生年不詳，卒於東晉孝武帝太元二十年（？——西元三九五年）。字安道，著名畫家、雕塑家，終生不仕。

㉕剡：故城在今浙江嵊縣西南，有剡溪，一名戴溪，即王子猷雪夜訪戴安道處。剡 漢 shàn 國 ㄕㄢˋ 音扇。

㉖就之：就去拜訪。

㉗經宿：過了一夜。

㉘造：到。

㉙何必見戴：為甚麼一定要見到戴安道呢？

㉚王藍田：即王述，生於晉惠帝太安二年，卒於晉廢帝太和三年（西元三〇三年——西元三六八年），字懷祖，太原晉陽（今山西太原）人，後遷會稽山陰（今浙江紹興）。因襲爵藍田侯，所以稱王藍田。

㉛雞子：雞蛋。

㉜以筯刺之：筯，同箸。用筷子刺它。

㉝擲：投擲。

㉞以屐齒蹍之：屐，木屐。蹍，踐、踩。蹍 漢 zhǎn 國 ㄓㄢˇ 音展。

㉟瞋：瞪大眼睛怒視。瞋 漢 chēn 國 ㄔㄣ 音琛。

㊱內：同納。

㊲齧：咬。齧 漢 niè 國 ㄋㄧㄝˋ 音聶。

㊳王右軍：即東晉書法家王羲之，生於晉惠帝太安二年，卒於晉孝武帝太元四年（西元三〇三年——西元三七九年），字逸少。因曾任右軍將軍，故稱王右軍。

㊴安期：即王承，字安期，王藍田之父，曾官東海內史。

㊵猶當無一豪可論：豪，同毫。還是無一點可取之處。

蕪城賦

鮑照

瀰迆平原①，南馳蒼梧漲海，北走紫塞鴈門②。柂以漕渠，軸以崑崗③。重江複關之隩，四會五達之莊④。當昔全盛之時，車挂轊⑤，人駕肩⑥。廛閈撲地⑦，歌吹沸天⑧。孳貨鹽田，鏟利銅山⑨。才力⑩雄富，士馬精妍⑪。故能奓秦法，佚周令⑫。劃崇墉⑬，刳濬洫⑭，圖脩世以休命⑮。

是以板築雉堞之殷，井幹烽櫓之勤⑯。格高五嶽，袤廣三墳⑰。崪⑱若斷岸，矗⑲似長雲。製磁石以禦衝⑳，糊赬壤以飛文㉑。觀基扃之固護，將萬祀而一君㉒。出入三代㉓五百餘載，竟瓜剖而豆分㉔！

澤葵依井㉕，荒葛罥塗㉖。壇羅虺蜮㉗，階鬪麏鼯㉘。木魅㉙山鬼，野鼠城狐。風嗥雨嘯㉚，昏見㉛晨趨。飢鷹厲吻㉜，寒鴟嚇雛㉝。伏虣㉞藏虎，乳血飡膚㉟。

崩榛㊱塞路，崢嶸古馗㊲。白楊早落，塞草前衰㊳。稜稜㊴霜氣，蔌蔌㊵

風威。孤蓬自振，驚砂坐飛㊶。灌莽杳㊷而無際，叢薄紛㊸其相依。通池既已夷㊹，峻隅又已頹㊺。直視千里外，唯見起黃埃㊻。凝思寂聽㊼，心傷已摧㊽。

若夫藻扃黼帳㊾，歌堂舞閣之基㊿。璇淵碧樹(51)，弋林釣渚之館(52)。吳蔡齊秦之聲(53)，魚龍爵馬之玩(54)。皆薰(55)歇燼滅，光沈響絕。東都妙姬(56)，南國(57)麗人。蕙心紈質(58)，玉貌絳脣(59)。莫不埋魂幽石，委骨窮塵(60)。豈憶同輿(61)之愉樂，離宮(62)之苦辛哉！

天道如何？吞恨者多(63)！抽琴命操(64)，為(65)〈蕪城〉之歌。歌曰：邊風急兮城上寒，井逕滅兮丘隴殘(66)。千齡兮萬代，共盡(67)兮何言！

作者

鮑照，生於晉安帝義熙元年，卒於南朝宋明帝泰始二年（西元四〇五年——西元四六六年）。字明遠，東海（今江蘇漣水）人。幼家貧，妹鮑令暉是當時的女詩人。南朝宋文帝時，鮑照官中書舍人，後任臨海王劉子頊參軍，世稱鮑參軍。及劉子頊叛變事敗，鮑照不幸為亂兵所殺。

鮑照是南朝傑出文學家。他出身寒微，作品多反映當時的社會動亂和政治黑暗。所作樂府詩〈擬行路難〉十九首，格調高昂，情感豐沛。還有七言歌行多篇，吸收了民歌的精華，成不朽佳作。後來高適、岑參、李白諸人，都受他的影響。著有《鮑參軍集》十卷。

題解

〈蕪城賦〉選自《文選》卷十一，版本據中華書局排印本。文章描寫廣陵城經歷竟陵王劉誕叛亂後的荒涼景象。

蕪城，指戰亂後荒蕪的廣陵城，故城在今江蘇江都東北，為西漢吳王劉濞所建，久歷繁榮，五胡亂華始遭破壞。南朝宋文帝元嘉二十七年（西元四五〇年），北魏南侵，廣陵太守劉懷之焚城出亡；孝武帝大明三年（西元四五九年），竟陵王劉誕據廣陵叛變，武帝命沈慶之率兵討平後，盡誅城內男丁，女子則編入軍籍為奴。前後十年間，廣陵數遭兵燹，淪為廢墟。其時鮑照適在江北，偶經此地，不勝感慨，乃以蕪城為題，賦詠其由盛而衰之經過。作者詳述了廣陵城的地勢形勝，對昔日繁華和當前衰颯的景象作深刻的描寫，是駢體賦中的名篇。

注釋

①瀰迆平原：瀰迆，廣闊延綿。謂廣陵城座落在廣闊綿延的平原之上。瀰迆㊉漢 mǐ yǐ ㊉國 ㄇㄧˇ ㄧˇ 音米以。

②南馳蒼梧漲海，北走紫塞鴈門：南馳、走北，即向南可馳、向北可走之意。蒼梧，郡名，在今廣西。漲海，南海的古稱。紫塞，指長城。鴈門，郡名，在今山西。

③柂以漕渠，軸以崑崗：柂，船舵。以，用。漕渠，人工挖掘或疏浚的運糧河道，此指流經廣陵城西的邗溝。軸，車軸。崑崗，蜀崗的別名。兩句謂以漕渠為柂，以崑崗為軸。柂㊉漢 duò ㊉國 ㄉㄨㄛˋ 音惰。

④重江複關之隩，四會五達之莊：重江，兩條江，此指淮河和長江。複關，兩重關，此就廣陵城具有內外二城而言。隩，蔽藏。四會五達，猶謂四通八達。莊，道路。兩句謂廣陵城既有江淮二水、內外二城的庇護，又有四通八達的大道。隩㊉漢 ào ㊉國 ㄠˋ 音奧。

⑤車挂轊：挂，觸碰、絆結。轊，車軸頭。轊㊉漢 wèi ㊉國 ㄨㄟˋ 音胃。

⑥駕肩：駕，通架。謂肩膀交錯擠壓。

⑦廛閈撲地：廛，古代平民一家在城邑中所佔的房地。閈，里巷之間。廛閈，猶廛里，古代城市居民住

宅的通稱。撲地，遍地。廛閈(漢) chán hàn (國) ㄔㄢˊ ㄏㄢˋ 音蟬汗。

⑧ 歌吹沸天：歌吹，歌聲和樂聲。沸天，形容聲音極度喧騰。吹(漢) chuì (國) ㄔㄨㄟˋ 音垂去聲。

⑨ 孳貨鹽田，鏟利銅山：鏟，鏟取的動作，此指獲取。銅山，指廣陵附近的大銅山。兩句謂廣陵城可以繁孳錢財於鹽田，獲取厚利於銅山。廣陵東近黃海，故有鹽田之利。孳(漢) zī (國) ㄗ 音資。

⑩ 才力：謂人才實力。

⑪ 士馬精妍：士馬，兵馬。妍，美好。精妍，精良。

⑫ 奓秦法，佚周令：奓，超過。佚，通軼，超過。周秦時代對城池建造規格有明文規定，廣陵城的規模超過了侯王都城的要求。奓(漢) chǐ (國) ㄔˇ 音尺。佚(漢) yì (國) ㄧˋ 音亦。

⑬ 劃崇墉：劃，開闢，此指建造。崇墉，高大的城牆。墉(漢) yōng (國) ㄩㄥ 音庸。

⑭ 刳濬洫：刳，挖掘。濬洫，深深的護城河。刳(漢) kū (國) ㄎㄨ 音枯。濬(漢) jùn (國) ㄐㄩㄣˋ 音俊。洫(漢) xù (國) ㄒㄩˋ 音續。

⑮ 圖脩世以休命：脩，長。休，美好。命，命運。

⑯ 是以板築雉堞之殷，井幹烽櫓之勤：是以，因此。板，夾板。築，杵。板築，築牆用具。修築城牆時，以兩板相夾，填土於其中，用杵搗實。雉堞，城上短牆，此亦代指城牆。殷，盛大。井幹，以竹木築成的井形架構，修建樓臺時用。烽櫓，城牆上舉烽火的望樓，此亦代指城上的各種樓臺。勤，辛勞。雉(漢) zhì (國) ㄓˋ 音志。堞(漢) dié (國) ㄉㄧㄝˊ 音碟。幹(漢) hán (國) ㄏㄢˊ 音韓。櫓(漢) lǔ (國) ㄌㄨˇ 音魯。

⑰ 格高五嶽，袤廣三墳：格，規格。五嶽，我國五座名山的總稱，具體所指各書記載略有不同。袤，橫長。三，泛指多數。墳，大堤，如長江大堤、黃河大堤等。袤(漢) mào (國) ㄇㄠˋ 音茂。

⑱ 崪：高峻。崪(漢) zú (國) ㄗㄨˊ 音卒。

⑲ 矗：高聳直立。

⑳ 製磁石以禦衝：製，安裝。磁石，天然的吸鐵石。禦衝，抵禦敵人的攻擊。

㉑ 糊頳壤以飛文：糊，塗附。頳壤，紅土，古代多用以塗飾牆壁。飛文，文彩閃耀，此指為城牆增添光彩。頳 漢 chēng 國 ㄔㄥ 音稱。

㉒ 觀基扃之固護，將萬祀而一君：基，城基。扃，門戶，此指城門。基扃，泛指城闕。固護，牢固。將，大概。萬祀，萬年。扃 漢 jiōng 國 ㄐㄩㄥ 音坰。

㉓ 出入三代：出入，猶謂經歷。三代，指漢魏晉三代。

㉔ 竟瓜剖而豆分：如瓜被剖割，如豆被分裂，謂廣陵城被摧殘。

㉕ 澤葵依井：澤葵，青苔。依井，附生於井台、井壁。

㉖ 荒葛罥塗：葛，一種蔓生野草。罥，纏繞。罥 漢 juàn 國 ㄐㄩㄢˋ 音眷。

㉗ 壇羅虺蜮：壇，廳堂、庭院。羅，佈列。虺，古稱蝮蛇一類的毒蛇。蜮，相傳一種能含沙射人的短狐。虺 漢 huǐ 國 ㄏㄨㄟˇ 音毀。蜮 漢 yù 國 ㄩˋ 音域。

㉘ 階鬪麏鼯：麏，獐子。鼯，鼯鼠。麏 漢 jūn 國 ㄐㄩㄣ 音君。鼯 漢 wú 國 ㄨˊ 音吳。

㉙ 木魅：樹妖。

㉚ 風嗥雨嘯：嗥，咆哮。在風中嚎叫。嗥 漢 háo 國 ㄏㄠˊ 音豪。

㉛ 見：同現，顯露。

㉜ 厲吻：磨嘴。

㉝ 寒鴟嚇雛：鴟，鷂鷹。嚇，恐嚇。雛，小鳥。鴟 漢 chī 國 ㄔ 音癡。

㉞ 虣：一種猛獸。一說，字當作「䖙」，指白虎。虣 漢 bào 國 ㄅㄠˋ 音豹。

㉟ 乳血飧膚：以血為乳，以肌膚為飧。飧 漢 sūn 國 ㄙㄨㄣ 音孫。

㊱ 崩榛：崩，倒塌。榛，叢生的樹木。榛 漢 zhēn 國 ㄓㄣ 音真。

㊲ 崢嶸古馗：崢嶸，陰森貌。馗，同逵，指四通八達的道路。馗 漢 kuí 國 ㄎㄨㄟˊ 音葵。

㊳ 塞草前衰：塞，一作寒。塞草，泛指城牆上的草。前衰，謂前於諸草而衰。

㊴稜稜：嚴寒之貌。
㊵蔌蔌：風勁烈之貌。蔌㊉sù㊍ㄙㄨˋ音速。
㊶坐飛：無故而飛。
㊷灌莽杳：灌莽，灌木與野草。杳，深遠。杳㊉yǎo㊍ㄧㄠˇ音舀。
㊸叢薄紛：叢薄，茂密的草叢。紛，雜亂。
㊹通池既已夷：通池，護城河。夷，平。
㊺峻隅又已頹：峻隅，高峻的城角。頹，坍塌。
㊻直視千里外，唯見起黃埃：極目遠望千里之外，只見黃塵飛揚，別無所有。
㊼凝思寂聽：凝神靜聽。
㊽心傷已摧：摧，極。傷心之情已到極點。
㊾若夫藻扃黼帳：若夫，至於。藻扃，裝飾華美的門户。黼帳，飾有黼黻花紋的幔帳。黼㊉fǔ㊍ㄈㄨˇ音斧。
㊿基：此指房基。
⑤①璇淵碧樹：璇淵，玉池。碧樹，玉樹。
⑤②弋林釣渚之館：弋，繳射，用繫著絲繩的箭射鳥。弋林，弋射禽鳥的林苑。渚，水邊。釣渚，泛指垂釣之處。館，泛指樓臺館舍。弋㊉yì㊍ㄧˋ音亦。
⑤③吳蔡齊秦之聲：泛指各地的美妙樂聲。
⑤④魚龍爵馬之玩：泛指各種雜技、雜耍。
⑤⑤薰：此指焚城時的煙氣。
⑤⑥東都妙姬：東都，指洛陽。妙姬，美女。
⑤⑦南國：江南。

58 蕙心紈質：蕙，一種芳草名。蕙心，猶謂芳心。紈，白色細絹。紈質，白細的膚質。蕙(漢)huì(國)ㄏㄨㄟˋ音惠。紈(漢)wán(國)ㄨㄢˊ音玩。

59 絳脣：紅唇。絳(漢)jiàng(國)ㄐㄧㄤˋ音降。

60 委骨窮塵：委，棄。窮塵，猶謂僻壤。

61 同輿：輿，帝王后妃所坐之車。與君王同車游玩，此謂嬪妃受寵。

62 離宮：正宮之外的宮室，此指失寵嬪妃的冷宮。

63 天道如何，吞恨者多：天道，天理、天意。恨，遺憾。

64 抽琴命操：抽，取。命，使用、運用。操，具有固定曲調的琴曲。

65 為：創作。

66 井逕滅兮丘隴殘：井逕，田間小路。丘隴，墳陵。

67 共盡：謂人皆有死，都有壽命終盡之時。

與陳伯之書

丘遲

遲頓首①。陳將軍足下②：無恙③，幸甚幸甚！將軍勇冠三軍，才為世出④，棄燕雀之小志，慕鴻鵠以高翔⑤。昔因機變化，遭遇明主⑥，立功立事⑦，開國稱孤⑧，朱輪華轂⑨，擁旄萬里⑩，何其壯⑪也！如何一旦為奔亡之虜⑫，聞鳴鏑而股戰⑬，對穹廬以屈膝⑭，又何劣邪⑮！

尋君去就之際⑯，非有他故，直以⑰不能內審諸己，外受流言⑱，沈迷猖獗⑲，以至於此。聖朝赦罪責功⑳，棄瑕㉑錄用，推赤心㉒於天下，安反側於萬物㉓，將軍之所知，不假僕一二談也㉔。朱鮪涉血於友于㉕，張繡剚刃於愛子㉖，漢主㉗不以為疑，魏君㉘待之若舊。況將軍無昔人㉙之罪，而勳重於當世㉚。夫迷塗知反，往哲是與㉛；不遠而復㉜，先典攸高㉝。主上屈法申恩，吞舟是漏㉞；將軍松柏不翦㉟，親戚㊱安居，高臺㊲未傾，愛妾尚在。悠悠爾心㊳，亦何可言！

今功臣名將，鴈行[39]有序，佩紫懷黃[40]，讚帷幄之謀[41]，乘軺建節[42]，奉疆埸之任[43]，並刑馬作誓，傳之子孫[44]。將軍獨靦顏借命[45]，驅馳氈裘之長[46]，寧[47]不哀哉！夫以慕容超之強，身送東市[48]；姚泓之盛，面縛西都[49]。故知霜露所均，不育異類[50]；姬漢舊邦[51]，無取雜種。北虜僭盜[52]中原，多歷年所[53]，惡積禍盈，理至燋爛[54]。況偽孽昏狡[55]，自相夷戮[56]；部落攜離[57]，酋豪猜貳[58]。方當繫頸蠻邸，懸首藁街[59]。而將軍魚游於沸鼎之中，燕巢於飛幕[60]之上，不亦惑[61]乎！

暮春三月，江南草長，雜花生樹，群鶯亂飛。見故國之旗鼓[62]，感平生於疇日[63]，撫絃登陴[64]，豈不愴悢[65]！所以廉公之思趙將[66]，吳子之泣西河[67]，人之情也。將軍獨無情哉？

想早勵良規[68]，自求多福。當今皇帝盛明[69]，天下安樂。白環西獻，楛矢東來[70]；夜郎滇池，解辮請職[71]；朝鮮昌海，蹶角受化[72]。唯北狄野心[73]，掘強沙塞之間[74]，欲延歲月之命耳。中軍臨川殿下[75]，明德茂親[76]，總茲戎重[77]，弔民洛汭，伐罪秦中[78]。若遂不改，方思僕言[79]。聊布往懷，君其詳之⑧〇。丘遲頓首。

作者

丘遲，生於南朝宋孝武帝大明八年，卒於梁武帝天監七年（西元四六四年——西元五〇八年）。字希范，吳興烏程（今浙江吳興）人。父親丘靈鞠是南齊著名文人。丘遲初為太學博士，後為殿中郎。梁代齊後，歷任散騎侍郎、中書侍郎、永嘉（今浙江温州）太守，官至司徒（一作司空）從事中郎。

丘遲自幼聰敏，八歲能文，尤工駢體。其文才甚為梁武帝賞識。著有《丘司空集》一卷。

題解

〈與陳伯之書〉選自《文選》卷四十三，版本據中華書局排印版。是南北朝駢文中的精妙之作。

陳伯之，齊末為江州刺史，後降梁，仍任原職，封豐城縣公。梁武帝天監元年（西元五〇二年），起兵叛變，兵敗後投奔北魏，為平南將軍。天監四年（西元五〇五年）冬，臨川王蕭宏奉武帝之命伐魏，伯之領兵於壽陽梁城（今安徽壽縣）抵抗。次年三月，蕭宏命記室丘遲寫下此信勸降，伯之得信，即擁兵八千以壽陽、梁城歸梁。書中以個人的前途與鄉國之情打動對方，又動以利害，威以禍福，勸其反正。情深義重，溢於言表，文采紛披，堪稱典範名篇。

注釋

① 頓首：磕頭，為古人書簡中的常用敬語。

② 足下：傳統書信中上對下或同輩相稱的敬詞。

③ 無恙：沒有憂愁病痛，為古人書簡中常用的問候語。

④ 世出：謂應時而出。蘇武〈答李陵書〉曰：「每念足下，才為世生，器為時出。」

⑤ 棄燕雀之小志，慕鴻鵠以高翔：燕雀，一種不能高飛的小鳥，喻平凡之輩。慕，羨慕。鴻鵠，善飛的天鵝，喻有才華和志氣的人。鵠㊇hú㊖ㄏㄨˊ音胡。

⑥ 昔因機變化，遭遇明主：因機變化，猶謂隨機應變。遭，逢。明主，英明的君主，指蕭衍。本句指陳伯之初降梁武帝蕭衍事。

⑦ 立功立事：此指陳伯之助蕭衍攻破齊都建康城，力戰有功，進號征南將軍，封豐城縣公，邑二千，任江州刺史事。

⑧ 開國稱孤：開國，晉以後在五等封爵前所加的稱號，即「開邦建國」之意。稱孤，《老子・三十九章》：「是以侯王自謂孤寡不穀。」

⑨ 朱輪華轂：轂，車輪中心的圓木。指高官貴人乘坐的華麗車輛。轂㊥gǔ㊐ㄍㄨˇ音谷。

⑩ 擁旄萬里：旄，旄節，鎮守一方的長官所擁有的符節。萬里，代指刺史之職。謂持有朝廷頒發的旄節，擔當刺史重任。旄㊥máo㊐ㄇㄠˊ音毛。

⑪ 壯：雄武豪邁。

⑫ 如何一旦為奔亡之虜：如何，為什麼。一旦，一朝。虜，叛逆。奔亡之虜，謂逃跑投敵的叛徒。

⑬ 聞鳴鏑而股戰：鳴鏑，響箭。股戰，兩腿發抖。鏑㊥dí㊐ㄉㄧˊ音笛。

⑭ 對穹廬以屈膝：穹廬，古代遊牧民族居住的氈帳，此亦代指建立北魏政權的鮮卑族拓跋氏。屈膝，下跪。

⑮ 又何劣邪：劣，卑鄙下賤。邪，詢問助詞。

⑯ 尋君去就之際：尋，推究。去就之際，謂選擇應否叛梁投魏之時。

⑰ 直以：直猶但，僅僅由於。

⑱ 流言：謠言，挑撥離間的話。

⑲ 沈迷猖獗：沈迷，迷惑昏昧。猖獗，隨意妄行。

⑳ 聖朝赦罪責功：聖朝，指梁朝。責，求。

㉑ 瑕：玉上的斑點，此指過失。

㉒ 推赤心：推，行。謂以誠心相待。

㉓ 安反側於萬物：反側，疑懼不安、反覆無常。萬物，猶眾人。謂使一切懷有惑志的人穩定下來。

㉔ 不假僕一二談也：假，借助。不必由我來一一細說了。

㉕ 朱鮪涉血於友于：朱鮪，乃王莽末年綠林軍將領，曾勸更始帝劉玄殺了光武帝劉秀的哥哥劉縯（伯升）。後來，朱鮪據洛陽抵禦劉秀，劉秀遣使勸降，申明既往不咎，保其官爵，朱鮪遂獻城投降。涉血，流血，亦作喋血。友于，兄弟，此指劉秀之兄劉伯升。鮪(漢)wěi(國)ㄨㄟˇ音尾。

㉖ 張繡剚刃於愛子：張繡，東漢末年的軍閥，建安二年（西元一九七年）投降曹操，不久舉兵反曹，殺死了曹操長子曹昂及侄子曹安民。建安四年（西元一九九年），張繡又降曹操，被封為列侯。剚刃，用刀劍刺入。愛子，指曹操長子曹昂。剚(漢)zì(國)ㄗˋ音自。

㉗ 漢主：指劉秀。

㉘ 魏君：指曹操。

㉙ 昔人：指朱鮪、張繡。

㉚ 世：一作代，此因唐抄本《昭明文選》避唐太宗諱改。

㉛ 往哲是與：往哲，前代的聖賢、哲人。是，表示加重語氣之詞。與，讚許。

㉜ 不遠而復：錯路尚未走遠而能返，語本《易・復卦》。

㉝ 先典攸高：先典，古代典籍。攸，所。高，嘉許。

㉞ 主上屈法申恩，吞舟是漏：主上，指梁武帝。屈，屈曲。申，伸張。吞舟，指吞舟的大魚。此言梁武帝輕法重恩，法網寬疏，連吞舟的大魚都可以漏過去。

㉟ 松柏不翦：松柏，代指祖墳。謂祖宗的墳墓沒被損毀。

㊱ 親戚：此處當是指父母。

㊲ 高臺：指陳伯之在梁的住宅。

㊳ 悠悠爾心：悠悠，憂思之貌。爾，你。

㊴ 鴈行：鴈，通雁。飛鴈的行列，喻排列整齊有序。

㊵ 佩紫懷黃：紫，紫色綬帶，為高官的佩飾。黃，金印。

㊶ 讚帷幄之謀：讚，佐助、參與。帷帳，軍帳，亦代指軍中機要之處。幄（漢）wò（國）ㄨㄛˋ音握。

㊷ 乘軺建節：軺，兩匹馬拉的輕車，此指使節所用之車。建節，把旄節插立在車上。軺（漢）yáo（國）ㄧㄠˊ音遙。

㊸ 奉疆場之任：奉，擔當。疆場，疆界，此指邊疆。此言奉邊疆守土之責。場（漢）yì（國）ㄧˋ音亦。

㊹ 並刑馬作誓，傳之子孫：刑馬作誓，指古代殺白馬，飲血為誓的舊制。謂梁朝與功臣名將殺馬立誓，將其爵位傳於後代子孫。

㊺ 靦顏借命：靦顏，厚著臉皮。借命，猶謂苟且偷生。靦（漢）miǎn（國）ㄇㄧㄢˇ音免。

㊻ 驅馳氈裘之長：驅馳，奔走效命。氈裘之長，指北魏的君主。鮮卑等北方遊牧民族均載氈帽、著氈靴，穿裘皮服裝，故稱其君主為氈裘之長。氈（漢）zhān（國）ㄓㄢ音沾。

㊼ 寧：豈。

㊽ 夫以慕容超之強，身送東市：慕容超，南燕（鮮卑族慕容氏建立的政權）的君主。東晉安帝義熙六年（西元四一〇年），劉裕北伐，於廣固（今山東益都西北）生擒慕容超，押赴建康（今江蘇南京）斬首，南燕遂滅。東市，本指漢都長安處決犯人的地方，後泛指刑場。

㊾ 姚泓之盛，面縛西都：姚泓，後秦（羌族建立的政權）君主。東晉安帝義熙十三年（西元四一七年），劉裕率軍進入關中，攻克長安，生擒姚泓，押赴建康斬首。面縛，雙手反綁於背。西都，長安。

㊿ 故知霜露所均，不育異類：謂天地間霜露的降臨是均勻的，但卻不養育漢民族以外的民族。本文中「異類」、「雜種」、「北虜」等都是對其他民族輕侮的稱呼，這是當時尖銳的民族矛盾所致。

(51) 姬漢舊邦：姬，周朝王室的姓。句謂周朝、漢朝的故國。

(52) 僭盜：非法竊取。僭（漢）jiàn（國）ㄐㄧㄢˋ音見。

53 多歷年所：歷，經。年所，年數。

54 燋爛：燒燋糜爛，此指滅亡。

55 為孽昏狡：孽，同孼。偽孽，僭偽的惡人，此指北魏王室成員。昏狡，昏瞶狡詐。孽漢nie國ㄋㄧㄝˋ音臬。

56 夷戮：夷平殺戮。

57 攜離：懷有離異之心。

58 酋豪猜貳：酋豪，酋長。猜貳，猜忌而有二心。南齊和帝中興元年（西元五〇一年），北魏宣武帝的叔父咸陽王元禧圖謀作亂，被揭發後處死。南梁武帝天監三年（西元五〇四年），北海王元詳謀逆為亂，被革職處死。這些北魏王室內部的自相殘殺，對其聲望、實力有很壞的影響。

59 方當繫頸蠻邸，懸首藁街：方當，將要。繫頸，繫繩於頸，表示被縛就擒。蠻邸，即蠻夷邸，古代供鄰族、鄰國的來朝使者居住的館舍。古代多有斬異族酋長之首懸於蠻夷邸的做法。藁街，長安街名。邸漢dǐ國ㄉㄧˇ音底。藁漢gǎo國ㄍㄠˇ音稿。

60 飛幕：飄動的帷幕。

61 惑：面對是非，感覺迷惑。

62 故國之旗鼓：指梁國的戰旗戰鼓。

63 疇日：往日。

64 撫絃登陴：撫絃，猶謂持弓。陴，城上女牆，此代指城牆。陴漢pí國ㄆㄧˊ音皮。

65 愴悢：傷心。悢漢liàng國ㄌㄧㄤˋ音亮。

66 廉公之思趙將：廉公，指戰國時趙國名將廉頗。據《史記・廉頗藺相如列傳》，趙悼襄王即位後，罷免了廉頗。廉頗出亡魏國、楚國，難於建功，發出了「我思用趙人」的慨歎。

67 吳子之泣西河：吳子，指戰國時魏將吳起。西河，古郡名，轄境約為今陝西華陰以北、黃龍以南、洛河以東、黃河以西地區，周顯王三十九年（西元前三三〇年）地入秦，郡廢。據《呂氏春秋・觀表》，吳起本任西沙郡守，魏武侯聽信王錯的讒言，召吳起回朝。吳起臨行時，望著西河哭泣說，西河很快就會被秦國奪去了，後來果應其言。

⑱想早勵良規：想，希望、盼望。勵，振奮。良規，好的打算。

⑲盛明：猶聖明。

⑳白環西獻，楛矢東來：白環，白色玉環。白環西獻，相傳虞舜時代西王母來朝，貢獻白環。楛矢，用楛木做的箭。楛矢東來，相傳周武王時，東北方的肅慎氏部落貢獻楛矢。二句意在說明梁朝同樣吸引遠方部族納獻貢物。楛 漢 hù 國 ㄏㄨˋ 音户。

㉑夜郎滇池，解辮請職：夜郎、滇池，均為西南古國名。解辮，謂解其髮辮，改從漢人習俗。請職，請求封職。滇 漢 diān 國 ㄉㄧㄢ 音顛。

㉒朝鮮昌海，蹶角受化：昌海，今新疆羅布泊。蹶角，額角叩地，表示服順。受化，接受教化。二句意在誇張梁朝的聲威，實際上梁朝的實力並未伸展到朝鮮、昌海。蹶 漢 jué 國 ㄐㄩㄝˊ 音決。

㉓唯北狄野心：唯，只有。北狄，指北魏。古代對北方民族統稱狄。

㉔掘強沙塞之間：掘強，桀驁不馴。沙塞，沙漠邊塞。

㉕中軍臨川殿下：殿下，對王侯的尊稱。指當時以中軍將軍之職統領全軍的臨川王蕭宏。

㉖明德茂親：明德，具有美好的德行。茂親，至親。蕭宏是梁武帝的弟弟。

㉗總茲戎重：戎重，謂兵權重任。句謂主持此次北伐的大事。

㉘弔民洛汭，伐罪秦中：弔，慰問。洛汭，河南洛水入黃河處。秦中，陝西中部地區。

㉙若遂不改，方思僕言：如果遂惡不改，一定會想起我所說的話。

㉚聊布往懷，君其詳之：布，陳述。聊且以此書表達往日的情懷，希望你能詳察。

千字文

周興嗣

天地玄黃①，宇宙洪荒②。日月盈昃③，辰宿列張④。
寒來暑往，秋收冬藏。閏餘成歲⑤，律呂調陽⑥。
雲騰致雨⑦，露結為霜⑧。金生麗水⑨，玉出崑岡⑩。
劍號巨闕⑪，珠稱夜光⑫。果珍李柰⑬，菜重芥薑⑭。
海鹹河淡，鱗潛羽翔⑮。龍師火帝⑯，鳥官人皇⑰。
始制文字⑱，乃服⑲衣裳。推位讓國⑳，有虞陶唐㉑。
弔民伐罪㉒，周發殷湯㉓。坐朝問道㉔，垂拱平章㉕。
愛育黎首㉖，臣伏戎羌㉗。遐邇㉘壹體，率賓歸王㉙。
鳴鳳在竹㉚，白駒食場㉛。化被草木㉜，賴及萬方㉝。
蓋此身髮㉞，四大五常㉟。恭惟鞠養㊱，豈敢毀傷㊲。
女慕貞潔㊳，男效才良㊴。知過必改，得能莫忘㊵。

罔談彼短㊶，靡恃己長㊷。信使可復㊸，器欲難量㊹。
墨悲絲染㊺，詩讚羔羊㊻。景行維賢㊼，克念作聖㊽。
德建名立，形端表正㊾。空谷㊿傳聲，虛堂習聽(51)。
禍因惡積，福緣善慶(52)。尺璧(53)非寶，寸陰是競(54)。
資父事君(55)，曰嚴與敬(56)。孝當竭力，忠則盡命。
臨深履薄(57)，夙興溫清(58)。似蘭斯馨(59)，如松之盛。
川流不息，淵澄取映(60)。容止若思(61)，言辭安定(62)。
篤初誠美(63)，慎終宜令(64)。榮業所基(65)，籍甚無竟(66)。
學優登仕(67)，攝職(68)從政。存以甘棠(69)，去而益詠(70)。
樂殊貴賤(71)，禮別尊卑(72)。上和下睦(73)，夫唱婦隨(74)。
外受傅(75)訓，入奉母儀(76)。諸(77)姑伯叔，猶子(78)比兒。
孔懷兄弟(79)，同氣連枝(80)。交友投分(81)，初磨箴規(82)。
仁慈隱惻(83)，造次弗離(84)。節義廉退(85)，顛沛匪虧(86)。
性靜情逸(87)，心動神疲(88)。守真志滿(89)，逐物意移(90)。

堅持雅操(91)，好爵自縻(92)。都邑華夏(93)，東西二京(94)。

背邙面洛(95)，浮渭據涇(96)。宮殿盤鬱(97)，樓觀飛驚(98)。

圖寫(99)禽獸，畫綵(100)仙靈。丙舍傍啟(101)，甲帳對楹(102)。

肆筵設席(103)，鼓瑟吹笙(104)。陞階納陛(105)，弁轉疑星(106)。

右通廣內(107)，左達承明(108)。既集墳典(109)，亦聚群英(110)。

杜稾鍾隸(111)，漆書壁經(112)。府羅將相(113)，路俠槐卿(114)。

戶封八縣(115)，家給千兵(116)。高冠陪輦(117)，驅轂振纓(118)。

世祿侈富(119)，車駕肥輕(120)。策功茂實(121)，勒碑刻銘(122)。

磻溪伊尹(123)，佐時阿衡(124)。奄宅曲阜(125)，微旦孰營(126)。

桓公匡合(127)，濟弱扶傾(128)。綺迴漢惠(129)，說感武丁(130)。

俊乂密勿(131)，多士寔寧(132)。晉楚更霸(133)，趙魏困橫(134)。

假途滅虢(135)，踐土會盟(136)。何遵約法(137)，韓弊煩刑(138)。

起翦頗牧(139)，用軍(140)最精。宣威沙漠(141)，馳譽丹青(142)。

九州禹跡(143)，百郡秦并(144)。嶽宗泰岱(145)，禪主云亭(146)。

鴈門紫塞(147)，雞田赤城(148)。昆池碣石(149)，鉅野洞庭(150)。
曠遠緜邈(151)，巖岫杳冥(152)。治本於農(153)，務茲稼穡(154)。
俶載南畝(155)，我藝黍稷(156)。稅熟貢新(157)，勸賞黜陟(158)。
孟軻敦素(159)，史魚秉直(160)。庶幾中庸(161)，勞謙謹勅(162)。
聆音察理(163)，鑑貌辨色(164)。貽厥嘉猷(165)，勉其祗植(166)。
省躬譏誡(167)，寵增抗極(168)。殆(169)辱近恥，林皐幸即(170)。
兩疏見機(171)，解組誰逼(172)。索居(173)閒處，沈默寂寥(174)。
求古尋論(175)，散慮(176)逍遙。欣奏累遣(177)，慼謝歡招(178)。
渠荷的歷(179)，園莽抽條(180)。枇杷晚翠(181)，梧桐(182)蚤凋。
陳根委翳(183)，落葉飄颻(184)。游鵾獨運(185)，凌摩絳霄(186)。
耽讀翫市(187)，寓目囊箱(188)。易輶攸畏(189)，屬耳垣牆(190)。
具膳飡飯(191)，適口充腸(192)。飽飫烹宰(193)，飢厭糟糠(194)。
親戚故舊(195)，老少異糧(196)。妾御績紡(197)，侍巾帷房(198)。
紈扇圓絜(199)，銀燭煒煌(200)。晝眠夕寐(201)，藍筍象床(202)。

弦歌酒讌(203)，接杯舉觴(204)。矯手頓足(205)，悅豫且康(206)。
嫡後嗣續(207)，祭祀烝嘗(208)。稽顙再拜(209)，悚懼恐惶(210)。
牋牒簡要(211)，顧答審詳(212)。骸垢(213)想浴，執(214)熱願涼。
驢騾犢特(215)，駭躍超驤(216)。誅斬賊盜(217)，捕獲叛亡(218)。
布射僚丸(219)，嵇琴阮嘯(220)。恬筆倫紙(221)，鈞巧任釣(222)。
釋紛利俗(223)，並皆佳妙。毛施淑姿(224)，工顰妍笑(225)。
年矢每催(226)，曦暉朗曜(227)。璇璣懸斡(228)，晦魄環照(229)。
指薪修祜(230)，永綏吉劭(231)。矩步引領(232)，俯仰廊廟(233)。
束帶矜莊(234)，徘徊瞻眺(235)。孤陋寡聞(236)，愚蒙等誚(237)。
謂語助者(238)，焉哉乎也(239)。

作者

周興嗣，生年不詳，卒於梁武帝普通元年（？——西元五二〇年）。字思纂，陳郡項

（今河南潘丘縣南）人。博通經傳，善寫文章。梁武帝時為安成王國侍郎給事中。武帝每令其為寺碑銘碣之文，皆稱善。據載周興嗣有《皇帝實錄》等著作百餘卷，皆佚。著述今存〈千字文〉，另存詩賦四篇，見於《藝文類聚》、《文苑英華》。

題解

本篇版本據汪嘯尹《千文字釋義》。〈千文字〉是南北朝時期周興嗣編寫的長篇文章，四言韻語，無一重字，共二百五十句，凡一千言，為我國歷史上廣為流傳的學童啟蒙課本之一。其成書經過，據唐李綽《尚書故實》記載，梁武帝命殷鐵石從王羲之的書法中拓出一千個不重複的字，供諸王臨摹。千字拓出後，武帝感到零亂，命周興嗣編成韻文。「興嗣一夕編綴進上，鬢髮盡白，賞賜甚厚。」（《太平廣記》）。該文雖以識字為主，然內容宏富，包羅天文地理、文學藝術、歷史流變、名賢事略、修身治國、禮儀規範、創造發明等，可使學童在有限篇幅內獲得廣博的文化知識。文章表明作者有意弘揚民族文化，這種精神十分可貴。

〈千字文〉通篇以四字為一句，二句為一節，依據內容，可分五段。第一段，從「天地玄黃」至「賴及萬方」，共十八節，講天地人之道，即講天地開闢，天象天時，地生萬物，三皇五帝和夏商周的情景。第二段，從「蓋此身髮」至「好爵自縻」，共三十三節，講修身之道，即講修身的重要和勉勵君子固守仁、義、禮、智、信這五德的具體意見。第三段，從「都邑華夏」至「勸賞黜陟」，共三十三節，講帝王之事，即講述帝王京都的山川形勝、宮殿樓觀及所藏典籍；其下則寫歷史上建功立業的謀臣策士、上古至秦漢地域的廣遠和以農為本的治國大計。第四段，從「孟軻敦素」至「愚蒙等誚」，共四十節，講修身治家之道。其中包括強調為人處世要敦厚正直，謹慎謙虛和知足遠恥；此外又言及飲宴、祭祀和處身治家之禮儀，表現出作者對傳統道德的崇尚和對後學的勗勉。第五段，即最後兩句。這兩句或可認為是著者為湊足「千字」而作，於是寫成「謂語助者，焉哉乎也」，以收束全篇。通篇語言簡明，富有韻律，便於記誦，文內所含文化知識相當豐富，可以看出編者具有深厚的中國古代文化素養，故能精心運用不重複的千字，巧妙組合，對偶押韻，自然流暢地涵蓋了天文、地理、歷史、道德規範、日常生活和草木鳥獸諸領域的文化知識，千百年來已成為家傳户誦的訓蒙課本，影響深遠。

注釋

①天地玄黃：玄，黑色。黃，黃色。天是黑色的，地是黃色的。

②宇宙洪荒：宇宙，《尸子》云：「上下四方曰宇，古往今來曰宙。」洪，大。荒，荒蕪。天地開闢之時遼闊荒蕪。

③日月盈昃：盈，滿。昃，斜。此言日有正斜，月有圓缺。昃㊅zè㊄ㄗㄜˋ音仄。

④辰宿列張：辰宿，天上星辰總稱。星辰陳列張佈天上。宿㊅xiù㊄ㄒㄧㄡˋ音秀。

⑤閏餘成歲：閏，古人認為四時（四季）已定，便以其多餘之日纍計之為閏。常年十二個月；閏年為十三個月。餘日積纍成為閏年。

⑥律呂調陽：律呂，古代音樂術語，即指十二律，為「六律」，「六呂」的合稱。陽，陰陽的省稱，用以就韻。用律呂來調節陰陽。

⑦雲騰致雨：騰，昇。致，導致。

⑧露結為霜：結，凝。為，變成。

⑨金生麗水：金，黃金。麗水，即金沙江，水底有沙，可以淘金。

⑩玉出崑岡：崑岡，崑崙山。據記載，此山出玉。

⑪劍號巨闕：巨闕為春秋時越王的寶劍。

⑫珠稱夜光：夜光，夜裡發光。古時夜裡能發光的珠子。

⑬果珍李柰：珍，果之中以李柰為上品。李柰，李子和蘋果。

⑭菜重芥薑：菜之中重視芥薑。

⑮ 鱗潛羽翔：鱗，指魚。潛，藏。羽，指鳥。翔，飛。

⑯ 龍師火帝：龍師，指伏羲氏。龍，傳說伏羲氏時，有龍馬負圖出於河中，故以龍作官名。火帝，指燧人氏。傳說燧人氏發明鑽木取火，教民熟食，故稱其為火帝。

⑰ 鳥官人皇：鳥官，指少昊氏。傳說少昊氏時，有鳳鳥出現，故以鳥作官名。人皇，三皇之一。傳說上古時有天皇氏、地皇氏、人皇氏。

⑱ 始制文字：始，開始。制，創造。

⑲ 服：動詞，穿著。

⑳ 推位讓國：國，國土。指傳說中的堯舜把君主之位讓給別人，即實行禪讓。

㉑ 有虞陶唐：有虞，舜有天下之號。陶唐，堯有天下之號。

㉒ 弔民伐罪：弔，慰。弔民，安民。伐罪，攻伐無道。此指商湯討伐夏桀，周武王討伐殷紂。

㉓ 周發殷湯：周發，周武王，姓姬，名發。殷湯，商朝的開國君王，名湯。

㉔ 坐朝問道：君主坐在朝廷上問大臣治國之道。

㉕ 垂拱平章：垂衣拱手平正公明治理天下。此言賢明君主在位謙恭有禮便使天下得以治理的狀況。

㉖ 愛育黎首：愛育，愛惜撫育。黎，黑。首，頭。黎首，黎民百姓。

㉗ 臣伏戎羌：伏，此處作臣服解。戎羌，古時稱西部和西南部少數民族為戎和羌。

㉘ 遐邇：遠近。

㉙ 率賓歸王：率，相率、一同。賓，服。歸，來歸、歸向。

㉚ 鳴鳳在竹：鳳凰在竹林鳴叫。

㉛ 白駒食場：白馬在草場吃草。

㉜ 化被草木：化，教化。被，及於。指教化及於萬物，至於草木。

㉝ 賴及萬方：賴，利。萬方，四方。

㉞ 蓋此身髮：蓋，發語詞。身髮，身體毛髮。

㉟ 四大五常：四大，佛教以地、水、火、風為四大。認為人之形體皆四大之構成。五常，仁、義、禮、智、信。

㊱ 恭惟鞠養：恭，敬。惟，思。鞠，撫育。言身髮為父母賜予，故應恭謹地思念他們的撫養。鞠 (漢) jū (國) ㄐㄩ 音菊。

㊲ 毀傷：敗壞損傷。

㊳ 女慕貞潔：慕，仰慕。貞潔，堅貞高潔。

㊴ 男效才良：效，效法。才良，才學和道德。

㊵ 得能莫忘：得，獲得。能，修養。《論語·子張》：「月無忘其所能。」

㊶ 罔談彼短：罔，勿、不。短，短處。

㊷ 靡恃己長：靡，無。恃，倚仗。長，長處。

㊸ 信使可復：此句用《論語·學而》：「信近於義，言可復也」，就是說，一句信實的話，可以重複再說。

㊹ 器欲難量：器，胸懷，器量。做人器量要寬廣，令人難以量度。

㊺ 墨悲絲染：墨子見白絲染色感到悲傷。言人之修養應純而不雜。

㊻ 詩讚羔羊：《詩經·召南》中有〈羔羊〉篇讚美大夫的節儉正直。

㊼ 景行維賢：要景仰賢者的德行。此句用《詩經·小雅·車舝》：「景行行止。」

㊽ 克念作聖：要時時思念做有德行修養的聖人。

㊾ 形端表正：形，形體。表，立木。形端，則影亦端；表正，則影亦正。

㊿ 空谷：空曠的山谷。

(51) 虛堂習聽：虛堂，空闊的堂屋。習，重複。意指在空闊的堂屋講話時會有回聲。

(52) 福緣善慶：緣，因。慶，福。這是說福是由於先人積善而來的。《易・坤》：「積善之家，必有餘慶。積不善之家，必有餘殃。」

(53) 尺璧：一尺長的美玉，形容美玉之大。

(54) 寸陰是競：每一寸光陰都要珍惜。

(55) 資父事君：資，借，有奉養的意思。事，侍奉。言借事父之道以事君。

(56) 曰嚴與敬：曰，猶言就是。嚴，指用敬畏的態度。

(57) 臨深履薄：如站在深淵旁邊，如走在薄冰上面。言時時要小心謹慎。《詩經・小旻》：「戰戰兢兢，如臨深淵，如履薄冰。」

(58) 夙興温清：夙興，意思是說早上起來。温清，言問候父母温涼。夙(漢)sù(國)ㄙㄨˋ音素。清(漢)qìng(國)ㄑㄧㄥˋ音慶。

(59) 似蘭斯馨：斯，語助詞。馨，香。像蘭花那樣就是馨香。馨(漢)xīng(國)ㄒㄧㄥ音星。

(60) 淵澄取映：像深淵的水清澈得可以照人。

(61) 容止若思：容貌舉止要沈靜得像在思考。

(62) 安定：温文淡定而不浮躁。

(63) 篤初誠美：篤，厚。開始即能做到篤厚，確實是美事。篤(漢)dǔ(國)ㄉㄨˇ音睹。

(64) 慎終宜令：宜，應當、該會。令，善。自始至終一樣謹慎才是美善。

(65) 榮業所基：指美德是顯榮事業的基本。

(66) 籍甚無竟：籍甚，名聲盛大，指名聲傳揚。無竟，無有止境。

(67) 登仕：登，陞。即作官。

(68) 攝職：攝，取。取得職位。

(69) 存以甘棠：甘棠樹保存下來。指的是《詩經・甘棠》一詩，歌頌召公的德政，因為他曾經在甘棠樹下休息，所以百姓連樹也不忍砍伐。
⑦⓪去而益詠：益，增。指召公人雖不在，但人們對他歌詠，有加無已。
⑦①樂殊貴賤：音樂的作用在辨別貴賤。
⑦②禮別尊卑：禮儀的作用在分別尊卑。
⑦③上和下睦：和，和諧。睦，親愛。
⑦④夫唱婦隨：唱，唱導。隨，附和。
⑦⑤傅：老師。
⑦⑥入奉母儀：奉，遵奉。母儀，指母親立下的規範。
⑦⑦諸：眾。
⑦⑧猶子：姪兒。
⑦⑨孔懷兄弟：孔，甚；懷，恩。言兄弟甚相思念。
⑧⓪同氣連枝：同氣，謂出自同一父母，聲氣相通。連枝，如同一樹上枝枝相連。
⑧①投分：投契。
⑧②初磨箴規：切磨，切磋琢磨。箴，勸戒。箴規，規勸。指朋友間要互相幫助，取長補短。箴㊅zhēn
㊄ㄓㄣ音針。
⑧③仁慈隱惻：仁慈，仁愛。隱惻，不忍之心，指同情憐愛之心。
⑧④造次弗離：造次，倉猝，這裡指任何時刻。離，背離。
⑧⑤節義廉退：節，氣節。義，仁義。廉，清廉。退，謙讓。
⑧⑥顛沛匪虧：顛沛，指遭遇困難而處於逆境時。匪，非。虧，虧損。
⑧⑦逸：安逸。
⑧⑧心動神疲：內心憂勞，精神就疲倦。

⑧⑨守真志滿：守真，保持著原有的本性。志滿，指會感到志意滿足。
⑨⓪逐物意移：要是追求物慾，意志就會轉移。
⑨①雅操：指高尚的操守。
⑨②好爵自縻：好，美。爵，酒杯。縻，共。《易・中孚》：「我有好爵，吾與爾縻之。」言我有美爵與爾共飲此酒。縻㊥mí㊞ㄇㄧˊ音彌。
⑨③都邑華夏：都邑，京都，皇帝所居之地。華夏，古代中國的稱謂。
⑨④東西二京：東，指東都洛陽，即今河南省洛陽市，為東漢的都城。西，西都長安，即今陝西省西安市，為西漢、唐的都城。京，都城。
⑨⑤背邙面洛：背邙，指東京北邊靠著邙山。面洛，指西京南臨洛水。邙㊥máng㊞ㄇㄤˊ音芒。
⑨⑥浮渭據涇：浮，汎。據，依。西京北靠涇水，右依渭水。
⑨⑦宮殿盤鬱：盤，屈曲。鬱，茂盛。指宮殿重重密密。
⑨⑧樓觀飛驚：觀，閣，屋之高者。樓觀，樓閣。飛，如飛之狀。飛驚，指樓觀雄偉突兀使人驚異。
⑨⑨圖寫：畫著。
⑩⓪畫綵：彩繪。
⑩①丙舍傍啟：丙舍，後漢宮中正室兩邊的房屋，以甲乙丙為次，其第三等舍稱丙舍。傍，側面。啟，開。丙舍的門開在側面。
⑩②甲帳對楹：甲帳，漢武帝所造帳幕。飾琉璃等珍寶者為甲帳，以居神；其次為乙帳，以自居。對，當。楹，堂屋前部的柱子。當柱之處施設甲帳。楹㊥yíng㊞ㄧㄥˊ音盈。
⑩③肆筵設席：肆，陳列。陳設筵席。
⑩④鼓瑟吹笙：鼓，這裡是彈奏的意思。瑟，撥弦樂器，似琴，二十五弦。笙，簧管樂器。
⑩⑤陞階納陛：階、陛，都是臺級之通稱。言依禮入座。

(106) 弁轉疑星：弁，古代冠名。疑，似。指登納者冠弁之轉動如繁星之多。弁(漢) biàn (國) ㄅㄧㄢˋ 音辨。

(107) 右通廣內：通，通達。廣內，漢朝建章宮中殿名。

(108) 承明：漢朝未央宮中殿名。

(109) 既集墳典：集，收集。墳，相傳為記載三皇之事的古書《三墳》。典，相傳為記載五帝之事的古書《五典》。

(110) 亦聚群英：聚，聚集。群英，眾多的英才。

(111) 杜稾鍾隸：杜稾，指漢朝書法家杜度的草書。鍾隸，魏朝鍾繇的隸書。

(112) 漆書壁經：漆書，以漆寫於竹簡上的古書。壁經，藏在壁中的經典。

(113) 府羅將相：府，官府。羅，羅列。

(114) 路俠槐卿：俠，同夾，有排列的意思。槐卿，公卿。槐，三槐簡稱，即三公。卿，卿相。言殿前通路的兩邊排列著公卿大臣。

(115) 户封八縣：户封，指君主分封給大臣的民户。八縣，言有八個縣之多。指封地廣大。

(116) 家給千兵：家，指將相之家。給，指君王賞賜。有上千的家兵。

(117) 高冠陪輦：高冠，大臣所戴的帽子。陪，侍奉。輦，君王之車。輦(漢) niǎn (國) ㄋㄧㄢˇ 音捻。

(118) 驅轂振纓：轂，車輪中心可插軸的部分。驅轂，驅車。振，振動。纓，帽子上的帶子。轂(漢) gǔ (國) ㄍㄨˇ 音谷。

(119) 世祿侈富：侈，奢侈，此言多的意思。世代的奉祿積成萬貫家財。

(120) 車駕肥輕：乘肥馬，依輕裘。語見《論語・公冶長》。

(121) 策功茂實：策，策書、史策。策功，史策上的功績。茂實，盛美的德業。

(122) 勒碑刻銘：勒，刻。碑，石碑。碑上刻記死者生前事功之文，為碑文；其後有讚頌的韻語，為銘文。言立碑記功以傳後世。

(123) 磻溪伊尹：磻溪，水名，傳說為姜太公釣魚之地，在今陝西省寶雞縣東南。伊尹，商湯的賢相，輔佐湯討伐夏桀，建立了商朝。磻(漢)pán(國)ㄆㄢˊ音盤。

(124) 佐時阿衡：佐時，指伊尹輔佐成湯治國。阿衡，官名，伊尹擔任。阿，倚。衡，平。伊尹輔佐成湯，天下賴以平治。

(125) 奄宅曲阜：奄，取。宅，居住。曲阜，在今山東省。言周公被封於曲阜而得居於此。

(126) 微旦孰營：微，無。旦，周公名，姬姓，武王胞弟，西周初年著名執政大臣。孰，誰。營，造。沒有周公誰能治理有成？

(127) 桓公匡合：指齊桓公以扶助周天子為號召，命諸侯踐盟約誓，尊王攘夷，為周天子封為霸主之事。匡，「桓公九合諸侯，一匡天下。」語見《論語‧憲問》。匡(漢)kuāng(國)ㄎㄨㄤ音框。

(128) 濟弱扶傾：濟弱，救助弱小的侯國。傾，傾危。扶傾，扶持衰危的周王室。

(129) 綺迴漢惠：秦時有綺里季等四位隱士輔佐太子，終使漢惠帝得以即位，世稱「四皓」。

(130) 說感武丁：說，傳說，武丁之賢相。武丁，商朝中期著名的君王。傳說因感悟商王武丁於夢中，被聘為相。

(131) 俊乂密勿：俊乂，有才德的人。乂，密切，勸勉謹慎從事。乂(漢)yì(國)ㄧˋ音亦。

(132) 多士寔寧：多士，有眾多的才德之士。寔，是。寧，安寧。

(133) 晉楚更霸：更，更迭、替代。霸，指稱霸，做諸侯之長。

(134) 趙魏困橫：困，指受困。橫，指連橫，即戰國時張儀主張的六國諸侯東西聯合以事秦國。

(135) 假途滅虢：事見《左傳‧僖公五年》，晉獻公伐虢時向虞國借道，滅虢後還師，隨即又滅掉了虞國。虢，春秋時小國。虢(漢)guó(國)ㄍㄨㄛˊ音國。

(136) 踐土會盟：踐土，地名，在今河南省滎澤縣。會，會合。盟，訂立盟約。

(137) 何遵約法：何，蕭何，漢開國功臣。蕭何在漢高祖「約法三章」的基礎上，制定簡約的漢代刑法。

138 韓弊煩刑：韓，韓非子，先秦思想家。弊，困。煩，苛。韓非子受害於自己主張的煩苛之刑。

139 起翦頗牧：起翦，指秦之大將白起、王翦。頗牧，指趙之大將廉頗、李牧。

140 用軍：用兵。

141 宣威沙漠：宣，傳佈。威，聲威。聲威遠佈大漠之地。

142 馳譽丹青：馳譽，聲譽遠揚。丹青，一指圖畫，一指史册。這裡解史册較合理。

143 九州禹跡：九州，古人認為我國古代全國分為九州。禹跡，夏禹治水的足跡。

144 百郡秦并：百郡，指天下郡縣所屬之地。秦并，為秦所吞併。

145 嶽宗泰岱：嶽，指五嶽。宗，尊。泰岱，泰山。五嶽以泰山為至尊。岱㊥dài㊀ㄉㄞˋ音代。

146 禪主云亭：古代帝王要到泰山頂上祭天，要到云云山和亭亭山祭地。禪，指封禪祭祀活動，古時帝王祭天為封，祭地為禪。云亭，即云云山和亭亭山，泰山下的兩個小山，在今山東省泰安縣。

147 鴈門紫塞：鴈門，關名，在今山西省鴈門關西鴈門山上。紫塞，長城。秦始皇時所築長城，西起臨洮，東至朝鮮，長有萬里，土為紫色，故稱紫塞。

148 雞田赤城：雞田，古驛名，在今寧夏靈武縣。赤城，傳說古時為蚩尤居住之地，在今河北省。

149 昆池碣石：昆池，即昆明池、滇池，在今雲南省。碣石，碣石山，在今河北省樂亭縣東南。碣㊥jié㊀ㄐㄧㄝˊ音竭。

150 鉅野洞庭：鉅野，古澤名，在今山東省鉅野縣北。洞庭，湖名，在今湖南省。

151 曠遠緜邈：曠遠，空闊遼遠。緜邈，連續幽遠的樣子。邈㊥miǎo㊀ㄇㄧㄠˇ音秒。

152 巖岫杳冥：巖岫，指山崖洞穴。杳冥，深遠幽暗。岫㊥xiù㊀ㄒㄧㄡˋ音袖。

153 治本於農：治本，指治理國家的根本。於農，在於治好農耕。

154 務兹稼穡：務，致力。兹，此。稼穡，播種和收割。稼穡㊥jiàsè㊀ㄐㄧㄚˋ ㄙㄜˋ音嫁色。

155 俶載南畝：俶，開始。載，指耕作事。南畝，南田，指田畝。語出《詩經・大田》。指每年田畝耕作都有開始。俶漢 chù 國 ㄔㄨˋ 音觸。

(156) 我藝黍稷：藝，種植。黍稷，泛指穀糧。語見《詩經・楚茨》。

(157) 稅熟貢新：稅，指在上者收取賦稅。新，指當年的收成。穀熟時要貢納新稅。

(158) 勸賞黜陟：黜，黜退。陟，進陞。以賞賜勸農，黜免惰者，昇進勤者。黜漢 chù 國 ㄔㄨˋ 音觸。陟漢 zhì 國 ㄓˋ 音至。

(159) 孟軻敦素：孟軻，孟子，戰國中期思想家，孔子之後儒家學派又一重要人物。敦素，敦厚素樸。

(160) 史魚秉直：史魚，春秋時衛國史官，名鰌，字子魚。秉直，秉持正直。

(161) 庶幾中庸：庶幾，差不多，這裡有接近的意思。中庸，儒家最高的道德準則，是為中正不易之道。

(162) 勞謙謹敕：要做到謙恭、謹慎、嚴於約束自己。敕漢 chì 國 ㄔˋ 音斥。

(163) 聆音察理：聆，聽。音，聲音，指言談。察，審察。理，事理。

(164) 鑒貌辨色：鑒，觀看。貌，容貌。辨，辨別。色，顏色，指表情。

(165) 貽厥嘉猷：貽，遺留。厥，其。嘉，善。猷，謀略。留給子孫好的謀略。貽漢 yí 國 ㄧˊ 音移。猷漢 yóu 國 ㄧㄡˊ 音由。

(166) 勉其祗植：祗，敬。植，樹立。勉勵他們敬慎並有所樹立。

(167) 省躬譏誡：省躬，省察自身。譏，譏誚。誡，儆戒。譏誡，告誡的意思。

(168) 寵增抗極：寵，尊榮。增，增多。抗，通亢，猶極。極，極至。

(169) 殆：差不多，有近的意思。殆漢 dài 國 ㄉㄞˋ 音代。

(170) 林皋幸即：皋，水邊。幸，僥倖。言官高必險，隱於山林水澤即可幸免於禍。皋漢 gāo 國 ㄍㄠ 音高。

(171) 兩疏見機：兩疏，指西漢時的疏廣、疏受。兩人均位高官，後託辭年老辭官歸隱，人皆敬服。見機，見機而行。機，微。

⑰解組誰逼：解組，解脫印綬，指除卻官職。誰逼，誰人迫使。
⑰索居：獨居。索，蕭索。
⑰寂寥：空虛寂寞的狀態，杳無人跡及任何聲響的景況。
⑰求古尋論：探討往古之事尋求論說。
⑰散慮：化解憂慮。
⑰欣奏累遣：欣，喜。奏，進。欣奏，欣喜日益增多。累，繫累、負擔。遣，驅之使去、驅除。指精神負擔被排除。
⑰感謝歡招：感，憂愁。謝，謝絕。歡，悅。招，招之使來。凡可歡者，招之使來。可憂者，驅之使去。慼 漢 qī 國 ㄑㄧ 音戚。
⑰渠荷的歷：渠，小溝。荷，荷花。的歷，光彩的樣子。
⑱園莽抽條：莽，茂密的草。抽，長出。條，枝條。
⑱枇杷晚翠：枇杷，果樹名，葉子四時不凋。晚，指歲暮。枇杷到歲暮之時仍然翠綠。
⑱梧桐：樹名，秋來即落葉。
⑱陳根委翳：陳根，指草木的舊根。委，委謝。翳，自斃。翳 漢 yì 國 ㄧˋ 音縊。
⑱飄颻：這裡形容隨風飄蕩的樣子。
⑱游鵾獨運：鵾，鳥名。運，轉動。鵾鳥獨自遨遊於天際。鵾 漢 kūn 國 ㄎㄨㄣ 音坤。
⑱凌摩絳霄：凌，高出。摩，迫近。絳霄，赤霄，九霄之一。此言凌虛摩空，形容其高。絳，深紅色。霄，雲。絳 漢 jiàng 國 ㄐㄧㄤˋ 音醬。
⑱耽讀翫市：耽讀，沈溺於讀書。翫，熟觀。市，買賣之地。《後漢書・王充傳》記載，王充刻苦讀書，經常遊覽洛陽市場，見賣書的所在，往往就地閱讀。翫 漢 wàn 國 ㄨㄢˋ 音萬。
⑱寓目囊箱：寓目，寄目，用心觀看。囊箱，指書囊和書箱。

⑱⑨ 易輶攸畏：易，忽。輶，古代一種輕便的車，引申為輕。易輶，輕率不慎。攸，所。畏，畏懼。輶 漢 yóu 國 ㄧㄡˊ 音由。

⑲⓪ 屬耳垣牆：屬，連屬。垣，牆。意謂隔牆有耳，機密有被人偷聽的危險。

⑲① 具膳湌飯：具，準備。膳，飯食。湌，同餐。

⑲② 適口充腸：適，適合。充，填充。

⑲③ 飽飫烹宰：飫，饜，吃不下去。烹宰，指魚肉等甘美的食物。烹，煮。宰，殺。飫 漢 yù 國 ㄩˋ 音欲。

⑲④ 飢厭糟糠：厭，同饜，飽足。言飢餓之人對再粗糙的飯食也可以飽餐，說的就是「飢者易為食」的意思。

⑲⑤ 故舊：指多年相識的友人。

⑲⑥ 老少異糧：糧，口糧，指飯菜。年老的和年少的飯食當有不同。

⑲⑦ 妾御績紡：御，治。績，紡麻。紡，指紡絲。婢妾從事紡麻紡絲工作。

⑲⑧ 侍巾帷房：侍，服侍、伺候。巾，指男子所用之巾。帷，帷帳。房，指房室。言執侍巾櫛於帷幕房室之內。

⑲⑨ 紈扇圓絜：紈，細絹。紈扇，用絹做的扇子。圓，言其形。絜，同潔。紈 漢 wán 國 ㄨㄢˊ 音玩。

⑳⓪ 煒煌：通明輝煌的樣子。煒 漢 huī 國 ㄏㄨㄟ 音暉。

⑳① 晝眠夕寐：晝眠，白天小睡；夕寐，晚上睡覺。

⑳② 藍筍象床：藍筍，藍色的竹席。象牀，以象牙作雕飾的牀。

⑳③ 弦歌酒讌：弦歌，彈琴唱歌。酒讌，指設置酒宴。

⑳④ 接杯舉觴：接杯，猶現代言「碰杯」。觴，古代飲酒的器物。觴 漢 shāng 國 ㄕㄤ 音商。

⑳⑤ 矯手頓足：矯手，舉手。頓，踏。頓足，以足頓地。

(206) 悦豫且康：悦、豫，都是喜歡之意。喜樂並且安康。

(207) 嫡後嗣續：嫡，妻所生之子。嗣，繼。續，承傳。嫡出的子孫繼承宗祖。嗣(漢)sì(國)ㄙˋ音四。

(208) 祭祀烝嘗：祭祀，舊時指祭神和祭祖。烝嘗，祭祀名稱。《禮記・王制》：「春曰礿，夏曰禘，秋曰嘗，冬曰烝。」

(209) 稽顙再拜：顙，額。稽顙，古時禮節，即以額至地的叩拜。拜，以手伏地。再拜，再次叩拜。顙(漢)sǎng(國)ㄙㄤˇ音嗓。

(210) 悚懼恐惶：畏懼惶恐之意。悚，恐懼、害怕。悚(漢)sǒng(國)ㄙㄨㄥˇ音聳。

(211) 牋牒簡要：牋牒，信箋文書。簡要，簡略約要。牋牒(漢)jiān dié(國)ㄐㄧㄢ ㄉㄧㄝˊ音煎蝶。

(212) 顧答審詳：以言語回答要詳盡周全。

(213) 骸垢：骸，身體。垢，污垢。

(214) 執：持。

(215) 驢騾犢特：驢、騾，牲畜名。犢，小牛。特，公牛。犢(漢)dú(國)ㄉㄨˊ音讀。

(216) 駭躍超驤：駭，驚駭。躍，跳躍。超，超越。驤，馬抬頭奔跑的樣子。駭(漢)hài(國)ㄏㄞˋ音害。驤(漢)xiāng(國)ㄒㄧㄤ音香。

(217) 誅斬賊盜：誅，殺戮。誅斬，誅殺。

(218) 叛亡：叛亂的亡命之徒。

(219) 布射僚丸：布射，呂布善射。呂布，三國時人，嘗在一百五十步之外，箭中轅門畫戟小枝，和解了袁術大將紀靈與劉備的爭鬥。僚丸，宜僚善弄丸鈴。市南宜僚，姓熊，字宜僚，春秋時楚國勇士，善弄丸鈴為戲，能八個在空中，一個在手。

(220) 嵇琴阮嘯：嵇琴，嵇康善彈琴。嵇康，三國曹魏正始年間著名詩人，與阮籍等同為竹林七賢中人物。阮嘯，阮籍善吹口哨。阮籍，與嵇康同為當時著名詩人。嘯(漢)xiào(國)ㄒㄧㄠˋ音笑。

㉑ 恬筆倫紙：恬筆，蒙恬發明了毛筆。蒙恬，秦始皇時的大將。倫紙，蔡倫發明了造紙。蔡倫，東漢人。

222 鈞巧任釣：鈞巧，馬鈞性巧。馬鈞，三國時魏人，善造機械。任釣，任國公子善於釣魚。任 漢 rén 國 ㄖㄣˊ 音人。

223 釋紛利俗：平釋紛亂和做些有利於世俗的事。

224 毛施淑姿：毛施，指古代美人毛嬙和西施。淑姿，美好的姿容。

225 工顰妍笑：工，善於。顰，皺眉。妍，美好。顰 漢 pín 國 ㄆㄧㄣˊ 音頻。

226 年矢每催：年，歲，指歲月。矢，指漏矢，古時計時的指示器。每催，每每催人。

227 曦暉朗曜：曦暉，日光。朗曜，明朗地照耀。

228 璇璣懸斡：璇璣，古代測天文的儀器。懸，懸掛。斡，旋轉。璣 漢 jī 國 ㄐㄧ 音機。斡 漢 wò 國 ㄨㄛˋ 音握。

229 晦魄環照：晦，月光幽暗。魄，指月亮之體。環，循環，指月有晦暗之時，又有復明之時。月亮缺而復圓地循環照耀。

230 指薪修祜：指薪，《莊子・養生主》：「指窮於為薪，火傳也，不知其盡也。」言燭薪燃燒有窮盡，而火卻可以傳下去，有不間斷之意。修祜，修福。修，治，修身。祜，福。祜 漢 hù 國 ㄏㄨˋ 音户。

231 永綏吉劭：永綏，永久平安。劭，美好。吉劭，吉祥美滿。綏 漢 suī 國 ㄙㄨㄟ 音睢。劭 漢 shào 國 ㄕㄠˋ 音邵。

232 矩步引領：矩步，步伐規矩，言舉止符合禮儀要求。引領，挺直脖子，有挺胸抬頭之意。

233 俯仰廊廟：俯，俯身低頭。一俯一仰如在朝廷。意思説如在朝廷一般的端莊鄭重。

234 束帶矜莊：束帶，古時士大夫束在腰間的寬帶子。矜，莊重。莊，嚴肅。衣著齊整，儀態持重。

235 徘徊瞻眺：徘徊，來回走動。瞻眺，抬頭遠望。眺 漢 tiào 國 ㄊㄧㄠˋ 音跳。

236 孤陋寡聞：孤，孤獨。陋，鄙陋。寡，少。聞，聽聞，指知識。

㉓⑦ 愚蒙等誚：蒙，昧。等，類。誚，譏誚。與愚昧無知的人等同樣被人譏笑。誚㊥ qiào ㊦ ㄑㄧㄠˋ 音俏。

㉓⑧ 謂語助者：謂，叫做。叫做語助詞的。

㉓⑨ 焉哉乎也：有焉、哉、乎、也等字。

水經注 注文二則

酈道元

龍門①

河水南逕北屈縣故城西②。西四十里有風山③，上有穴如輪，風氣蕭瑟，習常不止。當其衝飄也，略無生草，蓋常不定，眾風之門故也。風山西四十里，河南孟門山④。《山海經》⑤曰：「孟門之山，其上多金玉，其下多黃堊、涅石⑥。」《淮南子》⑦曰：「龍門未闢，呂梁⑧未鑿。」河出孟門之上，大溢逆流，無有邱陵，高阜滅之，名曰洪水。大禹疏通，謂之孟門。故《穆天子傳》⑨曰：「北登孟門，九河之隥⑩。」孟門即龍門之上口也。實為河之巨阸⑪，兼孟門津⑫之名矣。此石經始⑬禹鑿，河中漱廣⑭，夾岸崇深⑮，傾崖返捍⑯，巨石臨危⑰，若墜復倚⑱。古之人有言：「水非石鑿而能入石⑲。」信哉！其中水流交衝⑳，素氣雲浮㉑，往來遙觀者，常若霧露沾人，窺深悸魄㉒。其水尚崩浪萬尋㉓，懸流㉔千丈，渾洪贔怒㉕，鼓㉖若山騰，濬波頹疊㉗，迄㉘于下口。方知慎子下龍門，流浮竹，非駟馬之追也㉙。

三峽㉚節錄

江水又東逕廣溪峽㉛，斯乃三峽之首也。其間三十里，頹巖倚木，厥勢殆交㉜。北岸山上有神淵，淵北有白鹽崖㉝，高可千餘丈，俯臨㉞神淵。土人㉟見其高白，故因名之。天旱，燃木岸上，推其灰燼，下穢㊱淵中，尋㊲即降雨。常璩㊳曰：「縣㊴有山澤水神，旱時鳴鼓請雨，則必應嘉澤㊵。」〈蜀都賦〉㊶所謂「應鳴鼓而興雨」也。峽中有瞿塘、黃龕二灘㊷，夏水迴復㊸，沿泝所忌㊹。瞿塘灘上有神廟，尤至靈驗。刺史二千石㊺經過，皆不得鳴角伐鼓㊻。商旅上水㊼，恐觸石有聲，乃以布裹篙足㊽。今則不能爾㊾，猶饗薦不輟㊿。此峽多猨(51)，猨不生北岸，非惟一處，或有取之放著(52)北山中，初不聞聲，將同狢獸渡汶(53)而不生矣。其峽蓋自昔禹(54)鑿以通江，郭景純所謂巴東之峽(55)，夏后疏鑿者。（下略）

江水又東逕巫峽[56]，杜宇[57]所鑿以通江水也。郭仲產[58]云：「按《地理志》，巫山在縣西南[59]，而今縣東有巫山，將郡、縣居治無恆故也[60]。」江水歷峽東，逕新崩灘，此山漢和帝永元十二年[61]崩，晉太元二年[62]又崩。當崩之日，水逆流百餘里，湧起數十丈。今灘上有石，或圓如簞[63]，或方似屋，若此者甚眾，皆崩崖所隕[64]，致怒湍流[65]，故謂之新崩灘。其頹巖[66]所餘，比之諸嶺，尚為竦桀[67]。其下十餘里，有大巫山，非惟三峽所無，乃當抗峰岷峨[68]，偕嶺衡疑[69]。其翼附群山[70]，並概青雲[71]，更就霄漢，辨其優劣耳[72]。神孟涂[73]所處。《山海經》曰：「夏后啟[74]之臣孟涂，是司神于巴[75]。巴人訟于孟涂之所，甚衣有血者執之。是請[76]生居山上，在丹山西。」郭景純云：「丹山在丹陽[77]，屬巴。丹山西即巫山者也。」又帝女居焉，宋玉所謂天帝之季女[78]，名曰瑤姬[79]，未行而亡[80]，封于巫山之陽[81]。精魂為草，實為靈芝，所謂巫山之女，高唐之阻[82]。旦為行雲，暮為行雨，朝朝暮暮，陽臺之下。旦早視之，果如其言，故為立廟，號朝雲焉。其間首尾百六十里，謂之巫峽，蓋因山為名也。自三峽七百里中，兩岸連山，略無闕處[83]，重巖疊嶂，隱天蔽日，自非停午夜分[84]，不見曦月[85]。至于夏水襄陵[86]，沿泝阻絕[87]，或王命急宣[88]，有時朝發白帝[89]，暮到江陵[90]，其間千二百里，雖乘奔御風[91]，不以疾也[92]。春冬之時，則素湍[93]綠潭，迴清[94]倒影，絕巘多生怪柏[95]。懸泉瀑布，飛漱[96]其閒，清榮峻茂[97]，良[98]多趣味。每至晴初霜旦，林寒澗肅[99]，常有高猿長嘯[100]，屬引淒異[101]。空谷傳響，哀轉久絕，故漁者歌曰：「巴東三峽巫峽長，猿鳴三聲淚沾裳。」（下略）

江水又東逕狼尾灘[102]而歷人灘[103]。袁山松[104]曰：「二灘相去二里。人灘水至峻峭[105]，南岸有青石，夏沒冬出，其石嶔崟[106]，數十步中，悉作人面形，或大或小，其分明者，鬚髮皆具，因名曰人灘也。江水又東逕黃牛山，下有灘名曰黃牛灘，南岸重嶺疊起，最外高崖閒有石色，如人負刀牽牛，人黑牛黃，成就[107]分明，既人跡所絕，莫得究焉。此巖既高，加以江湍紆迴[108]，雖途逕信宿[109]，猶望見此物，故行者謠曰：「朝發黃牛，暮宿黃牛，三朝三暮，黃牛如故。」言水路紆深，迴望如一矣。江水又東逕西陵峽[110]。《宜都記》[111]曰：「自黃牛灘東入西陵界，至峽口百許里，山水紆曲，而兩岸高山重障，非日中夜半，不見日月。絕壁或千許丈，其石彩色形容，多所像類[112]。林木高茂，略盡冬春[113]。猿鳴至清，山谷傳響，泠泠[114]不絕。所謂三峽，此其一也。」山松言：「常聞峽中水疾[115]，書記及口傳，悉以臨懼相戒[116]，曾[117]無稱有山水之美也。及余來踐躋[118]此境，既至欣然，始信耳聞之不如親見矣。其疊崿[119]秀峰，奇構異形，固難以辭敘[120]。林木蕭森，離離蔚蔚[121]，乃在霞氣之表[122]。仰矚俯映[123]，彌習彌佳[124]，流連信宿，不覺忘返，目所履歷[125]，未嘗有也。既自欣得此奇觀，山水有靈，亦當驚知己于千古矣[126]。（下略）

作者

酈道元，生年不詳，卒於北魏孝明帝孝昌三年（？——西元五二七年）。字善長，范陽涿縣（今河北涿縣）人。孝文帝時，任尚書主客郎，累遷至東荊州刺史，以嚴酷免官。後起用為河南尹，不久除安南將軍、御史中尉。孝昌元年（西元五二五年），奉命節度諸軍征揚州，因功遷御史中丞。後以忤汝南王元悅，貶任關右大使，不久，為雍州刺史蕭寶夤所殺。所撰《水經注》四十卷，可稱為古典地理文學第一部巨著。書中列舉全國大小河流一千二百五十二條，文字幽麗峻爽，描述歷歷如繪。凡河流所經之處，皆詳敘其人物故事、歷史古蹟、神話傳說，對後世山水文學有深遠影響。另著《本志》十三篇、〈七聘〉等文，皆佚。

題解

〈龍門〉和〈三峽〉分別選自《水經注·河水》卷四及《水經注·江水》卷三十三、三十四，題目為編者所加，版本據王先謙《王氏合校水經注》。《水經》是一部記述全國河流水道的專書，舊傳漢人桑欽作，經清人考證，大概為三國時人之作。酈道元《水經注》四十卷，雖以注釋為名，實為一部文學及史學巨著。

龍門，山名，在今山西河津西北，陝西韓城東北，分跨黃河兩岸。

三峽即長江上游的瞿塘峽、巫峽和西陵峽，西起四川奉節白帝城，東至湖北宜昌南津關，全長一百九十三公里。文中描寫了三峽山高、水險、峽長的地理特點，以及不同季節的壯觀景色，表現了三峽峰巒疊嶂、雄偉峻拔的磅礴氣勢。文章既能縱覽乾坤，又能洞察幽微，緩急相間，動靜相生，集史、地、文三者之美於一篇。

注釋

① 龍門：本節僅引用關於龍門部分的注文，有關經文為「（河水）又南過河東北屈縣西」。
② 河水南逕北屈縣故城西：河水，指黃河。逕，經過、取道。北屈縣故城，在今山西鄉寧東北。
③ 風山：在今山西鄉寧北。
④ 孟門山：在今山西鄉寧北，陝西宜川東北，龍門山之北，延伸於黃河兩岸。
⑤ 《山海經》：相傳為先秦地理志，記述各地山川、道里、部族、物產等，其中保留了不少神話傳說。
⑥ 黃堊、涅石：黃堊，黃沙土。涅石，礬石，一種古代用作黑色染料的礦石。堊 漢 è 國 ㄜˋ 音惡。涅 漢 niè 國 ㄋㄧㄝˋ 音聶。
⑦ 《淮南子》：西漢淮南王劉安及其門客集體撰寫的一部著作。旨在闡明哲理，旁涉奇物異類，亦保存了一部分神話材料。
⑧ 呂梁：山名。主峰在今山西離石東北，北接管涔山，南接龍門山。
⑨ 《穆天子傳》：先秦神話故事。記周穆王西征至崑崙會見西王母的傳說。
⑩ 隥：斜坡。隥 漢 dèng 國 ㄉㄥˋ 音凳。
⑪ 阸：阻塞。阸 漢 è 國 ㄜˋ 音鄂。
⑫ 孟門津：津，水陸衝要之地。孟門津，在今陝西宜川東南，與孟門山參差相接，即河中之石檀山。
⑬ 經始：開始。
⑭ 漱廣：因水流沖激而變得寬闊。
⑮ 夾岸崇深：夾岸，兩岸。崇深，既高且深。

⑯ 傾崖返捍：傾側的山崖好像保衛著河道。

⑰ 巨石臨危：指巨石在高處有下墜之勢。

⑱ 若墜復倚：承接上句，描寫巨石居高臨下，似要下墜，但又不下墜的情景。

⑲ 水非石鑿而能入石：鑿，鑿子。指水雖不是鑿石的工具，但卻能鑽穿石頭。

⑳ 交衝：互相衝擊。

㉑ 素氣雲浮：素氣，白色的水氣。雲浮，像雲一樣浮在水面上。

㉒ 窺深悸魄：悸魄，驚動人的心神。意為往深處看，則使人心驚膽顫。悸(漢) jì (國) ㄐㄧˋ 音季。

㉓ 崩浪萬尋：崩浪，水中激起浪花。尋，古代以八尺為尋。

㉔ 懸流：像懸掛著的流水，形容瀑布。

㉕ 渾洪贔怒：渾，深大貌。渾洪，水勢巨大。贔，怒而作氣的樣子。贔怒，形容水勢洶猛。贔(漢) bì (國) ㄅㄧˋ 音閉。

㉖ 鼓：鼓起。

㉗ 濬波頹疊：濬，深。濬波，大的波浪。頹疊，時伏時起。指巨浪一個接一個翻滾而下。濬(漢) jùn (國) ㄐㄩㄣˋ 音俊。

㉘ 迄：至。

㉙ 方知慎子下龍門，流浮竹，非駟馬之追也：慎子，即慎到，生卒年不詳，戰國時人，著有《慎子》。下龍門、流浮竹，載於《慎子》：「河之下龍門，其流駛如竹箭，駟馬追弗能及。」

㉚ 三峽：本節僅引用關於三峽部分的注文，有關經文分別為「（江水）又東過魚復縣南，夷水出焉」、「（江水）又東過巫縣南，鹽水從縣東南流注之」及「（江水）又東過夷陵縣南」。

㉛ 江水又東逕廣溪峽：江水，即長江。廣溪峽，即瞿塘峽，在今四川奉節東十里。

㉜ 頹巖倚木，厥勢殆交：頹巖，久經風雨的破巖。倚木，枝幹崎斜，若偏若倚的樹木。厥，猶其。殆，

差不多。交，交接。意為兩岸奇險的山巖和山上的樹木，其勢好像兩相交接起來。

㉝ 白鹽崖：即白鹽山。

㉞ 俯臨：俯，低首往下望，即下臨之意。

㉟ 土人：當地人民。

㊱ 穢：用作動詞，弄污。

㊲ 尋：不久。

㊳ 常璩：生卒年不詳，字道將，東晉蜀郡江原（今四川崇慶）人。著有《華陽國志》、《漢書義》、《南中志》。引文見《華陽國志》卷一。璩 漢 qú 國 ㄑㄩˊ 音渠。

㊴ 縣：指永安縣，今四川奉節。

㊵ 必應嘉澤：應，回報。嘉澤，好雨。

㊶ 〈蜀都賦〉：晉左思〈三都賦〉之一。

㊷ 峽中有瞿塘、黃龕二灘：瞿塘、黃龕二灘皆在今四川奉節東。龕 漢 kān 國 ㄎㄢ 音堪。

㊸ 夏水迴復：夏季潮水繞灘迂迴奔流。

㊹ 沿泝所忌：沿，順流而下。泝，同溯，逆流而上。所忌，謂行船所畏忌。

㊺ 刺史二千石：刺史，官名。漢武帝時，分全國為十三部（州），部置刺史，為監察官性質，官階在郡守之下。東漢以後，權力漸大，地位在郡守之上。二千石，漢代對郡守之通稱，因其俸祿為二千石。這裡泛指長官大臣。

㊻ 鳴角伐鼓：角，號角。伐，擂。

㊼ 上水：一作上下。

㊽ 篙足：撐船所用竹竿或木杆的下端。篙 漢 gāo 國 ㄍㄠ 音高。

㊾ 爾：指示代詞，即如此、這樣。

㊿饗薦不輟：饗，通享。饗薦，祭祀。輟，停止。

51 猨：同猿。

52 著：放置。

53 狢獸渡汶：狢，同貉，野獸名，形似狸子，皮毛珍貴。汶，即汶水，在今山東境內。狢 漢 hé 國 ㄏㄜˊ 音核。

54 禹：即夏禹，亦稱大禹、戎禹。相傳原為夏后氏部落領袖，奉舜命治理洪水，舜死後受禪而建立了夏朝。

55 郭景純所謂巴東之峽：郭景純，即郭璞，生於晉武帝咸寧二年，卒於晉明帝太寧二年（西元二七六年——西元三二四年），字景純，河東聞喜（今屬山西）人。曾注釋《爾雅》、《方言》、《山海經》及《穆天子傳》。巴東，郡名，在今四川奉節東，地控三峽之險。

56 巫峽：長江三峽之一。西起四川巫山大寧河口，東至湖北巴東官渡口，約長四十公里。

57 杜宇：相傳是古代蜀國國王。周代末年，開始稱帝，號曰望帝。

58 郭仲產：晉人，生卒不詳，曾任荊州從事。著有《荊州記》一卷。

59 按《地理志》，巫山在縣西南：《地理志》，指《漢書．地理志》。縣，指巫山縣，戰國時為楚巫郡，秦置巫縣，隋改為巫山縣。

60 將郡、縣君治無恆故也：將，乃。恆，固定。乃郡縣治所不固定的緣故。

61 漢和帝永元十二年：漢和帝，名劉肇，生於東漢章帝建初四年，卒於和帝元興元年（西元七九年——西元一〇五年），在位十七年（西元八九年——西元一〇五年）。永元，為漢和帝年號。永元十二年，即西元一〇〇年。

62 晉太元二年：即西元三七七年。太元，東晉孝武帝司馬曜年號（西元三七六年——西元三九六年）。

63 簞：古時盛飯用的圓形竹器。簞 漢 dān 國 ㄉㄢ 音丹。

(64) 隕：掉、落。

(65) 致怒湍流：致，招來。怒，發怒。湍流，急流。言石積江中，使得急流受阻，波濤洶湧澎湃。

(66) 頹巖：倒塌的巖石。

(67) 竦桀：竦，通聳，高聳。桀，特出、突出。聳立高峻而顯得突出。意謂崩後餘下來的山岩比其他山還高。

(68) 乃當抗峰岷峨：抗，對抗、匹敵。岷，即岷山，在今四川松潘北。峨，即峨眉山，在今四川峨眉西南。

(69) 偕嶺衡疑：偕，同，引伸為相比。衡，即衡山，五嶽之南嶽，在今湖南衡山西北。疑，亦作嶷，即九嶷山，在今湖南寧遠南。指可與衡山、九嶷山相比。

(70) 其翼附群山：翼，輔助。附，依傍。指大巫山山脈與群山相連接。

(71) 竝概青雲：竝，同並。概，量穀麥時刮平斗斛的器具，這裡指齊平。此言大巫山高峻，可與青雲齊平。

(72) 更就霄漢，辨其優劣耳：霄漢，雲霄、天漢之連稱。要比較大巫山與相連山脈的高低優劣，只有到雲霄之上去。

(73) 孟涂：孟，一作血。孟涂，相傳為夏朝帝王啟的大臣。事見《山海經・海內南經》、《竹書紀年》上卷。涂（漢）tú（國）ㄊㄨˊ音徒。

(74) 夏后啟：啟，傳說中的夏朝國王，姓姒，禹之子。

(75) 是司神于巴：司神，掌管神靈。巴，古國名，主要分布在今四川東部、湖北西部一帶。

(76) 請：意義不詳，文字疑有脱誤。

(77) 丹陽：古地名，在今湖北秭歸東南。

(78) 宋玉所謂天帝之季女：宋玉，戰國時楚國辭賦家，曾任楚頃襄王大夫。其作品流傳至今有〈九辯〉、

〈招魂〉、〈高唐賦〉、〈神女賦〉、〈風賦〉、〈登徒子好色賦〉六篇，或以為只〈九辯〉一篇為宋玉所作。季女，即小女兒。

79 瑤姬：一作姚姬。

80 未行而亡：即未出嫁便死了。

81 巫山之陽：陽，一作臺。巫山山南。

82 高唐之阻：阻，一作姬。高唐，戰國時楚國臺館名，在雲夢澤中。

83 略無闕處：略，副詞，幾乎。闕，同缺，中斷、間斷之意。

84 自非停午夜分：自，自然。停午，中午。夜分，半夜。自然除非中午、半夜。

85 曦月：曦，日光。指日月。

86 至于夏水襄陵：襄，升。陵，大土丘。意謂到了夏天，潮水便漲到山崗上。

87 沿泝阻絕：沿，順水而下。泝，同溯，逆流而上。指水路交通受阻以至往還斷絕。

88 宣：宣召。

89 朝發白帝：白帝，即白帝城，在今四川奉節東。早上在白帝城出發。

90 江陵：即今湖北江陵。

91 乘奔御風：乘奔，騎飛奔的快馬。御風，乘風而行。

92 不以疾也：以疾，比之更快。

93 素湍：湍急的流水激起白色的浪花，故稱素湍。

94 迴清：迴，同回。回映清光。

95 絕巘多生怪柏：絕巘，陡峭的山峰。怪柏，奇形怪狀的柏樹。巘(漢)yǎn(國)ㄧㄢˇ音演。

96 漱：沖刷。

97 清榮峻茂：指水清、樹榮、山峻、草茂。

98 良：實在。

99 肅：寂靜。

100 高猿長嘯：高猿，高山上的猿猴。嘯，獸類叫號。

101 屬引淒異：屬，連續。引，延長。屬引，連續不斷。淒異，淒愴異常。

102 狼尾灘：在今湖北宜昌西北長江中。

103 人灘：在狼尾灘東二里。

104 袁山松：即袁崧，生卒年不詳，東晉陽夏（今河南太康）人，字山松。曾任秘書監、吳郡太守，博學善文，著《後漢書》百卷，已佚。傳見《晉書》卷八十三。

105 水至峻峭：峻峭，本形容山，這裡借以描寫水勢之急，浪濤之高。

106 嶔崟：山高峻的樣子。嶔(漢) qīn (國) ㄑㄧㄣ 音欽。崟(漢) yín (國) ㄧㄣˊ 音吟。

107 成就：造就。此指山石自然形成的形狀和顏色。

108 江湍紆迴：湍，急。紆，屈曲縈繞。紆(漢) yū (國) ㄩ 音淤。

109 信宿：信，再宿。連宿兩夜。

110 西陵峽：又名巴峽，長江三峽之一。西起巴東官渡口，東至湖北宜昌南津關，長約七十五公里。

111 《宜都記》：即晉人袁崧所著《宜都山川記》，記宜都雄偉險峻的地理形勢。宜都，三國時郡名，在夷道，即今湖北宜都。

112 其石彩色形容，多所像類：像類，與物相似。指山巖的顏色和形狀，跟很多東西相像。

113 林木高茂，略盡冬春：意謂林木高大茂密，歷盡冬春而不凋謝。

114 泠泠：形容水聲。泠(漢) líng (國) ㄌㄧㄥˊ 音零。

115 疾：急速。

116 悉以臨懼相戒：悉，盡、都。臨，登臨。戒，告誡。

(117) 曾：乃。

(118) 踐躋：躋，登、升。踐躋，登臨。躋(漢)jī(國)ㄐㄧ音基。

(119) 崿：山崖。崿(漢)è(國)ㄜˋ音鄂。

(120) 固難以辭敘：固，實在。辭敘，用言詞表述。

(121) 離離蔚蔚：繁茂的樣子。

(122) 乃在霞氣之表：表，表面。在雲霞霧氣之上。

(123) 仰矚俯映：矚，注視。仰觀俯視。

(124) 彌習彌佳：彌，更加、愈。習，熟習。此處有玩味之意。

(125) 目所履歷：平生親眼看到的。

(126) 山水有靈，亦當驚知己于千古矣：山水若有靈氣，也應驚喜其千年之後終於有了知己啊！

哀江南賦序

庾信

粤以戊辰之年①，建亥之月②，大盜移國③，金陵④瓦解。余乃竄身荒谷⑤，公私塗炭⑥。華陽奔命，有去無歸⑦，中興道消，窮於甲戌⑧。三日哭於都亭⑨，三年囚於別館⑩。天道周星⑪，物極不反⑫。傅燮之但悲身世，無所求生⑬；袁安之每念王室，自然流涕⑭。昔桓君山⑮之志事，杜元凱⑯之生平，竝有著書，咸能自序⑰。潘岳之文彩，始述家風⑱；陸機之詞賦，先陳世德⑲。信年始二毛⑳，即逢喪亂㉑，藐是㉒流離，至于暮齒㉓。燕謌遠別，悲不自勝㉔；楚老相逢㉕，泣將何及㉖。畏南山之雨，忽踐秦庭㉗；讓東海之濱，遂湌周粟㉘。下亭漂泊，皐橋羈旅㉙，楚歌㉚非取樂之方，魯酒㉛無忘憂之用。追為此賦，聊以記言㉜，不無危苦之辭，唯以悲哀為主㉝。日暮途遠，人間何世㉞。將軍一去，大樹飄零㉟；壯士不還，寒風蕭瑟㊱。荊璧睨柱，受連城而見欺㊲；載書橫階，捧珠盤而不定㊳。鍾儀君子，入就南冠之囚㊴；季孫行人，留守西河之館㊵。申包胥之頓地，碎之以首㊶；蔡威公之淚盡，加之以血㊷。釣臺移柳，非玉關之可望㊸；華亭唳鶴，豈河橋之可聞㊹。

孫策以天下為三分㊺，衆裁一旅㊻；項羽用江東之子弟，人唯八千㊼。遂乃分裂山河，宰割天下㊽。豈有百萬義師，一朝卷甲，芟夷斬伐，如草木焉㊾。江、淮無涯岸之阻，亭壁無藩籬之固㊿。頭會箕斂(51)者，合從締交(52)；鉏耰棘矜者，因利乘便(53)。將非江表王氣(54)，應終三百年(55)乎？是知并吞六合(56)，不免軹道之災(57)；混一車書(58)，無救平陽之禍(59)。嗚呼！山嶽崩頹，既履危亡之運(60)；春秋迭代(61)，必有去故(62)之悲。天意人事，可以悽愴傷心(63)者矣。況復舟檝(64)路窮，星漢非乘槎可上(65)；風飆(66)道阻，蓬萊無可到之期(67)。窮者欲達其言(68)，勞者須歌其事(69)。陸士衡聞而撫掌，是所甘心(70)；張平子見而陋之，固其宜矣(71)。

作者

庾信，生於梁武帝天監十二年，卒於隋文帝開皇元年（西元五一三年——西元五八一年）。字子山，南陽新野（今河南新野）人。早年出入於梁朝宮廷，善作宮體詩，風格華艷，與徐陵齊名，稱「徐庾體」。梁元帝時出使西魏，梁亡後留在北方。歷仕西魏、北周，官至驃騎大將軍、開府儀同三司等高位，世稱庾開府。庾信早年詩歌留存很少，現在能讀到的多是羈留北朝後所作。他的作品以賦最為著名，如〈哀江南賦〉、〈小園賦〉等，或寫幽居之懷，或寄家國之思。五七言詩亦甚可觀，其詩格調清新，深為唐代李、杜等人所宗仰。有《庾子山集》。

題解

本文是〈哀江南賦〉的序文，選自《周書》卷四十一〈庾信傳〉。庾信雖身仕北周，然眷戀故國，作〈哀江南賦〉。本序說明作賦的原因，概述全賦的主旨。文中痛陳家國之滅亡，悲歎身世之遭遇。內容統攝賦文的要點，寫來淋漓盡致，典實豐贍，與賦文相較，竟有喧賓奪主之勢。

注釋

① 粵以戊辰之年：粵，發語詞。戊辰之年，梁武帝太清二年（西元五四八年）。
② 建亥之月：陰曆十月。
③ 大盜移國：大盜，竊國篡位者，此指侯景。侯景，字萬景，生年不詳，卒於梁元帝承聖元年（？——西元五五二年）。本為東魏司徒，梁武帝太清元年（西元五四七年），率河南十三州降梁。封為大將軍、河南王。太清二年（西元五四八年），陷梁都，武帝餓死。移國，篡國。
④ 金陵：梁之國都，即今南京。
⑤ 竄身荒谷：竄，逃匿。荒谷，《左傳》杜預注：「荒谷，楚地」，此指江陵（今湖北江陵）。
⑥ 公私塗炭：公私，公室和私門，此即統治階層和社會大眾。塗炭，謂陷於泥塗炭火般的窘困中。《尚書・仲虺之誥》：「有夏昏德，民墜塗炭。」
⑦ 華陽奔命，有去無歸：陽，山南謂之陽，此指江陵。華陽，華山之南。奔命，為奉命而奔走，指梁元帝承聖三年（西元五五四年）四月，庾信奉命出使西魏，同年十一月，西魏于謹陷江陵，殺元帝，被羈留而不得歸。

⑧ 中興道消，窮於甲戌：中興，指梁元帝於承聖元年（西元五五二年）平侯景之亂，即位江陵事。道消，指江陵陷落，中興之道消亡。甲戌，梁元帝承聖三年（西元五五四年）。

⑨ 三日哭於都亭：都亭，都城的亭閣。三國蜀亡時，蜀將羅憲守永安城，聽到後主劉禪降魏，便和他的士兵在都亭一連哭了三日。這句是庾信借史事以狀當日的情況。

⑩ 三年囚於別館：三年，不知所指，疑庾信被羈囚三年。別館，使館之外的館舍。

⑪ 天道周星：天道，即天理。周星，歲星，又稱木星，因其十二年繞天一周，故名為周星。此句暗示梁亡已十二年。

⑫ 物極不反：反，通返。本來天道運行，物極必反。此處言不反，意指蕭梁政權已走到盡頭，難以復興重振。

⑬ 傅燮之但悲身世，無所求生：傅燮，生年不詳，卒於漢靈帝中平四年（？——西元一八七年）。字南容，任漢陽太守，被敵圍困，糧盡戰死，死前說：「世亂不能養浩然之志，食祿又欲避其難乎？吾行何之，必死於此。」作者深感自己的遭遇與志願和傅燮相似。燮（漢）xiè（國）ㄒㄧㄝˋ音洩。

⑭ 袁安之每念王室，自然流涕：袁安，生年不詳，卒於漢和帝永元四年（？——西元九二年），字邵公。《後漢書・袁安傳》：「安為司徒，以天子幼弱，外戚擅權，每朝會進見及與公卿言國家事，未嘗不噫嗚流涕。」

⑮ 桓君山：桓譚，生於漢成帝陽朔元年，卒於漢光武帝建武中元元年（西元前二四年——西元五六年）。字君山。著有《新論》二十九篇。

⑯ 杜元凱：即杜預，生於魏文帝黃初三年，卒於晉武帝太康五年（西元二二二年——西元二八四年）。字元凱，晉大將，有平吳之功。著有《春秋經傳集解》。其序云：「少而好學，在官則觀於吏治，在家則滋味典籍。」

⑰ 自序：古人著書往往有自序，以記述身世及寫作旨意。庾信以桓、杜二人自況，以示作賦之動機。

⑱潘岳之文彩，始述家風：潘岳，生於蜀漢後主延熙十年，卒於晉惠帝永康元年（西元二四七年——西元三〇〇年），字安仁。始述家風，潘岳有〈家風詩〉，自述家族風尚。

⑲陸機之詞賦，先陳世德：陸機，生於吳景帝永安四年，卒於晉惠帝太安二年（西元二六一年——西元三〇三年），字士衡。先陳世德，陸機有〈祖德賦〉、〈述先賦〉，又〈文賦〉：「詠世德之駿烈」。

⑳年始二毛：二毛，頭髮黑白二色相間，意謂年紀大了，剛踏入頭髮斑白之年。

㉑喪亂：指侯景之亂和江陵淪陷被留西魏事。

㉒藐是：一作狼狽。藐，通邈，遠。藐 漢 miǎo 國 ㄇㄧㄠˇ 音秒。

㉓暮齒：暮年。

㉔燕謌遠別，悲不自勝：謌，同歌。燕謌，梁代王褒作〈燕歌行〉，道盡塞北寒苦之狀，元帝及諸文士和之，而競為悽切。疑為送庾信北使而作，故有「悲不自勝」之慨。

㉕楚老相逢：楚老，代指故國父老。舊說引《漢書・龔舍傳》，謂楚人龔勝於王莽時不願「一身事二姓」，「遂不復開口飲食，積十四日死」。庾信世居楚地，故引此事深慚自己身事二姓。

㉖泣將何及：意謂自己不像龔勝死節，已屈身事魏，即使悲哀哭泣，又於事何補？

㉗畏南山之雨，忽踐秦庭：南山向陽，象徵君主，這裡指梁武帝。秦庭，代指西魏。兩句連起之意，表明自己不敢不聽君命，奉使西魏。

㉘讓東海之濱，遂湌周粟：湌，同餐。商朝時，東海之濱有孤竹國。孤竹君死，王子伯夷、叔齊相讓，逃於首陽山，周武王有天下，恥不食周粟，遂餓死山中。庾信於此引前人典故，反其意而用之，言己初仕魏，自魏禪位於周，己身又仕之，不能如夷齊之餓死首陽山，而竟餐周粟，自愧無節義。

㉙下亭飄泊，皐橋羈旅：下亭，《後漢書・范式傳》載孔嵩應召入京，道宿下亭，馬匹被盜。皐橋，一作高橋。《後漢書・梁鴻傳》載梁鴻：「至吳，依大家皐伯通，居廡下。」皐家傍橋，在今江蘇蘇州

闤門裡。前句言旅途之勞頓，後句則喻自己客居北方，寄人籬下。臯 (漢) gāo (國) ㄍㄠ 音高。

㉚ 楚歌：楚地民歌。《史記・留侯世家》：「帝謂戚夫人曰：『為我楚舞，吾為若楚歌』。」此處的「楚歌」指故鄉之歌。

㉛ 魯酒：魯地之酒。許慎《淮南子注》：「楚會諸侯，魯、趙俱獻酒於楚王，魯酒薄而趙酒厚。楚之主酒吏求酒於趙，趙弗與。吏怒，乃以趙厚酒易魯薄酒。奏之楚王，以趙酒薄，故圍邯鄲也。」此言魯酒味薄，故不能解愁。

㉜ 記言：《漢書・藝文志》有「古之王者，世有史官，左史記言，右史記事」之語，據此可知庾信為此賦，非惟慨嘆身世，亦兼記事。

㉝ 不無危苦之辭，唯以悲哀為主：其中不乏有關自身危苦之辭，但以悲哀國事為主。此二句本嵇康〈琴賦〉序：「稱其材幹，則以危苦為上；賦其聲音，則以悲哀為主。」

㉞ 日暮途遠，人間何世：日暮途遠，用伍子胥語，見《史記・伍子胥傳》。日已黃昏，路途遥遠。比喻年老力衰，壯志難酬。人間何世，《莊子》有〈人間世〉篇。此處慨嘆戰亂頻仍，人世多變。

㉟ 將軍一去，大樹飄零：將軍，指東漢馮異，生年不詳，卒於漢光武帝建武十年（？——西元三四年），字公孫。當諸將爭論戰功時，他便退而獨倚大樹下，未嘗爭功，人稱大樹將軍。這裡作者用以比喻自己的出使西魏和梁的滅亡。

㊱ 壯士不還，寒風蕭瑟：壯士，指荊軻，燕國刺客。《戰國策・燕策》載高漸離擊筑，荊軻和而歌，歌曰：「風蕭蕭兮易水寒，壯士一去兮不復還。」二句言己出使西魏，一去不還。

㊲ 荊璧睨柱，受連城而見欺：荊璧，即和氏璧，因楚人和氏得之荊山而得名。睨，斜視。連城，相連之城。此典出自《史記・廉頗藺相如列傳》，趙惠文王時，得和氏璧。秦昭王聞知，寫信給趙國，願以十五城易之。趙惠文王遣藺相如赴秦，秦昭王卻只欲得璧而不願與城，藺相如先以其智勇，欲與璧俱碎，藉此震懾秦昭王，其後則令從者懷璧歸趙。此二句作者引用典故，言自己出使西魏，見欺而

不得歸。睨(漢)nì(國)ㄋㄧˋ音逆。

㊳載書橫階，捧珠盤而不定：載書，盟書。珠盤，諸侯盟誓所用器皿。此典出自《史記・平原君虞卿列傳》載：「平原君與楚合縱，言其利害，日出而言之，日中不決……毛遂按劍歷階而上，……謂楚王之左右曰：『取雞狗馬之血來！』毛遂奉銅槃而進之，……於是定縱。」此言己出使西魏而辱命，未能締約。

㊴鍾儀君子，入就南冠之囚：此典出自《左傳・成公七年》：「楚子重伐鄭。……囚鄖公鍾儀，獻諸晉。……晉人以鍾儀歸，囚諸軍府。」九年，「晉侯觀於軍府，見鍾儀問之曰：『南冠而縶者誰也？』有司對曰：『鄭人所獻楚囚也。』……使與之琴，操南音，……公語范文子曰：『楚囚，君子也。』」此以鍾儀自比，謂自己本是楚人而羈留魏、周，有似南冠之囚。

㊵季孫行人，留守西河之館：季孫，春秋時魯國大夫。行人，掌朝覲聘問之官。西河，今陝西東部。此二句典出《左傳・昭公十三年》，當時，諸侯盟於平丘，邾、莒告魯朝夕伐之，因無力向晉進貢，晉遂執季孫。後欲釋之，季孫不肯歸。叔魚遂威脅說：「鮒也聞諸吏，將為子除館於西河，其若之何？」季孫懼，乃歸魯。二句自比季孫而稍變其意，言己被留難歸。

㊶申包胥之頓地，碎之以首：申包胥，春秋時楚國大夫。頓地，叩頭觸地。事見《左傳・定公四年》：「吳伐楚，申包胥至秦求兵，立依於庭牆而哭，日夜不絕聲，勺飲不入口。七日，秦哀公為之賦〈無衣〉，九頓首而坐。秦師乃出。」二句言己曾為救梁竭盡心力。胥(漢)xū(國)ㄒㄩ音須。

㊷蔡威公之淚盡，加之以血：劉向《說苑》：「蔡威公閉門而泣，三日三夜，泣盡而繼之以血，曰：『吾國且亡』。」二句言己對梁亡深感悲痛。

㊸釣臺移柳，非玉關之可望：釣臺，今屬湖北武昌。此代指南方故土。移柳，據《晉書・陶侃傳》載，陶侃鎮武昌時，曾令諸營種植柳樹。玉關，即玉門關，在今甘肅敦煌西，此代指北地。二句意謂滯留北地的人再也看不到南方故土的柳樹了。

㊹ 華亭唳鶴，豈河橋之可聞：華亭，在今上海松江，晉陸機兄弟曾共遊於此十餘年。河橋，在今河南孟縣，陸機在此兵敗被誅。《世說新語・尤悔》：「陸平原河橋敗，為盧志所讒，被誅。臨刑嘆曰：『欲聞華亭鶴唳，可復得乎！』」二句謂故鄉鳥鳴已非身處異地者所能聞。

㊺ 孫策以天下為三分：孫策，生於漢靈帝熹平四年，卒於漢獻帝建安五年（一七五——二〇〇），字伯符，三國時吳郡富春（今浙江富陽）人，吳國的奠基者。三分，指魏、蜀、吳三分天下。

㊻ 眾裁一旅：裁，同纔。五百人曰一旅。《三國志・吳書・陸遜傳》：「遜上疏曰：『昔桓王（孫策謚號長沙桓王）創基，兵不一旅，而開大業。』」

㊼ 項羽用江東之子弟，人唯八千：項羽，名籍，生於秦王政十五年，卒於漢高祖五年（西元前二三二年——西元前二〇二年），字羽，下相（今江蘇宿遷西南）人。江東，長江南岸南京一帶地區。《史記・項羽本紀》載項羽兵敗烏江，笑謂亭長曰：「籍與江東子弟八千人渡江而西，今無一人還。」

㊽ 遂乃分裂山河，宰割天下：語出自賈誼〈過秦論〉：「宰割天下，分裂山河。」

㊾ 豈有百萬義師，一朝卷甲，芟夷斬伐，如草木焉：百歲義師，指平定侯景之亂的梁朝大軍。卷甲，卷斂衣甲而逃。芟夷，芟削陵夷，亦斬伐之意。據《南史・侯景傳》載，侯景反，梁將王質率兵三千無故自退，謝禧棄白下（今南京市）而走，援兵至北岸，號稱百萬，後皆敗走。芟（漢）shān（國）ㄕㄢ 音衫。

㊿ 江、淮無涯岸之阻，亭壁無藩籬之固：江淮，指長江、淮河。涯岸，水邊河岸。亭壁，指軍中壁壘。藩籬，竹木所編屏障。二句言所處境地無險可守。

51 頭會箕斂：頭會，隨民之頭數以取稅。箕斂，以箕收取所稅之穀。謂賦稅繁苛。《漢書・張耳陳餘傳》載：「頭會箕斂，以供軍費，財匱力盡。」箕（漢）jī（國）ㄐㄧ 音基。

52 合從締交：賈誼〈過秦論〉：「合從締交，相與為一。」原為戰國時六國聯合抗秦的一種策略。此指起事者彼此串聯，相互勾結。締（漢）dì（國）ㄉㄧˋ 音帝。

53 鉏耰棘矜者，因利乘便：賈誼〈過秦論〉之語。鉏，同鋤，即鋤頭。耰，鋤之柄。棘，戟。矜，戟之把。此言平民用田具為武器群起謀反。以上四句隱指陳霸先以布衣起兵，卒代梁而有天下。鉏（漢）chú（國）ㄔㄨˊ 音鋤。耰（漢）yōu（國）ㄧㄡ 音幽。

54 江表王氣：江表，指長江以南。王氣，古以為天子所在地必有祥瑞之氣。

55 三百年：指從孫權稱帝江南，歷東晉、宋、齊、梁四代，前後約共三百年。

56 并吞六合：六合，指上下四方。指秦始皇統一中國。賈誼〈過秦論〉：「吞二周而亡諸侯，履至尊而制六合。」

57 軹道之災：軹道，在今陝西咸陽西北。指秦王子嬰向進軍咸陽的劉邦投降，秦朝終告滅亡。據《史記・高祖本紀》載，高祖劉邦入關，「秦王子嬰素車白馬，……降軹道旁。」軹（漢）zhǐ（國）ㄓˇ 音只。

58 混一車書：指統一天下，此謂晉朝建國。《禮記・中庸》：「今天下車同軌，書同文，行同倫。」

59 平陽之禍：平陽，在今山西臨汾。指匈奴劉氏入洛陽，晉懷、愍二帝遇害。《晉書・孝懷帝本紀》載永嘉五年（西元三一一年），劉聰陷長安，遷懷帝於平陽，七年，懷帝遇害。又〈孝愍帝本紀〉，建興四年（西元三一六年），劉曜陷長安，遷愍帝於平陽，五年，愍帝被害。

60 山嶽崩頹，既履危亡之運：語出《國語・周語》：「山崩川竭，亡之徵也。」比喻梁朝之滅亡。

61 春秋迭代：喻梁、陳更替。

62 去故：離別故國。

63 悽愴傷心：悽，同淒。語出阮籍〈詠懷〉詩其九：「素質遊商聲，淒愴傷我心。」

64 舟檝：檝，同楫，船槳。代指船舟一類水上交通工具。檝（漢）jí（國）ㄐㄧˊ 音即。

65 星漢非乘槎可上：星漢，銀河。槎，竹筏木排。喻江南如在天上，無路可通。槎（漢）chá（國）ㄔㄚˊ 音查。

66 飈：同飆，暴風。飈（漢）biāo（國）ㄅㄧㄠ 音標。

㊲ 蓬萊無可到之期：蓬萊，傳說中三座神山之一。《漢書・郊祀志》：「自威宣、燕昭使人入海求蓬萊、方丈、瀛洲。此三神山者，其傳在渤海中，患且至，則船風引而去。蓋嘗有至者，未至，望之如雲，及到，三神山反居水下。臨之，患且至，則風輒引船而去，終莫能至云云。」

㊳ 窮者欲達其言：窮者，指仕途困躓之人。達，表達。《晉書・王隱傳》載：「蓋古人遭時則以功達其道，不遇則以言達其才。」

㊴ 勞者須歌其事：語出何休《公羊傳解詁》：「飢者歌其食，勞者歌其事。」

㊵ 陸士衡聞而撫掌，是所甘心：陸士衡，即陸機，生於吳景帝永安四年，卒於晉惠帝太安二年（西元二六一年——西元三〇三年）。撫掌，拍手。據《晉書・左思傳》載左思作〈三都賦〉事，云：「初陸機入洛，欲為此賦。聞思作之，撫掌而笑，與弟雲書曰：『此間有傖父作〈三都賦〉。須其成，當以覆酒甕耳。』及思賦出，機絕歎伏，以為不能加也，遂輟筆焉。」二句謂己作此賦即使受人嘲笑，也心甘情願。

㊶ 張平子見而陋之，固其宜矣：張平子，即張衡，生於東漢章帝建初三年，卒於漢順帝永和四年（西元七八年——西元一三九年），曾輕視班固之〈兩都賦〉，而作〈二京賦〉。陋，輕視、看不起。《藝文類聚》卷六十一：「昔班固觀世祖遷都於洛邑，懼將必踰溢制度，不能遵先王之正法也。故假西都賓盛稱長安舊制，有陋洛邑之議，而為東都主人折禮衷以答之。張平子薄而陋之，故更造焉。」二句意謂己所作之賦，被張衡輕視，也是理所當然的。

顏氏家訓 七則

顏之推

教子

齊朝有一士大夫，嘗謂吾曰：「我有一兒，年已十七，頗曉書疏①，教其鮮卑語及彈琵琶，稍欲通解，以此伏②事公卿，無不寵愛，亦要事也。」吾時俛③而不答。異哉，此人之教子也！若由此業④，自致卿相，亦不願汝曹⑤為之。

兄弟

二親既歿⑥，兄弟相顧，當如形之與影，聲之與響；愛先人之遺體⑦，惜己身之分氣⑧，非兄弟何念⑨哉？兄弟之際，異於他人，望深則易怨⑩，地親則易弭⑪。譬猶居室，一穴則塞之，一隙則塗之，則無頹毀之慮；如雀鼠之不卹⑫，風雨之不防⑬，壁陷楹淪⑭，無可救矣。僕妾之為雀鼠，妻子⑮之為風雨，甚哉！

兄弟 又

人之事兄，不可同於事父，何怨愛弟不及愛子乎⑯？是反照而不明也。沛國劉璡⑰，嘗與兄瓛連棟隔壁，瓛呼之數聲不應，良久方答；瓛怪問之，乃曰：「向來未著衣帽故也⑱。」以此事兄，可以免矣⑲。

風操

別易會難，古人所重；江南餞送，下泣言離。有王子侯⑳，梁武帝㉑弟，出為東郡㉒，與武帝別，帝曰：「我年已老，與汝分張㉓，甚以惻愴㉔。」數行淚下。侯遂密雲㉕，赧然㉖而出。坐此被責，飄颻舟渚㉗，一百許日，卒不得去。北間風俗，不屑此事，歧路言離，歡笑分首㉘。然人性自有少涕淚者，腸雖欲絕，目猶爛然㉙；如此之人，不可強責。

風操又

偏傍之書㉚，死有歸殺㉛。子孫逃竄，莫肯在家；畫瓦書符㉜，作諸厭勝㉝；喪出㉞之日，門前然㉟火，戶外列灰㊱，祓㊲送家鬼，章斷注連㊳：凡如此比，不近有情㊴，乃儒雅㊵之罪人，彈議㊶所當加也。

勉學

古之學者為己，以補不足也；今之學者為人，但能說之也㊷。古之學者為人，行道以利世也；今之學者為己，脩身以求進也。夫學者猶種樹也，春玩其華，秋登其實㊸；講論文章，春華也，脩身利行㊹，秋實也。

勉學 乂

鄴平之後，見徙入關㊺。思魯㊻嘗謂吾曰：「朝無祿位，家無積財，當肆筋力㊼，以申㊽供養。每被課篤㊾，勤勞經史㊿，未知為子，可得安乎？」吾命之曰：「子當以養為心(51)，父當以學為教(52)。使汝棄學徇財(53)，豐吾衣食，食之安得甘？衣之安得暖？若務先王之道，紹(54)家世之業，藜羹縕褐(55)，我自欲之(56)。」

作者

顏之推，生於梁武帝中大通三年，約卒於隋文帝開皇十一年（西元五三一年——西元五九一年？）。字介，琅耶臨沂（今屬山東）人。梁亡後，先投北齊，後入北周，終身以歷事異朝為恨事。著有《顏氏家訓》二十篇、《冤魂志》三卷及《集靈記》二十卷。

題解

本篇各則選自王利器《顏氏家訓集解》。東晉以來，名門望族各以其獨特的習尚或家風，造成禮俗，流風餘韻，且為他人所仿慕。顏之推詳察歷朝南北時人行事，選擇典型的事例，予以褒貶，留下作為子孫楷則，寫成《顏氏家訓》傳世。全書分上下兩卷，共二十篇，均以儒家思想闡述立身處世與為學之道。

第一則選自〈教子〉篇，是顏氏訓誨子弟不要為了功名而去取悅權貴。文字簡潔，生動地反映當時社會的風尚和價值觀念。

第二及第三則選自〈兄弟〉篇。第二則「二親既歿」，作者同意父母死後，兄弟應當如「形之與影」、「聲之與響」，相親相愛，彼此扶持。但他也憂慮兄弟之間會因僕妾的介入而造成隔閡，這是當時家庭中常見的現象，故特為論述，以為子孫及後人的警惕和鑑戒。

第三則「人之事兄」，顏氏講的是兄弟相處的道理。兄要愛弟如愛子，弟應事兄如事父。

第四及第五則選自〈風操〉篇。所謂風操就是指當時士大夫所崇尚的禮儀和習慣。習尚相沿衍成風氣，互為標榜。顏氏對這種矯揉造作、不合自然本性的行為，施以筆伐。而對一些因各人氣性不同而反應各異之事例，則加以客觀的評論。如第四則「別易會難」中，認為人於離別時，每有傷心而流淚者；但亦有「腸雖欲絶，目猶爛然」者。對於這些不同的反應，顏氏認為「不可強責」。

第五則「偏傍之書」，是作者對於旁門左道之書，倡言「死有歸殺」，以致家人「畫瓦書符」，作出種種迷信的厭勝之法，予以嚴厲批評。

第六、第七則皆選自〈勉學〉篇。作者有感於當時北朝社會士大夫之間追求功名利祿的風氣盛行，特提出語重心長的訓勉，希望子弟崇尚學藝和注重實踐，以立身行己。這篇文章有勸誡和啟導的作用。

注釋

① 書疏：指奏疏、呈文、信札等文職工作，本句意指通曉文墨。

② 伏：通服。

③ 俛：同俯，低頭。

④業：指所從事的工作。

⑤汝曹：汝，通你。曹，輩。汝曹即你輩、你們。

⑥歿：死。歿 漢 mò 國 ㄇㄛˋ 音末。

⑦愛先人之遺體：先人，指已死亡的父母。遺體，古人稱自己的身子為父母的遺體。《禮・祭義》：「曾子曰：『身也者，父母之遺體也』。」遺體一詞有時也用指兄弟。

⑧分氣：指兄弟各分得父母血氣之一部分，憑之以生。

⑨念：愛憐。

⑩望深則易怨：期望過高則容易產生怨懟。

⑪地親則易弭：地親，居住地近便。弭，消除。居處比鄰，相互溝通，就容易消除隔閡。弭 漢 mǐ 國 ㄇㄧˇ 音米。

⑫雀鼠之不䘏：䘏，憂慮、擔憂。此句引自《詩經・召南・行路》：「誰謂雀無角，何以穿我屋？……誰謂鼠無牙，何以穿我墉？」意謂麻雀老鼠的危害若不顧及。䘏 漢 xù 國 ㄒㄩˋ 音恤。

⑬風雨之不防：此句引自《詩經・豳風・鴟鴞》：「予室翹翹，風雨所漂搖。」意謂對風雨的侵蝕不加提防。

⑭壁陷楹淪：陷，陷落，此指倒塌。楹，柱子。淪，没落，此為摧折的意思。牆壁倒塌，屋柱摧折。楹 漢 yíng 國 ㄧㄥˊ 音盈。淪 漢 lún 國 ㄌㄨㄣˊ 音倫。

⑮妻子：妻子和子女。

⑯人之事兄，不可同於事父，何怨愛弟不及愛子乎：可，能。一般人不能以對待父親的態度敬事兄長，怎能怨兄長愛自己不如愛兒子呢？

⑰劉璡：生卒年不詳。字子瓛，南朝沛國（今江蘇蕭縣西北）人。方軌正直，卓有文采。有兄劉瓛，字子圭。兩人本傳見於《南史》。瓛 漢 huán 國 ㄏㄨㄢˊ 音桓。

⑱向來未著衣帽故也：向來，剛才的意思。意謂弟敬事兄，應聲時須衣帽整齊。全句指剛才未穿戴衣帽，故不敢應。
⑲以此事兄，可以免矣：用這種禮儀來事奉兄長，大可不必了。
⑳王子侯：皇室所封列侯。《漢書》有王子侯表。
㉑梁武帝：即蕭衍，生於南朝宋孝武帝大明八年，卒於梁武帝太清三年（西元四六四年——西元五四九年）。字叔（淑）達，小字練兒，南蘭陵（今江蘇常州西北）人。南朝梁的建立者，西元五〇二至五四九年在位，凡四十七年。
㉒東郡：梁都建康（今南京）以東之郡。
㉓分張：分別的意思，為六朝人習用語。
㉔惻愴：悲痛、悲傷。惻㊥cè㊟ㄘㄜˋ音測。愴㊥chuàng㊟ㄔㄨㄤˋ音創。
㉕密雲：無淚，其意取自《易・小畜・彖》：「密雲無雨」，指心中悲悽而目不落淚。
㉖赧然：因羞愧而臉紅的樣子。赧㊥nǎn㊟ㄋㄢˇ音難上聲。
㉗飄颻舟渚：飄颻，飄蕩。渚，水中小塊陸地、小洲。舟船在岸渚間飄蕩。颻㊥yáo㊟ㄧㄠˊ音搖。渚㊥zhǔ㊟ㄓㄨˇ音主。
㉘分首：即分手。
㉙目猶爛然：爛然，明亮的樣子。眼睛還是炯炯有神。
㉚偏傍之書：偏傍，不正。指旁門左道之書。
㉛歸殺：又作歸煞、回煞。舊時迷信謂人死後若干天，靈魂回家一次叫歸殺。
㉜畫瓦書符：舊時用以驅邪的方法。在瓦片上畫圖像以鎮邪，稱畫瓦。於紙上寫字或畫以驅邪，稱書符。
㉝厭勝：古時一種巫術，謂能以詛咒的法術來壓服人或物。

㉞喪出：出殯。
㉟然：燃的本字。
㊱户外列灰：在門外鋪灰，以觀死人魂魄之跡。
㊲祓：古代禳除災禍，祈求福祉的儀式。祓㊥fú㊟ㄈㄨˊ音弗。
㊳章斷注連：王利器云：「章斷注連者，謂上章以求斷絶亡人之殃注復連也。」
㊴凡如此比，不近有情：梵語「有情」指眾生。
㊵儒雅：儒學正道。
㊶彈議：彈劾、批評。
㊷古之學者為己……但能說之也：《論語・憲問》：「古之學者為己，今之學者為人。」《論語集解》：「孔安國曰：為己，履而行之；為人，徒能言之。」前者欲將所學充實自己，後者欲將所學取悅於人，以求見用。
㊸春玩其華，秋登其實：華，同花。實，即果。這裡以華、實比喻學與用。
㊹脩身利行：涵養德性，以利於事。
㊺鄴平之後，見徙入關：見，即被。言北齊被北周滅亡後，北齊的後主暨王室中人，俱被送至長安，初封安國公，後皆被殺。
㊻思魯：顏之推長子。
㊼當肆筋力：肆，竭盡。謂應當盡體力去工作。
㊽申：通伸。
㊾課篤：課，即教。篤，同督。課篤，即教育和督促。
㊿勤勞經史：努力學習經史。
51子當以養為心：說做子女的應當存心奉養父母。

52 父當以學為教：說做父親的，應當教兒子以學識。

53 徇財：徇，通殉。徇財，謂以身追求財富。徇 漢 xùn 國 ㄒㄩㄣˋ 音迅。

54 紹：繼承。

55 藜羹緼褐：藜羹，野菜煮的羹湯。緼褐，粗布製的衣服。藜 漢 lí 國 ㄌㄧˊ 音黎。緼 漢 yùn 國 ㄩㄣˋ 音蘊。

56 我自欲之：我，作者自稱。之，指上述惡衣粗食的生活。意思是說，自願過簡單的生活。

南史・祖沖之傳

李延壽

祖沖之字文遠，范陽遒①人也。曾祖台之，晉侍中②。祖昌，宋大匠卿③。父朔之，奉朝請④。

沖之稽古⑤，有機思⑥，宋孝武使直華林學省⑦，賜宅宇車服。解褐南徐州從事、公府參軍⑧。

始元嘉⑨中，用何承天⑩所製歷，比古十一家為密。沖之以為尚疏，乃更造新法，上表言之。孝武令朝士善歷者難之，不能屈。會帝⑪崩不施行。歷位為婁縣令⑫，謁者僕射⑬。初，宋武平關中，得姚興指南車，有外形而無機杼⑭，每行，使人於內轉之。昇明⑮中，齊高帝⑯輔政，使沖之追修古法。沖之改造銅機，圓轉不窮，而司方⑰如一，馬鈞⑱以來未之有也，時有北人索馭驎者亦云能造指南車，高帝使與沖之各造，使於樂游苑對共校試，而頗有差僻⑲，乃毀而焚之。晉時杜預⑳有巧思，造欹器㉑，三改不成。永明㉒中，竟陵王子良㉓好古，沖之造欹器獻之，與周廟不異㉔。文惠太子㉕在東宮，見沖之歷法，啟武帝㉖施行。文惠尋薨，又寢。轉長水校尉㉗，領本職。沖之造安邊論，欲開屯田，廣農殖。建武㉘中，明帝欲使沖之巡行四方，興造大業，可以利百姓者，會連有軍事，事竟不行。

沖之解鍾律博塞㉙，當時獨絕，莫能對者。以諸葛亮有木牛流馬，乃造一器，不因風水，施機自運，不勞人力。又造千里船，於新亭江㉚試之，日行百餘里。於樂游苑造水碓磨，武帝親自臨視。又特善算。永元㉛二年卒，年七十二。著《易老莊義》，釋《論語》、《孝經》，注《九章》，造《綴述》數十篇。

作者

李延壽，約生於隋文帝開皇年間（西元五八一年——西元六〇〇年），卒於唐高宗儀鳳年間（西元六七六年——西元六七九年）。字遐齡，祖籍隴西狄道（今甘肅臨洮），後移居相州（今河北臨漳西南）。歷任御史台主簿、符璽郎等職。延壽生於書香世家，祖父仲舉及父親大師皆博覽經史。有感於南北朝諸史褒貶失實，乃繼承父志，用了十六年時間，撰寫《南史》、《北史》。

《南史》八十卷，始自宋武帝永初元年，終於陳後主禎明三年（西元四二〇年——西元五八九年），記南朝宋、齊、梁、陳四朝史事。《北史》一百卷，上自北魏道武帝登國元年，下迄隋恭帝義寧二年（西元三八六年——西元六一八年），記魏、北齊（包括東魏）、北周（包括西魏）及隋四朝史事。延壽以司馬遷《史記》的紀傳體通史為楷模，揉合陳壽《三國志》的國別史體裁，將正史中的南北朝八史連綴成書，刪其冗長，取其菁華，補其遺逸。敘事簡潔明確，詳實有據，是二十四史中上乘之作。

題解

本篇節選自《南史》卷七十二〈文學傳〉，版本據中華書局排印本。祖沖之生於魏太武帝神廳二年，卒於齊東昏侯永元二年（西元四二九年——西元五〇〇年），是南朝宋、齊間的著名科學家。他在數學研究方面有超卓的成就，推算出圓周率的數值在三・一四一五九二六和三・一四一五九二七之間，千年以後，西方數學家才推演出同樣的數據。在天文學方面，他創製了《大明曆》，算出一回歸年為三百六十五・二四二八日，是最早把歲差引入曆法的人。他還推算出相當精確的閏年率，符合天象的實際。此外，在機械方面，祖沖之製造了指南車、水力驅動的水碓磨和千里船。他在數理和科技上的貢獻，都是劃時代的。

本文主要介紹祖沖之的成就、才華和抱負。

注釋

① 范陽遒：范陽，唐方鎮名。遒，縣名，今河北容城。即范陽遒縣，在今北京西南。遒㊥qiú㊐ㄑㄧㄡˊ音囚。

② 侍中：官名。秦始置，兩漢沿之，初為丞相屬官，後權力漸大，魏、晉後，地位更顯，往往成為實際上的宰相。

③ 大匠卿：官名。秦時稱將作少府，西漢景帝時改稱將作大匠。職掌宮室、宗廟、陵寢及其他土木營建。南朝宋時稱大匠卿。

④奉朝請：本為諸侯、官僚定期朝見皇帝的稱謂。古代以春季的朝見為朝，秋季的朝見為請。漢代重臣貴戚退職後，常以奉朝請名義參加朝會。晉代始把皇帝侍從和駙馬都尉命名為奉朝請。南朝亦常把閒散官員封為奉朝請。

⑤稽古：稽，考察、考究。稽古，考古。

⑥機思：機巧的心思。

⑦宋孝武使直華林學省：宋孝武，即南朝宋孝武帝劉駿（西元四五四年——西元四六四年在位）。直，當值、擔任。華林學省，當時研究學術的機構。

⑧解褐南徐州從事、公府參軍：褐，粗布衣服，喻指平民。解褐，謂脱去布衣換上官服，指出仕。南徐州，原為東晉初在京口（今江蘇鎮江）所置僑州（用北方州名在南方所設的州），南朝宋在僑置州郡前一律加南字，故有此稱。公府參軍，州刺史的佐史。

⑨元嘉：南朝宋文帝劉義隆的年號（西元四二四年——西元四五四年）。

⑩何承天：生於晉廢帝太和五年，卒於宋文帝元嘉二十四年（西元三七〇年——西元四四七年），東海郯（今山東郯城西南）人。南朝著名天文學家和思想家，博通經史，精於曆算，於元嘉二十年（西元四四三年），創製元嘉曆，訂正舊曆之誤，進一步提高了曆法的精密度。

⑪帝：指宋孝武帝劉義隆。

⑫婁縣令：婁縣，古縣名，在今江蘇昆山東北。婁縣縣令。

⑬謁者僕射：射，官名。漢時掌賓贊受事，南北朝時掌引見臣下，傳達使命。謁㊉ yè ㊊ ㄧㄝˋ 音頁。射㊉ yè ㊊ ㄧㄝˋ 音夜。

⑭機杼：《南齊書》作機巧。啟動機關。

⑮昇明：宋順帝劉準的年號（西元四七七年——西元四七九年）。

⑯齊高帝：即蕭道成（西元四七九年——西元四八二年在位），南朝齊的建立者。字紹伯，南蘭陵（今

⑰ 江蘇常州西北）人。
⑱ 司方：指示方向。
⑲ 馬鈞：生卒年不詳。字德衡，扶風（今陝西興平東南）人。三國時魏國的機械製造家。
⑳ 差僻：誤差。
杜預：生於魏文帝黃初三年，卒於晉武帝太康五年（西元二二二年——西元二八四年）。字元凱，京兆杜陵（今陝西西安東南）人。西晉大將、經學家。
㉑ 欹器：欹，通攲，傾斜。《荀子・宥坐》篇云：「孔子觀於魯桓公之廟，有欹器焉。……虛則欹，中則正，滿則覆。」欹㊥qī㊟ㄑㄧ音七。
㉒ 永明：齊武帝蕭賾年號（西元四八三年——西元四九三年）。
㉓ 竟陵王子良：即齊武帝次子蕭子良，竟陵王為其封號。
㉔ 與周廟不異：周廟，周朝（約西元前一一世紀——西元前二五六年）的宗廟。與周朝宗廟的祭器沒有甚麼不同。
㉕ 文惠太子：齊武帝之子蕭長懋。
㉖ 武帝：即齊武帝蕭賾。
㉗ 轉長水校尉：長水校尉，為駐屯京師的統兵軍官。遷調為長水校尉。
㉘ 建武：齊明帝蕭鸞的年號（西元四九四年——西元四九七年）。
㉙ 鍾律博塞：鍾律，音律之學。博塞，古代一種博戲。《南齊書・祖沖之傳》：「沖之解鍾律，博塞獨絕。」
㉚ 新亭江：河流名。在今江蘇境內。
㉛ 永元：齊東昏侯蕭寶卷的年號（西元四九九年——西元五〇〇年）。

滕王閣餞別序①

王勃

南昌②故郡，洪都新府③，星分翼軫④，地接衡廬⑤。襟三江而帶五湖⑥，控蠻荊而引甌越⑦。物華天寶，龍光射牛斗之墟⑧；人傑地靈，徐孺下陳蕃之榻⑨。雄州霧列，俊彩星馳⑩。臺隍枕夷夏之交⑪，賓主盡東南之美⑫。都督閻公之雅望，棨戟遙臨⑬；宇文新州之懿範，襜帷暫駐⑭。十旬休暇⑮，勝友如雲；千里逢迎，高朋滿座。騰蛟起鳳，孟學士之詞宗⑯；紫電清霜，王將軍之武庫⑰。家君作宰，路出名區⑱；童子何知，躬逢勝餞⑲。

時維⑳九日，序屬三秋㉑；潦水盡而寒潭清，煙光凝而暮山紫㉒。儼驂騑於上路，訪風景於崇阿㉓。臨帝子之長洲，得仙人之舊館㉔。層臺聳翠，上出重霄；飛閣流丹，下臨無地㉕。鶴汀鳧渚，窮島嶼之縈迴㉖；桂殿蘭宮，即岡巒之體勢㉗。披繡闥，俯雕甍㉘。山原曠其盈視，川澤紆其駭矚㉙。閭閻撲地，鐘鳴鼎食之家㉚；舸艦彌津，青雀黃龍之軸㉛。虹消雨霽，彩徹雲衢㉜。落霞與孤鶩齊飛，秋水共長天一色㉝。漁舟唱晚，響窮彭蠡之濱㉞；雁陣驚寒，聲斷衡陽之浦㉟。

遙吟俯暢，逸興遄飛㊱。爽籟發而清風生，纖歌凝而白雲遏㊲。睢園綠竹，氣凌彭澤之樽㊳；鄴水朱華，光照臨川之筆㊴。四美具㊵，二難并㊶。窮睇眄於中天，極娛遊於暇日㊷。天高地迥，覺宇宙之無窮㊸；興盡悲來，識盈虛之有數㊹。望長安於日下，目吳會於雲間㊺。地勢極而南溟深，天柱高而北辰遠㊻。關山難越，誰悲失路之人㊼；萍水相逢，盡是他鄉之客㊽。懷帝閽而不見，奉宣室以何年㊾。嗟乎！時運不齊，命途多舛㊿；馮唐易老，李廣難封(51)。屈賈誼於長沙，非無聖主(52)；竄梁鴻於海曲，豈乏明時(53)。所賴君子見機，達人知命(54)。老當益壯，寧移白首之心(55)；窮且益堅，不墜青雲之志(56)。酌貪泉而覺爽(57)，處涸轍以相懽(58)。北海雖賒，扶搖可接(59)；東隅已逝，桑榆非晚(60)。孟嘗高潔，空餘報國之情(61)；阮籍猖狂，豈效窮途之哭(62)。

勃三尺微命(63)，一介書生(64)。無路請纓，等終軍之弱冠(65)；有懷投筆，慕宗慤之長風[66]。舍簪笏於百齡，奉晨昏於萬里[67]。非謝家之寶樹，接孟氏之芳鄰[68]。他日趨庭，叨陪鯉對[69]；今茲捧袂，喜託龍門[70]。楊意不逢，撫凌雲而自惜[71]；鍾期既遇，奏流水以何慚[72]。嗚呼！勝地不常，盛筵難再[73]；蘭亭已矣，梓澤邱墟[74]。臨別贈言，幸承恩於偉餞[75]；登高作賦[76]，是所望於群公。敢竭鄙誠，恭疏短引[77]；一言均賦，四韻俱成[78]。請灑潘江，各傾陸海云爾[79]。

作者

王勃，生於唐太宗貞觀二十二年，卒於唐高宗上元二年（西元六四八年——西元六七五年）。字子安，絳州龍門（今山西河津）人。王通之孫，六歲能文，九歲讀《漢書》，著《指瑕》十卷。十四歲獲右丞相劉祥道舉薦對策，授朝散郎，並為沛王府修撰。以〈鬥雞文〉觸怒高宗，外放虢州參軍。於訪父途中路經南昌作〈滕王閣餞別序〉，名聲更顯於朝野。其後十五年，又往交趾郡省親，不慎溺水而死，卒年才二十九歲。

王勃與楊炯、盧照鄰、駱賓王並稱於時，而才氣名聲均膺首選。四人詩文雖深受齊、梁餘風的影響，然於流麗婉暢之中，自有其宏放渾厚的氣象，開創唐代文學的新風格。王勃的五言詩和駢文最為世人所傳誦。有《王子安集》二十卷。

題解

〈滕王閣餞別序〉選自《全唐文》卷一百八十一，文字據《王子安集》略作修正。簡稱〈滕王閣序〉，屬宴集詩序。滕王是唐高祖第二十二子李元嬰。唐高宗顯慶四年（西元六五九年），元嬰任洪州都督，建閣於南昌章江門外，瑰奇雄偉，稱滕王閣。高宗上元二年（西元六七五年），王勃往交趾（今越南）省父，九月九日路經洪州，正值當時的洪州都督閻公在閣上宴客，邀王勃參加盛會，即席寫成此序及七言詩一首，舉座讚歎，事見《新唐書》本傳。王勃的詩如下：「滕王高閣臨煙渚，珮玉鳴鸞罷歌舞。畫棟朝飛南浦雲，珠簾暮捲西山雨。閒雲潭影日悠悠，物換星移幾度秋。閣中帝子今何在，檻外長江空自流。」

注釋

①滕王閣餞別序：本作〈秋日登洪府滕王閣餞別序〉。滕王閣故址在今江西南昌章江門和廣潤門之間，前臨贛江，為遊覽勝地。

②南昌：一作豫章。滕王閣建於此，即今江西南昌。

③洪都新府：漢豫章郡，唐時改為洪州，設都督府，故謂之新府。

④星分翼軫：分，分野。古代天文家把地理區域的劃分按照方位跟天上星宿聯繫起來，地面每一區域都劃在某一星空的範圍之內，叫做分野。翼、軫，二十八宿中的兩個星宿。翼、軫兩宿是楚的分野，洪州古屬楚地，按星宿分野，屬於翼、軫兩星宿的範圍，所以說星分翼軫。

⑤衡廬：即衡州和江州。衡，衡山，此代指衡州（今湖南衡陽）。廬，廬山，此代指江州（今江西九江）。

⑥襟三江而帶五湖：三江，泛指長江中下游的江河。五湖，南方大湖的總稱。

⑦控蠻荊而引甌越：蠻荊，古楚地，今湖北、湖南一帶。甌越，古越地，即今浙江溫州之別稱。句意為控扼荊州而遠接甌越。甌(漢)ōu(國)ㄡ音歐。

⑧物華天寶，龍光射牛斗之墟：物華天寶，人間物產的精華，上天也視為珍寶。龍光，是寶劍的精光。牛、斗，是星宿。意指寶劍的精光直射到牛斗之間。兩句意謂洪州產有奇物。

⑨人傑地靈，徐孺下陳蕃之榻：人傑地靈，由於地之靈秀，故洪州多俊傑。徐孺，即徐穉，生於東漢和帝永元九年，卒於漢靈帝建寧元年（西元九七年——西元一六八年）。字孺子，東漢豫章南昌人，家貧，躬耕而食，不應徵辟，時稱南州高士。陳蕃，為豫章太守，不接待賓客，惟有徐穉來訪時，

才設一睡榻，徐穉去後又懸置起來。兩句說明洪州有傑出的人才。

⑩雄州霧列，俊彩星馳：雄州，雄壯的洪州。霧列，形容城池宅第如雲霧般羅列。俊彩，人才。彩，通寀，指官。星馳，流星飛馳，形容人才之多。兩句形容洪州的富庶與才士之眾多。

⑪臺隍枕夷夏之交：臺，亭臺。隍，未注入水的護城壕，此代指城池。枕，臨近、靠近。亭臺和城池處於蠻夷和中原的交界。隍㊉huáng㊇ㄏㄨㄤˊ音皇。

⑫賓主盡東南之美：此句上承「俊彩星馳」，謂今日閣中人物皆江南之俊秀。

⑬都督閻公之雅望，棨戟遙臨：都督，掌督察諸州軍事的官員，唐代分上、中、下三等。閻公，名未詳。雅望，美好的聲望。棨戟，外有赤黑色繒作套的木戟，古代高官出行時用為儀仗。此言閻都督遠道親臨，儀仗雍容。棨㊉qǐ㊇ㄑㄧˇ音啟。戟㊉jǐ㊇ㄐㄧˇ音己。

⑭宇文新州之懿範，襜帷暫駐：宇文新州，複姓宇文的新州（今廣東境內）刺史，名未詳。人稱宇文新州，猶如唐柳宗元為柳州刺史，人稱柳柳州。懿範，美好的風範。襜帷，車上的帷幕，此代指車駕。此言宇文新州路經洪州，也暫時留下參加這次盛會。懿㊉yì㊇ㄧˋ音意。襜㊉chān㊇ㄔㄢ音摻。

⑮十旬休暇：唐制，十日為一旬，遇旬日則官員休沐，稱為旬休。暇，空閒。

⑯騰蛟起鳳，孟學士之詞宗：騰蛟起鳳，形容文才如蛟龍騰空，鳳凰起舞。孟學士，參加宴會的賓客，一說為都督閻公之婿，一說為孟泉。學士，掌著述的官。詞宗，詞章宗師，文壇領袖。

⑰紫電清霜，王將軍之武庫：紫電，吳國孫權有寶劍六，其二名紫電。清霜，也指寶劍。王將軍，當時座上客，一說指平侯景之亂的梁朝大將王僧辯。武庫，收藏武器的倉庫。兩句形容王將軍之武略才具。

⑱家君作宰，路出名區：家君，家父，指王勃父親王福時。作宰，作縣官，王福時曾任交阯令。名區，名勝之地，指洪州。

⑲ 童子何知，躬逢勝餞：童子，王勃謙稱。躬，親身。勝餞，盛大的餞別宴會。

⑳ 維：是。

㉑ 序屬三秋：時序屬秋季第三個月。古人稱七、八、九月分別為孟秋、仲秋、季秋，三秋即季秋，時值九月。

㉒ 潦水盡而寒潭清，煙光凝而暮山紫：潦水，地上的積水。寒潭，冰冷的潭水。清，清澈。煙光，指水氣在陽光的照射下如煙似霧。凝，凝結，凝聚不動。

㉓ 儼驂騑於上路，訪風景於崇阿：儼，整齊。驂騑，駕車的馬。古時駕車馬匹，當中的叫服馬，兩邊的叫騑馬，也叫驂馬。上路，地勢高的路。崇，高。阿，丘陵。此指前來參加盛會時路上的情況。儼（漢）yǎn（國）ㄧㄢˇ 音演。阿（漢）ē（國）ㄜ 音婀。

㉔ 臨帝子之長洲，得仙人之舊館：帝子，指滕王李元嬰。長洲，指滕王閣前的沙洲。仙人，一作天人，指滕王。仙人之舊館，指滕王閣。

㉕ 層臺聳翠，上出重霄；飛閣流丹，下臨無地：層，重疊。聳，高起。翠，綠色。重霄，天空高處。流丹，流著紅光（因閣用紅色裝飾）。流，一作翔。下臨無地，言閣之高峻，往下看時，不見地面。聳（漢）sǒng（國）ㄙㄨㄥˇ 音慫。

㉖ 鶴汀鳧渚，窮島嶼之縈迴：汀，水邊平地。鶴汀，鶴棲身的汀。渚，水中小洲。鳧渚，野鴨聚集的小洲。窮，極。縈迴，縈繞。鳧（漢）fú（國）ㄈㄨˊ 音符。縈（漢）yíng（國）ㄧㄥˊ 音營。

㉗ 桂殿蘭宮，即岡巒之體勢：桂殿蘭宮，桂、蘭，香木名，此形容滕王閣的華美。即岡巒之體勢，指宮殿高低起伏，與岡巒的體勢相稱。

㉘ 披繡闥，俯雕甍：披，開。繡闥，雕飾華美的門。俯，下視。雕甍，經雕飾的屋脊。闥（漢）tà（國）ㄊㄚˋ 音撻。甍（漢）méng（國）ㄇㄥˊ 音盟。

㉙ 山原曠其盈視，川澤紆其駭矚：其，助詞。盈視，盡收視野之中。駭矚，對所看到的感到吃驚。駭

漢 hài 國 ㄏㄞˋ 音害。

㉚ 閭閻撲地，鐘鳴鼎食之家：閭閻，里巷的門，借指住宅。撲地，遍地。鐘鳴鼎食之家，鳴鐘列鼎而食的富貴人家，見張衡〈西京賦〉。閭 漢 lǘ 國 ㄌㄩˊ 音驢。閻 漢 yán 國 ㄧㄢˊ 音嚴。

㉛ 舸艦彌津，青雀黃龍之舳：舸，大船。艦，戰船。彌，滿。津，渡口，這裡是指河流。舳，是舟尾施舵處，一說指船。舸 漢 gě 國 ㄍㄜˇ 音葛。

㉜ 虹消雨霽，彩徹雲衢：霽，雨停。雲衢，天空明亮。二句描寫雨後天空景象，是說天空彩霞照射，地面景物分明。霽 漢 jì 國 ㄐㄧˋ 音祭。衢 漢 qú 國 ㄑㄩˊ 音渠。

㉝ 落霞與孤鶩齊飛，秋水共長天一色：鶩，野鴨。共，同。長天，遼闊的天空。一色，同樣顏色。彩霞與孤鶩就像一齊在飛翔，碧綠的秋水連接天空，遠望像是同一顏色。鶩 漢 wù 國 ㄨˋ 音務。

㉞ 漁舟唱晚，響窮彭蠡之濱：唱晚，晚唱。響，指歌聲。窮，直達。彭蠡，在洪州東北，今鄱陽湖。濱，水邊。蠡 漢 lǐ 國 ㄌㄧˇ 音禮。

㉟ 雁陣驚寒，聲斷衡陽之浦：衡陽，在洪州西南，今湖南衡陽。傳說衡陽有回雁峰，雁至此不再南飛。浦，水邊，鴻雁棲息之處。

㊱ 遙吟俯暢，逸興遄飛：俯暢，因登高俯視而胸襟舒暢，一作遙襟甫暢。逸興，飄逸的興致。遄，急速。遄 漢 chuán 國 ㄔㄨㄢˊ 音船。

㊲ 爽籟發而清風生，纖歌凝而白雲遏：爽，參差不齊，指簫聲。籟，簫管。發，發出聲響。纖歌，輕柔的歌聲。凝，停滯，指歌聲慢慢拉長。遏，阻止。遏 漢 è 國 ㄜˋ 音厄。

㊳ 睢園綠竹，氣凌彭澤之樽：睢園，西漢梁孝王在睢陽（今河南商丘南）聚集文士的菟園。綠竹，枚乘〈梁王菟園賦〉曾詠菟園的修竹。凌，凌駕、壓倒。彭澤，指曾當過彭澤令之陶淵明。彭澤之樽指陶氏之嗜酒。二句以梁孝王菟園之盛會，與陶淵明之善飲，形容滕王閣之宴會盛況。

㊴ 鄴水朱華，光照臨川之筆：鄴，魏都城，在今河南臨漳西，曹操父子集中了許多文士在這裡。朱華，

芙蓉。曹植曾在這裡寫過〈公讌〉詩，其中有「朱華冒綠池」的句子。臨川，指謝靈運，他曾經做過臨川（今江西臨川）內史。

㊵ 四美具：四美，指良辰、美景、賞心、樂事。一說指音樂、酒食、文章、語言。具，具備。

㊶ 二難并：二，指賢主、嘉賓。難，難得，并，兼并。

㊷ 窮睇眄於中天，極娛遊於暇日：窮，極，盡。眄，一作盻。睇眄，觀賞。中天，半空、長天。娛遊，娛樂嬉遊。暇日，閒暇的日子。眄 漢 miǎn 國 ㄇㄧㄢˇ 音免。

㊸ 天高地迥，覺宇宙之無窮：迥，遠。宇宙，四方上下曰宇，往古來今曰宙。迥 漢 jiǒng 國 ㄐㄩㄥˇ 音炯。

㊹ 識盈虛之有數：盈虛，月滿曰盈，月虧曰虛。這裡指事物之盛衰循環。數，運數，即命運。

㊺ 望長安於日下，目吳會於雲間：長安，唐代都城，在今陝西西安。吳會，即吳縣（今江蘇蘇州），西漢會稽郡的治所在吳縣，當時郡縣連稱，故稱吳縣為吳會。指長安日遠，可望而不可即。這裡寓有自己遭遇困厄而向南行之意。

㊻ 地勢極而南溟深，天柱高而北辰遠：南溟，即南海。（見《莊子》）天柱，《山海經・神異經》說，昆侖山上有銅柱，其高入天，是為天柱。北辰，即北極星。天柱與北辰，都暗指朝廷。這兩句是感歎自己離開帝都越來越遠。

㊼ 關山難越，誰悲失路之人：失路，比喻不得志。自己被黜南行，嘗盡關山跋涉之苦，誰又會寄與同情？

㊽ 萍水相逢：一作溝水相逢，萍浮水面，飄泊無定，喻人偶然相逢，時聚時散。

㊾ 懷帝閽而不見，奉宣室以何年：帝，指天帝。閽，看門的人。帝閽，帝王宮門，代指國君。宣室，西漢未央宮前正殿。賈誼本受漢文帝賞識，後被人讒害，貶為長沙王太傅。後來文帝想起他，在宣室召見他。這兩句說：思念國君而不可見，不知何時能像賈誼一樣奉召再見呢？閽 漢 hūn 國 ㄏㄨㄣ 音

昏。

㊿ 嗟乎！時運不齊，命途多舛：嗟乎，感歎詞。時運不齊，命運不好。舛，不順。舛 漢 chuǎn 國 ㄔㄨㄢˇ 音喘。

51 馮唐易老，李廣難封：馮唐，漢文帝時為中郎署長、東騎都尉，景帝時任楚相。武帝時求賢，有人要推薦他，其時他已九十多歲，不能再作官了。李廣，生年不詳，卒於漢武帝元狩四年（？——西元前一一九年）。武帝時名將，多次出擊匈奴，建立殊功。他的部下有的封了侯，他雖然有軍功，卻没有封賞。作者用二人來比喻自己早年的不幸遭遇，深悲年歲易老，有如馮、李二人。

52 屈賈誼於長沙，非無聖主：屈，委屈、貶謫。聖主，指漢文帝。漢文帝本想重用賈誼，但因聽信讒言，便疏遠了他，任他為長沙王太傅。

53 竄梁鴻於海曲，豈乏明時：竄，逃隱。海曲，泛指海濱之地、偏僻之地。梁鴻，生卒年不詳，字伯鸞，東漢扶風平陵人，娶妻孟光，隱居霸陵山中。他在過洛陽時，作〈五噫之歌〉，悲歎帝京奢靡，民生愁苦。漢章帝聽了很不高興，他便改名易姓，與妻子逃居齊、魯濱海之地。這兩句的意思是章帝時並非昏暗的年代，為甚麼以梁鴻之賢，竟須受流亡之苦呢？竄 漢 cuàn 國 ㄘㄨㄢˋ 音篡。

54 所賴君子見機，達人知命：君子、達人，指明達世情者。見機，一作安貧。二句指賈誼與梁鴻的遭遇是無奈的，自己只有見機而行，不去強求。

55 老當益壯，寧移白首之心：老當益壯，語出《後漢書・馬援傳》：「丈夫為志，窮當益堅，老當益壯。」寧，豈。白首，年老。

56 窮且益堅，不墜青雲之志：墜，失去。青雲之志，喻高潔的志向。兩句指遭遇越窮困而意志越堅定，不會失去高尚節操。

57 酌貪泉而覺爽：酌，飲。貪泉，據《晉書・吳隱之傳》載，廣州北二十里的石門有貪泉，凡飲泉水者，必變得貪得無厭。爽，神志清醒，這裡指廉潔不貪。此句指志節高尚的人，處於混濁的境遇而猶能保持操守，出於污泥而不染。

(58) 處涸轍以相懽：涸轍，喻窮困的境遇。轍，車輪所輾的跡印。鮒魚在涸轍中，事見《莊子・外物》。句意為處在窮困的環境，仍可歡然面對。涸 漢 hé 國 ㄏㄜˊ 音合。

(59) 北海雖賒，扶搖可接：北海，同《莊子・逍遙遊》中的北冥。賒，遠。扶搖，上行的風。意指世間雖然有很難到達的地方，時機來了還是能到達的。賒 漢 shē 國 ㄕㄜ 音奢。

(60) 東隅已逝，桑榆非晚：東隅，日出處，喻青年。桑榆，日落處，喻晚年。《後漢書・馮異傳》：「失之東隅，收之桑榆。」這兩句的意思是說：年華雖已逝，然而及時努力，猶未為晚。

(61) 孟嘗高潔，空餘報國之情：孟嘗，後漢順帝時人，曾任合浦太守。由於志趣高尚，潔身自好，長期不見升遷，後來退隱。桓帝時，有人上書推薦他，也未被錄用。年七十，卒於家。意指空有像品行高潔的孟嘗那樣的報國之情。有的本子寫作「空懷報國之心」。

(62) 阮籍猖狂，豈效窮途之哭：阮籍，生於漢獻帝建安十五年，卒於魏元帝景元四年（西元二一〇年——西元二六三年）。字嗣宗。有時駕車出遊，遇到路不通時痛哭而返。猖狂，狂妄，用來形容行為類似瘋狂。阮籍行為瘋狂，我決仿效，這裡表現作者擇善固執之志。

(63) 勃三尺微命：三尺，指衣帶結餘下垂的部分，即紳的長度。《禮記・玉藻》：「紳長制，士三尺。」微命，指卑賤的官階。《周禮・春官・典命》鄭注：「王之下士，一命。」王勃曾為虢州參軍，所以自比於一命之士，而說三尺微命。

(64) 一介書生：指一個微不足道的書生。

(65) 無路請纓，等終軍之弱冠：纓，繫在馬頸用以駕車的繩子。請纓，請求賜與長纓，即請命報國之意。等，等於。終軍，生於漢武帝建元元年，卒於武帝元鼎四年（西元前一四〇年——前一一三年），字子雲，濟南人，漢武帝任為諫議大夫，二十餘歲，曾請纓要去縛南越王。弱冠，古代男子二十歲稱弱冠。這是說自己雖同於終軍的年齡，但沒有請纓的門路。

⑥⑥ 有懷投筆，慕宗愨之長風：有懷投筆，有投筆從戎為國立功的志向，見《後漢書・班超傳》。長風，指遠大志願，《南史・宗愨傳》載：南朝宋人宗愨年少時，叔父問他有何志願，他說「願乘長風，破萬里浪」。兩句說自己有投筆從戎，乘風破浪之遠大抱負。愨（漢）què（國）ㄑㄩㄝˋ 音確。

⑥⑦ 舍簪笏於百齡，奉晨昏於萬里：舍，捨棄。簪，士大夫用來把帽子別在髮上的飾物。笏，一名手版，古代大臣上朝手中拿著象牙或竹木製的窄長版，對皇帝講話時，用以遮臉，表示恭敬。手版上面也可記事，以免在上奏時遺忘。百齡，百歲，是一生的意思。奉晨昏，子女在早晚向父母問安，這裡指他去探望父親。全句意思是自己準備終身不再做官，到萬里外的南方去侍奉父親，以盡人子之道。簪（漢）zān（國）ㄗㄢ 音贊陰平聲。笏（漢）hù（國）ㄏㄨˋ 音互。

⑥⑧ 非謝家之寶樹，接孟氏之芳鄰：謝家寶樹，典出《世說新語・語言》篇，謝玄以芝蘭玉樹比喻賢良子弟。孟氏之芳鄰，用孟母三遷的典故，比喻宴會中嘉賓的善擇芳鄰。意謂我雖不像謝家的賢良子弟，但卻有幸與宴會上諸位賢士交接。

⑥⑨ 他日趨庭，叨陪鯉對：趨庭，恭敬地從庭前走過。叨，是慚愧地承受，表示自謙。叨陪，奉陪。作者不敢自比孔鯉，所以謙遜地說叨陪。鯉對，用孔子兒子孔鯉趨庭應對的典故。二句旨在說明自己將前往南方省父，也將效法孔鯉趨庭受教。叨（漢）tāo（國）ㄊㄠ 音滔。

⑦⓪ 今茲捧袂，喜託龍門：袂，衣袖。捧袂，舉起雙袖作揖，見長者恭敬的樣子。龍門，東漢李膺，聲望極高，當時士人能夠和他接近，稱為登龍門。託龍門，也就是登龍門的意思。兩句意思是說自己能參與盛會，就像登龍門一樣。

⑦① 楊意不逢，撫凌雲而自惜：楊意，即楊得意，生卒年不詳，蜀人，為狗監，司馬相如得到他的推薦而做了官。凌雲，司馬相如向漢武帝奏〈大人賦〉：「天子大說（悅），飄飄有凌雲之氣，似遊天地之間意。」這裡代指司馬相如的賦。這兩句引司馬相如得遇楊得意的典故，歎惜自己無人引薦，懷才不遇。

⑫鍾期既遇，奏流水以何慚：鍾期，春秋時人鍾子期。《列子・湯問》：「伯牙善鼓琴，鍾子期善聽。伯牙鼓琴……志在流水，鍾子期曰：『善哉！洋洋兮若江河。』伯牙所念，鍾子期必得之。」此句用伯牙遇知音典故，意指既遇知音，自己在宴會上賦詩作文，也不以為愧。

⑬勝地不常，盛筵難再：勝地，指滕王閣。盛筵，指滕王閣上的盛大宴會。

⑭蘭亭已矣，梓澤邱墟：蘭亭，晉王羲之宴集之地，故址在今浙江紹興西南。王羲之有〈蘭亭集序〉一文記載其事。已矣，事成過去。梓澤，晉石崇的金谷園又名梓澤，在今河南洛陽西北。邱墟，空虛荒蕪之地。二句指名勝難免荒蕪，故非撰文紀盛不可。

⑮臨別贈言，幸承恩於偉餞：自己承蒙主人恩寵，能有機會參加盛筵，特效前人臨別贈言之義，寫這篇序。

⑯登高作賦：《韓詩外傳》卷七：「孔子曰：『君子登高必賦。』」

⑰敢竭鄙誠，恭疏短引：鄙，自謙之詞。疏，條陳，一一地寫出來。引，引言，指這篇序。二句指竭盡一己的誠意，恭敬地寫了這篇短序。

⑱一言均賦，四韻俱成：一言，指〈滕王閣序〉。均，同。賦，鋪敘。這兩句的意思是說：在這篇序文寫好的同時，也寫了一首四韻（詩以兩句為一韻）的詩，即〈滕王閣詩〉。

⑲請灑潘江，各傾陸海云爾：潘，潘岳。陸，陸機。《詩品・序》說：「陸才如海，潘才如江。」意指竭其才能為詩文。云爾，語助詞，用作文章的結束語。

弔古戰場文

李華

浩浩乎平沙無垠①，夐②不見人，河水縈帶③，群山糺紛④。黯兮慘悴⑤，風悲日曛⑥。蓬⑦斷草枯，凜若霜晨⑧。鳥飛不下，獸挺⑨亡群。亭長⑩告予曰：「此古戰場也，嘗覆三軍⑪。往往鬼哭，天陰⑫則聞。」傷心哉！秦歟？漢歟？將⑬近代歟？

吾聞夫齊魏徭戍，荊韓召募⑭。萬里奔走，連年暴露⑮。沙草晨牧⑯，河冰夜渡⑰。地闊天長，不知歸路⑱。寄身鋒刃⑲，腷臆誰愬⑳？秦漢而還㉑，多事四夷㉒。中州耗斁㉓，無世無之。古稱戎夏㉔，不抗王師㉕。文教失宣㉖，武臣用奇㉗。奇兵有異於仁義，王道迂闊而莫為㉘。

嗚呼噫嘻！吾想夫北風振漠㉙，胡兵伺便㉚，主將驕敵㉛，期門㉜受戰。野豎旄旗㉝，川迴組練㉞。法㉟重心駭，威尊命賤㊱。利鏃㊲穿骨，驚沙入面。主客相搏，山川震眩㊳，聲折江河㊴，勢崩雷電㊵。至若窮陰凝閉㊶，凜冽海隅㊷，積雪沒脛㊸，堅冰在鬚，鷙鳥休巢㊹，征馬踟躕㊺，繒纊㊻無溫，墮指裂膚。當此苦寒，天假強胡㊼，憑陵殺氣㊽，以相翦屠㊾。徑截輜重㊿，橫攻士卒。都尉新降(51)，將軍復沒。屍踣巨港之岸，血滿長城之窟(52)。無貴無賤(53)，同為枯骨。可勝言哉(54)？鼓衰(55)兮力竭，矢盡兮弦絕，白刃交兮寶刀折，兩軍蹙(56)兮生死決。降矣哉？終身夷狄。戰矣哉？暴骨沙礫。鳥無聲兮山寂寂，夜正長兮風淅淅(57)。魂魄結兮天沈沈(58)，鬼神聚兮雲冪冪(59)。日光寒兮草短，月色苦兮霜白。傷心慘目，有如是耶？

吾聞之，牧(60)用趙卒，大破林胡(61)，開地千里，遁逃(62)匈奴。漢傾天下(63)，財殫力痡(64)，任人(65)而已，其在多乎？周逐玁狁(66)，北至太原(67)，既城朔方(68)，全師而還。飲至策勳(69)，和樂且閒，穆穆棣棣(70)，君臣之間。秦起長城，竟海(71)為關，荼毒(72)生民，萬里朱殷(73)。漢擊匈奴，雖得陰山(74)，枕骸遍埜，功不補患(75)。

蒼蒼蒸民(76)，誰無父母？提攜捧負，畏其不壽。誰無兄弟？如足如手；誰無夫婦？如賓如友。生也何恩(77)？殺之何咎(78)？其存其歿，家莫聞知(79)。

人或有言⑳，將信將疑。悁悁㉑心目，寤寐見之。布奠傾觴㉒，哭望天涯。天地為愁㉓，草木悽悲。弔祭不至，精魂無依㉔。必有凶年㉕，人其流離。嗚呼噫嘻！時耶命耶？從古如斯㉖。為之奈何？守在四夷㉗。

作者

李華，生卒年不詳，其生活年代約由唐玄宗開元三年，至唐代宗大曆元年（西元七一五？年——西元七六六？年）。字遐叔，趙州贊皇（今河北贊皇）人。開元二十三年（西元七三五年）中進士，天寶二年（西元七四三年）博學宏詞，皆為科首。十一年（西元七五二年），拜監察御史。因與宰相楊國忠不合，被劾，徙右補闕。為人剛毅，敢言直諫，為權幸所疾。安祿山叛亂，陷長安，李華被俘，安祿山委為鳳閣舍人。亂平，貶杭州司戶參軍，復遷檢校吏部員外郎。其後去官，隱居於山陽（今江蘇淮安）。李華與蕭穎士倡導古文，開韓愈古文運動先河。晚年信佛，著有《李遐叔文集》。

題解

〈弔古戰場文〉選自《全唐文》卷三百二十一，屬弔祭文，通篇協韻。

唐人寫反戰詩多，反戰文卻很少。李華此文借亭長的口吻，描述戰場的慘狀，寄意統治者應以王道治國，愛惜民命，免使百姓陷於連年戰禍。全篇大旨在「多事四夷」一語，而歸結則以「守在四夷」諷勉統治者。雖名為弔古，實為對唐室窮兵黷武政策的譴責。杜甫〈兵車行〉與此文有類似的寓意。

注釋

① 平沙無垠：平沙，平曠的沙漠，此指曠野。垠，邊際。垠 漢 yín 國 ㄧㄣˊ 音銀。

② 敻：遠。敻 漢 xiòng 國 ㄒㄩㄥˋ 音熊去聲。

③ 河水縈帶：河水如帶子般旋繞著。縈 漢 yíng 國 ㄧㄥˊ 音營。

④ 糾紛：錯落連綿。糾 漢 jiū 國 ㄐㄧㄡˇ 音九。

⑤ 黯兮慘悴：黯，黯淡無光。慘悴，夏傷憔悴，這裡是使人憂鬱之意。

⑥風悲日曛：曛，昏黃。連上句寫氣象。曛漢 xūn 國ㄒㄩㄣ 音勛。
⑦蓬：蓬草，枯後根斷，隨風而飛，故又名飛蓬。
⑧凜若霜晨：寒氣凜冽如落霜的早晨。
⑨挺：快跑。
⑩亭長：地方小吏。唐代亭長負責治安和傳達禁令。
⑪三軍：周制天子可擁有六軍，諸侯可擁有三軍，每軍一萬二千五百人。這裡三軍是泛指軍隊。
⑫天陰：天色晦暗。
⑬將：還是。
⑭齊魏徭戍，荆韓召募：徭戍，服徭役戍邊。荆，即楚國。齊、魏、荆、韓，皆為戰國時諸侯國。召募，同招募。招募兵員服役。「徭戍」與「召募」對文，意同。
⑮暴露：指置身野地露天之下。
⑯沙草晨牧：早晨在沙漠草原上牧放戰馬。
⑰河冰夜渡：夜間渡過結冰的黃河。
⑱地闊天長，不知歸路：意即離家已遠，時隔已久，不知何處是歸途。
⑲寄身鋒刃：意即身處戰場。
⑳腷臆誰愬：腷臆，鬱悶悲苦。苦悶的心情向誰訴說呢？腷漢 bì 國ㄅㄧˋ音碧。愬漢 sù 國ㄙㄨˋ 音素。
㉑秦漢而還：秦漢以來。
㉒多事四夷：事，指用兵。四夷，指四方外族。
㉓中州耗斁：中州，指中原地區。耗斁，遭受耗損破壞。斁漢 dù 國ㄉㄨˋ 音度。
㉔戎夏：戎，指四境少數民族。夏，指中原地區。
㉕王師：帝王的軍隊。

㉖ 文教失宣：文教，指用以治理天下的禮樂等典章制度。失宣，未能徧及四方外族。

㉗ 用奇：以奇詭之計用兵。

㉘ 王道迂闊而莫為：王道，指仁義禮樂之道。迂闊，（以為）迂遠不切實際。莫為，沒有人再遵行。

㉙ 振漠：振起沙塵。

㉚ 伺便：指乘沙塵之便入侵。

㉛ 驕敵：輕敵。

㉜ 期門：期門，官名。漢武帝時置，掌執兵扈從護衛。

㉝ 野豎旄旗：指原野上駐紮著軍營。

㉞ 川迴組練：組練，這裡指軍隊。是說軍隊沿川水駐紮。

㉟ 法：指軍法。

㊱ 威尊命賤：威尊，指軍法威嚴。命賤，指戰士生命微賤。

㊲ 利鏃：銳利的箭頭。鏃㊅ zú ㊄ ㄗㄨˊ 音族。

㊳ 主客相搏，山川震眩：是說兩軍交戰，戰鼓聲和廝殺聲使山川震動，士卒昏眩。

㊴ 聲折江河：折，一本作析，斷絕之意。謂聲音之大可以震斷江河。

㊵ 勢崩雷電：勢大如雷鳴電閃。

㊶ 至若窮陰凝閉：至若，至於。窮陰，指冬盡年終之時。凝閉，天寒地凍。

㊷ 海隅：海邊，此指邊疆戰地。

㊸ 脛：小腿。

㊹ 鷙鳥休巢：鷙鳥，鷹隼類兇猛的鳥。休巢，休於巢中不出來。鷙㊅ zhì ㊄ ㄓˋ 音至。

㊺ 踟躕：猶豫不前。踟躕㊅ chí chú ㊄ ㄔˊ ㄔㄨˊ 音池廚。

㊻ 繒纊：繒，帛。纊，綿絮。指絲綿製成的衣服。繒纊㊅ zēng kuàng ㊄ ㄗㄥ ㄎㄨㄤˋ 音增礦。

47. 天假強胡：天借給胡人以方便。

48. 憑陵殺氣：憑陵，憑藉。殺氣，肅殺之氣，指嚴寒的天氣。

49. 翦屠：屠殺。

50. 徑截輜重：徑截，肆意截擊搶掠。輜重，軍用物資的統稱。輜(漢) zī (國) ㄗ 音資。

51. 都尉新降：都尉，官名。漢代郡設都尉，掌軍事。新，剛剛。

52. 窟：穴。

53. 無貴無賤：不論貴賤。

54. 可勝言哉：怎能說得盡呢！

55. 鼓衰：鼓聲衰弱下去。

56. 蹙：迫近、接觸。蹙(漢) cù (國) ㄘㄨˋ 音促。

57. 淅淅：形容風聲。淅(漢) xī (國) ㄒㄧ 音西。

58. 沈沈：昏暗無光。

59. 冪冪：陰森的樣子。冪(漢) mì (國) ㄇㄧˋ 音覓。

60. 牧：李牧，戰國時趙國的良將。

61. 林胡：戰國時匈奴的一支。

62. 遁逃：使之逃走。

63. 傾天下：盡全國力量。

64. 財殫力痡：殫，竭盡。痡，病、疲憊。殫(漢) dān (國) ㄉㄢ 音丹。痡(漢) pū (國) ㄆㄨ 音鋪。

65. 任人：指任人得當。

66. 玁狁：周朝時北方的一個少數民族，即後來的匈奴。玁狁(漢) xiǎn yǔn (國) ㄒㄧㄢˇ ㄩㄣˇ 音險允。

67. 太原：在今甘肅固原北界。

68 既城朔方：城，築城。朔方，北方，指今山西大同一帶。
69 飲至策勳：飲至，一種禮儀，軍隊凱旋歸來，到宗廟獻俘，然後飲宴慶賀。策勳，把功勞記在簡策上。
70 穆穆棣棣：形容儀態端莊閒雅。棣 漢 dì 國 ㄉㄧˋ 音弟。
71 竟海：一直到海。
72 荼毒：殘害。荼 漢 tú 國 ㄊㄨˊ 音途。
73 朱殷：深紅色，這裡指流血死亡。
74 陰山：在河套以北，東西綿亙於內蒙古自治區。漢武帝時，衛青、霍去病出擊匈奴，控制了陰山一帶，並設兵屯守，以扼制匈奴。
75 枕骸遍埜，功不補患：埜，同野。功不補患，謂得不償失。
76 蒼蒼蒸民：蒼蒼，指天。蒸民，眾民。猶言天生眾民。
77 生也何恩：言人皆有生之權利，於民之生，帝王有何恩？
78 殺之何咎：驅民於戰，使之死於沙場，民有何罪？
79 其存其歿，家莫聞知：家中不知親人的死生。
80 言：指談到從軍者死亡的消息。
81 悁悁：憂苦的樣子。悁 漢 juàn 國 ㄐㄩㄢˋ 音眷。
82 布奠傾觴：布奠，擺下祭品。傾觴，把杯中的酒倒在地上。
83 為愁：為此而愁。
84 弔祭不至，精魂無依：是說家人遠隔，又不知死所，無法前往弔祭。而弔祭不至，死者魂魄亦無所歸依。
85 必有凶年：《老子》第三十章言：「大軍之後，必有凶年。」大戰之後一定有凶年，人民流離失所。
86 斯：此。
87 守在四夷：意即只有行王道，四夷各為帝王守土，就可避免戰禍了。

雜說·世有伯樂

韓愈

世有伯樂①，然後有千里馬②。千里馬常有，而伯樂不常有。故雖有名馬，祇辱於奴隸人之手③，駢死於槽櫪之間④，不以千里稱⑤也。馬之千里者，一食或盡粟一石⑥。食馬者⑦不知其能千里而食⑧也。是⑨馬也，雖有千里之能，食不飽，力不足，才美不外見⑩，且欲與常馬等⑪不可得，安⑫求其能千里也？策之不以其道⑬，食之不能盡其材⑭，鳴之而不能通其意⑮，執策而臨⑯之曰：「天下無馬。」嗚呼！其真無馬耶⑰？其真不知馬也？

作者

韓愈，生於唐代宗大曆三年，卒於唐穆宗長慶四年（西元七六八年——西元八二四年）。

字退之，河陽（今河南孟縣）人。或以其原籍昌黎（今河北昌黎），故世稱韓昌黎。幼年孤苦，勤奮力學。二十五歲中進士，先後為宣武及寧武節度使判官，中間曾幾度被貶，仕途不得志。德宗貞元十九年（西元八〇三年）任監察御史時，因上書請求緩徵徭役，被貶為陽山（今廣東陽山）令。憲宗元和十四年（西元八一九年）任刑部侍郎，又因諫迎佛骨，貶為潮州（今廣東豐順、潮陽一帶）刺史。穆宗時，召為國子監祭酒，歷京兆尹及兵部、吏部侍郎。諡文，世又稱韓文公。

韓愈是唐代古文運動的倡導者。他推尊儒學，力排佛老，倡文以載道。反對六朝以來駢偶文風，提倡散體，務去陳言。其文各體兼長，字句精煉，蘇軾譽為「文起八代之衰」。韓愈的詩氣勢壯闊，力求新奇，開「以文為詩」的風氣，對宋詩影響很大。有《昌黎先生集》四十卷，《外集》十卷。

題解

本篇選自《全唐文》卷五百五十八，是韓愈所寫四篇〈雜說〉中的第四篇，以「千里馬常有，而伯樂不常有」為喻，指出當時權貴庸碌無能，不懂知人善任；藉此嘲諷他們壓抑和摧殘人才的劣行，表達了人才被埋沒的心聲。說明人才處處有，問題在於在位者沒有知人之明，不能選賢任能而已。全篇文句凝煉，辭鋒銳利，氣勢逼人，乃韓文名篇之一。

注釋

① 伯樂：相傳姓孫，名陽，為春秋時善於相馬的人。

② 千里馬：能日行千里的良馬。

③ 祇辱於奴隸人之手：祇，適足以。辱，辱沒、埋沒。奴隸人，受人指使的工役。

④ 駢死於槽櫪之間：駢，即雙。這裡指千里馬與尋常的馬並死在馬廄之中。槽，盛牲畜飼料的木製長條形容器。櫪，馬廄。槽櫪 (漢) cáo lì (國) ㄘㄠˊ ㄌㄧˋ 音曹礫。

⑤ 稱：見稱。

⑥ 一食或盡粟一石：粟，小米。石，古代重量單位，三十斤為鈞，四鈞為石。
⑦ 食馬者：飼馬的人。
⑧ 食：通飼，餵養。
⑨ 是：此。
⑩ 才美不外見：才美，美好的才能。見，同現，顯現。
⑪ 等：謂與常馬能力相同。
⑫ 安：怎能夠。
⑬ 策之不以其道：策，馬鞭，這裡作鞭策解。以，用。道，正確的方法。
⑭ 食之不能盡其材：不能以千里馬之材而飼之。
⑮ 鳴之而不能通其意：不能了解牠鳴叫時的意思。相傳伯樂曾遇一拉鹽車的馬伏在車下，見伯樂而長鳴；伯樂知其為千里馬，因而為之落淚。這句話在這裡的意思是飼馬者不能辨識千里馬。
⑯ 臨：面臨、面對。
⑰ 其真無馬耶：其，語氣詞，即難道。以上所述之事，難道真的意味著沒有千里馬嗎？

送孟東野序

韓愈

大凡物不得其平則鳴①。草木之無聲，風撓之鳴②。水之無聲，風蕩③之鳴。其躍也，或激之④；其趨也，或梗之⑤；其沸也，或炙之⑥。金石⑦之無聲，或擊之鳴。人之於言也亦然，有不得已者而後言。其歌也有思，其哭也有懷。凡出乎口而為聲者，其皆有弗平⑧者乎！

樂也者，鬱於中而泄於外者也⑨，擇其善鳴者而假之⑩鳴。金、石、絲、竹、匏、土、革、木八者⑪，物之善鳴者也。惟天之於時也亦然⑫，擇其善鳴者而假之鳴。是故以鳥鳴春，以雷鳴夏，以蟲鳴秋，以風鳴冬。四時之相推敓⑬，其必有不得其平者乎？其於人也亦然，人聲之精者為言，文辭之於言，又其精也，尤擇其善鳴者而假之鳴。

其在唐虞，咎陶禹⑭其善鳴者也，而假以鳴。夔⑮弗能以文辭鳴，又自假於〈韶〉⑯以鳴。夏之時，五子以其歌鳴⑰。伊尹鳴殷，周公鳴周⑱。凡載於詩書六藝⑲，皆鳴之善者也。周之衰，孔子之徒鳴之，其聲大而遠。傳曰⑳：「天將以夫子為木鐸㉑。」其弗信矣乎㉒？其末也，莊周以其荒唐之辭㉓鳴。楚，大國也，其亡也，以屈原鳴。臧孫辰、孟軻、荀卿㉔，以道鳴者也。楊朱㉕、墨翟㉖、管夷吾㉗、晏嬰㉘、老眀㉙、申不害㉚、韓非㉛、昚到㉜、田駢㉝、鄒衍㉞、尸佼㉟、孫武㊱、張儀㊲、蘇秦㊳之屬，皆以其術鳴。秦之興，李斯㊴鳴之。漢之時，司馬遷、相如、揚雄㊵，最其善鳴者也。其下魏晉氏，鳴者不及於古，然亦未嘗絕也。就其善者，其聲清以浮㊶，其節數以急㊷，其詞淫以哀㊸，其志弛以肆㊹；其為言也，亂雜而無章。將天醜其德莫之顧耶㊺？何為乎不鳴其善鳴者也？

唐之有天下，陳子昂㊻、蘇源明㊼、元結㊽、李白㊾、杜甫㊿、李觀(51)，皆以其所能鳴。其存而在下者，孟郊東野，始以其詩鳴。其高出魏晉，不懈而及於古(52)；其他浸淫乎漢氏矣(53)。從吾游者，李翺(54)、張籍(55)其尤也。三子者之鳴信善矣。抑不知天將和其聲(56)而使鳴國家之盛耶？抑將窮餓其身(57)、思愁其心腸(58)而使自鳴其不幸耶？三子者之命則懸乎天矣。其在上也奚以喜[59]？其在下也奚以悲[60]？東野之役[61]於江南也，有若不釋然者[62]，故吾道其命於天者以解之[63]。

作者

韓愈見〈雜說・世有伯樂〉作者部分。

題解

本篇選自《全唐文》卷五百五十五。孟東野，即唐代詩人孟郊，東野是他的字，湖州武康（今浙江武康）人。年輕時屢試不第，直至貞元十二年（西元七九六年），四十六歲才得中進士，其後仕途也不順利。孟郊文才毅力都很超卓，寫出了不少名聞遐邇的詩文，為韓愈所激賞，稱讚他是陳子昂、李白、杜甫以後不可多得的詩人。貞元十八年（西元八〇二年），孟郊將赴江南任職，韓愈為他作序送別。文中歷舉善鳴的人物，以托出東野的成就，說他

「高出魏晉不懈而及於古」。

注釋

①不得其平則鳴：平，平衡、平和。鳴，凡發聲皆曰鳴，有所宣洩亦曰鳴。

②風撓之鳴：撓，搖動。之，指草木。撓㊉náo㊂ㄋㄠˊ音腦陽平聲。

③蕩：吹而使飄蕩。

④其躍也，或激之：其，代詞，指水。躍，躍起。或，不定指代詞，意思是有某物。激，激動。句謂水受激而跳躍起。

⑤其趨也，或梗之：趨，指水流得迅疾。梗，阻塞。

⑥其沸也，或炙之：沸，沸騰。炙，用火煮。

⑦金石：指樂器。

⑧弗平：不平。

⑨樂也者，鬱於中而泄於外者也：樂，音樂。句謂音樂是人把鬱結於心中的思想、感情向外發泄而形成的聲音。

⑩假之：假，憑藉、借助。之，指代善鳴者。

⑪金、石、絲、竹、匏、土、革、木八者：金，指鐘鎛。石，指磬。絲，指琴瑟。竹，指簫管。匏，指笙。土，指壎，土製的樂器，有六孔。革，指鼓等革類樂器。木，指柷敔，一種木製敲擊樂器。匏㊉páo㊂ㄆㄠˊ音刨。

⑫ 惟天之於時也亦然：惟，句首語氣詞。謂天對四季的變化也是這樣。

⑬ 推敓：敓，同奪。推敓，推移變化。敓 (漢) duó (國) ㄉㄨㄛˊ 音奪。

⑭ 其在唐虞，咎陶禹：唐，指唐堯時代。虞，虞舜時代。咎陶，咎又作皋，陶又作繇，傳說是舜之臣，掌刑獄之事。禹，又稱大禹、戎禹、夏禹。舜時，繼承其父鯀的治水事業，歷經十三年，治平水患。舜老，將君位禪讓給他。咎陶 (漢) gāo yáo (國) ㄍㄠ ㄧㄠˊ 音高堯。

⑮ 夔：古賢臣名，為虞舜時典樂之官。夔 (漢) kuí (國) ㄎㄨㄟˊ 音葵。

⑯ 〈韶〉：傳說是夔製的樂曲名。

⑰ 五子以其歌鳴：五子，夏代國君太康的五個弟弟。太康遊樂無度，天下怨恨；弟五人，作歌敘述大禹之訓以告誡太康。

⑱ 伊尹鳴殷，周公鳴周：伊尹，名摯，殷代賢相，曾助湯伐夏桀，建立商朝。周公，名旦，周文王第四子，助武王伐紂，武王崩，佐成王攝政，定制度禮樂，天下大治。

⑲ 詩書六藝：即《六經》：《易》、《禮》、《樂》、《詩》、《書》、《春秋》。

⑳ 傳曰：泛稱記載，下文引自《論語．八佾》篇。

㉑ 天將以夫子為木鐸：木鐸，木舌銅鈴，古代發佈政令時搖它以召集聽眾。句謂上天將以孔子為木舌銅鈴號令天下。鐸 (漢) duó (國) ㄉㄨㄛˊ 音奪。

㉒ 其弗信矣乎：難道不是真的這樣嗎？

㉓ 荒唐之辭：廣大無域畔之言辭。

㉔ 臧孫辰、孟軻、荀卿：臧孫辰，即臧文仲，春秋時魯國大夫。孟軻，即孟子，名軻，字子輿，戰國時鄒人，倡儒家學說，主性善。荀卿，即荀子，名況，戰國時趙人，學本孔子，主張性惡之說。

㉕ 楊朱：字子居，戰國時人，主張「為我」的學說，反對墨子「兼愛」的主張，無著作流傳。

㉖ 墨翟：戰國初期魯國人，一說宋國人。墨家學派創始人，主張兼愛、非攻、尚賢等，世傳有《墨子》

一書。翟㊥dí㊥ㄉㄧˊ音敵。

㉗管夷吾：字仲，春秋時潁上人。《漢書・藝文志》載有《管子》八十六篇，列入道家類，今存七十六篇。雖題管仲撰，但大多乃後人托名附會之作，並非出於管仲之手。

㉘晏嬰：字平仲，春秋時齊相，歷仕靈公、莊公、景公。戰國時人搜集他的有關言行，編成《晏子春秋》傳世。

㉙老聃：春秋時楚人，姓李名耳，字聃。《老子》八十一章相傳是他所著，影響深遠。聃㊥dān㊥ㄉㄢ音擔。

㉚申不害：戰國韓人，曾相韓昭侯達十五年。其學說出於黃老，主刑名，與韓非並稱申韓，後世奉為法家之主。著有《申子》六篇，已亡佚。

㉛韓非：戰國時韓國公子，先秦法家代表人物，有《韓非子》五十五篇。

㉜昚到：昚，同慎。戰國時趙人。學黃老道德之術，有《慎子》四十二篇，已亡佚。昚㊥shèn㊥ㄕㄣˋ音慎。

㉝田駢：戰國時齊人。有《田子》二十五篇，《漢書・藝文志》列入道家，已亡佚。

㉞鄒衍：戰國時齊人。著有《終始》、《大聖》十餘萬言。

㉟尸佼：戰國時魯人。商鞅之師，商鞅死，逃蜀。著有《尸子》二十篇，《漢書・藝文志》列入雜家。

㊱孫武：字長卿，春秋時齊人，曾以《兵法》見吳王闔閭，被任為將，率吳軍攻破楚國。著有《孫子兵法》八十二篇。

㊲張儀：戰國時魏人，與蘇秦同從鬼谷子為師，後作秦相，以連衡之說游說六國，破壞蘇秦合縱主張。《漢書・藝文志》縱橫家有《張子》十篇，今佚。

㊳蘇秦：戰國時東周洛陽人，主張合縱，聯合六國以抗秦。《漢書・藝文志》縱橫家有《蘇子》三十一篇，今佚。

㊴ 李斯：戰國時楚上蔡人，戰國末入秦。建議秦王對六國採取逐個擊破的策略，對秦統一六國起了頗大的作用。秦統一六國後，被任為丞相。

㊵ 司馬遷、相如、揚雄：司馬遷，字子長，西漢史學家，著有《史記》一百三十卷。相如，即司馬相如，字長卿，西漢蜀郡成都人，辭賦家，作有〈子虛賦〉、〈上林賦〉等。揚雄，字子雲，西漢蜀郡成都人，早年作有〈長楊賦〉、〈甘泉賦〉、〈校獵賦〉。

㊶ 其聲清以浮：以，而。謂文辭清麗而浮誇。

㊷ 其節數以急：數，頻繁。謂文章的節奏頻繁而急促。數 漢 shuò 國 ㄕㄨㄛˋ 音朔。

㊸ 其詞淫以哀：言詞淫靡而哀涼。

㊹ 其志弛以肆：志向鬆懈而放蕩。

㊺ 將天醜其德莫之顧耶：將，副詞，大概。醜，憎惡。顧，顧念。全句說大概上天憎惡他們的德行而不顧念他們吧！

㊻ 陳子昂：字伯玉，初唐詩人，梓州射洪（今四川射洪）人。唐代詩風革新的先驅，對唐詩發展頗有影響。代表作有〈感遇〉三十八首、〈薊丘覽古〉七首和〈登幽州臺歌〉。

㊼ 蘇源明：初名預，字弱夫，唐京兆武功（今屬陝西）人。天寶進士。與杜甫、元結友善，能詩。其詩文集俱散佚，散篇存於《全唐文》及《全唐詩》中。

㊽ 元結：字次山，號漫郎、聱叟，唐河南（今河南洛陽）人。天寶進士。其詩〈春陵行〉、〈賊退示官吏〉受杜甫推崇。其作品原有集，已散佚。明人輯有《元次山文集》。

㊾ 李白：盛唐大詩人，字太白，號青蓮居士。祖籍隴西成紀（今甘肅秦安東）。詩作甚多，風格飄逸灑脫，被後人稱為詩仙。有《李太白集》。

㊿ 杜甫：唐代大詩人，字子美，詩中曾自稱少陵野老。其詩多反映社會現實，有極高的藝術價值，被後人稱為詩聖。有《杜工部集》。

㊿李觀：字元賓，唐隴西（今屬甘肅）人。貞元進士，官太子校書郎。有文名於時。其集已佚，後人輯有《李元賓文集》。

52 不懈而及於古：這是韓愈據孟郊的成就作出的推論。從孟郊的成就來看，只要通過不懈的努力，完全可以追得上古人。

53 其他浸淫乎漢氏矣：浸淫，漸近。指孟郊的詩不僅高出魏晉，其他的成就也漸漸接近漢人了。

54 李翺：字習之，唐隴西成紀（今屬甘肅秦安東）人，一說趙郡人。貞元進士。曾從韓愈學古文，有《李文公集》。

55 張籍：唐詩人，字文昌。貞元進士。曾從韓愈學古文。著有《張司業集》。

56 抑不知天將和其聲：抑，連詞，不過。其，指三子。和，協調，和應。

57 抑將窮餓其身：抑，連詞，還是。窮，仕途上不通達。餓，指困窘。窮餓其身，使其身窮餓。

58 思愁其心腸：使其心情愁苦。

59 其在上也奚以喜：也，句中語氣詞。奚，何。以，因。奚以，因何。是說假如他們有幸能夠在朝中得到一個高位，那又有甚麼值得歡喜的呢？

60 其在下也奚以悲：假如他們不得志，去做地位低下的地方小吏，那又有甚麼值得傷悲的呢？

61 役：擔當職務。此處指孟郊去任溧陽縣尉。

62 有若不釋然者：若，好像。不釋然，不怡悅。句謂好像心中有些不愉快的樣子。

63 故吾道其命於天者以解之：所以我便以天命之理解說他的命運來寬解他。

陋室銘①

劉禹錫

山不在高，有仙則名；水不在深，有龍則靈。斯是陋室，惟吾德馨②。苔痕上階綠③，草色入簾④青。談笑有鴻儒⑤，往來無白丁⑥。可以調素琴⑦、閱金經⑧。無絲竹⑨之亂耳，無案牘⑩之勞形。南陽諸葛廬⑪，西蜀子雲亭⑫。孔子云：「何陋之有⑬？」

作者

劉禹錫，生於唐代宗大曆七年，卒於唐武宗會昌二年（西元七七二年——西元八四二年）。字夢得，彭城（今江蘇徐州）人。德宗貞元九年（西元七九三年）舉進士，官至監察御史。初任屯田員外郎，判度支鹽鐵案。後王叔文失勢，貶朗州司馬。晚年回到洛陽，任太子賓客。

劉禹錫為人傲岸耿介，在政治上雖屢遭挫折，在文學上卻成就不凡。他長於詩文，與白居易時相唱和，世稱「劉白」。他又擅於運用民歌的精神與語氣，寫出很多傳誦一時的樂府小章。有《劉賓客文集》及《外集》。

題解

本篇選自《全唐文》卷六百八十。銘是古代文體的一種，鏤刻在金屬器物或碑石上面，主要用來頌揚祖德，昭明鑒誡，兼有自勉之意。〈陋室銘〉是作者描寫自己所居住的簡陋房子，藉此表達不同流俗的志趣和坦蕩樂天的襟懷。

注釋

① 陋室銘：陋室，狹小簡陋的房屋。
② 馨：散佈很遠的香氣，這裡用以形容美好的德行。馨㊅ xīng ㊄ ㄒㄧㄥ 或 ㄒㄧㄣ 音星或新。
③ 苔痕上階綠：苔痕，指連成一片的青苔。上階綠，蔓生到臺階上面，形成一片青綠。

④入簾：映入竹簾之內。

⑤鴻儒：鴻，即大。儒，指有學識的人。

⑥白丁：沒有功名的人。這裡借指沒有學識的人。

⑦調素琴：調，彈奏。素琴，沒有華麗裝飾的琴。

⑧金經：指用泥金書寫的佛經。

⑨絲竹：絲，弦樂器。竹，管樂器。

⑩案牘：官府公文。

⑪南陽諸葛廬：廬，草屋。東漢諸葛亮隱居南陽隆中的草廬（今湖北襄陽縣西）。

⑫西蜀子雲亭：子雲，即漢代文學家揚雄，長於辭賦，他在簡陋的屋子裡寫成〈太玄經〉，後人把這地方稱為「草玄堂」，即文中的子雲亭。

⑬何陋之有：語出《論語・子罕》：「君子居之，何陋之有？」本文只用「何陋之有」，兼含「君子居之」的意思。

三戒・黔之驢

柳宗元

黔①無驢。有好事者②船載以入。至，則③無可用，放之山下。虎見之，龐然④大物也，以為神，蔽林間窺之⑤。稍⑥出近之，慭慭然莫相知⑦。他日，驢一鳴，虎大駭⑧，遠遁⑨，以為且噬己也⑩，甚恐。然⑪往來視之，覺無異能者⑫，益習⑬其聲，又近出前後，終不敢搏⑭。稍近益狎⑮，蕩倚衝冒⑯。驢不勝怒⑰，蹄⑱之。虎因⑲喜，計之⑳曰：「技㉑止此耳！」因跳踉大㘎㉒，斷其喉，盡其肉，乃去㉓。

噫㉔！形之龐也類有德㉕，聲之宏也類有能㉖，向不出其技㉗，虎雖猛，疑畏㉘，卒不敢取㉙。今若是焉㉚，悲夫！

作者

柳宗元，生於唐代宗大曆八年，卒於唐憲宗元和十四年（西元七七三年——西元八一九年）。字子厚，河東（今山西永濟）人。德宗貞元九年（西元七九三年）舉進士，歷任藍田（今陝西藍田）尉、監察御史。王叔文執政時，任禮部員外郎。其後王叔文失勢，被貶為永州（今湖南零陵）司馬。十年後又貶為柳州刺史。憲宗元和十四年（西元八一九年），病逝於柳州，年僅四十七歲。

柳宗元與韓愈齊名，都是唐代古文運動的領袖，並稱「韓柳」。韓愈評他的散文「雄深雅健，似司馬子長」。他的政治及哲理論文，觀點鮮明，說理透闢。傳記文則常取材於平民社會的生活，形象鮮明，內容感人，意味雋永。柳氏的山水遊記，流暢清新，透過對自然景色的刻劃，寄寓他被貶邊遠的情懷。他又擅長辭賦和詩歌，有《柳河東集》四十五卷及《外集》二卷傳世。

題解

本篇選自《全唐文》卷五百八十五，是〈三戒〉中的一篇。孔子說：「君子有三戒」（《論語・季氏》）。柳宗元用「三戒」作為三篇寓言的總題，意思是告訴人們三件應該警戒的事情。本文描寫了一頭外強中虛的驢子，終於被老虎識破而吃掉。按作者在〈三戒〉前的小序中所說，這是對「出技以怒強」的人的警戒，也是對那種本事不大而又好勝的人的諷諭。「黔驢技窮」這個成語即出自本文。

注釋

①黔：唐代的黔中道，包括現在的湖北、四川、貴州、湖南部分地區，後來改稱現在的貴州地區為黔。黔㊉qián㊀ㄑㄧㄢˊ音鉗。

②好事者：喜歡多事的人。

③則：卻。

④龐然：龐，一作尨，通龐，龐大，巨大。

⑤蔽林間窺之：蔽，隱蔽。窺，偷窺，偷看。窺㊥kuī㊀ㄎㄨㄟ音虧。
⑥稍：漸漸。
⑦慭慭然莫相知：慭慭然，小心謹慎的樣子。莫相知，不知道它是甚麼。慭㊥yìn㊀ㄧㄣˋ音印。
⑧駭：驚懼的樣子。駭㊥hài㊀ㄏㄞˋ音害。
⑨遁：逃遁、逃走。
⑩以為且噬己也：且，將要。噬，咬。噬㊥shì㊀ㄕˋ音誓。
⑪然：然而，但是。
⑫覺無異能者：覺得像是沒有特殊本領的。
⑬益習：益，更加。習，習慣，熟悉。
⑭搏：攻擊。
⑮狎：親近，有不遵重的含意。
⑯蕩倚衝冒：蕩，碰撞。倚，靠近。衝，衝撞。冒，冒犯。
⑰不勝怒：不勝，忍受不住，指惱怒得難以忍受。
⑱蹄：這裡作動詞用，踢的意思。
⑲因：因而，因此。
⑳計之：盤算這種情況。之，指上述的情況。
㉑技：本領。
㉒因跳踉大㘎：因，於是。跳踉，跳躍。㘎，虎怒吼。踉㊥liáng㊀ㄌㄧㄤˊ音良。㘎㊥hǎn㊀ㄏㄢˇ音喊。
㉓乃去：然後才離去。乃，才。
㉔噫：嘆息聲。噫㊥yī㊀ㄧ音衣。

㉕類有德：類，好像。德，修養、德行。
㉖聲之宏也類有能：宏，宏大。能，本領。
㉗向不出其技：向，假如。出，顯示。
㉘疑畏：疑慮、害怕。
㉙卒不敢取：最終不敢進攻。
㉚今若是焉：現在是這個樣子。

捕蛇者說

柳宗元

永州之野產異蛇①，黑質而白章②，觸草木，盡死；以齧人③，無禦之者④。然得而腊之以為餌⑤，可以已大風、攣踠、瘻癘、去死肌、殺三蟲⑥。其始，大醫以王命聚之⑦，歲賦其二⑧。募有能捕之者⑨，當其租入⑩。永之人爭奔走焉⑪。

有蔣氏者，專其利三世矣⑫，問之，則曰：「吾祖死於是⑬，吾父死於是，今吾嗣為之⑭十二年，幾死者數矣⑮！」言之，貌若甚慼者⑯。余悲之，且曰：「若毒之乎⑰？余將告于蒞事者⑱，更若役，復若賦⑲，則何如？」

蔣氏大戚，汪然出涕⑳曰：「君將哀而生之乎㉑？則吾斯役㉒之不幸，未若復吾賦不幸之甚㉓也！嚮㉔吾不為斯役，則久已病㉕矣！自吾氏三世居是鄉，積於今㉖六十歲矣，而鄉鄰之生日蹙㉗，殫其地之出㉘，竭其廬之入

㉙，號呼而轉徙㉚，飢渴而頓踣㉛，觸風雨，犯寒暑，呼噓毒癘㉜，往往而死者相藉㉝也！曩㉞與吾祖居者，今其室十無一焉㉟；與吾父居者，今其室十無二三焉；與吾居十二年者，今其室十無四五焉，非死而徙爾！而吾以捕蛇獨存。悍吏㊱之來吾鄉，叫囂㊲乎東西，隳突㊳乎南北，譁然而駭者㊴，雖雞狗不得寧焉。吾恂恂㊵而起，視其缶㊶，而吾蛇尚存，則弛然㊷而臥，謹食之㊸，時而獻焉㊹，退而甘食其土之有以盡吾齒㊺，蓋一歲之犯死者二焉，其餘則熙熙㊻而樂，豈若吾鄉鄰之旦旦㊼有是哉！今雖死乎此，比吾鄉鄰之死則已後矣！又安敢毒㊽耶？」

余聞而愈悲，孔子曰：「苛政猛於虎也㊾。」吾嘗疑乎是，今以蔣氏觀之，猶信㊿。嗚呼！孰知(51)賦斂之毒，有甚是蛇者乎？故為之說(52)，以俟夫觀人風者得焉(53)。

作者

柳宗元見〈三戒・黔之驢〉作者部分。

題解

〈捕蛇者說〉選自《河東先生集》。柳宗元於唐順宗永貞元年至憲宗元和九年（西元八〇五年——西元八一四年）被貶永州司馬，本文是作者到任後不久寫成。文章寫蔣氏一家及其鄉鄰的悲慘遭遇，反映了中唐時代位處邊遠的農民的艱苦生活，說明苛徵暴歛之害甚於異蛇之毒。

注釋

① 永州之野產異蛇：永州，在今湖南零陵。柳宗元曾在此任司馬。異，奇特。永州的野外出產一種奇異

的蛇。

② 黑質而白章：質，質地，這裡指蛇的底色。章，花紋。黑色的身體、白色的花紋。

③ 以齧人：以，同而，假設連詞，如果的意思。齧，咬。如果咬了人。齧(漢)niè(國)ㄋㄧㄝˋ音臬。

④ 無禦之者：禦，抵擋。沒有能夠抵擋牠的。意思是人被咬傷，無藥可治。

⑤ 然得而腊之以為餌：腊，乾肉，此處作動詞用，風乾的意思。餌，這裡指藥餌，即藥物。然而捕到後，把牠風乾了做成藥。腊(漢)xī(國)ㄒㄧ音西。

⑥ 可以已大風、攣踠、瘻癘、去死肌、殺三蟲：已，止，這裡有平息、治好的意思。大風，麻瘋病。攣踠，指關節病患者的手腳彎曲不能伸展。瘻，頸腫。癘，惡瘡。死肌，腐爛的肌肉。三蟲，據《神農本草經》，三蟲乃濕熱所化之蟲。攣(漢)luán(國)ㄌㄨㄢˊ音欒。瘻(漢)lòu(國)ㄌㄡˋ音漏。癘(漢)lì(國)ㄌㄧˋ音麗。

⑦ 其始，大醫以王命聚之：其始，起初。大醫，即太醫，又稱御醫，皇帝專用的醫生。以，用、拿，這裡有奉的意思。王命，皇帝的命令。聚，徵集。之，代詞，指異蛇。太醫奉皇帝的命令徵集這種蛇。

⑧ 歲賦其二：歲，年。賦，徵收。其，代詞，指捕蛇所得。全句意思是說每年徵收其所得的十分之二。

⑨ 募有能捕之者：募，徵召、招募。之，代詞，指蛇。徵召能捕到這種蛇的人。

⑩ 當其租入：當，抵。租入，應交納的租稅。抵他應交納的租稅。

⑪ 爭奔走焉：爭著去作捕蛇這工作。

⑫ 專其利三世矣：專，專享。其，這種，代詞，指以蛇代賦。利，好處。三世，三代，指祖父、父親、自己。

⑬ 死於是：死在捕蛇這件事上。

⑭ 今吾嗣為之：嗣，繼承。之，代指捕蛇之事。

⑮ 幾死者數矣：幾，幾乎。數，多次。幾(漢)jī(國)ㄐㄧ音基。數(漢)shuò(國)ㄕㄨㄛˋ音朔。

⑯ 貌若甚慼者：慼，悲傷。樣子好像很悲傷。慼(漢)qī(國)ㄑㄧ音戚。

⑰ 若毒之乎：若，你。毒，怨恨。你怨恨這個差事嗎？

⑱ 余將告于蒞事者：將，打算。蒞，到、臨，有擔任、管理之意。蒞事者，即管事的地方官吏。蒞 漢 lì 國 ㄌㄧˋ 音利。

⑲ 更若役，復若賦：更，更換。若，即你。役，差役。復，蠲免。換回你原來的差使，蠲免你捕蛇之稅。

⑳ 汪然出涕：涕，眼淚。眼淚盈眶的樣子。

㉑ 君將哀而生之乎：君，對人的尊稱。哀，憐憫。生之，給我一條活路。你將會憐憫我，而讓我得以生存嗎？

㉒ 斯役：此役，指捕蛇之事。

㉓ 甚：嚴重、厲害。

㉔ 嚮：過去。嚮 漢 xiàng 國 ㄒㄧㄤˋ 音向。

㉕ 病：困苦。

㉖ 積於今：積累到現在。

㉗ 而鄉鄰之生日蹙：蹙，緊迫。鄉鄰們的生活一天比一天困迫。蹙 漢 cù 國 ㄘㄨˋ 音促。

㉘ 殫其地之出：殫，竭盡。竭盡了他們土地上的出產。殫 漢 dān 國 ㄉㄢ 音丹。

㉙ 竭其廬之入：竭，盡。廬，房舍。用盡他們家庭的收入。

㉚ 號呼而轉徙：號呼，號叫呼喊。轉徙，輾轉遷徙，意謂不能安居樂業。號 漢 háo 國 ㄏㄠˊ 音毫。

㉛ 飢渴而頓踣：頓踣，困頓、跌倒。喻人處境之窮困。踣 漢 bó 國 ㄅㄛˊ 音伯。

㉜ 呼噓毒癘：呼噓，呼吸。毒癘，瘴毒。噓 漢 xū 國 ㄒㄩ 音虛。

㉝ 相藉：互相交橫而臥。

㉞ 曩：從前。曩 漢 nǎng 國 ㄋㄤˇ 音囊上聲。

㉟ 今其室十無一焉：現在他們十家中沒有一家剩下來。

㊱ 悍吏：強橫兇暴的官吏。

㊲ 叫囂：大聲呼叫。囂(漢) xiāo (國) ㄒㄧㄠ 音梟。

㊳ 隳突：隳，破壞。隳突，猶言騷擾。隳(漢) huī (國) ㄏㄨㄟ 音輝。

㊴ 譁然而駭者：譁然，驚呼的樣子。駭，驚嚇。譁(漢) huá (國) ㄏㄨㄚˊ 音滑。駭(漢) hài (國) ㄏㄞˋ 音害。

㊵ 恂恂：謹慎的樣子。恂(漢) xún (國) ㄒㄩㄣˊ 音荀。

㊶ 缶：瓦罐。缶(漢) fǒu (國) ㄈㄡˇ 音否。

㊷ 弛然：放心鬆弛的樣子。

㊸ 謹食之：謹，小心。食，飼養。之，代指蛇。

㊹ 時而獻焉：時，按時。到規定的時候把蛇繳上去。

㊺ 吾齒：齒，年齡。吾齒，指我的天年。

㊻ 熙熙：和樂的樣子。

㊼ 旦旦：天天。

㊽ 毒：怨恨。

㊾ 苛政猛於虎也：語出《禮記・檀弓》，可參閱〈檀弓・孔子過泰山側〉。意指苛刻的徵稅比老虎還兇猛。

㊿ 猶信：還是可信。

(51) 孰知：誰知。

(52) 故為之說：所以為此事寫了這篇文章。

(53) 以俟夫觀人風者得焉：俟，等待。人風，即民風。唐人避太宗李世民諱，以「人」代「民」。觀人風者，觀察民情風俗的官吏。俟(漢) sì (國) ㄙˋ 音四。

至小丘西小石潭記①

柳宗元

從小丘西行百二十步，隔篁行②，聞水聲，如鳴珮環③，心樂之，伐竹取道，下見小潭，水尤清冽④，全石以為底⑤，近岸卷石底以出⑥，為坻、為嶼、為嵁、為巖⑦，青樹翠蔓⑧，蒙絡搖綴，參差披拂⑨。潭中魚可百許頭，皆若空遊無所依⑩，日光下澈⑪，影布石上⑫，怡然⑬不動，俶爾遠逝⑭，往來翕忽⑮，似與游者相樂。

潭西南而望，斗折蛇行⑯，明滅可見，其岸勢犬牙差互⑰，不可知其源，坐潭上四面，竹樹環合，寂寥無人，凄神寒骨⑱，悄愴幽邃⑲，以其境過清⑳，不可久居，乃記之而去。同遊者吳武陵㉑、龔古㉒、余弟宗玄，隸而從者㉓，崔氏二小生，曰恕己、曰奉壹㉔。

作者

柳宗元見〈三戒．黔之驢〉作者部分。

題解

〈至小丘西小石潭記〉選自《河東先生集》。柳宗元被貶永州後，遊山玩水，尋幽探勝，並把各地的勝景一一記敘。這些山水遊記中最有代表性的是〈永州八記〉。這八篇文章包括〈始得西山宴遊記〉、〈鈷鉧潭記〉、〈鈷鉧潭西小丘記〉、〈袁家碣記〉、〈石渠記〉、〈石澗記〉、〈小石城山記〉和〈至小丘西小石潭記〉。

本文刻畫小丘西小石潭的清澈，也正是作者在流放生活中內心清高孤寂的寫照。文章不到二百字，卻把小石潭清幽奇絕的景色，由近而遠一一描繪出來，使人讀來有身歷其境的感覺。

注釋

① 至小丘西小石潭記：題目一作〈小石潭記〉。小丘，即鈷鉧潭西小丘，位於永州（今湖南零陵）。小石潭，在零陵西小丘之西。

② 篁竹：竹叢。

③ 如鳴珮環：珮環，玉珮，是古人身上佩帶的玉製飾品，走路時琤瑽作響。此句形容水聲如玉環相碰的清脆聲。

④ 清洌：清，清澈。洌，寒冷。形容潭水清澈。洌漢liè國ㄌㄧㄝˋ音列。

⑤ 全石以為底：潭底是一整塊石頭。

⑥ 近岸卷石底以出：潭岸邊有許多石頭翻卷出水面。

⑦ 為坻、為嶼、為嵁、為巖：坻，水中小洲。嶼，小島。嵁，凹凸不平的山。巖，山崖。形容翻卷出的石頭的形態好像坻、嶼、嵁、巖。坻漢chí國ㄔˊ音池。嶼漢xù國ㄒㄩˋ音敘。嵁漢kān國ㄎㄢ音堪。

⑧ 青樹翠蔓：蔓，草本植物的莖。青青的樹，翠綠的莖蔓。

⑨ 蒙絡搖綴，參差披拂：蒙，即菟絲子，有遮蔽之意。絡，纏絲，有纏繞意。綴，連綴下垂。參差，長短不一。披拂，指從風擺動的姿態。

⑩ 依：依靠。

⑪ 日光下澈：陽光直射到清澈的潭底。

⑫ 影布石上：魚的影子散佈在石頭上。

⑬怡然：安靜不動的樣子。
⑭俶爾遠逝：俶爾，猶倏爾，忽然。句謂忽然遠去。俶㊥chù㊀ㄔㄨˋ音畜。
⑮翕忽：輕快、迅疾。翕㊥xì㊀ㄒㄧˋ音細。
⑯斗折蛇行：斗，北斗星。形容小溪像北斗星般曲折、如蛇爬行般彎曲流動。
⑰其岸勢犬牙差互：差互，參差交錯。溪岸的地勢像狗牙般參差交錯。
⑱淒神寒骨：心神淒涼，寒氣透骨。
⑲悄愴幽邃：悄愴，憂愁悲傷。邃，深。形容環境寂靜幽深，令人神傷。邃㊥suì㊀ㄙㄨㄟˋ音遂。
⑳過清：過於清冷。
㉑吳武陵：信州（今江西上饒）人，唐憲宗元和二年（西元八〇七年）進士。柳宗元的朋友，當時亦被貶永州。
㉒龔古：人名，生平不詳。
㉓隸而從者：隸，隸屬、隨從。跟著的隨從。
㉔崔氏二小生，曰恕己、曰奉壹：崔氏，指柳宗元姐夫崔簡，字子敬，生卒年不詳，時為連州刺史。小生，對後輩的稱呼。即崔簡的兩個兒子，名恕己、奉壹。

阿房宮賦

杜牧

六王畢，四海一①；蜀山兀，阿房出②。覆壓③三百餘里，隔離天日。驪山北構而西折，直走咸陽④。二川溶溶⑤，流入宮牆。五步一樓，十步一閣；廊腰縵迴，簷牙高啄⑥；各抱地勢，鉤心鬪角⑦。盤盤焉，囷囷焉⑧，蜂房水渦，矗不知乎幾千萬落⑨。長橋臥波，未雲何龍⑩？複道行空，不霽何虹⑪？高低冥迷，不知西東⑫。歌臺暖響，春光融融⑬；舞殿冷袖，風雨淒淒⑭。一日之內，一宮之間，而氣候不齊。

妃嬪媵嬙，王子皇孫⑮，辭樓下殿，輦來於秦⑯，朝歌夜絃，為秦宮人。明星熒熒，開粧鏡也⑰；綠雲擾擾，梳曉鬟也⑱；渭流漲膩，棄脂水也⑲；煙斜霧橫，焚椒蘭也⑳。雷霆乍驚，宮車過也㉑；轆轆遠聽，杳不知其所之也㉒。一肌一容，盡態極妍㉓；縵立遠視，而望幸焉㉔。有不得見者，三十六年㉕。

燕趙之收藏，韓魏之經營，齊楚之精英㉖，幾世幾年，剽掠其人㉗，倚疊㉘如山；一旦不能有，輸來其間㉙。鼎鐺玉石，金塊珠礫㉚，棄擲邐迤㉛；秦人視之，亦不甚惜。

嗟乎！一人之心，千萬人之心也。秦愛紛奢㉜，人亦念其家；柰何取之盡錙銖，用之如泥沙㉝？使負棟之柱，多於南畝之農夫㉞；架梁之椽，多於機上之工女㉟；釘頭磷磷，多於在庾之粟粒㊱；瓦縫參差，多於周身之帛縷㊲；直欄橫檻，多於九土之城郭㊳；管絃嘔啞㊴，多於市人之言語。使天下之人，不敢言而敢怒；獨夫之心，日益驕固㊵。戍卒叫，函谷舉㊶；楚人一炬，可憐焦土㊷。

嗚呼！滅六國者，六國也，非秦也。族秦者㊸，秦也，非天下也。嗟夫！使㊹六國各愛其人，則足以拒秦。秦復愛六國之人，則遞三世，可至萬世而為君，誰得而族滅也？秦人不暇自哀，而後人哀之；後人哀之而不鑑㊺之，亦使後人而復哀後人也。

作者

杜牧，生於唐德宗貞元十九年，卒於唐宣宗大中六年（西元八〇三年——西元八五二年），字牧之，京兆萬年（今陝西西安）人。宰相杜佑之孫，文宗太和二年（西元八二八年）進士。在江西、宣歙、淮南等地作了十年幕僚，後又當過幾任刺史，官至中書舍人。杜牧工詩、賦、古文，人稱「小杜」，以別於杜甫。秉性剛直不阿，敢論列時事，指陳利病，有濟世救國抱負。他雖有一些寄情聲色、放浪不羈的詩篇，但也有不少抒情寫景的絶律和借古諷今的詠史詩。風格豪爽清麗，於拗折峭健之中，見風華掩映之美。有《樊川文集》二十卷，《外集》、《別集》各一卷。

題解

〈阿房宮賦〉選自《全唐文》卷七百四十八，約作於唐敬宗寶曆元年（西元八二五年）。

阿房宮是我國古代一座著名宮殿，故址在今陝西長安西北。阿，指屋四周的曲簷，一說大陵曰「阿」。始建於秦始皇三十五年（西元前二一二年），至秦亡時（西元前二〇六年）尚未完工。項羽兵入咸陽，舉火焚燒阿房宮，大火三月不熄，世所罕見的宏偉宮殿全部化為灰燼。杜牧據此寫成本賦，除敷陳其事外，亦借暴秦之亡為後世治國者鑑戒。

注釋

① 六王畢，四海一：六王，戰國時齊、楚、燕、韓、趙、魏等六國的君主。畢，完結，此指滅亡。四海一，指四海之內為秦所統一。

② 蜀山兀，阿房出：蜀山，泛指四川一帶的山岳。兀，禿兀，此指樹木已被伐盡，山石裸露。阿房，阿房宮。出，出現、建成。兀 漢 wù 國 ㄨˋ 音勿。

③ 覆壓：覆蓋。

④ 驪山北構而西折，直走咸陽：驪山，山名，在今陝西臨潼東南。走，通向。咸陽，秦國都城，在今陝西咸陽東。阿房宮從驪山北麓起建造，折而向西，直達咸陽。驪 漢 lí 國 ㄌㄧˊ 音離。

⑤ 二川溶溶：二川，渭水和涇水。溶溶，水流盛大貌。

⑥ 廊腰縵迴，簷牙高啄：廊腰，長廊中部的折轉處。縵迴，紆緩迴旋。簷牙，簷際翹出如牙的部分。高啄，高聳似禽鳥在仰首啄物。簷 漢 yán 國 ㄧㄢˊ 音嚴。

⑦ 各抱地勢，鉤心鬭角：各抱地勢，指阿房宮的建築物，各依地勢建造。鉤心鬭角，則指從遠處看樓宇的檐角重疊勾結的景狀。

⑧ 盤盤焉，囷囷焉：盤盤，曲折盤旋。囷囷，環繞迴旋。囷 漢 qūn 國 ㄑㄩㄣ 音踆。

⑨ 矗不知乎幾千萬落：矗，直立。落，座、所。矗 漢 chù 國 ㄔㄨˋ 音畜。

⑩ 長橋臥波，未雲何龍：長橋橫臥水上（阿房宮有橫跨渭水的長橋），遠望如龍；然而沒有雲，為何龍會出現呢？傳說龍因雲而現。

⑪ 複道行空，不霽何虹：複道，樓閣間交錯的架空通道。霽，雨後初晴。虹，彩虹。形容複道有如長虹。霽 漢 jì 國 ㄐㄧˋ 音祭。

⑫ 高低冥迷，不知西東：冥迷，模糊不清。西東，《文苑英華》卷四十七作「東西」。

⑬ 歌臺暖響，春光融融：融融，和暖、明媚。此謂歌臺上，柔婉聲樂給人温暖的感覺，使人如處和暖的春光中。

⑭ 舞殿冷袖，風雨淒淒：淒淒，寒涼貌。舞殿內，舞袖閒冷，顯得寂寞清靜，使人感到風雨淒淒的寒涼，此與上句形成鮮明的對比。

⑮ 妃嬪媵嬙，王子皇孫：媵，陪嫁女子，此處指陪嫁的后妃之妹。嬙，宮中女官名。妃嬪媵嬙，泛指六國的妃嬪宮女。王子皇孫，泛指六國的貴族。媵 漢 yìng 國 ㄧㄥˋ 音硬。嬙 漢 qiáng 國 ㄑㄧㄤˊ 音強。

⑯ 辭樓下殿，輦來於秦：輦，帝王或后妃乘坐的車。謂六國的帝王后妃辭別故國的樓殿後，被車子載來秦國。輦 漢 niǎn 國 ㄋㄧㄢˇ 音撚。

⑰ 明星熒熒，開粧鏡也：熒熒，光亮閃爍貌。點點明星閃爍，原來是妃嬪宮女打開了梳妝鏡。熒 漢 yíng 國 ㄧㄥˊ 音營。

⑱ 綠雲擾擾，梳曉鬟也：綠雲，形容女子的頭髮濃密而烏黑。擾擾，紛亂貌。鬟，髮髻。片片綠雲紛飛，原來是妃嬪宮女在晨曦中梳頭。

⑲渭流漲膩，棄脂水也：渭水河流泛溢油花，原來是妃嬪宮女把含有脂膏的洗臉水倒入渭水。
⑳煙斜霧横，焚椒蘭也：椒蘭，兩種芳香植物，焚之可使香氣佈散。句謂到處煙霧瀰漫，原來是妃嬪宮女在焚燒椒蘭。
㉑雷霆乍驚，宮車過也：乍，突然。陣陣雷聲令人突然一驚，原來是秦皇的宮車經過。
㉒轆轆遠聽，杳不知其所之也：轆轆，車輪行進的聲音。杳，無影無聲。句謂車聲越聽越遠，逐漸沈寂，不知到那裡去了。轆㊌ lù ㊍ ㄌㄨˋ 音麓。杳㊌ yǎo ㊍ ㄧㄠˇ 音舀。
㉓一肌一容，盡態極妍：妍，美麗。謂妃嬪宮女的每一處肌膚與每一種姿容，都極盡嬌媚與美豔。
㉔縵立遠視，而望幸焉：縵立，久立。幸，皇帝親臨，亦可解作受皇帝寵愛。焉，結語詞。
㉕有不得見者，三十六年：三十六年，指秦始皇在位共三十六年。有些妃嬪宮女三十六年來没能見到秦始皇。
㉖燕趙之收藏，韓魏之經營，齊楚之精英：收藏，指收藏的珍寶。經營，指謀取得來的財物。精英，指精緻美好的物品。
㉗剽掠其人：掠奪於其國人民。剽㊌ piào ㊍ ㄆㄧㄠˋ 音票。
㉘倚疊：堆積。
㉙一旦不能有，輸來其間：六國一旦滅亡，便不能擁有那些珍寶，全都運到阿房宮去。
㉚鼎鐺玉石，金塊珠礫：鐺，古代的鍋，有耳有足，用於燒煮飯食。礫，碎石子。謂把寶鼎作飯鍋，美玉作石頭，黃金作土塊，珍珠作石子。鐺㊌ chēng ㊍ ㄔㄥ 音撐。
㉛棄擲邐迤：邐迤，連綿曲折貌。此指珍寶棄擲得到處都是。邐㊌ lǐ ㊍ ㄌㄧˇ 音里。迤㊌ yǐ ㊍ ㄧˇ 音以。
㉜紛奢：豪華奢侈。
㉝柰何取之盡錙銖，用之如泥沙：柰，同奈。錙銖，古代重量單位，六銖為一錙，四錙為一兩。為其麼

掠取時一點兒也不放過，揮霍時卻看作泥沙般？錙銖 漢 zī zhū 國 ㄗ ㄓㄨ 音資朱。

㉞ 使負棟之柱，多於南畝之農夫：棟，房梁。南畝，泛指農田。

㉟ 架梁之椽，多於機上之工女：椽，梁間支承屋面及瓦片的木條。機，織布機。椽 漢 chuán 國 ㄔㄨㄢˊ 音船。

㊱ 釘頭磷磷，多於在庾之粟粒：磷磷，鮮明貌。庾，露天的穀倉。庾 漢 yǔ 國 ㄩˇ 音雨。

㊲ 瓦縫參差，多於周身之帛縷：參差，錯落有致。周身之帛縷，全身衣服的絲縷。

㊳ 直欄橫檻，多於九土之城郭：檻，欄杆。直欄橫檻，縱橫的欄杆。九土，九州，指全國。郭，外城。檻 漢 jiàn 國 ㄐㄧㄢˋ 音艦。

㊴ 管絃嘔啞：管絃，泛指絲竹樂器，亦代指各種樂器。嘔啞，管弦樂器的聲音。

㊵ 獨夫之心，日益驕固：獨夫，指殘暴無道、眾叛親離的秦君，意同《孟子・梁惠王下》中之「一夫」。驕固，驕橫而頑固。

㊶ 戍卒叫，函谷舉：戍卒，守邊的士卒，此指陳勝和吳廣，二人於秦末起義。叫，呼喊。函谷，函谷關，在今河南靈寶西南，此代指秦朝的重要關隘。舉，被攻破。

㊷ 楚人一炬，可憐焦土：楚人，指項羽。一炬，猶今語「一把火」。秦王子嬰元年（西元前二〇六年），項羽兵屠咸陽，殺子嬰，焚燒秦朝宮室，大火三月不滅。

㊸ 族秦者：滅秦族的人。

㊹ 使：假使。

㊺ 鑑：借鑑。

岳陽樓記

范仲淹

慶曆四年①春，滕子京謫守巴陵郡②。越明年③，政通人和④，百廢俱興⑤，乃重修岳陽樓，增其舊制⑥，刻唐賢今人詩賦于其上，屬⑦予作文以記之。

予觀夫巴陵勝狀⑧，在洞庭一湖。銜遠山⑨，吞長江⑩；浩浩湯湯，橫無際涯⑪；朝暉夕陰⑫，氣象萬千。此則岳陽樓之大觀⑬也，前人之述備矣⑭。然則北通巫峽⑮，南極瀟湘⑯，遷客騷人，多會于此⑰，覽物之情，得無異乎⑱？

若夫霪雨霏霏⑲，連日不開⑳；陰風怒號，濁浪排空㉑；日星隱耀，山岳潛形㉒；商旅不行，檣傾楫摧㉓；薄暮冥冥㉔，虎嘯猿啼。登斯樓也㉕，則有去國懷鄉㉖，憂讒畏譏㉗，滿目蕭然㉘，感極而悲者矣㉙。

至若春和景明㉚，波瀾不驚㉛；上下天光，一碧萬頃㉜；沙鷗翔集㉝，錦鱗㉞游泳；岸芷汀蘭㉟，郁郁青青㊱；而或長煙一空㊲，皓月千里；浮光躍金㊳，靜影沈璧㊴；漁歌互答，此樂何極㊵。登此樓也，則有心曠神怡，寵辱偕忘㊶，把酒臨風㊷，其喜洋洋㊸者矣。

嗟夫！予嘗求古仁人之心㊹，或異二者之為㊺，何哉？不以物喜，不以己悲㊻。居廟堂之高㊼，則憂其民；處江湖之遠㊽，則憂其君。是進亦憂，退亦憂；然則何時而樂耶？其必曰：先天下之憂而憂，後天下之樂而樂㊾乎！噫㊿！微斯人，吾誰與歸(51)？

作者

范仲淹，生於宋太宗端拱二年，卒於宋仁宗皇祐四年（西元九八九年——西元一〇五二年），字希文，蘇州吳縣（今江蘇蘇州）人。真宗大中祥符八年（西元一〇一五年）進士。仁宗時曾任參知政事，提出政治改革。有善政，曾帶兵防禦西夏。能文善詩，其詩多寫民生疾苦。詞作不多，寫邊地風光，將士生活，風格豪邁，開宋詞豪放派先河，散文〈岳陽樓記〉及〈嚴先生祠堂記〉均為傳世名篇。有《范文正公全集》。

題解

此文選自《宋文彙》。宋仁宗慶曆六年（西元一〇四六年），作者知鄧州（今河南鄧縣）時，應朋友滕子京之請，為重修後的岳陽樓作記。岳陽樓是湖南岳陽城西的堞樓，面對洞庭湖，風景壯麗，是著名的遊覽勝地。作者於文中借景抒情，表達了「不以物喜，不以己悲」與「先天下之憂而憂，後天下之樂而樂」的人生態度和政治懷抱。

注釋

① 慶曆四年：慶曆，宋仁宗趙禎的年號（西元一〇四一年——西元一〇四八年）。慶曆四年，即西元一〇四四年。

② 滕子京謫守巴陵郡：滕子京，生卒年不詳，名宗諒，字子京，河南（今河南洛陽）人，與范仲淹同年舉進士。謫，官吏因罪降職或遠調。守，指做州郡的長官。巴陵，郡名，宋時屬岳州路，今湖南岳

陽。滕子京降職岳州知州。

③ 越明年：過了一年後，即慶曆五年（西元一〇四五年）。

④ 政通人和：政治清明，百姓和樂。

⑤ 百廢俱興：俱，全部。一切廢弛的事務全都興辦起來。

⑥ 增其舊制：擴大岳陽樓舊時的規模。

⑦ 屬：同囑，囑託、吩咐。

⑧ 予觀夫巴陵勝狀：夫，語氣助詞。勝狀，勝景、美景。

⑨ 銜遠山：銜，含。洞庭湖中有君山，就像含在口裡一樣。

⑩ 吞長江：容納了長江水，形容洞庭湖之壯觀。

⑪ 浩浩湯湯，橫無際涯：湯湯，形容水勢大。際涯，邊際。指湖面寬闊無際，水勢盛大。湯㊥漢 shāng 國 ㄕㄤ 音商。

⑫ 朝暉夕陰：暉，日色明亮。陰，光線晦暗。指早晚間天色的明暗變化。

⑬ 大觀：雄偉壯闊的景象。

⑭ 前人之述備矣：前人之述，指上面說的「唐賢今人詩賦」。前人的記述很詳盡了。

⑮ 北通巫峽：巫峽，長江上游三峽之一，在四川巫山。它北通長江的巫峽。

⑯ 南極瀟湘：極，盡。瀟水是湘水的支流，湘水流入洞庭湖。南面直到瀟水、湘水。

⑰ 遷客騷人，多會于此：遷客，泛指遭貶謫的官吏。騷人，詩人，或指憂愁失意的文人。戰國時屈原作〈離騷〉，因此後代詩人也稱為騷人。會，會集。此，這裡，指岳陽樓。被貶謫的和過路的詩人，大都會集於岳陽樓。

⑱ 覽物之情，得無異乎：瀏覽自然景物而觸發的情感，怎能沒有不同的感受呢？

⑲ 若夫霪雨霏霏：若夫，句首用語，至於。霪雨，連綿的雨。霏霏，雨飄落的樣子。霪 漢 yín 國 ㄧㄣˊ

音淫。

⑳ 開：放晴。

㉑ 陰風怒號，濁浪排空：陰風，冷風。濁浪，混濁的波浪。排空，於天際翻騰。

㉒ 日星隱耀，山岳潛形：太陽和星星隱藏了光輝，山岳隱沒了形體。

㉓ 檣傾楫摧：桅杆傾倒，船槳斷折。檣㊥qiáng㊀ㄑㄧㄤˊ音強。楫㊥jí㊀ㄐㄧˊ音及。

㉔ 薄暮冥冥：薄暮，傍晚。冥冥，形容天色昏暗。傍晚天色幽暗。

㉕ 登斯樓也：在這個時候登上這座樓。

㉖ 去國懷鄉：去國，離開京城，遠離國君。懷鄉，懷念家鄉。

㉗ 憂讒畏譏：擔心人家說自己的壞話，懼怕人家蓄意譏諷。

㉘ 滿目蕭然：蕭然，蕭條寂寥的樣子。一片蕭條景象。

㉙ 感極而悲者矣：百感交集，因而興起悲哀之情。

㉚ 春和景明：景，日光。春天和暖，陽光普照。

㉛ 波瀾不驚：驚，起、動。波平浪靜。

㉜ 上下天光，一碧萬頃：萬頃，極言其廣。上下天色湖光相接互映，一片碧綠，廣闊無際。

㉝ 翔集：集，棲止。時而飛翔，時而停歇。

㉞ 錦鱗：美麗的魚。

㉟ 岸芷汀蘭：岸上的香草，水中沙洲上的蘭花。

㊱ 郁郁青青：青，同菁。形容香氣很濃，枝葉繁茂的樣子。青㊥jīng㊀ㄐㄧㄥ音精。

㊲ 而或長煙一空：煙，煙霧。形容天氣晴朗，煙霧都散盡。

㊳ 浮光躍金：指月光映在湖面，隨微波浮動，閃耀著金色的光彩。

㊴ 靜影沈璧：璧，圓形白玉。靜靜的月影像沈入湖中的一塊白璧。

㊵何極：哪有窮盡。

㊶寵辱偕忘：偕，皆。榮寵和屈辱一併忘卻。

㊷把酒臨風：把，持。拿著酒，臨風而飲。

㊸洋洋：形容欣喜得意的樣子。

㊹予嘗求古仁人之心：求，探求。古仁人，古時品德高尚的賢人。

㊺或異二者之為：或，即有。為，行為表現。有的異於悲、喜二者的表現。

㊻不以物喜，不以己悲：不因環境的好壞和個人的得失而感到喜或悲。

㊼居廟堂之高：廟堂，指朝廷。處在高高的廟堂上，意指在朝廷做官。下文的「進」，即指「居廟堂之高」。

㊽處江湖之遠：處在僻遠的江湖間，意思是退居江湖或被貶居偏遠地區。下文的「退」，即指「處江湖之遠」。

㊾先天下之憂而憂，後天下之樂而樂：憂在天下人之先，樂在天下人之後。這是從政者應有的抱負，作者亦以此自勉。

㊿噫：感嘆詞。噫(漢)yī(國)ㄧ音衣。

(51)微斯人，吾誰與歸：微，無、沒有。歸，歸依。誰與歸，就是「與誰歸」。要是沒有這種古之仁人，我又有誰同道呢？

賣油翁

歐陽修

陳康肅公堯咨①善射，當世無雙，公亦以此自矜②。嘗射於家圃③，有賣油翁釋擔④而立，睨之而久不去⑤。見其發矢⑥，十中八九，但微頷之⑦。康肅問曰：「汝⑧亦知射乎？吾射不亦精乎？」翁曰：「無他⑨，但手熟爾⑩。」康肅忿然⑪曰：「爾安敢輕吾射⑫！」翁曰：「以我酌油知之⑬。」乃取一葫蘆置於地，以錢覆其口⑭，徐以杓酌油瀝之，自錢孔入而錢不濕⑮。因曰⑯：「我亦無他，惟手熟爾。」康肅笑而遣之⑰。此與莊生所謂解牛、斲輪者何異⑱？

作者

歐陽修，生於宋真宗景德四年，卒於宋神宗熙寧五年（西元一〇〇七年——西元一〇七二年）。字永叔，號醉翁，晚年又號六一居士，廬陵（今江西吉安）人。仁宗天聖八年（西元一〇三〇年）舉進士，歷任樞密副使、參知政事等職。歐陽修出身寒微，了解民生疾苦與社會弊端。政治上，他支持改革派的范仲淹推行變法，曾因此數度被貶。晚年因與王安石政見不合，辭官歸隱。

歐陽修為文壇巨擘，與尹洙、梅堯臣等同倡平易樸素的詩文，反對當時內容空洞、辭藻華麗的文風；主張文章應「明道致用」，繼承韓愈文以載道的精神。歐陽修為唐宋八大家之一，無論散文、詩、詞都有很高成就。他的散文平易流暢、委曲婉轉，對王安石、蘇軾等人影響甚大。有《歐陽文忠公集》一百五十三卷傳世。

題解

本篇選自《歐陽修全集》卷五〈歸田錄〉，是作者晚年退居潁州（今安徽阜陽）時所作。故事通過善射的陳堯咨和賣油翁的交談，以及賣油翁用錢孔瀝油的情景，說明一個人絕不能因有一技之長而自矜，同時也揭示出熟能生巧的道理。全文只一百五十字，但卻綽有情韻，且富於哲理。

注釋

① 陳康肅公堯咨：陳堯咨，諡號康肅，北宋人，擅長射箭。公，尊稱。
② 自矜：自負。矜(漢)jīn(國)ㄐㄧㄣ 音今。
③ 家圃：指自設的射圃，射箭場地，圃(漢)pǔ(國)ㄆㄨˇ 音普。
④ 釋擔：放下擔子。
⑤ 睨之而久不去：睨之，斜著眼看的樣子。去，離去。睨(漢)nì(國)ㄋㄧˋ 音匿。
⑥ 發矢：射出箭。矢(漢)shǐ(國)ㄕˇ音始。
⑦ 但微頷之：只是微微點頭。頷(漢)hàn(國)ㄏㄢˋ 音漢。
⑧ 汝：你。
⑨ 無他：沒有甚麼。
⑩ 但手熟爾：爾，同耳，罷了。只不過手法熟練罷了。
⑪ 忿然：不服氣的樣子。忿(漢)fèn(國)ㄈㄣˋ 音憤。
⑫ 爾安敢輕吾射：爾，這裡作你解。你怎麼敢小看我射箭的本領。
⑬ 以我酌油知之：以，相當於憑或根據。酌，斟酒，這裡指舀油。根據我酌油的經驗知道。
⑭ 以錢覆其口：錢，當時有方孔的銅錢，宋代的錢幣圓形中有方孔。覆，覆蓋。
⑮ 徐以杓酌油瀝之，自錢孔入而錢不濕：慢慢地用油勺舀油，然後將油穿過錢孔注入葫蘆，而錢不被沾

濕。杓(漢) sháo (國) ㄕㄠˊ 音韶。瀝(漢) lì (國) ㄌㄧˋ 音力。

⑯ 因曰：因此說。

⑰ 遣之：遣，遣發。之，指賣油翁。意即把賣油翁打發走。

⑱ 此與莊生所謂解牛、斲輪者何異：莊生，即莊子。解牛，指《莊子・養生主》中「庖丁解牛」的故事；斲輪，載於《莊子・天道》中「輪扁斲輪」的故事。兩則寓言都含有「熟能生巧」的意義，以此與賣油翁的瀝油技巧相比。全句意思：這件事和莊子所說的解牛、斲輪有甚麼分別呢？斲(漢) zhuó (國) ㄓㄨㄛˊ 音琢。

醉翁亭記①

歐陽修

環滁皆山也②。其西南諸峰，林壑③尤美，望之蔚然而深秀者，瑯琊也④。山行六七里，漸聞水聲潺潺，而瀉出于兩峰之間者，釀泉也。峰回路轉⑤，有亭翼然，臨于泉上者⑥，醉翁亭也。作亭者誰？山之僧智僊也⑦。名之者誰？太守自謂也⑧。太守與客來飲于此，飲少輒醉⑨，而年又最高，故自號曰醉翁也。醉翁之意⑩不在酒，在乎山水之間也。山水之樂，得之心而寓之酒也⑪。

若夫日出而林霏開⑫，雲歸而巖穴暝⑬，晦明變化者⑭，山間之朝暮也。野芳發而幽香⑮，佳木秀而繁陰⑯，風霜高潔⑰，水落而石出者⑱，山間之四時也。朝而往，暮而歸，四時之景不同，而樂亦無窮也。

至於負者⑲歌于塗，行者休于樹⑳，前者呼，後者應，傴僂提攜㉑，往來而不絕者，滁人遊也。臨溪而漁，溪深而魚肥；釀泉為酒，泉香而酒洌

㉒；山肴野蔌㉓，雜然而前陳者，太守宴也。宴酣之樂，非絲非竹㉔；射者中㉕，弈者勝㉖；觥籌交錯㉗，起坐而諠譁者，眾賓懽也。蒼顏㉘白髮，頹然乎其間者㉙，太守醉也。

已而㉚夕陽在山，人影散亂，太守歸而賓客從也。樹林陰翳㉛，鳴聲上下㉜，遊人去而禽鳥樂也。然而禽鳥知山林之樂，而不知人之樂；人知從太守遊而樂，而不知太守之樂其樂也㉝。醉能同其樂，醒能述以文者㉞，太守也。太守謂㉟誰？廬陵㊱歐陽修也。

作者

歐陽修見〈賣油翁〉作者部分。

題解

本文選自《宋文彙》，是宋仁宗慶曆六年（西元一〇四六年），作者被貶為滁州（今安徽滁縣）知州時的作品。歐陽修的散文今存五百餘篇，各體的散文都有名篇傳世。他一生寫風景記勝地的文章不少，〈醉翁亭記〉是其中的代表作。文章先描寫滁州的風物人情，接著具體地描繪遊人之樂，最後寫出作者的感受。文章層層推進，思路明晰，而駢散兼行，增強了音調和節奏的美感，表現出作者悠閒自適的情懷和與民同樂的思想。

注釋

① 醉翁亭記：醉翁亭，在滁州西南（今安徽滁縣西南）。

② 環滁皆山也：滁，滁州，今安徽滁縣，西南面有瑯琊山。滁州城的四面皆山。

③ 林壑：樹林和山谷。壑 (漢) hè 或 huò (國) ㄏㄜˋ 或ㄏㄨㄛˋ 音賀或禍。

④ 蔚然而深秀者，瑯琊也：蔚然，茂盛的樣子。深秀，幽深秀美。瑯琊，又作琅琊，山名。樹木茂盛，山谷幽深而秀美的，就是瑯琊山（在滁縣西南十里）。瑯琊 (漢) láng yá (國) ㄌㄤˊ ㄧㄚˊ 音狼牙。

⑤峰回路轉：山勢回環，路隨山轉。
⑥有亭翼然，臨于泉上者：臨，靠近。形容亭的飛簷如飛鳥展翅高高翹起，臨近泉水。
⑦山之僧智僊也：《宋文彙》僧字後有「曰」字。僊，仙的異體字。智僊，瑯琊山瑯琊寺的僧人。
⑧名之者誰？太守自謂也：給亭子命名的是誰呢？是太守用自己的號「醉翁」來為亭子命名的。
⑨飲少輒醉：輒，就。喝少量的酒就醉了。輒 漢 zhé 國 ㄓㄜˊ 音折。
⑩意：志趣。
⑪山水之樂，得之心而寓之酒也：欣賞山水的樂趣，領會在心裡，寄託於酒中。
⑫若夫日出而林霏開：霏，霧氣。早晨太陽出來，林裡的霧氣散開。
⑬雲歸而巖穴暝：描寫傍晚時分，煙雲聚攏，山谷就昏暗了。暝 漢 míng 國 ㄇㄧㄥˊ 音明。
⑭晦明變化者：朝則自暗而明，暮則自明而暗，或暗或明，變化不一。
⑮野芳發而幽香：芳，花。野花開放，發出清幽的香氣。
⑯佳木秀而繁陰：秀，繁榮滋長的意思。美好的樹，枝葉繁茂，形成一片茂密的樹陰。
⑰風霜高潔：就是風高霜潔。天高氣爽，霜色潔白。
⑱水落而石出者：《宋文彙》「落」作「清」。溪水退落，石頭露出水面。
⑲負者：揹著東西的人。
⑳休于樹：在樹下休息。
㉑傴僂提攜：傴僂，彎腰駝背，指老人。提攜，指小孩。彎腰駝背的老人和大人領著的孩子。傴僂 漢 yǔ lǚ 國 ㄩˇ ㄌㄩˇ 音宇呂。
㉒洌：清澈。洌 漢 liè 國 ㄌㄧㄝˋ 音列。
㉓山肴野蔌：山肴，即野味，山中獵獲的鳥獸做的菜。蔌，菜蔬。指野味野菜。蔌 漢 sù 國 ㄙㄨˋ 音速。

㉔宴酣之樂，非絲非竹：絲，弦樂器。竹，管樂器。指宴會之樂趣，不在音樂。

㉕射者中：投壺的投中了。古代宴飲時一種娛樂叫做投壺，以箭投壺中，投中者勝，負者飲酒。

㉖弈者勝：弈，圍棋。就是說下棋的贏了。弈㊂yì㊀ㄧˋ音亦。

㉗觥籌交錯：觥，酒杯。籌，酒籌，行酒令時，飲酒計數用的籤子。酒杯和酒籌交互錯雜。觥㊂gōng㊀ㄍㄨㄥ音公。

㉘蒼顏：容顏蒼老。

㉙頹然乎其間者：頹然，原意是精神不振的樣子。乎，這裡相當於「於」。醉醺醺地坐在眾人中間。

㉚已而：既而，如同說不久。

㉛陰翳：形容枝葉茂密成蔭。翳㊂yì㊀ㄧˋ音縊。

㉜鳴聲上下：鳥在樹上到處鳴叫。

㉝人知從太守遊而樂，而不知太守之樂其樂也：《宋文彙》「不知」前有「而」字。樂其樂，指得於心之樂。

㉞醉能同其樂，醒能述以文者：醉了後能與人同樂，醒來後又能夠用文章記述這件事的人。

㉟謂誰：指的是誰。

㊱廬陵：廬陵郡，就是吉州，在今江西吉安。歐陽修的故鄉。

瀧岡阡表

歐陽修

嗚呼！惟我皇考崇公①，卜吉于瀧岡之六十年②，其子脩始克表於其阡③。非敢緩也，蓋有待也④。

脩不幸，生四歲而孤⑤。太夫人守節⑥自誓，居窮⑦，自力於衣食，以長以教⑧，俾⑨至于成人。太夫人告之曰：「汝父為吏，廉而好施與⑩，喜賓客。其俸祿雖薄，常不使有餘，曰：『毋以是為我累⑪。』故其亡也，無一瓦之覆，一壠之植，以庇而為生⑫，吾何恃⑬而能自守邪？吾於汝父，知其一二，以有待於汝⑭也。自吾為汝家婦，不及事吾姑⑮，然知汝父之能養⑯也。汝孤而幼，吾不能知汝之必有立⑰，然知汝父之必將有後⑱也。吾之始歸⑲也，汝父免於母喪，方逾年⑳，歲時祭祀，則必涕泣曰：『祭而豐，不如養之薄也㉑。』間御酒食㉒，則又涕泣曰：『昔常不足而今有餘，其何及也㉓！』吾始一二見之，以為新免於喪適然㉔耳。既而其後常然，至其終身未嘗不然。吾雖不及事姑，而以此知汝父之能養也。汝父為吏，嘗夜燭治官書㉕，屢廢㉖而歎。吾問之，則曰：『此死獄㉗也，我求其生不得爾㉘！』吾曰：『生可求乎？』曰：『求其生而不得，則死者與我皆無恨㉙也。矧㉚求而有得邪，以其有得，則知不求而死者有恨也。夫常求其生，猶失之死，而世常求其死也㉛。』回顧乳者劍汝㉜而立于旁，因指而歎曰：『術者謂我歲行在戌㉝，將死。使其言然㉞，吾不及見兒之立也，後當以我語告之。』其平居教他子弟㉟，常用此語，吾耳熟焉，故能詳也。其施於外事㊱，吾不能知；其居于家，無所矜飾㊲，而所為如此，是真發於中㊳者邪。嗚呼！其心厚於仁㊴者邪，此吾知汝父之必將有後也，汝其勉之㊵！夫養不必豐，要於孝㊶；利雖不得博於物，要其心之厚於仁㊷。吾不能教汝，此汝父之志也。」脩泣而志㊸之，不敢忘。

先公㊹少孤力學，咸平三年㊺，進士及第，為道州判官㊻，泗綿二州推官㊼，又為泰州㊽判官，享年五十有九，葬沙溪㊾之瀧岡。太夫人姓鄭氏，考諱德儀㊿，世為江南名族。太夫人恭儉仁愛而有禮，初封福昌縣太君(51)，進封樂安、安康、彭城㊾三郡太君。自其家少微時㊿，治其家以儉約，其後常不使過之㊹，曰：「吾兒不能苟合於世㊺，儉薄所以居患難也㊻。」其後脩貶夷陵㊼，太夫人言笑自若㊽，曰：「汝家故貧賤也，吾處之有素㊾矣；汝能安之，吾亦安矣。」

自先公之亡二十年，脩始得祿而養㊿。又十有二年，列官于朝，始得贈封其親61。又十年，脩為龍圖閣直學士62、尚書吏部郎中63，留守南京64。太夫人以疾終于官舍，享年七十有二。又八年，脩以非才入副樞密65，遂參政事66。又七年而罷67。自登二府68，天子推恩，褒其三世69。故自嘉祐70以來，逢國大慶，必加寵錫71。皇曾祖府君，累贈金紫光祿大夫、太師72、中書令73；曾祖妣74，累封楚國太夫人；皇祖府君，累贈金紫光祿大夫、太師、中書令兼尚書令75；祖妣，累封吳國太夫人。皇考崇公，累贈金紫光祿大夫、太師、中書令兼尚書令；皇妣，累封越國太夫人。今上初郊76，皇考賜爵為崇國公，太夫人進號魏國77。

於是小子78脩泣而言曰：「嗚呼！為善無不報而遲速有時，此理之常也。惟我祖考⑲積善成德，宜享其隆。雖不克有於其躬⑳，而賜爵受封，顯榮褒大，實有三朝之錫命㉑。是足以表見於後世㉒而庇賴㉓其子孫矣。」乃列其世譜，具刻于碑。既㉔又載我皇考崇公之遺訓，太夫人之所以教人而有待於脩者，並揭㉕于阡。俾知夫小子脩之德薄能鮮㉖，遭時竊位㉗，而幸全大節，不辱其先者，其來有自㉘。

熙寧三年，歲次庚戌，四月辛酉朔，十有五日乙亥㉙，男推誠保德崇仁翊戴功臣㊱、觀文殿學士㊲、特進㊳、行兵部尚書㊴、知青州軍州事㊵、兼管內勸農使㊶、充京東東路安撫使㊷、上柱國㊸、樂安郡開國公㊹、食邑㊺四千三百戶、食實封⑩一千二百戶，脩表。

作者

歐陽修見〈賣油翁〉作者部分。

題解

〈瀧岡阡表〉選自《歐陽修全集》卷一，是宋神宗熙寧三年（西元一〇七〇年），歐陽修根據舊稿〈先君墓表〉修改而成。作者四歲喪父，由母親撫育成人。六十年後，始為其父撰寫碑文，是為〈瀧岡阡表〉。瀧岡，地名，在今江西永豐南。阡，是墓道；表，是墓碑。墓表之作，用以表彰其人。在表中，歐陽修除了表揚父親為官廉潔、體恤民命的用心和政績外，也讚美了守節自誓、艱苦育兒的母親。此外又述說自己深受父母人格的影響，故能刻苦自勵，以致功成名立。文詞簡樸，不尚鋪陳，與一般墓誌銘以藻飾為能事不同。

注釋

① 皇考崇公：皇，大、美。考，舊稱亡父。皇考，對亡父的尊稱。崇公，歐陽修父親歐陽觀，字仲賓，封崇國公。

② 卜吉于瀧岡之六十年：卜吉，以占卜擇吉地，此指埋葬。六十年，歐陽觀葬於宋真宗大中祥符四年

（西元一〇一一年），此表作於宋神宗熙寧三年（西元一〇七〇年），其間相距近六十年。瀧 漢 shuāng 國 ㄕㄨㄤ 音雙。

③ 始克表於其阡：克，能、得以。表，作表。阡，此指墓道，通往墓室的甬道。

④ 非敢緩也，蓋有待也：緩，拖延。有待，有所等待，意即等待時機成熟。

⑤ 孤：年幼喪父曰孤。

⑥ 太夫人守節：太夫人，指歐陽修母親鄭氏。古代列侯的妻子稱夫人，列侯死，其子襲封後稱其母為太夫人。守節，守持節操，指丈夫死後獨居不再嫁。

⑦ 居窮：窮，一作貧。謂生活困頓。

⑧ 以長以教：扶養我、教育我。

⑨ 俾：使。「俾」後省略「之」，意謂使歐陽修。

⑩ 廉而好施與：廉，清廉。施與，以財物接濟别人。

⑪ 毋以是為我累：不要讓錢財影響自己的操行。

⑫ 無一瓦之覆，一壠之植，以庇而為生：庇，依靠、借助。意謂沒有甚麼房產和地產可以借助以維持生計。

⑬ 何恃：等同恃何，依靠甚麼。

⑭ 有待於汝：意即期待歐陽修能繼承其父的稟性和志趣。

⑮ 不及事吾姑：古時出嫁女子稱丈夫父母為姑、舅。句謂沒有趕上侍奉我的婆婆。歐陽修的母親嫁至歐陽家時，其婆母已死。

⑯ 養：奉養，此處指奉養母親。

⑰ 立：成就、建樹。

⑱ 有後：有繼承人，指繼承其父的美德。

⑲歸：出嫁。
⑳免於母喪，方逾年：為母守喪之期結束後，剛過了一年。
㉑祭而豐，不如養之薄也：人死後祭祀的物品雖然豐厚，卻不如人活著時微薄的奉養實在。
㉒間御酒食：間，有時。御，用、進。此乃食用酒菜之意。
㉓其何及也：其，語助詞。謂又怎麼來得及呢！意即人已死，雖已富足，也不能盡孝心了。
㉔適然：偶然。
㉕夜燭治官書：夜裡在燈下處理案卷文書。
㉖廢：停下來。
㉗死獄：該判死刑的案子。
㉘我求其生不得爾：我想為他求生路卻沒辦法。意即無法免除他的死刑。
㉙恨：遺憾。
㉚矧：況且。矧㊥ shěn ㊄ ㄕㄣˇ 音審。
㉛夫常求其生，猶失之死，而世常求其死也：其，指犯案者。世，指世人。言審案時雖常欲為犯人求一生路，但仍不免錯判而將之處決，原因是世人常欲將犯人置諸死地，故影響了判決。
㉜乳者劍汝：乳者，奶媽。劍，挾、抱，一本作抱。
㉝術者謂我歲行在戌：術者，算命的人。歲，歲星，即木星，約十二月運行一周，後來多用為年的通稱。歲行在戌，古人以十天干與十二地支相配以紀年，歐陽觀死於宋真宗大中祥符三年，歲次恰為庚戌。
㉞使其言然：使，假使。然，真是這樣。
㉟其平居教他子弟：平居，平時。他子弟，指族中其他子弟輩。
㊱其施於外事：施，為、作。指他作公事的時候。

㊲矜飾：虛偽、造作。
㊳中：指內心。
㊴厚於仁：重在仁愛。
㊵汝其勉之：你可要努力啊！
㊶夫養不必豐，要於孝：奉養不必豐厚，重在孝道。
㊷利雖不得博於物，要其心之厚於仁：博，擴展、普及。意謂施利雖不能普及到天下萬物，但重要的是他的心重在仁愛。
㊸志：記住。
㊹先公：對亡父的尊稱。
㊺咸平三年：宋真宗咸平三年（西元一〇〇〇年）。
㊻道州判官：道州，轄境相當今湖南道縣及寧遠以南的瀟水流域。判官，州郡長官的屬官，掌管文書。
㊼泗綿二州推官：泗綿二州，泗州與綿州。泗州轄境相當今江蘇泗洪、泗陽、宿遷、漣水、灌南、邳縣、睢寧及安徽泗縣等地。綿州轄境相當今四川羅江上游以東、潼河以西江油、綿陽間的涪江流域。推官，州郡長官的屬官，專管刑獄事務。
㊽泰州：轄境相當今江蘇泰州、泰縣、如皋、泰興、興化等地。
㊾沙溪：在今江西永豐南鳳凰山北，是歐陽修的家鄉。
㊿考諱德儀：父親名叫德儀。古時避諱直稱長者之名，遇有必直稱其名時，則前加一諱字，以示己之冒昧。
51 福昌縣太君：福昌縣，今河南宜陽。太君，朝廷對官員母親的一種封號。
52 樂安、安康、彭城：樂安，郡名，治所在今山東惠民。安康，郡名，約今陜西安康。彭城，郡名，今江蘇徐州。

㊿53 微時：微，一本作賤。指未顯貴之時。
54 不使過之：不使生活奢侈。
55 苟合於世：苟且迎合流俗。
56 所以居患難也：是準備有一天要渡過苦難。
57 夷陵：今湖北宜昌。
58 自若：像往時一樣。
59 有素：習以為常。
60 得祿而養：獲取俸祿來供養母親。宋仁宗天聖八年（西元一〇三〇年），歐陽修考取進士後，任西京留守推官，始入仕途。
61 贈封其親：指朝廷對歐陽修父母及祖上追加封號。
62 龍圖閣直學士：龍圖閣，宋朝收藏圖書典籍的館閣之一，其中有學士、直學士、待制、直閣等官。
63 尚書吏部郎中：吏部，宋朝六部（吏部、户部、禮部、兵部、刑部、工部）之一，掌管全國的任免、考核、升降、調動等事務的中央機構，上屬尚書省，下設郎中四人分管各司。
64 留守南京：歐陽修在皇祐二年（西元一〇五〇年）任知應天府時兼南京留守。
65 樞密：樞密使，全國最高軍事長官。
66 參政事：參知政事，即副宰相。因與宰相（同平章事）同議朝政，故名。
67 又七年而罷：歐陽修在宋仁宗嘉祐六年（西元一〇六一年）任參知政事，於宋英宗治平四年（西元一〇六七年）被罷，出知亳州（今安徽亳縣）。
68 二府：指樞密院（主管軍事）和中書省（主管政事），是全國最高行政機構。
69 天子推恩，褒其三世：推恩，推廣施恩。褒，指贈封。三世，指父母、祖父祖母、曾祖父曾祖母三代。這裡指皇帝施恩於歐陽修，及推廣恩典至其父母及祖上。

⑦⓪ 嘉祐：宋仁宗趙禎的年號（西元一〇五六年——西元一〇六三年）。

⑦① 加寵錫：錫，同賜。指加官進爵。

⑦② 皇曾祖府君，累贈金紫光祿大夫、太師：府君，子孫對其先世（男性）的尊稱。累贈，累加封贈。金紫光祿大夫，漢武帝時設置光祿大夫官職，供皇帝諮詢和議論朝政。魏晉以後，此官有加金印紫綬的，稱金紫光祿大夫。宋朝為正三品的散官，不任職。太師，原是周朝設置的宰輔之官，宋朝時為名譽之官，不任職。

⑦③ 中書令：中書省長官，隋唐時為宰相之官，宋朝時為名譽之官。

⑦④ 曾祖妣：妣，稱死去的母親。曾祖妣，稱死去的曾祖母。妣 ㊥ bǐ ㊟ ㄅㄧˇ 音彼。

⑦⑤ 尚書令：尚書省長官，唐初為宰相之職，宋朝時為名譽之官。

⑦⑥ 今上初郊：今上，指宋神宗趙頊。郊，祭天。

⑦⑦ 進號魏國：指進封為魏國太夫人。

⑦⑧ 小子：子弟對父兄自稱。

⑦⑨ 祖考：祖先。

⑧⓪ 雖不克有於其躬：不克，不能。躬，自身、親自。句謂雖然不能親自享有這種隆恩。

⑧① 三朝之錫命：三朝，指仁宗、英宗、神宗三朝。錫命，指賜爵受封。

⑧② 表見於後世：見，同現。謂顯現於後代。

⑧③ 庇賴：護佑。

⑧④ 既：其後。

⑧⑤ 揭：指刻載。

⑧⑥ 能鮮：能力微弱。

⑧⑦ 竊位：自謙之辭，言自己不稱職位。

⑧⑧其來有自：是說能夠如此是有緣由的，意即是由於祖先的恩庇和父母的教誨。

⑧⑨熙寧三年，歲次庚戌，四月辛酉朔，十有五日乙亥：熙寧，宋神宗年號。熙寧三年，即一〇七〇年。四月辛酉朔，舊曆四月初一，這日干支是辛酉。十有五日乙亥，這月十五日，干支是乙亥。

⑨⓪推誠保德崇仁翊戴功臣：推誠保德崇仁翊戴，是朝廷對歐陽修這位功臣的褒揚之詞。功臣，宋朝封賜給臣屬的稱號。

⑨①觀文殿學士：觀文殿，本為宋朝殿名，後以殿名設置觀文殿大學士和學士，作為授予宰執大臣的榮譽稱號。

⑨②特進：原為漢朝官名，授予有特殊地位的列侯，宋朝時僅作為表示官員等級的散官。

⑨③行兵部尚書：兵部尚書，本是掌管全國軍隊的中央機構長官，但在宋朝全國軍權歸樞密院，兵部尚書只是虛設之官。這句指兼行兵部尚書之事。

⑨④知青州軍州事：宋朝朝臣外任知州，稱權知軍州事，軍指兵政，州指民政。青州，宋朝時屬京東東路，治所在今山東益都。

⑨⑤內勸農使：官名，負責勸勵農作，宋朝時常為知州兼任。

⑨⑥充京東東路安撫使：京東東路，宋朝時行政區域之一，轄管今山東中部，治所在青州。安撫使，宋朝時常以知州兼安撫使，以兼管較大區域的軍政和民政。

⑨⑦上柱國：宋朝勳官共十二級，上柱國是最尊貴的一級。

⑨⑧開國公：宋朝封爵共十二級，開國公是第六級。

⑨⑨食邑：初為卿大夫的封地，卿大夫收其地賦稅而食，到唐、宋時已為虛設。宋時食邑有十四等，從一萬户到二百户。

⑽⑽食實封：指實封的食邑，到宋時已有名無實，只是榮譽性的品級。食實封分七等，從一千户到一百户。

秋聲賦

歐陽修

歐陽子①方夜讀書，聞有聲自西南來者，悚然②而聽之，曰：「異哉！」初淅瀝以蕭颯③，忽奔騰而砰湃④，如波濤夜驚，風雨驟至。其觸於物也，鏦鏦錚錚⑤，金鐵皆鳴；又如赴敵之兵，銜枚⑥疾走，不聞號令⑦，但聞人馬之行聲。余謂童子⑧：「此何聲也？汝出視之。」童子曰：「星月皎潔，明河⑨在天，四無人聲，聲在樹間。」余曰：「噫嘻⑩，悲哉！此秋聲也。胡為⑪而來哉。

蓋夫秋之為狀也⑫，其色慘淡⑬，煙霏雲斂⑭；其容清明，天高日晶⑮；其氣慄冽⑯，砭⑰人肌骨；其意蕭條，山川寂寥⑱。故其為聲也，淒淒切切，呼號憤發。豐草綠縟⑲而爭茂，佳木蔥蘢而可悅；草拂之而色變，木遭之而葉脫⑳；其所以摧敗零落者，乃其一氣之餘烈㉑。

夫秋，刑官也㉒，於時為陰㉓；又兵象㉔也，於行為金㉕。是謂天地之義氣㉖，常以肅殺而為心㉗。天之於物，春生秋實。故其在樂也，商聲主西方之音㉘，夷則為七月之律㉙。商，傷也㉚，物既老而悲傷。夷，戮也㉛，物過盛而當殺。

嗟乎！草木無情，有時飄零。人為動物，惟物之靈；百憂感其心，萬事勞其形，有動於中㉜，必搖其精㉝。而況思其力之所不及，憂其智之所不能㉞，宜其渥然丹者為槁木，黟然黑者為星星㉟。奈何以非金石之質，欲與草木而爭榮㊱？念誰為之戕賊，亦何恨乎秋聲㊲！」

童子莫對㊳，垂頭而睡。但聞四壁蟲聲唧唧，如助余之歎息。

作者

歐陽修見〈賣油翁〉作者部分。

題解

〈秋聲賦〉選自《歐陽修全集》卷一，作於宋仁宗嘉祐四年（西元一〇五九年）。以秋聲發端，描寫暮秋的蕭條景象，感歎自己因人事憂勞，而形神衰老。本文用散文寫法，間以駢偶，是宋朝流行文體之一，稱為文賦。

注釋

① 歐陽子：作者自稱。
② 悚然：有所警覺的樣子。悚 漢 sǒng 國 ㄙㄨㄥˇ 音聳。
③ 淅瀝以蕭颯：淅瀝，象聲詞，形容雨落聲。蕭颯，形容風聲。颯 漢 sà 國 ㄙㄚˋ 音薩。
④ 砰湃：也寫作澎湃，形容波濤洶湧的樣子。
⑤ 鏦鏦錚錚：金屬撞擊聲。鏦 漢 cōng 國 ㄘㄨㄥ 音匆。錚 漢 zhēng 國 ㄓㄥ 音爭。
⑥ 銜枚：枚，形似筷子、可銜於口中的小竹棒或小木棒，兩端有帶，可繫於頸上。古代行軍時，常命士卒銜枚，以防喧譁，保障行軍的隱祕。
⑦ 不聞號令：聽不到號令的聲音。

⑧童子：家中年幼的僕人。
⑨明河：即銀河。
⑩噫嘻：感歎之聲。
⑪胡為：為何。
⑫蓋夫秋之為狀也：蓋夫，發語詞。秋之為狀，秋天呈現的情狀。
⑬慘淡：暗淡無色。
⑭煙霏雲斂：霏，通菲，淡薄。句謂煙雲疏淡收斂。
⑮日晶：陽光明麗。
⑯慄冽：形容寒冷。慄冽㊅lì liè㊄ㄌㄧˋ ㄌㄝˋ音力列。
⑰砭：刺。砭㊅biān㊄ㄅㄧㄢ音邊。
⑱寂寥：冷落空闊。
⑲縟：繁多、茂盛。縟㊅rù㊄ㄖㄨˋ音辱。
⑳草拂之而色變，木遭之而葉脫：拂，觸、碰上。是說一旦秋氣來臨，草木遇上了就枯黃、葉落。
㉑一氣之餘烈：一氣，指天地之氣，此指秋氣。餘烈，餘威。
㉒夫秋，刑官也：上古設官以四時為名，掌管刑法的司寇為秋官，故如此說。
㉓於時為陰：古人以春夏為陽，秋冬為陰。
㉔兵象：古代征伐多在秋天，故又稱兵象。
㉕於行為金：行，指五行，即金、木、水、火、土。古代用五行配合四時，春屬木，夏屬火，秋屬金，冬屬水。
㉖天地之義氣：義，五行（仁、義、禮、智、信）之一，與水、火、木、金、土五行之金相配，指秋天。

㉗ 常以肅殺而為心：常把摧殘萬物作為主旨。古人以秋天為決獄訟、征不義之時節。

㉘ 商聲主西方之音：商聲，五聲（宮、商、角、徵、羽）之一。古代五聲又與四時相配，角屬春，徵屬夏，商屬秋，羽屬冬，宮屬中央。五聲又與五行相配，商聲屬金，主西方之音。

㉙ 夷則為七月之律：古人以十二律（黃鐘、大呂、太簇、夾鐘、姑洗、仲呂、蕤賓、林鐘、夷則、南呂、無射、應鐘）配十二個月，七月相當於十二律的夷則。

㉚ 商，傷也：商，即是傷。古人以為字音同則義通，因此常以同音字互訓。

㉛ 夷，戮也：夷，就是殺戮誅滅。

㉜ 中：指心靈。

㉝ 精：精神。

㉞ 而況思其力之所不及，憂其智之所不能：何況要考慮他能力做不到的事，擔心他智力不能勝任的事。

㉟ 宜其渥然丹者為槁木，黝然黑者為星星：渥，潤澤。丹，紅，形容顏面之色。黝然，油黑。星星，形容白髮。句意說無怪紅潤的容顏變得衰老如枯木，烏黑的頭髮變得斑白。渥(漢) wò (國) ㄨㄛˋ 音握。黝(漢) yǒu (國) ㄧㄡˇ 音有。

㊱ 奈何以非金石之質，欲與草木而爭榮：怎可用非堅如金石的身體，跟草木爭榮比盛呢？

㊲ 念誰為之戕賊，亦何恨乎秋聲：戕賊，摧殘、傷害。試想一下，是誰把你折磨得如此衰老，對於秋天的聲音又有甚麼可怨恨呢？作者借此感慨，委婉地抒發他在政治上遭受的不幸，理想得不到實現的悲哀。戕(漢) qiáng (國) ㄑㄧㄤˊ 音強。

㊳ 莫對：不回答。

愛蓮說

周敦頤

水陸草木之花，可愛者甚蕃①：晉陶淵明獨愛菊②；自李唐③來，世人甚愛牡丹④。予獨愛蓮之出淤泥而不染⑤，濯清漣而不妖⑥；中通外直，不蔓不枝⑦；香遠益清，亭亭淨植⑧，可遠觀而不可褻玩焉⑨。予謂：菊，花之隱逸者也⑩；牡丹，花之富貴者也⑪；蓮，花之君子者也⑫。噫⑬！菊之愛⑭，陶後鮮有聞⑮。蓮之愛，同予者何人⑯？牡丹之愛，宜乎眾矣⑰。

作者

周敦頤，生於宋真宗天禧元年，卒於宋神宗熙寧六年（西元一〇一七年——西元一〇七三年）。字茂叔，道州營道（今湖南道縣）人。宋代理學的創始者。卒諡元公。

周敦頤出仕三十餘年，歷任分寧主簿、南安軍司理參軍、桂陽令及廣東轉運判官等職。

任內清廉正直，甚得百姓愛戴。晚年在江西廬山蓮花峰下的小溪旁築室講學，室名以營道舊居「濂溪」命名，故世稱濂溪先生。著有《太極圖說》及《通書》四十篇，闡發太極之義理。有《周濂溪集》及《周子全書》傳世。

題解

本文選自《周子全書》卷十七，是一篇託物言志的散文。說，是一種文體，有論述的意思，可以直接述說事物，也可以通過敘事、詠物的方式說明道理。本文對蓮花的讚頌，說明愛蓮的理由，意在揄揚高潔脫俗，剛直堅貞的品格。「牡丹之愛，宜乎眾矣」，含蓄地貶諷追逐富貴的世俗風尚。全篇運用了對比和比喻的修辭手法，以菊花、牡丹來襯托蓮花的高潔；又以蓮自喻，表達自己的志趣。文字雋永，富有詩意。

注釋

① 蕃：通繁，多的意思。蕃㊥ fán ㊞ ㄈㄢˊ 音凡。

② 晉陶淵明獨愛菊：晉代大詩人陶淵明特別喜歡菊花，他的詩裡一再寫菊，其中「採菊東籬下，悠然見南山」這兩句最為人所稱引。

③ 李唐：唐朝的皇帝姓李，故稱李唐。

④ 世人甚愛牡丹：唐以來，人多愛牡丹，被稱為國色。

⑤ 出淤泥而不染：從淤泥裡生長，卻不受泥的污染。喻君子雖生活於世間，卻不為世俗同化。淤 (漢) yū (國) ㄩ 音迂。

⑥ 濯清漣而不妖：濯，洗。清漣，水清而有微波。妖，美而欠端莊。洗浴於清水微波中而不妖媚。濯 (漢) zhuó (國) ㄓㄨㄛˊ 音拙。

⑦ 不蔓不枝：不會蔓延，不生旁枝。

⑧ 亭亭淨植：挺拔、潔淨地直立於水面上。

⑨ 可遠觀而不可褻玩焉：褻，褻瀆。焉，相當於「啊」、「呀」。可遠看而不可以玩弄。褻 (漢) xiè (國) ㄒㄧㄝˋ 音屑。

⑩ 菊，花之隱逸者也：菊是花中的隱逸者。即不與眾花爭妍，如世上隱居的人，不與世俗同流合污。

⑪ 牡丹，花之富貴者也：牡丹是花中的富貴者，指牡丹花朵肥大而濃豔，像富貴人家生活豪華。

⑫ 蓮，花之君子者也：蓮花是花中的君子。君子，品德高尚的人。因蓮花有「出淤泥而不染」的特性。

⑬ 噫：感嘆詞，相當於「唉」。噫 (漢) yī (國) ㄧ 音衣。

⑭ 菊之愛：對於菊的愛好。

⑮ 陶後鮮有聞：陶淵明之後，很少聽說過了。鮮，少。聞，聽說。鮮 (漢) xiǎn (國) ㄒㄧㄢˇ 音洗。

⑯ 同予者何人：和我一樣愛好蓮花的還有甚麼人呢？

⑰ 宜乎眾矣：宜，應當。宜乎眾矣，說許多人喜愛牡丹，是意料中事。

墨池記

曾鞏

臨川①之城東，有地隱然②而高，以臨③於溪，曰新城。新城之上，有池窪然而方以長④，曰王羲之⑤之墨池者，荀伯子《臨川記》云也⑥。羲之嘗慕張芝⑦，臨池學書，池水盡黑，此為其故迹，豈信然邪⑧？方羲之之不可強以仕⑨，而嘗極東方⑩，出滄海⑪，以娛其意於山水之間⑫，豈其徜徉肆恣⑬，而又嘗自休⑭於此邪？羲之之書晚乃善⑮，則其所能，蓋亦以精力自致者⑯，非天成也⑰。然後世未有能及⑱者，豈其學⑲不如彼邪？則學固豈可以少哉⑳！況欲深造道德者邪㉑？

墨池之上，今為州學舍㉒。教授王君盛恐其不章㉓也，書「晉王右軍墨池」之六字於楹間以揭之㉔，又告於鞏曰：「願有記㉕。」推王君之心，豈愛人之善㉖，雖一能不以廢㉗，而因以及乎其迹邪㉘？其亦欲推其事以勉學者邪㉙？夫㉚人之有一能，而使後人尚㉛之如此。況仁人莊士之遺風餘思，被於來世者如何哉㉜！慶曆㉝八年九月十二日，曾鞏記。

作者

曾鞏，生於宋真宗天禧三年，卒於宋神宗元豐六年（西元一〇一九年——西元一〇八三年）。字子固，建昌軍南豐（今江西南豐）人。宋仁宗嘉祐二年（西元一〇五七年）進士。歷任太平州（今安徽當塗）司法參軍、館閣校勘、史館修撰等，最後官至中書舍人。為官期間，注意救災、治疫，關心民眾疾苦。任職史館時，整理校勘《戰國策》、《說苑》等古籍。為文含蓄典雅、雍容平易，為歐陽修所稱賞。時人「得其文，手抄口誦惟恐不及。」《宋史》本傳稱其文章「上下馳驟，愈出而愈工。本原六經，斟酌司馬遷、韓愈。一時工作文辭者，鮮能過也。」後世稱許為「唐宋八大家」之一。有《元豐類稿》五十卷傳世。

題解

本文選自《曾鞏集》卷十七。墨池，是用毛筆練習寫字後洗滌筆硯的水池。作者所記的墨池，在撫州臨川郡（今江西臨川）境。文章寫於北宋仁宗慶曆八年（西元一〇四八年）。曾鞏於文中，一面記述墨池的處所、形狀和來歷，一面指出王羲之在書法上的卓越成就並非「天成」，而是勤學苦練的結果；進而推論後之學者「欲深造道德」，則更須努力於學。文章即事生情，反複詠嘆。最後以「仁人莊士」的流風餘韻將影響「來世」作結，宛轉矯勁，饒有深意。

注釋

① 臨川：轄屬撫州，即今江西臨川。
② 隱然：遠望好像。
③ 以臨：以高視下。

④有池窪然而方以長：窪然，低深之貌。方以長，即方而長，猶言長方形。窪㊥ wā ㊟ ㄨㄚ 音蛙。

⑤王羲之：生於晉惠帝太安二年，卒於晉孝武帝太元四年（西元三〇三年——西元三七九年），字逸少，山東臨沂人。著名大書法家，官至右軍將軍、會稽內史，故世稱王右軍。有「書聖」之譽。

⑥荀伯子《臨川記》云也：荀伯子，生於晉孝武帝太元三年，卒於宋文帝元嘉十五年（西元三七八年——西元四三八年）。著《臨川記》六卷。云，說。

⑦張芝：生卒年不詳，字伯英，甘肅酒泉人，與其弟昶並善草書，均為東漢著名書法家，世稱其為「草聖」。王羲之非常佩服他的書法，曾在致友人書中說：「張芝臨池學書，池水盡黑，使人耽之若是，未必後之也。」王羲之認為只要刻苦學習，未必落於張芝之後。

⑧豈信然邪：信，真實的。邪，疑問助詞，同耶。是真的嗎？

⑨方羲之之不可強以仕：方，當時。當時王羲之不顧朝廷的徵召，堅持不入仕作官。

⑩而嘗極東方：極，窮盡。王羲之少有美譽，當時朝廷屢次徵召要他作侍郎、吏部尚書、護國將軍等官，他皆避而不仕。後任會稽內史時，以不願作揚州刺史王述的下屬而稱病去職，遊山玩水，以弋釣為娛，遍遊附近諸郡，且曾泛舟出海。足跡所歷，遍及東方，故有此語。

⑪滄海：海水呈暗綠色，故稱滄海，此指東海。

⑫以娛其意於山水之間：於山水之間陶冶自己的性情。

⑬豈其徜徉肆恣：徜徉，猶言徘徊。肆恣，放縱。徜徉㊥ cháng yáng ㊟ ㄔㄤˊ ㄧㄤˊ 音常陽。恣㊥ zì ㊟ ㄗˋ 音字。

⑭休：止息。

⑮羲之之書晚乃善：據《晉書・王羲之傳》記載，羲之早年書法，尚不及當時的書家庾翼、郗愔，晚年方表現出驚人的成就。庾翼看到他的草書，大為嘆服，認為可與張芝比美。

⑯蓋亦以精力自致者：蓋，文言虛詞，表示推測的意思。致，使達到。也是經過刻苦的學習才達到的。

⑰非天成也：並不是天生就是如此的。

⑱能及：及，趕上。能夠趕上。

⑲學：這裡指刻苦學習的精神。

⑳則學固豈可以少哉：刻苦學習的精神怎樣可以缺少呢！

㉑況欲深造道德者邪：何況還要在道德修養方面達到很高成就的呢？

㉒州學舍：州學的校舍。

㉓章：同彰，廣為人所知。

㉔書「晉王右軍墨池」之六字於楹間以揭之：之，代詞，猶言「這樣」。楹間，兩柱之間。揭，揭示。

㉕願有記：希望曾鞏能為墨池寫篇記。

㉖豈愛人之善：難道不是因為喜愛別人的長處。

㉗雖一能不以廢：一能，一技之長。不以廢，不使其埋沒。

㉘而因以及乎其迹邪：因此就連他的遺迹也一併重視嗎？

㉙其亦欲推其事以勉學者邪：其，同豈，難道。推，推崇。其事，指王羲之臨池苦習書法一事。豈不是希望藉著推崇王羲之苦學書法一事，以勉勵後來的學者嗎？

㉚夫：發語詞。

㉛尚：崇尚、尊敬。

㉜況仁人莊士之遺風餘思，被於來世者如何哉：仁人莊士，有道德學問品節高尚的人。遺風餘思，留傳下來的好作風和令人思慕的美德。被，影響。況且那些仁人莊士的遺風餘思，影響後來的學者該是多麼的大啊！

㉝慶曆：宋仁宗年號（西元一〇四一年——西元一〇四八年）。

資治通鑑　赤壁之戰

司馬光

初，魯肅聞劉表卒①，言於孫權②曰：「荊州與國鄰接③，江山險固，沃野萬里，士民殷富，若據而有之，此帝王之資也。今劉表新亡，二子不協④，軍中諸將，各有彼此。劉備天下梟雄⑤，與操有隙⑥，寄寓⑦於表，表惡其能而不能用也。若備與彼⑧協心，上下齊同，則宜撫安，與結盟好；如有離違⑨，宜別圖之⑩，以濟大事。肅請得奉命弔⑪表二子，并慰勞其軍中用事者⑫，及說備使撫表眾，同心一意，共治曹操，備必喜而從命。如其克諧，天下可定也。今不速往，恐為操所先。」權即遣肅行。

到夏口⑬，聞操已向荊州，晨夜兼道⑭，比至南郡⑮，而琮已降⑯，備南走⑰，肅徑迎之，與備會於當陽長坂⑱。肅宣權旨，論天下事勢，致殷勤之意。且問備曰：「豫州⑲今欲何至？」備曰：「與蒼梧太守吳巨有舊⑳，欲往投之。」肅曰：「孫討虜㉑聰明仁惠，敬賢禮士，江表㉒英豪，咸歸附之，已據有六郡㉓，兵精糧多，足以立事。今為君計，莫若遣腹心自結於東㉔，以共濟世業，而欲投吳巨；巨是凡人，偏在遠郡，行將為人所併，豈足託乎！」備甚悅。肅又謂諸葛亮㉕曰：「我，子瑜㉖友也。」即共定交。子瑜者，亮兄瑾也，避亂江東，為孫權長史㉗。備用肅計，進住鄂縣之樊口㉘。

曹操自江陵㉙將順江東下。諸葛亮謂劉備曰：「事急矣，請奉命求救於孫將軍。」遂與魯肅俱詣孫權。亮見權於柴桑㉚，說權曰：「海內大亂，將軍起兵江東，劉豫州收眾漢南㉛，與曹操共爭天下。今操芟夷大難㉜，略已平矣，遂破荊州，威震四海。英雄無用武之地，故豫州遁逃至此，願將軍量力而處之！若能以吳、越之眾與中國抗衡㉝，不如早與之絕；若不能，何不按兵束甲㉞，北面而事之㉟！今將軍外託服從之名㊱而內懷猶豫之計，事急而不斷，禍至無日㊲矣。」權曰：「苟如君言，劉豫州何不遂事之乎？」亮曰：「田橫㊳，齊之壯士耳，猶守義不辱；況劉豫州王室之胄㊴，英才蓋世，眾士慕仰，若水之歸海。若事之不濟，此乃天也，安能復為之下乎！」權勃然曰：「吾不能舉全吳之地，十萬之眾，受制於人。吾計決矣！非劉豫州莫可以當曹操者；然豫州新敗㊵之後，安能抗此難乎？」亮曰：「豫州軍雖敗於長坂，今戰士還者及關羽㊶水軍精甲萬人，劉琦合江夏㊷戰士亦不下萬人。曹操之眾，遠來疲敝，聞追豫州，輕騎一日一夜行三百餘里，此所謂『強弩之末勢不能穿魯縞』㊸者也。故《兵法》㊹忌之，曰『必蹶上將軍』㊺。且北方之人，不習水戰；又，荊州之民附操者，偪兵勢耳，非心服也。今將軍誠能命猛將統兵數萬，與豫州協規同力，破操軍必矣。操軍破，必北還；如此，則荊、吳之勢強，鼎足之形㊻成矣。成敗之機，在於今日！」權大悅，與其群下謀之。

是時，曹操遺權書曰：「近者奉辭伐罪㊼。旌麾南指㊽，劉琮束手。今治水軍八十萬眾㊾，方與將軍會獵㊿於吳。」權以示臣下，莫不響震失色。長史張昭㈤等曰：「曹公，豺虎也，挾天子以征四方，動以朝廷為辭；今日拒之，事更不順。且將軍大勢可以拒操者，長江也；今操得荊州，奄有其地，劉表治水軍，蒙衝鬬艦㊾乃以千數，操悉浮以沿江，兼有步兵，水陸俱下，此為長江之險已與我共之矣，而勢力眾寡又不可論。愚謂大計不如迎之。」魯肅獨不言。權起更衣[53]，肅追於宇下。權知其意，執肅手曰：「卿欲何言？」肅曰：「向察眾人之議，專欲誤將軍，不足與圖大事。今肅可迎操耳，如將軍不可也。何以言之？今肅迎操，操當以肅還付鄉黨[54]，品其名位[55]，猶不失下曹從事[56]，乘犢車，從吏卒，交游士林，累官[57]故不失州郡也。將軍迎操，欲安所歸乎？願早定大計，莫用眾人之議也！」權歎息曰：「諸人持議，甚失孤望。今卿廓開大計[58]，正與孤同。」

時周瑜受使至番陽[59]，肅勸權召瑜還。瑜至，謂權曰：「操雖託名漢相，其實漢賊也。將軍以神武[60]雄才，兼仗父兄之烈[61]，割據江東，地方數千里，兵精足用，英雄樂業[62]，當橫行天下，為漢家除殘去穢[63]；況操自送死，而可迎之邪！請為將軍籌之：今北土未平，馬超、韓遂尚在關西[64]，為操後患；而操舍鞍馬，仗舟楫，與吳、越爭衡。今又盛寒，馬無藁草[65]，驅中國士眾遠涉江湖之間[66]，不習水土，必生疾病。此數者用兵之患也，而操皆冒[67]行之，將軍禽操，宜在今日。瑜請得精兵數萬人，進住夏口，保為將軍破之！」權曰：「老賊欲廢漢自立久矣，徒忌二袁[68]、呂布[69]、劉表與孤耳；今數雄已滅，惟孤尚存。孤與老賊勢不兩立，君言當擊，甚與孤合，此天以君授孤也。」因拔刀斫前奏案[70]曰：「諸將吏敢復有言當迎操者，與此案同！」乃罷會。

是夜，瑜復見權曰：「諸人徒見操書言水步[71]八十萬而各恐懾，不復料其虛實，便開此議，甚無謂也。今以實校之，彼所將中國人不過十五六萬，且已久疲；所得表眾亦極七八萬耳，尚懷狐疑[72]。夫以疲病之卒御狐疑之眾，眾數雖多，甚未足畏。瑜得精兵五萬，自足制之，願將軍勿慮！」權撫其背曰：「公瑾，卿言至此，甚合孤心。子布、元表[73]諸人，各顧妻子[74]，挾持私慮，深失所望；獨卿與子敬與孤同耳，此天以卿二人贊孤也。五萬兵難卒合[75]，已選三萬人，船糧戰具俱辦。卿與子敬、程公[76]便在前發，孤當續發人眾，多載資糧，為卿後援。卿能辦之者誠決[77]，邂逅不如意，便還就孤，孤當與孟德決之。」遂以周瑜、程普為左右督[78]，將兵與備并力逆操；以魯肅為贊軍校尉[79]，助畫方略。

劉備在樊口，日遣邏吏於水次[80]候望權軍。吏望見瑜船，馳往白[81]備，備遣人慰勞之。瑜曰：「有軍任，不可得委署[82]；儻能屈威[83]，誠副其所望。」備乃乘單舸[84]往見瑜曰：「今拒曹公，深為得計。戰卒有幾？」瑜曰：「三萬人。」備曰：「恨少。」瑜曰：「此自足用，豫州但觀瑜破之。」備欲呼魯肅等共會語，瑜曰：「受命不得妄委署；若欲見子敬，可別過之。」備深愧喜[85]。

進，與操遇於赤壁。

時操軍眾，已有疾疫。初一交戰，操軍不利，引次江北。瑜等在南岸，瑜部將黃蓋[86]曰：「今寇眾我寡，難與持久。操軍方連船艦，首尾相接，可燒而走也。」乃取蒙衝鬭艦十艘，載燥荻[87]、枯柴，灌油其中，裹以帷幕，上建旌旗，豫備走舸[88]，繫於其尾。先以書遺操，詐云欲降。時東南風急，蓋以十艦最著前，中江[89]舉帆，餘船以次俱進。操軍吏士皆出營立觀，指言蓋降。去北軍二里餘，同時發火，火烈風猛，船往如箭，燒盡北船，延及岸上營落。頃之[90]，煙炎張天，人馬燒溺死者甚眾。瑜等率輕銳繼其後，雷鼓大震，北軍大壞。操引軍從華容道[91]步走，遇泥濘，道不通，天又大風，悉使羸[92]兵負草填之，騎乃得過。羸兵為人馬所蹈藉[93]，陷泥中，死者甚眾。劉備、周瑜水陸並進，追操至南郡。時操軍兼以饑疫，死者太半[94]。操乃留征南將軍曹仁[95]、橫野將軍徐晃[96]守江陵，折衝將軍樂進[97]守襄陽，引軍北還。

作者

司馬光，生於宋真宗天禧三年，卒於宋哲宗元祐元年（西元一〇一九年——西元一〇八六年）。字君實，陝州夏縣（今山西夏縣）人。宋仁宗寶元（西元一〇三八年——西元一〇三九年）初進士，累官翰林學士，知永興軍，西京留守御史臺。神宗（西元一〇六八年——西元一〇八五年在位）時，任御史中丞，倡導仁政，反對王安石變法。哲宗即位，徵為宰相。為相僅八個月，卒於任上。追贈温國公，諡文正。

司馬光是偉大的史學家與政治家。所編撰的《資治通鑑》二百九十卷，上起周烈王二十三年，下迄五代後周世宗顯德六年（西元前四〇三年——西元九五九年），記事凡一千三百六十二年。此書得神宗賜名，並親作序文，以其「鑑於往事，有資於治道」，故名《資治通鑑》。全書按年月排列，參考淵博，鑑別精確，文字明暢，是中國編年史的巨著。另著有《司馬文正集》八十卷，《涑水紀聞》十六卷。

題解

本文選自《資治通鑑》卷六十五〈漢獻帝紀〉，版本據中華書局排印本。

赤壁之戰發生於漢獻帝建安十三年（西元二〇八年）。是年七月，曹操襲取了荊州，劉備退守樊口，向孫權求援。孫權遂聯合劉備，以數萬軍隊對抗曹軍。十月，曹操和孫權會師於長江邊的赤壁（今湖北嘉魚東北）。本文記述了這場中國史上以少勝多、以弱勝強的著名戰役——赤壁之戰，此戰的結果奠定了魏、蜀、吳三國鼎立的局面。

注釋

① 魯肅聞劉表卒：魯肅，生於漢靈帝熹平元年，卒於漢獻帝建安二十二年（西元一七二年——西元二一七年），字子敬，臨淮東城（今安徽定遠）人，東吳謀士。周瑜死後，繼瑜掌軍權，為奮武校尉。劉表，生於漢順帝建康元年，卒於漢獻帝建安十三年（西元一四四年——西元二〇八年），字景升，山陽高平（今山東金鄉）人，東漢末年任鎮南將軍、荊州刺史。卒，死。

② 孫權：生於漢靈帝光和五年，卒於吳大帝神鳳元年（西元一八二年——西元二五二年），字仲謀，吳郡富春（今浙江富陽）人。繼承父兄基業，割據江東，赤壁之戰後二十一年（西元二二九年）自立為帝。

③ 荊州與國鄰接：荊州，領南陽、南郡、江夏、零陵、桂陽、長沙、武陵、章陵八郡，今湖北、湖南一帶，治所在襄陽（屬南郡，今湖北襄樊）。國，指東吳。

④ 二子不協：二子，指劉表兩個兒子劉琦和劉琮。表愛少子劉琮，長子劉琦出為江夏太守。表死，琮繼位，兄弟結怨。

⑤ 劉備天下梟雄：劉備，生於漢桓帝延熹四年，卒於蜀漢後主建興元年（西元一六一年——西元二二三年），字玄德，涿郡涿縣（今河北涿縣）人。曾先後依附公孫瓚、陶謙、呂布、曹操、袁紹、劉表等人，在諸葛亮的輔助下，建立蜀漢，於赤壁之戰後十三年（西元二二一年）稱帝。梟，一種兇猛的鳥。梟雄，指豪傑，這裡有強橫而不甘屈居人下的意思。梟（漢）xiāo（國）ㄒㄧㄠ 音囂。

⑥ 與操有隙：操，曹操，生於漢桓帝永壽元年，卒於漢獻帝延康元年（西元一五五年——西元二二〇年），字孟德，沛國譙（今安徽亳縣）人。以鎮壓黃巾軍起家，又經過十餘年的戰爭，統一了黃河流

域。漢獻帝封為魏王，死後被曹丕追封為魏武帝。有隙，有隔閡。建安四年（西元一九九年），獻帝的親信帶了密詔與劉備，共謀誅殺曹操，因計劃洩露，董承被殺，劉備歸附袁紹，後又投奔荊州劉表。

⑦寄寓：寄居、暫時居住。
⑧彼：他們，指荊州方面的人。
⑨離違：指人有離心，互相違背。
⑩宜別圖之：圖，圖謀。這是一種委婉說法，實際上是暗示孫權攻打荊州。
⑪弔：弔唁，慰問居喪的人。
⑫用事者：掌權者。
⑬夏口：漢水下游入長江處，古稱夏口，又稱漢口，即今武漢漢口。
⑭兼道：用加倍的速度趕路。
⑮比至南郡：比，及、等到。南郡，荊州屬下的一個郡，在今湖北江陵。
⑯琮已降：劉琮當時在襄陽，曹軍一到即投降了。
⑰備南走：劉備當時屯兵於新野，聞曹軍南下，遂過襄陽，向南逃走。
⑱當陽長坂：當陽，今湖北當陽。長坂，即長坂坡，在今當陽東北百餘里。
⑲豫州：指劉備。漢獻帝興平元年（西元一九四年）劉備曾任豫州刺史，故稱。
⑳與蒼梧太守吳巨有舊：蒼梧，郡名，在今廣西蒼梧。有舊，有舊交情。
㉑孫討虜：指孫權。漢獻帝建安五年（西元二〇〇年），曹操以漢的名義封孫權為討虜將軍，故稱。
㉒江表：表，外。就中原說，江南為江外。江表，謂長江以外，指長江以南地方。
㉓六郡：指會稽郡、吳郡、豫章郡、廬江郡、丹陽郡、新都郡。
㉔自結於東：主動地同東吳結交。因荊州在吳之西，故稱為東。

㉕諸葛亮：生於漢靈帝光和四年，卒於蜀漢後主建興十二年（西元一八一年——西元二三四年），字孔明，琅邪陽都（今山東沂南南）人。劉備軍師，後為蜀漢丞相，劉備死後受詔輔政，封武鄉侯，謚忠武。

㉖子瑜：諸葛亮之兄諸葛瑾，生於漢靈帝熹平三年，卒於東吳大帝赤烏四年（西元一七四年——西元二四一年），字子瑜，為孫權禮待，官至大將軍。

㉗長史：漢時丞相、三公以及開府將軍中的屬官之長叫長史。孫權受漢討虜將軍封號，所以也稱長史。長㊥zhǎng㊟ㄓㄤˇ音掌。

㉘鄂縣之樊口：鄂縣，今湖北鄂城。樊口，在鄂城西北五里。鄂㊥è㊟ㄜˋ音餓。

㉙江陵：當時屬荊州管轄，今湖北江陵。

㉚柴桑：縣名，在今江西九江西南。

㉛漢南：漢水以南地。

㉜芟夷大難：芟，剷除。夷，削平。大難，指大禍患。這裡指曹操滅呂布、平袁紹之事。芟㊥shān㊟ㄕㄢ音衫。

㉝若能以吳、越之眾與中國抗衡：吳、越，今浙江一帶，是春秋時吳國和越國的土地，孫權當時所據之處。中國，中原，指曹操統治的地區。

㉞按兵束甲：按，停止使用。按兵，止兵不動。束甲，綑起鎧甲。

㉟北面而事之：面，面向。古代皇帝坐北朝南，臣子北面而朝。此謂投降曹操，向他稱臣。

㊱外託服從之名：指孫權表面上接受討虜將軍的封號。

㊲無日：時間所餘無幾。

㊳田橫：生年不詳，卒於漢高祖五年（西元前二〇二年），秦末齊人，自立為齊王，劉邦稱帝後，率眾逃入海島。劉邦召田橫入朝，橫在赴洛陽途中自殺，留在島上的五百人聞訊後，也全都自殺。

㊴王室之胄：劉備是漢景帝兒子中山靖王劉勝的後代。胄㊅zhòu㊄ㄓㄡˋ音宙。

㊵新敗：指劉備剛敗於長坂坡一事。建安十三年（西元二〇八年）九月，劉備駐兵樊城（今湖北襄樊），曹操派兵攻打，劉備慌忙逃走，至當陽長坂坡，拋掉妻子，與諸葛亮、張飛、趙雲等數十騎逃去。

㊶關羽：生於漢桓帝延熹三年，卒於漢獻帝建安二十四年（西元一六〇年——西元二一九年），字雲長，蜀漢名將，時為劉備統水軍。

㊷江夏：荆州下屬的郡名，治所在今湖北黃崗西北。劉表死前，劉琦為江夏太守。

㊸強弩之末勢不能穿魯縞：弩，一種用機械力量發箭的弓。末，指射程末段。勢，指箭的力量。魯縞，魯地（今山東）出產的薄綢。語出《史記・韓長孺列傳》。強弩射出的箭在其射程終結時，其力量猶不能穿透魯地出產的薄綢。弩㊅nǔ㊄ㄋㄨˇ音努。縞㊅gǎo㊄ㄍㄠˇ音稿。

㊹《兵法》：指《孫子兵法》一書。

㊺必蹶上將軍：蹶，跌倒，此處作挫敗解。上將軍，指先鋒部隊的將領。語出《孫子・軍爭》。蹶㊅jué㊄ㄐㄩㄝˊ音決。

㊻鼎足之形：鼎，古代烹煮用的器具，一般是三足兩耳。鼎足之形，比喻孫權、劉備、曹操三分天下的形勢。

㊼奉辭伐罪：辭，這裡指詔令。奉皇帝的詔令，討伐有罪者。

㊽旌麾南指：麾，主將指揮軍隊的旗幟。即大軍南下。麾㊅huī㊄ㄏㄨㄟ音揮。

㊾八十萬眾：當時曹軍實際將近三十萬，但曹操號稱有八十萬。孫劉聯軍只有五萬。

㊿會獵：古代借會獵進行軍事演習。這是委婉辭令，本意是與孫權交戰。

(51)張昭：生於漢桓帝永壽二年，卒於吳大帝嘉禾五年（西元一五六年——西元二三六年），字子布，東吳謀臣之首，後拜輔吳將軍，封婁侯。

52 蒙衝鬪艦：蒙衝，一種小型的快速戰艇。船上蒙以牛皮，兩側開孔划槳，左右有箭射出。

53 更衣：上廁所。這是委婉的說法。一說更衣即換衣。

54 還付鄉黨：送還鄉里。鄉黨，古時以一萬二千五百家為鄉，五百家為黨，後代用來泛指鄉里。

55 品其名位：品，評定。品評我的名聲和地位。後漢時選拔人才，先由地方上品評其品德、才能加以推薦。

56 下曹從事：曹，指官署中的分科治事。下曹從事，指州郡中分曹從事吏，為刺史之佐吏，如別駕、治中等。

57 累官：累，積累。謂隨著資歷的積累而升官。

58 廓開大計：廓，廣。開，闡發。這裡有高瞻遠矚的意思。

59 時周瑜受使至番陽：周瑜，生於漢靈帝熹平四年，卒於漢獻帝建安十五年（西元一七五年——西元二一〇年），字公瑾，廬江郡舒縣（今安徽廬江）人，孫策舊部，策死，成為東吳的主將和謀臣。周瑜是赤壁之戰的實際指揮者。番陽，即鄱陽，今江西波陽。

60 神武：神，超出尋常。此謂非凡的軍事才能。

61 烈：功業。

62 英雄樂業：英雄以其業為樂。

63 除殘去穢：鏟除奸邪，去掉污穢。殘、穢都是指邪惡之人，喻曹操。穢㊅huì㊇ㄏㄨㄟˋ音會。

64 馬超、韓遂尚在關西：馬超，生於漢靈帝熹平五年，卒於蜀漢昭烈帝章武二年（西元一七六年——西元二二二年），字孟起，隴西（今甘肅隴西）人，馬騰之子。曹操誘殺馬騰，超與韓遂反曹，為曹所敗。後歸附劉備，為蜀漢大將。韓遂，生年不詳，卒於漢獻帝建安二十年（西元二一五年），字文約，金城（今甘肅皐蘭）人，與騰結為異姓兄弟，共據涼州（今甘肅一帶），後為曹操所滅。關西，指函谷關以西。

⑥⑤ 藁草：藁，穀類植物的莖。這裡指牲畜飼料。藁 漢 gǎo 國 ㄍㄠˇ 音稿。

⑥⑥ 江湖之間：指南方多水地帶。

⑥⑦ 冒：冒失、輕率。

⑥⑧ 二袁：指袁紹和袁術。袁紹，生年不詳，卒於漢獻帝建安七年（西元二〇二年），割據河北地區，官渡之戰被曹操擊敗，發病而死。袁術，生年不詳，卒於漢獻帝建安四年（西元一九九年），袁紹堂弟，割據河南南部和淮河流域一帶，被呂布打敗，投奔袁紹，又遭曹操攔擊，兵敗後吐血而死。

⑥⑨ 呂布：生年不詳，卒於漢獻帝建安三年（西元一九八年），字奉先，曾割據濮陽（今河北濮陽）、下邳（今江蘇邳縣）。建安三年（西元一九八年），為操所滅。

⑦⓪ 拔刀斫前奏案：斫，砍。奏案，放置奏章文書的矮桌。斫 漢 zhuó 國 ㄓㄨㄛˊ 音拙。

⑦① 水步：水軍和步兵。

⑦② 狐疑：指對曹操有二心。

⑦③ 元表：應作文表，秦松的字。

⑦④ 妻子：妻與子。

⑦⑤ 卒合：卒，通猝，突然、急促。合，集中、調集。

⑦⑥ 程公：程普，生卒年不詳，字德謀，孫堅、孫策舊部，年資很高，故尊稱為公。

⑦⑦ 卿能辦之者誠決：辦，治、對付。決，決戰。你能對付得了曹操，當然可以同他決戰。

⑦⑧ 左右督：左軍都督，右軍都督。即正副統帥。

⑦⑨ 贊軍校尉：協助規劃軍事的官，相當於參謀長。

⑧⓪ 水次：次，外出遠行臨時所居處。水次，水邊的駐所。

⑧① 白：稟告。

⑧② 不可得委署：委，委託。署，臨時代理官職。句謂不能委託別人代行職務，指不能拋開軍務去見劉

備。

㊃ 儻能屈威：儻，同倘。屈威，委屈你的威嚴。儻㊅tǎng㊄ㄊㄤˇ音躺。

㊄ 單舸：單獨一隻船。舸㊅gě㊄ㄍㄜˇ音葛。

㊅ 備深愧喜：愧喜，既慚愧，又高興。指劉備一方面慚愧自己忽視軍紀，邀請魯肅前來相見，另一方面又高興看見周瑜治軍之嚴明。

㊆ 黃蓋：生卒年不詳，字公覆，東吳老將，官至偏將軍。

㊇ 荻：多年生草本植物，生於水邊，葉似葦而狹長。荻㊅dí㊄ㄉㄧˊ音狄。

㊈ 走舸：輕快的小船。這是供準備放火後離開的船。

㊉ 中江：江心。

㊊ 頃之：一會兒。之，助詞。

㊋ 華容道：華容，在今湖北監利西北。通往華容縣的路。

㊌ 羸：瘦弱。羸㊅léi㊄ㄌㄟˊ音雷。

㊍ 蹈藉：踐踏。

㊎ 太半：大半。

㊏ 曹仁：生於漢靈帝建寧元年，卒於魏文帝黃初四年（西元一六八年——西元二二三年），字子孝，曹操的堂兄弟，當時鎮守南郡。

㊐ 徐晃：生卒年不詳，字公明，曹魏名將。

㊑ 樂進：生卒年不詳，字文謙，曹魏名將。

傷仲永

王安石

金谿①民方仲永，世隸耕②。仲永生五年，未嘗識書具③，忽啼求之④。父異焉⑤，借旁近與之⑥，即書⑦詩四句，并自為其名⑧。其詩以養父母、收族為意⑨，傳一鄉秀才觀之⑩。自是指物作詩立就⑪，其文理皆有可觀者⑫。邑人奇之⑬，稍稍賓客其父⑭，或以錢幣乞之⑮。父利其然⑯也，日扳仲永環謁於邑人⑰，不使學。

予聞之也久⑱。明道中⑲，從先人⑳還家，於舅家見之，十二三矣。令作詩，不能稱前時之聞㉑。又七年，還自揚州㉒，復到舅家，問焉。曰㉓：「泯然眾人矣㉔。」

王子㉕曰：「仲永之通悟㉖受之天也。其受之天㉗也，賢於材人遠矣㉘；卒之為眾人，則其受於人者不至也㉙。彼其受之天也，如此其賢也，不受之人，且為眾人㉚。今夫不受之天，固眾人；又不受之人，得為眾人而已邪㉛？」

作者

王安石，生於宋真宗天禧五年，卒於宋哲宗元祐元年（西元一〇二一年——西元一〇八六年）。字介甫，號半山，神宗時封荊國公，世稱王荊公，臨川（今江西撫州）人。文學成就超卓，為唐宋八大家之一。歷任舒州通判、常州知府、江東刑獄提點、度支判官、參知政事，先後兩度為相。執政期間，推行新法，圖使國家富強。可是政策時有偏激，而且任用非人，所以遭保守派的反對，新法受挫。晚年退居金陵，卒諡文。

王安石寫了不少討論社會民生問題的文章，論理透闢，雄健傑崛。他的詩有述理、詠史和懷古之作，風格遒勁。晚年作品以寫景居多，新穎別致，情韻深婉。著有《王臨川集》、《臨川集拾遺》、《周官新義》及《唐百家詩選》等。

題解

本文選自《臨川先生文集》卷第七十一。作者通過神童方仲永的遭遇，說明天賦條件之不足恃。一個人無論天資多高，其成材與否，主要決定於教育，因而強調後天學習的重要性。本文是一篇簡短的雜記，前兩段敘事，一聞一見，欲抑先揚。末段因事生議，由惋惜仲永的際遇，帶出教育的重要，發人深省。

注釋

① 金谿：縣名，在今江西臨川東。谿 ㊥ xī ㊟ ㄒㄧ 音溪。
② 世隸耕：隸，屬於。世代都是種田人。
③ 未嘗識書具：不曾知道甚麼是書寫的工具。
④ 啼求之：哭哭啼啼地索求紙筆。
⑤ 異焉：異，怪異，意思是對此覺得奇怪。
⑥ 借旁近與之：從附近借來給他。

⑦ 即書：立刻書寫。

⑧ 自為其名：書寫自己的姓名。

⑨ 其詩以養父母、收族為意：那首詩以奉養父母、和睦族人為內容。

⑩ 傳一鄉秀才觀之：給全鄉的秀才傳看。

⑪ 自是指物作詩立就：立就，立即完成。從此以後，指定以某種事物為題，讓他作詩，揮筆而成。

⑫ 其文理皆有可觀者：謂詩的構思條理，都有值得一看的地方。

⑬ 邑人奇之：邑人，指同鄉人。邑，人所聚居的地方。奇之，以之（方仲永）為異常。同鄉人認為方仲永是異常的人。

⑭ 稍稍賓客其父：賓客，這裡用作動詞，就是以賓客之禮對待他的父親。全句指鄉人漸漸以賓客的禮節款待他的父親。

⑮ 或以錢幣乞之：有人用錢請仲永作詩。

⑯ 利其然：以此為有利，即貪圖這樣的好處。

⑰ 日扳仲永環謁於邑人：扳，通攀，謂拉著、領著。環謁，轉著圈拜訪，即到處拜訪。句謂每天拉著仲永在鄉裡四處拜訪。扳(漢) pān (國) ㄆㄢ 音攀。

⑱ 予聞之也久：也，語助詞，表句中停頓。我聽說這件事已經很久了。

⑲ 明道中：明道年間。明道，宋仁宗趙禎年號（西元一〇三二年——西元一〇三三年）。

⑳ 先人：先父，指安石的亡父王益。

㉑ 不能稱前時之聞：稱，相當。聞，聲望。與原先的聲譽已經不相稱了。聞(漢) wèn (國) ㄨㄣˋ 音問。

㉒ 還自揚州：從揚州回家。

㉓ 曰：指舅家人的回答。

㉔ 泯然眾人矣：眾人，普通人。泯，消失。毫無區別地成為普通人了。泯(漢) mǐn (國) ㄇㄧㄣˇ 音敏。

㉕王子：王安石自稱。

㉖通悟：指聰明及領悟力甚強。

㉗其受之天：得自天賦。

㉘賢於材人遠矣：比起一般有才幹的人強得多了。

㉙卒之為眾人，則其受於人者不至也：最後成了普通人，那是因為從沒受過人所給予的教育。

㉚彼其受之天也，如此其賢也，不受之人，且為眾人：彼其，代詞連用，即他。他有天所賦予的才具，如此聰明，只因不受教育，尚且成為普通的人。

㉛今夫不受之天，固眾人；又不受之人，得為眾人而已邪：現在那些不具備天賦條件的，本來就是普通人；如又不接受教育，要想做個普通人能嗎？意思是要做個普通人也難。

答司馬諫議書①

王安石

某啟②：昨日蒙教③，竊以為與君實游處相好之日久④，而議事⑤每不合，所操之術⑥多異故也。雖欲強聒⑦，終必不蒙見察⑧，故略上報⑨，不復一一自辨⑩；重念蒙君實視遇厚⑪，於反覆不宜鹵莽⑫，故今具道所以⑬，冀君實或見恕也⑭。

蓋儒者所爭⑮，尤在於名實⑯。名實已明，而天下之理得矣⑰。今君實所以見教者，以為侵官、生事、征利、拒諫⑱，以致天下怨謗也⑲。某則以謂受命於人主⑳，議法度而修之於朝廷㉑，以授之於有司㉒，不為㉓侵官；舉先王之政㉔，以興利除弊，不為生事；為天下理財，不為征利；闢邪說，難壬人㉕，不為拒諫；至於怨誹之多，則固前知㉖其如此也。人習於苟且非一日㉗，士大夫多以不恤國事㉘、同俗自媚於眾為善㉙。上㉚乃欲變此，而某不量敵之眾寡，欲出力助上以抗之，則眾何為而不洶洶然㉛？盤庚之遷，胥怨者民也㉜，非特朝廷士大夫而已。盤庚不為怨者故，改其度㉝，度義而後動㉞，是而不見可悔故也㉟。

如君實責我以在位久㊱，未能助上大有為㊲，以膏澤斯民㊳，則某知罪矣㊴；如曰今日當一切不事事㊵，守前所為㊶而已，則非某之所敢知㊷。無由會晤㊸，不任區區向往之至㊹。

作者

王安石見〈傷仲永〉作者部分。

題解

本文選自《臨川先生文集》卷七十三，是一篇有名的書信體政論文。宋朝初年太平無事，到神宗時，國勢日衰，社會不安。神宗熙寧二年（西元一〇六九年），王安石時任參知政事，上書神宗力主變法圖強。熙寧三年（西元一〇七〇年）被任為相，實施新政，推行農田水利、青苗、免役、市易和均輸諸法。大臣司馬光認為新法過於偏激，引起許多弊病，於是致書安石，指陳侵官、生事、征利、拒諫四項嚴重缺失。王安石讀後，大不以為然，立即寫這封信，予以辯駁。

注釋

① 答司馬諫議書：答，回覆、答覆。司馬諫議，即司馬光，生於宋真宗天禧三年，卒於宋哲宗元祐元年（西元一〇一九年——西元一〇八六年），字君實。他當時任右諫議大夫，向皇帝提意見的官。書，信。

② 某啟：某，古人書翰例自稱名。刊本作「某」者蓋不敢逕用作者名，代以「某」字。啟，陳述。

③ 蒙教：承蒙您的指教。指接到來信。

④ 竊以為與君實游處相好之日久：竊，私意，這是表示敬意的謙辭。君實，司馬光的字。游處，同遊共處，意即交往。

⑤ 議事：議論政事。

⑥ 所操之術：操，持。術，治國之術。指彼此所持的政治主張。

⑦ 強聒：強，強自解說。聒，語聲嘈雜。強聒，即勉強地吵嚷、解說，是委婉之詞。聒（漢）guā（國）ㄍㄨㄚ音括。

⑧ 不蒙見察：蒙、見，都表示被動語氣。見察，被諒解。

⑨ 故略上報：上，呈上。報，回信。所以只簡略地給您回信。

⑩ 自辨：辨，同辯。為自己辯解。

⑪ 重念蒙君實視遇厚：重念，又想到。視遇厚，待我很好。

⑫於反覆不宜鹵莽：於反覆，對於書信來往。鹵莽，簡慢草率。鹵(漢) lǔ (國) ㄌㄨˇ 音魯。

⑬具道所以：詳細說明緣由。

⑭冀君實或見恕也：希望您會原諒。

⑮蓋儒者所爭：儒者，這裡泛指一般士大夫。爭，爭論。大凡一般士大夫所爭論的。

⑯名實：名和實。名，指觀念、名稱。實，指客觀事物的實際存在。

⑰天下之理得矣：得，得到、掌握。天下的大道理就掌握了。

⑱侵官、生事、征利、拒諫：侵官，指因推行新法，新增加一些機構和官吏，因而侵犯了原有官吏的職權。生事，派人到各地推行新法，生事擾民。征，求。征利，司馬光攻擊王安石變法中的經濟措施是與民爭利。拒諫，一意孤行，拒絕別人的勸告。

⑲以致天下怨謗也：以招致天下人的怨恨和誹謗。

⑳受命於人主：人主，宋神宗趙頊（西元一〇六八年——西元一〇八五年在位）。此指接受皇帝的命令，推行新法。

㉑議法度而修之於朝廷：討論、審訂國家的法令制度，修正、制定於朝廷。

㉒以授之於有司：以，用來、用以。授，交付給。來分別交付給負責的官員去實行。

㉓不為：不能算是。

㉔舉先王之政：舉，提出、施行。先王，先世之聖王，一般指夏、商、周三代的賢王。政，德政。

㉕闢邪說，難壬人：闢，駁斥。難，非難、指責。壬人，巧辯的佞人。此指駁斥錯誤的言論，責難巧辯諂媚的壞人。壬(漢) rén (國) ㄖㄣˊ 音人。

㉖固前知：固，本來。前知，早已料到。本來早就預料到。

㉗人習於苟且非一日：苟且，苟安、得過且過。此句指一般人習慣於因循苟且已經不是一天的事。

㉘不恤國事：不關心國家大事。恤(漢) xù (國) ㄒㄩˋ 音續。

㉙同俗自媚於眾為善：附和流俗，以討好眾人為好事。
㉚上：皇帝，指宋神宗。
㉛洶洶然：大吵大鬧的樣子。
㉜盤庚之遷，胥怨者民也：盤庚，商朝的一個君主。遷，遷都。商原來建都在黃河以北，常有水災，所以盤庚決定遷都殷（今河南安陽西北）。胥，都、相與。盤庚遷都，相與怨恨的是老百姓啊。胥 漢 xū 國 ㄒㄩ 音須。
㉝盤庚不為怨者故，改其度：度，計劃、謀劃。一本作「盤庚不罪怨者，亦不改其度」（南宋龍舒本）。此所指盤庚不因為有人怨恨，便改變他的計劃。
㉞度義而後動：考慮到這是合理的，才付諸行動。
㉟是而不見可悔故也：是，對、正確。此句指認為做得對，而看不出有甚麼可後悔的道理。
㊱在位久：指居宰相之位時間太長。
㊲大有為：大有作為，大有建樹。
㊳以膏澤斯民：膏澤，這裡作動詞用，意思是施恩惠。斯民，這些百姓。斯民一詞出自《論語・衛靈公》篇：「斯民也，三代之所直道而行也。」
㊴則某知罪矣：知，知道，這裡有承認的意味。那麼我承認過錯。
㊵一切不事事：事事，做事。前一事字是動詞，後一事字是名詞。此句指甚麼事都不做。
㊶守前所為：墨守前人的方法行事。
㊷則非某之所敢知：那就不是我所能接收的了。
㊸無由會晤：由，事由、機會。沒機會見面。
㊹不任區區向往之至：不任，不勝。區區，自稱的謙詞。向往之至，仰慕到了極點，這是舊式書信的客套話，即衷心仰慕之意。

夢溪筆談 三則

沈括

活字印刷術

板印書籍①，唐人尚未盛為之②。自馮瀛王始印五經③，已後④典籍，皆為板本⑤。慶曆中⑥，有布衣⑦畢昇，又為活板。其法用膠泥刻字，薄如錢脣⑧，每字為一印，火燒令⑨堅。先設一鐵板，其上以松脂臘和紙灰之類冒之⑩，欲印則以一鐵範⑪置鐵板上，乃密布⑫字印，滿鐵範為一板，持就火煬之⑬，藥稍鎔⑭，則以一平板按其面，則字平如砥⑮。若止印三、二本，未為簡易⑯；若印數十百千本，則極為神速。常作二鐵板，一板印刷，一板已自⑰布字，此印者纔畢，則第二板已具⑱。更互⑲用之，瞬息可就⑳。每一字皆有數印，如之、也等字，每字有二十餘印，以備一板內有重複者。不用則以紙貼之㉑，每韻為一貼，木格貯之㉒。有奇字㉓素無備者，旋㉔刻之，以草火燒，瞬息可成。不以木為之者㉕，木理㉖有疏密，沾水則高下不平，兼㉗與藥相粘，不可取㉘；不若燔土㉙，用訖㉚再火令藥鎔，以手拂之，其印自落，殊不㉛沾污。昇死，其印為予群從㉜所得，至今寶藏。

指南針

方家㉝以磁石磨針鋒，則能指南，然常微偏東，不全南也。水浮㉞多蕩搖。指爪及盌脣上皆可為之㉟，運轉尤速，但堅滑易墜，不若縷㊱懸為最善。其法取新纊中獨繭縷㊲，以芥子許蠟㊳，綴㊴於針腰，無風處懸之，則針常指南。其中有磨而指北者。予家指南、北者皆有之。磁石之指南，猶柏㊵之指西，莫可原其理。

隕星

治平元年㊶，常州日禺時㊷，天有大聲如雷，乃一大星，幾如月㊸，見於東南㊹。少時而又震一聲，移著㊺西南。又一震而墜在宜興縣㊻民許氏園中，遠近皆見，火光赫然㊼照天，許氏藩籬㊽皆為所焚。是時火息㊾，視地中只有一竅㊿如桮大，極深，下視之，星在其中，熒熒然(51)。良久(52)漸暗，尚熱不可近。又久之，發(53)其竅，深三尺餘，乃得一圓石，猶熱，其大如拳，一頭微銳(54)，色如鐵，重亦如之。州守(55)鄭仲得之，送潤州(56)金山寺，至今匣藏，遊人到則發視(57)。王無咎為之傳甚詳(58)。

作者

沈括，生於宋仁宗天聖七年，卒於宋哲宗元祐八年（西元一〇二九年　西元一〇九三年）。字存中，湖州錢塘（今浙江吳興錢塘）人，北宋著名科學家。歷任太子中允、司天監、太常丞等。

沈括博學善文，於天文、方志、律曆、音樂、醫藥、卜算，無所不通。曾製造渾儀、景表、五壺浮漏，又招衛樸造新曆。著有《長興集》四十一卷、《夢溪筆談》、《蘇沈良方》等。其中《夢溪筆談》記述我國當時科學和技術的成就，是一本重要的歷史文獻。

題解

《夢溪筆談》三則本無題目，現題為編者所加，版本據《夢溪筆談校證》。〈活字印刷術〉選自《夢溪筆談》卷十八。文章介紹我國古代四大發明之一的印刷術。作者以簡練的文字將板印書籍的歷史和活字印刷的發明經過記述下來。〈指南針〉選自同書卷二十四。本文介紹四大發明之一的指南針。早在公元前三世紀，國人已經懂得運用司南去指示方向，這是世界上最早的指南裝置。其後不斷改進，至宋代已製成了用人工磁化的鐵針。

〈隕星〉選自同書卷二十。我國自古已有豐富的天象觀測記錄，本文即詳細地描述了宋英宗治平元年（西元一〇六四年）一次隕星墜落的過程，及事後處理的種種情況，並指出隕星是一種鐵石之類的物質。作者的科學見解與現代人對隕石的認識相符。

注釋

① 板印書籍：板，同版。以木版印刷書籍。
② 盛為之：之，指板印書籍。大規模的做。
③ 自馮瀛王始印五經：馮瀛王，即五代人馮道，生於唐僖宗中和二年，卒於後周世宗顯德元年（西元八八二年——西元九五四年），字可道。五代，指後梁、後唐、後晉、後漢、後周。五經，指《周易》、《尚書》、《詩經》、《禮記》、《春秋》五種儒家經書。
④ 已後：同以後。
⑤ 板本：木版印刷的本子。
⑥ 慶曆中：慶曆年間。慶曆，宋仁宗趙禎年號（西元一〇四一年——西元一〇四八年）。
⑦ 布衣：平民。古代沒有官職的人穿麻布衣服，所以稱布衣。
⑧ 錢脣：銅錢的邊緣。
⑨ 令：使之。
⑩ 其上以松脂臘和紙灰之類冒之：和，作動詞用，即混合。冒，蒙、蓋。

⑪範：框子。
⑫布：排列。
⑬持就火煬之：就，靠近。煬，烤。把它拿到火上烤。煬㊥yàng㊥ㄧㄤˋ音様。
⑭藥稍鎔：指上文說的松脂蠟等物稍稍熔化。
⑮字平如砥：砥，比喻平直。所有排在板上的字，皆十分平直。砥㊥dǐ或zhǐ㊥ㄉㄧˇ或ㄓˇ音底或紙。
⑯未為簡易：不能算是簡便。
⑰自：別自，另外。
⑱具：準備好。
⑲更互：交替，輪流。
⑳瞬息可就：瞬息，一眨眼一呼息的極短時間。極短的時間即能完成。
㉑以紙貼之：貼，用標籤標出。把活字分類，用紙條標記。
㉒每韻為一貼，木格貯之：把字按韻分類，分別放在木格裡。
㉓奇字：生僻字。
㉔旋：很快地。
㉕不以木為之者：為，製造。者，表示原因。
㉖木理：木的紋理，質地。
㉗兼：並且。
㉘不可取：拿不下來。
㉙燔土：燒土。燔，燒，就是上文說的「用膠泥刻字」，「火燒令堅」。燔㊥fán㊥ㄈㄢˊ音凡。
㉚訖：完結。訖㊥qì㊥ㄑㄧˋ音迄。
㉛殊不：一點也不。

㉜ 予群從：群，眾，諸。從，次於最親的親屬，例如堂兄弟為從兄弟、姪為從子、伯叔父為從父。單說從則指年紀比自己小的。句意是我的弟姪輩。

㉝ 方家：指有某種技藝專長，並以此作為職業的人，包括醫、卜、星、相一類的人。

㉞ 水浮：這裡指將磁針漂浮在水上。

㉟ 指爪及盌唇上皆可為之：指爪，指甲。盌唇，即碗邊。盌，同碗。盌(漢) wǎn (國) ㄨㄢˇ 音婉。

㊱ 縷：線。縷(漢) lǚ (國) ㄌㄩˇ 音呂。

㊲ 其法取新纊中獨蠒縷：纊，絲綿。獨蠒縷，單根蠶絲。蠒，同繭。纊(漢) kuàng (國) ㄎㄨㄤˋ 音礦。蠒(漢) jiǎn (國) ㄐㄧㄢˇ 音簡。

㊳ 以芥子許蠟：芥子，芥菜籽。許，約。約如芥子大小的蠟。

㊴ 綴：連結。綴(漢) zhuì (國) ㄓㄨㄟˋ 音墜。

㊵ 柏：指側柏，屬於柏樹的一種，它的樹葉都傾向西方。

㊶ 治平元年：即西元一〇六四年。治平，宋英宗趙曙年號（西元一〇六四年——西元一〇六七年）。

㊷ 常州日禺時：常州，州名，轄境包括今江蘇常州、武進、江陰、無錫、宜興等地，治所在今常州。日禺時，日落的時候。禺，禺谷，古代傳說中日落的地方。(漢) yú (國) ㄩˊ 音魚。

㊸ 乃一大星，幾如月：大星，很大的流星。幾如月，幾乎像月亮一樣明亮。

㊹ 見於東南：見，同現。出現在東南上空。

㊺ 移著：移到。著，通著，著落，歸向。

㊻ 宜興縣：縣名，在今江蘇南部。

㊼ 赫然：光輝耀眼的樣子。

㊽ 藩籬：籬笆。藩(漢) fān (國) ㄈㄢ 音番。籬(漢) lí (國) ㄌㄧˊ 音離。

㊾ 是時火息：息，通熄。這時火熄滅了。

㊿ 竅：窟窿，洞穴。竅 漢 qiào 國 ㄑㄧㄠˋ 音俏。

(51) 星在其中，熒熒然：星，指隕星，即落到地上的流星體。熒熒然，微光閃動的樣子。

(52) 良久：好一會兒。

(53) 發：發掘。

(54) 微銳：略尖。

(55) 州守：宋代州一級的行政長官。

(56) 潤州：地名，今江蘇鎮江。

(57) 發視：打開來看。

(58) 王無咎為之傳甚詳：王無咎，生於宋仁宗天聖二年，卒於宋神宗熙寧二年（西元一〇二四年——西元一〇六九年），字補之，建昌南城（今江西南城）人，王安石的學生，嘉祐年間進士。為之傳甚詳，為這件事寫過文章，記述得很詳細。咎 漢 jiù 國 ㄐㄧㄡˋ 音究。

日喻

蘇軾

生而眇①者不識日，問之有目者。或告之曰：「日之狀如銅槃。」扣槃而得其聲。他日聞鐘，以為日也。或告之曰：「日之光如燭。」捫燭而得其形。他日揣籥②，以為日也。日之與鐘、籥亦遠矣，而眇者不知其異，以其未嘗見而求之人也。道之難見也甚於日，而人之未達③也，無以異於眇。達者告之，雖有巧譬善導，亦無以過於槃與燭也。自槃而之④鐘，自燭而之籥，轉而相之⑤，豈有既⑥乎！故世之言道者，或即其所見而名之⑦，或莫之見而意⑧之，皆求道之過也。然則道卒不可求歟？蘇子曰：「道可致⑨而不可求。」何謂致？孫武⑩曰：「善戰者致人，不致於人⑪。」子夏⑫曰：「百工居肆以成其事，君子學以致其道⑬。」莫之求而自至，斯以為致也歟？

南方多沒人⑭，日與水居也，七歲而能涉，十歲而能浮，十五而能沒矣。夫沒者，豈苟然哉？必將有得於水之道者。日與水居，則十五而得其道。生不識水，則雖壯，見舟而畏之。故北方之勇者，問於沒人，而求其所以沒，以其言試之河，未有不溺者也。故凡不學而務求道，皆北方之學沒者也。

昔者以聲律取士⑮，士雜學而不志於道。今者以經術取士⑯，士求道而不務學。渤海吳君彥律⑰，有志於學者也，方求舉於禮部⑱，作〈日喻〉以告之。

作者

蘇軾，生於宋仁宗景祐三年，卒於宋徽宗建中靖國元年（西元一〇三七年——西元一一〇一年）。字子瞻，號東坡居士，眉山（今四川眉山）人。仁宗嘉祐二年（西元一〇五七年）進士。曾任杭州通判，知密州、徐州、湖州，後貶黃州團練副使。又曾任翰林學士。知登州、杭州、潁州，官至禮部尚書。後貶惠州、儋州，卒於常州。仕途坎坷，屢遭貶謫。其在政治上的主張，一以實事求是、利民濟世為原則。既不盲目趨附新政，亦不因循苟和舊政；既上書反對王安石，亦批評司馬光。對新舊兩黨措施有不利於民者，皆有指謫。任地方官時，關心百姓疾苦，頗有政績。

蘇軾一生著述甚多，散文、詩、詞、書畫皆有卓越成就。其文縱橫揮灑，為「唐宋八大家」之一。其詩奔放豪邁，清新暢達，富於理趣，開宋詩新風格，與黃庭堅並稱「蘇黃」。其詞突破了綺豔柔靡的傳統，創豪放詞派，與辛棄疾並稱「蘇辛」，在中國文學史上影響深遠。著有《東坡集》、《東坡樂府》和《東坡志林》等。

題解

本文選自《蘇軾文集》卷六十四，作於宋神宗元豐元年（西元一〇七八年）。以「君子學以致道」作為中心論點，展開論述，一方面反對「雜學而不志於道」，另一方面也反對「求道而不務於學」。作者強調「學」和「道」有本質上的不同——「學」是理論，「道」

是實行。一個真正治學問的人，必須理論與實踐並重。

注釋

①眇：此指雙目失明。眇㊂miǎo㊀ㄇㄧㄠˇ音秒。
②他日揣籥：揣，摸索形狀。籥，古代一種形狀似笛的樂器。籥㊂yuè㊀ㄩㄝˋ音越。
③達：懂得，理解。下文「達者」，即懂得道的人。
④之：往，轉到。下文「之籥」的「之」字義同。
⑤轉而相之：從一件事物轉而往另一件事物，相字有指複數的作用。
⑥既：盡。
⑦既其所見而名之：就他所見到的用來作道的名稱。
⑧意：猜測。
⑨道可致而不可求：是說道可令其自致而不可勉強求得。致，使事物自至。下文「致人」的「致」義同，是說學習工夫夠了。
⑩孫武：春秋時齊國軍事家，著有《孫子兵法》。
⑪善戰者致人，不致於人：是說善於作戰的人，時時處在主動地位，誘使敵人來打，而不陷於被動。
⑫子夏：孔子的學生，姓卜名商，字子夏。
⑬百工居肆以成其事，君子學以致其道：肆，官府造作之所。致，使至。語見《論語・子張》。是說工匠居住在製造場所裡來完成他們的工作，君子則靠學習令真理到來。

⑭ 没人：能潛入水中的人。

⑮ 昔日以聲律取士：指北宋前期的科舉制度仍沿襲唐人的作法，以詩賦取士。當時雖設「明經」科目，但不為士人所重視。

⑯ 今者以經術取士：指神宗熙寧四年（一〇七一），王安石罷詞賦科，以經術取士。

⑰ 渤海吳君彥律：渤海，唐時置棣州渤海郡，治所在今山東陽信。吳君彥律，事跡不詳。

⑱ 方求舉於禮部：禮部，即唐宋以來主管科舉的機構。向禮部報名應進士科的考試。

前赤壁賦　後赤壁賦

蘇軾

前赤壁賦

壬戌①之秋，七月既望②，蘇子③與客泛舟遊於赤壁之下，清風徐來，水波不興；舉酒屬客④，誦明月之詩⑤，歌窈窕之章⑥。少焉⑦月出於東山之上，徘徊於斗牛⑧之間；白露橫江，水光接天；縱一葦之所如⑨，凌萬頃之茫然⑩；浩浩乎如馮虛御風⑪而不知其所止，飄飄乎如遺世獨立⑫，羽化而登仙⑬。

於是飲酒樂甚，扣舷⑭而歌之，歌曰：「桂棹兮蘭槳⑮，擊空明兮泝流光⑯。渺渺乎予懷⑰，望美人⑱兮天一方。」

客有吹洞簫者，倚歌而和之。其聲嗚嗚然，如怨、如慕、如泣、如訴；餘音嫋嫋⑲，不絕如縷；舞幽壑之潛蛟⑳，泣孤舟之嫠婦㉑。蘇子愀然㉒，正襟危坐㉓而問客曰：「何為其然也？」

客曰：「『月明星稀，烏鵲南飛』㉔，此非曹孟德之詩乎？西望夏口㉕，東望武昌㉖，山川相繆㉗，鬱乎蒼蒼，此非孟德之困於周郎㉘者乎？方其破荊州，下江陵㉙，順流而東也，舳艫千里㉚，旌旗蔽空㉛，釃酒㉜臨江，橫槊賦詩㉝，固一世之雄也，而今安在哉！況吾與子漁樵於江渚之上，侶魚蝦而友麋鹿；駕一葉之扁舟，舉匏樽以相屬㉞；寄蜉蝣於天地㉟，渺滄海之一粟㊱。哀吾生之須臾㊲，羨長江之無窮。挾飛仙以遨遊㊳，抱明月而長終㊴；知不可乎驟得，託遺響於悲風㊵。」

蘇子曰：「客亦知夫水與月乎？逝者如斯，而未嘗往也㊶；盈虛者如彼，而卒莫消長也㊷。蓋將自其變者而觀之，則天地曾不能以一瞬㊸；自其不變者而觀之，則物與我皆無盡也㊹，而又何羨乎？且夫天地之間，物各有主；苟非吾之所有，雖一毫而莫取。惟江上之清風，與山間之明月；耳得之而為聲，目遇之而成色；取之無禁，用之不竭。是造物者㊺之無盡藏也，而吾與子之所共適[46]。」

客喜而笑，洗盞更酌。肴核[47]既盡，杯盤狼籍[48]。相與枕藉乎舟中[49]，不知東方之既白。

後赤壁賦

是歲十月之望[50]，步自雪堂[51]，將歸於臨皋[52]。二客[53]從予，過黃泥之坂[54]；霜露既降[55]，木葉盡脫；人影在地，仰見明月；顧[56]而樂之，行歌相答[57]。已而歎曰：「有客無酒，有酒無肴[58]，月白風清，如此良夜何[59]！」客曰：「今者薄暮，舉網得魚，巨口細鱗，狀如松江之鱸[60]；顧安所得酒乎[61]？」歸而謀諸婦[62]。婦曰：「我有斗[63]酒，藏之久矣，以待子不時之需。」

於是攜酒與魚，復遊於赤壁之下。江流有聲，斷岸千尺；山高月小，水落石出。曾日月之幾何[64]，而江山不可復識矣！予乃攝衣[65]而上，履巉巖

⑥，披蒙茸⑰；踞虎豹⑱，登虬龍⑲；攀栖鶻之危巢⑳，俯馮夷之幽宮㉑。蓋二客不能從焉，劃然長嘯㉒，草木震動，山鳴谷應，風起水涌。予亦悄然而悲，肅然而恐，凜乎㉓其不可留也。反而登舟，放乎中流㉔，聽其所止而休焉㉕。

時夜將半，四顧寂寥，適有孤鶴，橫江東來，翅如車輪，玄裳縞衣㉖，戛然㉗長鳴，掠㉘予舟而西也。須臾㉙客去，予亦就睡。夢一道士，羽衣翩翻㉚，過臨皋之下。揖㉛予而言曰：「赤壁之遊樂乎？」問其姓名，俛㉜而不答。嗚呼！噫嘻！我知之矣。疇昔㉝之夜，飛鳴而過我者，非子也耶？道士顧笑，予亦驚悟㉞。開戶視之，不見其處。

作者

蘇軾見〈日喻〉作者部分。

題解

〈前赤壁賦〉和〈後赤壁賦〉皆選自《宋文彙》。宋神宗元豐五年（西元一〇八二年），蘇軾正謫居黃州，秋夜與友人泛舟於江邊峭壁之下，見風山水月的變幻，聽詩歌簫棹的和鳴，有感人生如寄、宇宙無窮，參悟出萬物盛衰之理。遂借三國周郎赤壁的故事，寫成〈前赤壁賦〉。湖北長江沿岸名為赤壁的地方共有四處，漢獻帝建安十三年（西元二〇八年），周瑜打敗曹操的赤壁在今嘉魚西南，並非蘇軾所遊之處，本文只是作者藉同名之地抒發情懷而已。同年冬夜，作者再遊赤壁，作〈後赤壁賦〉。宋代的文賦，去漢魏六朝辭賦的鋪張贍麗，而流暢自然，近於恬澹。清姚鼐《古文辭類纂》以蘇軾的〈前後赤壁賦〉為宋代辭賦類的代表，九百年來為文人雅士不斷吟詠圖寫，是中國文學史上很受人欣賞的傑作。

注釋

①壬戌：宋神宗元豐五年（西元一〇八二年），作者時年四十七歲。
②既望：既，已。望，望日，是月亮最圓的一天，以農曆計算，於月小是十五，月大是十六，但一般都以農曆十五為望日。既望，已經是望日。
③子：對男子的尊稱，相當於今日的「先生」。
④舉酒屬客：勸客人喝酒。屬 ㊥ zhǔ ㊒ ㄓㄨˇ 音主。
⑤明月之詩：指《詩經・陳風・月出》。
⑥窈窕之章：指〈月出〉的首章：「月出皎兮，佼人僚兮，舒窈糾兮，勞心悄兮。」
⑦少焉：少頃、一會兒。
⑧斗牛：星名。二十八宿的斗宿又稱北斗星，牛宿又稱牽牛星，都在天空的北邊。
⑨縱一葦之所如：縱，任從。一葦，比喻船小像一片葦葉，《詩・衛風・河廣》：「誰謂河廣，一葦杭之。」如，去、往。句謂任由小船隨處去。
⑩凌萬頃之茫然：凌，凌駕。頃，田地的面積單位，百畝為一頃。萬頃，形容水面很廣闊。茫然，茫無涯岸。
⑪馮虛御風：馮，同憑。虛，空。御風，乘風。《莊子・逍遥遊》：「夫列子御風而行，泠然善也。」
⑫遺世獨立：遺世，遺棄俗世。獨立，離群的意思。
⑬羽化而登仙：羽化，身體長出羽翼。登仙，飛升成仙。晉葛洪《抱朴子・對俗》：「古之得仙者，或身生羽翼，變化飛行。」

⑭ 扣舷：扣，敲擊。舷，船邊。

⑮ 桂棹兮蘭槳：引用《楚辭・九歌・湘君》：「桂櫂兮蘭枻。」櫂，今字作棹。枻，即槳。桂、蘭，香木。以桂為棹，以蘭為槳，表示芳香，象徵高潔。棹(漢) zhào (國) ㄓㄠˋ 音照。

⑯ 擊空明兮泝流光：擊，划船時槳棹擊水。空明，空虛而明亮，指投影在江中的月。泝，逆水行舟。流光，月光隨水流動。泝(漢) sù (國) ㄙㄨˋ 音訴。

⑰ 渺渺乎予懷：渺渺，遙遠貌。乎，一本作兮。

⑱ 美人：品格高尚的人，指賢人君子。《楚辭・九章》有〈思美人〉篇。

⑲ 嫋嫋：微細。嫋(漢) niǎo (國) ㄋㄧㄠˇ 音鳥。

⑳ 舞幽壑之潛蛟：幽壑，幽暗的溝壑，指水裡潛藏的蛟龍窟穴。句謂蛟龍被簫聲感動而起舞。壑(漢) huò (國) ㄏㄨㄛˋ 音或。蛟(漢) jiāo (國) ㄐㄧㄠ 音交。

㉑ 嫠婦：寡婦。嫠(漢) lí (國) ㄌㄧˊ 音梨。

㉒ 愀然：憂懼貌。

㉓ 正襟危坐：正襟，整理好衣襟。危坐，端正地坐。古人兩膝著地而坐，危坐即正身而跪。

㉔ 月明星稀，烏鵲南飛：曹操〈短歌行〉詩中的兩句。曹操（西元一五五年——西元二二〇年），字孟德。這首詩的中心意旨，是說人生苦短，應當及時行樂。這詩不知是何時作，到了宋代，傳說是曹操在赤壁之戰時作，但並無根據。

㉕ 夏口：即今湖北武漢的漢口。三國時孫權築夏口城在黃鵠山上。

㉖ 武昌：今湖北武昌。

㉗ 相繆：互相糾纏。繆(漢) móu (國) ㄇㄡˊ 音謀。

㉘ 困於周郎：郎，青年男子的通稱。周瑜（西元一七五年——西元二一〇年），字公瑾，吳國名將，雄姿英發，當時人稱周郎。為周郎所困，指在赤壁之戰中，周瑜大破曹操的水軍。

㉙ 破荊州，下江陵：荊州，古地名，在今湖北地區。漢末劉表為荊州牧，州治在今湖北襄陽。關羽為荊州都督，州治在今湖北江陵。漢獻帝建安十三年（西元二〇八年），劉表死，曹操乘機南征，表子劉琮出降，操又敗劉備於當陽（今湖北當陽），備退走夏口，操遂佔領江陵。

㉚ 舳艫千里：舳，船舵。艫，船頭。舳艫，泛稱大船。千里，形容船多，可延綿千里。舳艫 漢 zhú lú 國 ㄓㄨˊ ㄌㄨˊ 音逐盧。

㉛ 旌旗蔽空：旌，用旄牛尾和彩色鳥羽裝飾旗竿的旗。旌旗，泛指旗幟。蔽空，遮蔽天空，形容極多。

㉜ 釃：濾酒。釃 漢 shī 國 ㄕ 音詩。

㉝ 橫槊賦詩：槊，矟的俗字，《釋名・釋兵》：「矛長丈八尺曰矟，馬上所持。」橫槊，打橫拿著長矛。唐元稹在杜甫墓誌銘中論及前代詩人時說：「曹氏父子（曹操和曹丕），鞍馬間為文，往往橫槊賦詩。」意謂在軍旅中寫作。槊 漢 shuò 國 ㄕㄨㄛˋ 音朔。

㉞ 舉匏尊以相屬：匏，葫蘆瓜，曬乾了可以盛酒。尊，盛酒的器皿，俗字作樽或罇。相屬，互相勸酒。匏 漢 páo 國 ㄆㄠˊ 音袍。

㉟ 寄蜉蝣於天地：蜉蝣，一種細小的昆蟲，朝生暮死。此句比喻人的生命短促，像蜉蝣寄生於天地間。蜉蝣 漢 fú yóu 國 ㄈㄨˊ ㄧㄡˊ 音浮由。

㊱ 渺滄海之一粟：渺，渺小。滄海，大海。比喻人在世界上是渺小的，就像大海裡的一顆穀粒。

㊲ 須臾：一會兒、時間短暫。

㊳ 挾飛仙以遨遊：挾，持。遨遊，同義複詞，遨是遠遊。句謂和仙人相持，飛行遠遊。

㊴ 抱明月而長終：長終，無終。意謂抱著明月，一起無窮無盡。

㊵ 託遺響於悲風：託，寄託。遺響，指上文的「餘音」。悲風，悲涼的秋風。

㊶ 逝者如斯，而未嘗往也：逝，去。斯，指江水。句謂長江的水雖然不斷的東流，但永遠都是一樣，其實不曾流去。《論語・子罕》：「逝者如斯夫！不舍晝夜。」

㊷ 盈虛者如彼，而卒莫消長也：盈，指月圓。虛，指月缺。彼，指月。這是說，月雖有圓缺，但它的本身始終不會有所增減。

㊸ 蓋將自其變者而觀之，則天地曾不能以一瞬：瞬，眨眼。謂從變的觀點去看，那麼天地也不能持續到一眨眼的時間。

㊹ 自其不變者而觀之，則物與我皆無盡也：從不變的觀點去看，那麼外物與我都是沒有終極的。

㊺ 造物者：創造萬物者，指自然。《莊子・大宗師》：「嗟乎！夫造物者又將以予為此拘拘也。」

㊻ 共適：同享的意思。

㊼ 肴核：肴，肉食。核，果子。

㊽ 狼籍：即狼藉，散亂不整貌。《史記・滑稽列傳》：「履舄交錯，杯盤狼藉。」

㊾ 相與枕藉乎舟中：藉，薦席。意指船小人多，飲罷大家擠在一起睡，互相以他人當做枕頭和薦席。

㊿ 是歲十月之望：是歲，這一年，指宋神宗元豐五年（西元一〇八二年）。望，月最圓的一天，見注②。

51 雪堂：蘇軾在黃州的住所，在黃岡東，堂在大雪中建成，四壁都畫雪景，故名。

52 臨皋：即臨皋亭，在黃岡南長江邊，時蘇軾寓居於此。皋，同臯。皋 漢 gāo 國 ㄍㄠ 音高。

53 二客：一為楊世昌，另一人未詳。

54 黃泥之坂：黃岡東面的山坡叫黃泥坂，是從雪堂到臨皋亭必經之路。

55 霜露既降：湖北一帶，陰曆九月初開始降霜，樹葉逐漸零落。

56 顧：觀看。

57 行歌相答：邊走邊吟詩相唱和。

58 肴：熟的肉類，這裡指下酒的菜。

59 如此良夜何：怎樣度過這美好的夜晚呢？

60 松江之鱸：松江，今屬上海，以產四鰓鱸魚著名。

61 顧安所得酒乎：顧，但是。安，何。但是從甚麼地方弄到酒呢？

62 婦：蘇軾繼室王夫人。

63 斗：十升為斗，一說酒器。

64 曾日月之幾何：作者於七月初遊，至此時約經過三月。以問句出之，即「曾幾何時？」有感歎語意。

65 攝衣：攝，持。謂提起衣裳。

66 履巉巖：履，踐行。巉巖，險峻的岩石。巉(漢)chán(國)ㄔㄢˊ音蟬。

67 披蒙茸：披，分開。蒙茸，叢生的野草。茸(漢)róng(國)ㄖㄨㄥˊ音容。

68 踞虎豹：踞，蹲、坐。虎豹，指奇形怪狀的岩石，形似虎豹。踞(漢)jù(國)ㄐㄩˋ音句。

69 虬龍：形容盤曲、古老的樹木。虬(漢)qiú(國)ㄑㄧㄡˊ音求。

70 攀栖鶻之危巢：栖，同棲，鳥宿。鶻，一稱隼，蒼鷹的一種。危，高。句謂攀登鶻鳥巢居的崖壁。鶻(漢)gǔ(國)ㄍㄨˇ音骨。

71 俯馮夷之幽宮：俯，向下。馮夷，水神名，即河伯。幽宮，幽深之宮闕。馮(漢)píng(國)ㄆㄧㄥˊ音憑。

72 劃然長嘯：劃然，象聲詞。長嘯，長鳴。嘯(漢)xiào(國)ㄒㄧㄠˋ音笑。

73 凜乎：恐懼之貌。

74 放乎中流：乎，介詞，於。中流，水流的中間。

75 休焉：休，歇息、停止。焉，於此。

76 玄裳縞衣：玄，黑色。縞，白色。因鶴體白尾黑，故形容為黑裙白衣。縞(漢)gǎo(國)ㄍㄠˇ音稿。

77 戛然：象聲詞，形容聲音的清脆激揚。戛(漢)jiá(國)ㄐㄧㄚˊ音夾。

78 掠：擦過。

79 須臾：片刻。

80 羽衣翩翻：羽衣，鳥羽所製之衣。翩翻，一作蹁躚，旋行的樣子。翻(漢)xiān(國)ㄒㄧㄢ音仙。

㊶ 揖：作揖，拱手為禮。揖㊦yī㊥ㄧ音衣。

㊷ 俛：同俯，低頭。

㊸ 疇昔：往昔、從前。

㊹ 驚悟：驚醒。

三字經 節錄

人之初，性本善①。性相近，習相遠②。

苟不教，性乃遷③。教之道，貴以專④。

昔孟母，擇鄰處⑤，子不學，斷機杼⑥。

竇燕山，有義方⑦，教五子，名俱揚⑧。

養不教，父之過⑨。教不嚴，師之惰⑩。

子不學，非所宜⑪。幼不學，老何為⑫。

玉不琢，不成器⑬；人不學，不知義⑭。

為人子，方少時⑮，親師友，習禮儀⑯。

香九齡，能溫席⑰，孝於親，所當執⑱。

融四歲，能讓梨⑲，弟於長⑳，宜先知。

首孝弟㉑，次見聞，知某數，識某文㉒。

一而十，十而百，百而千，千而萬㉓。
三才者，天地人㉔。三光者，日月星㉕。
三綱者，君臣義，父子親，夫婦順㉖。
曰春夏，曰秋冬，此四時，運不窮㉗。
曰南北，曰西東，此四方，應乎中㉘。
曰水火，木金土，此五行，本乎數㉙。
曰仁義，禮智信，此五常，不容紊㉚。
稻粱菽，麥黍稷，此六穀㉛，人所食。
馬牛羊，雞犬豕，此六畜㉜，人所飼。
曰喜怒，曰哀懼，愛惡欲，七情㉝具。
匏土革，木石金，與絲竹㉞，乃八音㉟。
高曾祖，父而身，身而子，子而孫，
自子孫，至玄曾，乃九族，人之倫㊱。
父子恩，夫婦從，兄則友，弟則恭，

長幼序，友與朋，君則敬，臣則忠。
此十義㊲，人所同。凡訓蒙，須講究㊳，
詳訓詁，明句讀㊴。為學者，必有初，
小學終，至四書㊵。論語者，二十篇，
群弟子，記善言㊶。孟子者，七篇止，
講道德，說仁義㊷。作中庸，子思筆，
中不偏，庸不易㊸。作大學，乃曾子㊹，
自修齊，至平治㊺。孝經通㊻，四書熟，
如六經㊼，始可讀。詩書易，禮春秋，
號六經，當講求。有連山，有歸藏，
有周易，三易詳㊽。有典謨，有訓誥，
有誓命，書之奧㊾。我周公，作周禮，
著六官，存治體㊿。大小戴，注禮記(51)，
述聖言，禮樂備。曰國風，曰雅頌(52)，

號四詩⑬，當諷詠。詩既亡，春秋作⑭，
寓褒貶，別善惡。三傳者，有公羊，
有左氏，有穀梁⑮。經既明，方讀子。
撮其要，記其事⑯。五子者，有荀揚，
文中子，及老莊⑰。經子通，讀諸史，
考世系⑱，知終始。自羲農，至黃帝，
號三皇，居上世⑲。唐有虞，號二帝。
相揖遜，稱盛世⑳。夏有禹，商有湯㉑，
周文武，稱三王㉒。夏傳子，家天下㉓。
四百載，遷夏社。湯伐夏，國號商，
六百載，至紂亡㉔。周武王，始誅紂，
八百載，最長久㉕。周轍東，王綱墜，
逞干戈，尚遊說㉖。始春秋，終戰國，
五霸強，七雄出㉗。嬴秦氏，始兼并。

傳二世，楚漢爭⑱。高祖興，漢業建，
至孝平，王莽篡⑲。光武興，為東漢。
四百年，終於獻⑳。蜀魏吳，爭漢鼎，
號三國，迄兩晉㉑。宋齊繼，梁陳承，
為南朝，都金陵㉒。北元魏，分東西，
宇文周，與高齊㉓。迨至隋，一土宇，
不再傳，失統緒㉔。唐高祖，起義師，
除隋亂，創國基㉕。二十傳，三百載，
梁滅之，國乃改㉖。梁唐晉，及漢周，
稱五代㉗，皆有由。炎宋興，受周禪㉘。
十八傳，南北混。遼與金，皆稱帝㉙。
元滅金，絕宋世。涖中國，兼戎狄，
九十年，國祚廢㉚。太祖興，國大明，
號洪武，都金陵㉛。迨成祖，遷燕京，

十七世，至崇禎⑫。權閹肆，寇如林，
至李闖，神器焚⑬。清太祖，膺景命，
靖四方，克大定⑭。廿一史，全在茲，
載治亂，知興衰⑮。

作者

《三字經》相傳是南宋名儒王應麟編著的。除此之外，另有南宋末學者區適編撰、與明代黎貞編撰兩說。

王應麟，生於宋寧宗嘉定十六年，卒於元成宗元貞二年（西元一二二三年——西元一二九六年）。字伯厚，號厚齋，慶元府（今浙江鄞縣）人。幼聰敏，九歲通六經。理宗淳祐元年（西元一二四一年）舉進士。歷任西安主簿、揚州教授、祕書監，官至禮部尚書兼給事中。王應麟是南宋中期名儒，敢言直諫，處事公正守法。著有《深寧集》一百卷、《詩考》五卷、《困學紀聞》二十卷、《詞學指南》四卷、《玉海》二百卷等。

題解

本篇節錄自《三字經》，版本據《三字經注解備要》。

《三字經》是我國傳統社會流行的蒙學讀本，俗稱「小綱鑒」。古代中國向來重視兒童教育，所謂「養正於蒙」，就是要求在兒童啟蒙時期施以正確的教育，來啟迪兒童的智慧，培育兒童的品德，使之健康成長。這種啟蒙教育稱之為「蒙學」或「蒙訓」。

根據學者對史料和現存的歷代蒙學教材的考察，古代中國蒙學教材的主要目的和內容，是對兒童進行初步的品德薰陶和傳授最基本的文化知識。在眾多的蒙學教材中，最具代表性的是號稱「三、百、千」的《三字經》、《百家姓》和《千字文》，其中又以《三字經》為首要。

《三字經》是宋人所寫，談歷史也只寫到宋代。遼、金、元以下的篇段，皆明、清人續作。從前有人稱《三字經》為「袖裡通鑒綱目」，或「千古一奇書」。更有人說：「若能句句知詮解，子史經書一貫通。」可知《三字經》成書之後，很快便成為古代中國流傳範圍最廣，影響最深遠的蒙學教材。

《三字經》的成功之處首先是全書字數不多，且結構謹嚴，內涵豐贍而文簡意賅。又因此書句法整齊，句句三字，用韻諧協，讀來琅琅上口，易於記誦，故歷受各朝蒙塾採用不衰。許多人幼年讀過，即終身不忘。

《三字經》的內容，原本作為傳統社會培育兒童循規蹈矩，知所奮勉的教材。至今而言，仍有不少可以借鑒的地方。如「香九齡，能溫席」、「融四歲，能讓梨」，實在是一種處世做人的美德。書的後半部講了很多歷史上發憤求學成才的人物故事，如「頭懸梁，錐刺股，彼不教，自勤苦。如囊螢，如映雪，家雖貧，學不輟」。至於「蚕吐絲，蜂釀蜜，人不學，不如物」，更能善用類比法把為學之道及人獸之別說得十分精闢透徹。這些說話，即使從今天教育角度看，仍具有激勵啟發的作用。

《三字經》作為中國優秀傳統文化組成的一部分，在海外亦早有影響。一九九〇年聯合國教育科學文化組織已將《三字經》選入該組織編輯出版的《兒童道德叢書》，向全世界推薦。到目前為止，有英、日、韓等多種譯本流傳於世界各地。而中國近來，各地提倡古典學術及道德教育，多從《三字經》及其他經籍汲取靈源。廣東教育當局更著專家重新編寫《三字經》，其中大部分資料及字句，均維持舊《三字經》的原貌，可說明此書的價值及地位之重要。

注釋

① 人之初，性本善：初，人剛出生之時。性，即人的本性。人本性善，是孟子根據孔子的仁愛學說最先提出的，見《孟子・滕文公》。

② 性相近，習相遠：謂人生來性情是相近的，但因為習慣不同，慢慢便相去遠了。語見《論語・陽貨》。是說由於社會習染使人與人在性情上拉遠了。

③ 苟不教，性乃遷：苟，如果、假如。遷，改變。這裡指變壞。

④ 教之道，貴以專：道，泛指事物的規律、原理。此指教育嬰孩成長的內容與方法。專，強調要專一。

⑤ 昔孟母，擇鄰處：孟母，孟子的母親仉氏，戰國時魏國人，是古代賢母的典範。擇鄰，選擇鄰居。處，相處。孟母為使孟軻有良好的學習環境，曾三次為選擇鄰居而搬家。

⑥ 子不學，斷機杼：杼，織布機上的梭子。傳說孟母有一天正在織布時，孟軻逃學回家。她生氣地把織布機上的梭子折斷，織好的布也作廢了。孟母以此教育兒子讀書是不可中斷的。杼（漢）zhù（國）ㄓㄨˋ音柱。

⑦ 竇燕山，有義方：竇燕山，即竇禹鈞，五代後周漁陽人，所居地方屬燕（今北京及以東地區），故名燕山。其人善詞學，官至右諫議大夫。藏書頗豐，又建義學，請當時名師免費為窮人子弟授課。義

方，符合義的道理。

⑧教五子，名俱揚：五子，長子儀，官禮部尚書；次子儼，官禮部侍郎；三子侃，官補闕；四子偁，諫議大夫，參大政；五子僖，官起居注郎。時稱竇氏五龍。

⑨養不教，父之過：教，父母之教。在學前階段，如果教育不好，這是父母的過錯。

⑩教不嚴，師之惰：教，師之教。嚴，嚴格。在讀書階段，如果教訓不嚴，那是老師的懶惰。

⑪宜：應當。

⑫為：作為。

⑬玉不琢，不成器：玉，玉石。琢，琢磨。器，器皿。

⑭義：仁義、義理。

⑮為人子，方少時：子，子弟、學生。方，正當。

⑯禮儀：各種法則和人事、祭祀的儀式。

⑰香九齡，能溫席：香，黃香，字文彊，東漢江夏郡安陸（今屬湖北）人。《後漢書・黃香傳》記其幼年喪母，以孝道服侍父親。夏天用扇子為父扇涼枕頭和席子，冬天以自身體溫為父溫暖被褥。當時孝名播於京師，後人將其事蹟列入《二十四孝》。

⑱執：持。

⑲融四歲，能讓梨：融，孔融，字文舉，漢代魯國（山東曲阜）人。孔子第二十代孫。東漢末三國時著名的「建安七子」之一，文學成就卓著。《後漢書・孔融傳》載其四歲同兄弟一起吃梨時，將大的讓給兄長，自己吃小的。

⑳於長：在尊敬長輩的道理上。

㉑首孝弟：首，首要。敬父母為孝，尊兄長為弟。《墨子・兼愛》云：「友兄悌弟。」

㉒知某數，識某文：數，算數、數目。文，文字。

㉓ 一而十，十而百，百而千，千而萬：一者，數之始，由一到萬，說的是循序漸進的道理。

㉔ 三才者，天地人：三才，古云混沌之氣，輕清者上浮為天，重濁者下凝為地。天地之間，萬物群生，惟人最貴，與天地參，故曰三才。

㉕ 三光者，日月星：三光，古云，日為陽精，照臨於晝；月是陰魄，光明在夜；五星列宿，輝煌爛燦，配乎日月，謂之三光。

㉖ 三綱者，君臣義，父子親，夫婦順：三綱，綱，提綱的總繩。三綱之說是由西漢今文經學大師董仲舒提出，即「君為臣綱，父為子綱，夫為妻綱。」

㉗ 曰春夏，曰秋冬，此四時，運不窮：春夏秋冬，一年四季，循環不息。

㉘ 曰南北，曰西東，此四方，應乎中：四季四方，各有專司，唯土居中用事，四方響應。

㉙ 曰水火，木金土，此五行，本乎數：陽變陰合而生水、火、木、金、土，此乃五行。數，指五行間相剋相生的道理。

㉚ 曰仁義，禮智信，此五常：五常，古代五種道德規範。仁為五常之首，指人與人之間的關係，強調一切人的互愛。義，宜，心之契，剛毅果敢，是謂義。禮，儀，心之理，國之法規。智，知。信，忠厚誠實之意。

㉛ 六穀：也稱六米，始見於《周禮・地官》。

㉜ 六畜：始見於《左傳・昭公二十五年》。

㉝ 七情：始見於《禮・禮運》。

㉞ 匏土革，木石金，與絲竹：匏，形比葫蘆大，古人用它做樂器。本句說：匏、陶土、皮革、木材、石頭、金屬、絲和竹子是製造八種樂器的材料。匏 (漢) páo (國) ㄆㄠˊ 音刨。

㉟ 八音：八種樂器，指笙、塤、鼓、柷敔、磬、鐘鎛、琴和簫。

㊱ 高曾祖，父而身，身而子，子而孫，自子孫，至玄曾，乃九族，人之倫：九族之倫，自己身而上為

父，父之父曰祖，祖之父曰曾祖，曾祖之父曰高祖；自己身而下曰子，子之子曰孫，孫之子曰曾孫，曾孫之子曰玄孫。玄曾，即玄孫、曾孫。

㊲十義：儒家倡導的十種道德。見《禮．禮運》：「父慈、子孝、兄良、弟悌、夫義、婦聽、長惠、幼順、君仁、臣忠，十者謂之十義。」

㊳凡訓蒙，須講究：蒙，如草之初生，蒙昧未明。講究，講其字義之詳，究其精微之奧。

㊴詳訓詁，明句讀：訓詁，用通俗語言解釋古文字句。讀，句中短暫的停頓。讀㊌dòu㊖ㄉㄡˋ音逗。

㊵小學終，至四書：《小學》，宋代朱熹編寫的兒童啟蒙課文。內容學習應對灑掃，進退之節；學習禮、樂、射、御、書、數之文。《四書》，即《論語》、《孟子》、〈大學〉、〈中庸〉，朱熹將這四部書編在一起，合稱《四書》。

㊶論語者，二十篇，群弟子，記善言：《論語》，儒家經典之一，是孔子及其弟子言行的記錄，最後編定在戰國初期。主要記載孔子和弟子及時人論學、論禮、論政、論樂的言論。分為二十篇，是研究孔子思想的經典。

㊷孟子者，七篇止，講道德，說仁義：《孟子》，為孟軻及其弟子公孫丑、萬章等著，共七篇，為儒家經典之一。

㊸作中庸，子思筆，中不偏，庸不易：〈中庸〉，儒家經典之一，原為《禮記》中的一篇，作者孔伋，凡三十三章。庸是庸常不變易的道理。

㊹作大學，乃曾子：〈大學〉，儒家經典之一，據傳是孔子的弟子曾子所述孔子語錄，由曾子的弟子完成，分為十章。

㊺自修齊，至平治：修齊、平治，此揭示〈大學〉修養的要點，即三綱領，八條目。三綱領是明德、新民、止於至善；八條目是格物、致知、誠意、正心、修身、齊家、治國、平天下。

㊻孝經通：《孝經》，《十三經》之一，傳為孔子作，實為孔門後學所撰。記述孔子給曾子講孝道的言

論，共十八章。

㊼ 如六經：《六經》即《詩經》、《尚書》、《周易》、《周禮》、《樂經》、《春秋》六種經書的總稱。《樂經》已失傳，故後世多稱五經。又與《四書》合稱為「四書五經」。

㊽ 三易詳：三易，《易》的書有三種，名為《連山》、《歸藏》、《周易》。詳，詳細地研究。

㊾ 有典謨，有訓誥，有誓命，書之奧：書指《書經》，亦名《尚書》，為虞、夏、商、周四代之書也。典、謨、訓、誥、誓、命為書中的篇名。奧，深奧的內容。謨 漢 mó 國 ㄇㄛˊ 音磨。

㊿ 我周公，作周禮，著六官，存治體：周公，姓姬，名旦，文王之子，武王之弟。曾輔佐武王滅紂，武王死後，成王年幼，由他攝政。他的政績、人品被後世統治者奉為楷模。六官，指《周禮》記載周朝設官分職的制度，亦稱六卿。治體，治國的制度。

(51) 大小戴，注禮記：大小戴，大戴即戴德，字延君，漢代梁郡（河南商丘）人。他是西漢今文經學「大戴禮學」的開創者。小戴即戴聖，字次君，戴德之侄，曾任九江太守。西漢今文經學「小戴禮學」的開創者。《禮記》，記載孔子及其門徒講禮的文章選集。

(52) 曰國風，曰雅頌：〈國風〉，亦稱「風」。國者，諸侯所封之國。風者，民俗歌謠之詞。為《詩經》中最主要部分，共一百六十篇。〈雅〉，分作〈小雅〉和〈大雅〉，亦稱「二雅」，共一百零五篇。〈頌〉，宗廟祭祖之歌，頌美先王，以其成功告於神明，共四十篇。

(53) 四詩：即〈國風〉、〈小雅〉、〈大雅〉、〈頌〉。

(54) 詩既亡，春秋作：此句出自《孟子》：「王者之跡熄而《詩》亡，《詩》亡然後《春秋》作。」《春秋》為春秋時期的編年史。

(55) 三傳者，有公羊，有左氏，有穀梁：《公羊》，《公羊傳》是專門注釋《春秋》的著作，相傳為孔子門徒子夏的學生齊國人公羊高所著。《左氏》，亦稱《左氏春秋》，為記載春秋時期歷史的重要史學著作，相傳此書為孔子同時代的魯國人左丘明所著，故稱《左傳》。《穀梁》，《春秋穀梁傳》的簡稱，為專門注釋《春秋》的著作，相傳為孔子門徒子夏的學生魯國人穀梁赤所著。

(56) 經既明，方讀子。撮其要，記其事：經，《四書》、《五經》。子，諸子的書。明，通其理、達其義。撮，取。要，要點、要義。撮(漢) cuō (國) ㄘㄨㄛ 音蹉。

(57) 五子者，有荀揚，文中子，及老莊：荀子，名卿，楚蘭陵人，作《荀子》上下篇。揚子，名雄，漢成都人，作《太玄經》、《法言》。文中子，姓王，名通，字仲淹，隋龍門人，作《元經》、《中說》兩書。老子，姓李，名耳，字伯陽，東周時為柱下史，作《道德經》五千言。莊子，名周，字子休，楚蒙城人，為漆園令，作《南華經》。

(58) 讀諸史，考世系：諸史，各種史書。世系，一姓世代相承的系統，此處指歷代帝王和達官貴族的家譜。史書中列有王族或宰相世系表。

(59) 自羲農，至黃帝，號三皇，居上世：羲，伏羲氏，姓風，號太昊，上古傳說中的氏族首領。農，神農氏，姓姜，號炎帝，上古傳說中的氏族首領，相傳他教民以耕，嘗百草以製藥。黃帝，姓公孫，又姓姬，又名軒轅氏，上古傳說中的氏族首領。三皇，即伏羲、神農、黃帝，此說始見於《尚書》。因神農亦稱炎帝，故後代華夏民族自稱為「炎黃子孫」。上世，上古時代。

(60) 唐有虞，號二帝。相揖遜，稱盛世：唐，即堯，陶唐氏，傳說中的上古帝王。有虞，即舜，有虞氏，傳說中的上古帝王。揖遜，揖讓，指堯因兒子丹朱不肖，禪讓帝位給舜。舜亦因兒子商均不肖，將位禪讓給禹。揖(漢) yī (國) ㄧ 音衣。遜(漢) xùn (國) ㄒㄩㄣˋ 音迅。

(61) 夏有禹，商有湯：禹，亦稱大禹，禹王，有夏氏，傳說中的上古帝王。湯，傳說名履，亦稱成湯、商湯，商朝的創建者。

(62) 周文武，稱三王：周文武，指周文王、周武王。三王，指夏、商、周三代之君。

(63) 夏傳子，家天下：夏，中國歷史上第一個家天下的王朝，約西元前廿一世紀至西元前十七世紀，統治地域為黃河中下游及中原地區。家天下，傳賢不傳子，乃官天下，夏禹不傳賢而傳子，故云家天下。

⑭湯伐夏，國號商，六百載，至紂亡：商，繼夏朝之後的君主世襲王朝，西元前十七世紀至西元前十一世紀。紂，名受，號帝辛，史稱紂王，商朝的亡國之君，歷史上以殘暴著名。

⑮周武王，始誅紂，八百載，最長久：周，繼商之後創立封建制度的王朝，西元前十一世紀至西元前二百四十九年，包括西周、東周兩個歷史時期。八百載，包括了直到秦統一中國以前的西周、春秋、戰國時期，共傳三十七王。武王，周朝的開國之君，滅商後建立了周朝。

⑯周轍東，王綱墜，逞干戈，尚遊說：周轍東，周幽王在位時西部犬戎入侵，幽王被犬戎所殺，其子平王為避犬戎，向東遷都至洛陽。王綱，朝廷綱紀。干戈，古代兩種兵器，後泛指戰爭。遊說，春秋戰國時士大夫周遊各國，陳述政見，後世亦稱之為說客。轍㊞zhé㊐ㄓㄜˊ音哲。說㊞shuì㊐ㄕㄨㄟˋ音稅。

⑰始春秋，終戰國，五霸強，七雄出：春秋，平王東遷後，稱為東周。東周又分兩個時期，即春秋時期和戰國時期。五霸，春秋時齊桓公、晉文公、秦穆公、宋襄公、楚莊王。七雄，戰國時秦、楚、齊、燕、韓、趙、魏七國。

⑱嬴秦氏，始兼并。傳二世，楚漢爭：嬴秦氏，秦朝的開國皇帝，姓嬴名政，自稱始皇帝。傳二世，秦始皇次子，名胡亥，為第二代皇帝。楚漢，指楚霸王項羽與漢王劉邦。嬴㊞yíng㊐ㄧㄥˊ音盈。

⑲高祖興，漢業建，至孝平，王莽篡：高祖，漢高祖劉邦，字季，沛縣人。以布衣起兵反秦，後滅項羽，建立西漢王朝。孝平，漢平帝劉衎，幼年登基，相傳為王莽所害。王莽，字巨君，漢元帝皇后之侄。元始五年（西元五年）毒死平帝，自稱假皇帝。次年立兩歲的劉嬰為太子，後稱帝，改國號為新。篡㊞cuàn㊐ㄘㄨㄢˋ音竄。

⑳光武興，為東漢。四百年，終於獻：光武，漢光武帝劉秀（西元二五年——西元五七年在位），東漢王朝的開國皇帝。獻，漢獻帝劉協（西元一八九年——西元二二〇年在位），東漢亡國之君。

(71) 蜀魏吳，爭漢鼎，號三國，迄兩晉：蜀，三國時期劉備建立的政權，都成都，共傳兩世四十三年。魏，三國時期曹操之子曹丕建立的政權，都洛陽，凡五世四十六年。吳，三國時期孫權建立的政權，都金陵（今南京），傳四世共五十九年。漢鼎，鼎為古代大型青銅器皿，相傳大禹收九州之金屬鑄成九鼎，成為傳國之重器。後世稱爭奪天下為問鼎，建都或建立王朝為定鼎，此指漢朝政權。迄兩晉，到兩晉為止，即西晉、東晉。

(72) 宋齊繼，梁陳承，為南朝，都金陵：宋，由宋武帝劉裕建立的王朝，為南朝第一個王朝。齊，由齊高帝蕭道成建立的南朝第二個王朝。梁，由梁武帝蕭衍建立的南朝第三個王朝。陳，由陳高祖陳霸先建立的南朝第四個王朝。南朝，西元五世紀初至六世紀之末，在中國形成南北對峙政權。史家將南方的宋、齊、梁、陳合稱南朝，北方的北魏、東魏、西魏、北周、北齊合稱北朝，是為中國歷史上的南北朝時期。

(73) 北元魏，分東西，宇文周，與高齊：北元魏，北朝第一個王朝。晉室南遷後，中國北方出現「五胡十六國」的混亂局面，十六國的代國為鮮卑族的拓跋氏所建。西元三百八十六年，代王拓跋珪改國號為魏，史稱北魏，也叫元魏，都平城（山西大同）。東，東魏，是從北魏分裂出來的割據政權，定都鄴城（河北臨漳縣），史稱東魏。西，西魏，也是從北魏分裂出來的割據政權，國都為長安，史稱西魏。宇文周，公元五百五十七年，宇文泰（原西魏大將軍）之子宇文覺，篡西魏恭帝之位而稱齊帝，國號周，建都長安，史稱北周。高齊，西元五百五十年，東魏丞相高洋取代東魏稱齊帝，史稱北齊。

(74) 迨至隋，一土宇，不再傳，失統緒：迨，等到、來臨。土宇，天下。隋，西元五百八十一年，楊堅廢北周靖帝自立，國號隋，稱隋文帝，都長安。西元五百八十九年，文帝之子楊廣篡位自立，是為煬帝，其後因其昏暴不仁而失天下。迨 漢 dài 國 ㄉㄞˋ 音代。

(75) 唐高祖，起義師，除隋亂，創國基：唐高祖，李淵，字叔德，唐朝的開國皇帝。淵本隴西成紀（今甘肅秦安）人，七歲時世襲隋朝唐國公。其後乘隋亂，在次子李世民的輔助下，攻入隋都長安，廢恭帝而自立，建立唐王朝。

(76) 梁滅之，國乃改：梁滅之，西元九百零七年，唐將領朱全忠逼唐哀帝退位，改國號為梁，唐亡。

(77) 五代：史稱後梁、後唐、後晉、後漢、後周為五代。此時中國又陷入分裂之局。

(78) 炎宋興，受周禪：炎宋，即北宋，宋太祖趙匡胤以火德稱王，故云炎宋。趙匡胤，河北琢縣人，後周時任殿前都點檢，領宋州歸德軍節度使，西元九百六十年，發動陳橋兵變稱帝，國號宋，建都開封。周禪，後周恭帝讓位給趙匡胤。禪 (漢) shàn (國) ㄕㄢˋ 音善。

(79) 遼與金，皆稱帝：遼，契丹族在中國北方建立的王朝，定都上京（今內蒙巴林左旗）。金，女真族在中國北方建立的王朝，定都會寧府（今黑龍江阿城南）。

(80) 元滅金，絕宋世。涖中國，兼戎狄，九十年，國祚廢：元，蒙古族建立的統一王國，定都在和林（今內蒙和林）。涖，掌管、治理。戎，又稱西戎，西北少數民族之一。狄，西北少數民族之一。國祚，指帝王之位，也指國家命運。戎 (漢) róng (國) ㄖㄨㄥˊ 音容。

(81) 太祖興，國大明，號洪武，都金陵：太祖，明太祖朱元璋，明朝開國皇帝，建都金陵（今南京），年號洪武。

(82) 迨成祖，遷燕京，十七世，至崇禎：迨，等到。成祖，朱棣，朱元璋第四子，明朝第三代皇帝。朱元璋在世時封燕王，據守北京。朱元璋死後朱棣發兵攻入南京，奪取了皇位，將國都遷到北京。崇禎，明思宗朱由檢，明朝末代皇帝，因其在位時年號崇禎，故後人亦以崇禎稱之。李自成率兵攻入北京時，朱由檢自縊於煤山（今北京景山），明朝遂亡。禎 (漢) zhēn (國) ㄓㄣ 音貞。

(83) 權閹肆，寇如林，至李闖，神器焚：閹，即太監。權閹，指弄權的太監。寇，指農民義軍。李闖，李自成，陝西米脂人，明末起義軍領袖。神器，指帝王之位或帝王的印璽，見《漢書・敘傳上》。肆 (漢) sì (國) ㄙˋ 音四。

⑧④ 清太祖，膺景命，靖四方，克大定：清太祖，指努爾哈赤，清王朝的奠基者。明末任建州左衛指揮。經過多次征戰，統一了女真族各部。清兵入關統一中國是在清世祖福臨（努爾哈赤之孫）在位期間完成的。膺景命，承受上天命令。靖，平定。膺㊥ yīng ㊬ ㄧㄥ 音英。

⑧⑤ 廿一史，全在玆，載治亂，知興衰：廿一史，指《史記》、《漢書》、《後漢書》、《三國志》、《晉書》、《宋書》、《南齊書》、《梁書》、《陳書》、《魏書》、《北齊書》、《周書》、《隋書》、《南史》、《北史》、《唐書》、《五代史》、《宋史》、《遼史》、《金史》、《元史》。是時《明史》未定，故云。後增《明史》而為廿二史，再增《新唐書》、《新五代史》為廿四史，皆謂之正史。玆，此。

文獻通考序

馬端臨

昔荀卿子①曰：「欲觀聖王之跡，則於其粲然者矣，後王是也②。」「君子審後王之道，而論於百王之前，若端拜而議③。」然則考制度，審憲章④，博聞而強識之，固通儒事也。

《詩》、《書》、《春秋》之後，惟太史公⑤號稱良史，作為紀、傳、書、表⑥。紀傳以述理亂興衰，八書⑦以述典章經制。後之執筆操簡牘者，卒不易其體。然自班孟堅⑧而後，斷代為史，無會通因仍之道，讀者病之。至司馬溫公作《通鑑》⑨，取千三百餘年之事跡，十七史⑩之紀述，萃為一書；然後學者開卷之餘，古今咸在。然公之書，詳於理亂興衰，而略於典章經制，非公之智有所不逮也。編簡浩如煙埃，著述自有體要，其勢不能以兩得也。

竊嘗以為理亂興衰，不相因者也。晉之得國異乎漢，隋之喪邦殊乎唐，代各有史，自足以該一代之始終，無以參稽互察為也。典章經制，實相因者也。殷因夏，周因殷，繼周者之損益，百世可知；聖人蓋已預言之矣。爰自秦漢以至唐宋，禮樂兵刑之制，賦斂選舉之規，以至官名之更張，地理之沿革，雖其終不能以盡同，而其初亦不能以遽異。如漢之朝儀官制，本秦規也；唐之府衛租庸，本周制也[11]，其變通張弛之故，非融會錯綜，原始要終而推尋之，固未易言也。其不相因者，猶有溫公之成書；而其本相因者，顧無其書，獨非後學之所宜究心乎？

唐杜岐公始作《通典》[12]，肇自上古，以至唐之天寶，凡歷代因革之故，粲然可考。其後宋白嘗續其書，至周顯德[13]。近代魏了翁又作《國朝通典》[14]。然宋之書成而傳習者少，魏嘗屬稾而未成書。今行於世者，獨杜公之書耳，天寶以後蓋闕焉。

有如杜書，綱領宏大，考訂該洽，固無以議為也。然時有古今，述有詳略，則夫節目之間未為明備，而去取之際頗欠精審，不無遺憾焉。蓋古者因田制賦[15]，賦乃米粟之屬，非可析之於田制之外也；古者任土作貢[16]，貢乃包篚[17]之屬，非可雜之於稅法之中也。乃若敘選舉，則秀孝與銓選[18]不分；敘典禮，則經文與傳注相汨[19]；敘兵，則盡遺賦調之規，而姑及成敗之跡[20]，諸如此類，寧免小疵？至於天文、五行、藝文，歷代史各有志，而《通典》無述焉。馬、班二史各有諸侯王列侯表，范曄《東漢書》[21]以後無之；然歷代封建王侯，未嘗廢也。王溥作唐及五代《會要》[22]，首立帝系一門，以敘各帝歷年之久近，傳授之始末，次及后妃、皇子、公主之名氏封爵。後之編會要者倣之[23]，而唐以前則無其書。凡是二者，蓋歷代之統紀典章係焉，而杜書亦復不及，則亦未為集著述之大成也。

愚自蚤歲，蓋嘗有志於綴緝[24]，顧百憂薰心，三餘[25]少暇，吹竽已澀[26]，汲綆不修[27]，豈復敢以斯文自詭[28]？昔夫子言夏殷之禮，而深慨文獻之不足徵[29]。釋之者曰：「文，典籍也；獻，賢者也[30]。」生乎千百載之後，而欲尚論[31]千百載之前，非史傳之實錄具存，可以稽考；儒先之緒言未遠，足資討論；雖聖人亦不能臆為之說也。竊伏自念，業紹箕裘[32]，家藏《墳》《索》[33]，插架之收儲，趨庭之問答[34]，其於文獻蓋庶幾焉。嘗恐一旦散軼失墜，無以屬來哲，是以忘其固陋，輒加考評，旁搜遠紹[35]，門分彙別，曰田賦[36]、曰錢幣[37]、曰戶口[38]、曰職役[39]、曰征榷[40]、曰市糴[41]、曰土貢[42]、曰國用[43]、曰選舉[44]、曰學校[45]、曰職官[46]、曰郊社[47]、曰宗廟[48]、曰王禮[49]、曰樂[50]、曰兵[51]、曰刑[52]、曰輿地[53]、曰四裔[54]，俱倣《通典》之成規。自天寶以前，則增益其事跡之所未備，離析其門類之所未詳；自天寶以後，至宋嘉定[55]之末，則續而成之。曰經籍[56]、曰帝系[57]、曰封建[58]、曰象緯[59]、曰物異[60]，則《通典》元未有論述，而採摭[61]諸書以成之者也。

凡敘事，則本之經史，而參之以歷代會要，以及百家傳記之書，信而有證者從之，乖異傳疑者不錄，所謂「文」也。凡論事，則先取當時臣僚之奏疏，次及近代諸儒之評論，以至名流之燕談[62]，稗官之紀錄[63]，凡一話一言，可以訂典故之得失，證史傳之是非者，則採而錄之，所謂「獻」也。其載諸史傳之紀錄而可疑，稽諸先儒之論辨而未當者，研精覃思[64]，悠然有得，則竊著己意，附其後焉。命其書曰《文獻通考》，為門二十有四，卷三百四十有八，而其每門著述之成規，考訂之新意，各以小序詳之。昔江淹㊅有言：「修史之難，無出於志。」誠以志者憲章之所繫，非老於典故者不能為也。陳壽㊆號善敘述，李延壽㊇亦稱究悉舊事，然所著二史㊈，俱有紀傳，而獨不克作志，重其事也。況上下數千年，貫串二十五代㊉，而欲以末學陋識，操觚竄定⑩其間，雖復窮老盡氣，劌目鉥心⑪，亦何所發明？聊輯見聞，以備遺忘耳。後之君子，儻能芟削繁蕪，增廣闕略，矜其仰屋之勤⑫，而俾免於覆車之愧⑬，庶有志於經邦稽古者，或可考焉。

作者

馬端臨，生於南宋理宗寶祐二年，卒於元英宗至治二年（西元一二五四年——西元一三二三年）。字貴與，樂平（今江西）人。南宋末年丞相馬廷鸞之子。廷鸞因與權臣賈似道不合，辭官還家，專心著述，多所成就。馬氏從小在其父督導下用功讀書，十九歲以蔭授承仕郎，二十歲漕試第一。宋恭帝德佑二年（西元一二七六年），元軍攻陷都城臨安，此時端臨二十三歲。宋亡後，嘗任慈湖書院及柯山書院山長，其後隱居山中，潛心著述。著有《文獻通考》、《義根守墨》、《大學集傳》、《多識錄》等。《文獻通考》的撰作前後經二十餘年，是一部典制體的通史，全書三百四十八卷，綜貫歷代典章制度，分門別類，列為二十四考，增補了唐杜佑《通典》之不足，兼備宋鄭樵《通志》的長處，是中國史學史的重要著作。

題解

本文是馬端臨《文獻通考》的自序，版本據上海古籍出版社《欽定四庫全書》。內容闡述編撰是書的原因。作者自稱採古今經史典籍謂之文，參以奏疏議論謂之獻，再附以研究考釋的心得，故名為《文獻通考》。他一方面推介自《史記》以來作史諸家的創獲，其間並敘錄史料的類別，有助讀者對典章制度、理亂興衰的參考研究；一方面又寫自己研究史學的心得，評析古人撰史不當之處，俱見作者治史態度之矜慎與史識史才之超卓不凡。

注釋

①荀卿子：即荀況，戰國末年趙人。著有《荀子》一書。

②欲觀聖王之跡，則於其粲然者矣，後王是也：語見《荀子・非相》篇。粲然，明白之貌。後王，指近時之王，荀子生於周末，故謂文王、武王為後王。

③君子審後王之道，而論於百王之前，若端拜而議：語見《荀子・不苟》篇。端拜，猶言端拱，言其從容不勞。

④憲章：法規。

⑤太史公：司馬遷，字子長，漢武帝時為太史令，著有《史記》一百三十卷。

⑥紀、傳、書、表：紀，序帝王大事。傳，序列人臣事蹟。書，記重要典制、社會問題。表，以年代為中心之記事方式。四者均為《史記》之體制。

⑦八書：《史記》有〈禮書〉、〈樂書〉、〈律書〉、〈曆書〉、〈天官書〉、〈封禪書〉、〈河渠書〉、〈平準書〉。

⑧班孟堅：班固，字孟堅，著《漢書》一百二十卷。

⑨司馬温公作《通鑑》：司馬光，字君實，卒贈温國公，撰《資治通鑑》二百九十四卷。

⑩十七史：即《史記》、《漢書》、《後漢書》、《三國志》、《晉書》、《宋書》、《南齊書》、《北齊書》、《梁書》、《陳書》、《魏書》、《周書》、《南史》、《北史》、《隋書》、《新唐書》、《新五代史》。

⑪唐之府衛租庸，本周制也：府衛，指兵制。租庸，指賦役。周，指北周。

⑫ 唐杜岐公始作《通典》：杜佑，字君卿，封岐國公，著有《通典》二百卷。

⑬ 宋白嘗續其書，至周顯德：宋白，字太素，宋太宗時，嘗奉詔撰《續通典》二百卷。周顯德，後周世宗顯德。

⑭ 魏了翁又作《國朝通典》：魏了翁，字華父。國朝，指本朝，即宋朝。

⑮ 因田制賦：因田之大小優劣而制定賦稅。《通典》食貨門分田制與賦稅為二類，是析賦稅於田制之外。《文獻通考》合為〈田賦考〉。

⑯ 任土作貢：任土地之出產，定貢賦之差。

⑰ 包篚：包，包裹。篚，竹器。皆用以安置貢品。《通典》將此入賦稅中，《通考》別列〈土貢考〉。篚(漢) fěi (國) ㄈㄟˇ 音匪。

⑱ 秀孝與銓選：秀，秀才。孝，孝廉。秀才用以舉士，銓選用以舉官。《通典》未分，《通考》分為舉士、舉官兩門。銓(漢) quán (國) ㄑㄩㄢˊ 音全。

⑲ 敘典禮，則經文與傳注相汩：汩，亂。此言《通典》述祭禮，參用經文及漢人注文，未能一本經文。汩(漢) gǔ (國) ㄍㄨˇ 音骨。

⑳ 敘兵，則盡遺賦調之規，而姑及成敗之跡：賦，古者以田賦出兵，故謂兵為賦。調，徵發。此言《通典》兵門共分十五類，多記昔賢談兵之言及歷代史實，以證行軍用師之道，而於徵調服兵役之規，則未列。

㉑ 范曄《東漢書》：范曄，字蔚宗，南朝人。著有《後漢書》一百二十卷。曄(漢) yè (國) ㄧㄝˋ 音頁。

㉒ 王溥作唐及五代《會要》：王溥，字齊物，宋朝人。著有《唐會要》一百卷、《五代會要》三十卷。

㉓ 後之編會要者倣之：如宋之《六朝會要》、《中興會要》、《國朝會要》，皆仿《唐會要》之體為之。

㉔ 綴緝：同綴輯，指編述。

㉕ 三餘：冬者歲之餘，夜者日之餘，陰雨者晴之餘。語見《三國志・王朗傳》裴松之注。

㉖ 吹竽已澀：竽，古樂器。已澀，言音澀不善吹。竽(漢)yú(國)ㄩˊ音于。澀(漢)sè(國)ㄙㄜˋ音色。

㉗ 汲綆不修：汲，取水。綆，繫水桶之繩。不修，不長。此言所學不深。綆(漢)gěng(國)ㄍㄥˇ音梗。

㉘ 豈復敢以斯文自詭：斯文，指典章經制之著作。詭，異。此言學力淺薄，不敢從事著作以與古人立異。

㉙ 徵：證明。

㉚ 文，典籍也；獻，賢者也：語出朱熹注《論語・八佾》。

㉛ 尚論：尚，上。言上論古人之行事。

㉜ 業紹箕裘：紹，繼承。意謂繼承先業。語出《禮記・學記》：「良冶之子，必學為裘；良弓之子，必學為箕。」

㉝ 《墳》《索》：《三墳》、《五典》、《八索》、《九丘》，此類書籍亡佚已久。此用作古籍之總名。

㉞ 趨庭之問答：語出《論語・季氏》。意謂承父之教。

㉟ 旁搜遠紹：紹，繼。多方面搜集，遠承古代。

㊱ 田賦：〈田賦考〉第一，敘歷代因田制賦之規。

㊲ 錢幣：〈錢幣考〉第二，敘歷代錢幣之變遷。

㊳ 户口：〈户口考〉第三，敘歷代户口之數與其賦役。

㊴ 職役：〈職役考〉第四，敘歷代役法之詳。

㊵ 征榷：〈征榷考〉第五，取民之利曰征，官專其利曰榷。敘歷代征榷。榷(漢)què(國)ㄑㄩㄝˋ音確。

㊶ 市糴：〈市糴考〉第六，買物曰市，買粟曰糴。敘歷代買賣之稅。糴(漢)dí(國)ㄉㄧˊ音笛。

㊷ 土貢：〈土貢考〉第七，敘歷代異域進貢之事。

㊸國用：〈國用考〉第八，敘歷代財計實況。
㊹選舉：〈選舉考〉第九，敘歷代選舉人才之制。
㊺學校：〈學校考〉第十，敘歷代學校之制。
㊻職官：〈職官考〉第十一，首敘官制，次敘官數。
㊼郊社：〈郊社考〉第十二，敘古今天神、地祇之祀。
㊽宗廟：〈宗廟考〉第十三，敘古今人鬼之祀。
㊾王禮：〈王禮考〉第十四，敘歷代帝王之禮制。
㊿樂：〈樂考〉第十五，敘歷代樂制。
51兵：〈兵考〉第十六，敘歷代兵制。
52刑：〈刑考〉第十七，敘歷代刑制。
53輿地：〈輿地考〉第二十三，敘歷代地理疆域。
54四裔：〈四裔考〉第二十四，敘歷代四方邊境蠻夷之事。
55嘉定：宋寧宗年號（西元一二〇八年——西元一二二四年）。
56經籍：〈經籍考〉第十八，敘歷代經籍之流傳、真偽等。
57帝系：〈帝系考〉第十九，敘帝王之姓氏、出處、其享國之期等。
58封建：〈封建考〉第二十，敘歷代分封功臣、子孫土地之制。
59象緯：〈象緯考〉第二十一，敘日月、星辰、雲氣變化。
60物異：〈物異考〉第二十二，敘歷代特異之物。
61採摭：採取。摭漢 zhí 國ㄓˊ 音直。
62燕談：平居談話。
63稗官之紀錄：野史雜說。稗漢 bài 國ㄅㄞˋ 音敗。

⑥④ 覃思：深思。覃(漢) tán (國) ㄊㄢˊ 音談。

⑥⑤ 江淹：字文通，南朝人，今傳《江文通集》十卷。

⑥⑥ 陳壽：字承祚，初仕蜀，後入晉，時人稱其善敘事，有良史之才，著有《三國志》。

⑥⑦ 李延壽：字遐齡，唐初為御史臺主簿，著有《南史》、《北史》。

⑥⑧ 二史：指《三國志》及《南北史》。

⑥⑨ 二十五代：謂唐、虞、夏、商、周、秦、西漢、東漢、魏、晉、宋、齊、梁、陳、後魏、北齊、北周、隋、唐、後梁、後唐、後晉、後漢、後周、宋。

⑦⓪ 操觚竄定：觚，方形之木，用以書寫，猶書簡。竄定，改正。觚(漢) gū (國) ㄍㄨ 音孤。竄(漢) cuàn (國) ㄘㄨㄢˋ 音篡。

⑦① 劌目鉥心：劌，傷。鉥，針刺。言竭盡心力，以至傷目刺心。劌(漢) guì (國) ㄍㄨㄟˋ 音貴。鉥(漢) shù (國) ㄕㄨˋ 音術。

⑦② 矜其仰屋之勤：矜，憐憫。仰屋之勤，語見《梁書・南平王蕭偉傳》，言著書之勞。

⑦③ 覆車之愧：重覆前人之過失。

送東陽馬生序

宋濂

余幼時即嗜學①。家貧，無從致書②以觀。每假借③於藏書之家，手自筆錄④，計日以還⑤。天大寒，硯冰堅⑥，手指不可屈伸，弗之怠⑦。錄畢，走⑧送之，不敢稍逾約⑨。以是人多以書假余，余因得徧觀群書。既加冠⑩，益慕聖賢之道⑪。又患無碩師⑫、名人與游，嘗趨⑬百里外，從鄉之先達執經叩問⑭。先達德隆望尊⑮，門人弟子填⑯其室，未嘗稍降辭色⑰。余立侍左右，援疑質理⑱，俯身傾耳以請。或遇其叱咄⑲，色愈恭，禮愈至⑳，不敢出一言以復㉑。俟其欣悅㉒，則又請焉。故余雖愚，卒㉓獲有所聞。

當余之從師也，負篋曳屣㉔行深山巨谷中。窮冬㉕烈風，大雪深數尺，足膚皸裂㉖而不知。至舍㉗，四支僵勁㉘不能動。媵人持湯沃灌㉙，以衾㉚擁覆，久而乃和。寓逆旅㉛，主人日再食㉜，無鮮肥滋味之享。同舍生皆被綺繡㉝，戴朱纓寶飾之帽㉞，腰白玉之環，左佩刀，右佩容臭㉟，燁然㊱若神人。余則縕袍敝衣㊲處其間，略無慕豔意㊳。以中有足樂者㊴，不知口體之奉㊵不若人也。蓋余之勤且艱若此。今雖耄老㊶，未有所成。猶幸預㊷君子之列，而承天子之寵光㊸，綴㊹公卿之後，日侍坐備顧問㊺，四海亦謬稱其氏名㊻。況才之過於余者乎？

今諸生學於太學㊼，縣官日有廩稍之供㊽，父母歲有裘葛之遺㊾，無凍餒㊿之患矣；坐大廈之下而誦詩書，無奔走之勞矣；有司業、博士(51)為之師，未有問而不告，求而不得者也。凡所宜有之書，皆集於此，不必若余之手錄，假諸人而後見也。其業有不精，德有不成者，非天質之卑(52)，則心不若余之專耳。豈他人之過哉！

東陽馬生君則在太學已二年，流輩(53)甚稱其賢。余朝(54)京師，生以鄉人子謁(55)余，譔長書以為贄(56)，辭甚暢達，與之論辨(57)，言和而色夷(58)。自謂少時用心於學甚勞，是可謂善學者矣！其將歸見其親也，余故道為學之難以告之。謂余勉鄉人以學者，余之志也；詆我夸際遇之盛(59)而驕鄉人者，豈知予者哉！

作者

宋濂，生於元武宗至大三年，卒於明太祖洪武十四年（西元一三一〇年——西元一三八一年）。字景濂，號潛溪，浦江（今浙江浦江）人。元末授翰林院編修，以親老辭。明初召修元史，官至翰林學士承旨，知制誥。後因其孫坐胡惟庸黨，徙茂州，七十二歲時卒於夔州。

宋濂自幼英敏，博聞強記，刻苦自學。通五經、《春秋左氏傳》等古籍。善古文，宗法唐、宋，認為文章乃義理、事功、文辭三者的統一。宋濂又是明代開國文臣之首，有明一代的典章禮樂，多經他裁定。著有《宋學士全集》。

題解

〈送東陽馬生序〉選自《宋文憲公全集》卷三十二。序是古代文體之一，有書序、贈序和宴集序等。本篇是宋濂寫給太學生馬生的贈序。

馬生，名君則，東陽（今浙江東陽）人，與宋濂同鄉。明太祖洪武十一年（西元一三七八年），濂赴京朝見皇帝，馬生前往拜謁。臨別時，宋濂寫了此序送他。文章以勉勵後學刻苦讀書為主旨，借自己年輕時求學的艱辛，誘導馬生不辭勞苦，專心致力於學習。用詞誠懇委婉，親切感人，是一篇說教而無說教意味的好文章。

注釋

①嗜學：好學。
②無從致書：「致」是「至」的使動，至是到達，而致是使到達的意思。致書，這裡是買書的意思。沒辦法得到書。
③假借：借。
④手自筆錄：親手抄錄。
⑤計日以還：計算日期送還。
⑥硯冰堅：硯中墨汁冷至結冰。
⑦弗之怠：弗，不。之，指抄書事。對抄書這件事也不懈怠。
⑧走：原意是跑，這裡是趕快的意思。
⑨逾約：超過了約定的日期。

⑩ 加冠：古代男子年二十行加冠禮，表示已經成年。

⑪ 聖賢之道：指儒家孔、孟之道。這是古代知識分子必學的。

⑫ 碩師：大師、名師。

⑬ 趨：奔走。

⑭ 從鄉之先達執經叩問：從鄉之先達，同鄉中學問通達的前輩。執經叩問，拿著經書求教請益。

⑮ 德隆望尊：品德很高，名望很大。

⑯ 填：充塞。

⑰ 未嘗稍降辭色：降，這裡指變得溫和。辭色，言辭、臉色。言辭態度很嚴肅。

⑱ 援疑質理：援，引。質，依據事實，問明道理。提出疑問，詢問道理。

⑲ 叱咄：呵斥。叱咄(漢) chì duò (國) ㄔˋ ㄉㄨㄛˋ 音斥隋。

⑳ 至：周到。

㉑ 復：辯答。

㉒ 欣悅：欣喜。

㉓ 卒：最終、最後。

㉔ 負篋曳屣：背著書箱，拖著鞋子。篋(漢) qiè (國) ㄑㄧㄝˋ 音妾。屣(漢) xǐ (國) ㄒㄧˇ 音徙。

㉕ 窮冬：深冬。

㉖ 皸裂：皮膚因寒冷、乾燥而破裂。皸(漢) jūn (國) ㄐㄩㄣ 音軍。

㉗ 舍：旅舍。

㉘ 僵勁：僵硬。

㉙ 媵人持湯沃灌：媵人，原意為陪嫁的婢女，這裡引伸為僕人。湯，熱水。沃灌，澆洗。旅舍中的僕人拿熱水來澆洗。媵(漢) ying (國) ㄧㄥˋ 音硬。

㉚ 衾：被子。衾 漢 qīn 國 ㄑㄧㄣ 音親。

㉛ 逆旅：旅店。

㉜ 日再食：每天給兩頓飯。

㉝ 被綺繡：穿著絲綢繡花的衣服。

㉞ 戴朱纓寶飾之帽：頭戴紅色穗子和用寶石裝飾的帽子。

㉟ 容臭：臭，是氣味的意思。香囊。

㊱ 燁然：光彩奪目的樣子。燁 漢 yè 國 ㄧㄝˋ 音頁。

㊲ 縕袍敝衣：舊麻絮的棉袍，破舊的衣衫。

㊳ 略無慕豔意：絲毫沒有羨慕的心意。

㊴ 以中有足樂者：中，心中。因為心中有足以感到快樂的事。

㊵ 口體之奉：奉，供奉。吃穿方面的享用。

㊶ 耄老：年老。《禮記・曲禮》：「八十九十曰耄。」耄 漢 mào 國 ㄇㄠˋ 音冒。

㊷ 幸預：預，加入。幸而列入。

㊸ 承天子之寵光：承，承受。寵光，恩寵。受到皇帝給予的信任和榮譽。

㊹ 綴：連綴、連結，引伸為追隨。綴 漢 zhuì 國 ㄓㄨㄟˋ 音墜。

㊺ 日侍坐備顧問：每日侍坐於皇帝身旁，以備皇帝詢問。

㊻ 四海亦謬稱其氏名：謬，錯誤的。天下也錯誤地誇譽他（指作者自己）的姓名。這是作者自謙的說法。謬 漢 miù 國 ㄇㄧㄡˋ 音繆。

㊼ 太學：即國子監。明代設於京師的全國最高學府。

㊽ 廩稍之供：廩，公倉。稍，廩食。指公家按時供給口糧。廩 漢 lǐn 國 ㄌㄧㄣˇ 音凜。

㊾ 裘葛之遺：送來的皮衣、葛布衫，指冬夏衣裳。

(50) 凍餒：受凍挨餓。餒(漢) něi (國) ㄋㄟˇ 音內上聲。

(51) 司業、博士：太學裡的學官、教官。

(52) 卑：低下。

(53) 流輩：同輩。

(54) 朝：指朝見皇帝。

(55) 謁：拜見輩分或地位比自己高的人。謁(漢) yè (國) ㄧㄝˋ 音頁。

(56) 譔長書以為贄：譔，同撰，寫。贄，見面禮。寫了封長信作為進見之禮。譔(漢) zhuàn (國) ㄓㄨㄢˋ 音賺。贄(漢) zhì (國) ㄓˋ 音至。

(57) 論辨：辨，古通辯。論辨，討論。

(58) 夷：平易。

(59) 詆我夸際遇之盛：詆，詆毀、誹謗。夸，誇耀。際遇之盛，意謂作者自述苦學經過，志在鼓勵來者，而不是有意炫耀自己的成就及際遇之佳。若以此詆毀他，便是太不了解他了。詆(漢) dǐ (國) ㄉㄧˇ 音底。

賣柑者言

劉基

杭有賣果者①，善藏柑②，涉寒暑不潰③。出之燁然④，玉質而金色⑤，置于市，賈⑥十倍，人爭鬻⑦之。予貿⑧得其一，剖之，如有煙撲口鼻；視其中，則乾若敗絮⑨。予恠⑩而問之曰：「若所市於人者⑪，將以實籩豆⑫，奉祭祀，供賓客乎？將衒外以惑愚瞽也⑬！甚矣哉！為欺也。」

賣者笑曰：「吾業是有年矣⑭。吾賴是以食吾軀⑮。吾售之，人取之，未嘗有言⑯，而獨不足子所乎⑰？世之為欺者不寡⑱矣，而獨我也乎？吾子未之思也⑲。今夫佩虎符坐皐比者⑳，洸洸乎干城之具也㉑，果能授孫吳之略㉒耶？峨大冠拖長紳者㉓，昂昂乎廟堂之器也㉔，果能建伊皐之業㉕耶？盜起而不知禦㉖，民困而不知救，吏姦而不知禁㉗，法斁㉘而不知理，坐糜廩粟㉙而不知恥；觀其坐高堂、騎大馬，醉醇醴而飫肥鮮者㉚，孰不巍巍乎可畏，赫赫乎可象㉛也。又何往而不金玉其外，敗絮其中也哉？今子是之不察㉜，而以察吾柑。」

予默然無以應。退以思其言，類東方生滑稽之流㉝，豈其憤世疾邪者耶㉞？而託㉟于柑以諷耶？

作者

劉基，生於元武宗至大四年，卒於明太祖洪武八年（西元一三一一年——西元一三七五年）。字伯溫，青田（今浙江青田）人。元末進士，曾任江西高安縣丞、江浙儒學副提舉、浙東元帥府都事等職。因受元朝統治者的排擠，棄官還鄉，隱居於青田山中專事著述。後來接受朱元璋的徵召，輔助他平定天下，建立明朝。官至御史中丞兼太史令，封誠意伯。

劉基博通經、史，精象緯之學。《明史》說他「所為文章，氣昌而奇，與宋濂並為一代之宗」。他的散文，風格古樸，文筆銳利，寓意深遠。著有《誠意伯文集》二十卷。

題解

〈賣柑者言〉選自《誠意伯文集》卷七。這是一篇諷刺性散文，作者藉賣柑者之口，揭露當時社會的腐敗，嘲諷某些居高位的文臣武將，無不如杭柑之「金玉其外，敗絮其中」，都是虛有其表的庸才。文句簡鍊，內容發人深省。

注釋

① 杭有賣果者：杭，指浙江杭州。果，水果。杭州有個賣水果的人。
② 柑：果名，形似橘而大，橙黃色。
③ 涉寒暑不潰：涉，經歷。潰，腐爛。經冬歷夏而不會腐爛。潰㊉kuì㊎ㄎㄨㄟˋ音饋。
④ 燁然：光彩鮮明的樣子。燁㊉yè㊎ㄧㄝˋ音頁。
⑤ 玉質而金色：質地像玉一樣潤澤，顏色如金子似的耀眼。
⑥ 賈：通價，價格。
⑦ 鬻：原意是賣，這裡是購買的意思。鬻㊉yù㊎ㄩˋ音育。
⑧ 貿：買。

⑨ 乾若敗絮：乾得像破棉絮。

⑩ 恠：「怪」的異體字。

⑪ 若所市於人者：若，你。市，賣。你所賣給人的柑子。

⑫ 將以實籩豆：實，裝滿。籩，竹編的禮器。豆，木製或銅製、陶製的禮器。這兩種器皿古時用作盛載果品食物供祭祀神靈或招待賓客時使用。全句指將用來裝進籩和豆裡。籩 漢 biān 國 ㄅㄧㄢ 音邊。

⑬ 將衒外以惑愚瞽也：將，抑或。衒，炫耀，誇耀。瞽，盲人。將炫耀它的外貌來欺騙蠢人和盲人。衒 漢 xuàn 國 ㄒㄩㄢˋ 音炫。瞽 漢 gǔ 國 ㄍㄨˇ 音古。

⑭ 吾業是有年矣：業，從事，是指「這一行」。有年，有許多年。我做這一行多年了。

⑮ 吾賴是以食吾軀：食，動詞，供養。軀，身軀。我靠這維持生活。食 漢 sì 國 ㄙˋ 音四。

⑯ 未嘗有言：不曾有人說過甚麼。

⑰ 而獨不足子所乎：足，滿足。子，對對方的敬稱。子所，您處，您這裡。而單獨不能滿足您的意願嗎？

⑱ 不寡：不少。

⑲ 吾子未之思也：吾子，對談話對象的親切稱呼。未之思，即「未思之」。之，是代詞賓語，放在否定句中提到動詞之前。您未曾想過這些事。

⑳ 佩虎符坐皐比者：虎符，虎形的兵符。古時大將出征，國君授予虎形兵符的一半作為調動軍隊的憑據。皐，通臯。皐比，虎皮，這裡指鋪了虎皮的將軍座席。佩帶著虎符，坐上虎皮座位的人。皐 漢 gāo 國 ㄍㄠ 音高。

㉑ 洸洸乎干城之具也：洸洸，威武的樣子。干城之具，指捍衛國家的將才。干，盾，古代禦敵的兵器，這裡作動詞用。具，才具，這裡指人材。洸 漢 guāng 國 ㄍㄨㄤ 音光。

㉒ 孫吳之略：孫武、吳起的謀略。孫、吳都是春秋戰國時期有名的軍事家。

㉓ 峨大冠拖長紳者：峨，高，這裡作動詞用。紳，古代士大夫束在腰間作為裝飾的大帶子。戴著大帽子，拖著長腰帶的人。峨（漢）é（國）ㄜˊ 音鵝。

㉔ 昂昂乎廟堂之器也：昂昂，高傲不凡的樣子。廟堂之器，喻指朝廷大臣之材。

㉕ 伊皐之業：伊，伊尹，商湯的大臣。皐，皋陶，相傳是舜的輔佐重臣。伊尹、皋陶的業績。陶（漢）yáo（國）ㄧㄠˊ 音堯。

㉖ 禦：制止。

㉗ 禁：禁止。

㉘ 斁：敗壞。斁（漢）dù（國）ㄉㄨˋ 音度。

㉙ 坐糜廩粟：坐，徒然、白白的。糜，糜爛，消耗、浪費。廩，糧倉。廩粟，國庫的糧食，俸祿。徒然耗費國家的俸祿。糜（漢）mí（國）ㄇㄧˊ 音彌。廩（漢）lǐn（國）ㄌㄧㄣˇ 音凜。

㉚ 醉醇醴而飫肥鮮者：醇醴，濃厚之甜酒。飫，飽吃。醉飲美酒，飽吃魚肉的人。醴（漢）lǐ（國）ㄌㄧˇ 音禮。飫（漢）yù（國）ㄩˋ 音育。

㉛ 赫赫乎可象：赫赫，顯赫的樣子，可象，可以效法，值得仿效。氣勢壯盛值得效法。赫（漢）hè（國）ㄏㄜˋ 音賀。

㉜ 是之不察：是，代詞，不察的賓語。不察是，不察考這種現象。

㉝ 類東方生滑稽之流：類，類似。東方生，即東方朔，生於漢景帝初三年，卒於漢武帝太始四年（西元前一五四年——西元前九三年），字曼倩，詼諧滑稽，善諷諫。類似東方朔的善詼諧諷諫的一類人物。滑（漢）gǔ（國）ㄍㄨˇ 音骨。

㉞ 豈其憤世疾邪者耶：莫非他是不滿社會現實，憎恨邪惡勢力的人嗎？

㉟ 託：假借。

項脊軒志

歸有光

項脊軒①，舊南閤子也。室僅方丈②，可容一人居。百年老屋，塵泥滲漉③，雨澤下注④，每移案⑤，顧視無可置者⑥。又北向，不能得日，日過午已昏。余稍為修葺⑦，使不上漏；前闢四窗，垣牆周庭⑧，以當南日；日影反照，室始洞然⑨。又雜植蘭桂竹木於庭，舊時欄楯⑩，亦遂增勝⑪。借書滿架，偃仰嘯歌⑫，冥然兀坐⑬。萬籟⑭有聲，而庭堦寂寂。小鳥時來啄食，人至不去。三五⑮之夜，明月半牆，桂影斑駁⑯。風移影動，珊珊⑰可愛。然予居於此，多可喜，亦多可悲。

先是⑱，庭中通南北為一。迨諸父異爨⑲，內外多置小門牆，往往而是⑳。東犬西吠，客踰庖㉑而宴，雞棲於廳。庭中始為籬。已㉒為牆，凡再變矣。家有老嫗㉓，嘗居於此。嫗，先大母㉔婢也。乳二世㉕，先妣㉖撫之甚厚。室西連於中閨㉗，先妣嘗一至。嫗每謂予曰：「某所，而母立於茲

㉘。」嫗又曰：「汝姊在吾懷，呱呱而泣。娘以指扣門扉㉙曰：『兒寒乎？欲食乎？』吾從板外相為應答。」語未畢，余泣，嫗亦泣。

余自束髮㉚，讀書軒中。一日，大母過余曰：「吾兒，久不見若㉛影，何竟日㉜默默在此，大類㉝女郎也！」比去㉞，以手闔門㉟，自語曰：「吾家讀書久不效㊱，兒之成，則可待㊲乎？」頃之㊳，持一象笏㊴至，曰：「此吾祖太常公宣德間執此以朝㊵，他日，汝當用之。」瞻顧遺跡㊶，如在昨日，令人長號㊷不自禁。

軒東故㊸嘗為廚。人往㊹，從軒前過。余扃牖㊺而居，久之，能以足音辨人。軒凡四遭火，得不焚，殆㊻有神護者。

項脊生㊼曰：「蜀清守丹穴㊽，利甲天下。其後秦皇帝築女懷清臺㊾。劉玄德與曹操爭天下，諸葛孔明起隴中㊿。方二人之昧昧于一隅也(51)，世何足以知之？」余區區處敗屋中(52)，方揚眉瞬目(53)，謂有奇景。人知之者，其謂與埳井(54)之蛙何異！

余既為此志(55)，後五年，吾妻來歸(56)。時至軒中(57)，從余問古事，或憑几學書㊳。吾妻歸寧㊴，述㊵諸小妹語曰：「聞姊家有閤子，且何謂閤子也？」其後六年，吾妻死，室壞不修。其後二年，余久臥病無聊，乃使人復葺南閤子，其制㊶稍異于前，然自後余多在外，不常居。庭有枇杷樹，吾妻死之年所手植也。今已亭亭如蓋㊷矣。

作者

歸有光，生於明武宗正德元年，卒於明穆宗隆慶五年（西元一五〇六年——西元一五七一年）。字熙甫，號震川，崑山（今屬江蘇）人。九歲能屬文，通經、史諸書。屢試不第，行年六十，始成進士，官至太僕寺丞。

歸氏作品，謀篇遣詞，明淨而有法度。對司馬遷、韓愈、歐陽修推崇備至。主張文效唐宋，所為文章，必本於道，稱「唐宋派」。生活雜記，感情真摯，清淡自然，黃宗羲推為「明文第一」。有《震川集》三十卷。

題解

本文選自《震川先生集》卷十七，是一篇出色的雜記。歸有光的散文包括學術、雜記、墓誌諸體，以雜記的成就最高。其中寫個人家居生活，尤為出色。〈項脊軒志〉中，作者描繪了年輕時的書齋「項脊軒」的環境變化，敘述了家庭人事的變遷，抒發了當中的悲喜。這篇文章信筆寫來如閒話家常，文字雅淡而情感真摯。

注釋

① 項脊軒：作者書齋的名字。作者遠祖歸道隆，曾居江蘇太倉的項脊涇。作者以此名軒，是為了紀念祖上。
② 方丈：一丈見方，面積見方一丈。形容書齋狹窄。
③ 滲漉：滲漏。漉 漢 lù 國 ㄌㄨˋ 音鹿。
④ 雨澤下注：注，灌入。雨水下灌。
⑤ 案：桌。

⑥顧視無可置者：顧視，向四周張望。置，安放。
⑦修葺：修補。葺㊉qì㊀ㄑㄧˋ音緝。
⑧垣牆周庭：垣，矮牆。周，圍繞。修建矮牆把庭院圍起來。
⑨洞然：明亮的樣子。
⑩欄楯：楯，欄杆上的橫木。欄楯，欄杆。
⑪增勝：增添了美景。
⑫偃仰嘯歌：偃仰，俯仰。嘯歌，長嘯高歌。偃㊉yǎn㊀ㄧㄢˇ音演。嘯㊉xiào㊀ㄒㄧㄠˋ音笑。
⑬冥然兀坐：默默地端坐。
⑭萬籟：籟，從空穴裡發出的聲音。指自然界的各種聲響。
⑮三五：陰曆每月的十五日。
⑯桂影斑駁：桂樹影子雜亂錯落。駁㊉bó㊀ㄅㄛˊ音博。
⑰珊珊：舒緩嫻雅的樣子。一作玉珮之聲。
⑱先是：在這以前。
⑲迨諸父異爨：迨，等到。諸父，伯、叔。等到伯父、叔父們分家各自起灶炊舉。迨㊉dài㊀ㄉㄞˋ音代。爨㊉cuàn㊀ㄘㄨㄢˋ音篡。
⑳往往而是：處處都是這樣。
㉑踰庖：庖，廚房。穿過廚房。庖㊉páo㊀ㄆㄠˊ音袍。
㉒已：不久。
㉓老嫗：老婦。嫗㊉yù㊀ㄩˋ音域。
㉔先大母：先，對死者的尊稱。大母，祖母。已去世的祖母。
㉕乳二世：做過兩代人的乳母。

㉖先妣：指去世的母親。妣㊈ bǐ ㊋ ㄅㄧˇ 音彼。
㉗中閨：古代婦女居住的內室。
㉘某所，而母立於茲：而，爾、你。茲，此、這裡。某處，你母親曾站在那裡。
㉙娘以指扣門扉：扣，通叩，用手輕敲。門扉，門扇。
㉚束髮：古人以十五歲為成童之年，是年，童子把頭髮紮起來盤到頭頂，表示已經成童。
㉛若：你。
㉜竟日：整天、一天到晚。
㉝大類：好像。
㉞比去：及至離開時。
㉟闔門：關門。
㊱久不效：很久沒見成效。指很久沒人取得功名。
㊲待：指望、期待。
㊳頃之：一會兒。
㊴象笏：象牙笏板。笏，古代大臣朝見皇帝時手執節板子，用玉、象牙或竹片製成，笏板上可寫上準備啟奏的事，以免臨時忘記。笏㊈ hù ㊋ ㄏㄨˋ 音户。
㊵此吾祖太常公宣德間執此以朝：吾祖太常公，指作者祖母的祖父夏昶，夏昶曾任太常寺卿。宣德，明宣宗朱瞻基的年號（西元一四二六年——西元一四三五年）。
㊶瞻顧遺跡：瞻，有瞻仰、敬仰之意。回顧前人遺留下來的痕跡。
㊷長號：大聲痛哭。
㊸故：過去。
㊹人往：人來往。

㊺ 扃牖：關著窗户。扃牖 漢 jiōng yǒu 國 ㄐㄩㄥ ㄧㄡˇ 音坰友。

㊻ 殆：大概。

㊼ 項脊生：作者自稱。

㊽ 蜀清守丹穴：據《史記・貨殖列傳》記載：蜀（今四川）有個名叫清的寡婦，經營祖先留下來的硃砂礦穴，清能夠守住家業，用財自衛，不被強暴侵犯。

㊾ 其後秦皇帝築女懷清臺：後來秦始皇為表彰她，修建了一座女懷清臺（在今四川長壽南）。

㊿ 隴中：隴，通壠、壟。隴畝之中的田間。

(51) 方二人之昧昧于一隅也：昧昧，默默無聞。隅，偏僻的地方。昧 漢 mèi 國 ㄇㄟˋ 音妹。隅 漢 yú 國 ㄩˊ 音魚。

(52) 余區區處敗屋中：區區，微不足道的人，作者自謙之辭。敗屋，破舊的房子。

(53) 方揚眉瞬目：揚眉眨眼，形容自得其樂的樣子。

(54) 埳井：埳，同坎。淺井。埳 漢 kǎn 國 ㄎㄢˇ 音砍。

(55) 余既為此志：此志，指〈項脊軒志〉。我已寫了〈項脊軒志〉。

(56) 來歸：嫁了過來。

(57) 時至軒中：經常來項脊軒中。

(58) 憑几學書：書，書法。學書，學寫字。几，小桌。靠著小桌學寫字。几 漢 jī 國 ㄐㄧ 音機。

(59) 歸寧：回娘家探望父母。

(60) 述：轉述。

(61) 制：格局。

(62) 亭亭如蓋：樹幹挺立，枝葉繁茂猶如傘蓋。

滿井遊記

袁宏道

燕地①寒，花朝節②後，餘寒猶厲③。凍風④時作，作則飛沙走礫⑤。局促⑥一室之內，欲出不得。每冒風馳行⑦，未百步輒返。

廿二日天稍和⑧，偕數友出東直⑨。至滿井⑩，高柳夾堤，土膏微潤⑪，一望空闊，若脫籠之鵠⑫。於時冰皮始解⑬，波色乍明，鱗浪⑭層層，清徹見底，晶晶然⑮如鏡之新開而冷光之乍出于匣⑯也。山巒為晴雪⑰所洗，娟然如拭⑱，鮮妍明媚，如倩女之靧面而髻鬟之始掠也⑲。柳條將舒未舒，柔梢披風⑳，麥田淺鬣㉑寸許。遊人雖未盛，泉而茗者㉒，罍㉓而歌者，紅裝而蹇者㉔，亦時時有。風力雖尚勁㉕，然徒步則汗出浹㉖背。凡曝沙㉗之鳥，呷浪之鱗㉘，悠然自得，毛羽鱗鬣㉙之間皆有喜氣。始知郊田之外，未始無春，而城居者未之知㉚也。

夫能不以遊墮事㉛，而瀟然㉜於山石草木之間者，惟此官㉝也。而此地適㉞與余近，余之遊將自此始，惡能無紀㉟！己亥㊱之二月也。

作者

袁宏道，生於明穆宗隆慶二年，卒於明神宗萬曆三十八年（西元一五六八年——西元一六一〇年）。字中郎，號石公，公安（今湖北公安）人。萬曆二十年（西元一五九二年）舉進士，授吳縣知縣，頗有政績。歷任順天教授、國子助教、禮部主事、考功員外郎等職。宏道與兄宗道及弟中道皆以文章名世，號稱「公安三袁」，世稱公安派。文字清新雋永，遊記尤為時人所推重。著有《袁中郎全集》。

題解

本篇選自《袁宏道集箋校》卷十七。本文描寫作者初春郊遊，見萬物復甦，生機蓬勃，感受到人生的情緒。袁宏道的散文小品的特點在於筆調輕快灑脫，清新自然，體現了「獨抒性靈」、「不拘格套」的文學風格。

注釋

① 燕地：今河北北部有燕山山脈。周朝初年（西元前十一世紀），周封召公奭於薊（今河北薊縣），因燕山定國號為燕，戰國時期是七雄之一的燕國的所在地。今北京歸屬燕地，所以也稱燕。

② 花朝節：當時以農曆二月初二為百花生日，稱花朝節。

③ 猶厲：仍然厲害。

④ 凍風：寒風。

⑤ 礫：小石頭。礫 (漢) lì (國) ㄌㄧˋ 音歷。

⑥ 局促：拘束，這裡作動詞用。

⑦ 馳行：急馳行走。

⑧ 和：暖和。

⑨ 偕數友出東直：偕，偕同。東直，東直門。原北京城東北的一個城門，現已拆除。

⑩ 滿井：地名，在今北京市東北郊，距東直門三、四里。

⑪ 土膏微潤：土膏，肥沃的土地。微潤，微微濕潤。

⑫ 鵠：天鵝。鵠 (漢) hú (國) ㄏㄨˊ 音湖。

⑬ 冰皮始解：冰皮，水上結冰的薄層。解，融化。

⑭ 鱗浪：魚鱗似的水紋。

⑮ 晶晶然：光亮如水晶一樣。

⑯ 匣：指鏡匣。

⑰ 晴雪：指雪在晴天被融化。

⑱ 娟然如拭：娟然，秀美的樣子。拭，擦抹乾淨。拭 漢 shì 國 ㄕˋ 音式。

⑲ 如倩女之靧面而髻鬟之始掠也：倩女，美麗的少女。靧面，洗臉。掠，這裡指把頭髮輕輕梳攏。倩 漢 qiàn 國 ㄑㄧㄢˋ 音欠。靧 漢 huì 國 ㄏㄨㄟˋ 音會。髻 漢 jì 國 ㄐㄧˋ 音繼。鬟 漢 huán 國 ㄏㄨㄢˊ 音環。掠 漢 lüè 國 ㄌㄩㄝˋ 音略。

⑳ 柔梢披風：柔軟的枝條在風中飄拂。

㉑ 淺鬣：鬣，獸類頸上長毛。短短的鬃毛，這裡借喻麥苗。鬣 漢 liè 國 ㄌㄧㄝˋ 音獵。

㉒ 泉而茗者：汲泉水煮茶的人。

㉓ 罍：古代的盛酒器，在這裡作動詞用，意為拿著酒杯。罍 漢 léi 國 ㄌㄟˊ 音雷。

㉔ 紅裝而蹇者：紅裝，青年女子。蹇，本意為跛足，引申而為蹇驢或駑馬。這裡作動詞用。意謂年輕的婦女騎著驢子。蹇 漢 jiǎn 國 ㄐㄧㄢˇ 音撿。

㉕ 勁：強而有力。

㉖ 浹：濕透。浹 漢 jiā 國 ㄐㄧㄚ 音夾。

㉗ 曝沙：在沙灘上曬太陽，曝 漢 pù 國 ㄆㄨˋ 音瀑。

㉘ 呷浪之鱗：吞吐水波的魚。呷 漢 shiá 國 ㄒㄧㄚˊ 音俠。

㉙ 毛羽鱗鬣：毛羽，指鳥。鱗鬣，言魚的鱗和鰭，借指魚。

㉚ 未之知：即「未知之」，因為是否定句，所以賓語「之」提前。不知道。

㉛ 墮事：耽誤正事。

㉜ 瀟然：無拘無束的樣子。

㉝ 此官：這個官，指作者自己。當時作者任順天府儒學教授，是個清閒的官職。

㉞ 適：恰好。

㉟ 惡能無紀：惡能，怎能。紀，紀錄。怎能沒有文章記遊？惡（漢）wū（國）ㄨ音烏。

㊱ 己亥：明神宗萬曆二十七年（西元一五九九年）。

五人墓碑記

張溥

五人者，蓋當蓼洲周公之被逮①，急於義②而死焉者也。至於今，郡之賢士大夫，請於當道③，即除逆閹廢祠之址以葬之④。且立石于其墓之門，以旌⑤其所為。嗚呼，亦盛矣哉！

夫五人之死，去⑥今之墓而葬焉，其為時止十有一月爾。夫十有一月之中，凡富貴之子，慷慨得志之徒，其疾病而死，死而堙沒不足道者，亦已眾矣。況草野之無聞者與⑦？獨五人之皦皦⑧，何也？

予猶記周公之被逮，在丁卯三月之望⑨。吾社之行為士先者⑩，為之聲義⑪，斂貲財⑫以送其行，哭聲震動天地。緹騎⑬按劍而前，問誰為哀者⑭？眾不能堪⑮，抶而仆之⑯。是時以大中丞撫吳者⑰，為魏之私人⑱，周公之逮所繇使也。吳之民方痛心焉，於是乘其厲聲以呵⑲，則譟而相逐⑳。中丞匿於溷藩㉑以免。既而以吳民之亂請於朝，按誅五人㉒，曰顏佩韋、楊念如、馬杰、沈楊、周文元，即今之傫然[23]在墓者也。

然五人之當刑也[24]，意氣陽陽[25]，呼中丞之名而詈[26]之，談笑以死，斷頭置城上，顏色不少變。有賢士大夫發五十金，買五人之脰而函之[27]，卒與屍合，故今之墓中，全乎為五人也。

嗟乎！大閹[28]之亂，縉紳[29]而能不易其志者，四海之大，有幾人歟？而五人生於編伍[30]之間，素不聞詩書之訓，激昂大義，蹈死不顧，亦曷[31]故哉？且矯詔紛出[32]，鉤黨之捕[33]遍於天下，卒以吾郡之發憤一擊，不敢復有株治[34]。大閹亦逡巡畏義[35]，非常之謀[36]，難於猝發[37]。待聖人之出而投環道路[38]，不可謂非五人之力也！

繇是觀之，則今之高爵顯位，一旦抵罪[39]，或脫身以逃，不能容於遠近，而又有翦髮杜門[40]，佯狂不知所之者[41]。其辱人賤行[42]，視五人之死，輕重固何如哉？是以蓼洲周公，忠義暴[43]於朝廷，贈諡美顯[44]，榮於身後。而五人亦得以加其土封[45]，列其姓名於大堤[46]之上。凡四方之士，無不有過而拜且泣者，斯固百世之遇也[47]！不然，令五人者保其首領[48]，以老於戶牖之下㊾，則盡其天年，人皆得以隸使之，安能屈豪傑之流，扼腕㊿墓道，發其志士之悲哉？故余與同社諸君子，哀斯墓之徒有其石也51，而為之記，亦以明死生之大52，匹夫之有重於社稷也53。

賢士大夫者：冏卿因之吳公54、太史文起文公55、孟長姚公56也。

作者

張溥，生於明神宗萬曆三十年，卒於明思宗崇禎十四年（西元一六〇二年——西元一六四一年）。字天如，號西銘，太倉（今江蘇太倉）人。崇禎四年（西元一六三一年）進士，選庶吉士，不久即乞假歸家，不再出仕。崇禎六年（西元一六三三年），集家鄉同道文士於蘇州虎丘結成復社，與宦官勢力抗衡。明朝滅亡後，復社成為江南反清的一股力量。在文學上，張溥反對復古，主張創新，著有《詩》三卷，《七錄齋集》十二卷，另輯有《漢魏六朝百三名家集》。

題解

〈五人墓碑記〉選自張溥《七錄齋集存稿》卷三。明熹宗天啟六年（西元一六二六年）三月十五日，宦官魏忠賢派人至蘇州逮捕東林黨人周順昌，激起當地數萬市民義憤，奮起打死捕人官差。江蘇巡撫毛一鷺下令將亂民顏佩韋、馬杰、沈揚、楊念如、周文元五人處死。明思宗即位後，魏忠賢及其黨羽受到懲處，蘇州士大夫請求為被殺的五義士立碑。本文就是張溥撰寫的碑記。

本文屬於墓誌類，但作法與一般的墓誌銘不同。一般墓誌銘，以羅列「德善功烈」與「學行大節」為尚，而張溥的〈五人墓碑記〉，夾敘夾議，集敘事、議論、描寫、抒情於一篇，彰顯出「明死生之大，匹夫之有重於社稷」之主題；文章前後呼應，另具創新的風格。

注釋

① 蓋當蓼洲周公之被逮：蓋，就是的意思。蓼洲周公，即周順昌，生於明神宗萬曆十二年，卒於明熹宗天啟六年（西元一五八四年——西元一六二六年）。字景文，號蓼洲，吳縣（今江蘇蘇州）人。萬曆四十一年（西元一六一三年）進士，明熹宗時官至吏部員外郎，後辭官家居，為東林黨重要成員之一。為人剛直，嫉惡如仇，不避權貴，因此觸怒大宦官魏忠賢，遭誣陷下獄迫害致死。蓼㊉漢 liǎo ㊉國 ㄌㄧㄠˇ 音瞭。

② 急於義：以義為急務。

③ 郡之賢士大夫，請於當道：郡，指蘇州，古時屬吳郡。當道，掌權人。

④ 即除逆閹廢祠之址以葬之：祠，即生祠，為活人而建的祠廟。就在拆除魏忠賢生祠的舊址上埋葬五義士。魏忠賢專擅朝政，權傾天下，趨炎附勢者競相獻媚，在各地為他建立生祠，江蘇巡撫毛一鷺在蘇州虎丘所建生祠名普惠祠。明思宗即位，魏忠賢自殺，各地生祠皆廢。

⑤ 旌：表彰。旌㊉漢 jīng ㊉國 ㄐㄧㄥ 音晶。

⑥ 去：距離。

⑦ 況草野之無聞者與：況，何況。草野，平民。與，同歟，語氣詞。

⑧ 皦皦：明亮。指此五人獲得崇高的聲譽。皦㊉漢 jiǎo ㊉國 ㄐㄧㄠˇ 音矯。

⑨ 在丁卯三月之望：丁卯，即明熹宗天啟七年（西元一六二七年）。三月之望日，即農曆三月十五日。按，周順昌被逮事，《明史》記為天啟六年（西元一六二六年）。

⑩ 吾社之行為士先者：社，即復社。士，讀書人。為士先者，可作讀書人榜樣的人。

⑪ 為之聲義：為周順昌聲張正義。

⑫ 斂貲財：收集錢財。貲(漢) zī (國)ㄗ 音資。

⑬ 緹騎：指魏忠賢派來逮捕周順昌的官差。漢武帝時執金吾屬下的騎士稱緹騎，以其穿桔紅色衣服、乘馬，故名。緹騎(漢) tíjì (國)ㄊㄧˊ ㄐㄧˋ 音提冀。

⑭ 問誰為哀者：問為誰人而悲傷？

⑮ 堪：忍受。

⑯ 抶而仆之：抶，擊打。仆，跌倒。抶(漢) chì (國)ㄔˋ 音斥。

⑰ 是時以大中丞撫吳者：是時，當時。撫，巡撫之簡稱。吳，古諸侯國，建都吳（今江蘇蘇州），這裡指江蘇。以大中丞擔任江蘇巡撫的人，這裡指當時的江蘇巡撫毛一鷺。明朝稱僉都御史、副僉都御史為中丞，毛一鷺即以副僉都御史出任巡撫。

⑱ 魏之私人：魏忠賢的心腹、爪牙。

⑲ 於是乘其厲聲以呵：其，指毛一鷺。呵，大聲呵叱。趁著毛一鷺厲聲呵叱。呵(漢) hē (國)ㄏㄜ 音喝。

⑳ 則譟而相逐：則，就。譟而相逐，吵嚷著追趕。

㉑ 君於溷藩：溷藩，廁所。隱藏在廁所裡。溷(漢) hùn (國)ㄏㄨㄣˋ 音混。

㉒ 按誅五人：按，查辦、審理。誅，殺頭。

㉓ 傫然：傫，通累，積。傫然，相並相集的樣子。傫(漢) lèi (國)ㄌㄟˋ 音類。

㉔ 然五人之當刑也：然，可是。當，將要。

㉕ 陽陽：精神昂揚。

㉖ 詈：罵。詈(漢) lì (國)ㄌㄧˋ 音吏。

㉗ 買五人之脰而函之：脰，頸項，此處指頭。函，匣子，這裡作動詞用。全句是說買下五個人的頭，用匣子裝起來。脰(漢) dòu (國)ㄉㄡˋ 音豆。

㉘ 大閹：閹：宦官。此指魏忠賢。閹 漢 yān 國 ㄧㄢ 音淹。

㉙ 縉紳：作官的人。縉 漢 jìn 國 ㄐㄧㄣˋ 音進。

㉚ 編伍：古時鄉間户口編制，五家為伍。此指被殺的五個人都是平民。

㉛ 曷：甚麼。

㉜ 且矯詔紛出：且，又。矯詔，假傳皇帝詔命。這裡指魏忠賢假借皇帝之旨意迫害東林黨人。

㉝ 鉤黨之捕：鉤黨，互相牽連為一黨。逮捕認為是同黨的人。

㉞ 株治：株連治罪。

㉟ 大閹亦逡巡畏義：逡，同逡。逡巡，徘徊不前，欲進又止。畏義，畏懼正義。這裡指魏忠賢懾於朝野輿論不敢為所欲為。逡 漢 qūn 國 ㄑㄩㄣ 音群陰平。

㊱ 非常之謀：魏忠賢弒君篡位的陰謀。

㊲ 猝發：猝，突然、出人意料。猝發，突然發動。猝 漢 cù 國 ㄘㄨˋ 音促。

㊳ 待聖人之出而投環道路：聖人，聖明之人，這裡指明思宗。投環道路，明思宗即位後，貶魏忠賢於鳳陽（今安徽鳳陽），旋命逮治之，魏忠賢行至阜城（今河北阜城），聞訊自縊而死。環，繩索結成的套子。

㊴ 抵罪：受到與所犯之罪相應的懲治。

㊵ 翦髮杜門：翦，同剪。翦髮，這裡指落髮為僧。杜門，閉門不出。

㊶ 佯狂不知所之者：佯狂，假裝瘋狂。不知所之，不知下落。

㊷ 辱人賤行：可恥的為人，卑劣的行為。

㊸ 暴：表白、顯露。

㊹ 贈諡美顯：贈諡，古時文武大臣、貴族死後，由朝廷贈與的諡號。贈給的諡號美好而顯耀。這裡指思宗贈給周順昌的諡號「忠介」。諡 漢 shì 國 ㄕˋ 音試。

㊺ 加其土封：封，墳墓。加厚墳墓上的土。

㊻ 大堤：此指五人墳墓位於蘇州通往虎丘的小河北岸。

㊼ 斯固百世之遇也：斯固，這真是。百世之遇，百年難逢的事情。

㊽ 令五人者保其首領：令，假如、假使。首領，頭顱。

㊾ 以老於户牖之下：老，老死。户牖，門窗，指家居。在自己的家中壽終正寢。牖 漢 yǒu 國 ㄧㄡˇ 音友。

㊿ 扼腕：以手握腕表示悲憤。

(51) 哀斯墓之徒有其石也：哀，悲哀。徒有其石，只有碑石，没有碑文。

(52) 明死生之大：說明死和生的重大意義。

(53) 匹夫之有重於社稷也：匹夫，平民。此句表明五人之死關係國家的興亡。

(54) 冏卿因之吳公：冏卿，太僕寺卿，為九卿之一，掌皇帝車馬事。因之吳公，即吳默，生於明世宗嘉靖三十三年，卒於明思宗崇禎十三年（西元一五五四年——西元一六四〇年）。字無障，號因之。公，尊稱。吳默當時任職太僕卿。冏 漢 jiǒng 國 ㄐㄩㄥˇ 音炯。

(55) 太史文起文公：太史，官名，三代始置，為史官、曆官之長，魏晉以後，專掌天文曆法事。明朝以後多以翰林任史館之職，故亦稱翰林為太史。文起文公，即文震孟，生於明神宗萬曆二年，卒於明思宗崇禎九年（西元一五七四年——西元一六三六年）。字文起，天啟中殿試第一，授翰林院修撰，因持清議，忤魏忠賢，辭官家居。思宗即位，奉召入朝任講官，至禮部左侍郎，兼東閣大學士，後被劾落職。南明弘光時追謚文肅。著有《姑蘇名賢小記》。

(56) 孟長姚公：即姚希孟，生於明神宗萬曆七年，卒於明思宗崇禎九年（西元一五七九年——西元一六三六）。字孟長，吳縣（今江蘇蘇州）人，萬曆進士，與舅父文震孟同持清議，遭閹黨排斥。思宗即位，奉召入朝充講官，預定魏忠賢逆案。卒謚文毅，著有《循滄集》。以上三人是發五十金買五人之脰的賢士大夫。

口技

林嗣環

京中有善口技者，會①賓客大讌。於廳事②之東北角，施八尺屏障③，口技人坐屏障中。一桌、一椅、一扇、一撫尺④而已，眾賓團坐⑤。少頃⑥，但聞屏障中撫尺一下，滿堂寂然⑦，無敢譁者。遙遙聞深巷犬吠聲，便有婦人驚覺欠伸⑧，搖其夫語猥褻事。夫囈語⑨，初不甚應，婦搖之不止，則二人語漸間雜。床又從中戛戛，既而⑩兒醒大啼。夫令婦撫兒乳⑪，兒含乳啼，婦拍而嗚⑫之。夫起溺，婦亦抱兒起溺。床上又一大兒醒，狺狺⑬不止。當是時，婦手拍兒聲、口中嗚聲、兒含乳啼聲、大兒初醒聲、床聲、夫叱大兒聲、溺缾中聲、溺桶中聲，一齊湊發，眾妙畢備⑭。滿座賓客，無不伸頸側目⑮，微笑嘿歎⑯，以為妙絕也。

既而夫上床寢⑰，婦又呼大兒溺，畢，都上床寢，小兒亦漸欲睡。夫齁聲⑱起，婦拍兒亦漸拍漸止。微聞有鼠作作索索⑲，盆器傾側⑳，婦夢中咳嗽之聲，賓客意少舒㉑，稍稍正坐。忽一人大呼火起，夫起大呼，婦亦起大呼，兩兒齊哭。俄而㉒百千人大呼，百千兒哭，百千狗吠，中間力拉崩倒之聲㉓，火爆聲、呼呼風聲，百千齊作，又夾百千求救聲、曳屋許許聲㉔、搶奪聲、潑水聲，凡所應有㉕，無所不有。雖人有百手，手有百指，不能指其一端㉖；人有百口，口有百舌，不能名其一處㉗也。於是賓客無不變色離席㉘，奮袖出臂㉙，兩股戰戰㉚，幾㉛欲先走。而忽然撫尺一下，群響畢絕。撤屏視之，一人、一桌、一椅、一扇、一撫尺而已。

作者

林嗣環，生卒年分不詳，應為明末清初人。字鐵崖，福建晉江人。清世祖順治六年（西元一六四九年）進士。曾因事被貶，戍守邊疆，後遇赦放還，客死武林（今杭州）。著有《鐵崖文集》、《湖舫存稿》及〈秋聲詩〉。

題解

本文節選自《虞初新志》卷一〈秋聲詩自序〉。口技是民間藝人運用「口」作出多種擬聲的技藝。作者用細膩的筆法，具體地描摹藝人的奇技、聽眾的神態和動作，文字暢朗，節奏明快。

注釋

①會：正趕上。
②廳事：大廳、客廳。
③施八尺屏障：施，設置、安放。屏障，指屏風、圍帳一類用以隔斷視線的東西。安放了八尺長的屏風。
④撫尺：即「醒木」，藝人表演所用的一種道具。
⑤眾賓團坐：團，聚集。許多賓客聚集而坐。
⑥少頃：一會兒。
⑦滿堂寂然：整個座堂靜悄悄的。

⑧驚覺欠伸：驚醒後打哈欠、伸懶腰。
⑨囈語：說夢話。囈㊉yì㊀ㄧˋ音藝。
⑩既而：不久之後。
⑪夫令婦撫兒乳：撫，撫摸、安撫。乳，餵奶，動詞。丈夫叫妻子撫摸著嬰兒餵奶。
⑫嗚：指輕聲哼唱著哄孩子入睡。
⑬猺猺：接連不斷低聲說話。猺㊉yín㊀ㄧㄣˊ音銀。
⑭眾妙畢備：畢，全、都。多種妙處皆具備，意思是各種聲響都摹仿得非常傳神。
⑮側目：偏著頭看，形容聽得入神。
⑯嘿歎：嘿，同默。默默地讚歎。
⑰寢：睡。
⑱齁聲：熟睡時的鼻息聲，俗說打齁、打呼嚕。齁㊉hōu㊀ㄏㄡ音候陰平聲。
⑲作作索索：老鼠活動的聲音。
⑳傾側：歪斜翻倒。
㉑意少舒：少，稍微。舒，舒緩，舒展。心情稍稍放鬆。
㉒俄而：一會兒。
㉓中間力拉崩倒之聲：裡面夾雜著劈里啪啦房屋倒塌的聲音。
㉔曳屋許許聲：曳，拉。許許，眾人拉倒燃燒著的房屋時齊聲用力的呼喊聲。許㊉hǔ㊀ㄏㄨˇ音虎。
㉕凡所應有：凡是在這種情況下應該有的。
㉖不能指其一端：一端，一頭，這裡是「一種」的意思。不能指明，即不能辨別清楚其中的任何一種聲音。意思是口技摹擬的各種聲音同時發出，聽者來不及分辨到底聲音從何處來。
㉗名其一處：名，說出。一處，指那一部位發出的。

㉘變色離席：臉變色、離開座位。
㉙奮袖出臂：捲起衣袖，露出胳臂。
㉚兩股戰戰：兩條大腿不停地哆嗦，即驚恐之狀。
㉛幾：幾乎、差一點兒。

梅花嶺記

全祖望

順治二年乙酉①四月，江都圍急②，督相史忠烈公③知勢不可為，集諸將而語之曰：「吾誓與城為殉④，然倉皇中不可落於敵人之手以死。誰為我臨期成此大節者⑤？」副將軍史德威慨然任之⑥。忠烈喜曰：「吾尚未有子，汝當以同姓為吾後⑦，吾上書太夫人⑧，譜汝諸孫⑨中。」

二十五日，城陷，忠烈拔刀自裁⑩，諸將果⑪爭前抱持之。忠烈大呼德威。德威流涕不能執刃，遂為諸將所擁而行。至小東門，大兵⑫如林而至。馬副使鳴騄、任太守民育、及諸將劉都督肇基⑬等皆死。忠烈乃瞠目⑭曰：「我史閣部⑮也。」被執⑯至南門，和碩豫親王⑰以先生呼之，勸之降，忠烈大罵而死。

初，忠烈遺言：「我死，當葬梅花嶺上。」至是，德威求公之骨不可得，乃以衣冠葬之。或曰，城之破也，有親見忠烈青衣烏帽，乘白馬，出天寧門投江死者，未嘗殞⑱於城中也。自有是言，大江南北，遂謂忠烈未死。已而英、霍山師大起⑲，皆託忠烈之名⑳，彷彿陳涉之稱項燕㉑。吳中孫公兆奎以起兵不克㉒，執至白下㉓，經略洪承疇與之有舊㉔，問曰：「先生在兵間㉕，審知㉖故揚州閣部史公果死耶？抑未死耶？」孫公答曰：「經略從北來，審知故松山殉難督師洪公果死耶？抑未死耶㉗？」承疇大恚㉘，急呼麾下驅出斬之㉙。嗚呼！神仙詭誕之說㉚，謂顏太師以兵解㉛，文少保亦以悟大光明法蟬脫㉜，實未嘗死。不知忠義者聖賢家法㉝，其氣浩然㉞，長留天地之間，何必出世入世之面目㉟？神仙之說，所謂「為蛇畫足㊱」。即如忠烈遺骸，不可問矣。百年而後，予登嶺上，與客述忠烈遺言，無不淚下如雨。想見當日圍城光景，此即忠烈之面目，宛然㊲可遇，是不必問其果解脫否也，而況冒其未死之名者哉㊳！

墓旁有丹徒錢烈女㊴之冢，亦以乙酉在揚㊵，凡五死而得絕㊶。時告其父母火之㊷，無留骨穢地，揚人葬之於此。江右王猷定、關中黃遵巖、粵東屈大均㊸，為作傳銘哀詞㊹。顧尚有未盡表章者㊺，予聞忠烈兄弟，自翰林可程㊻下，尚有數人。其後皆來江都省墓㊼。適英、霍山師敗，捕得冒稱忠烈者，大將㊽發至江都，令史氏男女來認之。忠烈之第八弟已亡，其夫人年少有色，守節㊾，亦出視之。大將豔其色㊿，欲強娶之。夫人自裁而死。時以其出於大將之所逼也，莫敢為之表章者。嗚呼！忠烈嘗恨可程在北，當易姓之間㉛，不能仗節出疏糾之㉜。豈知身後乃有弟婦以女子而踵兄公之餘烈乎㉝！梅花如雪，芳香不染㉞。異日有作忠烈祠者，副使諸公㉟，諒在從祀之列㊱，當另為別室，以祀夫人，附以烈女一輩也。

作者

全祖望，生於清聖祖康熙四十四年，卒於清高宗乾隆二十年（西元一七〇五年——西元一七五五年）。字紹衣，號謝山，鄞縣（今浙江寧波）人。乾隆元年（西元一七三六年）進士，選庶吉士。因忤權貴，外補任知縣，不就歸家，從此不再出仕。先後主講蕺山、端溪書院，從學者眾多。博學多才，尤以史學見長，以網羅文獻，表彰忠義為己任。著有《經史問答》、《鮚埼亭集》、續修黃宗羲《宋元學案》、七校《水經注》、三箋《困學紀聞》等。

題解

〈梅花嶺記〉選自《鮚埼亭集》外篇卷二十。梅花嶺，位於江都（今江蘇揚州）廣儲門外。明神宗萬曆中，知府吳秀主持浚河，積土而成，其上栽植梅樹，故名。明末抗清志士史可法在揚州主持長江以北防務，城陷殉難，他的衣冠塚即在梅花嶺上。作者以先記敘後議論的筆法，頌揚了史可法在民族危亡的關頭，與揚州共存亡的慷慨赴義精神，以見其崇高氣節。

注釋

①　順治二年乙酉：乙酉，干支紀年。順治二年乙酉，即西元一六四五年。順治為清世祖福臨年號，自一六四四年迄一六六一年，凡十八年。

②　江都圍急：江都，今江蘇揚州，史可法奉南明弘光帝朱由崧之命在此督師。圍急，指江都被清軍豫親王多鐸率軍圍攻，史可法下令沿江諸鎮明軍赴援，卻無一至者，史可法孤守揚州十日，城破殉難。

③督相史忠烈公：即史可法，生於明神宗萬曆三十年，卒於南明福王弘光元年（西元一六〇二年——西元一六四五年）。字憲之，號道鄰，祥符（今河南開封）人，思宗崇禎元年（西元一六二八年）進士，明亡前官至南京兵部尚書。明代大學士相當於宰相，史可法以大學士督師揚州，故稱督相。忠烈，是他死後所加的謚號。公，是對他的尊稱。

④與城為殉：殉，犧牲性命。此指以身殉城，與城共存亡。

⑤誰為我臨期成此大節者：臨期，到時候。成此大節，指幫助史可法實現以身殉城的節義。

⑥副將軍史德威慨然任之：副將軍，副總兵官。史德威，生卒年不詳，平陽（今山西臨汾）人。慨然任之，情緒激昂地承擔起此項任務。

⑦汝當以同姓為吾後：汝，你。當，應該、應當。後，後嗣。

⑧太夫人：史可法的母親。

⑨譜汝諸孫：譜，家譜，在此作動詞用，指把史德威編入史可法的家譜。諸孫，孫子輩，相對於太夫人而言。

⑩自裁：裁，用刀割斷，特指刎頸，此指自殺。

⑪果：果真、果然。

⑫大兵：指清軍。

⑬馬副使鳴騄、任太守民育、及諸將劉都督肇基：副使，官名。馬鳴騄，生年不詳，卒於清世祖順治二年（？——西元一六四五年），褒城（今陝西漢中西北褒城）人。太守，官名，明清時專指知府。任民育，生年不詳，卒於清世祖順治二年（？——西元一六四五年），濟寧（今山東濟寧）人，當時任揚州知府，城破時，著緋衣端坐堂上，被殺，全家投井而死。都督，官名，明朝有五軍都督府，各設左右都督分領全國軍隊。劉肇基，生年不詳，卒於清世祖順治二年（？——一六四五），遼東（今遼寧遼河以東）人，揚州被圍，奉史可法之命守北門，發炮殺傷清軍甚眾，城破，仍率部下巷戰，

力窮被殺。騄 漢 lù 國 ㄌㄨˋ 音路。

⑭ 瞠目：瞪大眼睛。瞠 漢 chēng 國 ㄔㄥ 音撐。

⑮ 閣部：明代稱任大學士為入閣，史可法既是武英殿大學士，又是兵部尚書，故稱。

⑯ 執：抓住、逮捕。

⑰ 和碩豫親王：即多鐸，清太祖努爾哈赤第十五子，是清朝入關後對南明作戰的重要將領之一。和碩，滿語，一方之意，引伸為部落，順治時皇子封親王者加和碩之號。

⑱ 殞：死亡。

⑲ 已而英、霍山師大起：已而，隨後、未過多久。英、霍山師大起，指英山（今湖北英山）、霍山（今安徽霍山）二縣興起的抗清義軍。

⑳ 皆託忠烈之名：託，假託。指長江南北的抗清義軍都打著史可法的旗號。

㉑ 彷彿陳涉之稱項燕：彷彿，同仿佛。陳涉，生年不詳，卒於秦二世皇帝二年（？——西元前二〇八年）。名勝，字涉，陽城（今河南方城東）人。秦二世元年（西元前二〇九年），與吳廣首舉反秦旗幟，並自立為王，國號張楚，敗於秦將章邯，被部下莊賈殺害。項燕，戰國時楚國名將，生年不詳，卒於秦王政二十三年（？——西元前二二四年）。陳涉起義時，曾打著秦公子扶蘇和項燕的旗號，以號召群眾反秦。

㉒ 吳中孫公兆奎以起兵不克：吳中，地名，泛指今太湖流域。孫公兆奎，即孫兆奎，生年不詳，卒於清世祖順治二年（？——西元一六四五年）。字君昌，吳江（今江蘇吳江）人，清軍佔領吳江後，曾與吳日星同募千餘人起兵抗清，戰敗。

㉓ 白下：今江蘇南京的別稱。

㉔ 經略洪承疇與之有舊：經略，官名，唐朝初年始置於邊州，後期多以節度使兼任。明朝用兵時置，權任甚重，在總督之上，清初沿用明制。洪承疇，生於明神宗萬曆二十年，卒於清聖祖康熙四年（西

元一五九三年——西元一六六五年）。字亨九，晉江（今福建晉江）人，崇禎十五年與清軍在松山（今遼寧錦縣西南）激戰，兵敗被執，投降清朝。當時傳說他不屈殉難，明思宗曾在北京設壇哭祭。有舊，有舊交情。

㉕ 兵間：軍中。

㉖ 審知：確實知道。

㉗ 審知故松山殉難督師洪公果死耶？抑未死耶：孫兆奎以當年洪承疇不屈殉難的傳說，諷刺他投降清朝的行為。

㉘ 恚：惱怒。恚 漢 huì 國 ㄏㄨㄟˋ 音會。

㉙ 急呼麾下驅出斬之：麾下，部下。驅，驅趕、驅逐。麾 漢 huī 國 ㄏㄨㄟ 音揮。

㉚ 神仙詭誕之說：此指下文顏真卿兵解和文天祥蟬脫之說。

㉛ 顏太師以兵解：顏太師，即唐朝大臣顏真卿，生於唐中宗景龍三年，卒於唐德宗貞元元年（西元七〇九年——西元七八五年）。字清臣，臨沂（今山東臨沂）人，安祿山反叛朝廷，與從兄顏杲卿起兵平叛。唐德宗建中三年（西元七八二年），叛將李希烈攻陷汝州（今河南臨汝），真卿受命前往招諭，遇害。傳說他死後，其僕人曾在洛陽同德寺見過他，所以有顏真卿屍解得道之說。兵，指兵器。兵解，古時方士認為學道者死於兵刃，實際上是借兵刃脫去軀殼而成仙。

㉜ 文少保亦以悟大光明法蟬脫：文少保，即文天祥，生於宋理宗端平三年，卒於元世祖至元十九年（西元一二三六年——西元一二八二年）。字履善，號文山，吉水（今江西吉水）人，封信國公，募兵抗元，收復州縣多處。宋帝昺祥興元年（西元一二七八年），兵敗被俘，押赴大都（今北京）囚禁，元世祖至元十九年（西元一二八二年）被害。傳說他在獄中遇楚黃道人，授出世法，得解脫於生死之際而成佛。大光明法，佛法之一，指被殺頭後成佛。蟬脫，蟬脫殼，喻解脫之意。

㉝ 聖賢家法：聖哲賢人的道德準則。

㉞其氣浩然：氣，精神、氣度。浩然，剛正盛大。

㉟何必出世入世之面目：出世入世，佛教用語，出世指脫俗得道，入世指活在塵世。何必留下一個這樣那樣的面目。

㊱為蛇畫足：即畫蛇添足，見《戰國策・齊策二》，比喻節外生枝反而無益於事，這是指神仙詭誕之說而言。

㊲宛然：好像。

㊳而況冒其未死之名者哉：而，連詞，無實義。況，何況。冒，假託、假冒。連上句，意謂史可法的精神已永存人心，何必言其成仙與否？今再冒其未死之名，更是多此一舉的。

㊴丹徒錢烈女：丹徒，地名，今江蘇鎮江。錢烈女，名淑賢，清軍攻陷揚州後以死殉城。

㊵揚：即揚州。

㊶凡五死而得絕：意謂自殺五次才得以氣絕身亡。

㊷時告其父母火之：時，當時。火之，火化屍體。

㊸江右王猷定、關中黃遵巖、粵東屈大均：江右，長江以西，今江西。王猷定，生於明神宗萬曆二十六年，卒於清聖祖康熙元年（西元一五九八年——西元一六六二年）。字于一，江西南昌人。關中，今陝西。黃遵巖，生卒年不詳，清初陝西人。粵東，今廣東。屈大均，生於明思宗崇禎三年，卒於清聖祖康熙三十五年（西元一六三〇年——西元一六九六年）。字翁山，廣東番禺人，明遺民，工詩文。以上三人都曾為錢烈女作傳記悼詞。

㊹傳銘哀詞：傳銘，記述死者生平事蹟的銘文，多刻於石，有墓誌銘、碑文等。哀詞，即悼詞。

㊺顧尚有未盡表章者：顧，但是。章，同彰。表章，表揚。

㊻翰林可程：翰林，官名，唐初始置，為內廷供奉之職。明朝將著作、修史、圖書諸事並隸翰林院，使之成為外朝官署。可程，即史可法弟史可程，崇禎十六年（西元一六四三年）進士，選庶吉士，明

亡，投降李自成。

㊼省墓：掃墓。

㊽大將：指清軍將領。

㊾其夫人年少有色，守節：有色，有姿色。守節，指丈夫死後不再改嫁，即守寡。

㊿豔其色：讚美其色。

51當易姓之間：當，在。易姓，改朝換代。

52不能仗節出疏糾之：仗節，守大義。出疏糾之，上疏糾劾。這裡指史可法向南明弘光皇帝上疏彈劾史可程投降李自成之罪。

53豈知身後乃有弟婦以女子而踵兄公之餘烈乎：豈知，怎知。身後，死後。踵，追隨。兄公，妻稱丈夫之兄長為兄公。踵㊀zhǒng㊁ㄓㄨㄥˇ音腫。

54梅花如雪，芳香不染：不染，清白、純潔。這裡指忠義者的精神如同梅花一般純潔。

55副使諸公：指與史可法一同戰死的馬鳴騄諸人。

56諒在從祀之列：諒，料想。從祀之列，指附列在忠烈祠裡為後代祭祀。

河中石獸

紀昀

滄州①南，一寺臨河干②，山門圮於河③，二石獸並沈焉。閱④十餘歲，僧募金重修。求二石獸於水中，竟不可得，以為順流下矣。棹數小舟⑤，曳鐵鈀⑥，尋十餘里無跡⑦。一講學家設帳⑧寺中，聞之笑曰：「爾輩不能究物理⑨。是非木柹⑩，豈能為暴漲攜之去⑪？乃石性堅重，沙性鬆浮，湮⑫於沙上，漸沈漸深耳。沿河求之，不亦傎⑬乎？」眾服為確論⑭。一老河兵聞之，又笑曰：「凡河中失石，當求之於上流。蓋石性堅重，沙性鬆浮，水不能衝石，其反激之力⑮，必於石下迎水處齧沙為坎穴⑯。漸激漸深，至石之半，石必倒擲坎穴中。如是再齧，石又再轉。轉轉不已，遂反溯流逆上⑰矣。求之下流，固傎；求之地中，不更傎乎？」如其言，果得於數里外。然則天下之事，但知其一，不知其二者多矣。可據理臆斷⑱歟！

作者

紀昀，生於清世宗雍正二年，卒於清仁宗嘉慶十年（西元一七二四年——西元一八〇五年），字曉嵐，號春帆，晚號石雲，直隸獻縣（今河北獻縣）人。高宗乾隆二十年（西元一七五五年）舉進士，任翰林院編修、侍讀學士。因洩露機密事，被徵發守新疆烏魯木齊三年。後來為高宗弘曆賞識，命其總纂《四庫全書》，歷十三年而成。

曉嵐學問淵博，一生精力悉耗於《四庫全書》的編製上。所撰《四庫全書總目提要》，評論百家，探源竟委，蔚為巨觀。又有《沈氏四聲考》二卷、《閱微草堂筆記》二十四卷、《紀文達公遺集》三十一卷行世。

題解

本文選自《閱微草堂筆記》卷十六。全書廿四卷，雜記作者所見所聞之事。〈河中石獸〉僅三百二十餘字，敘述生動具體，有力地說明了要對事物有正確的處理方法，不僅需要對事理物性有正確認識，如文中的石、沙、水的特性，還需對生活有深刻的體驗。「知其一」，「不知其二」，不可能獲得真知。全文生動有趣，是一篇足以啟發心智的好文章。

注釋

① 滄州：今河北滄州。

② 河干：河岸。

③ 山門圮於河：山門，廟門。圮，佛寺的大門傾倒河裡。圮 漢 pǐ 國 ㄆㄧˇ 音痞。

④ 閱：經歷。

⑤ 棹數小舟：棹，同櫂，船槳之類，這裡作動詞用。划著幾條小船。棹 漢 zhào 國 ㄓㄠˋ 音照。

⑥ 曳鐵鈀：曳，拉，引申為牽引。鈀，金屬製成，形同耙，五齒，鏟土、平土的工具。拖著鐵鈀。鈀 漢 pá 國 ㄆㄚˊ 音爬。

⑦ 跡：蹤跡。

⑧ 設帳：開設講壇，即設館授徒。

⑨ 究物理：推求事物的事理物性。

⑩ 是非木柿：是，這。柿，從大木上削下的木片。柿，一作柹。柹為柿之異體字，果木名，或為柿之誤。這句是說它不是一片大木片。柿 漢 shì 國 ㄕˋ 音式。

⑪ 豈能為暴漲攜之去：怎能被突然上漲的河水帶走。

⑫ 湮：埋沒。湮㊟ yān ㊖ ㄧㄢ 音淹。

⑬ 傎：同顛，此處作顛倒解。

⑭ 確論：正確可信的說法。

⑮ 反激之力：反彈的衝激力量。

⑯ 必於石下迎水處齧沙為坎穴：齧，咬、侵蝕。必定在石的下方迎著水的地方侵蝕河沙，形成坑穴。齧㊟ niè ㊖ ㄋㄧㄝˋ 音聶。

⑰ 溯流逆上：溯流，逆著水流。逆，與順的方向相反。溯㊟ sù ㊖ ㄙㄨˋ 音訴。

⑱ 臆斷：主觀武斷。

登泰山記

姚鼐

泰山之陽①，汶水②西流；其陰，濟水③東流。陽谷皆入汶④，陰谷皆入濟。當其南北分者⑤，古長城⑥也。最高日觀峰⑦，在長城南十五里。余以乾隆三十九年⑧十二月，自京師乘風雪，歷齊河、長清⑨、穿泰山西北谷，越長城之限⑩，至於泰安。

是月丁未⑪，與知府朱孝純子潁⑫，由南麓登，四十五里，道皆砌石為磴⑬，其級七千有餘。泰山正南面有三谷。中谷繞泰安城下，酈道元所謂環水也⑭。余始循⑮以入，道少半⑯，越中嶺，復循西谷，遂至其巔⑰。古時登山循東谷入，道有天門；東谷者，古謂之天門谿水，余所不至也。今所經中嶺，及山巔崖限當道者⑱，世皆謂之天門云。道中迷霧，冰滑，磴幾不可登；及既上，蒼山負雪，明燭天南⑲，望晚日照城郭，汶水徂徠⑳如畫，而半山居霧㉑若帶然。

戊申晦㉒，五鼓，與子穎坐日觀亭㉓待日出，大風揚積雪擊面。亭東，自足下皆雲漫㉔，稍見雲中白若樗蒱㉕數十立者，山也。極天雲一線異色㉖，須臾成五采，日上正赤如丹㉗，下有紅光動搖承之㉘。或曰：此東海也。回視日觀以西峰，或得日，或否㉙。絳皜駁色㉚，而皆若僂㉛。亭西有岱祠㉜，又有碧霞元君祠㉝。皇帝行宮在碧霞元君祠東。

是日觀道中石刻，自唐顯慶㉞以來，其遠古刻盡漫失㉟；僻不當道者㊱，皆不及往。山多石少土，石蒼黑色，多平方，少圜㊲。少雜樹，多松，生石罅㊳，皆平頂。冰雪無瀑水㊴，無鳥獸音跡。至日觀，數里內無樹，而雪與人膝齊。桐城姚鼐記。

作者

姚鼐，生於清世宗雍正九年，卒於清仁宗嘉慶二十年（西元一七三一年——西元一八一五年）。字姬傳，一字夢穀，號惜抱，桐城（今安徽桐城）人。清高宗乾隆二十八年（西元一七六三年）進士，官至刑部郎中。清朝開館修《四庫全書》，任纂修官。晚年主講江南、紫陽、鍾山各書院。從學者眾，稱惜抱先生。姚鼐為「桐城派」古文大家。論學主張集義理、考據、詞章之長。所著古文，風格簡潔嚴整，論文講求神、理、氣、味、格、律、聲、色。其所編《古文辭類纂》，對清代中葉以後的散文影響甚大。有《惜抱軒全集》。

題解

本篇選自《清文彙》。乾隆三十九年（西元一七七四年），作者辭官歸里，途經泰安，與友人登臨泰山，寫成這篇遊記。時值深冬，作者將所見的景物作細緻的描述，使人如見其景，如臨其地。本文風格簡潔嚴整，是桐城派古文的代表作之一。

注釋

① 陽：山之南面。下文陰是山之北面。

② 汶水：大汶河，源於山東萊蕪東北的原山，向西南流經泰安東。汶（漢）wèn（國）ㄨㄣˋ 音問。

③ 濟水：又名沇水，源於河南濟源西的王屋山，向東流經山東。

④ 陽谷皆入汶：陽谷，山南面的山谷。這裡指陽谷之水，皆流入汶水。下文「陰谷皆入濟」，指山北面山谷的水，皆流入濟水。

⑤ 當其南北分者：在南北水流分界處。

⑥ 古長城：指戰國時期齊國所築的長城。春秋戰國時期，諸侯國多築長城以自衛。

⑦ 日觀峰：泰山東南的頂峰，可觀海中日出。

⑧ 乾隆三十九年：即西元一七七四年。乾隆，清高宗弘曆的年號（西元一七三六年——西元一七九五年）。

⑨ 歷齊河、長清：經過齊河、長清兩縣（均在今山東）。

⑩ 限：門檻，門下橫木。長城橫過泰山，猶如一道門檻。

⑪ 是月丁未：指十二月二十八日。

⑫ 與知府朱孝純子潁：知府，清代府的最高行政官。朱孝純，生於清世宗雍正十三年，卒於清仁宗嘉慶六年（西元一七三五年——西元一八〇一年）。字子潁，時任泰安府知府。

⑬ 磴：石頭臺階。磴（漢）dèng（國）ㄉㄥˋ 音凳。

⑭ 酈道元所謂環水也：酈道元，生年不詳，卒於北魏孝明帝孝昌三年（？——西元五二七年）。字善長，北魏范陽（今河北涿縣）人，著有《水經注》。《水經注・汶水》說：「又合環水，水出泰山南溪。」環水，指泰安城的護城河。可參考〈水經注注文二則〉作者部分。

⑮ 循：沿著。

⑯ 道少半：道，作動詞用，走。走了一小半山路。

⑰ 巔：山頂。

⑱ 崖限當道者：像門檻般的山崖橫在路上。

⑲ 蒼山負雪，明燭天南：蒼，青草色。明燭，照亮。

⑳ 徂徠：山名，在泰安城東南四十里，為大、小汶河的分界處。徂徠 漢 cú lái 國 ㄘㄨˊ ㄌㄞˊ 音殂來。

㉑ 居霧：停留著不散的霧。

㉒ 晦：農曆每月的最後一天。

㉓ 日觀亭：亭在日觀峰上。

㉔ 雲漫：瀰漫著雲氣。

㉕ 樗蒱：古代賭具的一種，共五子，木製，故又稱「五木」，類似後來的骰子。樗蒱 漢 shū pú 國 ㄕㄨ ㄆㄨˊ 音書蒲。

㉖ 極天雲一線異色：極天，天的盡頭。異色，顏色奇異。

㉗ 正赤如丹：丹，硃砂。純正的紅色如硃砂一般。

㉘ 承之：托著它。

㉙ 或得日，或否：有的地方得到陽光，有的地方沒有得到陽光。

㉚ 絳皜駮色：絳，紅色。皜，同皓，白色。駮，同駁，顏色駁雜。指紅、白顏色駁雜。絳 漢 jiàng 國 ㄐㄧㄤˋ 音降。皜 漢 hào 國 ㄏㄠˋ 音浩。

㉛ 僂：佝僂。彎腰駝背的樣子。這裡是形容所見山峰的形態。僂 漢 lǚ 國 ㄌㄩˇ 音呂。

㉜ 岱祠：東嶽大帝祠，又稱東嶽廟。泰山稱岱宗，所以東嶽廟稱岱祠。

㉝ 碧霞元君祠：傳說中的東嶽大帝女兒的祠廟。

㉞ 顯慶：唐高宗李治的年號（西元六五六年——西元六六〇年）。

㉟ 其遠古刻盡漫失：刻，石刻。漫失，磨蝕缺損。

㊱ 僻不當道者：指石刻地處偏僻而不在路旁。

㊲ 圜：同圓。

㊳ 石罅：罅，縫隙。石頭裂縫。罅 漢 xià 國 ㄒㄧㄚˋ 音下。

㊴ 瀑水：瀑布。

古文十弊

章學誠

余論古文辭義例，自與知好諸君書凡數十通；筆為論著，又有〈文德〉〈文理〉〈質性〉〈黠陋〉〈俗嫌〉〈俗忌〉諸篇①，亦詳哉其言之矣；然多論古人，鮮及近世。茲見近日作者所有言論與其撰著，頗有不安於心，因取最淺近者條為十通。思與同志諸君相為講明；若他篇所已及者不複述，覽者可互見焉。此不足以盡文之隱，然一隅三反②，亦庶幾其近之矣。

一曰：凡為古文辭者，必先識古人大體，而文辭工拙又其次焉。不知大體，則胸中是非不可以憑，其所論次③未必俱當事理，而事理本無病者，彼反見為不然而補救之，則率天下之人而禍仁義矣。有名士投其母氏行述④，請大興朱先生作誌⑤，敘其母之節孝，則謂乃祖⑥衰年病廢臥床，溲便⑦無時，家無次丁⑧，乃母不避穢褻，躬親薰濯⑨，其事既已美矣。又述乃祖於時蹙然不安⑩，乃母肅然對曰：「婦年五十，今事八十老翁，何嫌何疑！」嗚呼！母行可嘉，而子文不肖甚矣。本無芥蒂⑪，何有嫌疑！節母既明大義，定知無是言也。此公無故自生嫌疑，特添注以斡旋其事，方自以謂得體，而不知適如冰雪肌膚剜成瘡痏⑫，不免愈濯愈痕瘢矣。人苟不解文辭，如遇此等，但須據事直書，不可無故妄加雕飾。妄加雕飾，謂之「剜肉為瘡」，此文人之通弊也。

二曰：《春秋》書內不諱小惡。歲寒知松柏之後彫⑬，然則欲表松柏之貞，必明霜雪之厲，理勢之必然也。自世多嫌忌，將表松柏而又恐霜雪懷慚，則觸手皆荊棘矣。但大惡諱，小惡不諱，《春秋》之書內事，自有其權衡也。江南舊家，輯有宗譜⑭，有群從⑮先世，為子聘某氏女，後以道遠家貧，力不能婚，恐失婚時⑯，偽報子殤⑰，俾女別聘，其女遂不食死，不知其子故在。是於守貞殉烈兩無所處，而女之行事實不愧於貞烈，不忍泯也。據事直書，於翁誠不能無歉然矣。第《周官》媒氏禁嫁殤，是女本無死法也。〈曾子問〉「娶女有日⑱而壻父母死，使人致命⑲女氏」，

《注》⑳謂「恐失人嘉會之時」，是古有辭昏㉑之禮也。今制㉒，「壻遠遊三年無聞，聽婦告官別嫁㉓」，是律有遠絕離昏之條也。是則某翁詭託子殤，比例原情，尚不足為大惡而必須諱也；而其族人動色相戒，必不容於直書，則匿其辭曰「書報幼子之殤，而女家誤聞以為壻也。」夫千萬里外，無故報幼子殤，而又不道及男女昏期，明者知其無是理也，則文章病矣。人非聖人，安能無失！古人敘一人之行事，尚不嫌於得失互見也；今敘一人之事，而欲顧其上下左右前後之人皆無小疵，難矣！是之謂「八面求圓」，又文人之通弊也。

三曰：文欲如其事，未聞事欲如其文者也㉔。嘗見名士為人撰誌，其人蓋有朋友氣誼，誌文乃倣韓昌黎之誌柳州㉕也，一步一趨㉖，惟恐其或失也。中間感歎世情反復，已覺無病費呻吟矣。末敘喪費出於貴人，及內親竭勞其事，詢之其家，則貴人贈賻㉗稍厚，非能任喪費也；而內親則僅一臨穴而已，亦並未任其事也；且其子俱長成，非若柳州之幼子孤露㉘，必待人為經理者也。詰其何為失實至此，則曰：「倣韓誌柳墓，終篇有云『

歸葬費出觀察使裴君行立㉙』，又『舅弟盧遵㉚既葬子厚，又將經紀㉛其家』，附紀二人，文情深厚，今誌欲似之耳。」余嘗舉以語人，人多笑之。不知臨文摹古，遷就重輕，又往往似之矣。是之謂「削趾適屨㉜」，又文人之通弊也。

四曰：仁智為聖，夫子不敢自居。瑚璉名器㉝，子貢安能自定！稱人之善，尚恐不得其實；自作品題㉞，豈宜誇耀成風耶！嘗見名士為人作傳，自云「吾鄉學者鮮知根本，惟余與某甲為功於經術耳」。所謂某甲，固有時名，亦未見必長經術也；作者乃欲援附為名，高自標榜，恧㉟矣！又有江湖遊士，以詩著名，實亦未足副也；然有名實遠出其人下者，為人作詩集序，述人請序之言曰：「君與某甲齊名，某甲既已弁言㊱，君烏得無題品？」夫齊名本無其說，則請者必無是言；而自詡㊲齊名，藉人炫己，顏頰不復知忸怩㊳矣！且經援服鄭㊴，詩攀李杜㊵，猶曰「高山景仰㊶」；若某甲之經，某甲之詩，本非可恃，而猶藉為名。是之謂「私署頭銜㊷」，又文人之通弊也。

五曰：物以少為貴，人亦宜然也；天下皆聖賢，孔孟亦弗尊尚矣。清言㊸自可破俗，然在典午㊹則滔滔皆是㊺也；前人㊻譏《晉書》列傳同於小說，正以採掇清言，多而少擇也。立朝風節，強項㊼敢言，前史侈為美談；明中葉後，門戶朋黨，聲氣相激，誰非敢言之士！觀人於此，君子必有辨矣，不得因其強項申威，便標風烈，理固然也。我憲皇帝㊽澄清吏治，裁革陋規，整飭官方，懲治貪墨㊾，實為千載一時。彼時居官，大法小廉㊿，殆成風俗，貪冒之徒，莫不望風革面，時勢然也。今觀傳誌碑狀之文，敘雍正年府州縣官，盛稱杜絕餽遺，搜除積弊，清苦自守，革除例外供支，其文洵不愧於〈循吏傳〉[51]矣；不知彼時逼於功令，不得不然，千萬人之所同，不足以為盛節，豈可見奄寺[52]而頌其不好色哉！山居而貴薪木，涉水而寶魚蝦，人知無是理也；而稱人者乃獨不然。是之謂「不達時勢」，又文人之通弊也。

六曰：史既成家，文存互見，有如〈管晏列傳〉而勳詳於〈齊世家〉[53]，張耳分題而事總於〈陳餘傳〉[54]，非惟命意有殊，抑亦詳略之體所宜然也。若夫文集之中，單行傳記，凡遇牽聯所及，更無互著之篇，勢必加詳，亦其理也，但必權其事理足以副乎其人，乃不病其繁重爾。如唐平淮西，韓碑歸功裴度55，可謂當矣；後中讒毀，改命於段文昌56，千古為之歎惜。但文昌徇於李愬，愬功本不可沒，其失猶未甚也；假令當日無名偏裨，不關得失之人，身後表阡57，侈陳淮西功績，則無是理矣。朱先生嘗為編修蔣君58撰誌，中敘國家前後平定準回59要略，則以蔣君總修方略，獨力勤勞，書成身死，而不得敘功故也。然誌文雅健，學者慕之。後見某中書舍人60死，有為作家傳者，全襲〈蔣誌〉原文，蓋其人嘗任分纂數月，於例得列銜名者耳，其實於書未寓目也；是與無名偏裨居淮西功，又何以異！而文人喜於摭61事，幾等軍吏攘62功，何可訓也！是之謂「同里銘旌63」。昔有夸夫64，終身未膺一命65，好襲頭銜，將死，遍召所知，籌計銘旌題字；或徇其意，假藉例封、待贈、修職、登仕諸階66，彼皆掉頭不悅。最後有善諧者，取其鄉之貴顯，大書勳階師保殿閣部院67某國某封某公同里某人之柩，人傳為笑。故凡無端而影附者，謂之「同里銘旌」，不謂文人亦效之也！是又文人之通弊也。

七曰：陳平佐漢，志見社肉⑥⑧；李斯亡秦，兆端廁鼠⑥⑨；推微知著，固相士之玄機⑦⓪；搜閒傳神，亦文家之妙用也。但必得其神志所在，則如圖畫名家，頰上妙於增毫⑦①；苟徒慕前人文辭之佳，強尋猥瑣⑦②以求其似，則如見桃花而有悟，遂取桃花作飯，其中豈復有神妙哉！又近來學者喜求徵實，每見殘碑斷石，餘文剩字不關於正義者，往往藉以考古制度，補史缺遺，斯固善矣；因是行文貪多務得，明知贅餘非要，卻為有益後世推求，不憚辭費。是不特文無體要，抑思居今世而欲備後世考徵，正如董澤矢材⑦③，可勝既⑦④乎！夫傳人者文如其人，述事者文如其事，足矣；其或有關考徵，要必本質所具，即或閒情逸出，正為阿堵傳神⑦⑤。不此之務，但知市菜求增⑦⑥，是之謂「畫蛇添足」，又文人之通弊也。

八曰：文人固能文矣，文人所書之人，不必盡能文也。敘事之文，作者之言也，為文為質⑦⑦，惟其所欲，期如其事而已矣；記言之文，則非作者之言也，為文為質，期於適如其人之言，非作者所能自主也。貞烈婦女，明《詩》習《禮》，固有之矣。其有未嘗學問，或出鄉曲委巷，甚至傭嫗鬻婢[78]，貞節孝義，皆出天性之優；是其質雖不愧古人，文則難期於儒雅也。每見此等傳記，述其言辭，原本《論語》《孝經》，出入《毛詩》〈內則〉[79]，劉向之《傳》[80]，曹昭之〈誡〉[81]，不啻[82]自其口出，可謂文矣。抑思善相夫者，何必盡識鹿車鴻案[83]；善教子者，豈皆熟記畫荻丸熊[84]！自文人胸有成竹，遂致閨修[85]皆如板印。與其文而失實，何如質以傳真也！由是推之，名將起於卒伍，義俠或奮閭閻[86]，言辭不必經生[87]，記述貴於宛肖。而世有作者，於斯多不致思，是之謂「優伶演劇[88]」。蓋優伶歌曲，雖耕氓役隸[89]，矢口皆叶宮商，是以謂之戲也；而記傳之筆，從而效之，又文人之通弊也。

九曰：古人文成法立，未嘗有定格也；傳人適如其人，述事適如其事，無定之中有一定焉。知其意者，旦暮遇之；不知其意，襲其形貌，神弗肖也。往余撰和州故給事〈成性志傳〉[90]，性以建言著稱，故采錄其奏議。然性少遭亂離，全家被害，追悼先世，每見文辭，而〈猛省〉之篇，尤沈痛可以教孝，故於終篇全錄其文。其鄉有知名士賞余文曰：「前載如許奏章，若無〈猛省〉之篇，譬如行船，鷁首[91]重而舵樓輕矣。今此婪尾[92]，可謂善謀篇也！」余戲詰云：「設成君本無此篇，此船終不行耶？」蓋塾師講授《四書》文義，謂之時文[93]，必有法度以合程式；而法度難以空言，則往往取譬以示蒙學[94]。擬於房室，則有所謂間架結構；擬於身體，則有所謂眉目筋節；擬於繪畫，則有所謂點睛添毫；擬於形家[95]，則有所謂來龍結穴[96]；隨時取譬，習陋成風，然為初學示法，亦自不得不然，無庸責也。惟時文結習，深錮腸腑，進窺一切古書古文，皆此時文見解，動操塾師啟蒙議論，則如用象棋枰布圍棋子，必不合矣。是之謂「井底天文[97]」，又文人之通弊也。

十曰：時文可以評選，古文經世之業，不可以評選也。前人業評選之，則亦就文論文可耳。但評選之人，多非深知古文之人。夫古人之書，今不盡傳，其文見於史傳。評選之家，多從史傳采錄；而史傳之例，往往刪節原文以就隱括[98]，故於文體所具，不盡全也。評選之家，不察其故，誤謂原文如是，又從而為之辭焉。於引端不具而截中徑起者，詡謂發軔之離奇⑲；於刊削餘文而遽入正傳者，詫為篇終之嶄峭；於是好奇而寡識者，轉相歎賞，刻意追摹，殆如左氏所云「非子之求，而蒲之愛」矣。有明中葉以來，一種不情不理、自命為古文者，起不知所自來，收不知所自往，專以此等出人思議誇為奇特，於是坦蕩之塗生荊棘矣。夫文章變化，侔於鬼神，斗然而來，戛然而止⑩，何嘗無此景象，何嘗不為奇特！但如山之巖峭，水之波瀾，氣積勢盛，發於自然；必欲作而致之，無是理矣。文人好奇，易於受惑，是之謂「誤學邯鄲⑩」，又文人之通弊也。

作者

章學誠，生於清高宗乾隆三年，卒於清仁宗嘉慶六年（西元一七三八年——西元一八〇一年）。字實齋，號少巖，浙江會稽（今浙江紹興）人。生於官宦之家，父親章鑣，乾隆七年（西元一七四二年）進士，任湖北應城縣知縣。學誠少時體弱多病，才華未顯，屢試不中，惟好史學，尤喜《左傳》。後拜著名學者朱筠為師，從學古文。乾隆四十三年（西元一七七八年）始中進士，其時章氏已四十一歲。自以為秉性迂疏，不宜作官，遂終身從事講學及著述。

章學誠是史學大家。著有《文史通義》、《校讎通義》、《乙卯丙辰劄記》及《實齋文鈔》等，而以《文史通義》一書最為著名，主要內容為辨章學術，考究源流，進而討論筆削之旨。他特別提出史學家於史才、史學、史識之外，應有史德。他又闡發「《六經》皆史」之說。章氏的《文史通義》，與劉勰的《文心雕龍》及劉知幾的《史通》並為中國古代評論文史的要籍。

題解

此文選自中華書局排印版《文史通義》。章氏在文中所說的古文，實指史傳文章而言。他批評當時作古文者，大多不識古人大體，只會刻意誇大、刻意文飾和刻意模仿，使文章的內容失真、失實。章氏於文中逐一指陳古文十弊之餘，更提出為文者應恪守的原則，大約可歸納為以下各項：一、取材須考其來源，求其真確；二、敘事要分主次先後，詳略得宜；三、議論必有根據，務須持平。為文者若能依循以上原則，文章自然能「傳人適如其人，述事適如其事」，而褒貶之義，亦必盡在其中。

注釋

① 〈文德〉〈文理〉〈質性〉〈黠陋〉〈俗嫌〉〈俗忌〉諸篇：俱見《文史通義》內篇。

② 一隅三反：語出《論語・述而》篇。隅，角落。反，反證。意謂舉一例，可以推知其他各例。隅(漢) yú (國) ㄩˊ 音魚。

③ 論次：論定次第。

④ 行述：又稱行狀，文體之一，用以敘述死者生平事蹟。

⑤ 請大興朱先生作誌：朱先生，指朱筠，字竹君，清時河北大興人，為作者之師。誌，即墓誌銘，記死者行誼而刻於石碑之文體。

⑥ 乃祖：他的祖父。

⑦ 溲便：溲，即尿，指糞便。溲(漢) sōu (國) ㄙㄡ 音搜。

⑧ 家無次丁：丁，丁壯之年。謂家中男子，除祖父外並無他人。

⑨ 躬親薰濯：躬親，親自。薰，以香塗身。濯，洗濯。

⑩ 蹙然不安：內心惶恐憂蹙而不自安。蹙(漢) cù (國) ㄘㄨˋ 音促。

⑪ 芥蒂：阻梗之物，比喻心有嫌隙。蒂（漢）dì（國）ㄉㄧˋ 音帝。

⑫ 刓成瘡痏：刓，刻削。瘡痏，瘡痕之跡，同瘡瘢。刓（漢）wān（國）ㄨㄢ 音彎。痏（漢）wěi（國）ㄨㄟˇ 音洧。

⑬ 歲寒知松柏之後彫：語見《論語・子罕》篇。彫，同凋。

⑭ 宗譜：即族譜，記載宗族世系及人事之書。

⑮ 群從：指子姪輩。

⑯ 婚時：指結婚之適合年歲。

⑰ 殤：十九歲以下，男女未婚而死者。

⑱ 娶女有日：定有吉日娶女而歸。

⑲ 致命：退還婚約。此句語見《禮記・曾子問》。

⑳ 《注》：指《禮記》鄭玄注。

㉑ 昏：婚之本字。

㉒ 今制：指清代法律。

㉓ 別嫁：改嫁。

㉔ 文欲如其事，未聞事欲如其文者也：文章要符合事實，沒聽説過要歪曲事實來遷就文章。

㉕ 韓昌黎之誌柳州：韓昌黎，韓愈。柳州，柳宗元。韓愈曾為柳宗元作墓誌銘。

㉖ 一步一趨：比喻事事倣效他人，本作亦步亦趨。語出《莊子・田子方》篇。

㉗ 贈賻：贈財助喪稱賻。賻（漢）fù（國）ㄈㄨˋ 音付。

㉘ 孤露：幼年喪父，無所庇蔭。

㉙ 觀察使裴君行立：裴行立，唐絳州稷山人。時任桂管觀察使。

㉚ 舅弟盧遵：盧遵是柳宗元妻之弟。

㉛ 經紀：經營管理。

㉜削趾適屨：語出《淮南子・說林》，比喻勉強遷就不適之事。屨(漢)jù(國)ㄐㄩˋ音句。

㉝瑚璉名器：瑚璉是盛黍稷之貴重祭器，語出《論語・公冶長》篇。

㉞品題：意為評定高下。

㉟恧：羞慚。恧(漢)nǜ(國)ㄋㄩˋ音朒。

㊱弁言：即序文。弁(漢)biàn(國)ㄅㄧㄢˋ音辨。

㊲自詡：自誇。詡(漢)xǔ(國)ㄒㄩˇ音許。

㊳忸怩：心覺羞慚。忸(漢)niǔ(國)ㄋㄧㄡˇ音扭。

㊴且經援服鄭：援，攀附。服，指服虔。鄭，指鄭玄。二人均是東漢經學家。

㊵李杜：指李白和杜甫。唐代大詩人。

㊶高山景仰：仰慕高賢之意，語本《詩經・小雅・車舝》。

㊷頭銜：官銜。

㊸清言：清談，指魏晉人高談老莊玄理。

㊹典午：借稱為晉朝。晉帝姓司馬，因避諱，故當時稱司馬之官為典午。後人遂以典午代司馬。

㊺滔滔：普遍。

㊻前人：指劉知幾《史通・採撰》篇譏評《晉書》列傳部分。

㊼強項：剛直不屈。

㊽憲皇帝：清世宗，名胤禎，在位十三年，年號雍正。

㊾貪墨：即貪冒，冒為佔人財物，意同貪污。

㊿大法小廉：謂上下守法，不貪財貨。

(51)〈循吏傳〉：奉法循理之官吏稱循吏。《史記》、《漢書》皆有〈循吏傳〉。

(52)奄寺：即宦官。寺，同侍，近侍之意。

53 〈管晏列傳〉而勳詳於〈齊世家〉：《史記》有〈管晏列傳〉，記管仲、晏嬰之簡史及逸事。勳，功勳。二人治齊有功勳，事蹟詳述於《史記．齊太公世家》。

54 張耳分題而事總於〈陳餘傳〉：《史記》有〈張耳陳餘列傳〉，二人皆為大梁人。〈張耳傳〉僅以百餘字記張耳，其餘皆在〈陳餘傳〉詳述。

55 如唐平淮西，韓碑歸功裴度：淮西，唐藩鎮名，治蔡州。唐憲宗元和十二年（西元八一七年），蔡州吳元濟反，朝廷命裴度統率李愬等進討。詔令韓愈撰〈平淮西碑〉，韓愈以裴度為主帥，故文中多敘裴度之功。

56 後中讒毀，改命於段文昌：承上句，李愬認為碑文不實，其妻為唐安公主之女，常出入禁中。憲宗乃下令將韓愈碑文磨去，改命翰林學士段文昌重撰。事見《舊唐書．裴度傳》及〈韓愈傳〉。

57 表阡：阡，墓道。樹立墓碑。

58 蔣君：蔣雍植，字秦樹，清懷寧人。

59 平定準回：準，準噶爾族，據天山北路。回，回族，據天山南路。雍正時曾討伐，乾隆時平定。

60 中書舍人：官名。在內閣掌機密文書。

61 摭：拾取。摭(漢)zhí(國)ㄓˊ音直。

62 攘：竊取。

63 銘旌：銘，文。旌，旗。指喪具。

64 夸夫：好自誇的人。

65 膺一命：膺，受。一命，最低官爵。膺(漢)yīng(國)ㄧㄥ音英。

66 例封、待贈、修職、登仕諸階：清代封典制度。例封，按例封與親屬官職。待贈，本無官職，有待封贈。修職，修職郎，從八品。登仕，登仕郎，從九品。

67 師保殿閣部院：師保，官銜。殿閣，明清以大學士為宰相，加殿閣銜。部院，巡撫多帶部院銜。

68 陳平佐漢，志見社肉：陳平，字孺子，漢陽武人，佐高祖平天下。曾於祭土神作主事者，分肉食甚均，見其志向為人。事見《史記・陳丞相世家》。

69 李斯亡秦，兆端廁鼠：李斯，楚人，仕於秦。兆，徵兆。端，始。李斯曾於廁中見鼠，食不潔、住不安；後見倉廩中鼠，食積粟，無人犬之憂。意謂李斯鑒於廁鼠之窮迫，為安固己位，不惜廢太子，立二世，因而亡秦。事見《史記・李斯列傳》。

70 固相士之玄機：相，觀察。士，士人。玄機，微妙之關鍵。句謂固然是觀察士人言行的微妙關鍵。

71 頰上妙於增毫：晉顧愷之畫裴楷象，面頰上加三毛，觀者覺妙。

72 猥瑣：猥，雜。猥瑣，謂煩雜瑣碎。猥 漢 wěi 國 ㄨㄟˇ 音尾。

73 董澤矢材：董澤，澤地名。澤中產蒲，可作箭材。

74 既：取。

75 阿堵傳神：阿堵，晉時方言，意同「這個」。阿堵 漢 ē dǔ 國 ㄜ ㄉㄨˇ 音婀賭。

76 市菜求增：市，買。增，多。語見唐皇甫謐《高士傳》，意謂買菜的人，貪求愈多愈好。

77 為文為質：文，文飾。質，本質、質樸。

78 傭嫗鬻婢：傭嫗，僱傭之老婦。鬻，賣。鬻婢，賣身之婢妾。鬻 漢 yù 國 ㄩˋ 音育。

79 《毛詩》〈內則〉：《毛詩》，即現存《詩經》。〈內則〉，《禮記》篇名。

80 劉向之〈傳〉：劉向之《列女傳》，其中大都記載賢明節義之婦女。

81 曹昭之〈誡〉：曹昭，班固妹班昭，為曹世叔妻。作有〈女誡〉七篇。

82 不啻：無異、彷彿。啻 漢 chì 國 ㄔˋ 音赤。

83 鹿車鴻案：鹿車，窄小之車。《後漢書・列女傳》記西漢末鮑宣妻桓少君，少君父因鮑宣清貧，贈粧奩甚豐。宣不喜悅，少君乃脫去服飾，與鮑宣共挽鹿車歸鄉里。鴻，梁鴻，東漢平陵人，娶妻孟光，相敬如賓。梁鴻歸家，孟光備食，不敢仰視，乃舉案齊眉，以表尊敬。案，置食器之有足木盤。

㉞ 畫荻丸熊：荻，草名。畫荻，歐陽修少孤家貧，母鄭氏以荻畫地寫字教修。丸熊，唐柳仲郢少時，母韓氏以熊膽和丸，使仲郢夜間咀嚥，以助勤讀。荻㊇ dí ㊄ ㄉㄧˊ 音狄。

㉟ 閨修：婦女有德者。

㊱ 閭閻：民間之意。閭閻㊇ lǘ yán ㊄ ㄌㄩˊ ㄧㄢˊ 音驢嚴。

㊲ 經生：讀經之士人。

㊳ 優伶演劇：優伶，演員。劇，戲。

㊴ 耕氓役隸：耕氓，農夫。役隸，僕役奴隸。

㊵ 和州故給事〈成性志傳〉：和州，今安徽和縣。給事，官名，掌諫諍。〈成性志傳〉，不詳。

㊶ 鷁首：指船頭。古人在船頭畫鷁鳥，故名。鷁㊇ yì ㊄ ㄧˋ 音亦。

㊷ 婁尾：最後。

㊸ 時文：當時應試之文，即八股文。

㊹ 蒙學：蒙，暗昧無知。兒童初受學，稱啟蒙之學，簡稱蒙學。

㊺ 形家：即堪輿家，相地脈、談風水之人。

㊻ 來龍結穴：形容山脈之起伏與盤結。

㊼ 井底天文：形容井中觀天，見識狹隘。

㊽ 隱括：賅括、扼要。

㊾ 發軔之離奇：發軔，指開頭。離奇，委曲盤戾之貌。軔㊇ rèn ㊄ ㄖㄣˋ 音刃。

⑩⓪ 斗然而來，戛然而止：斗然，突然。戛然而止，聲音突然停止。戛㊇ jiá ㊄ ㄐㄧㄚˊ 音夾。

⑩① 誤學邯鄲：指邯鄲學步，語出《莊子‧秋水》篇。邯鄲，趙都。意謂未學得趙國之能行，又失卻燕國之故步，比喻徒然效倣他人，而失去原有之能力。

病梅館記

龔自珍

江寧之龍蟠①，蘇州之鄧尉②，杭州之西谿③，皆產梅。或曰：梅以曲④為美，直則無姿⑤。以欹⑥為美，正則無景⑦。梅以疏⑧為美，密則無態⑨。固也⑩。此文人畫士，心知其意，未可明詔大號⑪，以繩⑫天下之梅也；又不可以使天下之民，斫直、刪密、鋤正⑬，以殀梅、病梅⑭為業以求錢也。梅之欹、之疏、之曲，又非蠢蠢⑮求錢之民，能以其智力為也。有以文人畫士孤僻之隱⑯，明告鬻⑰梅者：斫其正，養⑱其旁條；刪其密，夭其稚枝⑲；鋤其直，遏其生氣⑳，以求重價，而江、浙㉑之梅皆病。文人畫士之禍㉒之烈至此哉！

予購三百盆，皆病者，無一完者㉓，既泣㉔之三日，乃誓療之、縱之、順之，毀其盆，悉㉕埋於地，解其椶縛㉖，以五年為期，必復之全之。予本非文人畫士，甘受詬厲㉗，闢病梅之館以貯之㉘。嗚呼！安得㉙使予多暇日，又多閒田，以廣貯江寧、杭州、蘇州之病梅，窮[30]予生之光陰以療梅也哉？

作者

龔自珍，生於清高宗乾隆五十七年，卒於清宣宗道光二十一年（西元一七九二年——西元一八四一年）。又名鞏祚，字璱人，號定盦，仁和（今浙江杭州）人。道光進士，官禮部主事，後辭官南歸，卒於丹陽（今江蘇鎮江）雲陽書院。

自珍深研經學、小學和史地之學，他的外祖父段玉裁是著名文字學家。他關心國事，為文多針砭時弊，曾與林則徐、魏源等結宣南詩社，提倡經世致用之學。對當時政治的腐敗，深表不滿，主張社會改革。他行文遒勁，言之有物，隨筆直書，不受古文義法的束縛，對近代文學影響深遠。有《定盦文集》、《定盦續集》、《定盦文集補編》等傳世。

題解

本篇選自《龔自珍全集》，是作者於道光十九年（西元一八三九年）辭官回杭州故里後所作。文題〈病梅館記〉，又題〈療梅說〉。作者批評時人刻意屈折和刪剪梅枝，強行改造梅的自然形態，以滿足個人「孤僻之隱」，並藉此諷喻當時政府拑制人民思想之不當。

注釋

① 江寧之龍蟠：江寧，地名，即江寧府，今江蘇南京。龍蟠，即鍾山，以三國時諸葛亮讚其形勢為「鍾山龍蟠」而得名，後世亦稱鍾山為龍蟠山。蟠 漢 pán 國 ㄆㄢˊ 音盤。

② 蘇州之鄧尉：蘇州，地名，今江蘇蘇州。鄧尉，山名，今蘇州西南，以漢朝時鄧尉曾隱居於此得名。

③ 杭州之西谿：杭州，地名，今浙江杭州。谿，同溪。西谿，水名，今杭州靈隱山西北。

④ 曲：彎曲、曲折。

⑤ 姿：姿態。

⑥ 欹：同攲。傾斜。欹 漢 qī 國 ㄑㄧ 音七。

⑦ 景：景致。

⑧ 疏：稀疏、疏落。
⑨ 態：形態、形狀。
⑩ 固也：理當如是。
⑪ 明詔大號：詔，告訴。公開宣告。
⑫ 繩：準繩、準則。繩原指木工用的墨線，在這裡作動詞用，謂使天下的梅花都以此為標準。
⑬ 斫直、刪密、鋤正：斫，砍。刪密，除去過密的枝條。鋤正，除去正直的枝條。斫(漢) zhuó (國) ㄓㄨㄛˊ 音拙。
⑭ 殀梅、病梅：殀，摧殘。病，損傷。二字均作動詞用。
⑮ 蠢蠢：形容不問是非對錯，不加深究狀況。
⑯ 孤僻之隱：隱藏的偏僻嗜好。
⑰ 鬻：賣。鬻(漢) yù (國) ㄩˋ 音育。
⑱ 養：培養。
⑲ 夭其稚枝：夭，早死。稚枝，樹的幼枝。嫩枝未待長成就將其剪除。
⑳ 遏其生氣：遏止梅樹欣欣向榮的生機。遏(漢) è (國) ㄜˋ 音俄。
㉑ 江、浙：江蘇、浙江二省的合稱。
㉒ 禍：災禍、災難。在這裡作動詞用，指文人畫士為禍於梅。
㉓ 完者：此處指健壯的梅。
㉔ 泣：小聲而流淚地哭。
㉕ 悉：全部。
㉖ 椶縛：椶，同棕。捆梅枝的棕繩。椶(漢) zōng (國) ㄗㄨㄥ 音宗。
㉗ 詬厲：責罵。詬(漢) gòu (國) ㄍㄡˋ 音夠。

㉘ 闢病梅之館以貯之：闢，通辟，開闢。貯，儲存。貯㊥ zhù ㊀ ㄓㄨˋ 音主。

㉙ 安得：怎能、怎得。

㉚ 窮：用盡。

中國文學古典精華參考書目（依朝代先後排列）

①〔春秋〕左丘明撰、上海師範大學古籍整理組校點《國語》。上海：上海古籍出版社。一九七八。
②〔春秋〕管仲撰、〔唐〕房玄齡注《管子》。台北：台灣中華書局。一九六六。
③〔戰國〕尸佼著《尸子》。台北：世界書局。一九五八。
④〔戰國〕屈原等撰、〔漢〕劉向集、〔漢〕王逸章句、〔宋〕洪興祖補注《楚辭補注》。北京：中華書局。一九八三。
⑤〔戰國〕慎到撰、〔清〕錢熙祚校輯《慎子》。台北：世界書局。一九三五。
⑥〔漢〕司馬遷撰、〔南朝宋〕裴駰集解、〔唐〕司馬貞索隱、〔唐〕張守節正義《史記》。北京：中華書局。一九九四。
⑦〔漢〕桓譚撰、〔清〕嚴可均輯《新論》。成都：四川人民出版社。一九九七。
⑧〔漢〕班固撰、〔唐〕顏師古注《漢書》。北京：中華書局。一九九六。
⑨〔漢〕班固撰《漢武帝內傳》。上海：上海古籍出版社。一九九一。
⑩〔漢〕許慎撰、〔清〕段玉裁注《說文解字注》。上海：上海書店。一九九二。
⑪〔漢〕揚雄撰、汪榮寶義疏《法言義疏》。北京：中華書局。一九九七。
⑫〔漢〕劉安編著、劉文典撰《淮南鴻烈集解》。北京：中華書局。一九九七。
⑬〔漢〕劉熙撰《釋名》。台北：國民出版社。一九五九。
⑭〔魏〕王粲撰、俞紹初校點《王粲集》。北京：中華書局。一九八〇。

⑮〔魏〕吳普等撰《神農本草經》。台北：台灣中華書局。一九七六。
⑯〔魏〕阮籍撰、陳伯君校注《阮籍集校注》。北京：中華書局。一九八七。
⑰〔魏〕曹植撰、〔清〕丁晏纂《曹集詮評》。台北：廣文書局。一九六一。
⑱〔魏〕曹操、曹丕撰、黃節注《魏武帝魏文帝詩注》。北京：人民文學出版社。一九五八。
⑲〔魏〕曹操撰《曹操集》。香港：中華書局。一九七三。
⑳〔晉〕干寶撰、汪紹楹校注《搜神記》。北京：中華書局。一九七九。
㉑〔晉〕王嘉撰、〔梁〕蕭綺錄《拾遺記》。北京：中華書局。一九八一。
㉒〔晉〕王羲之撰《王右軍集》。台北：台灣學生書局。一九七一。
㉓〔晉〕周處撰《風土記》。（出版資料不詳）
㉔〔晉〕常璩撰《華陽國志》。台北：台灣中華書局。一九六九。
㉕〔晉〕張載撰《張孟陽集》。上海：掃葉山房。一九一七。
㉖〔晉〕郭象注、〔唐〕陸德明音義《宋刊南華真經》。上海：涵芬樓。一九二九。
㉗〔晉〕陳壽撰、〔南朝宋〕裴松之注《三國志》。北京：中華書局。一九九五。
㉘〔晉〕陶潛撰、龔斌校箋《陶淵明集校箋》。上海：上海古籍出版社。一九九六。
㉙〔晉〕陶潛撰《靖節先生集》。香港：中華書局。一九七三。
㉚〔晉〕葛洪撰《抱朴子》。台北：台灣商務印書館。一九七九。
㉛〔南朝宋〕范曄撰、〔唐〕李賢等注《後漢書》。北京：中華書局。一九六五。
㉜〔南朝宋〕劉義慶撰、余嘉錫箋疏《世說新語箋疏》。北京：中華書局。一九八三。
㉝〔南朝宋〕劉義慶撰、鄭晚晴輯注《幽明錄》。北京：文化藝術出版社。一九八八。
㉞〔南朝宋〕鮑照撰、錢仲聯校注《鮑參軍集注》。上海：上海古籍出版社。一九八〇。
㉟〔南朝宋〕謝靈運撰、黃節注《謝康樂詩注》。北京：人民文學出版社。一九五八。

㊱〔南齊〕謝朓撰、郝立權注《謝宣城詩注》。台北：藝文印書館。一九七一。
㊲〔梁〕丘遲撰《丘司空集》。上海：掃葉山房。一九一七。
㊳〔梁〕任昉撰《述異記》。上海：掃葉山房。一九二五。
㊴〔梁〕沈約撰《宋書》。北京：中華書局。一九七四。
㊵〔梁〕周興嗣撰、汪嘯尹纂集、孫謙益參注《千字文釋義》。北京：中國書店。一九九一。
㊶〔梁〕徐陵輯、〔清〕吳兆宜箋注《玉臺新詠》。北京：中國書店。一九八六。
㊷〔梁〕蕭子顯撰《南齊書》。北京：中華書局。一九七二。
㊸〔梁〕蕭統編、〔唐〕李善注《文選》。上海：上海古籍出版社。一九九四。
㊹〔北魏〕酈道元注、〔清〕王先謙校《王氏合校水經注》。上海：中華書局。一九三六。
㊺〔北齊〕顏之推撰、王利器集解《顏氏家訓集解》。上海：上海古籍出版社。一九八〇。
㊻〔北周〕庚信撰、〔清〕倪璠注《庾子山集注》。北京：中華書局。一九八〇。
㊼〔唐〕王定保撰《唐摭言》。上海：上海古籍出版社。一九七八。
㊽〔唐〕王昌齡撰、黃明校編《王昌齡詩集》。江西：人民出版社。一九八一。
㊾〔唐〕王勃撰、王雲五主編《王子安集》。長沙：商務印書館。一九三七。
㊿〔唐〕王維撰、〔清〕趙殿成箋注《王右丞集箋注》。香港：中華書局。一九七二。
51〔唐〕令狐德棻撰《周書》。北京：中華書局。一九七一。
52〔唐〕白居易撰、顧學頡校點《白居易集》。北京：中華書局。一九七九。
53〔唐〕岑參撰、陳鐵民、侯忠義校注《岑參集校注》。上海：上海古籍出版社。一九八一。
54〔唐〕李白撰、〔清〕王琦注《李太白全集》。北京：中華書局。一九九〇。
55〔唐〕李延壽撰《北史》。北京：中華書局。一九七四。
56〔唐〕李延壽撰《南史》。北京：中華書局。一九七五。

57 〔唐〕李益撰、王亦軍、裴豫敏編注《李益集注》。甘肅：人民出版社。一九八九。
58 〔唐〕李商隱撰、〔清〕馮浩箋注《玉溪生詩箋注》。上海：上海古籍出版社。一九七九。
59 〔唐〕李紳撰、王旋伯注《李紳詩注》。上海：上海古籍出版社。一九八五。
60 〔唐〕李華撰《李遐叔文集》。台北：台灣商務印書館。一九七二。
61 〔唐〕李肇等撰《唐國史補》。上海：上海古籍出版社。一九七九。
62 〔唐〕李綽撰《尚書故實》。上海：上海古籍出版社。一九八七。
63 〔唐〕杜佑撰、王文錦、王永興等點校《通典》。北京：中華書局。一九八八。
64 〔唐〕杜甫撰、〔清〕仇兆鰲詳注《杜詩詳註》。北京：中華書局。一九七九。
65 〔唐〕杜牧撰、〔清〕馮集梧注《樊川詩集注》。北京：中華書局。一九六二。
66 〔唐〕杜牧撰《樊川文集》。上海：上海古籍出版社。一九七八。
67 〔唐〕孟郊撰、華忱之、喻學才校注《孟郊詩集校注》。北京：人民文學出版社。一九九五。
68 〔唐〕孟浩然撰《孟浩然詩集》。上海：上海古籍出版社。一九八二。
69 〔唐〕孟棨撰《本事詩》。上海：古典文學出版社。一九五七。
70 〔唐〕房玄齡等撰《晉書》。北京：中華書局。一九七四。
71 〔唐〕姚思廉撰《梁書》。北京：中華書局。一九七三。
72 〔唐〕柳宗元撰《河東先生集》。上海：商務印書館。一九二九。
73 〔唐〕段成式撰、方南生點校《酉陽雜俎》。北京：中華書局。一九八一。
74 〔唐〕范攄撰《新校雲溪友議》。台北：世界書局。一九六二。
75 〔唐〕殷璠撰《河嶽英靈集》。上海：商務印書館。一九一九。
76 〔唐〕秦韜玉撰、李之亮注《秦韜玉詩注》。上海：上海古籍出版社。一九八九。
77 〔唐〕高適撰、劉開揚注《高適詩集編年箋註》。北京：中華書局。一九八一。

⑦⑧〔唐〕崔顥撰、萬竟君注《崔顥詩注》。上海：上海古籍出版社。一九八二。
⑦⑨〔唐〕張九齡撰、王雲五編《曲江集》。台北：台灣商務印書館。一九七三。
⑧⓪〔唐〕陳子昂撰、徐鵬校《陳子昂集》。北京：中華書局。一九六〇。
⑧①〔唐〕陳鴻撰《長恨歌傳》。石門：大西山房。一七九四。
⑧②〔唐〕賈島撰《長江集》。台北：台灣中華書局。一九六六。
⑧③〔唐〕劉知幾撰、〔清〕浦起龍釋《史通通釋》。上海：上海古籍出版社。一九七八。
⑧④〔唐〕劉禹錫撰、瞿銳園箋證《劉禹錫集箋證》。上海：上海古籍出版社。一九八九。
⑧⑤〔唐〕歐陽詢撰、汪紹楹校《藝文類聚》。上海：上海古籍出版社。一九八二。
⑧⑥〔唐〕錢起撰、阮廷瑜校注《錢起詩集校注》。台北：新文豐出版股份有限公司。一九九六。
⑧⑦〔唐〕韓愈撰《韓昌黎全集》。台北：新興書局。一九五六。
⑧⑧〔唐〕魏徵等撰《隋書》。北京：中華書局。一九七三。
⑧⑨〔五代〕王仁裕等撰《開元天寶遺事十種》。上海：上海古籍出版社。一九八五。
⑨⓪〔五代〕李璟、李煜撰、廣文編譯所評注《評注南唐二主詞》。台北：廣文書局。一九六一。
⑨①〔五代〕韋莊撰、向迪琮校訂《韋莊集》。北京：人民文學出版社。一九五八。
⑨②〔五代〕韋應物撰《韋蘇州集》。台北：台灣中華書局。一九六六。
⑨③〔五代〕馮延巳撰、黃畬校注《陽春集校注》。天津：天津古籍出版社。一九九三。
⑨④〔五代〕趙崇祚輯、蕭繼宗評點校注《花間集》。台灣：學生書局。一九八一。
⑨⑤〔後晉〕劉昫等撰《舊唐書》。北京：中華書局。一九八六。
⑨⑥〔宋〕文天祥撰、〔明〕鄢懋卿編次《文山先生全集》。上海：商務印書館。一九三六。
⑨⑦〔宋〕王安石撰、〔宋〕李壁箋注《王荆文公詩箋注》。上海：中華書局。一九五八。
⑨⑧〔宋〕王安石撰《臨川先生文集》。上海：商務印書館。一九三三。

⑲〔宋〕王楙撰、王文錦點校《野客叢書》。北京：中華書局。一九八七。
⑳〔宋〕司馬光撰、〔元〕胡三省注《資治通鑑》。北京：中華書局。一九六三。
⑩〔宋〕朱熹集注《四書章句集注》。北京：中華書局。一九九六。
⑩〔宋〕朱熹撰《詩集傳》。香港：中華書局。一九八七。
⑩〔宋〕朱熹撰《朱子大全》。上海：中華書局。一九三六。
⑩〔宋〕吳文英撰《夢窗詞》。台北：世界書局。一九六七。
⑩〔宋〕李昉等編《太平廣記》。北京：中華書局。一九六一。
⑩〔宋〕李昉等編《文苑英華》。北京：中華書局。一九六六。
⑩〔宋〕李清照撰、王學初校注《李清照集校注》。北京：人民文學出版社。一九七九。
⑩〔宋〕沈括撰、胡道靜校注《夢溪筆談校證》。上海：古典文學出版社。一九五七。
⑩〔宋〕辛棄疾撰、鄧廣銘箋注《稼軒詞編年箋注》。上海：上海古籍出版社。一九七八。
⑪〔宋〕周邦彥撰、〔明〕陳元龍注《片玉集注》。台北：世界書局。一九六二。
⑪〔宋〕周敦頤撰《周子全書》。台北：廣學社印書館。一九七五。
⑪〔宋〕林逋撰《林和靖詩集》。台北：台灣商務印書館。一九三九。
⑪〔宋〕姜夔撰、夏承燾箋校《姜白石詞編年箋校》。上海：上海古籍出版社。一九八一。
⑪〔宋〕柳永撰、朱孝臧校《樂章集》。台北：世界書局。一九六九。
⑪〔宋〕范仲淹撰《范文正公文集》。上海：商務印書館。一九三七。
⑪〔宋〕范成大撰、中華書局上海編輯所編輯《范石湖集》。上海：中華書局。一九六二。
⑪〔宋〕晏殊撰、林大椿校《珠玉詞》。上海：商務印書館。一九三五。
⑪〔宋〕晏幾道撰、林大椿校《小山詞》。上海：商務印書館。一九三〇。
⑪〔宋〕秦觀撰、王輝曾箋注《淮海詞箋注》。北京：中國書店。一九八五。

⑫⓪〔宋〕張元幹撰《蘆川歸來集》。上海：上海古籍出版社。一九七八。
⑫①〔宋〕張先撰《張子野詞》。台北：台灣中華書局。一九六六。
⑫②〔宋〕張君房撰《麗情集》。石家莊：河北教育出版社。一九九五。
⑫③〔宋〕張孝祥撰、宛敏灝箋校《張孝祥詞箋校》。合肥：黃山書社。一九九三。
⑫④〔宋〕張炎撰、黃畬校箋《山中白雲詞箋》。浙江：浙江古籍出版社。一九九四。
⑫⑤〔宋〕張端義撰《貴耳集》。北京：中華書局。一九五八。
⑫⑥〔宋〕梅堯臣撰、朱東潤編注《梅堯臣集編年校注》。上海：上海古籍出版社。一九八〇。
⑫⑦〔宋〕郭茂倩編《樂府詩集》。北京：中華書局。一九九六。
⑫⑧〔宋〕陳起編《江湖小集》。上海：上海古籍出版社。一九八七。
⑫⑨〔宋〕陸游撰、夏承燾、吳熊和注《放翁詞編年箋注》。上海：上海古籍出版社。一九八一。
⑬⓪〔宋〕陸游撰、錢仲聯校注《劍南詩稿校注》。上海：上海古籍出版社。一九八五。
⑬①〔宋〕曾鞏撰、陳杏珍、晁繼周點校《曾鞏集》。北京：中華書局。一九八四。
⑬②〔宋〕曾鞏撰《南豐先生元豐類稿》。台北：台灣中華書局。一九六六。
⑬③〔宋〕賀鑄撰、黃啟方箋注《東山詞箋注》。台北：嘉新水泥公司文化基金會。一九六九。
⑬④〔宋〕黃昇編選《花庵詞選》。香港：中華書局。一九六二。
⑬⑤〔宋〕黃庭堅撰《山谷全集》。台灣：中華書局。一九六六。
⑬⑥〔宋〕楊萬里撰《誠齋詩集》。台灣：中華書局。一九六六。
⑬⑦〔宋〕劉克莊撰、錢仲聯箋注《後村詞箋注》。上海：上海古籍出版社。一九八〇。
⑬⑧〔宋〕劉克莊編集、胡問農、王皓叟校注《後村千家詩校注》。貴陽：人民出版社。一九八六。
⑬⑨〔宋〕歐陽修撰、李偉國校點《六一詞》。上海：上海古籍出版社。一九八六。
⑭⓪〔宋〕歐陽修、宋祁等撰《新唐書》。北京：中華書局。一九七五。

⑭〔宋〕歐陽修撰、楊家駱主編《歐陽修全集》。台灣：世界書局。一九六三。
⑭〔宋〕蘇軾撰、孔凡禮點校《蘇軾文集》。北京：中華書局。一九九〇。
⑭〔宋〕蘇軾撰、曹樹銘校編《蘇東坡詞》。台北：台灣商務印書館。一九八三。
⑭〔宋〕釋文瑩撰《宋本湘山野錄》。上海：有正書局。一九一七。
⑭〔金〕元好問撰、姚尊中主編《元好問全集》。山西：山西人民出版社。一九九〇。
⑭〔元〕王實甫撰、吳曉鈴校註《西廂記》。香港：中華書局。一九八四。
⑭〔元〕姚燧撰《姚文公牧庵集》。北京：書目文獻出版社。一九八八。
⑭〔元〕施惠撰《拜月亭》。長春：吉林文史出版社。一九九七。
⑭〔元〕馬致遠撰、瞿鈞注《東籬樂府全集》。天津：天津古籍出版社。一九九〇。
⑮〔元〕高明撰、錢南揚校注《元本琵琶記校注》。上海：上海古籍出版社。一九八〇。
⑮〔元〕張可久撰、呂薇芬、楊鐮校注《張可久集校注》。浙江：浙江古籍出版社。一九九五。
⑮〔元〕張養浩撰《雲莊樂府》。長沙：商務印書館。一九四一。
⑮〔元〕郭居敬撰、王照編注《二十四孝》。香港：星輝圖書。一九九二。
⑮〔元〕薩都剌撰《雁門集》。上海：上海古籍出版社。一九八二。
⑮〔元〕關漢卿撰、王學奇等校注《關漢卿全集校注》。石家莊：河北教育出版社。一九九〇。
⑮〔明〕王冕撰《竹齊詩集》。台灣：學生書局。一九七〇。
⑮〔明〕吳承恩撰《西遊記》。香港：中華書局。一九七四。
⑮〔明〕吳偉業撰《梅村詩集》。台北：台灣商務印書館。一九六八。
⑮〔明〕宋濂等撰《元史》。北京：中華書局。一九七六。
⑯〔明〕宋濂撰《宋文憲公全集》。台灣：中華書局。一九六六。
⑯〔明〕李時珍編《本草綱目》。台北：台灣商務印書館。一九六八。

⑯②（明）施耐庵撰《容與堂本水滸傳》。上海：中華書局上海編輯所、上海古籍出版社。一九八八。
⑯③（明）胡應麟撰《詩藪》。上海：上海古籍出版社。一九七九。
⑯④（明）夏完淳撰《夏完淳集》。上海：中華書局。一九五九。
⑯⑤（明）袁宏道撰、錢伯城箋校《袁宏道集箋校》。上海：上海古籍出版社。一九八一。
⑯⑥（明）張溥撰《七錄齋詩文合集》。台北：偉文圖書出版社。一九七七。
⑯⑦（明）陳子龍撰、施蟄存、馬祖熙標點《陳子龍詩集》。上海：上海古籍出版社。一九八三。
⑯⑧（明）陶宗儀撰《説郛》。上海：上海古籍出版社。一九九四。
⑯⑨（明）湯顯祖撰、徐朔方、楊笑梅校注《牡丹亭》。北京：中華書局。一九六五。
⑰⓪（明）馮夢龍編、嚴敦易校注《警世通言》。北京：人民文學出版社。一九五六。
⑰①（明）劉基撰《誠意伯文集》。上海：商務印書館。一九三六。
⑰②（明）歸有光撰、周本淳校點《震川先生集》。上海：上海古籍出版社。一九八一。
⑰③（明）羅貫中撰《三國演義》。北京：人民文學出版社。一九七二。
⑰④（清）孔尚任撰、王季思注《桃花扇》。北京：人民文學出版社。一九五九。
⑰⑤（清）毛先舒撰《詞學全書》。世德堂。一七四六。
⑰⑥（清）王士禎撰、（清）惠棟、金榮注、伍銘點校整理、聿甫修訂《漁洋精華錄集注》。山東：齊魯書社。一九七二。
⑰⑦（清）王先謙撰、沈嘯寰、王星賢點校《荀子集解》。北京：中華書局。一九九六。
⑰⑧（清）王先謙撰《莊子集解》。北京：中華書局。一九五四。
⑰⑨（清）王奕清等纂修《欽定詞譜》。北京：中國書店。一九七九。
⑱⓪（清）永瑢、紀昀等編纂《四庫全書總目提要》。台北：台灣商務印書館。一九七一。
⑱①（清）全祖望撰、史夢蛟校《鮚埼亭集》。上海：商務印書館。一九三六。

182 〔清〕朱彝尊撰《曝書亭集》。台北：台灣中華書局。一九六六。

183 〔清〕何文煥輯《歷代詩話》。北京：中華書局。一九九七。

184 〔清〕吳敬梓撰、李漢秋輯校《儒林外史會校會評本》。上海：上海古籍出版社。一九八四。

185 〔清〕呂留良、吳之振等編《宋詩鈔》。上海：商務印書館。一九三五。

186 〔清〕李汝珍撰、張友鶴校注《鏡花緣》。北京：人民文學出版社。一九七九。

187 〔清〕李欽皖、馮桂芬等修纂《蘇州府志》。台北：成文出版社。一九七〇。

188 〔清〕阮元校刻《十三經注疏》。台北：世界書局。一九三五。

189 〔清〕姚鼐撰《惜抱軒全集》。台灣：世界書局。一九六〇。

190 〔清〕姚鼐編纂《古文辭類纂》。北京：中國書店。一九八六。

191 〔清〕紀昀主編《欽定四庫全書》。上海：上海古籍出版社。一九八七。

192 〔清〕紀昀撰《閱微草堂筆記》。台北：新興書局。一九五六。

193 〔清〕孫希旦撰《禮記集解》。上海：商務印書館。一九三三。

194 〔清〕孫貽讓撰《墨子閒詁》。上海：商務印書館。一九三六。

195 〔清〕納蘭性德撰《通志堂集》。上海：上海古籍出版社。一九七九。

196 〔清〕郝懿行箋疏《山海經箋疏》。台北：藝文印書館。一九五九。

197 〔清〕張廷玉等撰《明史》。北京：中華書局。一九七四。

198 〔清〕張潮撰《虞初新志》。上海：掃葉山房。一九三一。

199 〔清〕曹雪芹、高鶚撰、〔清〕護花主人、大某山民、太平閒人評《三家評本紅樓夢》。上海：上海古籍出版社。一九八八。

200 〔清〕畢沅重校《三輔黃圖》。台北：成文出版社。一九七〇。

201 〔清〕盛弘之撰《荊州記》。（出版資料不詳）

202 〔清〕郭慶藩集釋《莊子集釋》。北京：中華書局。一九八二。

203 〔清〕章學誠撰《文史通義》。北京：中華書局。一九六一。

⑳④〔清〕湯球輯《漢晉春秋輯本》。上海：商務印書館。一九三七。

⑳⑤〔清〕焦循撰《孟子正義》。北京：中華書局。一九九六。

⑳⑥〔清〕賀興思《三字經注解備要》。廣百宋齋藏板。

⑳⑦〔清〕黃之雋等編纂《江南通志》。台北：京華書局。一九六七。

⑳⑧清聖祖御製、〔清〕曹寅、彭定求編修《全唐詩》。北京：中華書局。一九八五。

⑳⑨〔清〕董誥等編《全唐文》。上海：上海古籍出版社。一九九〇。

㉑⓪〔清〕厲鶚撰《宋詩紀事》。台北：台灣商務印書館。一九六八。

㉑①〔清〕龔自珍撰《龔自珍全集》。上海：人民出版社。一九七五。

㉑②中國戲曲研究院編校《中國古典戲曲論著集成》。北京：中華戲曲出版社。一九八〇。

㉑③王季思主編《全元戲曲》。北京：人民文學出版社。一九九〇。

㉑④北京大學古文獻研究所編、傅璇琮主編《全宋詩》第一至第十四冊。北京：北京大學出版社。一九九一——一九九三。

㉑⑤全明詩編纂委員會編《全明詩》。上海：上海古籍出版社。一九九〇。

㉑⑥吳毓江撰《墨子校注》。北京：中華書局。一九九三。

㉑⑦杜松柏編著《尚書類聚初集》。台北：新文豐出版股份有限公司。一九八四。

㉑⑧林大椿輯《唐五代詞》。香港：商務印書館。一九六三。

㉑⑨姜亮夫校注《屈原賦校注》。北京：人民文學出版社。一九五七。

㉒⓪胡雲翼選注《宋詞選》。香港：中華書局。一九七二。

㉒①唐圭璋主編《全宋詞》。北京：中華書局。一九六五。

㉒②唐圭璋編《全金元詞》。北京：中華書局。一九九二。

㉒③唐圭璋編輯《詞話叢編》。台北：新文豐出版公司。一九八八。

㉒④孫中山撰、廣東省社會科學院歷史研究室、中國社會科學院近代史研究所中華民國研究室、中山大學歷史系孫中山研究室編《孫中山全集》。北京：中華書局。一九八二。

㉕ 袁珂校注《山海經校注》。四川：巴蜀書社。一九九三。
㉖ 高步瀛選注《魏晉文舉要》。北京：中華書局。一九八九。
㉗ 高明等編纂《宋文彙》。台北：中華叢書編審委員會。一九六七。
㉘ 高明編纂《清文彙》。台北：中華叢書編審委員會。一九六〇。
㉙ 梁容若、齊鐵恨等編《古今文選》。台北：國語日報社。一九五一——一九八一。
㉚ 梁啟超撰《飲冰室全集》。香港：天行出版社。一九六四。
㉛ 梁啟雄撰《荀子簡釋》。上海：上海古籍出版社。一九五六。
㉜ 梁啟雄撰《韓子淺解》。台北：學生書局。一九六一。
㉝ 許維遹集釋《呂氏春秋集釋》。北京：文學古籍刊行社。一九五五。
㉞ 陳奇猷校注《韓非子集釋》。香港：中華書局。一九七四。
㉟ 程樹德撰《論語集釋》。北京：中華書局。一九九〇。
㊱ 隋樹森編《全元散曲》。北京：中華書局。一九八一。
㊲ 黃節箋釋《漢魏樂府風箋》。香港：商務印書館。一九六一。
㊳ 逯欽立輯校《先秦漢魏晉南北朝詩》。北京：中華書局。一九八二。
㊴ 楊伯峻撰《列子集釋》。北京：中華書局。一九七九。
㊵ 萬樹撰、楊家駱主編、劉雅農總校《詞律》。台北：世界書局。一九五九。
㊶ 鄒魯撰《鄒魯全集》。台北：三民書局。一九七六。
㊷ 漢語詞典編輯委員會、漢語大詞典編纂處編輯、羅竹風主編《漢語大詞典》（縮印本）。上海：漢語大詞典出版社。一九九七。
㊸ 魯迅編《唐宋傳奇集》。香港：新藝出版社。一九六七。
㊹ 劉殿爵主編《先秦兩漢古籍逐字索引叢刊》。香港：商務印書館。一九九二——一九九八。

中國文學古典精華：文選 ／ 香港中文大學
古典精華編輯委員會編纂. -- 臺灣初版.
-- 臺北市 ： 臺灣商務, 2000[民 89]
面 ； 公分

ISBN 957-05-1683-6(平裝)

835　　89017290

中國文學古典精華　文選

定價新臺幣 450 元

編　　纂　香港中文大學古典精華編輯委員會
執行主編　杜祖貽　劉殿爵
責任編輯　湯皓全
校 對 者　許素華　辛明芳　吳雅清　江勝月

出 版 者
印 刷 所　臺灣商務印書館股份有限公司
臺北市 10036 重慶南路 1 段 37 號
電話：(02)23116118 · 23115538
傳眞：(02)23710274 · 23701091
讀者服務專線：0800056196
E-mail：cptw@ms12.hinet.net
郵政劃撥：0000165 — 1 號
出版事業登記證：局版北市業字第 993 號

· 1999 年 2 月香港初版
· 2000 年 12 月臺灣初版一刷
本書經商務印書館（香港）有限公司授權出版
Masterpieces of Classical Chinese Literature
Cho-yee To, D.C. Lau, et al, ed.

ISBN 957-05-1683-6（平裝）　　b 56074020

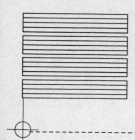

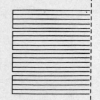

讀者回函卡

感謝您對本館的支持，為加強對您的服務，請填妥此卡，免付郵資寄回，可隨時收到本館最新出版訊息，及享受各種優惠。

姓名：________________　　性別：□男 □女

出生日期：____年____月____日

職業：□學生 □公務（含軍警） □家管 □服務 □金融 □製造

□資訊 □大眾傳播 □自由業 □農漁牧 □退休 □其他

學歷：□高中以下（含高中） □大專 □研究所（含以上）

地址：□□□________________

____

電話：（H）________________（O）________________

購買書名：________________

您從何處得知本書？

□書店 □報紙廣告 □報紙專欄 □雜誌廣告 □DM廣告

□傳單 □親友介紹 □電視廣播 □其他

您對本書的意見？（A/滿意 B/尚可 C/需改進）

內容______ 編輯______ 校對______ 翻譯______

封面設計______ 價格______ 其他______

您的建議：________________

____

____

臺灣商務印書館

台北市重慶南路一段三十七號　電話：（02）23116118・23115538

讀者服務專線：080056196　傳真：（02）23710274

郵撥：0000165-1號　E-mail：cptw@ms12.hinet.net